M
小
說

Mystery between You & Novel

M

小說

Mystery between You & Novel

守夜

莎拉・華特絲◎著
藍涓◎著

W&K Publishing

名家熱情推薦

- 「讀完《守夜》會讓你有一種感覺，好像讀過由一流說書人完美技巧焠鍊出的一系列看似簡單明瞭卻豐富複雜的愛情故事。這可巧妙說明，即使你早已讀完最後一頁，以及起初那場最重要的邂逅，莎拉・華特絲的最新力作仍會繼續盤旋您的心頭。」

——《週日電訊報》

- 「一本眞誠動人的書，不用大費周章展露戲法，便會讓人想再讀一遍。」

——《觀察家報》

- 「不管是狂熱駕著救護車在多如雨下的炸彈中穿梭，或者是移情別戀，她都營造出很棒的敘事性緊張感。」

——《每日郵報》

- 「細火鋪陳卻有刻骨銘心的力道……莎拉・華特絲是位優秀的作家。」

  ——《星期日獨立報》

- 「華特絲的〈炸彈故事〉讀起來完全不像一部時代小說，從故事內容與描述方式看來，反而具有新穎、清新與急迫感。這是一部極爲優美、具說服力與同情想像力的作品。」

  ——《倫敦書評》

- 「《守夜》的文字敏銳慈悲，敘事豐富，不容錯過。」

  ——《獨立報》

- 「如同她的書迷所瞭解的，閱讀她作品的訣竅是，放鬆心情，任自己沈浸在她的故事流中，並隨著令人屏息的情節起伏漂流，直到小說結束。」

  ——《倫敦晚報》

- 「文句優美、深沈動人、引人入勝。」

  ——《ELLE》

- 「華特絲是個天生的説書人，也具有最不尋常的耳朵，相當於完美音感的作家特質。」
——《暫停雜誌》

- 「一部優美書寫的小説。這則溫柔的故事充滿幽微曲折的情節，不但會受到華特絲現有書迷的喜愛，也會爲她贏得很多新書迷。」
——《週日快訊》

- 「在《荊棘之城》四年後，莎拉·華特絲放下褰窣作響的襯裙，以微火細悶的鋪陳方式，換得二次世界大戰時期精湛書寫、錯綜複雜的配給之書。」
——《衛報》

- 「生命如同支援戰爭前線編織物般地交會、糾纏與折解……讀到小説結束時會讓人無法不想從頭再讀一次，但這樣不會讓人有寬心或安慰之感。再次閱讀《守夜》，它仍會縈繞心頭，久久不去，這在在凸顯了作者增強的寫作技巧。」
——《電訊報》

• 「《守夜》出乎意料之外的情節轉折在於華特絲精湛的小說結構……她具有多方面的才能，而這部小說則充分展現了她的才華。」

——《文學評論》

• 「華特絲帶著我們回到過往，像個在場挖掘的考古學家般逐漸篩選檢視這些生命，試圖重建過去。手法靈巧，效果極佳，引人入勝，使得讀者像在讀驚悚小說般欲罷不能，你的心會因爲想破解華特絲佈下的謎題而狂跳不已。」

——《旁觀者雜誌》

• 「整個作品充滿了強烈有力、前後呼應的細節，並散佈著細微悲哀的傷感眞相，讓人無法停止閱讀。」

——《地鐵報》

• 「這部作品可以帶給讀者許多純粹的閱讀樂趣。小說裡充滿那個時期的細節：配給簿、無線電收音機、燈火管制、空襲警戒員、絲綢睡衣、厚厚的蜜斯佛陀化妝品、膠木燈泡座、戰時的官僚體系，以及一群群的打字員。人物之間的對話很棒！」

——《新租借雜誌》

英國現代魔幻寫手——莎拉．華特絲

莎拉．華特絲（Sarah Waters）一九六六年出生於英國威爾斯，擁有英國文學博士學位，目前在開放大學（Open University）擔任副講師。她曾經贏得 Betty Trask 獎、Somerset Maugham 獎、二次入選週日郵報的 John Llewellyn 獎決選名單，並且在二〇〇〇年贏得英國週日泰晤士報的青年作家獎。本書《守夜》與她的第三部小說《荊棘之城》，都曾入圍英國布克獎與柑橘獎決選名單之中。其中《荊棘之城》則獲得 CWA Ellis Peters Dagger 的歷史犯罪小說獎，以及 The South Bank Show 文學獎。莎拉．華特絲曾有三次分別被英國國家書獎、書商協會，以及 Waterstone 書商稱譽爲年度作家。她在二〇〇三年，還榮獲《Granta》雜誌選爲英國最佳青年小說家之一。

她的前幾部小說《輕舔絲絨》、《華麗的邪惡》與《荊棘之城》出版之後，都獲得來自世界各國讀者的極高好評，而《輕舔絲絨》與《荊棘之城》二書，也都陸續被英國國家廣播公司ＢＢＣ改編成電視劇與迷你影集。

英美文學博士出身的她，個性鮮明，寫作風格獨特且技巧純熟，作品數量雖不多但每獲好評。其作品不單只有文學性備受肯定，豐富的情節也深具吸引力和娛樂性，其間自然流露的幽暗詭譎，使其筆下充滿一種神祕鬼祟的魅力，屢屢被改編爲電視影集；以英國維多利亞時代爲背景的首部作品《輕舔絲絨》，描寫男裝麗人與其仰慕者之間深刻曖昧的感情，獲得當年度的 Betty Trask Award 獎；第二本著作《華麗的邪惡》，描寫維多利亞時代的降靈術故事，布克獎得主瑪格麗特．愛特伍曾聲稱閱讀本書的經驗「令人十分愉悅」，牛津文學教授同時也是著名作家的 A.N.Wilson 則稱讚華特絲「是十分優秀的作家，讀者會相信她寫出的任何故事」；第三部作品《荊棘之城》更是佳評如潮，獲獎無數，《娛樂週刊》評選為年度十大好書，二〇〇五年亦再度被ＢＢＣ改編為迷你影集《指匠情挑》。現其作品已被翻譯成二十四種語言，風靡全球廣大讀者。

華特絲曾自承狄更斯對其影響很大，承襲狄更斯對社會底層生活的關懷，華特絲的小說主人翁也多處社會邊緣，包括表演工作者、罪犯、靈媒等，都是當時不被社會主流接受的人物，甚至還有當時被視為禁忌的情感，而華特絲就是能發掘這些陰暗人生中的獨特興味，詩般文字細膩刻畫出主角們的內心掙扎，使其小說充滿了特殊吸引力，讓讀者與書中人物共喜同悲，隨著故事前行而情緒糾結，受牽引直至最後一刻。

相較於狄更斯近乎寫實的筆法，華特絲筆下故事更加精采，對維多利亞時代的描繪就如一種以細筆重現眞實的虛構：故事本身雖是一種虛構，但透過作家的翔實考據和豐富歷史涵養，讓讀者信以為眞；介於眞實與虛構間的奇幻魅力或許正是華特絲作品最迷人之處。

華特絲只用三部小說就建構起自己在文壇及讀者心目中的地位，寫作功力不言可喻，第四本著作《守夜》，也就是本書，更於二〇〇六年入圍曼布克獎，每一出手便是得獎與暢銷的保證，在當代作家中實屬難能可貴，也讓人更加期待華特絲未來在英國文學史上的崇高地位。

守夜

溫柔且悲哀，《守夜》是以戰火下動盪不安的英國爲背景，描寫四名倫敦人的獨特故事：身著男裝，在街頭不停尋覓的凱……心中藏有令人不安祕密的海倫……外型美豔、對軍中情人極爲忠誠的小薇……以及表面天眞、內心卻與自己心中魔鬼掙扎的鄧肯。

小說情節在一九四〇年代來回穿梭，經過空襲、燈火管制的街頭、不被社會認可的關係，以及性冒險等等，故事最後在所有事件一開始的一九四一年結束，震撼的情節令人拍案叫絕！

目錄

榮獲二〇〇六年英國曼布克獎入圍決選小說

獻給　露西沃恩

1947

1

「所以，你變成了這種人。」凱告訴自己，「一個自己的時鐘和手錶都停了，卻以哪一種殘障者何時抵達房東家的方式來知道時間的人。」

她站在開啓的窗前，身穿一件無領襯衫、一條灰色內褲，抽菸，看著李奧納多先生的病人來來去去。他們都很準時——非常準時，她眞的可以依據他們的出現知道時間。脊椎側彎的女人總是在星期一的十點到達；受傷的士兵是星期四的十一點和星期二的一點；有個老人總會在看似神秘古怪的男孩陪伴之下出現。凱很喜歡觀看這兩個人。她喜歡看著他們從街上慢慢走來的模樣，那老人穿著整潔如殯葬業者般的黑外套，那男孩看來很有耐性、表情嚴肅、相貌英俊——就像是青年與老年的表徵，她想，正如[1]史丹利．史賓塞或某位講究細節的現代畫家作品。在他們之後是一對母子，兒子是個戴眼鏡的跛腳男孩；再來是一名患有風溼的印度老婦人。有時候，當跛腳男孩的母親與李奧納多先生說話時，這個跛腳男孩會用腳上穿的大靴子蹭起殘破小徑上的青苔和泥土，往屋子踢去。最近有一次，他抬頭看到凱在注視他們，不久她就聽到這男孩在樓梯間，爲了要自己去上廁而吵鬧不休。

「是因爲門上的天使嗎？」凱聽到男孩的母親問道，「老天，那些只不過是照片！你現在已經是大男孩了！」

凱猜想，那男孩害怕的並不是李奧納多先生那些愛德華時期風格駭人的天使，而是害怕遇見凱。他一定以爲凱是經常在閣樓上出沒的鬼魅或瘋子。

就某方面來說，男孩沒錯。因爲凱有時候會跟大家所認爲的瘋子一樣，不停地走來走去。有時候，她又會一連幾個小時一動也不動地坐著——她比影子還要寧靜，因爲她曾見過爬過小地毯的影子。有時候，她會覺得自己可能眞的是個鬼，可能已經成了這棟房子隱沒結構的一部份，像奇特角落裡堆積的塵埃般，瓦解成昏暗的絕望。

一列前往倫敦克拉芬車站的火車，在兩條街外急駛而過，她從手臂下的窗台感到火車傳來的刺激與顫動。身後電燈突然亮了起來，像飛入細沙的眼睛一眨一眨地明滅幾次後，便熄滅了。壁爐——一個小型的克難壁爐，這裡以前是傭人房——的煤渣緩緩瓦解破碎。凱抽了最後一口菸，便用食指與拇指將菸捻熄。

她站在窗邊已經超過一小時。今天是星期二：她已經看見那個朝天鼻、手臂萎縮的男子到達了，她同時也茫然地等待史賓塞畫中那兩個人物的出現。但現在她不想等了，她決定要出門。畢

❶譯註：史丹利・史賓塞（Stanley Spencer, 1891-1959），英國表現主義畫家。

竟今天的天氣不錯，是溫暖九月中旬的某一天，是戰爭結束後的第三個九月。她走到隔壁房間，就是那個用來當臥房的房間，開始換衣服。

這個房間很暗。幾扇窗戶早已沒有玻璃，李奧納多先生便以油布替代。床很高，有一條磨得越來越薄的燭蕊紗床罩。這張床會讓你有很不愉快的感覺，因爲會讓人想起過去那麼多年來，一定有很多人在上面睡過覺、做過愛、出生、死去、發燒顫抖。它有一股輕微的酸味，就像穿上陳舊褲襪的腳味道。但凱已經習慣了，不怎麼在意。對她而言，這個房間只是個睡覺或輾轉難眠的地方。四壁空無一物，平淡無奇，跟她當初搬進來時沒什麼兩樣。她沒掛過相片，也沒擺過書；她沒有相片，也沒有書。她幾乎什麼都沒有——除了房間角落她拉了一條鐵絲，好有地方把木製衣架上的衣物掛在上面。

至少這些衣服都很乾淨。她從衣服堆裡找到一雙修補得不錯的襪子，以及一條訂做的褲子。她換上一件比較乾淨的襯衫，可以在頸部將襯衫柔軟的白色領口掀開，就像一般女人那樣。

但她的鞋子是男士鞋，她花了點時間擦亮鞋子，然後在袖口戴上銀袖釦，用髮刷梳理她棕色的短髮，最後抹些髮油讓頭髮乖乖聽話。在街上看到她經過的人，如果沒細瞧，常會讓人誤以爲她是個美少年。她經常被叫喚「年輕人」，年長女士甚至會叫她「小伙子」。但如果仔細觀察她的臉蛋，便立即可以看出歲月的痕跡，可以看到她髮絲裡夾帶的縷縷白髮。事實上，她已經快滿三十七歲了。

下樓時，她儘可能謹慎，盡量不去吵到李奧納多先生。但要輕手輕腳很困難，因爲樓梯會發出吱吱或碰碰聲。她先到廁所，再花幾分鐘在浴室裡刷牙洗臉。她的臉顯得有點綠，這是因爲常春藤遮滿了窗戶。水在水管裡震動，噗嗤作響，熱水器旁掛了一個扳手，因爲有時候水管會完全堵塞，那時就得拿扳手用力敲打水管好讓熱水器點燃。

浴室旁的房間是李奧納多先生的診療室，伴著嘴裡的刷牙聲與臉盆的潑水聲，凱仍然可以聽到他那激情單調的聲音，他正在治療那個朝天鼻、手臂萎縮的男人。當她步出浴室，輕聲經過他的房門口時，那單調的聲音突然變大。好似機器的震動聲。

「艾瑞克，」她聽到，「你必須嗚嗚嗚，怎麼可以嗚嗚嗚當嗚嗚嗚，又整個嗚嗚嗚？」

她躡手躡腳走下樓，推開沒上門閂的前門，在階梯上站了片刻——現在她有點兒遲疑了。天空很白，白到讓她雙眼暈眩。天色似乎突然變得無精打采，不是好天氣，乾燥又精疲力竭。她可以感覺到灰塵的存在，因爲灰塵就停在她的嘴唇、眼睫毛與眼角裡，但她不想回頭。她已經梳好頭髮、擦亮鞋子、戴好袖釦了，不能就這麼回去。她走下階梯開始往前走。她走路的姿勢好像知道自己要上哪兒、要做什麼——雖然事實上，她無事可做，無人可拜訪，也沒人可以探望。她的今天是空白一片，就像她其他的所有日子一樣。這一步步費力踏出的路面，說不定是她自己想像出來的。

她往西走，經過掃得很乾淨卻殘破不堪的街道，往倫敦萬茲沃斯區的方向走去。

「今天沒看到巴克上校，何洛斯叔叔。」與曼迪先生接近屋子時，鄧肯望著閣樓的窗戶說。

他相當難過。他喜歡看李奧納多先生的房客。他喜歡看她修剪俐落的頭髮、男性化的穿著，以及輪廓鮮明、與眾不同的外貌。他猜她以前應該是女飛行員，隸屬[1]空軍婦女輔助隊的上士之類的。換句話說，就是戰時很活躍，但現在已經被遺忘了的那種女子。「[2]巴克上校」是曼迪先生幫她取的綽號。他也喜歡看她站在窗口的模樣。他聽到鄧肯的話，馬上抬起頭來，點點頭，但立刻又低下頭去，繼續前行。由於走得氣喘吁吁，便沒再多說話。

他和鄧肯大老遠從倫敦的白城來到薰衣草丘。他們必須慢慢來，要搭好幾趟巴士，中間還得休息，來回一趟幾乎就要花上一整天。鄧肯一向在星期二休假，星期六再去上班補時數。工廠同事對他還不錯，可以如此通融他。「那年輕人對他叔叔非常好！」他好幾次都聽到他們這麼說。但他們並不知道曼迪先生其實不是鄧肯的叔叔，也不知道李奧納多先生如何幫他治療。或許他們以為他是去醫院。隨他們怎麼想，鄧肯也不置可否。

他帶著曼迪先生走進這棟歪斜房子的陰影裡。他總覺得，當這屋子高聳矗立在面前時，是最讓人感到不安的時刻。戰前，這屋子是一長串連棟屋建築的一部份，現只剩它還毅立不搖，兩側還可以看到纍纍的傷痕。與昔日其他房子相連的地方，設有鬼魅般Z字形的階梯，以及消失的壁爐所留下的凹痕。鄧肯想不出來到底是什麼東西在支撐，讓這棟房子不會倒下。每當他開門與曼迪先生一起進入走道時，他都會擔心，深怕哪天他關門的力道猛了點，整棟房子就會在他們四周轟然倒下。

因此他輕輕把門關上；之後，房子便顯得比較正常。屋裡走道上很陰暗，相當安靜，四周設有硬背椅，一組沒掛衣服的外套架，以及二到三株看起來毫無生氣的植物。地板是黑白相間的地磚，有些已經不見了，暴露出下層的灰色水泥。燈罩是玫瑰色的可愛瓷套——可能是煤氣燈專用的燈罩，但現在則與插在膠木插座和磨損棕色皮線的燈泡裝在一起。

鄧肯之所以注意到這類的缺點與特色，因爲這是他生活的樂趣之一。他們愈早到那棟屋子，他便愈開心，因爲如此一來，他可以在幫曼迪先生找張椅子坐下後，還有時間安靜地逛逛走道，仔細觀看每樣東西。他非常欣賞那些優美彎折的樓梯扶手，和兩端銅飾都擦得亮晶晶的梯棍。他也很喜歡櫥櫃門上那些褪了色的象牙把手，和護壁板上被處理得像木頭的漆。但走到盡頭，往地下室附近，則放了一張竹桌，上面擺著廉價俗豔的裝飾品，包括幾隻石膏狗、石膏貓、幾個紙鎮和裝飾繁複的倣義大利馬加利卡花瓶。他最喜歡的是一只老舊的釉砵碗，非常美麗，上面有蛇和水果的造型設計。李奧納多先生在裡面放了幾顆沾滿灰塵的核桃，還有一把鐵製核桃鉗，每當鄧肯接近這個砵碗時，總會有一股好似打從骨子裡感覺到的致命小震盪。因爲他總會想到，或許有

❶譯註：空軍婦女輔助隊，WAAF，Women's Auxiliary Air Force 的縮寫。二次大戰中屬英國皇家空軍，非戰鬥團體，除了運輸，她們的任務還包括氣象資料收集、雷達偵查、收發電報等。

❷譯註：巴克上校，Colonel Barker，原名爲 Victor Barker。是一九二九年，一名受人尊敬、結婚六年、育有妻小的英國軍官，在英國受審後被判刑九個月。因爲實際上他是一位女性，婚前使用很多男性化名字。這起事件在當時英國社會引起一陣嘩然。

個粗心的人拿起這把核桃鉗，鬆手讓鉗子往這個瓷砵砸下去。

今天的核桃與往常一樣，擺在砵碗中，但上面有一層毛茸茸的灰，似乎沒人撢過。此刻的鄧肯，也有時間仔細欣賞幾張歪斜掛在牆上的照片——因爲這屋子裡掛的每件東西都是歪斜的。結果，這幾張照片也沒什麼不尋常之處，就裱在一般的牛津井字型相框裡。但是，這也讓他感到很愉快，一種不同的愉悅，這種愉悅是當他看到還蠻漂亮的東西時，心裡想著，你不屬於我，我也不必想要你！

當樓上房間有動靜時，他便敏捷地走到曼迪先生身旁。樓梯駐腳台的門已打開，他也聽到聲音，是李奧納多先生送那位總是在他們之前接受診療的年輕男子出門。鄧肯喜歡看這個男子，幾乎和看到巴克上校，以及那個釉砵碗一樣喜歡，因爲這男子總是很愉快。他可能是個海員。「大副，還好嗎？」他今天這麼說，一邊對鄧肯眨眼。他問現在天氣如何，並詢問曼迪先生關節炎的情況——還一邊從口袋掏出香菸，放在嘴裡，取出一盒火柴劃亮，全都極爲從容自然地以一隻手完成，而另一隻手則萎縮地掛在一旁。

鄧肯心裡老是納悶，既然以他現在的情況還能應付得這麼好，那他幹嘛還來這裡？也許他想要個愛人！因爲，當然囉，女孩對那隻手臂可能會有意見。

年輕男子將火柴盒放回口袋後便離去。李奧納多先生帶領著鄧肯與曼迪先生往樓上走——當然走得很慢，依著曼迪先生腳步的速度走。

「眞煩死了，」曼迪先生說，「你要拿我怎麼辦？把我丟進廢料堆吧！」

「慢慢來，不要緊！」李奧納多先生說。他和鄧肯協助曼迪先生進入診療室。他們讓他坐在另一張硬背椅上，幫他脫掉短外套，並確定他坐得很舒適。李奧納多先生拿出一本黑色筆記本，看了一下，然後面對曼迪先生，在自己那張硬椅坐了下來。鄧肯走到窗戶旁，坐在有襯墊的矮箱上，將曼迪先生的短外套放在腿上。這窗戶裝了一片散發難聞氣味的網狀窗簾，已從上方的鐵線稍往下垂了。這房間的牆壁貼了油氈紙，漆成亮亮的巧克力色。

李奧納多先生搓揉著雙手。「怎麼樣，上次見面之後，你覺得怎麼樣？」

曼迪先生低著頭說：「不是很好。」

「還會痛吧？」

「似乎擺脫不掉。」

「那你自己有沒有吃其他的藥？」

曼迪先生的頭再度不安地動一下。「嗯，」過一會兒他承認，「大概吃了一些阿斯匹靈。」

李奧納多先生收起下巴，看著曼迪先生，像是在說，你看吧！「你知道同時採用無效的藥物治療與精神療法的人像什麼嗎？就像被兩個主人拉扯的驢，哪兒都去不成。難道你不知道嗎？」

「我只有在眞的很痠痛時……」曼迪先生回道。

「痠痛！」李奧納多先生的口氣帶著消遣與不屑，搖起椅子來。「這把椅子會不會因爲支撐我的體重而痠痛？你知道爲什麼不會痠痛嗎？要知道，這椅子的木頭和你腿部肌肉骨骼組成的物質是一樣的，而你卻說你的腿因爲支撐體重而疼痛。這是因爲沒有人相信椅子會痛。所以，只要你不相信腿上的痛楚，那麼那條腿對你而言就像木頭一樣微不足道。你不知道嗎？」

「知道。」曼迪先生順從地回應。

「知道。」李奧納多重複一遍，「那就開始吧！」

鄧肯在原處坐著不動。治療時必須肅靜，尤其是現在，李奧納多先生正努力集中意念、集中精神，這樣才可以治療曼迪先生對關節炎的妄念。他的頭稍微後挪，專一心思地觀照，並非注視曼迪先生，而是掛在壁爐上方的一張相片，照片裡是個目光和藹、身著維多莉亞式高領服飾的女子。鄧肯知道她是基督教科學派[1]的創始人瑪麗貝克艾迪。在這張相片的黑色邊框上，有人——可能是李奧納多先生自己——用亮光漆，很不順手地寫了一句話：**思想之門永遠的看守人**。

這句話常讓鄧肯覺得想笑，不是因爲這幾個字很滑稽，而是因爲現在發笑會很糟糕，而且他總是在這個節骨眼想到必須坐著不動，而且要坐很久，就讓他感到愈來愈慌張。他覺得自己一定會發出某種聲響，做出某種動作——跳起來、開始尖叫、突然大吵大鬧。但這念頭已經太遲了，只見李奧納多先生改變姿勢往前傾，凝神注視曼迪先生。再度說話時，他的語氣轉爲一種專注的耳語，充滿了強大的堅定與信念。

「親愛的何洛斯，你必須聽我的話。你對於你關節炎的想法都是假的，你沒有關節炎，也沒有痛楚，那些伴隨著病痛的法則與條件而來的想法與觀念無法束縛你。親愛的何洛斯，聽好，你沒有恐懼，回憶無法讓你害怕，回憶不會讓你認爲厄運會再次降臨到你身上。你什麼都不必怕，親愛的何洛斯，愛與你同在。愛充滿了你，也圍繞著你。」

他一直說著這些話，就像絕不動搖的愛人一連串的輕柔責備。鄧肯心想，任何人都會臣服於這些話語的熱情。現在，鄧肯忘了想笑的感覺，心中只有驚訝、感動與信服。他想起那個手臂萎縮的年輕人，想像他現在就坐在曼迪先生坐的位置上，聽到「愛充滿了你」，聽到「什麼都不必怕」，以意志力讓手臂變長，自己長出肉來。這種事可能發生嗎？爲了曼迪先生，爲了那個年輕人，鄧肯極願意相信這是可能的。他比任何人都希望如此。

他望著曼迪先生。治療開始後不久，曼迪先生便閉上眼睛。現在，當輕柔的耳語持續時，他開始啜泣。眼淚流到雙頰，流到喉頭，染濕衣襟。他沒有擦拭眼淚的意思，只見雙手鬆鬆地放在腿上，潔淨樸實的手指有時會抽動，還不時帶著顫抖深呼吸。

「親愛的何洛斯，」李奧納多先生繼續說著，「任何意念都無法控制你。我否認疾病的想法有力量控制你，疾病是不存在的！我肯定你身上和諧的力量，你每個器官的力量，你的雙臂，你的雙腿，你的眼睛與耳朵，你的肝臟與腎臟，你的心臟、大腦、胃部和腰部。那些器官都完美無暇！何洛斯，聽我說……」

他這樣滔滔不絕地說了四十五分鐘後，身子往後一坐，沒什麼倦容。曼迪先生最後掏出手帕擤鼻子又擦臉，但眼淚已乾。他自己站了起來，走路似乎比較容易些，心情也輕鬆不少。鄧肯將

❶譯註：Christian Science，一八七九年由艾迪（Mary Baker Eddy, 1821~1910）在美國創立的一支教派。

外套遞給他。李奧納多先生站起來伸展四肢，從玻璃杯啜飲一些水。當曼迪先生付錢給他時，他一邊收錢，神情同時顯得極爲抱歉。

因爲曼迪先生在講電話，「當然，今晚我會把你算進去，在我的晚禱爲你祈禱。到時候你行嗎？就九點半好了，可以吧？」曼迪先生有許多從未謀面的病患，鄧肯知道，就是那些寄錢給他採用遠距離治療，或是以信件、電話方式治療的病患。

他與鄧肯握手。他的手心乾爽，手指像女孩般柔軟滑嫩。他露出微笑，但神色茫然，很像田鼠。在那一刻，他說不定眞是瞎子。

鄧肯心想，若他眞是瞎子，那還眞尷尬啊！

這念頭又讓他想發笑。當他與曼迪先生來到屋前街道上時，他笑了出來。曼迪先生被他的歡樂感染，也跟著笑。就像是對那個房間、那種靜止、那一連串溫柔言語的一種緊張反應。走出那棟歪斜房子的陰影，往薰衣草丘走去時，他們四目相覷，立刻像個孩子般笑了出來。

男子說：「我不喜歡輕浮善變的女人，我不怕你知道，我前任女友就是這樣，我受夠了！」

海倫說：「就目前這個階段，我們常勸客戶要盡量保持開放的態度。」

男子說：「呃……我想，還有開放的錢包！」

他身穿深藍色的解[1]除動員裝，手肘和袖口都已磨得亮晃晃，臉龐被熱帶的太陽曬得黝黑，但臉色臘黃，不是很健康的模樣。頭髮梳得極爲整潔，白色筆直的分線像一條疤痕，髮油中還夾帶了一些頭皮屑，讓海倫不禁多看了幾眼。

「我曾和一個在空軍婦女輔助隊的女子約過會，」他語帶悲憤，「每當我們經過珠寶店時，她碰巧就會扭到腳踝……」

海倫拿出另一張紙，「那這位女士呢？我看看，喜歡縫紉、看電影。」

男子傾身端詳照片，才看一眼就立刻往後坐，搖搖頭。「我不喜歡女孩戴眼鏡。」

「還記得我剛才勸你的嗎？要保持開放的態度。」

「我不想讓妳覺得我很挑剔，」他對海倫相當得體的棕色穿著瞥了一眼。「但是，一個戴眼鏡的女孩，她自己都不顧外貌讓自己失望透頂了，那妳看她接下來又會如何打理自己？」

他們就這樣一來一往又談了二十分鐘。最後，從海倫檔案中的十五名女子裡，挑出了五名。

男子很失望，卻以挑釁的態度掩飾自己低落的情緒。「那接下來呢？」這時，他拉拉亮晃晃的袖口。「我想，到時候這幾個人會看到我這張醜臉，然後妳會問她們喜不喜歡。我已經知道會有什麼結果了，也許我該拍張耳朵夾著一張五英鎊鈔票的照片。」

海倫想像那天早上，他在家中挑選領帶、整理外套、一次次將頭髮的分線弄直的模樣。

她送他下樓，看著他往街上走。返回樓上的等候室時，她望著同事小薇，深深嘆了口氣。

❶譯註：解除動員裝，二次世界大戰後，英國政府分發平民服裝給退役男子，一般稱為解除動員裝。大都是方肩、雙排釦西裝外套以及寬鬆的長褲，從一九三零年代到一九四零年代都很流行。

小薇說：「他就是這樣，對吧？我剛才就納悶，他大概不會要我們森林小丘提供的女士。」

「他想要更年輕的女孩。」

「他們哪個不是這個德行？」小薇忍住了呵欠。桌上有一本筆記本，她輕拍嘴巴，兩眼盯著筆記本內頁。「接下來差不多有半小時都不會有客戶進來。我們來喝杯茶，好嗎？」

「好吧！」海倫說。

突然間，和剛才與客戶應對時相較，她們的動作變得更敏捷、更有活力。小薇拉開文件檔案櫃最下層的抽屜，取出小電壺與茶壺。海倫提著電壺到階梯平台洗手間裡的水槽裝水。小薇將電壺放在地板上，插頭插在護壁板上的一個插座，在一旁等待，水燒開約需三分鐘。插座上方的紙張正往上飄動，這張紙一直都在承受水蒸氣的吹凌。她每天都會撫平這張紙，這張紙會變得很平整，但過了片刻，又會慢慢捲回之前的模樣。

這間事務所位於龐德街車站後方的一條街上，在假髮工廠樓上，有兩個房間。海倫在前面的房間單獨與客戶會面，小薇的辦公桌則在等候室裡，客戶抵達時，她負責招呼他們。這裡有一張不相稱的沙發和幾張椅子，供早到的客戶稍坐。耶誕節仙人掌盆栽偶爾會開出令人驚嘆的花朵，一張矮桌上有最近幾期的小❶人國雜誌和讀者文摘。

戰爭結束後，海倫便在這裡工作。她本來只是當成一份暫時性的工作，一份輕鬆的工作，這和之前她在馬麗勒本市鎮廳損失協助部門的工作相比，型態完全不同。在這裡，每天的工作都很明確。她盡力爲客戶服務，也衷心祝福他們。但是，這份工作卻讓她感到有點沮喪。客戶來此尋找新愛，但是這些客戶卻經常——或者只對她而言似乎是如此——只是想要談論失去的舊愛。當然，最近生意蒸蒸日上，海外歸國的軍人發覺妻子或女友完全變了樣，完全認不出來。他們來到介紹所時，表情看起來仍然還很震驚，女性客戶則經常抱怨前夫。「他要我一直待在家裡。」、「他說他不喜歡我的朋友。」、「我們回到以前度蜜月的飯店，但感覺就是不同。」

開水滾了。海倫在小薇的辦公桌上泡茶，將茶杯拿到盥洗室，小薇在裡面，窗戶已經拉開。這棟建築物的後方有個逃生梯，如果爬出這扇窗戶，便可以走到已經生鏽、有低矮欄杆的鐵製平台。當她們在平台上走動時，平台會搖搖晃晃，而鐵梯也會抵著螺釘上下晃動；但那個地方有陽光，因此只要一有機會，她們便會直接過去。在那裡，可以聽到一樓門口的門鈴聲與電話鈴響。後來，她們發展出了一套方法，可以像障礙賽選手一樣快速敏捷地爬過窗台。

今日此刻，這裡已不見陽光了，但整個早上接受陽光照射的磚塊與鐵條仍散發著餘熱。空氣是帶有石油廢氣的珍珠白。可以聽到牛津街傳來隆隆的交通聲，以及工人修繕敲打屋頂時發出陣陣的噠噠聲響。

小薇和海倫坐下來，小心將鞋子鬆開，伸展雙腿——她們塞好裙子，以免假髮工廠的員工正巧也出來抬頭往上看——活動穿著褲襪的雙腳。她們的褲襪在腳趾和腳跟都有縫補的痕跡。鞋子

❶譯註：小人國雜誌，Lilliput，原是《小人國遊記》裡小人國的名稱，這裡指一九三七年英國發行開數較小的月刊，內容以插畫、短篇小說、照片、藝術為主，幽默風趣。六零年代與另一雜誌Men Only合併。

已經磨損，其實，所有人的鞋也都磨損了。海倫拿出一包香菸，小薇說：「這次該我了。」

「沒關係。」

「那麼我欠妳。」

她們共用一根火柴。小薇仰起頭吐出一口煙，然後看看手錶。

「天哪！已經過了十分鐘。爲什麼客戶在的時候，時間都沒過得這麼快！」

「時鐘一定是受到他們的影響，」海倫說，「就像磁鐵一樣。」

「一定是這樣。就像他們吸走了妳我的生命一樣，像大跳蚤一樣吸、吸、吸。說眞的，如果在我十六歲時，妳告訴我，我最後會在這種地方工作，我還眞不知道當時會怎麼想，這跟我想像的完全不一樣，我當時想要當律師的秘書。」

小薇後面的話語在另一個呵欠中消失，彷彿她甚至沒有精力可以憤世嫉俗了。然後，她用一隻纖長、蒼白、漂亮、沒戴戒指的手拍拍嘴巴。

她比海倫小五、六歲，海倫今年三十二。小薇五官分明，仍是青春洋溢，她有一頭閃亮略呈棕色的秀髮。現在她把頭髮盤在腦後，頭靠在溫暖的磚牆上，就像靠在天鵝絨枕墊上。

海倫忌妒小薇的這頭秀髮。她自己的髮色很淺，或者就像她自己認爲的，毫無顏色。而且最不可原諒的一點是，她的頭髮非常直。她以前是捲髮，但經常燙髮造成髮絲乾燥易裂。最近她又去燙髮，每次轉頭時，她都還可以聞到化學藥劑淡淡的臭味。

她想了一下小薇剛剛說想當律師秘書的心願，她說：「年輕時，我想當馬房妹。」

「馬房妹？」

「妳知道的，和馬匹、小馬爲伍。我這輩子從未騎過馬。但我想我應該在女子年鑑或哪裡讀過這方面的東西。我以前在街上小跑步，舌頭會發出達達的馬蹄聲。」她清楚想起以前曾感受過的激情，現在突然有股想要站起來、在防火梯上下小跑的衝動。「我的馬叫做電馳，跑得很快，肌肉發達。」她抽口菸，然後壓低聲調，「只有上帝知道佛洛依德[1]會說什麼。」

她和小薇笑了起來，有點臉紅。

小微說：「在我非常年輕的時候，我想當護士。但當我看到在醫院的母親時，便打消了這個念頭，我弟弟想當魔術師。」她的眼神變得很遙遠，逐漸微笑起來。「我總記得，我姊姊和我幫他做了一件斗篷，用舊窗簾做的。我們將窗簾染成黑色，當然，當時我們不知道自己在做什麼，我們都還小，結果看來很糟糕。我們告訴他，這是一件有特殊魔力的斗篷。之後，我父親幫他買了那種有魔術把戲的箱子，當作他的生日禮物，我敢說那一定也很貴。弟弟他什麼都有，完全被寵壞了。他就是那種妳帶他去一家店，他總會想要個什麼東西的小孩。姨媽以前總是說，如果妳帶鄧肯到羊毛店，他出來時會向妳要一球羊毛。」

她啜飲著茶，又笑了起來。「他當時是個很可愛的小孩，不騙妳。父親給他那個箱子時，他非常高興，幾乎覺得不可思議。他花了好幾個小時閱讀使用手冊，想破解那些把戲。但到最後，

[1] 譯註：佛洛依德將性衝動比喻爲馬匹。

他收起來不玩了。所以我們就問，怎麼回事？你不喜歡那個箱子了嗎？他說，嗯，箱子還不錯。他還以爲那箱子會教他如何表演眞正的魔術，但那箱子其實只有一些小技巧。」她咬著唇，搖搖頭。「只是一些小把戲！可憐的小孩。當時他大概只有八歲。」

海倫露出微笑，「有個小弟應該不錯。我弟弟和我年紀太接近，以前常吵架。有一次他把我一根辮子綁在門把上，然後用力甩門。」她摸摸頭皮，「痛得要命。我當時眞想宰了他！如果當時我知道怎麼做，我想我就會宰了他。我覺得小孩可以執行完美的小小殺人案，對不對？」

小薇點點頭，但這次只是輕輕地點，抽菸。有一、二分鐘，她們坐在一起，什麼都沒說。

陰霾又出現了，海倫心想。因爲她已習慣小薇這樣的行爲。只要說出一丁點的私事，分享記憶，接著就會突然退縮，好像透露太多似的。她們一起工作快一年了，但海倫對於小薇家庭生活的認識，都是由小薇透露的片段拼湊起來的。例如，海倫知道小薇的背景很平凡，她母親去世已久，與父親同住倫敦南區。下班回家後，會幫父親煮晚餐、洗衣服。她沒結婚也未訂婚。海倫覺得這點很怪，因爲她是個非常漂亮的女孩。她從未提及她在戰爭中曾經失去愛人，但海倫總覺得小薇有某種失落感，某種灰色，一層如塵埃般細緻的憂傷，就在表象之下。

但是她的弟弟，這位鄧肯，才是眞正的大謎團。他有某種怪僻或醜聞纏身，海倫一直想不出來到底是什麼。鄧肯不和小薇、父親同住，反倒是與一位叔叔之類的人住在一起。雖然鄧肯顯然很健康，但海倫推測，他是在那種提供病患與低收入戶工作機會的工廠裡上班。小薇提到他時，態度總是很奇特。例如，她經常說：「可憐的鄧肯！」就像她剛才說的那樣。但隨著她心情的起伏，語氣上也會帶著些許惱怒。「喔，他還好。」、「他什麼都不懂。」、「他只活在自己的世界裡，眞的。」那時候，這種陰霾又會出現。

海倫瞭解也尊重這類的陰霾，她也有一、二件寧願不說的事情。

她又喝了一些茶，打開手提包，掏出毛線。戰時，她已養成這種習慣，就是爲軍人織襪子與圍巾的習慣。目前，她每個月總會寄出一包各式各樣笨拙的土色手織品給紅十字會，她現在織的是可以將頭包住只露出臉部的孩童帽。毛線是舊的，有奇奇怪怪的結。夏天織毛線很熱很難受，但花樣的變化卻很有趣。她的手指沿著織針快速移動，低聲數著針數。

小薇掀開自己的袋子，取出一本雜誌開始翻閱。

「想知道妳的星座運勢嗎？」看了一陣子後問海倫，海倫點頭回應，小薇說，「找到了，雙魚座。今天最好謹慎行事。他人可能不贊同妳的計畫。我想，這大概是指剛才妳那位來自哈洛的先生。至於我的運勢嘛……處女座。小心不速之客。這聽起來像是跳蚤會咬我似的！猩紅色會帶來好運。」她扮個鬼臉，「這只是某個女人在某處的辦公室寫的，對不對？眞羨慕她的工作。」她翻了幾頁，然後將雜誌拿給海倫看。「這個髮型如何？」

海倫又在數針數。「十六、十七，」她說，然後看了照片一眼。「還不錯，但我不想每次把頭髮做了又做。」

小薇又再打呵欠，「喔，我什麼都沒有，就時間多的是。」

她們花了一些時間瀏覽流行服飾，然後看看錶，嘆起氣來。海倫在紙樣上做個記號，捲起編織品。接著，她們穿上鞋子，拍拍裙子，再從窗戶爬回去。小薇將杯子用水沖一沖，然後拿出粉盒與口紅，往鏡子前方走去。

「我要去補一補妝。」

海倫則是快速打理一下臉，然後慢慢走回等候室。她重新擺好小人國雜誌，收拾茶具水壺。看了一下小薇桌上的行事本，翻閱頁面，檢視名字。席斯先生，布雷克先生，泰勒小姐，希普小姐……她猜得出促使他們打電話來的各種失望：遺棄、不忠、痛徹心扉的懷疑、心已死。

這個想法讓她感到不安。這份工作眞是太恐怖了！即使和小薇一起上班，讓這份工作變得比較可以忍受，但待在這裡眞的是很可怕，尤其是所有你重視的事，所有眞實、有意義的事都在他處，而你卻無法觸及時……

海倫走進自己的辦公室，看著桌上的電話。白天這時候不該打電話的，因爲茱莉亞在工作時不喜歡被打擾。但既然已經想到了，這個念頭便揮之不去。她感到一絲不耐，發覺快要無法控制自己的身體，很想拿起話筒。

喔，管他的！她想。於是一把拿起話筒，撥了號碼。鈴響一次，二次——然後便是茱莉亞的聲音。

「妳好！」

「茱莉亞，」海倫小聲地說，「是我。」

「海倫！我以爲是我媽打來的，她今天打了兩次了。在她之前是交換台，線路有問題。在那之前是一個男人，賣肉的！」

「哪種肉？」

「我沒問，貓肉吧！」

「可憐的茱莉亞，妳的寫作有進展嗎？」

「嗯，有一點。」

「有把人幹掉嗎？」

「有，在該發生的時候。」

「眞的？」海倫將話筒放在耳邊，這樣的姿勢比較舒服。「誰？是羅亭根夫人嗎？」

「不是，羅亭根夫人獲判緩刑。是馬龍護士，一根槍矛穿過心臟。」

「槍矛？在漢普夏？」

「不，是上校在非洲的一件戰利品。」

「哈！那會給他一個教訓。場面很噁心恐怖吧？」

「非常噁心。」

「流很多血？」

「血流滿地。那妳呢？一直在發佈結婚告示？」

海倫打個呵欠，「不是很多，沒有。」

她其實沒什麼話好說，只是想聽聽茱莉亞的聲音。二人沈默不語，電話中充滿其他電話線上其他人對話的電訊小干擾。後來，茱莉亞再度開口說話，這次比較有活力。

「聽著，海倫，我想我要掛電話了，萼蘇拉說她會打來。」

「喔……」海倫心中突然升起了警覺，「是萼蘇拉．華林？」

「我想大概是關於電台煩人的事。」

「喔，好。」

「稍後見。」

「好，當然。再見，茱莉亞。」

「再見。」

接著是幾響雜訊的爆裂聲。當茱莉亞放下話筒時，電話線上一片死寂。有一陣子，海倫還把話筒放在耳畔，聽著電話切斷後留下的模糊卻又強烈的迴音。

然後，她聽見小薇從盥洗室走出來的聲音，便快速輕巧地將話筒放好。

「茱莉亞好嗎？」小薇問道。當時已經要下班了，她與海倫正在檢查辦公室，倒垃圾，整理文件。「她的書完成了嗎？」

「還沒有。」海倫頭也不抬地說。

「我幾天前看到她的書，叫什麼黑眼睛的。」

「危險明眸。」海倫回道。

「對，危險明眸。我週六在一家書店看到這本書，我把書移到書架的中間，然後就有一個女的也開始注意到了。」

海倫微笑著說：「應該給妳一份佣金。我會告訴茱莉亞。」

「妳絕對不可以說出來！」這會讓小薇很難堪，「但她的書已經賣得很好了，對吧？」

「沒錯，」海倫正在穿外套，似乎很猶豫。然後又說，「這個星期在《電台時代》❶會有一篇關於她的報導，而且她的書還會在安樂椅偵探❷節目中出現。」

「眞的？」小薇說，「妳應該早點告訴我，我回家時要買一份《電台時代》！」

「只是一篇簡短的書介，」海倫回答，「倒是有一張漂亮的小照片。」

不知道爲什麼，她對此似乎不是很興奮，她應該更興奮才對，也許她還在適應這件事。但對小薇而言，有個照片會刊登在那麼多人會看到的《電台時代》的作家朋友，似乎很不可思異。

她們關掉電燈，走到樓下，海倫將門鎖上。她們這樣站了一分鐘，她們總是這樣，看著假髮店裡的假髮，想想如果眞要買，該買哪一頂才好，並對著其他假髮大笑，然後一起走到牛津街轉角，邊道別邊打呵欠。一想到明天還要回來重複同樣的工作一整天時，便會扮個滑稽的鬼臉。

❶譯註：電台時代，Radio Times，英國廣播公司BBC於一九二三年創刊的週刊，主要是BBC電視與廣播節目的時間表。

❷譯註：安樂椅偵探，Armchair Detective，是BBC一個類似讀書型態的偵探節目，主持人談論社會眞實案件與偵探犯罪小說，有時也會邀請偵探小說作者上節目討論，在當時相當受歡迎。

小薇道別後緩慢前進，幾乎是刻意在街上遊蕩。她看著商店裡的櫥窗，打算避開交通巔峰時間後再搭火車回家。她通常會搭公車，花很長的時間回到位於史崔漢的家。但今天是週二夜晚，在週二，她通常會搭地鐵到白城，去和弟弟喝個茶。但她很討厭地下鐵，她討厭人擠人，討厭那裡的氣味、灰塵，以及瞬間襲面而來的熱風。來到大理石拱門站時，她沒進入地鐵車站，而是走進公園，沿著人行道旁的小徑漫步。在即將西沈的太陽照耀之下，這座公園顯得很漂亮，影子拉得很長，似乎很涼爽，還帶著一抹微藍。她站在噴水池邊看著水波相互嬉戲，甚至在長椅凳上坐了好一會兒。

有個帶著小嬰兒的女孩在她身邊坐下，坐下時嘆了一口氣，似乎很高興可以稍做休息。那女孩頭戴戰爭時期的頭巾，上面有褪色的坦克與噴火式戰鬥機圖案。小嬰孩睡著了，但應該是在做夢，只見他的臉微微抽動，一會兒眉頭緊皺，一會兒表情驚訝，像是在練習他長大之後會用到的所有表情，小薇心裡這麼想。

最後，她終於在蘭開斯特門站走進了地鐵。這兒距離伍德大道站只有五站，而曼迪先生的房子，出了車站後走路只要十分鐘就可抵達，繞過賽狗場後側就行了。若是有比賽，你可以聽到觀眾的喧鬧聲，很可笑的聲音，音量很大，大得令人害怕。走在附近的街上，感覺就像有一波波無形的巨大水波在身後隆起。今晚的賽狗場很安靜，街上有三個小孩騎著一輛舊腳踏車搖擺晃動，在街上迂迴穿行，揚起一片塵土。

曼迪先生家的大門被一個過度講究的小門閂鎖住，不知怎地，這個門閂讓小薇想起曼迪先生這個人。他的前門裝有幾片玻璃。她站在門口，輕敲玻璃，不一會兒，大廳外出現一個人影，一跛一跛慢慢走來。小薇露出微笑，想像著對面的曼迪先生也在微笑。

「哈囉，薇薇安。親愛的，妳好嗎？」

「哈囉，曼迪先生。我很好。你好嗎？」

她往前走，鞋子在地板上的椰子踏墊上搓了一下。

「我沒什麼可抱怨的。」曼迪先生回應。

走道很窄，每次他閃身讓她通過時，總是有點小尷尬。她走到樓梯的最底端，站在傘架旁，解開外套鈕釦。小薇每次都得花上一到二分鐘才能習慣這裡的幽暗。她打量四周一會兒，眨著眼睛問道：「我弟弟在家吧？」

曼迪先生將門關上。「在客廳。妳進去吧，親愛的。」

但鄧肯已經聽到他們的對話，於是大聲說：「薇薇安嗎？小薇，快過來看！我站不起來。」

「他把自己固定在地板上了。」曼迪先生微微一笑。

「快來看！」鄧肯再叫一聲。

她推開客廳門走了進去。鄧肯趴在壁爐前方的地毯上，前面放著一本翻開的書，在他背上是曼迪先生的虎班貓。那隻小貓的前腳好像在揉麵團似的，腳趾和爪子不停張開縮起，興奮地發出呼嚕呼嚕聲。小貓看到小薇，眼睛瞇了起來，腳上的動作也加快許多。

鄧肯笑了起來，「妳覺得如何？牠在幫我按摩。」

小薇感覺到曼迪先生就站在離她肩膀很近的地方，他湊過來看，要和鄧肯一起笑。他的笑聲很輕，很澀，是老人一種輕輕的笑，她也只能跟著笑。她說：「你眞是個怪人！」

鄧肯開始用雙手撐起上半身，就像在做體操。「我在訓練牠。」

「訓練牠做什麼？」

「馬戲團表演！」

「牠會撕破你的襯衫。」

「我不介意，妳看！」

當鄧肯將自己撐得更高時，這隻貓像發瘋似地快速搓揉。這時，他逐漸挺直身子，試圖讓小貓繼續留在他的背上，甚至可以在他身上走動。他邊做邊笑，曼迪先生在一旁爲他加油。但到了最後，小貓不想玩了，一躍跳到地板上，鄧肯拍拍褲子。

「有時候，這隻貓會爬到我的肩上。我到處走時，牠就掛在我脖子上，曼迪叔叔，對不對？其實還蠻像妳的圍巾呢！」

小薇脖子上正圍著一小條假皮毛的圍巾，鄧肯走過來摸了摸。小薇說：「看吧！牠還是把你的襯衫扯破了。」

他轉過身子看了看。「只不過是件襯衫，我不必跟妳一樣時髦，小薇看起來眞的很時髦，對不對，曼迪叔叔？她是一個時髦的女秘書！」

鄧肯給她一個迷人的笑容，然後讓她擁抱，讓她親臉頰。鄧肯衣服上有一股淡淡的香味，小薇知道那味道來自蠟燭工廠。但香味之下，鄧肯聞起來像個大男孩。當小薇把手搭在他身上時，他的肩膀似乎太瘦了，只剩纖細的骨頭。小薇想起了那天下午向海倫提起的事，那個關於魔術盒的事。小薇再次記起鄧肯小時候的模樣，那模樣可說是歷歷在目；他當時如何跑到小薇與潘蜜拉的床上，在她們中間躺下。小薇仍舊可以感覺到他那細小的胳臂和那雙腿，以及他的額頭，那個有時會發熱的額頭，絲綢般細緻的黑髮會黏在額頭上。小薇有一陣子希望一切全都回到童年，現在的一切，對她而言似乎還是很不尋常。

她脫下外套與帽子，和鄧肯一起坐下，曼迪先生已經到廚房去了。過了一陣子，傳來他在準備泡茶的聲響。

「我應該過去幫他的。」每次到這裡來，小薇總會這麼說，而鄧肯總是這樣回答：「他喜歡自己來。待會兒他就會開始唱歌。今天下午他才做完治療，現在情況比較好了。反正杯盤都是由我來洗，沒關係。告訴我一些妳的近況吧！」

他們交換了關於自己的一點消息。

「爸說要問候你。」小薇說。

「真的嗎？」鄧肯漠不關心地回應。他只坐了一會兒便興奮地站起來，從架子上拿了東西給小薇看。「看看這個！」那是一只含有少量銅成份的壺，旁邊有凹陷。「是我星期天買到的，三先令六便士。那個人開價七先令，我殺價讓他賣我，我想這應該是十八世紀的東西。小薇，想想看，昔日喝茶的淑女從這個壺裡倒出奶油來！這個奶油壺在當時應該是鍍銀的，一定是。妳看到鍍銀脫落的地方嗎？」他指出壺把銜接處殘留的銀跡給她看，「是不是很漂亮？三先令六便士！這一點凹陷不算什麼，如果我要的話，可以再把它敲回來。」

他把玩著奶油壺，滿心喜悅。對小薇而言，那看起來像垃圾。但每次來訪，他總有新玩意兒給她看。例如：一只破杯子、缺角的琺瑯盒、磨亮無毛的天鵝絨軟墊。她無法不去想像，那些曾經接觸瓷杯的無數嘴巴，以及那些將軟墊磨損到不堪的髒手與出汗的頭。曼迪先生的房子本身，在某個程度上就已讓她覺得渾身發毛了。這是一棟老人的房子，房間裡塞滿了大型黝暗的傢具，牆上掛滿了照片，壁爐架上有蠟做的花朵，骯髒的玻璃罩裡有幾件珊瑚飾品，燈還是煤氣燈，帶著像魚尾巴似的火光。另外還有發黃的舊照片，那是年輕削瘦的曼迪先生；另外一張是他小時候跟母親與姊姊的合照，他母親穿著一件僵硬的黑色洋裝，很像維多利亞女王，屋子裡全然地死氣沈沈。然而，擁有靈敏的黑色眼神、男孩般清朗笑聲的鄧肯，身在其中卻顯得頗自在從容。

她抓起袋子，「我有東西要給你。」

是一罐火腿。他看到火腿便說：「太棒了！」親暱但略帶揶揄的口吻，就像剛才他在說時髦的女秘書時一樣。曼迪先生捧著茶盤一跛一跛走來時，他興奮地舉高了火腿罐。

「曼迪叔叔！看看小薇帶了什麼東西給我們。」

盤子上擺的是醃牛肉，那是她上次帶來的。曼迪先生說：「天呀！都幫我們安排好了！」

他們拉出折疊桌面、取出杯盤、番茄三明治、嫩萵苣，以及奶油餅乾，接著拉開椅子，鋪好餐巾，開始盛裝自己的食物。

「令尊好嗎？薇薇安。」曼迪先生很有禮貌地問，「姊姊呢？還有那個胖小子怎麼樣？」他是指潘蜜拉的小孩葛翰。「他是個胖小子，像奶油一樣肥嘟嘟的！很像我小時候見到的小孩，現在似乎已經不多見了。」

他邊說邊打開那罐火腿，又平又鈍的大手指一圈一圈轉著火腿罐上的環鎖，露出一道長條細縫的肉，很像纖細的粉色傷口。小薇看到鄧肯在注視曼迪先生開罐頭，她看到鄧肯眨眨眼，然後將視線移開，像是要耍小聰明似的，他說：「難道嬰兒也像裙子一樣，還有流行的樣式啊？」

「告訴你一件事，」曼迪先生一邊搖出火腿，一邊挖出油脂。「以前從未見過有輪子的嬰兒車，若你在附近見到有輪子的嬰兒車，那可就很神奇了。在過去，那東西叫高級嬰兒車，以前我都用載煤的貨車推著我的堂弟堂妹到處跑，但那時候的小孩比較早學會走路，而且那時候的小孩也得工作。」

「你曾經爬過煙囪嗎？曼迪叔叔。」鄧肯問道。

「煙囪？」曼迪先生眨眼，一付不解的表情，

「就是一個彪形惡漢在你腳下放火，好讓你爬快一點。」

「別鬧了！」

三人笑了開來。火腿空罐被放在一旁。曼迪先生掏出手帕擤鼻，用力猛地一擤，像在吹喇叭似的，然後將手帕折回原來形狀，整齊地放回口袋裡，他先將三明治與嫩萵苣切成幾個細塊後再吃。當小薇未蓋上芥末罐的蓋子時，他會將它蓋上。他吃完後，則將盤子上殘留的碎肉片與油脂

遞給那隻貓，還讓貓咪舔他的手指，舔過他所有的指節與指甲。

當貓咪舔完後，喵喵地叫，表示還要，那叫聲很薄弱、聲音很高。

「聽起來像大頭針。」鄧肯說。

「大頭針？」

「那叫聲聽起來好像牠在戳我！」

曼迪先生不懂，然後伸手去摸貓咪的頭。「牠生氣時會抓傷人，要小心。對不對，貓咪？」之後還有蛋糕吃。吃完蛋糕時，曼迪先生和鄧肯起身收走杯盤。小薇坐在那兒，看著他們收拾，感覺很緊張，不久，他們一起走進廚房，留下小薇一個人。屋子裡的門很重，有隔音效果。房間裡似乎很安靜，空氣沈悶，煤油燈嘶嘶叫著，角落的老爺鐘持續發出滴答滴答的聲響，這鐘聽起來跑得很吃力。她想，鐘的內部機械大概是僵硬不靈活了，就像曼迪先生的身體；或者，它也被這裡的老舊氣氛壓得喘不過氣來，就像她一樣。她看了看老爺鐘，對照一下自己的手錶，七點四十分。這裡的時間過得好慢，就像上班時一樣慢，眞不公平！因爲她知道稍後當她需要時間時，時間又會匆匆流逝。

至少，今晚有事情可以讓她轉移注意力。曼迪先生走了進來，坐在壁爐旁的扶手椅上，他晚餐後一向如此。鄧肯則要小薇幫他剪髮，兩人於是走到廚房，鄧肯在地板上鋪上報紙，中間放張椅子，還裝了一盆溫水，在自己領口塞了一條毛巾。

小薇先用梳子沾了一些水，將鄧肯的頭髮打溼，然後才開始剪髮。她用的是一把老舊的女裝裁縫剪刀，只有天知道曼迪先生用這把剪刀來做什麼。他可能自己縫補衣服，對於這點，她是不會感到驚訝的。當她移動位置時，腳下的報紙發出窸窸窣窣的聲音。

「不要剪太短。」鄧肯聽到剪刀聲時說。

她轉動他的頭，「不要動。」

「妳上次剪太短了。」

「我想怎麼剪就怎麼剪，你知道這世上有理髮店嗎？」

「我不喜歡理髮店，總覺得他們要把我剁開，做成派餅餡。」

「別傻了，他們幹嘛要這麼做！」

「妳不覺得我做成派會很可口嗎？」

「你又沒什麼肉。」

「那他便會把我做成三明治，或者做成小肉罐。然後……」他轉過頭，引起她的注意，眼神非常淘氣。

她再次將他的頭擺好，「這樣會剪歪的。」

「沒關係，沒有人會看，只有工廠的林，我沒什麼仰慕者，我不像妳……」

「可不可以閉上你的嘴巴？」

他笑了起來，「曼迪叔叔聽不到，即使他聽到，也不會介意，他對這種事不會介意的。」

她停了下來，用刀尖指著他的肩膀。「你沒告訴他吧，鄧肯？」

「當然沒有。」

「絕對不可以告訴他！」

「我發誓。」他舔了舔手指，碰一下胸膛，抬頭看看小薇，依舊嘻皮笑臉。

她沒回應鄧肯的微笑。「這可不是開玩笑的。」

「如果不能開玩笑，那妳幹嘛要這麼做？」

「要是老爸聽到了……」

「你總是想到老爸。」

「總得有人這麼做。」

「這是妳自己的人生，不是嗎？」

「是嗎？有時我懷疑是否眞是如此。」

她繼續無聲地剪髮，整個人心緒不寧，很想說話，也很希望鄧肯繼續逗她，因爲她沒有其他的說話對象，鄧肯是她唯一曾經傾吐此事的人。但她停頓太久了，鄧肯的思緒早已飛走。只見他歪著頭，注視椅子下面散落在報紙上的一綹綹溼黑頭髮。剛掉下時還是捲曲狀，但乾了之後會分開，成了一綹綹蓬鬆的髮絲。她看見他在扮鬼臉。

「這是不是很奇怪，頭髮在頭上時，多麼漂亮啊！一旦被剪掉，立刻就變得很恐怖。薇，妳應該拿一綹放進項鍊墜子裡，這是好姊姊應該做的事！」

她再次將他的頭擺正，這次比較用力。「如果你再亂動，我等一下就會以姊姊的身分好好修理你！」

他以可笑的倫敦東區口音說道[1]：「我被姊姊好好須理（修理）過了。」

兩人都因此笑了起來。剪完頭髮，鄧肯移開椅子，打開後門。小薇拿出菸，兩人坐在台階上往外看，抽菸閒聊。鄧肯聊起關於拜訪李奧納多先生的經過，關於他和曼迪先生必須搭乘的那幾班公車，他們的小小冒險……天空就像滴了藍墨汁的水，夜幕緩緩下垂，星星一顆顆出現。今天出現的是纖細完美的弦月，幾乎是新月。小貓出現了，在兩人腳邊繞來繞去，突然往後一躺，翻來滾去的，再次著迷於這樣的遊戲。

這時，曼迪先生從客廳走來，過來看看他們兩人在做什麼。小薇心想，說不定他從窗戶聽到我們的笑聲了。他看到鄧肯的頭髮，「天哪！這比史威特先生給你剪的好多了！」

鄧肯站起來開始清掃廚房，他將頭髮與紙張包成一包。「史威特先生以前都會用他的剪刀來剪人，只是覺得好玩。」鄧肯揉揉脖子，「聽說他還把一個人的耳朵剪斷過。」

「那只是傳說，」曼迪先生神情自若，「監獄裡的傳說，就只是傳說。」

「是有個男的跟我說的。」

他們為這件事爭執了一、二分鐘。小薇總覺得他們似乎是故意的，用一種滑稽的方式向她炫耀，就只是因為她在那兒。如果曼迪先生沒出來就好，他就是無法讓鄧肯有片刻的清靜。她很喜

[1] 譯註：倫敦東區，Cockney，倫敦東區佬，一般比較貧困。

歡這樣，坐在台階上，看著天色變暗。但是，當他們開始大剌剌地談論監獄之類的事時，她便無法忍受，這讓她感到很氣憤。剛才她對鄧肯產生的親密與鍾愛之情，此刻開始模糊了。她想到父親，還發現自己以父親的聲音在想這件事。鄧肯優雅地走過廚房，看著他那整齊的黑髮、細長的脖子，如女孩般俊秀的臉龐，她痛苦地告訴自己：「看吧！他把我們害成這樣，但他身上卻絲毫痕跡也沒有。」

她必須返回客廳，獨自一人抽完菸。

但是，因此而憂心痛苦完全是不必要的，這會讓她與父親一樣，感到疲憊不堪，何況她還有其他的事情要擔心。鄧肯又泡了一次茶，三個人一起聽收音機節目。九點一刻，她穿上外套。每個星期，她都在這個時候離開。鄧肯與曼迪先生就像一對結婚多年的老夫妻，站在大門口目送她離去。

「不要妳弟弟送妳到車站嗎？」曼迪先生總會這樣問，而鄧肯也總會搶在她回答之前，以一種漫不經心的方式說：「喔，沒關係，不用送她了。對不對，小薇？」

但今晚他也親吻她，好像知道他已經惹她生氣了。「謝謝妳幫我剪髮，」他溫和地說，「謝謝妳的火腿。我剛才只是在開玩笑！」

離去時，她回頭看了兩次，他們仍站在原地目送。當她第三次回頭時，門已經關上。她想像曼迪先生的手搭在鄧肯肩上；她想像他們慢慢走回客廳，鄧肯走到一張扶手椅坐下，曼迪先生走到另一張坐下。此刻，她的肌膚再度感覺到那屋子裡法藍絨似的沈悶氣氛，於是加快了腳步。突然間，她變得很興奮，她喜歡夜晚冰冷的空氣，還有高跟鞋走在人行道上發出的清脆聲響。

但是，走得太快讓她過早到達車站。她必須站在購票室，看著火車來來去去，讓自己暴露在慘亮刺眼的燈光裡。有個男孩試圖引起她的注意，「嗨，美人！」他邊說邊唱，從她身邊經過。為了避免他再來騷擾，於是走進書報攤；看著架上雜誌時，記起了海倫那天下午提到關於《電台時代》的話題。她拿起一份翻閱，立刻看到一篇文章，標題是：

〈危險的幾瞥〉

週五晚間十點十分的安樂椅偵探節目（輕鬆的娛樂性節目），萼蘇拉・華林將隆重介紹茱莉亞・史坦丁的最新驚悚小說《危險明眸》。

文章有好幾欄長，對小說讚賞有佳。文章上方是茱莉亞本人的照片，側臉面向鏡頭，眼眸低垂，雙手輕握於下巴旁。

看著這張照片，小薇心中感到一絲不悅：她見過茱莉亞，在辦公室外的街道上，當時並不喜歡她，她看來似乎太聰敏。海倫介紹她們兩人認識時，她握著小薇的手，但沒說：「妳好嗎？」或是「很高興見到妳」這類的話，而是以認識小薇好幾年似的冷淡語氣說：「今天還順利吧？促成了幾對結婚佳偶呀？」小薇則回答：「如果是的話，那我們就製造更多傻瓜了！」聽到這樣的答案，茱莉亞笑了出來，似乎覺得自己開的玩笑很有趣，然後說：「沒錯，的確如此……」她的聲音很正式，但說話方式卻很口語，像是「壞了妳的好事」或「愛死了」。海倫這麼好的人，到底看上她哪一點，小薇想不出來。但那是她們之間的事，小薇不願再想。

雜誌放回架上後離開，對她唱歌的男孩已不見蹤影，時鐘顯示十點廿八分。走過購票室，未往月台走去，而是回到車站門口，站在一根柱子附近，望向街道，將外套拉得更緊，因爲站了這麼久，讓她感到很冷。

好一會兒，一部車緩緩出現在馬路旁，繼續往前移動幾碼，在遠離車站刺眼的光線後，才完全停下。車子經過時，她可以看見車裡的駕駛正低著頭，找尋她的身影，看起來很焦急、英俊、絕望。她覺得自己對他的感覺，就像之前對鄧肯的感覺一樣，混雜了愛與憤怒，但仍有一些些的興奮之情。現在，這感覺來了，變得更爲強烈。她先環顧四周，小跑步跑向前排的乘客座，瑞奇上半身跨過座位打開車門，她坐進車裡，瑞奇便抱著她的臉親吻。

回到薰衣草丘，凱走在路上，整個下午與傍晚，幾乎都在走路。她繞了一大圈，從旺茲沃思橋到肯辛頓，越過基斯威克，過河到莫特雷克與帕特尼，現在她正往李奧納多先生房子的方向步行回去，現在離家只有二到三條街之遠。就在幾分鐘前，她跟一名金髮女子走在一起，交談了一會兒，但那女孩並不怎麼感興趣。

「妳的鞋跟這麼高，怎們還可以走這麼快？」凱問。

「習慣就好，」那女孩漫不經心地回答，「妳會很驚訝這有多簡單。」視線並未投向凱，而是往前沿著路面看去，她說要去見個朋友。

「我聽說這運動不錯，」凱繼續說，「跟騎馬一樣，可以美化腿部線條。」

「這我就不清楚了。」

「嗯，說不定妳男朋友知道。」

「或許我會問問他。」

「我很驚訝他竟然沒告訴妳。」

那女孩笑起來，「妳很愛發問，對吧？」

「看著妳就會想問，如此而已。」

「眞的嗎？」

那女孩轉過頭來，注視凱的眼神有一秒之久，皺起眉頭，不解，完全不解的表情。「我朋友就在那兒！」她邊說邊朝對街的女孩揮手，同時加快腳步，走到路旁，快速左顧右盼，然後快步橫越馬路。高跟鞋的鞋背很白，就像活蹦亂跳的兔子屁股上的白毛，凱心想。

她沒說「再見」、「再會」之類的，也沒回頭望，她已將凱拋在腦後了。只見她挽起對街那個女孩的手，在街道的轉彎處，消失無蹤。

2

「你們最棒的女孩到哪兒去了？」林問坐在工作檯對面的鄧肯，這裡是位於倫敦西區雪波茲布希鎮的工廠，林說的是亞歷山大夫人，這家工廠的女老闆。「她今天遲到了，你們吵架了？」

鄧肯露出微笑搖頭，像是在說：「別鬧了。」

但林不管，推推坐在身旁的女人說：「鄧肯和亞歷山大夫人吵架了，亞歷山大夫人逮到鄧肯偷看其他女孩。」

「鄧肯可是眞正的負心漢唷！」那女人心情愉快地說道。

鄧肯再次搖頭，繼續工作。

星期六早上，工作檯圍坐了十二個人，全都在做蠟燭，將燈蕊與金屬支架穿進小蠟條，再將蠟條置入防火盒，準備給工人包裝。工作檯中間有條皮帶，將完成的蠟燭送到等候的推車裡。傳動皮帶發出沈重的滾動聲與規律的咯吱聲，不是很吵，但這房間的另一半是製作蠟燭的機器，發出嘶嘶隆隆的聲響，如果要和鄰座的人說話，得將聲音提高。鄧肯覺得微笑與手勢比說話容易，他經常會一連好幾小時都沒開口說話。

另一方面，林無法保持安靜。他現在戲弄鄧肯不成，便開始收集多餘的蠟塊。鄧肯看著他將蠟塊捏在一起，半晌便捏出一個女人形體。他動作很靈巧，專注地皺起眉頭，眉毛往下，下唇突出。人形在他手指的捏揉下，越來越平滑豐潤。他做了一對誇張的乳房與臀部，以及波浪般的捲髮。他先遞給鄧肯，「這是亞歷山大夫人！」然後又改變心意，對著坐在工作檯邊另一個女孩大叫：「維妮！這是妳，妳看！」他拿出人形，讓它走路，讓它搖擺臀部。

維妮的臉部有缺陷，鼻子塌塌的，嘴唇上翻，配上高亢的鼻音。她也跟著大聲喊：「看看他做的！」她告訴一旁朋友，她們看了也開始發笑。

接著，林將更多蠟塊往人形的乳房與臀部貼，然後以更誇張的姿態讓它走路。「喔，寶貝！喔，寶貝！」他用愚蠢好笑的女性嗓子配音，「當妳跟錢平恩先生在一起時，」他大聲朝維妮的方向喊道，「錢平恩先生就會一直說，妳要這麼做！」錢平恩先生是工廠領班，態度溫和，常被這裡的女孩欺負。「妳要這麼做。我都聽到了！錢平恩先生就是這樣說的吧！」他將人偶放到臂彎裡，開始熱情地親吻它。最後，將指尖放到人偶的兩腿中間，假裝幫它搔癢。

維妮又發出尖叫。林繼續替人偶搔癢，發笑，直到有個年紀較長的女人厲聲叫他住手為止。他的笑變成竊笑，朝鄧肯眨眨眼。「她希望那是她，只是這樣。」他低聲說，不讓那女人聽到。他將人偶壓成無法辨識的一團蠟，丟到裝碎蠟的推車裡。

他私下經常向鄧肯吹噓他對女孩有多行，他只會說這些。「如果我想的話，我可以追到那個維妮．梅森。」他不只一次這麼說，「但你覺得親吻她的嘴，會是什麼感覺？我想，跟親狗屁股差不了多少。」他說他常帶女孩到荷蘭公園，晚上跟她們在那兒做愛。他說得鉅細靡遺，表情扭曲，眼睛眨不停。他與鄧肯說話的態度，好像他年紀比鄧肯大，其實他只有十六歲，長滿雀斑的吉普賽棕色臉龐，粉紅豐潤、光滑柔軟的嘴唇。微笑時，在佈滿斑點的黝黑臉頰襯托下，嘴裡的牙齒看來既潔白又平整。

現在，他坐著將手枕在頭後，以凳子的兩支後腳支撐，晃來晃去，慵懶地環顧這間蠟燭工作室，仔細看著每一個物件，想要找點樂子。一分鐘後，他往前走，好像很興奮，對著工作檯大聲高喊：「注意，亞歷山大夫人到了，正要進來，後面跟著兩個傢伙！」

手邊的工作沒停，一群女人回頭望。任何可以打斷這裡千篇一律、一成不變的工作的事，她們都很歡迎。上個星期，一隻鴿子飛進這棟建築，幾乎有一個小時，她們就在這房間裡高聲尖叫跑來跑去，將興奮之情發揮得淋漓盡致。現在，有幾個人眞的站了起來，想看清楚與亞歷山大夫人隨行的男人是什麼模樣。

鄧肯看著一群人專注凝視的神情，直到她們再也壓抑不住內心的好奇時，他才坐在凳子上轉頭望去，只見亞歷山大夫人正往最大型的蠟燭製造機走去，後面跟著身材高大的金髮男子，以及身材較矮、髮色較深的男子。金髮男子背對鄧肯站立，點頭，不時在小本子上做筆記。另一個男子有照相機，對機器的運作不感興趣，一直走來走去，尋找機器與操作人員最佳的拍攝角度。他照了一張相片，然後又一張，相機像炸彈似地閃著燈光。

「時動研究！」林以權威的語氣說，「我打賭，他們是時動研……看，他們過來了！」

他往前坐好，拿起一段蠟燭與一段燈蕊，以極勤勉與專心的姿勢，開始將二者組合。所有女孩都回到座位坐好，不一會兒就鴉雀無聲，繼續跟以前一樣靈巧地工作。但當她們看到攝影師走過來時，便開始大膽一個接一個抬起頭來。攝影師正在點菸，相機就掛在肩上。

維妮對他大聲說：「你不幫我們照相嗎？」

攝影師望向她，看看坐在她身旁的幾個女孩，其中一個女孩的臉與手有燒燙傷，疤痕還閃閃發亮，另一個女孩則幾乎全盲。「好！」等她們聚在一起，擺出微笑，他再拿起相機，將眼睛貼近觀景窗。他只是假裝按下快門，只按下一半的按鈕，然後舌頭發出一聲清脆的聲響。

那些女孩抱怨道：「閃光燈沒閃！」

攝影師說：「閃過了。這是特殊、看不見的閃光，像X光那種，可以看穿衣服。」

很明顯，面對糾纏他、要他幫忙拍照但長相平凡的女孩，這是他的一套恭維說詞，鄧肯覺得很丟臉。但維妮和其他女孩都尖聲大笑，甚至那個年紀大的女人也笑了。亞歷山大夫人和金髮男子一起走來時，她們都還在笑。

「女士們，」她以她那種好教養的愛德華語氣，容忍地說：「怎麼回事？」

女孩壓抑著笑聲說：「沒事，亞歷山大夫人。」然後攝影師一定又對她們眨眼或做了什麼動作，因爲她們又噗嗤地爆出笑聲來。

亞歷山大夫人一直等待，但最後知道沒人會告訴她這則笑話時，於是就將注意力轉移到鄧肯的身上。「鄧肯，你好嗎？」

鄧肯用圍裙擦擦手，慢慢站起來。整個工廠都知道，他是亞歷山大夫人最喜愛的員工之一。大家會在他聽得到的地方交頭接耳：「亞歷山大夫人要將所有的財產都留給鄧肯！最好對鄧肯・皮爾斯好一點，總有一天他會變成你的老闆！」有時候，他會趁機裝模作樣，博大家一笑。但每次亞歷山大夫人叫到他時，他總會感到一股壓力。今天的他，覺得壓力更大，因爲夫人帶了兩名訪客隨行。很明顯地，夫人會以鄧肯是她的「明星員工」的方式爲他們介紹。

她轉過身，找尋金髮男子，他仍在紀錄蠟燭製造機的筆記。她伸手碰一下他的胳膊，「容我向你介紹一個人。」在工作檯工作的女孩已經不再偷笑，全都滿心期待地抬起頭。金髮男子走過來看了看。「這裡是我們小小的蠟燭部門。」亞歷山大夫人做了說明，「或許鄧肯可以幫你解釋製作過程。鄧肯，這位是……」

只見那金髮男子停下了腳步，兩眼凝視鄧肯，好像無法相信自己的眼睛。接著，他嘴角開始上揚。「皮爾斯！」金髮男子搶在夫人之前開口。鄧肯也瞪大了眼睛，沒有任何反應。「你難道不認識我了？」

鄧肯仔細打量他的長相，最後終於認出他來。他名叫費瑟——羅伯・費瑟，是鄧肯以前在牢裡的獄友。

好一會兒，鄧肯驚訝得說不出話來。頃刻，他突然感覺自己被丟進他們曾經共處的房舍：刺鼻難聞的味道、頭昏腦脹的迴音、折磨逼人的悲慘、恐懼與無聊。他的臉一陣紅一陣白，他知道每個人都在看他，覺得好像自己做錯了什麼事當場被逮。一邊是被費瑟逮到，而另一邊則是被亞歷山大夫人、林與那些女孩、其他人逮到。

然而，費瑟卻開始發笑，看來他也感覺到鄧肯對眼前窘況所感受到的荒謬。但費瑟似乎可以一笑置之，將這樣的窘境視爲一個大玩笑。「我們以前見過！」他告訴亞歷山大夫人，「我們是舊識……沒錯，」他看著鄧肯的眼睛，「好幾年前的舊識。」

鄧肯心想，亞歷山大夫人的熱情看來幾乎要熄滅了。但費瑟沒有注意到，他仍然保持微笑看著鄧肯。他很正式的伸出一隻手，但另一隻手則搭在鄧肯的肩上，開玩笑地搖晃鄧肯。「你看起來完全都沒變！」他說。

「你變了。」鄧肯最後勉強擠出幾個字。

費瑟已經長大了。鄧肯上次看到他時，他當時二十二歲，削瘦、白皙、稜角分明，下巴長有紅色斑點，現在他應該快滿二十五了。換句話說，他比鄧肯年長一些，但與鄧肯完全不同。費瑟的肩膀寬闊，鄧肯纖細，而且他的皮膚曬得很黑、看來很健康、身強體健，身穿燈芯絨長褲，開領襯衫、袖子肘部有皮質補片的粗花呢棕色外套，身上斜背著一只健行背袋。長長的金髮，沒有抹髮油，鄧肯以前只見過他短髮的模樣。因爲動作很大，一縷頭髮經常會掉到前額，他便一直用手往上撥。他的手跟臉一樣曬得黝黑，指甲剪得很平整，也很有光澤，像拋光過似的。

現在的他，外表看來很成熟，信心滿滿，衣著一般，卻舉止自若，以致於鄧肯突然覺得想要避開他。鄧肯非常緊張，幾乎快要笑出來了。亞歷山大夫人看他在微笑，也微笑起來。

夫人說：「費瑟先生是來採訪關於你的報導，鄧肯。」

這句話一定讓他很吃驚。費瑟立刻接著說：「我只是爲一家週刊寫一篇關於工廠的報導，現在我就是做這類的工作。亞歷山大夫人人很好，帶我到處看，我不知道……」

費瑟收起了嘻皮笑臉的表情，他似乎終於瞭解自己在鄧肯工作檯旁的不當舉止，以及鄧肯的工作角色。他繼續說：「我不知道會在這裡遇到你，你在這裡多久了？」

「鄧肯在我們這裡快滿三年了。」鄧肯還在猶豫時，亞歷山大夫人搶著說。

費瑟點點頭，在本子裡記下來。

「他是我們的最佳員工之一。鄧肯，既然你和費瑟先生是要好的老朋友，那就由你爲他示範你的工作吧！費瑟先生，你的人是否要拍張照片？」

費瑟茫然地環顧四周，攝影師往前一站，移動位置，將相機舉到眼前，在鄧肯勉強拿起一根蠟條開始爲費瑟解釋蕊芯、金屬架以及防火杯時，鏡頭瞄準鄧肯，準備照相。他解說得很糟糕，當閃光燈一閃，他眨了眼睛，瞬間，他忘了說到哪兒了。費瑟則是點頭微笑，盡力仔細聆聽，全神貫注看著每一件鄧肯指出的物品，偶爾將他未抹髮油的頭髮從額頭往上撥。他會說：「我瞭解這產品的製作過程了。」或者是「我知道了，當然。」

解釋製作過程花的時間不多。鄧肯將完成的蠟燭放到工作檯中間的輸送帶，由輸送帶送到末端的推車上。「就這樣。」他說。

亞歷山大夫人往前走。鄧肯在解說時，她一直走來走去，就像父母目睹孩子在學校表演嚴重忘詞時，臉上會浮現輕微的失望神情。但她似乎很滿意，「就這樣，過程相當簡單。我們每個小蠟燭都必須經由手工組合。我想你應該知道自己在這裡已經裝配多少根蠟燭了吧，鄧肯？」

「不是很清楚。」鄧肯回答。

「不清楚……但我想你表現得不錯。呃……」她想到挽救這個場面的方法，「那收藏呢？」她轉向費瑟，「費瑟先生，你應該知道，鄧肯是個很棒的古董收藏家吧？」

費瑟覺得有點兒忸怩，但也覺得有趣，他承認自己不知道這一點。「喔……」亞歷山大夫人非常激動，「喔，這可是他了不起的嗜好！他找到的東西都很漂亮，所以我說他是那些古董商人的惡夢！鄧肯，你最新的斬獲是什麼？」

鄧肯眼見無法脫身，便以僵硬不自然的口吻告訴她，關於那個禮拜在曼迪先生家，他給小薇看過的奶油壺。

亞歷山大夫人兩眼睜得大大的。要不是聲音已經提高到足以和工廠轟隆作響的噪音相抗衡，從她的語氣聽來，就像是在一場下午茶宴中聊天。

「你是說三便士六先令？我得告訴我的朋友馬丁小姐，古董銀器是她的最愛，她會忌妒死。鄧肯，你一定要記得帶那個小壺來給我瞧瞧。可以嗎？」

「好的，」鄧肯說，「如果妳想看的話。」

「是的，我想看。對了，你叔叔還好嗎？費瑟先生，鄧肯非常照顧他的叔叔。」

鄧肯聽到這句話，表情扭曲了一下，幾近慌張地往後退一步。亞歷山大夫人看到他臉上的表情，會錯了意，拍拍他肩膀笑著說：「沒關係，讓你不好意思了。那你們就繼續工作吧！」她對著工作檯點點頭。「林，你好。維妮，一切都沒問題吧？馬貝兒，妳跟格寧先生說過關於妳椅子的事了嗎？乖女孩。」她又碰了一下費瑟的手臂，「費瑟先生，你現在要跟我到包裝室了嗎？」

費瑟說他願意，但要等一下。「我想先做點有關這裡的筆記，」等她先走了，他才開始在筆記本裡快速寫字。他邊寫邊走向鄧肯，以抱歉的語氣說：「皮爾斯，你看得出來，我現在必須走了，這是我的地址。」他將那頁紙撕下遞給他，「你再撥電話給我，好嗎？這星期可以嗎？」

「如果你要我撥的話。」鄧肯回道。

費瑟對他露出微笑，「好傢伙，到時我們再好好聊聊，我要知道你這段時間都在做什麼。」離開時，似乎不是很願意。「我全都要知道！」

鄧肯低下頭，想從凳子上起身。當他再度抬頭，費瑟、攝影師和亞歷山大夫人正走出門前往下一棟建築去了。

門關上的那一刻，這些女孩又開始發笑。維妮以她壓扁的嗓音大聲問：「鄧肯，他給了你什麼？他的地址嗎？我可以出五先令買那個地址！」

「我可以出到六先令！」她身旁的女孩說。

她和另一名女孩站起來，想從他手裡搶到那張紙。他推開她們，也開始笑了。眼見她們將這整件事以這種態度、而非另一種來看待，他鬆了一口氣。林說：「鄧肯，一聽到你會被提拔，看他有多巴結你呀！你們是在哪兒認識的？」

鄧肯還在與那些女孩打鬧，沒作答。等到她們不再逗他，改做其他事時，那張有費瑟地址的紙條已經快被捏成一團紙球了。他將那張紙放進圍裙口袋，而且是口袋的最底部，這樣才不會掉出來。但接下來的一個小時，他一直將手放進口袋，像是要確定那紙條還在。他眞正想做的是將紙條拿出來，好好看一看，但是他不想在身旁有這麼多人的時候做這件事。最後，他再也無法壓抑了，於是當錢平恩先生走過來時，他說想要上廁所，然後走進其中一間廁所，鎖上門，從口袋裡取出紙條，攤平。

這麼做讓他覺得比面對面與費瑟交談還要興奮。剛才他覺得很害羞，但費瑟的出現卻對他這麼友善，如此費心寫下地址，還說：「你再撥電話給我，好嗎？」這些都讓他覺得很棒。地址是在富勒姆，並不很遠。鄧肯看著地址，心中開始想像某天晚上他前往探訪的情形，想像自己走到那裡的模樣，還想像到時候他會穿的衣服；不像現在身上這套聞起來有硬脂和異味，而是質料很好的褲子、開領襯衫，以及時髦的外套。他想像當費瑟開門，與費瑟互動時的畫面。他會蠻不在乎地說：「嗨，費瑟！」費瑟則會以驚訝而又讚嘆的口吻大聲說：「皮爾斯，沒想到離開那可悲的工廠之後，你看起來終於像個體面的男人了！」鄧肯則會邊揮手邊回答：「工廠呀，我到那裡上班，只是爲了幫亞歷山大夫人的忙……」

他的白日夢持續了五分鐘或十分鐘，腦海裡一直重複他抵達費瑟家門口的情景。他無法想像費瑟請他進屋之後，接下來會發生什麼情況。他持續地想，雖然實際上他從來沒想要進入費瑟的屋裡去，即使心中有個聲音告訴他，費瑟並非眞的想見你，他給你地址只是基於禮貌，費瑟是那種爲了一點小事便會欣喜若狂，但之後就會忘得一乾二淨的人……

他聽到有人推開廁所門，接著是錢平恩先生的聲音。「鄧肯，你在裡面還好吧？」

「沒事的，錢平恩先生！」他大聲回應，然後拉下沖水鏈。

他再次看了一眼手上的紙條，不知該如何處理。最後，他將紙條撕成碎片，丟進馬桶打轉的水流中。

「妳一定要這樣動來動去嗎，親愛的？」茱莉亞說。

海倫聳聳肩，抱怨道：「都要怪這水龍頭。一邊冷得要命，一邊幾乎要把耳朵燙熟了。」

她們躺在浴缸裡。每個星期六早上她們都會泡澡，而且會輪流坐在平滑的那一端，這星期換茱莉亞。她躺著，雙臂張開，頭往後仰，眼睛閉上。她將頭髮用一條手帕綁好，但有幾縷髮絲掉了出來。水淹過髮絲，便黏在下巴和喉嚨上。她皺著眉頭，將髮絲塞到耳後。

海倫又動了一下，找到還算舒服的位置，然後就平靜不動，終於可以享受溫水漸漸淹沒她的腋窩、她的鼠蹊、她肉體每一個折連凹窩處的舒服感覺。她將手平放在水面上，試試水的阻力，感覺水的表層。「妳看，我們的腿都交疊在一起了。」她輕聲說。

和茱莉亞一起泡澡時，說話聲音都要很輕。她們與地下室那家人共用這個浴室，那家人都有固定的洗澡時間，所以不容易被他們察覺。但是牆壁瓷磚似乎會將聲音放大，茱莉亞總覺得她們的說話聲、潑水聲、在浴缸裡搓揉四肢的聲音，都有可能會被樓下房間的人聽見。

「跟我比起來，妳的皮膚還眞黑。」海倫繼續說，「說眞的，妳的皮膚跟希臘人一樣黑。」

「我想，水會讓皮膚看起來比較黑。」茱莉亞回答。

「水不會讓我的皮膚看起來更黑，」海倫戳戳自己粉紅帶黃的腹部，「但是會讓我看起來像一塊肉餅。」

茱莉亞張開眼睛，瞄了海倫大腿一眼。「妳看起來像安格斯畫裡的女人。」❶她舒適地回道。她總有許多這類模稜兩可的讚美之詞。「妳看起像蘇聯壁畫裡的女人。」她最近這麼說過。那是海倫購物回來後，帶著滿滿兩大袋的綁繩袋出現時，她所說的話，而海倫心中便浮現發達的肌肉、方形下巴、暗色的嘴脣等畫面，現在她想到的是屁股很大的女奴。她將一隻手放在茱莉亞的腿上，她腿上有一些腿毛，手掌摸起來感覺很粗糙，但很有趣。徑骨很修長，抓起來感覺很愉悅。腳踝的骨頭有條明顯的血管因熱氣而腫大，海倫看著那條血管、用手壓一壓，看它陷下去。她想像血管裡湧流的血液，心頭便輕輕打了個寒顫。她的手從茱莉亞的腳踝游移到腳，開始幫她按摩。茱莉亞微笑說：「好舒服。」

茱莉亞的腳很寬，不漂亮，海倫心想，是典型英國女性的腳，那是茱莉亞全身唯一不漂亮的地方，因此她特別關照它們。她緩緩拉扯腳趾，將手指插在腳趾間按摩，同時用手掌抵住腳底，慢慢將腳掌往後壓。茱莉亞舒服地發出嘆息。她一縷髮絲又垂了下來，黏在她喉頭上，烏黑、平

❶譯註：安格斯，Jean-Auguste-Dominique Ingres, 1780~1867，法國新古典主義時期畫家，作品包括土耳其浴室、汲泉女等著名畫作。

滑、有光澤，像一條海帶，或是美人魚頭上的一縷髮絲。爲什麼書上和電影裡的美人魚一定都是金髮，海倫很納悶。她認爲眞正的美人魚一定是黑髮，跟茱莉亞一樣。眞正的美人魚一定很怪，令人不安，與女演員或畫報上的女郎完全不同。

「茱莉亞，我很高興妳有腳，而不是尾巴。」她用大拇指按摩茱莉亞的足弓。

「眞的嗎？親愛的，我也是。」

「妳若戴上貝殼胸罩，乳房看起來會很漂亮。」她露出微笑，記起一個笑話，於是向茱莉亞問道：「胸罩對帽子說什麼？」

茱莉亞想了一會兒。「我不知道。說什麼？」

「你繼續往前走，我要吊起這兩個東西。」

她們笑了起來。不全是因爲笑話，而是海倫說這笑話時的傻樣子。茱莉亞的頭往後仰，喉頭咯咯地發出笑聲，像個孩子一樣很開心。這與她一般的「社交」笑話完全不同，那種笑聲總讓海倫感覺很刺耳。她用一隻手摀住嘴巴，壓低笑聲，笑的時後，腹部一直顫動，肚臍收縮。

「妳的肚臍剛才向我眨眼，」海倫笑著說，「看起來好猥褻喔！猥褻的肚臍眼，聽起來很像海灘酒吧的店名，對吧？」她挪了挪雙腿，打起哈欠。在幫茱莉亞按摩腳掌之後，現在她覺得很累了，於是放下腳。「茱莉亞，妳愛我嗎？」她改變姿勢，輕聲問道。

茱莉亞再次閉上眼睛。「當然愛。」她說。

兩人靜靜躺了一陣子，都沒說話。水管發出嘎吱聲，溫度漸降。水管某處傳來水滴規律的滴滴答答聲，地下室發出砰砰大響，是樓下男子在每一個房間大聲走路時發出的聲音。不久，她們聽到男子對他妻子或女兒大罵：「妳這愚蠢的賤人！」

茱莉亞發出嘖嘖聲，頗不以爲然。「這男的眞噁心。」然後張開眼睛輕喊，「海倫，妳在做什麼？」因爲海倫這時正傾著頭貼到浴缸另一側，想要聽得更清楚。只見她對茱莉亞揮揮手，要茱莉亞安靜。「屁股不會抬高嗎？」再度傳來男人的聲音，這是他喜歡而且經常使用的語彙。接下來，她們聽到的是他妻子蚊子般嗚咽的回應。

「別再這樣了，海倫。」茱莉亞很不以爲然，海倫則依言坐回浴缸。若是她獨自在浴室裡，樓下住戶傳來大吼大叫的爭吵聲時，她會跪在地毯上，盤起頭髮，耳朵緊貼地板。「要再這樣下去，妳會變得跟樓上那兩個該死的鬮人一樣！」某天，她跪著偷聽時，聽到那男的如此大喊，但是她沒告訴茱莉亞這件事。

今天，他抱怨了一、二分鐘就停止了。有人甩門，結果海倫和茱莉亞帶進浴室的剪刀、拔毛小鑷子、裝在盒子裡的安全刮鬍刀全都彈跳起來。

現在是十一點半。她們今天只想懶散度日，打算到攝政公園看書野餐；她們住的地方離公園很近，就在艾奇韋爾路東邊的一條街上。海倫又躺了一會兒，直到水溫開始變涼，然後站起來開始洗身，笨拙地轉過身去，讓茱莉亞幫她用肥皂洗背、沖背；接著是茱莉亞轉身，海倫再幫她做同樣的動作。但是當海倫沖好澡，踏出浴缸時，茱莉亞卻又往後躺，四肢往空出來的地方伸展，像貓一樣微笑。

海倫端詳她一會兒，彎腰親吻她，海倫喜歡茱莉亞光滑、溫暖，帶有肥皂香味的朱唇的感覺和模樣。

海倫穿上家居袍，打開門，先仔細傾聽，確定走道上沒人，然後躡手躡腳地往樓梯跑。起居室就在這一層樓，就在浴室旁，廚房和臥室則在上一層樓。

才穿衣完畢，正對著臥室裡的鏡子梳頭時，茱莉亞便走了進來。海倫在鏡子裡看著茱莉亞漫不經心地在身上撲爽身粉，再將頭上的手帕抽起來，赤裸裸地在房間裡走動，挑選要穿的內褲、褲襪、吊帶，以及胸罩，接著將毛巾放在一堆衣服上，而那堆衣服則置於靠窗小座位的幾個軟墊上；毛巾才一放上去就掉到地板，還扯下一隻襪子和內衣。

第一次到這裡看房子時，她們就很喜歡靠窗的座位。「在漫長的夏夜，我們可以一起坐在那兒。」當時她們這麼說。現在，海倫看著擋在窗台前的那堆衣服，看著沒整理的床鋪、杯子、馬克杯，以及一堆堆散落各處讀過或沒讀過的書冊。她說：「房間眞是亂得可以。到了這把年紀，兩個中年女子竟然住得這麼邋遢，我簡直不敢相信。年輕時，我曾想像長大後要住的房子，畫面總是很整潔，就像我母親的房子一樣。我總覺得整潔的房子自己會出現，就像……我不知道。」

「就像智齒？」

「是的，」海倫說，「就像那樣。」她袖子略過鏡子表面，沾上一層灰色塵埃。

樓上與她們年紀相仿的人，當然，應該都有幫傭。她們無法這麼做，因爲她們同睡一張床。樓上還有一個小房間，她們向鄰居與訪客說那是「海倫的房間」。那房間裡有一張舊式無靠背沙發，一具樸實簡單的維多利亞式衣櫥，裡面放的是她們的大外套、棉毛織衫與威靈頓防水長靴。但她們認爲，要在女傭面前假裝海倫每一晚都在那房間睡覺，實在太麻煩了，她們一定會忘了假裝，而且難道女傭不會知道這種事嗎？現在茱莉亞的書很暢銷，她們必須比以前更謹慎才行。

茱莉亞走到鏡子前，穿上一件黑色縐褶麻質洋裝，用手在頭髮上隨便抓抓。海倫認爲她可以穿得很邋遢，看起來卻完全像經過細心打扮而且很吸引人，就像現在一樣。茱莉亞走向穿衣鏡上口紅，嘴唇圓潤豐腴，臉龐非常端莊勻稱，鏡子裡的影像與人完全一模一樣。相對之下，海倫的臉龐在鏡裡仔細瞧時，感覺很怪而且歪斜不對稱。茱莉亞曾說，妳看起來像顆可愛的洋蔥。

上好妝後，走到廚房準備食物，她們找到麵包、萵苣、蘋果、一小塊乳酪、還有兩瓶啤酒。海倫找出一塊舊的方型馬得拉斯棉布，這是以前裝潢時蓋傢具的防塵布。她們將這些東西都放進帆布袋，然後又帶了書籍、錢包與鑰匙。茱莉亞跑到樓上的書房拿香菸和火柴，海倫則站在廚房窗戶旁往後院看。她看到那個暴躁的男子彎著腰走來走去，他在後院飼養日後宰殺食用的兔子，就養在自己做的一個小籠子裡。他正在換水餵食，或是看看兔子是否長肉了。想到幾隻兔子擠成一堆，總讓她感到難受。她離開窗邊，背起袋子，瓶子與鑰匙在袋子裡發出碰撞聲。「茱莉亞，妳準備好了嗎？」她喊叫。

兩人下樓，走到街上。

她們住在一排十九世紀早期連棟式建築中的一間，前面有一座庭園。這是白色的連棟建築，是那種倫敦白，確切說來，是帶點灰的黃色。建築灰泥外觀與溝槽，已經被霧氣、煤灰，以及最近的磚灰染黑。這些房子以前都有宏偉的大門與前廊，肯定曾是大戶人家的寓所，也或許是攝政時期小牌妓女的家，這些女子可能叫做芬妮、索菲亞或絲琪朵。茱莉亞與海倫總喜歡想像她們當時身穿連身高腰洋裝與軟底鞋，翩然下樓，坐上座騎在羅敦小路兜風的模樣。

天氣不好時，黯淡的灰泥外觀顯得陰鬱慘澹。今天街上陽光燦爛，在藍天襯托下，這房子卻又像白骨一般慘白。海倫心想，整個倫敦看起來不錯。人行道一片灰樸樸的，就像貓躺在太陽下曬了好幾個小時後，貓毛鬆軟的那種灰樸樸。每戶人家的門都打開，窗框都往上提。街道的車子很少，當海倫和茱莉亞走在路上時，可以分辨各別小孩的哭聲、收音機的嗡鳴、無人房間裡傳來的電話鈴聲。走近貝克街時，還聽到攝政公園樂隊吹奏的音樂，一種模糊的撞擊與砰啪聲響，隨著無法感知的風忽高忽低，像掛在吊衣線上晾乾的衣服。

茱莉亞像小孩一樣拉著海倫的手，假裝要拉她走。「快！走快點！否則來不及看到遊行！」她的手指拖著海倫的手掌，然後滑掉。「好想去看遊行喔！這是什麼曲調，妳知道嗎？」

她們放慢腳步，仔細聆聽。海倫搖搖頭。「我想不出來，現代不協調音樂嗎？」

「當然不是。」

樂聲再起。「快點！」茱莉亞再度催促。她們帶著大人般成熟的微笑繼續走，腳步比之前更快了。兩人從克萊倫斯門進入公園，沿著划船湖旁的小徑走，接近樂隊演奏台，音樂變得比較大聲，也不是那麼斷斷續續了。繼續往前走，終於聽出了曲調。

「喔！」海倫應了一聲，兩人都笑了，因爲那曲子只不過是《是的，我們沒有香蕉》。

她們離開小徑，找到一個她們都覺得不錯的地方，因爲一半有陽光，另一半沒有。地面是硬的，草很黃。海倫放下袋子，鋪上那塊布。她們將布展開，踢掉鞋子，取出食物。從冰桶拿出來的啤酒還很冰，酒瓶在海倫溫暖的手中滑動，好像很好喝。但是她回頭到袋子裡翻找，一會兒便抬起頭來。

「茱莉亞，我們忘了拿開瓶器。」

茱莉亞閉上眼睛。「該死，我也很想喝啤酒。怎麼辦？」她拿起一瓶，開始橇瓶蓋。「妳不是知道還有其他開瓶方法嗎？」

「妳是說用我的牙齒？」

「妳以前是女童軍吧？」

「嗯，可是我袋子裡的淡麥啤酒瓶蓋很銳利。」

酒瓶在她們手裡轉動。

「這行不通！」海倫最後終於說，然後看看四周。「那裡有幾個男孩，過去問他們有沒有刀子或什麼的。」

「我不要去！」

「去吧！男生都會帶小刀的。」

「要去妳去。」

「我提袋子。妳去，茱莉亞。」

「眞是的！」茱莉亞不怎麼優雅地起身，手上拿著酒瓶，一手一瓶，開始越過草地，朝一群懶散閒晃的年輕人走去。她走得很僵硬，頭有點低，可能只是覺得不自在。但有一會兒，海倫以陌生人的眼光看著茱莉亞，發現她有多麼吸引人，同時也很成熟、幾乎有一些熟女的味道。因爲看得出來，再過十年，她就會是那種大屁股、小胸部瘦骨嶙峋的身材。相較之下，那些年輕人就像是小學生了。當茱莉亞走近時，他們先是用手擋在眼睛上遮住陽光，懶洋洋地站起來，然後兩手深深插入口袋。只見有個男孩用瓶子抵住腹部，在瓶子上東弄西弄的。茱莉亞雙手抱胸，很不自在，臉上帶著不自然的微笑。當她帶著兩瓶打開的啤酒走回來時，臉和脖子都變成粉紅色了。

「他們最後只用鑰匙，我們也可以這麼做。」

「下次就知道了。」

「他們對我說，夫人，不用緊張。」

「別理他們！」海倫回道。

她們帶了陶瓷杯喝啤酒。啤酒猛起泡，一直漲到杯緣。泡沫下的啤酒很清涼、苦澀，滋味棒極了。海倫閉上眼睛，享受陽光灑在臉上的感覺，也喜歡在這麼公開的場所喝啤酒的那種大膽且愉快的感覺，但她也用帆布袋包藏酒瓶。

「如果讓我的客戶看到，那該怎麼辦？」

「喔，去妳的客戶！」茱莉亞說。

她們開始享用帶來的食物，撕開麵包，切下乳酪。茱莉亞將帆布袋捲成一團，放在頭下當枕頭，伸展四肢。海倫平躺，閉上眼睛。樂團開始演奏另一首樂曲，她知道歌詞，開始輕輕哼唱：

「軍人有個特點！軍人有個特點！軍人有個很好的特點！棒——棒——棒！」

某處的嬰兒車傳來嬰兒哭聲，哭到岔了氣；一隻狗在叫；湖面上，傳來划槳的啣啣聲與划水聲，男孩女孩在嘻笑；公園邊靠近馬路旁，則是規律的汽車噪音。專心時，她似乎可以聽到各種場景，就像事先分別錄下每種場景，同時放在一起，刻意營造鬆散的全貌，名稱就叫做〈攝政公園某個九月的午後〉。

這時，有一對少女經過，手上拿著一份報紙，正在談論報上的一個事件。「被勒死一定很可怕，對不對？」海倫聽到一名少女說，「妳寧願被勒死，或是被原子彈炸死？人家說，至少原子彈很快……」

她們的聲音逐漸消失，淹沒在另一波的樂聲中：

「他的神態很特別！他的穿著很特別！他的鈕釦全都閃閃發亮！閃閃發亮！閃閃發亮！」

海倫睜開眼睛，看著蔚藍的天空，心想，在這個有原子彈的世界，有集中營的世界、有毒氣室的世界，她對眼前的時刻心存感激，這樣是不是很瘋狂？在波蘭、巴勒斯坦、印度，人類互相殘殺，世界上到處都是謀殺、飢餓與動亂，天知道還有什麼地方。英國本身也逐漸步向崩潰與衰敗的命運。此刻的海倫，想要專注在瑣事上，聆聽攝政公園樂隊的演奏，讓臉曬曬太陽，感覺一下腳底小草輕微的戳刺，混濁的啤酒在血液裡流動，享受與愛人之間不爲人知的親密，這樣是否很愚蠢、很自私？或者，這些瑣碎的小事是自己僅有的？正確地說，難道妳不該擁有嗎？將這些瑣事製成小小的水晶帶在身上，就像手鐲護身符，可以抵禦危險的侵犯。

她邊想邊移動著手，用關節碰觸茱莉亞的大腿，沒人看得到。

「這是不是很美好，茱莉亞？」她語氣平靜，「這段時間我們怎麼都沒來？現在夏天都快過去了，而我們是怎麼利用時間的？每天傍晚都應該到這裡來才對。」

「明年就這麼做！」茱莉亞回答。

「會的，」海倫說，「我們會記住，到時候要來。會吧，茱莉亞？」

茱莉亞沒聽海倫說話，現在注意力被其他事物吸引。她往公園對面看去，舉起一隻手遮擋刺眼的陽光，海倫這時也在看。一會兒，茱莉亞的眼神停在某個點上，面帶微笑。她說：「我想那是……是的，沒錯！眞好玩！」她將手舉得更高，揮動起來。「蕁蘇拉！」她大叫，聲音大到海倫都感到震耳欲聾。「在這兒！」

海倫撐起上半身，朝茱莉亞揮手的方向凝望，看見一名穿著時髦的纖瘦女子穿越草地，往她們這兒接近，開始露出笑容。

「天哪！」那女人靠近時說，「想不到會遇到妳，茱莉亞！」

茱莉亞已經起身，正在整理身上的麻質洋裝，臉上也在笑。她說：「妳要去哪兒？」

「剛剛和一個朋友吃午飯，」那女人說，「在聖約翰伍德。我正要去電台，我們在BBC❶沒時間辦野餐之類的活動。妳做的餐點眞可口，非常具有鄉村風味！」

她看著海倫。她的眼睛是黑色的，有點淘氣。

茱莉亞轉身，爲她們介紹。「這是萼蘇拉・華林，海倫。萼蘇拉，這是海倫・金妮芙……」

「海倫，當然！」萼蘇拉說，「不介意我叫妳海倫吧？我聽過許多關於妳的事。不需緊張！全都是好事！」

她往前要與海倫握手，海倫半起身去握。海倫覺得自己居於劣勢，因爲她是坐姿，而茱莉亞與萼蘇拉都是站姿。她對於自己星期六上午的裝扮非常在意，在意自己的襯衫，那件本來不打算穿、但修整後將就穿上的襯衫，還有老舊的蘇格蘭粗呢裙，後面臀部磨損得很厲害。相對地，萼蘇拉看起來簡潔、有貴氣，衣著剪裁得宜。她挽起的頭髮收在一頂相當時髦且男性化的帽子裡。她的皮手套很軟，沒刮損，低跟鞋有平整的流蘇，是那種在高爾夫球場上或蘇格蘭高地，或者是類似那種非常昂貴宏偉的場合可以看到的鞋款。依照茱莉亞在過去幾個星期來對她的評論，她和海倫想像中的完全不同。茱莉亞把她說得比較老氣，幾乎是寒酸。但茱莉亞爲什麼要這麼做？

「妳聽了昨天的節目嗎？」萼蘇拉問。

「當然有！」茱莉亞說。

「很棒，對吧？妳也這麼覺得嗎？海倫，我想我們做得很好，看到茱莉亞的臉出現在《電台時代》上，是不是也覺得非常棒？」

「喔，那張照片很糟糕，」茱莉亞在海倫來得及開口前搶道，「那張照片像天主教徒一樣可

❶譯註：BBC，英國廣播公司 British Broadcasting Corporation 的簡稱。

怕！看起來我像是要被綁在車輪上，或是將要被挖出眼珠子。」

「胡說！」

她們一起笑了出來，然後茱莉亞又說：「蕚蘇拉，乾脆就和我們一起野餐吧！」

蕚蘇拉搖搖頭，「我知道如果一坐下，就起不來了。但我會很忌妒，會整天一直想到妳們。妳們實在是太聰明了，眞討厭！但話說回來，妳們住得這麼近。而且那棟房子也很迷人！」她再次與海倫說話，「我跟茱莉亞說過，若沒見過，我不會知道有這麼靠近艾奇韋爾路的地方。」

「妳見過了？」海倫驚訝地問。

「嗯，就那麼一會兒……」

茱莉亞說：「蕚蘇拉到過我們家，只待一下下，在上星期。我一定告訴過妳了，海倫。」

「那一定是我忘了。」

蕚蘇拉說：「那時我很想看一眼，看看茱莉亞的書房長什麼樣子。對我而言，作家工作的地方總是非常有趣。雖然我不知道是否應該忌妒妳，海倫。看著我的朋友在樓上振筆疾書，心裡想著殺掉下一個犧牲者的最好方式，看是要下毒，還是繩索。我不知道我會怎麼想！」

海倫覺得她以特別的語調，說出「朋友」這個字眼。好像在說，當然，我們都心知肚明。事實上，她的意思是，我們大家都是「朋友」。她已經脫下手套，從口袋裡拿出一只銀製香菸盒。當她打開香菸盒時，海倫看到她修剪整齊的短指甲，以及左手小指上不顯眼的圖章式戒指。

她取出香菸，海倫搖搖頭，但茱莉亞往前走。她和蕚蘇拉花了好一些時間點火。因爲突然吹起一陣微風，火一直熄滅。

她們繼續談論關於安樂椅偵探與《電台時代》，以及BBC與蕁蘇拉在那兒的工作。蕁蘇拉抽完菸時說：「親愛的，我必須走了。見到妳眞好。妳們一定要找個時間到克萊柏罕，一定要過來晚餐。或者，我有更好的主意，可以辦個小型派對。」她的眼神又變得淘氣起來，「我們可以辦一個全是女生的派對。妳們覺得如何？」

「我們當然很願意參加。」當海倫不答話時，茱莉亞回道。

蕁蘇拉笑得很高興。「那就這麼說定了。我再通知妳們。」她握住茱莉亞的手，開玩笑地握著它。「我有幾個朋友，她們如果見到妳，一定會很開心，茱莉亞。她們是你忠實的書迷！」她開始戴上手套，再次轉向海倫。「海倫，再見，很高興可以正式跟妳見面。」

「好啦，她走了。」茱莉亞邊說邊坐下。她看著蕁蘇拉敏捷快速地穿過公園，往波特蘭德街的方向走去。

「嗯。」海倫的回答有氣無力。

「她很有趣，對不對？」

「我想是吧！當然，她的格調跟妳比較相近。」

茱莉亞環顧四周，笑起來。「這是什麼意思？」

「我只是說，她很不錯。妳什麼時候帶她到過我們的住處？」

「上個星期。我告訴過妳，海倫。」

「有嗎？」

「妳該不會認為我偷偷帶她去吧？」

「不，」海倫立刻回答，「不會。」

「只是瀏覽一下。」

「她跟我想像的不同，我以為妳跟我說過她結婚了。」

「她是已經結婚了，她丈夫是律師，沒住在一起。」

「我不知道她……呃……」海倫放低聲音，「跟我們一樣。」

茱莉亞聳聳肩，「我真的不知道她是什麼。她是有點怪，我想。但那派對可能會很好玩。」

海倫看著她，「妳不會真的想去吧？」

「要啊，為什麼不去？」

「我以為妳只是基於禮貌。『全是女生的派對』，妳知道那是什麼意思。」她低著頭，臉色有點紅。「誰都可能在那兒出現。」

茱莉亞好一會兒沒說話。當她開口時，語氣聽起來很不耐煩或氣惱。「那又怎麼樣？又不會死人，說不定會很好玩，考慮考慮吧！」

「薷蘇拉．華林一定覺得很好玩，」海倫脫口說出，「有妳在旁邊，像一隻得獎的豬……」

茱莉亞看著她，冷冷回應道：「妳是怎麼了？」海倫沒回答，她又說：「該不會……喔，不會吧！」她開始笑了，「不是真的吧！海倫，不會是因為薷蘇拉吧？」

海倫轉過身子，「不是！」說完突然笨拙地躺下，雙臂擋在眼前，想遮住陽光，避開茱莉亞的眼神。一會兒後，茱莉亞好像也躺了下來。她一定是伸手到袋子裡拿出她的書，因爲海倫聽到她翻書的聲音，在找尋要看的頁面。

但海倫在血紅色眼皮不停變換的深處，只看到蔓蘇拉．華林淘氣的黑色眼神。她看見蔓蘇拉與茱莉亞站在一起點燃香菸的畫面，又看到蔓蘇拉開玩笑地與茱莉亞握手，然後又回想起過去。她記得茱莉亞要到公園來時有多麼興奮——快點！快點！——她的手不耐地從海倫的手中滑掉。難道茱莉亞想要見的人是蔓蘇拉？是嗎？是她們一手安排這起邂逅的嗎？

她的心跳加快。十分鐘前，她就這麼躺著，享受著那種不爲人知、靠近茱莉亞肢體的那種親密感。她想要好好抓住那一刻，要將那一刻製作成一條水晶珠鍊。現在，她覺得那條珠鍊已散落一地。因爲對她而言，茱莉亞到底是什麼？她無法靠近她或親吻她。她要如何向世人表明，茱莉亞是屬於她的？她憑什麼可以讓茱莉亞對她忠貞不二？她只有她自己，那肉餅似的大腿，還有那張像洋蔥一樣的臉龐。

這些想法就像血液裡的黑色陰霾，在她心裡翻騰。茱莉亞繼續在看書，樂隊則在演奏最後一首啪—啪—啪—的曲調之後收拾樂器。太陽緩緩爬過天空，影子在黃色草地上伸展拉長。最後，那可悲的驚慌消失了，黑色陰霾縮小、闔上。她對自己說，妳眞是個傻子！茱莉亞愛妳！她只憎惡妳心中那頭野獸，那頭荒謬的怪物……

她再次挪動手腕，讓自己只碰到茱莉亞的大腿。茱莉亞保持不動，一會兒後，伸出手，與海倫的碰在一起。不久，茱莉亞放下書本，撐起身子，拿出一顆蘋果與小刀，果皮削成長長一串，蘋果切成四片，遞了兩片給海倫。她們一起吃蘋果，看著狗和小孩跑來跑去，跟以前一樣。

然後，她們看到對方的眼神。茱莉亞的語氣有點冷淡，「現在沒事了吧？」

海倫漲紅臉，「沒事了，茱莉亞。」

茱莉亞展露微笑。當她吃完蘋果後，往後一躺，再拿起書本，海倫則望著她看書。她的眼珠隨著閱讀的文字移動，但除此之外，她的臉色依然凝重、閉鎖，就如蠟一般完美無暇。

「妳看起來很像電影明星。」小薇坐進他車裡時，瑞奇這麼說。他誇張地從頭到腳看了她一遍。「可以幫我簽名嗎？」

「快點開車，好嗎？」剛才在等瑞奇時，小薇已在太陽下站了半個小時。他們靠近彼此，快速親吻。他放下手煞車，車子便開始起動。

小薇穿著一件輕便的棉織洋裝、李子紅開襟毛線衫，以及淡色塑膠邊框的太陽眼鏡。她沒戴帽子，而是在下巴繫了一條白色絲巾蓋住頭部。在黑色頭髮與上了口紅的紅唇襯托之下，她的絲巾與太陽眼鏡極爲惹眼。她拉好裙子，讓自己舒服點，然後捲下窗戶，手肘抵住窗框，讓臉龐任冷風吹襲，就如瑞奇剛才所言，像美國電影裡的女明星一樣。遇到紅綠燈，車速減緩時，他將一隻手放在她大腿上，他傾慕地低聲說道：「如果韓[1]登那兒的男孩現在可以看到我就好了！」

但是，他當然遠遠避開了倫敦北部。他在滑鐵盧接她，過了河抵達史特蘭德大街後，繼續往東。他們有自己喜歡的地方，離市區約一個小時，位於密德塞克斯和肯特的幾個村莊，那裡有酒吧和茶室，還有岸邊的一些小海灘。今天他們前往切姆斯福德，而且要一直開，直到找到一個漂亮的地方爲止。他們整個下午有好幾個鐘頭可以共度。小薇告訴父親，她要和一個女性友人去野餐。前一天晚上，她在廚房桌子的一端做三明治，父親則坐在另一端修理他鞋子的橡膠鞋底。

他們經過西提區和白教堂區然後駛上一條較寬敞順暢的公路，瑞奇打入高速檔之後，便將手放在她大腿上。他摸到她的吊帶，開始循線探索。洋裝很薄，她可以感覺到他觸摸的力道，他的拇指、手掌與游動的手指，感覺相當鮮活，好像她沒穿衣服一樣。

但氣氛就是不對。「不要！」她抓住他的手。

他發出一陣呻吟，像個受折磨的痛苦男子，假裝反抗她抓住他的手。「妳太令人動心了！我可以把車停下來嗎？或者要下公路？」

他並未停下車，反而加快車速。街道變得更清楚，路邊有招牌，有〈玩家牌香菸〉、〈青箭口香糖〉、〈吉佛染料〉與〈神氣去污粉〉等廣告。她神情更放鬆了，看著往後退去的市區，一群因轟炸而殘破的維多利亞式大街逐漸變成紅色愛德華式別墅，別墅逐漸變成許多像戴著高帽職員般整齊的小房子，小房子變成平房與組合屋。彷彿縱身投入經歷過去的時光——除了平房與組

❶譯註：韓登，Hendon，位於倫敦北部班內特區，而滑鐵盧則位於倫敦中心位置。

合屋變成綠地之外。然後她想，如果瞇起眼睛，不去看電線桿或天空的飛機之類的，就會像是置身任何時代，或者什麼時代都不是。

他們經過一家酒吧，瑞奇抿著嘴似乎很渴。他之前將外套放在椅背上，但現在請她伸進口袋拿出一小瓶蘇格蘭威士忌。她看著他將瓶子舉到嘴邊，他的嘴唇柔軟光滑，下巴與喉頭才刮沒多久，但現在已出現黑色鬍渣。他喝得很狼狽，因爲要專心看路。有一次，威士忌從嘴角溢出，他必須用黝黑的手背擦拭。

「看看你！」她帶點戲謔說道，也有一點生氣。「酒都從嘴角滴下來了。」

他回答：「我是在流口水，因爲坐在妳旁邊。」

她扮了扮鬼臉，車子繼續往前開，大部份時間都沈默不語，在主要道路開了大約一個鐘頭，到達一個沒有路標的路口，於是選擇一條最安靜的路走。之後，他們開上一條感覺不錯的小路。突然間，倫敦變得無法想像，它的艱苦、無趣與灰塵，都讓人無法想像。小路兩旁的樹籬又高又溼，雖然是秋天，仍舊五彩繽紛。有時瑞奇會將車靠邊，讓另一部車先行，花朵便會探進小薇的車窗，伸到小薇的大腿上。有一次，一隻白色蝴蝶飛進車內，在她肩膀旁的座位圓弧處，張開輕薄如紙、沾滿粉末的翅膀。

小薇的心情漸漸開朗起來。他們開始爲對方指出自己看到的小景物，像是舊式教堂、古怪別緻的農舍。他們記起好幾年前的某一天，他們到野外鄉村時，停在一家農舍前與主人交談，那個主人以爲他們是一對夫妻，邀請他們進屋喝牛奶。當瑞奇經過一座有著法式香濃乳酪顏色的小房子時，特別放慢了速度。「後面那兒是養豬和養雞的地方。小薇，我可以想像妳餵豬和摘蘋果的樣子。妳可以做蘋果派和牛油布丁給我吃。」

「那你會變得很癡肥！」她一邊微笑，一邊戳他的肚子。

他躲開她。「沒關係。在鄉村，本來就應該會變胖，不是嗎？」他一面注意路況，一面將頭低下要看樓上的窗戶。他放低聲音：「我敢打賭，樓上房間有羽毛床墊。」

「你只會想到那些事嗎？」

「是啊，妳在身邊的時候就會這樣……哇！」

他急轉方向盤，閃過樹籬，然後再踩下油門。

他們開始找地方停車吃午餐，於是就往一條兩旁是田野但通往樹林的小徑開去。一開始，這條小徑好像維護得還不錯，但越深入便越狹窄難走。車子顛頗碰撞，被刺藤亂打，而掃過車子底部斷裂的長草，就像船身下方湍急的水流，霹啪作響。小薇在座位上顛來顛去，笑開懷。瑞奇眉頭深鎖，身體往前，緊握方向盤，說道：「如果對面有來車，我們就完了！」她知道他在想，如果發生車禍，車子撞壞了、困住了，到時要怎麼辦。

但順著小徑往下走，轉個彎，突然發現已置身於一片蓊鬱蒼翠的綠地，就在溪流旁，景色之美，令人屏息。瑞奇踩住煞車，關閉引擎，靜坐了片刻，對這裡的寧靜感到神往，充滿崇敬。即使已經打開車門，要從車裡出來，兩人仍舊遲疑了一下，覺得自己像個外來的闖入者。因爲他們聽見的，只有水流、鳥叫，還有樹葉的窸窣聲。

「這兒與皮卡地里完全不同！」瑞奇最後還是下了車。

「好漂亮喔！」小薇說。

他們幾乎是輕聲細語。兩人伸展四肢，走過草地到溪流旁。凝望岸邊，在半掩的樹林裡，可以看到一座老舊的石頭建築，有碎裂的窗戶和毀損的屋頂。

「那是個磨坊，」瑞奇握著小薇的手往建築物移動，「妳看到那座水車嗎？這裡以前一定是一條水力充沛的河流。」

小薇將他拉回來，「說不定有人。」

但那兒沒人。房子好幾年前就已棄置不用，草都從石板縫隙長了出來。鴿子在樑上撲簌撲簌地飛，地上都是鳥糞、碎石板與碎玻璃。看來曾有人在這兒整理生火，地上瓶瓶罐罐的，牆上寫了一些不堪入目的穢言，罐子都生鏽了，瓶子則因年久而變成銀白色。

「流浪漢，」瑞奇說，「流浪漢或逃兵，還有戀人。」他們回到溪畔，「我敢說，這裡是許多情侶會來的戀人步道。」

她捏了他一把，「我相信你就是會找到這種地方！」

他仍握著小薇的手，將手指舉高到他的唇上，看來靦腆，假裝很謙虛。「我能怎麼說？有些人就是有天賦，如此而已。」

他們現在的說話音量正常了，對於周遭不再那麼敬畏與謹慎，開始認爲這是他們的地盤，這片美麗的地方，就是一直在等著他們的到來，讓他們佔領。兩人往另一個方向沿著小溪走，發現了一座橋。他們站在橋的最高點，抽菸。瑞奇摟著她的腰，一隻手放在她臀部上，蠕動拇指，讓她的洋裝、襯裙與絲質內褲滑溜地摩擦著。

他們將菸蒂丟入溪裡，看著菸蒂順流漂走，比比看誰的漂得比較快。瑞奇凝神看著水面。「裡面有魚！好大的傢伙，妳看！」他跑到溪旁，脫下手錶，將手浸泡在水裡。「我可以感覺那些魚在咬我！」他像個男孩一樣興奮，「哈哈，好像一群女人，全都在親我！還以為我的手是公魚，以為自己賺到了！」

「那些魚以為你是午餐！」小薇大聲回答，「如果不小心，會吃掉你一根手指頭！」

他色瞇瞇地看著她，「有些女孩也會這樣。」

「也許是你認識的那種女孩。」

他起身朝她潑水。她笑著跑開。水沾到她太陽眼鏡的鏡片，一擦拭，眼鏡變得髒髒的。

「看你幹的好事！」

他們回到車旁，打開車門準備野餐。瑞奇從後車廂取出一條蘇格蘭格子花呢毛毯，鋪在草地上，接著拿出一瓶柑橘琴酒、幾只無手把的杯子，一只是粉紅色，另一只是綠色。小薇知道這杯子是給小孩用的，口緣都很粗糙，因為曾被小孩咬過、丟擲過。但是她已經習慣這類的事了，不高興也沒用。柑橘琴酒放在車上變溫了，她吞了下去，幾乎立刻感到一股暖意，整個人覺得很放

❶譯註：皮卡地里，Piccadilly，倫敦市中心一處觀光勝地。

鬆。她打開三明治包裝，瑞奇狼吞虎嚥地吃下他那一份，根本都沒嚼便吞嚥下去，然後又開始咬下另一口。他說話時，嘴裡的食物還沒吞下。

「這是加拿大火腿，吃起來口味還算不錯吧？」

他取下領帶，鬆開襯衫鈕釦。在陽光的映照下，他皺起眉頭，這讓額頭與鼻翼兩旁的皺紋更加明顯。小薇心想，他今年三十六歲，但最近開始顯得較老。因爲他的義大利血統，臉龐呈灰黃色，榛木般黃褐色的眼睛依然非常漂亮，但開始掉髮了，並不是一小圈一小圈地整齊掉落，而是全面性的掉髮，經常可以看到他頭髮下的光亮頭皮。在小薇的記憶中，他平整的牙齒是白淨閃亮的，但現在已經泛黃。他喉頭的肌肉鬆弛了，耳朵前方的皮膚出現皺紋。他嚼食物的模樣，看起來很像他父親，小薇心中這麼想著。她看過一次照片，照片中的他看起來至少有四十歲了。

然後，他看著她，對她眨眨眼。這時，小薇心中往日對他的純純情愛又再度燃起。吃完三明治，瑞奇拉近小薇躺在毛毯上，他的手臂摟著她，她的臉頰靠在他肩膀與胸膛之間結實溫暖的凹陷處。她不時笨拙地起身啜飲飲料，最後她一口喝光，讓空杯子倒下。他用臉頰搓揉她的頭，粗糙的下巴勾扯她的秀髮。

她望向天空，視野被樹枝以及風吹不歇的樹梢如相框一樣框住。粗壯的樹枝還有樹葉，但葉片已呈紅色、金色或軍服的黃綠色。天空萬里無雲，是夏日藍天最藍的顏色。

「那是什麼鳥？」她邊指邊問。

「禿鷹。」

她推了他一把，「到底是什麼嘛？」

他用手遮在眼睛上方，「茶隼。看到牠如何盤旋了嗎？牠正等著要俯衝抓老鼠。」

「可憐的老鼠。」

「開始行動了！」瑞奇抬頭。她感覺臉頰下，他胸口與喉頭的肌肉緊繃了。只見那隻鳥迅速俯衝，卻又兩爪空空往上飛，他往後躺下。「沒抓到。」

「很好。」

「那只是午餐，牠有權吃午餐，對吧？」

「但很殘忍。」

他笑了出來，「我不知道妳的心腸那麼軟……看！又再試了！」

兩人看著那隻鳥有一分鐘之久，對於牠優雅的俯衝與翱翔讚嘆不已。之後，小薇取下太陽眼鏡，要將鳥看得更仔細。瑞奇不看鳥，卻看著她。

「這樣好多了，之前好像在跟盲女說話。」

她往後躺在毛毯上，閉上眼睛。「當然，你已經習慣我的眼睛了。」

「哈哈！」

他先是一動也不動，然後撿起某樣東西往她身上伸過去。一會兒，她覺得臉上癢癢的，揮揮臉頰，以為是蒼蠅，結果是他。他拿著一根長草，用草尖觸碰她。她再次閉上眼睛，任他繼續。

他沿著她的額頭、鼻子、嘴巴上方的曲線劃著，用那根草劃過她的太陽穴。

「妳改變髮型了，對不對？」他問。

「我剪了頭髮，很久以前了。這樣好癢耶！」

他更頑固地移動那根草。「現在怎麼樣？」

「好多了。」

「我喜歡這樣。」

「喜歡什麼？」

「妳的頭髮。」

「是嗎？這還好。」

「很適合妳。小薇，睜開眼睛。」

她眼睛睜開，一下又闔上。「陽光太刺眼了！」

他舉起一隻手，舉到離她臉龐約一呎高的地方，擋住陽光。「現在睜開眼睛。」

「做什麼？」

「我要看妳的眼睛。」

她笑了起來。「爲什麼？」

「就是要看。」

「我的眼睛和你上次看到的一模一樣。」

「那是妳自己這麼認爲，女人的眼睛從來不會一樣，妳們這種人，跟貓很像。」

他搔她的臉蛋，直到她睜開眼睛爲止。但她將眼睛睜得大大的，顯得傻里傻氣。

「不是這樣！」他說，然後她就正常看著他。「這樣好多了。」他臉上的表情很溫柔，「妳的眼睛很漂亮，妳的眼睛很美。妳的眼睛是我最先注意到的地方。」

「我以爲你最先注意的是我的腿。」

「妳的腿也是。」

他注視她的雙眸，丟掉手中那根草，俯身親吻她。他緩緩親吻，用唇翻開她的唇，慢慢地往她嘴裡親。他親起來仍有火腿的味道，火腿和柑橘琴酒。她想，自己親起來應該也是這種味道。繼續親吻時，有個小東西，肉片或麵包跑進他們舌頭之間，於是他停了下來，將碎屑從他舌間拿掉。當他又再次親她時，親得更猛了，而且開始往她身上壓。他的手往下游移，從臉頰到臀部，來回撫摸她的身體，之後再往上摸，托起她的乳房。他的手很熱，抓得很使勁，幾乎讓她感到疼痛。收手後，開始解開她洋裝前方的鈕釦，她制止他的手，抬起頭。

「可能會有人出現，瑞！」

「這方圓幾哩都四下無人。」

她看到他的手還在扯她的鈕釦。「別這樣，衣服會被你弄皺。」

「那妳自己解開。」

「好，等等。」

她看看四周，總覺得有人躲在樹蔭下偷看。太陽像聚光燈那麼亮，他們躺下的地方很平坦，不是很隱密。唯一的聲音是溪水聲、鳥聲、樹葉摩娑聲。她解開洋裝上的兩顆鈕釦；一會兒後，再解兩顆。瑞奇幫她脫去衣服的上半部，露出絲質胸罩，將嘴湊上去，感受乳頭的觸覺，在她乳房上磨蹭。她則在瑞奇的撫摸下蠕動。但奇怪的是，以前在[1]司得普尼的車裡，她有一股更想要他的衝動；站在橋上時，也比此刻更想要他。他的嘴停在她乳房上不放，手則順勢地往下撫摸到大腿。當他抓住她裙子，開始往上掀時，她再次阻止他。「會有人看到我們！」

他移開，擦擦嘴，扯起毛毯。「我們就用毛毯蓋起來。」

「還是看得見。」

「喔，天哪，小薇，就算現在有一群女童軍打這兒經過也無法遏止我了！我發誓，我已經快受不了了。爲了妳，這一整天我都覺得自己快爆開了！」

她不認爲他如此。從他的言詞、他的胡說八道、在這裡與在車裡，她不覺得他是這樣。而且現在她比以前更不想要了。他拉起毛毯蓋在她四周，然後手伸進毯子，想撫摸她雙腿間的私處，但是她夾得緊緊的。他看著她時，她搖搖頭，他愛怎麼想就怎麼想。她說：「讓我來……」然後她的手伸向他褲子鈕釦，一顆顆解開，滑了進去。

他感受到手指的撫摸，發出一陣呻吟，抵著她手心蠕動。「喔，小薇。天哪，小薇！」

他內褲的縫線緊靠在她手腕上，這讓她的動作很不靈活。一會兒後，他伸手掏了出來，將自己的手輕輕包覆她的手。當她幫著撫慰時，他的手一直這麼放著，整段時間，他的眼睛都閉得緊緊的。最後，她感覺他自己可能也在撫慰。蘇格蘭格子花呢毛毯，在他們手上方起起伏伏。她曾抬頭張望了二、三次，心情還是很緊張。

此刻，她想起好幾年前兩人的幽會，那時他還在軍中，兩人必須在旅館約會。房間很髒，但骯髒並不重要，在一起才重要。彼此抵著著對方的身體、對方的肌膚、對方的氣息，那才是忍不住快爆開、非常想要的定義。才不是現在這樣，也不是關於羽毛床墊與戀人步道的笑話。

在最後一秒，他緊抓她的手，要她接住那股熱液。然後他往後一躺，滿臉通紅、汗流浹背、笑逐顏開。她持續再幫他撫慰一陣子，手才移開。他抬頭，喉頭肌肉往上縮。他擔心他的褲子。

「都接住了？」

「應該是的。」

「要小心。」

「我很小心了。」

「乖女孩。」

他穿好衣服，扣上鈕釦。她四處張望，想找條手帕之類的東西。最後，用草將手抹乾淨。瑞奇看到小薇這麼做，表示讚許。「妳這麼做對大地有益，」他現在充滿了活力，「對樹木的成長有益處，可以讓樹木長大，哪天沒穿內褲的女孩爬了這棵樹會懷孕，懷下我的孩子。」他舉起雙臂，「過來讓親我一下，漂亮寶貝！」

❶譯註：司得普尼，Stepney，位於倫敦東南方的一個小城區。

小薇想，他這麼單純，眞令人詫異。但是，她一向最愛的就是瑞奇的缺點和軟弱。她在瑞奇的軟弱中浪費生命——他的道歉、他的承諾……她投入他的懷抱，他點燃另一根菸，躺下，一起抽完，再次凝望樹林。茶隼已不見蹤影，他們不知道牠是否抓到老鼠或追逐另一隻獵物去了。天空的藍似乎變淡了些。

時值九月，九月尾聲，不是夏天；她打了寒顫，覺得有點冷。瑞奇揉揉她的手臂，但兩人很快便坐起來，將剩下的柑橘琴酒喝掉，然後起身，拍拍衣服。瑞奇外翻褲管，拍掉沾到的草末，又向她借手帕，擦掉沾在他嘴上的口紅和脂粉，走到一旁，轉過身，撒了一泡尿。

瑞奇回過身時，小薇說：「你在這裡等著。」語畢，跑到灌木叢裡，撩起裙子，拉下內褲，蹲了下去。「小心蕁麻！」瑞奇在她身後叫道，但叫得很微弱，他沒看到小薇跑到哪兒，也不知道蹲在何處。小薇看到他在彎折車子的側邊鏡，梳理頭髮，又看到他在溪邊沖洗杯子。然後，她看著自己的手，手指上的熱液已經乾了，變得像漂亮細緻的蕾絲。她搓一搓，頃刻就變成了一般的白色粉屑，飄到地上，消失不見。

瑞奇必須在七點前趕回家，現在已經四點半了。他們再次漫步到那座小橋，站立觀看河水。然後又走回頹圮的磨坊，他拾起一片玻璃碎，將兩人名字的縮寫劃在灰泥上，就寫在那些穢言穢語的旁邊。**RN**與**VP**，以及一顆帶箭的心。

他丟掉碎玻璃後，看看手錶。

「我們該走了。」

兩人走回車子。小薇拍拍毛毯，瑞奇折好之後，連同杯子，一起收在後車廂裡。原本鋪著毛毯的地方，現在成了一塊四方形壓扁的草地。在這麼漂亮的地方，這樣似乎很可惜；她走向前，將草踢正。

這段時間裡，車子一直曝曬在太陽下。她坐進去，腳幾乎被發燙的皮椅燙到。瑞奇坐在她身旁，將自己的手帕遞給她，鋪在她膝蓋窩的皮椅上，避免燙到。

鋪好手帕，便傾身往前，親吻她的大腿。小薇撫摸他的頭，黑色油膩的卷髮，淡淡顯露的白色頭皮。再看一眼蓊綠的草地，溫柔地說：「眞希望我們可以待在這兒。」

他垂下頭，靠在她大腿上。「我也想。」他說的話含糊不清。轉過來，凝視她雙眸。「妳知道我很討厭這樣，對不對？如果我可以改變這情況……我是說，所有的一切。」

她點頭。該說的以前都說過了。他的頭再度靠在她大腿上一會兒，再次親她大腿後便起身。轉動鑰匙，引擎立刻轟隆作響。在這片寂靜中，引擎聲似乎太大了，正如兩人初抵此秘境時，這片寧靜似乎有點不太對勁一樣。

他迴轉車身，緩緩開上那條顛頗的小徑，再轉進來時路，經過法式香濃乳酪顏色的小屋時，並未減速，而是加快速度，趕回倫敦。此時的交通較壅塞。許多像他們一樣的人，下午出遊正要返回城裡。急駛的車子很吵，陽光自前方射來，得瞇著眼睛才行。有時轉個彎，或者穿越樹林，不一會兒便失去太陽的蹤影，然後又會出現，比之前漲得更大，更橘紅，低低掛在天空上。

太陽溫暖的感覺、喝下的琴酒，讓小薇覺得昏昏沈沈，頭就靠在瑞奇肩上閉起眼睛。他用臉頰搓揉她的秀髮，有時會轉過臉來親吻她。他們慵懶地一起唱著舊式歌曲——《我只能給你愛》和《再見！黑鳥》。

幫我鋪床，點上燈，
我今天會晚歸。
黑鳥，再見。

抵達倫敦外城時，她打個呵欠，不情願地坐挺身子，拿出粉餅，修飾臉龐，擦上口紅。突然間，交通更塞了。瑞奇試了別條路，經過波普拉區和雪德威爾，但路況一樣糟。瞧他在看手錶，小薇便說：「讓我在這兒下車。」但他一直說：「再一會兒就好。」他不喜歡給其他車輛讓路。「如果前面那個笨蛋……拜託！這種笨蛋就只會這樣……」

車子往前，之後又塞在通往史特蘭德大街的艦隊街上。他在找脫困之路，但側邊的街道都塞滿了打相同主意的車。他一直用手敲打方向盤，「該死，該死！」再次看看手錶。

小薇也很緊張，情緒也受到瑞奇的感染，瑟縮地坐在座椅上，以免有人看到她。但是，她還是想著樹林那個地方，還不想就此放棄。那座磨坊、溪流、小橋，還有那兒的寂靜，那地方不是皮卡地里。瑞奇在回程前已將車內整理乾淨，清除了樹籬掉下的花瓣與草屑。他輕輕用手指推推蝴蝶，直到它顫動撲簌地飛走。

轉過頭，小薇看著商店燈火點亮的櫥窗，看著巧克力和水果盒模型，看著香水瓶和酒瓶，裡面裝的可能與〈帕爾馬之夜〉和〈愛爾蘭麥芽威士忌〉相同顏色的水。車子緩慢前進，接近〈堤佛里〉戲院，外面有人排隊買票，她豔羨地看著他們，看著那些女孩與男友，丈夫與妻子。戲院有五彩繽紛的燈飾，黃昏時分，這些燈飾似乎比夜晚閃得更爲慘白、更明亮。她看見怪異無關的細節——一只閃爍的耳環，一個男子發亮的頭髮、人行道石板裡閃爍的水晶。

瑞奇踩下煞車，按下喇叭。前面有人穿越馬路，悠閒地慢慢走。他攤開雙手，「可不可以爲我著想一下呀，先生？這個人在幹嘛呀！」他直視那個慢慢走的行人，表情厭惡，但臉色瞬間又變了。走上人行道時，那個人的姿態一定顯露了什麼。「我看錯了，」他推了一下小薇，「妳覺得呢？那個人不是男的，是女的。」

小薇跟著望過去，立刻看到凱。她身穿外套與長褲，正從香菸盒裡拿出一根菸，而且以一副慵懶的方式，在銀盒上輕輕拍打，再放到嘴裡。

「到底在搞什麼呀！」瑞奇很詫異。

小薇叫了出聲，胃部猛抽一下，像被人打了一拳。然後用手遮住臉，往座位下方閃躲，以催促的語調告訴瑞奇：「繼續走，繼續開！」

他張大了嘴看著她。「怎麼了？」

「開就是了，可以嗎？拜託！」

「繼續開？妳瘋了？」

前方仍塞滿了車。小薇扭曲地移動身子，往車後的艦隊街瞧，不顧一切地說：「可不可以往那邊走？」

「哪條路？」

「往回走。」

「往回走？妳怎麼……」她真的伸手抓住方向盤。「老天！」瑞奇推開她的手，「好！聽妳的就是了！」他往後看，開始費力地迴轉。後面的車輛發出刺耳的喇叭聲。要往路德門圓環的駕駛看著他，彷彿他是個瘋子。他變換排檔，大汗涔涔，口裡不停詛咒，緩緩將車輛掉頭。

小薇一直都把頭放得低低的。但回頭一看，凱已加入戲院外的排隊人潮中，手上還握著打火機湊近香菸，火光在傍晚幽暗的微光下亮了起來，照亮她的臉龐與手指。小薇，小聲點！小薇記得凱曾經這麼說過。這個記憶相當鮮明，鮮明且可怕，即使過了這麼久。那隻抓住她的手，那個靠得那麼近的嘴唇。小薇，小聲點！

「感謝老天！」緩緩往回開時，瑞奇說話了，「還說不要引人注目呢！剛才到底是怎麼回事了？妳還好嗎？」

她沒答腔，只感覺到磨擦不順的車子排檔，前後搖晃的車體，就像她身體的肌肉與骨骼。她雙手環抱，好像這樣身體才不會散開。

「怎麼了？」瑞奇問。

「我看到以前認識的人，就這樣。」她終於說出口。

「以前認識的人？誰啊？」

「一個人。」

「一個人？喔，我想妳和我都被看清楚了。該死，小薇。」

瑞奇繼續發牢騷，她沒在聽，車子最後停靠在黑修士橋❶附近。小薇說她可以在這裡搭公車，他沒反對。他停在一處安靜的地方，拉她靠近，好得以親吻。之後，他又向她借手帕，將嘴唇抿淨，同時還擦掉額頭上的汗，說道：「好精彩的旅行！」彷彿下午這趟旅行很不好受，彷彿他已經忘了那條溪流、頹圮的磨坊，還有牆上名字的縮寫。她不在意。他放在她臂腕上的手，壓在她嘴上的唇，這些感覺突然變得很可怕。她想回家，想獨自一個人，離他遠遠的。

打開車門時，瑞奇又伸手過來。從儀表板下的一個袋子裡拿出一些東西。原來是兩罐肉，一罐牛肉，一罐豬肉。

她在恍惚之間順手接下罐頭，打開袋子，準備收起來。但內心似乎已經崩潰了。突然，她變得極為憤怒，將罐頭往他身上推。「我不要！拿走！拿去給你老婆！」

罐頭掉下，在座椅上彈跳。「小薇，」瑞奇詫異且難過地說，「別這樣！我做錯了什麼？到底是怎麼回事？小薇！」

她下了車，關上車門離開。他橫過身拄著座椅，搖下車窗，口中還呼喚著她的名字，依然是

❶譯註：黑修士橋，Blackfriars Bridge，泰晤士河上一條重要的橋樑。

一臉的不解。「怎麼了？我做錯了什麼？爲什麼……」然後聲音開始變得生硬，不是那麼氣憤，而是疲累，他想。「我到底做錯了什麼？」

她沒回頭，轉個彎，他的聲音漸漸淡去。接下來，他一定是啓動車子駛離了。她站在一群等候公車的隊伍中，等了十分鐘，瑞奇並沒來找她。

回到家時，發現屋子裡都是人。姊姊潘蜜拉回來了，還有姊夫霍華德和三個小男孩。他們帶了些茶葉要給小薇的父親。潘蜜拉已經在爐上將茶泡好，窄小的廚房燠熱又不通風。晾衣架上有洗好的衣服，吊起來幾乎快要著地了，這一定也是潘蜜拉幫的忙。收音機震天嘎響，霍華德坐在廚房桌前，老大和老二則是跑來跑去，小薇的父親正抱著最小的嬰兒，就放在他腿上。

「今天過得好嗎？」潘蜜拉正將溼手擦乾，用毛巾在指間縫隙搓動，兩眼打量小薇。「妳曬太陽了，曬曬太陽也不錯。」

小薇走向水槽，在父親刮鬍子時照的鏡子前看了看，臉上有粉紅、白色的色塊，然後將頭髮撥到前面。「天氣很熱。爸，你好！」

「很好、很好。親愛的。野餐怎麼樣呀？」

「還好。最近如何，霍華德？」

「不錯，小薇。我們盡力過活，不是嗎？妳覺得現在天氣如何？我告訴妳……」

霍華德的嘴巴總是是說個不停，那兩個小男孩也一樣。他們有東西要給她看，發出噪音的空氣槍，他們將瓶塞塞進去，然後發射。她父親是看別人說話的嘴形來瞭解別人說話的內容。他會點頭、微笑，或是微微動一下嘴唇，因爲他有嚴重的重聽。小嬰兒在他臂彎裡掙扎，伸手想拿空氣槍，想到地面上。當小薇走近時，父親將嬰兒舉向她，很高興可以將他放下。「親愛的，他要妳抱。」

但她搖頭，「這小子太大了，很重。」

「我來抱吧！」潘蜜拉說，「莫利斯——霍華德，不要只是在那裡呆坐！」

屋裡實在很吵。小薇說要去換鞋，換下褲襪。於是進入自己房間，關上房門。

好一會兒，她站立不動，不知道接下來要做什麼，心想可能會開始哭泣、生病。但是，父親和姊姊就在隔壁房間，她不能哭。坐在床上，然後躺下，雙手放在小腹上。然而，躺下卻讓她感覺更糟。於是坐起身，站了起來。她無法從震驚、難過中平復。

小薇，小聲點！

她往前走一步，歪斜著頭，聽到收音機之外另一個含糊的喧鬧聲，可能是潘蜜拉或一個小男孩在走道上。但這喧鬧聲結果沒怎麼樣。她猶豫不決地站在那兒，約有一分鐘，咬著自己的手。

然後她往衣櫥快速走去，打開衣櫥門。

衣櫥裡全都是垃圾。鄧肯以前上學時的衣服就掛在她洋裝旁，甚至還有兩、三件她母親的洋裝，因爲父親從來沒想要丟棄。上面有個架子放著她的毛衣。毛衣後面有相本、舊簽名本、舊日記之類的東西。

她繼續歪斜著頭，傾聽走道上的腳步聲，然後把手伸到相本後面的陰暗處，拿出一個小香菸罐。她的姿勢很自然，好像每天都會拿出來似的，但事實上，自從三年前放在那兒之後，就再也沒看它一眼。她之前將蓋子壓得很緊，現在覺得手腕關節和手指沒什麼力氣。她必須拿個錢幣撬開蓋子。當蓋子鬆了，她又猶豫起來。仍舊緊張地傾聽，怕有人進來。

然後，她取下蓋子。

罐子裡有個小布包，布包裡有一只戒指，一只素面金戒指，年代很久遠，上面有凹陷與細小的刮痕。她拿起戒指，放在手掌上半晌，然後套進手指，閉上眼睛。

五點五十分，操作蠟燭製作機的工人關閉幫浦，工廠瞬間安靜時，耳朵會嗡嗡不止，很像躍出水面的感覺。鄧肯工作檯的女孩把這現象視爲準備回家的訊號，她們拿出口紅與粉撲之類的物品，年紀較長的女人開始捲菸，林從褲子口袋取出梳子開始梳頭。他的髮型略帶時髦，全都梳到耳後。當他收好梳子，發現鄧肯在看他，於是探身向前。

「猜猜看我今晚要做什麼？」林往工作檯看了一眼，放低音量。「我要帶個女孩到溫布頓園區，她胸脯這麼大。」他比了一個姿勢，翻翻白眼後吹吹口哨。「喔，正點！她十七歲，有個姊姊。她姊姊是個美人，但胸部沒那麼大。你覺得如何？今晚有事嗎？」

「今晚？」鄧肯回應。

「一起來嗎？姊姊很漂亮。你喜歡哪一型？我認識很多女孩。大女孩、小女孩都有。我可以幫你介紹，輕而易舉！」他趴噠地彈了響指。

鄧肯不知該說什麼，試圖想像一群女孩。但每個都跟林早先捏的蠟像人偶很類似，身材玲瓏有致，有著一頭卷髮，以及一張沒有表情的臉。他搖搖頭，開始微笑。

林看來很不高興。「這是你的損失，我發誓。這女孩非常漂亮。她有男朋友，但在軍隊裡。她已經習慣經常做那件事，所以現在覺得很不舒服。我告訴你，若不是那個姊姊很友善，我自己就會弄到手……」

他繼續說，直到工廠哨音響起。「嗯，隨你便。」他站了起來，「今晚十點，你就想著我在做什麼！就這樣。」他那雙吉普賽棕色眼睛，朝鄧肯眨眨眼，然後匆忙離開，像個老婦人，左右搖晃蹣跚地走出去。因爲他左腿比較短，膝蓋動過手術。

女孩和婦人也都很快離開，走時都大聲說再見。「再見，鄧肯！」、「再見，親愛的！」、「星期一見，鄧肯！」

鄧肯逐一點頭。他無法忍受像工廠今天此時的氣氛，那種強迫性的狂喜、趕往出口的匆促。星期六晚上最糟糕，有些人眞的跑了起來，想要第一個衝到大門外。騎腳踏車的人也像在比賽一樣匆匆離開。十到十五分鐘內，工廠就像拔了塞子的水槽，一片空空蕩蕩的。他總會找些理由在工廠裡徘徊或慢慢收拾。今晚，他拿起掃帚，將碎蠟和散落的蕊心，從板凳下的地板掃出來。然後慢條斯裡地走向置物櫃取出外套，進入洗手間梳理頭髮。他花很久時間慢慢整理，所以走到外面時，工廠幾乎已是空無一人。他在台階上站了一會兒，想要感受這空間與溫度的改變。因爲蠟的關係，蠟燭室經常要保持涼爽。但傍晚的天氣很溫暖。太陽正要西沈，他有個模糊、不悅的感覺，因爲時間過去了；眞實、實在的時間，不是工廠時間，而他卻錯過了。

當他低頭要穿越廠區時，聽到有人喊他的名字。「皮爾斯！嘿，皮爾斯！」抬頭一看，心突然在胸口砰地跳了一下，因爲他認出這個聲音來了，但無法相信自己的耳朵。羅伯．費瑟就在那兒，在大門旁，看起來像是才匆匆趕來。沒戴帽子，和鄧肯一樣。他臉色紅潤，正將頭髮往上撥。

鄧肯加快腳步，上前相迎，整顆心還在砰砰跳。他開口：「你在這裡做什麼？你整個下午都在這裡嗎？」

「我又回來了。」費瑟氣喘吁吁地說，「我以爲會錯過你！我在三條街外的地方，聽到工廠哨音響起。你不介意吧？今天上午離開後，心想，這眞不可思議，你竟然在這兒……呃……你有一個小時的時間嗎？我們一起去喝點酒。我知道一家酒吧，就在河邊。」

「酒吧？」鄧肯問。

費瑟看到他臉上的表情，笑了起來。「對，不去嗎？」

鄧肯很久沒上酒吧了，想到現在要跟費瑟一起去酒吧，坐在費瑟旁邊喝啤酒，跟一般傢伙一樣，他就非常興奮，但也極爲不安。他想到曼迪先生，他會在家等他回去。他想到喝茶餐具，整齊擺放的小刀與叉子，鹽、胡椒、在碗裡已經攪拌好的芥末……

費瑟一定看到他臉上猶豫不決的表情，顯得很失望。「你有事。好，沒關係。我只是碰碰運氣。你要走哪條路？我可以跟你走……」

「不是，」鄧肯立即回應，「沒關係。如果只是一小時……」

費瑟抓住他的手臂。「好傢伙！」

他帶著鄧肯往南走，往雪波茲布希綠地走，這與鄧肯向來走的方向相反。費瑟的步履愜意，手放在口袋裡，兩肩後挺，有時甩甩頭，將遮蓋眼睛的前髮甩到一旁。在傍晚陽光照耀下，頭髮顯得金黃燦爛，臉還是很紅潤，滲出一些汗。在交通最繁忙的路段行走時，他拿出一條手帕擦拭額頭和後頸。「我需要喝一杯！事實上，需要很多杯。下午二點起，我人就在伊令❶採訪一篇關於養豬的幽默報導。攝影師花了一個多鐘頭，要哄一隻母豬做出怪異滑稽的表情。皮爾斯，下次我看見的豬，最好是在我的餐盤裡，耳朵還要有鼠尾草和洋蔥。」

行進時他一直說話，他告訴鄧肯關於最近被派去報導的其他寫作任務；嬰兒選美比賽、一棟鬼屋。鄧肯聽得還算清楚，可以在應該點頭或發笑時，做出該有的動作。其他時間他一直在打量費瑟，對他穿得這麼平常的衣服，在街上竟然可以如此吸引人的景象正逐漸習慣中。但費瑟一定也是如此，因爲不久後，他停止說話，發覺鄧肯在看他，神情看來很懊悔。

「這樣很奇怪吧？我一直感覺蔡斯先生或是賈尼敘先生會突然跑出來對我們咆哮：『待在裡面！』『回來！』『站在門口別動！』去年，我遇見艾瑞克．維萊特。記得他嗎？他也看到我。我知道他有看到我，但是他故意不理我，他在皮卡地里跟個浪蕩女在一起。幾個月前，在一次政

❶譯註：伊令，Ealing，位於倫敦西郊的一個小鎮。

治場合裡，我也遇到那個自命清高的丹尼斯．瓦特林。他聲嘶力竭地談論關於監獄的種種，好像他在裡面關了十二年，而非十二個月。我猜他並不想看到我出現，他認爲我會搶了他的風采。」

兩人穿過漢姆史密斯[1]，走過陰沈的住宅街道，但不久後，在費瑟的帶領下，他們轉個彎，眼前的感覺立刻不同。放眼都是較大的建築物、倉庫與工廠，不再只是房子，空氣聞起來比較酸而又強烈，不是很好聞。道路表面破損，露出鵝卵石，這些鵝卵石很滑，好似抹了油。鄧肯完全不知道有這樣的地方。費瑟很有自信地繼續往前走，鄧肯必須走快點才跟得上，而且突然感到些許緊張。*我在這裡到底在幹嘛？*他心想，瞧了一下費瑟，看到的卻是個陌生人。他突然有個怪誕的想法，那就是費瑟可能發瘋了，所以引誘鄧肯到這兒來意圖殺害。他不知道費瑟爲何要這麼做，但念頭就是在他心中肆無忌憚地奔馳。他想像自己被勒斃或刺死的畫面，不知道誰會發現屍體。他也想像警方拜訪他父親或小薇的情景，告訴他們他的屍體是在一個奇怪的地方被發現的，也不知道爲什麼會被殺。

突然，他們又轉了個彎，終於擺脫黑暗來到河邊。這兒就是費瑟說的那個酒吧，非常奇特的木造建築，讓鄧肯馬上聯想到狄更斯的《孤雛淚》，深深吸引了他，甚至已經把被刺死或勒斃的焦慮拋在腦後。他停下腳步，手搭在費瑟的手臂上，驚聲說道：「哇，好漂亮呀！」

「你這麼感覺嗎？」費瑟再次朝他微笑，「我想你會喜歡，這兒啤酒也不差。來吧！」他領著鄧肯走過狹窄歪斜的入口。

外觀很迷人，但內部卻非如此，而是整修成普通的酒吧，牆上掛了些蠢物件，有馬轡銅飾、暖床用的長柄淺鍋與風箱。現在六點半，客人相當多。費瑟擠到吧台，買了一壺四品脫的啤酒。[2]他比了手勢要鄧肯到後門，那兒位在碼頭上，可以俯瞰河面，但碼頭上人更多，甚至比酒吧裡更擠。於是他和鄧肯回頭，經過擁擠的人群，回到外面街道。那兒有一排倚靠河堤的台階。費瑟站在最上面觀察，發現下面河灘還有很許多空間，於是說：「現在正好是退潮，還不錯。來吧！」

他們捧著那壺啤酒與酒杯，小心爬下台階。河灘有很多爛泥巴，但泥巴被下午的太陽曬過，現在大部分都乾涸了。費瑟在牆底下找到一個地方，脫下外套，鋪在地上，兩人便坐在上面，肩並肩，肩膀幾乎快要碰到一起了。河牆被泰晤士河弄得很髒，卻很溫暖，可以清楚看到那條約有六呎高的線，那是綠色髒污的河水與經常暴露在外的灰色石塊交會處。現在是退潮時分，河道看起來非常狹窄，窄到墊起腳尖似乎就可以輕易從河的這岸走到對岸去。鄧肯瞇起眼睛，讓視野變得模糊，想像稍後河水沖進來將他吞噬的畫面。他的背抵在河牆上，感覺很溫暖。當費瑟解開袖口捲起袖子時，他可以感覺到費瑟的手臂觸碰到他的手臂。

費瑟倒出啤酒。「這是你的，」他舉起杯子，三、四口就喝光，然後抿抿嘴。「眞棒！眞是太棒啦！對不對？」他倒出更多啤酒，又喝了好幾口。

他從口袋裡掏出一根菸斗和一包菸草。鄧肯看著他開始裝菸草，用他棕色纖長的手指將菸草

[1] 譯註：漢姆史密斯，Hammersmith，位於倫敦泰晤士河北岸。

[2] 譯註：品脫，Pint，這裡是指英制的容量單位，一品脫約爲570 CC，四品脫則約爲2,280 CC。

掰開，然後用拇指緊實地塞進斗缽中。發現鄧肯在注視，他笑了。「和以前不太一樣吧？這是我出來時買的第一件東西。」他將菸斗吸嘴放進嘴裡，劃了跟火柴，湊到斗缽上。吸的時候，他喉頭緊縮，臉頰一會兒鼓起、一會兒收縮，很像熱水瓶的兩邊，鄧肯心想，或者更浪漫一些，像西班牙酒囊。他看著藍色煙霧從費瑟嘴裡飄起，立刻被微風吹走。

好一會兒，他們只是這樣坐著，啜飲啤酒，用手遮擋、凝視太陽，而太陽則呈現漂亮的粉紅色，在夏末的天空，漲得大大的。熱氣逼出了河水與河灘的臭氣，但在這種地方很難去介意這種事，因爲這裡的景色實在太迷人了。鄧肯想到水手、走私者、貨運船伕、快樂的水手，費瑟則笑了起來。「看那幾個孩子！」他說。

遠方河灘出現一群男孩，他們脫下襯衫和鞋襪，捲起褲管，往河裡跑，即使幾個男人都跑到突出的石塊上看是怎麼回事，但他們仍像女孩一般尖叫，開始潑水嬉戲。這群男孩年紀都很輕，比鄧肯和費瑟都年輕，大約十四、十五歲，與身材相比，纖細輕盈的手腳四肢都顯得太大。他們似乎精力過剩，體內充斥著四處亂竄的活力，這讓他們的身軀如此稜角分明。

在酒吧後方碼頭上喝酒的人也看到這些男孩，於是開始鼓動叫喊。這群男孩便開始潑泥巴，而不是潑水。其中一個男孩跌進泥巴裡，爬起來後全身污黑，活像黏土人形，更像一尊放在街上展示的怪異假人。他往河邊走，又猛然一頭跳進河裡，再次上岸時又變得很乾淨了，迅速搖晃腦袋，甩掉濕髮上的河水。

費瑟捧腹大笑，兩手圈在嘴巴外，跟碼頭上的人一樣大聲歡呼。他似乎跟那些男孩一樣充滿了活力，裸露的胳臂被太陽曬得黝黑，長長的頭髮在額前晃動。

過了一會兒，他面帶微笑往後坐，含起菸斗，再劃跟火柴湊上斗缽，用手圍著火。這麼做的同時，他從微微下垂的眉毛注視鄧肯。完全點燃菸草，熄滅火柴後，便將菸斗從嘴裡拿出來，說道：「我竟然會在那種工廠遇到你，很怪，對吧？」

鄧肯的心往下一沈，沒作聲。費瑟繼續說：「我整天都在想這件事。只是，我沒想到你會在那種地方工作。」

「是嗎？」鄧肯舉起杯子。

「當然！那種工作，還有那些人。那地方只比施捨強一些，不是嗎？你怎麼忍受得了？」

「那裡每個人都可以忍受。我爲何不行？」

「你眞的不介意？」

鄧肯想了一下，最後說：「我不是很喜歡那裡的味道。」

費瑟皺著眉。「我不是那個意思。」

鄧肯知道他不是那個意思。但只是聳聳肩，繼續以輕鬆的語氣說：「這工作很輕鬆，與縫製帆布袋沒什麼太大的不同。可以邊做邊想其他的事，我喜歡這樣。」

費瑟似乎仍是一頭霧水，「你不想要做點更……呃……更令人振奮的工作？」

這說法讓鄧肯嗤之以鼻，「我想要如何不重要。如果我說我想要這樣或那樣，你可以想像監獄管理人員的表情嗎？有份工作就很幸運了，即使是假的工作。你不同，如果你是我的話……我是說，如果你有像我一樣的過去……」他不想再說下去，開始在河灘上撿拾石頭、瓷器碎片、蠔殼和骨頭。「我不想說了。」看到費瑟還在等待他的回答，他接著說：「談這種事很無聊。那你告訴我，你都在做什麼？」

「我想先知道關於你的事。」

「沒有什麼好知道的。你都已經知道了！」他微笑著，「我是認眞的。告訴我，你這些日子都到哪兒了？有一次，你還在火車上寫了一封信給我。」

「有這回事嗎？」

「有，就在你出去之後。你不記得了？當然，他們不會讓我留下那封信，但是我讀了大約五十遍。你寫得滿滿的，紙上有個污漬，你說是洋蔥汁。」

「洋蔥汁……」費瑟若有所思。「對，我想起來了。火車上一個女人有顆洋蔥，那是我們三年來第一次看到的洋蔥。有人拿出小刀切片生吃。非常棒！」他笑著，又喝了更多啤酒，他的喉結像條魚似地在喉頭裡上上下下游動。

他說的火車一定是前往蘇格蘭的火車，他曾在那兒的伐木營待了一陣子，和其他幾個COs❶一起，直到戰爭結束爲止。「之後，我回到倫敦，在難民慈善組織服務了一陣子，協助到那裡的人辨別身分，幫他們找房子，讓他們的小孩上學。」想起當時的情景，他搖搖頭。「皮爾斯，我聽到的事情會讓你毛髮倒豎。那些失去一切的人，包括俄羅斯人、波蘭人、猶太人，還有集中營的點點滴滴，我簡直無法相信。你在報上讀到的不算什麼，一點兒都不算什麼。那份工作我做了好幾年，是我能忍受的極限。再繼續待下去，我可能會想轟掉自己的腦袋！」

他露出微笑，這才發現自己在說什麼，看到鄧肯的眼神，臉便紅了起來，立刻又開始說話，好掩飾自己的尷尬。他說，他在那個慈善機構一直待到去年秋天，之後開始在新聞界試身手，希望可以幫政治性雜誌寫文章。他一位朋友幫他找到現在這份「無聊工作」，先騎驢找馬，希望日後有機會找到更好的工作。他曾和一個女孩交往大約一、二個月，但沒結果。當他告訴鄧肯時，臉又紅了起來。他說，那女孩也在那個難民慈善組織裡服務。

他說話嚴肅、滔滔不絕，像收音機裡的評論家。教養良好的口音非常明顯，有一、兩次，鄧肯幾乎就要痛苦地畏縮起來，因爲費瑟的口音一定會傳到河灘去，傳到其他酒客耳中。他看著費瑟，像以前一樣，將他看成是個陌生人。他無法想像費瑟以前的生活，在蘇格蘭的伐木營，之後在倫敦和一個女孩。關於費瑟，鄧肯可以想像到的畫面，仍是他們在狹小寒冷的苦艾叢監獄[2]裡每天見面的景象；肩膀披著粗糙毯子，早餐用麵包沾著剩餘的可可粉，或是費瑟站在窗戶旁，被月光或空中的照明彈照亮的削瘦蒼白臉龐。

鄧肯垂下目光，凝視玻璃杯，一會兒後才察覺，費瑟已經停止說話，正望著他。

「我知道你在想什麼。」抬頭時，費瑟這麼說，聲音壓低，有些不自在似的。「你在想，我

❶譯註：COs，Conscious Objectors，意指道德良心或宗教因素而拒服兵役者。

❷譯註：苦艾叢監獄，原文的Wormwood Scrubs，即是Wormwood Scrubs prison，為英國乙級地方監獄。

怎麼會去服務那些難民，傾聽那些我必須聽的故事。知道別人都去打仗，而我什麼都沒做。」他丟了一顆石頭躍過河灘。「如果你想知道，這讓我覺得很難過。我厭惡自己，不是因爲我反對，僅是反對並不夠。我難過的是，戰爭初期，我沒更努力去試，沒有努力找到其他方法，也沒讓其他人和我一起試圖找尋其他方法。我難過，因爲我身體健康；我難過，只因我還活著。」他又紅了臉，移開視線，語氣更爲平靜。「事實上，我曾想過你。」

「我？」

「我記得……記得你說過的事。」

鄧肯目光下垂看著杯子。「我以爲你忘了我。」

費瑟往前挪，「別這麼傻！我只是很忙，如此而已。你不也一樣嗎？」

鄧肯沒答話。費瑟等了等，然後轉過頭去，似乎生氣了。他喝了幾口啤酒，玩弄菸斗，吸了幾口菸，像酒囊般地吸吐著臉頰。

他早知道的話，應該就不會邀我到這裡來。鄧肯邊想邊挖石頭。費瑟一定在想，自己爲什麼會這麼做；甚至也在想，什麼時候可以擺脫我。這時，鄧肯又想到曼迪先生，他會在家等我，茶都準備好了；他會看著時鐘，也許會打開前門，焦急地望著前方的街道……

他又察覺到費瑟在一旁打量，於是看看四周，之後又四目交會。費瑟微笑說：「我都忘了你是那麼沈默寡言，皮爾斯。我大概是太習慣和只會說話的人在一起了。」

「抱歉，」鄧肯說，「我們可以走了，如果你想走的話。」

「老天，我不是那意思！我只是……你不想聊聊關於你的事嗎？我像瘋子一直說，但你幾乎都沒開口。難道你……難道你不信任我？」

「我信任你！」鄧肯回道，「但不是這個問題，根本就不是，只是我沒什麼好說的。」

「這招你已經試過了，這次不靈了，皮爾斯！快說吧！」

「沒什麼可說的！」

「一定有！我甚至不知道你住哪兒！你現在住哪兒？在你工廠附近？」

鄧肯不自在地挪動身子，「是的。」

「跟別人分租房間？或是住在一棟屋子裡？」

「嗯！」鄧肯又動了動，但覺得無法擺脫這個話題。因此，過了一會兒，他說：「住在一棟屋子裡，在白城。」

費瑟瞪大了眼睛，鄧肯早知道他會這樣。「白城？你在開玩笑！離苦艾叢這麼近！我懷疑你眞的可以忍受！我不介意告訴你，富勒姆（按：距離苦艾叢很近）對我已經夠近了，而你竟然住在白城？」他不可置信地搖搖頭，「但爲什麼住那裡？你家人……」他正在回想，「你家他們以前住在……住在哪兒？史崔漢嗎？」

「唔……」鄧肯馬上接著說，「我沒和他們一起住。」

「沒住在一起？爲什麼？他們把你照顧得很不錯，不是嗎？你有個姊姊吧？有個特別……她叫什麼名字？薇拉麗？小薇！」他拉扯自己的頭髮，「天啊！我全都記起來了。她以前會來探視你，她對你很好。總之，與我的姊姊相比，她對你這個弟弟好多了！她對你還是很好吧？」

鄧肯說：「不是因爲她，而是其他人。我們以前就處不來，你知道的。我搬出來的時候，情況更糟。大姊夫恨死我了。有一次，我聽到他跟他朋友在談論我。他叫我[1]小公子，還叫我[2]瑪麗·畢克福。不要笑！」但他自己開始笑了起來。

「很抱歉，」費瑟帶著微笑說，「聽起來像是非常迷人。」

「他就是那種人，他無法忍受和他不一樣的人。他們都這樣。但小薇不同，她瞭解，事情總有些缺憾，人並不完美，她……」他有些遲疑。

「她怎麼樣？」費瑟問。

兩人漸漸恢復了以往的親密。鄧肯壓低聲音，「嗯，她有男人。」然後看看四周，「那男的是個有婦之夫，在一起已經很久了。在裡面時，我都不知道。」

費瑟深思回應道：「瞭解！」

「別做那樣的表情！她不是……她不是蕩婦，或是任何你想像到的。」

「我不認爲她是蕩婦。但聽到這件事，我還是覺得很遺憾。我記得她，我還記得我喜歡她的樣子。你知道，這些事情很少會有好結果的，尤其是對女人而言。」

鄧肯聳聳肩，「那是他們的事。『好結果』是什麼意思？你是指結婚嗎？如果他們結了婚，可能會憎恨彼此。」

「也許吧！那男的是什麼樣的人？是哪種類型的傢伙？你見過嗎？」

鄧肯忘了費瑟會抓住一個主題爭論不休，只爲了要想透這個主題。他不太情願地說：「他是個業務員，我只知道這點。他給她肉罐，常常給她很多罐頭。她無法帶回家，因爲我父親會覺得奇怪，所以她都把那些罐頭給我與何洛斯叔叔……」

他停下來，對於自己剛剛說的話感到不解與窘困。費瑟並未注意，反而接著鄧肯的話題。他說：「你叔叔，沒錯，亞歷山大夫人提過他，在工廠的時候。她說你是個很好的外甥，或那類的話。」他微笑，「總之，你家人並不像你說的那麼壞。我很想見見你叔叔，皮爾斯，也想見見小薇，還想看看你住的地方。下次讓我去拜訪你好嗎？因爲我們……任何事情都無法阻止我們再度變成朋友，對吧？現在我們又再次連絡上了，不是嗎？」

鄧肯點點頭，但不敢開口說話。他喝完自己杯中的啤酒，轉過頭去，想著如果費瑟眞的與鄧肯一起回家，看到曼迪先生時，他臉上的表情會是如何。

---

❶譯註：小公子，Little Lord Fauntleroy，是英國出生的美國作家Frances Hodgson Burnett所寫的一部小說，敘述一名發現自己是英國某爵位唯一繼承人的美國小男孩回到英國，歷經千辛萬苦與母親團圓，並將一心想教導他成爲貴族的爺爺，轉變成具有同情心與社會正義感的人。此故事在當時造成轟動。引申意指爲過分有禮的小男生。

❷譯註：瑪麗・畢克福，Mary Pickford，加拿大女演員，曾以貴婦人Coquette獲得奧斯卡最佳女演員獎，素有「美國甜心」、「小瑪麗」和「卷髮女孩」等暱稱，是美國默片時期最火紅的一位藝人與製作人。

他走去撿拾河灘上的小東西。不久，視線被一個特別的東西所吸引，於是挖出來。結果，如他所料，是個老舊的陶瓷菸斗的斗嘴和部份的斗缽。他拿給費瑟看，然後用一根鐵絲清除上面的污泥。這麼做，有一部份是爲了轉移話題，他說：「說不定三百年前有個人在這裡，跟你一樣抽著菸草。這個想法好玩吧？」

費瑟微笑回應：「可不是嗎？」

鄧肯舉高菸斗，仔細端詳。「我很想知道這個人的名字。但我們絕對無法得知了，這會不會讓你輾轉難眠？我想知道他住在哪兒，是哪種人。而他也不會知道，在一九四七年，他的菸斗會被我們這種人給撿到吧！」

「無法想像一九四七年，對他而言或許是件幸運的事。」

「說不定三百年後，有人會發現你的菸斗。」

「絕不可能！」費瑟說，「我可用一千鎊對上一分錢來賭我的小菸斗和其他東西，到那時已經燒成灰燼了。」他喝完啤酒，站了起來。

「你要去哪兒？」鄧肯問。

「再去買點啤酒。」

「這次由我請客。」

「沒關係，這壺都是我在喝，我也要上廁所。」

「我應該跟你去嗎？」

「到廁所？」

「到吧台！」

費瑟笑了起來，「不用，你待在這兒，佔住這個位置，我待會兒就回來。」他邊說邊橫越河灘，手上的空酒壺隨意拍打著大腿。鄧肯目送他爬上台階，在台階上消失。酒吧裡眞的很擁擠。大夥兒都拿酒到外面的街道與河灘喝，就跟費瑟與鄧肯一樣，幾個男女就坐在或靠在鄧肯上方的那面牆。之前他並不知道他們在那裡，他不願想像他們正往下看他，或是聽到他剛才說話的內容……

鄧肯將陶瓷菸斗放進口袋，往河面看去，翻滾的潮水像蛇一般滾動。本來在泥堆裡互潑嬉戲的男孩都坐在河灘上，現在因爲漲潮，他們起身，從河灘走上來。他們看起來更年輕了，淺淺地笑著，打著哆嗦，腳步因疼痛而有些蹣跚。鄧肯想像他們被水泡軟、被石塊與貝殼割傷的腳。爬上台階時，他盡量壓抑自己不要看他們。他突然對男孩白皙腳上沾血的畫面感到一陣驚恐。他壓低頭，又開始在河灘撿拾。他找到斷了齒梳的梳子，從一只杯子中挖出一片碎瓷，小巧的手把還在上面。

不知道爲什麼，可能是有人說到他的名字，在這片談笑聲、水聲交雜的怪異無聲片刻裡，那些話語傳到他耳朵裡。他再次轉向碼頭，看到一個禿頭男子也在看他，同桌的還有個女的。鄧肯馬上認出那男的，他來自史崔漢，和鄧肯成長時的街道很近。但他並未對鄧肯點頭示意，也沒向他微笑或舉手招呼，禿頭男子對身旁的女子說話，好像在說：「是的，就是他沒錯！」他們兩人開始看著鄧肯，眼神帶著不尋常的惡意，興致勃勃，而且面無表情。

鄧肯迅速轉頭。再次望去時，發現那對男女還在看，於是他改變姿勢轉轉頭、動動腳，將重心移到另一個肩膀。他仍有一股別人會注視他、談論他、對他品頭論足、討厭他的可怕感覺。看看他！他想像那對男女正在談論他。他還以爲他沒事呢！他以爲他與我們是一樣的。因爲他試圖想像他們眼中的他是什麼樣子。沒有費瑟在身邊，他覺得自己是個怪人或騙子。這次，他偷偷地轉頭。是的，他們就在那兒，還在看他。他們高舉杯子與香菸，以空洞、準備整晚看好戲、欺負弱小的表情看著他。鄧肯閉上眼睛，頭頂上方的人群發出一陣刺耳的笑聲，他覺得那陣笑聲肯定是針對他而來的。一個接一個，酒吧外的人輕推身旁的人，點頭竊笑，四處散佈皮爾斯在這裡的消息。鄧肯．皮爾斯在這裡，在河灘飲啤酒，好像他跟一般人一樣，有絕對的權利如此享受這一切似的！

如果費瑟在這裡就好了！他帶著酒壺走了之後，時間已經過了多久？鄧肯不確定。感覺上好久。他可能跟某人聊上天了，某個尋常人，也可能與酒吧女郎打情罵俏。如果，爲了某種原因他不回來呢？鄧肯要怎麼回家？他不知道是否記得回去的路。他心中是一片空白，或者黑暗。他試著集中精神，但現在的他好像是蒙著眼睛，提著腳走路，卻感到鬆軟的地面正在瓦解，他真的開始慌了。他睜開眼睛，看著雙手，因爲有一次他聽到醫師說，害怕時看著自己的雙手，可以讓自己冷靜下來。但他太注意自己了，雙手感覺很奇怪，好像是別人的手，覺得渾身不對勁。他突然察覺到心與肺，感覺上好像只要稍不注意，這些器官便會衰竭。他坐在河灘上，緊閉雙眼，汗水直流。他覺得必須呼吸，將血液注入血管，抑制手臂和腿部肌肉發生抽筋。在這些壓力之下，他幾乎已是氣喘吁吁了。

可能有五分多鐘，或者十分鐘或二十分鐘那麼久，費瑟回來了。鄧肯聽到整壺酒放在石塊上的聲音，感覺費瑟坐下時，大腿靠到他的腿。

「裡面人多的要命！好像玩橄欖球在爭球一樣，我……怎麼了？」

鄧肯無法回答，睜開眼睛，試圖露出微笑，但臉上的肌肉竟然不合作，只覺得嘴巴扭曲，看起來一定很可怕。費瑟再度問他，這次的口氣顯得更焦急。「怎麼了，皮爾斯？」

「沒事。」鄧肯最後說。

「沒事？你看起來很糟糕，給你！」他將手帕遞給鄧肯，「把臉擦乾，你一臉汗水。現在感覺比較好了吧？」

「是的，好些了。」

「你整個人抖得像樹葉一樣！這是怎麼回事？」

鄧肯搖搖頭，略微顫抖地說：「說起來很蠢。」他舌頭卡在嘴裡。

「我不在意。」

「只是，那裡有個男人……」

費瑟轉過頭去，「哪個男人？在哪兒？」

「別讓他看見你！在那裡，在碼頭上。他來自史崔漢，是個禿頭男。他一直在看我，他和他女朋友。他……他知道我的事。」

「你是指哪件事？是說你在……在裡面的事嗎？」

鄧肯搖搖頭，「不止那件事，還有我爲何會在裡面，關於我和……我和艾力克……」

他無法繼續說下去。費瑟看了片刻後，轉過頭張望碼頭上的人。鄧肯不知道如果那男的看到費瑟在張望，他會怎麼做。他想，那個人可能會做出不堪的手勢，或只是對費瑟微笑點頭。

但過了一會兒，費瑟轉過來，輕聲說：「皮爾斯，沒有人在看你。」

「一定有！你確定嗎？」鄧肯問。

「非常確定，沒有人在看你，你自己瞧瞧。」

鄧肯猶豫了半晌，然後雙手擋在眼前，從指間看出去。是眞的，那對男女已經不見了，另一對男女就坐在那個位置上。男的有淡黃色頭髮，正將一包薯片碎屑倒進自己嘴裡，而女的正在打呵欠，用豐滿白皙的手輕拍自己的嘴巴。其他酒客正與自己的同伴說話，或往酒吧看去，或眺望著河面。事實上，他們四處看，就是沒有人在注視鄧肯。

鄧肯鬆了一口氣，兩肩放鬆，不知道現在該怎麼想。他只知道，這整件事可能是自己想像出來的。他不管，驚慌讓他精疲力竭，整個將他掏空。他擦了擦臉，語氣可憐、微微顫抖，「我應該要回家了。」

「等一下就好，」費瑟說，「先喝點啤酒。」

「好吧！但你得……你得幫我倒。」

費瑟舉起酒壺，將酒倒進杯裡。鄧肯喝了一大口，再一口。他必須雙手捧著杯子，才不至於將啤酒潑灑出去。隨著時間過去，心情感覺比較平靜了。他用手擦擦嘴，看了費瑟一眼。

「我想你一定覺得我是傻瓜。」

「別說傻話！難道你不記得……」

鄧肯搶先說，「你看，這種事我並不習慣，我不像你。」

費瑟搖搖頭，像是很氣惱或覺得很驚訝。他看著鄧肯，然後轉頭改變坐姿，繼續喝酒。最後不自在地說：「皮爾斯，我希望我曾跟你保持連絡，我希望我曾多寫點信給你。我……我讓你失望了。現在我知道了，我很抱歉，我讓你非常失望。但那年，在苦艾叢監獄，我一出去之後，一切似乎……我不知道……像是作夢一樣。」他注視鄧肯的目光，眼皮跳動。「你瞭解嗎？那好像是別人的生命，不是我的。我似乎被人從時間裡硬生生地拔起來，然後再被放回去，我必須完成我未完成的一切。」

鄧肯點點頭，緩緩說道：「對我而言，情況並非如此。當我出去時，一切都不同了，一切都改變了。我一直都知道會改變，結果也是這樣。大家都說：『你會沒事的。』但是，我知道我不會沒事的。」

他們就這樣坐著，沒說話，似乎都已筋疲力盡。費瑟拿出火柴和菸斗，天色漸漸暗了下來，火焰顯得更明亮。他放下袖子，扣好袖釦，鄧肯感覺費瑟在發抖。

他們看著河水流動。才幾分鐘，河面已不再滾滾滔滔。河岸空地越來越狹窄，河水就像貓粗糙的舌頭，一波波漸漸地佔領了河岸。一條拖船快速經過，水波搖動，同時往前衝，接著又被吸回去，再往前衝。最後失去了動力，變得疲軟無力。

費瑟丟了一顆石子，說道：「阿諾❶是怎麼寫的？悲傷的永久旋律……對嗎？還有赤裸的世界屋瓦……」他用手捂住臉，對自己的行爲發笑。「天哪，皮爾斯，我開始引用詩句時，就表示我們完了！來吧！」他撐起身子，「不要管啤酒了，我們走吧！我送你回家，送到你家門口。你可以爲我介紹你的……何洛斯叔叔，對不對？」

鄧肯想到曼迪先生在客廳踱步，跛著走來應門鈴的情景。但他現在已經沒有力氣，已經顧不得困窘或之類的情緒。他站了起來，跟著費瑟走上河岸台階，一起在越來越暗的天色中，往北方的白城前進。

3

「妳不知道戰爭已經結束了？」糕餅店櫃台後方的男子問凱。

他這麼說是因爲她的長褲與頭髮，他是想讓人覺得好笑；但這類的說詞，她已經聽過上千遍了，讓她笑不出來。聽見凱說話的口音時，那男子的態度變了，然後將袋子遞給凱，「女士，歡迎惠顧。」但櫃台男子一定在她背後做了什麼表情，因爲當凱步出店家時，其他客人都在笑。

她對這樣的情境也已經習慣了。袋子夾在腋下，雙手插進褲袋。對付這種情況的最好方式，就是假裝沒事，抬頭挺胸，昂首闊步地走，讓自己成爲「特殊人物」。有時候，當你沒什麼精力對付這類狀況時，就會覺得很疲累，如此而已。

今天，這件事情發生時，她的精神頗佳。那天早上，她想去看個朋友。她從薰衣草丘走到貝斯沃特，現正前往哈洛路。她的朋友米琪在那兒的一家修車廠擔任加油人員。

❶譯註：阿諾，此指 Matthew Arnold，英國十九世紀文學家。此處引用的是他的詩作，Dover Beach《多佛海岸》中的詩句。

凱慢慢走近時，看到她在修車廠前的空地上。米琪放了張帆布椅，舒服地坐在上面看書。她的腿張開，因爲穿著並不像凱那樣男性化，而是像機械維修男孩穿的吊帶工作褲。她頂著金黃色頭髮，顏色與質感都像骯髒的繩索，髮絲亂翹，像才剛起床似的。當凱仔細打量她時，她用舌頭舔了一下手指翻書，並未看到凱走來。至於凱，則在向她走近時，心中感到一股莫名的激動。但這感覺只是一連好幾個星期看到的都只是陌生人，現在卻看到朋友的那種喜悅，就只是這樣。但有一會兒，凱覺得那感覺就要擴散到喉嚨，幾乎快哭出來了。她想像著，若是淚眼汪汪地突然出現在米琪面前，米琪肯定覺得這畫面非常荒謬。她認眞地考慮想放棄這整件事，也就是打算在米琪看到她之前，偷偷溜掉。

不一會兒，這念頭又漸漸縮了回去。

「哈囉，米琪！」她以平淡的聲音打招呼。

米琪抬頭看到凱，露出喜悅的笑容。她的笑聲很自然、沒有絲毫勉強笑，讓人覺得很友善，但聲音沙啞，常發出咳嗽聲，抽菸抽得很重。「嗨！」她回應。

「妳在讀什麼書？」

米琪展露封面，是顧客留下車子修理時留在車內的書籍，威[1]爾斯的《隱形人》平裝本。

凱微笑地拿起書本。「我年輕時讀過。妳讀到他將貓咪變隱形，只剩眼睛的那一段了嗎？」

「讀過了，眞有趣，對不對？」米琪將沾有油漬的手在工作褲上抹一抹，才與凱握手。她身形嬌小纖細，手掌比小孩的大不了多少。她斜著頭，眼睛半閉，像個小[2]滑頭，接著說：「我都快放棄妳了，好久都沒看到妳了！最近如何？」

「我想現在可能是妳的午休時間。妳要吃午餐嗎？我帶了一些麵包過來。」

「麵包！」米琪一把將袋子拿來打開，藍色眼珠子睜得大大的。「有抹果醬耶！」

「還有眞正的糖精。」

駛進了一輛車。「等等，」米琪放下麵包，跑去招呼駕駛，一會兒便開始幫車子加油。凱坐在帆布椅上，拿起書本隨手翻閱。

「但你現在開始瞭解，」隱形人說，「我處境的所有缺點。我沒有庇護所，沒有遮蔽，穿衣服會讓我喪失所有優勢，讓我成爲一個可怕的怪物。我之前禁過食，因爲如果吃下食物，在我體內塞下不被吸收的物質，會再度讓我看起來很可怕。」

「我從來沒想到這一點。」坎伯說。

這時候，加油泵變得生氣勃勃，開始跳動、呻吟、喀噠喀噠響，之前的稀薄汽油味，開始讓

❶譯註：威爾斯，H.G.Wells 1886-1946，英國科幻作家，著有《時光機》、《隱形人》、《世界大戰》。

❷譯註：小滑頭，The Artful Dodger，狄更斯《孤雛淚》裡的一名扒手，善於脫逃，警察經常追捕不成，成爲孩童犯罪集團的領袖。

人覺得有點頭暈。凱放下書本，看著米琪。她絲毫不在乎地站在那兒，一隻手放在車頂上，另一隻緊握住油槍，兩眼注視加油機上的指針。她長得並不俊美，但有自己的風格。很多女孩，甚至是正常的女孩，會被這種姿勢所吸引，造成深刻的印象。

但這輛車的駕駛是個男的。米琪將加油槍上最後幾滴油抖一抖，旋緊油箱蓋，收下他的折價券，拉長了臉，慢慢晃向凱。

「沒有小費？」

「他給我三便士，叫我買支口紅，他的車也很爛。在這兒等我一下，我跟山迪說一聲。」

她走進修車廠。幾分鐘後又出現，吊帶工作褲已換下，顯露她尋常的牛仔褲和一小件可笑的埃爾特克斯（編按：Aertex為英國商標）網眼襯衫，皺巴巴的，還沾滿了污漬。臉已洗淨，頭髮梳理整齊。「他說我可以休息四十五分鐘。我們到船上去吧！」

「時間夠嗎？」

「應該夠。」

兩人迅速往一旁小路走，直到攝❶政運河。沿著拖船路走了約一百碼，有一整排的船屋與平底載貨船。戰爭開打前，米琪便住在這兒，附近一帶可說是個小型聚落。四周有倉庫與小造船廠，但住的人卻是藝術家、作家和眞正的船伕，自以爲相當「有趣」與「吸引人」，凱有時會想到他們，他們對於自己在一般公寓居民或一般住戶的心裡所造成的形象覺得沾沾自喜，但也許那樣也沒錯。米琪的船，艾琳號是一艘粗短的平底載貨小船，尖尖的船首，總讓凱想到木屐鞋。船身塗上黑色瀝青，到處是修補的痕跡，頗令人觸目驚心。每天早上，米琪都得花上二十分鐘或更久的時間用一個討厭的小型幫浦打水。她的廁所是個水桶，就放在帆布遮蓋物後方。冬天時，水桶裡的「東西」可能會結成冰塊。

但船內陳設卻舒適宜人。牆壁是亮光漆板構成，米琪也做了放置裝飾品與書本的架子。燈是煤油燈，罩上有顏色的蠟燭燈罩。船上廚房就像小孩鉛筆盒的放大版本，有秘密的抽屜與滑動的木門。杯盤都用鐵棒與扣帶擺得好好的。所有物件都牢牢固定，彷彿準備會遇上大浪。事實上，這條運河的水波很平緩，只有不適應這艘船或沒有心理準備時，才會感到不適。

凱進入米琪的船艙時，總得微微彎腰。若筆直站立，頭頂就會輕輕碰到天花板。米琪倒是輕鬆自在，在廚房裡開關幾扇滑動門板，拿出茶、茶壺和兩只琺瑯杯。「我無法燒開水，」爐子已經沒火，她們也沒有時間重新點火。「我向隔壁女孩要一點來。」

她拿著茶壺離開，凱坐下。接連幾條駁船經過時，船身搖晃了一下，撞上堤防，發出混濁空洞的聲音。她聽到幾個男人的說話聲音，清楚得令人害怕。「……上道爾斯敦路，我發誓，上上下下的，好像一隻大潑猴……」

米琪帶著水回來了，擺好錫盤。凱拿起麵包，然後又放下，拿出香菸，但又停了下來，手上還握著打火機。她指著米琪衣服上的污漬。

❶譯註：攝政運河，Regent's Canal，橫越倫敦中北部的一條運河，始於一八一二年。

「可以在妳身邊抽菸吧？我是說，妳剛才還拿著加油槍很有精神地走來走去，該不會一下就著火了吧？」

「如果小心一點就不會。」米琪笑著說。

「嗯，感謝上帝。妳知道，我可不喜歡妳著火。」她將香菸遞過去，「要來一根嗎？」

米琪拿了一根。凱幫她點燃，之後再爲自己點。她後方是個可以滑動的窗戶；她推開，讓煙飄出艙外。

「山迪那裡怎麼樣？」她轉過頭來問。

米琪聳聳肩，她在修車廠工作只是因爲那是幾個少數可以讓女人穿長褲工作的地方，她必須有份工作，不像凱，有個有錢的家庭支撐她，有她自己的一份收入。她告訴凱說，她開始想去應徵司機的工作。她喜歡可以再次開車，還可以到倫敦以外的地方。

她們邊抽菸邊聊天。米琪吃了麵包，之後再打開袋子，又吃一個。但是凱的麵包卻一直都擺在面前，連嘗一口也沒嘗。米琪最後問：「那些妳不吃嗎？」

「怎麼了?妳要吃嗎？」

「我不是這意思。」

「我已經吃過了。」

「我想也是，我知道妳的餐點是什麼，茶和香菸。」

「還有琴酒，如果運氣好的話！」

米琪又笑了，然後笑聲變成咳嗽聲。但是她說：「吃掉那麵包，」擦了擦嘴，「吃吧！妳還是太瘦了！」

「那又怎麼樣？」凱說，「每個人都很瘦，不是嗎？我在趕流行，只是這樣。」

事實上，那麵包看起來油膩過甜，一開始讓她覺得幾乎有點作嘔。但現在，爲了米琪，她拿起麵包，開始小口咬著吃。麵團在她舌頭與喉嚨裡的感覺很可怕，但米琪一直盯著看，直到她吃完爲止。

「可以了嗎？夫人。」

「還不錯，」米琪瞇起眼睛，現在看起來又很像小滑頭了。「下次我請妳吃晚餐。」

「你要把我餵飽。」

「當然！我們可以在晚上辦個派對，請一些人來聚一聚。」

凱假裝打個寒顫，「我會是派對上的骷髏，此外……」她頭往後一仰，活像個初入社會的少女，「我這陣子忙得很，經常出門。」

「妳都去一些怪地方。」

「我去戲院，」凱說，「那地方沒什麼奇怪。有時候一齣電影我會看兩次。有時候，我會在半途進場，先看後半部，我很喜歡這樣看。妳要知道，人的過去比未來更有趣。或者，那只是我的感覺……但在電影院裡可以遇到各式各樣的人。相信我，妳甚至可以……」

「甚至可以什麼？」

凱猶豫了。甚至可以遇到女人，她本來打算粗俗地這麼說。因爲最近一晚，在戲院裡，她和一名微醺的女孩說話，最後帶她到一間沒人的洗手間，親吻撫摸她一番。這整件事進行得相當粗野，現在回想起來還覺得很丟臉。「甚至沒什麼，」最後她淡淡地說，「甚至沒什麼……總之，妳可以隨時來找我。」

「到李奧納多先生那裡？」米琪露出痛苦的表情，「他讓我全身起雞皮疙瘩。」

「他還好，他是個奇蹟製造者。這是他的一個病人跟我說的，他醫治她的帶狀泡疹，他可以醫治妳的胸腔疾病。」

米琪邊咳嗽邊往後退縮，「我可不要！」

「妳這親愛的男人婆，他不會眞的要看妳胸部。妳只要坐在椅子上，他會跟妳輕聲說話。」

「聽起來很邪惡。妳在那裡太久了，根本無法察覺有多詭異。那房子是不是快倒了？」

「早晚會倒的，」凱說，「相信我。起風時，我可以感覺到房子在搖晃、在呻吟，就像在海上行船一樣。我想是多虧了李奧納多先生，那房子才沒倒下。藉由他心中的念力，那個地方才不至於倒塌。」

米琪微笑著注視凱的臉龐，眼神變得嚴肅起來。笑容消失時，她以另一種語調說：「凱，妳還在要那裡待多久？」

「希望可以到房子倒下的那一天！」

「我是說眞的！」米琪說。略微猶豫，彷彿思考該怎麼說。「聽好，」她傾身向前，「妳要不要乾脆搬來跟我一起住？」

「住這裡？」凱很驚訝，「住在古色古香的艾琳號上？」她環視四周，「這船比一個鞋盒大不了多少！這空間對像妳這麼一隻沾了火藥的小潑猴來說還可以。」

「只住一陣子，」米琪回應，「如果我得到那份開車的工作，我整晚不會在家。」

「那其他時間呢？如果妳帶女孩回家呢？」

「我們可以安排。」

「掛上一塊毛毯隔開嗎？好像回到寄宿學校一樣！而且我無法離開薰衣草丘，妳不知道那地方對我的意義。我會想念李奧納多先生，我會想念那個穿著大靴子的小男生，我會想念史丹利・史賓塞畫筆下那一對老少男子！我對那個老地方已經有依賴感了。」

「我知道妳有依賴感。」米琪的說話方式意味著，這就是讓我困擾的地方。

凱別過頭去。剛才說話都說得很輕鬆，都在演戲，因為她要隱藏事實，就是跟之前一樣，她眞正的情感正在浮現，這會讓她感到窘困與害怕。她心想，眼前的米琪週薪才約一鎊，卻準備要與凱分享；就是那麼簡單，不假思索，全是出於良善。另一方面，凱自己坐擁財富，也沒什麼不對勁兒，卻活得像個殘障，像隻老鼠。

她身體前移，端起自己的茶杯，發現自己驚恐得雙手顫抖。她不想放回馬克杯，引人注意到她的顫抖；她拿高杯子，想湊到自己嘴邊，但抖得越來越厲害，茶都灑出來了，弄髒了米琪的一個坐墊。突然間，她放下馬克杯，試圖用自己的手帕擦拭灑得最嚴重的部份。

這麼做時，發現米琪在打量她，於是兩肩一沈，往前傾，手肘放在膝上，臉埋在雙手中。

「看看我，米琪！看我變成什麼樣子了！我們真的經歷過我們做過的那些事嗎？妳和我，在戰爭還沒結束時做的那些事？有時候，我早上根本不想起床。我們那時抬著擔架，老天！我記得抬著……」她攤開雙手，「我記得抬著一個小孩的上半身……我到底是怎麼回事，米琪？」

「妳知道怎麼回事。」米琪柔聲說。

凱往後坐，別過頭，對自己相當厭惡。「跟其他人身上發生的事情一樣。誰沒有失去某人，或某件東西？我在倫敦任何一條街上攤開雙臂，便會觸摸到一個不是失去愛人、孩子，就是朋友的男人或女人。但我……我無法忘懷，米琪。我無法忘懷！」她鬱悶地笑著，「忘懷，是個多麼可笑的字眼！彷彿人的悲傷就像坍塌的房子，而且必須踏過那些瓦礫碎片到另一端去……我在我的瓦礫中迷路了，米琪。我似乎無法找出抵達對岸的出路。我大概是不想走過去，這就是問題所在。那堆坍倒的瓦礫堆裡，是我生命的全部……」

有那麼一會兒，她無法繼續說下去。她環視船艙四周，之後以冷靜許多的聲音開口說話。

「妳記得那一夜嗎，我們全都坐在這裡？那晚之前是……？有時候，我會想起那種時刻。一想到這種時刻，我便痛苦萬分！妳記得嗎？」

米琪點點頭，「我記得。」

「我去過位在拜什那爾格林區（位於倫敦中部）的地方，當時妳調了一杯新加坡司令。」

「是琴蕾。」

凱抬頭，「琴蕾？妳確定？」

米琪點點頭。

「不是檸檬嗎？」

「檸檬？我們到哪兒弄檸檬？我們是用賓姬的瓶裝萊姆汁，記得嗎？」

凱現在記起來了，之前記錯了，她錯誤的記憶讓她可以在腦海裡看見米琪眞的切了檸檬，擠出檸檬汁來的畫面，這讓她覺得很不安。

「瓶裝的萊姆汁，」她皺著眉頭說，「我怎麼會忘記？」

「別再想了，凱。」

「我不願意想起，但也不願意忘掉。有時候，我什麼也想不起來，只想到這些事。我的心中有個鉤子，有個小鉤鉤。」

但現在聽起來她幾乎快發瘋了。她再度別過頭，往窗外看。陽光在水面上映出圖樣。一抹有顏色的油，銀色與藍色……她將視線轉回船艙，看見米琪在看手錶。

「凱，」米琪說，「很抱歉，我必須回山迪那兒去。」

「當然。」

「妳要不要待在這裡，等我回來？」

「別擔心，我沒事，只是很無聊而已。」

凱喝完茶，現在她的手已經很平穩了。拍掉腿上的麵包屑，站起來，幫忙收拾盤子。

「妳現在要做什麼？」兩人一起往哈洛路走去時，米琪問道。

凱又裝出像是個初入社會的少女，做了一個輕挑的手勢。「喔，我可忙的很呢！」

「妳很忙，眞的嗎？」

「當然。」

「我不信。考慮一下我的提議，關於搬來跟我住的事。好嗎？或者有時候一起出來！我們可以去喝點酒，可以到雀兒喜去，最近那裡都沒有熟人，去的人都不一樣了。」

「好的。」凱回答。

她又拿出菸來，一支給自己，一支給米琪，並將另一支塞在米琪那男孩子氣的小耳朵後面。她這麼做時，米琪握住她的手，捏了她一下。她們立在原地，面露微笑直視對方的眼睛。

她們以前親吻過一次，凱記得，很多年前，但沒有成功。她們兩人當時都喝了酒，最後一起笑了開來。當然，當兩人都站在所謂的「同一邊」時，結果就是這樣。

米琪要走了。「再見，凱！」凱看她跑著回修車廠，看到她轉過身來一次，朝凱揮手。凱舉起手，然後開始邁開步伐，往貝斯沃特的方向走去。

她精神抖擻地走著，一直持續到她認爲米琪可能還在看著她走路時。但一轉入街角，腳步便放慢下來。來到西陲樹林一帶，街上逐漸擁擠時，她在一面破牆的陰影下發現一道門階，便坐了下來。她在回想跟米琪說過的話，關於站在擁擠的人群裡伸出手的事。她看著街上行人的臉龐，心想：*妳失去了什麼？妳過得如何？妳如何承受？妳怎麼應付？*

※　　　※

「那個從倫敦埃菲爾德鎮來的女生一走進門，我就知道她是個麻煩！」小薇邊說邊將去污粉撒在抹布上，「那種囂張的女生都這樣！」

她和海倫正要拿午餐到窗外的防火梯上用餐時，看到洗手間牆壁上有鉛筆寫的字。

又長又細的伸進去，

但短且粗的才有效！

有人在擦手巾上方的漆牆寫字，海倫的眼睛一時之間不知道要往哪裡看，小薇似乎也一樣不好意思。「這就是在當地雜誌刊登廣告的結果！」她邊說邊用力擦拭，然後往後退，臉漲紅，眨著眼睛。清除後的牆面顏色比較淡，但是**粗**與**才有效**還是看得見，模糊地刻印在油漆上。她再次擦拭，然後與海倫四處走動，瞇起眼睛，歪著頭，從不同角度的光線照射下查看。

突然，她們發覺到自己在做什麼。兩人四目相對，開始大笑。

「我的天啊！」海倫咬著嘴唇說。

小薇沖洗抹布，收起去污粉，肩膀抖個不停。擦乾雙手，然後將手指關節舉到眼睛，擔心眼線糊掉。「別說了！」小薇說道。

兩人邊笑邊打開窗戶，手腳並用地爬了出去。坐下之後，拆開包好的三明治，啜飲著茶，最後恢復了平靜，兩人四目交集，結果又開始大笑一場。

小薇將潑灑出來的茶放下。「喔，客戶看到不知會怎麼想？」

她的眼線已經糊了，於是拿出一條手帕，扭幾圈，將擰攪的手帕放在舌頭上沾濕，然後取出鏡子，睜大眼睛，在眼緣下方用力擦拭。海倫心想，這跟她在擦拭廁所那面牆的文字時，幾乎一樣粗魯。小薇臉頰上衝漲的血液，讓她臉色青春洋溢，頭髮因大笑而不整，整個人看起來凌亂，卻又充滿了活力。

她將手帕塞到袖子裡，拿起三明治，笑聲漸漸轉爲嘆息。她先吃掉麵包的一角，看見裡面鮮紅的肉，以及咬下去時，肉汁的滋味，不知爲何，這似乎讓她平靜下來。臉上的紅潮已消失，淚水也已乾涸。她慢慢咀嚼，最後放下三明治，在洋裝外罩上一件開襟毛線衫，開始扣起鈕釦。

自上次海倫與茱莉亞一起躺在攝政公園到現在，已經過了兩個星期。雖然她們當時不知道，但那天卻是夏季最後一個暖天。時序流轉，太陽在雲層裡躲進躲出。小薇抬起頭，仰望天空。

「今天不是很暖和。」她說。

「不是很暖和。」海倫也說。

「我想，不久我們都會抱怨天氣有多冷了。」

眼看冬天越來越近，像是鐵軌上一條又長又黑的隧道。海倫又開口說：「今年不會像去年那麼冷了吧？」

「希望不會。」

「一定不會的！」

小薇搓揉著雙臂。「在《倫敦晚報》上有個人說，我們的冬天會越來越冷、越來越長；十年後，我們都會過著像愛斯基摩人一樣的生活。」

「愛斯基摩人！」海倫心裡浮現毛帽與寬扁友善的臉龐，她還蠻喜歡這個想法。

「他是這麼說。他說這和地球角度有關，說我們使用這麼多炸彈，會讓地球失去平衡。如果妳仔細想想，這也很有道理。他說我們都活該！」

「喔！」海倫說，「報界的人總是這麼寫。你記得有個人在戰爭一開始，說這整件事是我們讓國王退位的懲罰嗎？」

「對！」小薇回道，「我總覺得這樣的懲罰對法國人、挪威人和其他地方的人都太過嚴厲。我是說，那畢竟不是他們的國王。」

她轉身探頭。樓下假髮工廠的門開啓了，有個男子提著一個紙屑簍走向空地，簍子裡的黑色纖維物都快滿出來，可能是網狀物和頭髮的混合物。小薇與海倫看著他走到一個大垃圾桶旁打開蓋子，將纖維物倒進去，之後他擦擦手便走回去，沒往上看。門關上時，小薇扮了個鬼臉。

但海倫還在想著戰爭。她吃了幾口三明治，「眞的很奇怪，爲什麼大家在談論戰爭時，好像那已是好幾年前的事了？這感覺很怪。好像大家私下一起互相跟對方說：『拜託，現在我們都不要再提那件事了！』這是打哪時候發生的？」

小薇聳聳肩，「我想，每個人都厭倦了吧！我們都想忘了戰爭。」

「是的，應該是這樣。但我絕沒想到，會這麼快就忘了。戰爭還沒結束時，那是唯一佔據大家心頭的事，對不對？是大家口中唯一談論的事、唯一要緊的事。其他事情你也覺得重要，但戰爭總是最重要的，最後總會想到戰爭。」

「想想看，如果戰爭又起的話……」小薇說。

「老天！」海倫說，「眞是個糟糕的想法。但若眞是這樣，這地方會整個被摧毀。妳會回去做妳原來的工作嗎？」

小薇想了想。她以前在糧食部工作，就在波特曼廣場的轉角。「我不知道，也許我覺得那份工作很重要。就算我只是在裡面打字……我有個好友叫貝蒂，她非常有趣。但在戰爭結束時，她和一個澳洲人結婚，那男的帶她返回澳洲了，我現在很羨慕她。如果眞的又有戰爭發生，我可能會去服務部門工作。我想要旅行，離開這裡。」她滿臉渴望，「那妳呢？」她問海倫，「妳會從事之前的工作嗎？」

「我想會的，雖然很高興可以離開那個工作，但是那工作很有趣，在某方面，有點像我現在做的一樣。不快樂的人期待著不可能發生的事情，妳試著盡力幫他們，但妳會疲乏，或者妳有自己的事情要操心。但我不想待在倫敦，下次再有戰爭時，倫敦會被夷平，不是嗎？但到處都會被夷成平地，下一次就不一樣了。即使當時的情況很糟糕，即使在轟炸之際，我那時候還是想留下來。妳也是吧？那時我住在這裡並沒多久，但我想，我對這個城市有一種……一種忠誠感。我不想讓它失望。但現在想想，這可眞瘋狂！對磚頭與灰泥的忠誠！然後，當然，還有我認識的人。

我也覺得不能背叛他們，他們就在倫敦，我想要待在他們附近。」

「像茱莉亞那樣的人嗎？妳的朋友那時都和她在一起嗎？她當時也在倫敦？」小薇問。

「她當時在倫敦，」海倫點點頭，「但我是在戰爭結束時認識她的。我們當時就分租一間公寓，一間很小的公寓，在麥坎博廣場。那間公寓我記得非常清楚，還有那些不搭調的傢具。」她閉上眼睛，回憶起外觀與味道。「窗戶釘有木板，其實那屋子已經快倒塌了。樓上住個男人，總是走來走去，地板嘎吱嘎吱響。」她搖搖頭，睜開眼睛。「就我住過的地方，那個地方我記得最清楚，也不知道為什麼，我們住在那裡可能只有一年。戰爭期間，我大都……」她往一旁看，拿起三明治。「我大都待在其他地方。」

小薇在等她繼續說。當海倫為沒口時，她說：「我當時住在部門的女子宿舍，就在斯傳德大街旁邊。」

海倫抬起頭。「是嗎？這我就不清楚了，我以為妳跟妳父親住在一起。」

「週末是這樣，但其他時間他們希望我們可以留在那裡，因為如果鐵路被炸斷，我們就可以趕緊工作。那地方很糟糕，好多女孩！每個人都在樓梯間跑來跑去，有人會偷妳的口紅與褲襪，或者有人會向妳借上衣或其他東西。被送回來時，不是顏色不一樣，就是全部都走樣，她們會將衣服染色或拆下袖子。」

她笑著，將腳移高至鐵梯的另一格台階，然後雙膝併攏，裙子塞好，下巴放在雙拳上。她的笑聲跟之前一樣，漸漸消失，眼神變得迷濛、嚴肅。那陰霾又要出現了，海倫心想。但小薇開口說道：「回想起來，這很好笑。妳是對的，戰爭只是幾年前的事，但現在卻感覺像好是幾個世代前發生的了。那時候有些事情比較簡單，總有一套做事的方法，而且已經有人幫妳決定了，告訴妳那是最好的做事方式，而那就是妳這麼做的原因，當時的我覺得很厭煩。以前我很期待和平的到來，對於我可能可以做的事滿懷期待。我不知道我可能可以做什麼，也我不知道日後會有什麼不同。妳期望事情改變，或是人改變，但這想法很蠢，不是嗎？因爲事情和人都不會改變，不會眞的改變，妳只是得適應他們。」

現在她面無表情，神情嚴肅，海倫伸手觸碰她的手臂。「小薇，妳看起來很悲傷。」

小薇再度回神，漲紅了臉，笑了出來。「喔，別理我，我只是最近覺得自己很可憐而已。」

「怎麼了？妳不快樂嗎？」

「快樂？」小薇眨著眼睛，「我不知道。有人是快樂的嗎？我是說眞的快樂喔！每個人都假裝快樂。」

「我也不知道，」海倫過了半晌，「這些日子以來，快樂是個非常脆弱的東西，好像每個人只能分到這麼一點點。」

「好像是配給品。」

海倫微笑，「是的，正是！所以妳知道，當妳擁有快樂時，很快地，妳便會將它用光；這讓妳無法眞正享受快樂，妳太擔心沒有快樂時的感覺了。或者妳開始想到不快樂度日的人，以便獲得妳的那份快樂。」

她想到這一點，心情便很低落，開始剝鐵架上的油漆浮泡，讓底下的鐵鏽暴露出來。小薇沈靜地說：「也許到最後報紙上的預言是正確的：善有善報，惡有惡報。也許我們都做了壞事，或是讓壞事發生，因而喪失了快樂的權利。」

她看著小薇。她們從來沒有這麼舒敞地說過話，而且也首次瞭解到，她有多麼喜歡小薇，以及多麼喜歡做這件事情，也就是坐在窗戶外，在這座生鏽的鐵製平台上聊天。她想到其他事情，妳那時和茱莉亞是朋友嗎？小薇之前曾漫不經心地問道。好像她們當時是朋友，是這個世界上最自然的事情；在戰爭期間，海倫似乎應該爲了一個女人而留在倫敦……

她的心跳開始加快。她突然想要跟小薇吐露心事。她極度想要！她想要說，聽我說，小薇，我愛上了茱莉亞！這是件美妙但也很可怕的事情，這讓我有時候變得像小孩一樣幼稚。有時候，我覺得它幾乎要置我於死地！它讓我孤立無援、它讓我驚惶失措！我無法控制它！這樣正常嗎？其他人都這樣嗎？妳會這樣嗎？

她一直吸氣，直到那口氣似乎卡在胸口。現在，她的心在雙頰與指尖狂跳。「小薇……」她開口。

但是小薇已轉過頭去，將雙手放進開襟羊毛衫的口袋裡，然後說：「喔，眞氣人，我把香菸放在裡面。我一定得抽一根，否則熬不過下午。」她正要起身，抓住平台的欄杆，但整個平台卻搖晃不止。「妳可以拉我一把嗎？」

但海倫已經站起來了。「我比較近，」她說，「我去拿。」

「可以嗎？」

「當然，只要一下就好了。」

那口氣似乎仍在她的胸口被壓碎。她困難地爬過了窗台，砰的一聲，雙腳著地，落在洗手間旁。她想，還有時間說出來，現在的她比以往都想要說出口，香菸可以和緩她緊張的心情，她拉直裙子。這時，小薇從窗外喊道：「在我的手提袋裡！」

海倫點點頭，很快地走過樓梯平台，爬上很短的一層階梯到等候室。她找的時候頭低低的，只在最後找到時抬起頭來。

她發現有個男子站在小薇的辦公桌前，慵懶地看著文件。

突然看到一個人，嚇得她差點要放聲尖叫，那男子自己也嚇得往後退。稍後，他開始笑了起來。「老天！我有這麼可怕嗎？」

「對不起！」海倫把手按在胸脯上，「我不知道……但辦公室門已經關上了。」

「是嗎？樓下的門是開的。」

「喔，應該是鎖上的才對。」

「我剛剛才走進來，爬上樓梯，我很納悶人都上哪兒去了。很抱歉嚇到妳，小姐……？」

他說這句話時，坦然地看著她的臉，很年經、言語得當，金髮英挺、態度輕鬆自在，與她們平常的客戶很不一樣，這讓她覺得相形見拙。她知道自己現在的模樣，氣喘吁吁、滿臉漲紅、頭髮凌亂。她也想到在防火梯等待的小薇……眞氣人，她心想，但還有時間。

她讓自己冷靜下來，然後看著小薇辦公桌上的記事本。「我想你沒預約吧？」她以手指逐一查看頁面上的名字。「你不是提帕樂帝先生吧？」

「提帕樂帝先生？」他露出微笑，「不是，很高興我不是。」

「實際上，如果沒預約的話，我們不會跟你談。」

「我瞭解。」她轉過去找名字時，他也從她身後看著那頁預約名冊。「你們生意一定很好，我想是因爲戰爭的關係。」他雙手抱胸，站得更爲自在。「我只是好奇，你們收多少錢？」

海倫看了一下時鐘。走開、走開！但她很有禮貌，沒表露這個想法。她說：「第一次，我們收一基尼（按：英國舊幣制金幣）……」

「這麼貴？」他看來很驚訝，「那麼，我的一基尼可以換到什麼？我想妳會給我看一本女孩的相本，對不對？還是，妳不會眞的請女孩到這裡來吧？」

他的態度改變了，似乎很感興趣，但也面帶微笑，像是在開自己的某種玩笑。海倫變得謹慎起來。她想，他可能是某種迷人的瘋子；那種男人之一，就像席斯❶，被當時的氣氛所逼瘋。她不知道是否要相信他所說的關於門是開啓的這件事。如果他是強行進入呢？她經常想到她與小薇有多麼危險，如此靠近牛津街，卻又被隔絕在熱鬧的人行道之外。

❶譯註：席斯，這裡指的應該是Neville George Clevely Heath 1917~1946，英國艾塞克斯郡人，是個殘酷成性的精神病患者，後來因爲至少殺害兩名婦女，因此在一九四六年於倫敦被處以極刑。

「我想我現在無法跟你討論，」焦慮與不耐讓海倫顯得很拘謹，「如果下次可以在平常時間來的話，我相信我的同事……」她不由自主地朝樓梯和洗手間看了一眼，「將會很高興為你解說整個過程。」

但那似乎更引發了他的興趣。「妳的同事，」他似乎在咀嚼這句話，順著她的眼神看去，甚至搖頭晃腦起來，舌頭抵住下唇，發出噠噠聲，故做思索狀。「妳同事現在有空嗎？」

「我們剛剛才關門午休。」海倫的語氣很堅定。

「是的，當然，妳已經說過了，眞可惜。」他含糊地說著，眼睛仍朝樓梯方向看去。

她在記事本上翻過一頁。「如果你明天可以再來，大約四……」

但他現在轉過頭來，了解到她在做什麼。此刻，他的態度又變了，幾乎要笑出來。「聽著，我很抱歉。我想我給了妳錯誤的印象。」

那時候，小薇走上樓梯，進入辦公室。她一定聽到他的聲音，心裡覺得奇怪。只見她驚訝地看著他，緊接著是沒來由地紅了臉。海倫看著小薇的眼神，比了比希望是警告或當心的小手勢，同時說：「我正在為這位先生預約，顯然樓下的門是開著的……」

但是那男子已經往前走，開始發笑。「哈囉！」他朝小薇點頭，然後轉身面對海倫。「我眞的給了妳錯誤的印象，我不是在找老婆，我要找皮爾斯小姐。」他非常抱歉地說道。

小薇的臉更紅了，緊張地看了海倫一眼。「海倫，這位是羅伯・費瑟先生，是我弟弟的一個朋友。費瑟先生，這位是金妮芙小姐。鄧肯還好嗎？」

「喔，與鄧肯無關。」那男子輕鬆地說，「完全無關。我只是經過，順便進來看看。」

「是鄧肯要你過來的嗎？」

「告訴妳實話好了，我只是希望妳會有空。這只是……只是一時興起而已。」

他又笑了，之後是片刻尷尬的無聲。海倫想到剛才對小薇比出的警告手勢，就覺得自己活像個傻瓜。突然間，一切都改變了。就好像有人拿了一支粉筆，快速準確地在地面上劃條線；一邊是小薇和那個羅伯・費瑟的男人，而自己則在另一邊。她微微移動，說道：「我該走了。」

「不，沒關係！」小薇立刻接著說，眼皮一直跳。「我會……我會帶費瑟先生到外面去。費瑟先生……？」

「當然，」他和小薇一起朝樓梯走去。離開時，愉快地向海倫點頭致意。「再見！很抱歉打擾妳了。如果我想要找老婆的話，我會讓妳知道的！」

他以男孩般的步伐快步下樓。樓下的門被打開時，她聽到他以低沈的語調告訴小薇：「我想我讓妳難堪了……」

然後是砰的一聲，門便關上。

海倫一動也不動，過了半晌，走進自己的辦公室，拿出一包菸，丟在桌上，沒拆開。現在，她覺得自己更像個傻瓜。她想到自己從洗手間走上來時，幾乎要放聲尖叫，就像某個舞台喜劇中的老處女！

當她想到這裡時，聽到一陣笑聲，是從街上傳上來的，她走到窗戶旁去瞧瞧。戰爭期間，這窗戶本來被塗上清漆的乾酪包布包起來，一些網狀碎片和清漆刮除後的殘留物都還黏在玻璃上，使得眼前的景象扭曲變形。但她可以清楚看到費瑟的頭頂與他寬闊的肩膀，在他比手畫腳與聳肩時上揚與傾斜。她也可以清楚看見，小薇粉紅色的臉頰曲線與耳尖，以及她抱胸時抓住衣袖張開著的手指。

她低下頭，直到頭碰到漆上清漆的玻璃。這種事對男人女人有多簡單啊！她心想。他們可以站在街上爭辯、調情，可以親吻、做愛或做任何事，世人都會包容。但是她和茱莉亞……

她想到她本來在外面防火梯時要做的事。她本來要這麼說，我愛上茱莉亞。然而，我的愛卻幾乎要置我於死地！

她現在說不出口了，現在說這話好像很荒謬！她站在窗戶旁往下看，直到看見費瑟往前與小薇握手，像是在道別。然後，她快步走向辦公桌，拿起檔案夾。

她聽到樓下大門門閂扣上的聲音，與上樓的腳步聲。小薇慢慢走上樓，穿越等候室，站在海倫的辦公室門口。海倫沒抬頭，小薇沈默了一會兒後，侷促不安地說：「我很抱歉。」

「沒什麼好抱歉的。」海倫最後抬頭，勉強微笑。「但他把我嚇死了！門眞的沒上鎖嗎？」

「是沒上鎖。」

「那我想我們不能因爲他跑上來而責備他。」

「他只是以爲他可以來找我，」小薇說，「我眞的不認識他。上個禮拜我去我弟弟那裡時，他也在場，我們只交談了一下。他很久以前就認識我弟弟了，我不知道他竟然會到這裡來。」

她低著頭開始咬手指，咬著指甲旁的皮，那濃密的頭髮稍微垂散下來，遮住了臉。海倫看了她一眼，便回頭整理檔案夾裡的文件。

最後，小薇小聲地說：「妳還想出去到那裡嗎，海倫？」

海倫抬頭。「再到外面？有時間嗎？」她看著時鐘，「只剩十分鐘了，我不知道。要嗎？」

「嗯，」小薇說，「如果妳不想，那就不用了。」

她們彼此注視，似乎有話想說，但吐露心事的時機已過，海倫整理著文件。「我想，我應該把這些東西看過一遍。」

「好，」小薇馬上接口說，「好的。」

她在海倫辦公室的門口站了一會兒，像是要說什麼，之後便走回等候室。不一會兒，傳來她整理矮桌上雜誌與拍打沙發坐墊的聲音。

每個人終究都有自己的秘密，海倫心想。這個想法讓她沮喪萬分，這讓她想到茱莉亞。她放下文件，坐在辦公桌前，雙手捧著頭，閉上眼睛。如果茱莉亞此刻在這裡就好了！她開始渴望聽到茱莉亞的聲音，以及觸摸那可以撫慰她心靈的手。現在這個時刻，她會在做什麼呢？海倫試著在心裡勾勒這個畫面。她用手按壓眼窩，將思緒傳送到攝政公園附近的梅利本區街道，直到她感覺茱莉亞驚人鮮活且真實的存在。她看見她坐在家裡的書房，寂靜無聲、獨自一人，也許覺得無聊或不安，或許在想著海倫。她開始非常想念茱莉亞，那股想念感覺就像是一種痛楚或病痛。她睜開眼睛，看見電話。但在目前這種心情下，她不應該打電話。總之，她不會這麼做，因爲小薇就在附近，她可以清楚聽到每個字；而且，她也無法強迫自己躡手躡腳地走過去，將辦公室的門悄悄關上。

如果小薇去洗手間，她想，那我就打電話，只有那時候才會打。

她精神緊繃地坐在位子上，聽著小薇整理地毯，將椅子排好。之後，她聽到高跟鞋在樓梯間的聲音，越來越遠。小薇一定是拿著茶壺到水槽去，要將茶葉沖掉。

她立刻拿起電話，撥了號碼。

電話中有模糊的電訊聲。她想像著茱莉亞書桌上的電話開始響的畫面；想像著茱莉亞嚇了一跳，將筆放下，舉起手，握著話筒，也許停留個一至二秒，因爲大家都會讓電話響個幾聲，不會馬上接起。但鈴聲持續響個不停。或許茱莉亞在樓下廚房，或者她在下一層的洗手間。現在海倫看見茱莉亞經由狹窄的樓梯跑到書房，穿著她那布面草底拖鞋；看見她將一撮從耳朵後面翹起來的頭髮塞回去，上氣不接下氣地伸手接電話……

但電話還是鈴鈴作響。說不定，茱莉亞最後決定不接電話，海倫知道她正在寫場景時不會接電話。但如果她猜是海倫打來的話，那麼她當然一定會接囉？如果海倫讓電話響久一點，茱莉亞便會知道，茱莉亞便會接電話。

嘟……嘟……嘟……嘟……可恨的聲音沒有間斷過。最後，大約一分鐘後，海倫放下話筒，因爲她無法忍受在空蕩蕩的屋子裡，孤獨遭棄的電話鈴聲大作的景象。

※　※

小薇望著牛津街說：「我時間不多。」費瑟回答：「妳人眞好，願意抽出時間見我。」現在大約才六點過後。她稍早在午休時告訴他要他回來找她，因此兩人在這裡見面，在頹圮殘破的約翰・路易斯建築前。[1]她頗擔心海倫仍在附近，可能會瞧見他們。但是，費瑟看到她緊張四處張望的模樣，誤會了她的意思。人行道上充滿了行色匆匆、下了班要回家的人，或是排隊等候巴士的人，他以爲小薇不喜歡這麼多人，於是說：「不行，我們不能在這裡說，對不對？我帶妳去一家咖啡館，一個比較安靜的地方。」他碰了一下她的胳臂。

但她說她沒時間上咖啡館，說再過四十五分鐘就要和某人在城市的另一端碰面。所以他們一起走到轉角的凱文戴西廣場，找個長凳坐下。長凳上覆滿落葉，金黃色的落葉像防水膠布一般光亮。他撥掉落葉，請她坐下。

小薇的坐姿很拘謹，雙手放在口袋裡，外套鈕釦沒解開。當費瑟請她抽菸時，她搖搖頭。費瑟於是收起菸來，拿出菸斗。

小薇看著他裝菸草，像個小孩，愛搗亂，她想。她面色嚴肅地說：「費瑟先生，我眞希望你今天沒到我辦公室去找我，因爲我不知道金妮芙會怎麼想。」

「告訴妳，她看起來好像以爲我會把她推倒在地板上強暴她！」他脫口說出之後，見小薇沒有笑容，「很抱歉，我以爲在那個時候，是最直接了當可以見妳的方法。」

[1] 譯註：約翰・路易斯，John Lewis 百貨公司，於一八六四年開始營業。

「我還是不知道你爲何要見我，我弟弟對你做了什麼嗎？」

「不是這樣。」

「他沒要你過來？」

「中午我也說過了，令弟與這件事無關，他甚至不知道我在這裡。他只是經過附近時，曾向我提起妳工作的地方。但是在談到妳時，態度非常熱切，很明顯……」他在菸斗上點了菸，吸著斗嘴。「很明顯地，妳對他而言很重要，我記得這跟我們在監獄時一樣。」

他並未刻意壓低說出那兩個字的聲音，小薇不禁往後縮。他看見了，壓低嗓音：「我應該這麼說，他看起來與我當初認識時一樣。他以前最期待的，就是妳的探訪。」

她往旁邊看，聽到「妳的探訪」這幾個字，腦海浮現一個非常清晰卻不悅的記憶，就是她自己、父親與鄧肯在苦艾叢監獄會客室裡，坐在其中一張桌子前。她記得其他訪客的推擠，男人臉上的表情，惱人吵雜的聲音，那個房間發酸沈悶的感覺。她也記得那時候的費瑟，因爲她不只見過他一次。她記得費瑟像公立學校學生般明亮的笑聲，還記得一位訪客曾經說過：「你這樣不羞愧嗎？」而另一名男子眞的對他大喊：「這樣拒服兵役，你受得了嗎？」當時她爲他感到難過，認爲他很勇敢，但那是沒有意義的勇敢，而他未有絲毫的改變。她對費瑟的父母深感同情，她還記得他母親坐在監獄裡滿是刻痕的桌子前的情景；一個聰穎、善良、語氣溫和的女人，看起來非常受傷而又蒼白。

當然，當時的鄧肯也感覺費瑟很棒。他認爲一切有教養的聲音，話說靈巧的人都很棒。小薇週二晚上前往曼迪先生家時，鄧肯過來開門，黑色眼眸興奮地閃閃發亮。「猜猜看我遇到誰了！妳絕對猜不到！他稍後會到這兒來。」鄧肯整晚都坐著豎耳聆聽費瑟到了沒有；不久之後，費瑟眞的出現時，鄧肯跳了起來，朝門口飛奔……

這讓小薇大爲驚愕，也讓她和曼迪先生如坐針氈，眼睛不知要往哪裡看才好。

現在，她看著費瑟玩弄菸斗。「我還是不知道你來找我的目的。」

他笑了笑，「老實說，我也不知道。」

「你說你在爲一家報紙寫東西，不會是要寫關於鄧肯的事吧？」

他看起來好像完全沒想過這個主意似的。「不，」他說，「當然不是。」

「如果你來找我是爲了這件事……」

「我並不是『爲了』任何事，妳還眞多疑！」他又開始笑了。但小薇的表情依然很嚴肅，他撥了撥頭髮，改變說話語調。

「聽著，」他說，「我知道我這樣突然跑來找妳很唐突。我想，對妳而言，時間過了這麼久了，我對妳弟弟還是很關心，妳會覺得很怪。我自己也不知道爲何我會有這麼強烈的感覺，可能是因爲上次在蠟燭工廠突然遇到他，想到像他那種人必須在那樣的地方工作！另外——我的天！看到他和曼迪先生在一起！我眞不敢相信這件事。他告訴過我他住在哪兒，我以爲他在開玩笑！我無法形容他第一次帶我去他家時我所感受到的震驚。自從上次之後，我已經去過兩三次了，我還是覺得很不舒服。你弟弟眞的出獄之後就住在那裡了嗎？從他出獄的那一天就開始了嗎？這眞的令人難以置信。」

「他想要這樣，」小薇說道，「曼迪先生人一向很好。」

這話聽起來軟弱無力，她甚至對自己也是如此。費瑟揚起了眉毛，「他的確把一切都安排得很好，我只是回想他還在裡面的時候。當然，他當時也只是曼迪先生，並沒有『何洛斯叔叔』這檔子事。第一次聽到這件事時，我還以為我聽錯了。」

「這無關緊要，是不是？」

「妳家人不介意嗎？」

「他們幹嘛介意？」

「我不知道。只是那樣的生活，對於像鄧肯這樣的男孩來說，似乎很怪。他甚至已經不是男孩了，不是嗎？但我似乎無法把他想成其他的模樣，他可能走不出來了。我想，是他讓自己走不出來的，是他讓自己無法掙脫的，他大概當作是一種為了多年前發生的事而懲罰自己的方式，為了自己曾經做過與沒做過的事……我認為曼迪先生很費心，不讓他走出來；而且……如果妳不介意我這麼說的話，在看到妳和他週二晚上相處的情形，我感覺並沒有其他人協助他，讓他……從某方面來說……讓他走出來。例如，他對舊東西那麼迷戀。」

「那只是個嗜好。」小薇說。

「難道妳不覺得，對一個像他那樣的男孩來說，那種嗜好很病態？」

她突然失去了耐性，「像他那樣的男孩，像他那樣的男孩！」大家總是這麼說鄧肯，從他小時候就這麼說。「像他那樣的男孩不應該上這樣的學校，他太過於敏感！像他那樣的男孩應該去上大學！」

費瑟對她皺著眉頭，「妳有沒有想過，大家都這麼說，可能因為真的就是這樣？」

「那當然是真的！但這重要嗎？而且，看看這讓他變成什麼樣子了！我們必須面對這樣的結果——我和我的家人，不是你。在那個可怕的地方來來去去四年，那幾乎要了我父親的命！如果鄧肯年輕時像你一樣——我是說，有你擁有的條件，身邊有同樣的朋友，同樣的起步——也許情況會不同。他出獄時去找曼迪先生，是因為他覺得無處可去。那時候你在哪兒？如果你真是他的好朋友，你當時在哪兒？」

費瑟往一旁看，取下菸斗，在手邊把玩，沈默不語。她更冷靜地繼續說，「總之，那都無關緊要了。但我一直在想，你這樣出現……呃……有什麼好處嗎？我老實告訴你，當鄧肯跟我說他遇見你時，我真希望這件事沒發生。那有什麼好處？這對他沒有任何幫助！這麼做只會讓他又開始胡思亂想了，到頭來只會干擾他平靜的生活！」

他正在找火柴，嘴裡生硬地說：「當然，妳可以讓他自己做決定。」

「但你知道他是怎麼樣的人。你剛才也說過，他有一種……對某種事物具有某種智慧；但在很多方面，他大致上還只是個男孩。跟男孩一樣，會被迫去做某些事。他或許……」

她停止說話。費瑟手上拿著一盒火柴，但他轉過身來看著她，緩緩地說：「妳覺得……我會逼他去做什麼？」

她嚥了一下口水，雙目低垂。「我不知道。」

他繼續說：「妳想的是那個男孩，對不對？那個死去的男孩艾力克？」當她抬頭時，他點點頭。「是的，我知道他的事……但說眞的，妳該不會認爲我跟他一樣吧？」她並未回答，而他漲紅了臉，似乎很生氣。「難道妳眞是這麼想的嗎？如果妳眞的這麼想……嗯，我可以給你一份女孩的清單，她們可以爲妳把這件事說得明明白白！」

他的語氣很嚴肅，但也一定聽到自己口氣中的急切。他的臉更紅了，手放在頭髮上，低下頭去。這個姿勢很自然，但有點笨拙，這是他最吸引人的動作。她首次看到他有多麼好看，多麼溫文有禮，多麼無瑕。但他很年輕，比她還年輕。

他手上還拿著菸斗與火柴，但不動地坐著，雙手垂放在腿上。「很抱歉，我只是想來找妳，想幫助妳弟弟。」

「我認爲，不打擾他可能是你幫助他的最好方式。」

「但那眞是妳要的嗎？把他留在那裡，和曼迪先生以那種奇怪的方式住在一起？」

「那沒什麼奇怪！」

「妳確定？」他注視她，當她往別處望時，他緩緩地說：「不，妳不這麼認爲，對吧？上週我就從妳臉上看到了。還有那個工廠的工作呢？妳要眼睜睜看他這輩子都在那裡工作？爲育嬰室製作蠟燭？」

「很多人都在工廠上班，做什麼並不重要。我父親在一家工廠待了三十年！」

「那是妳弟弟應該在工廠工作的理由嗎？」

「只要他高興就好，你似乎不了解這一點。我只要鄧肯快樂，我們都希望他快樂。」

她的語氣又再次顯得有氣無力。其實她也知道，費瑟是對的。小薇很清楚，上個星期當她看到費瑟來到曼迪先生的住處時，感到非常驚愕，部份原因是費瑟在那房子裡看到的一切，就像她看到的一樣……但是，她很累了。關於鄧肯，她告訴自己，就如她最後總會這樣告訴自己——這不是我的錯，我已經盡力了，我有自己的問題要操心。

甚至當這些熟悉的話語滑過她心頭時，她聽到附近時鐘報時的鐘響，她想到時間不早了。

「費瑟先生……」

「喔，請叫我羅伯，可以嗎？」他又展開笑容了，「我想令弟一定會要妳這麼叫我的，我是這麼認為。」

所以她改口叫道：「羅伯……」

「我可以叫妳薇薇安嗎？或是……像鄧肯那樣叫妳……小薇？」

「隨你，」她覺得自己臉紅了，「我真的不在乎。你人很好，這麼想幫助鄧肯，但我現在無法跟你談這件事，我沒有時間。」

「為了妳弟弟，妳沒有時間嗎？」

「為了我弟弟，我很有時間，但不是現在。」

他瞇起眼睛，「妳認為我的動機不良，對不對？」

她說：「我不清楚你的動機是什麼。」之後又接著說，「我也不確定你自己清楚。」

這又讓他的臉微微漲紅。有一陣子，他們什麼話都沒說，兩人都臉紅，靜靜坐著。然後，她改變姿勢，準備要離開，將手放入外套口袋裡。口袋裡有舊公車票、幾枚零錢以及包裝紙——但她的手摸到某樣東西：那個小布包，裡面放著那枚沈重的金戒指。

她心頭一震，倏然起身。「費瑟先生，很抱歉，我必須走了。」

「羅伯。」他糾正，隨後也站了起來。

「我很抱歉，羅伯。」

「沒關係，我也該走了。但是聽著，我不想讓妳誤會。讓我陪妳走，我們可以邊走邊談。」

「我想我還是……」

「妳要往哪兒走？」

她並不想告訴他。但是她認為，費瑟會將她猶豫的態度視為一起走的邀請。當她開始走時，他跟著一起走，但離得遠遠的。然而，怪事發生了。不知怎麼的，讓他跟來，她得以將他們的關係放在另一個不同的基礎上。一起走回牛津街時，兩人必須在路邊停下，旁邊有扇窗戶。小薇看到兩人映在窗上的影像，也透過玻璃看到他的眼神。當他看見小薇這麼做時，他開始微笑，兩人看起來很登對，就像一對純真、漂亮、年輕的戀人。

費瑟的態度變了。兩人經過牛津街區擁擠的街道時，他奮力趕上小薇，並以不同於他之前對她說話的口吻說：「反正妳知道要上哪兒，我喜歡有這種特質的女性。妳要去見女性朋友嗎？」

她搖搖頭。

「那麼是男朋友了？」

「不是什麼重要的人！」她一心想要讓他閉嘴。

「妳要和不重要的人碰面？嗯，在這樣的城市裡，那應該不會花太久時間……聽著，妳完全誤會我了，我們重新開始，妳說如何？這次，一起喝杯酒？」

他們走近靠近蘇活區邊緣附近的一家酒吧。她搖搖頭，繼續往前走。「不行！」

他碰碰她的手臂，「連二十分鐘都不行？」

她感到他手臂的觸碰，慢下腳步，看著他。他現在看起來既年輕又熱切。「不行，對不起！我必須去辦件事情。」

「我不能跟妳一起辦嗎？」

「我不希望你跟來。」

「嗯，那我可以等妳。」

她臉上一定顯露出尷尬的神情。他看看四周，摸不著頭緒。「妳到底想到哪兒？晚上兼差跳大腿舞？如果是這樣，妳不用覺得不好意思，我是個思想開明的人，我可以坐在觀衆席裡幫妳擋掉無賴。」他將長髮往後一撥，露出微笑。「至少讓我再多陪妳走一會兒，讓妳一個人在這種地區獨自行走，會讓我覺得自己沒有紳士風度。」

她猶豫一下，然後說：「好的，我要去斯傳德。如果你眞想跟我走，最遠可以到特拉加法廣場。」

他彎腰鞠躬，「就到特拉加法廣場。」

他伸出手臂，要讓她挽，她並不想這麼做，但想到時間不多了，便輕輕將自己的手，放在他的臂彎裡，一起往前走。他的臂彎摸起來極爲結實，肌肉隨著走路時腳步的律動而起伏。

如同他之前暗示的，他們進入的這一區相當破敗：釘了木板的房子、籬笆圍起的空地、蕭條的夜店、酒吧與義大利咖啡館。空氣裡混雜腐爛蔬菜、磚灰、大蒜與帕馬森乳酪的味道，門裡或窗戶不時傳來刺耳的音樂聲。昨天她獨自走過這裡時，有個男子拉著她的手臂，以裝模作樣的紐約口音說：「嘿，大美人，跳豔舞一次多少錢？」他說話的樣子好像是在稱讚她。但是，今晚那些男子只是觀看，都沒對她大聲喊叫，因爲他們以爲她是費瑟的女友。這感覺很有趣，但也蠻討厭的，她會注意到這一點也許是因爲不習慣這樣。她和瑞奇出去時，都沒像這樣過。他們從沒去過夜店或餐廳，他們只是一直去不同的寂寞場所，或是一起坐在車裡，讓收音機一直開著，因爲她認爲或許會遇見熟人而感到緊張。但是，她現在瞭解她無須緊張。

兩人一起走時，費瑟談起了鄧肯。他說話的神情好像小薇也認同這整個議題，彷彿只要兩人同心協力，花點時間，便可以幫鄧肯理出頭緒。他說，首先，必須爲他在工廠的工作想個辦法，他有個在溝岸區一家印刷廠工作的朋友，他認爲他朋友或許可以幫鄧肯找份工作，學習這個行業的經營之道。他也認識開書店的人，錢很少，但鄧肯可能會覺得那工作更有趣。妳這麼認爲嗎？

她皺起眉頭，並未眞的在聽，而是仍掛心口袋裡那包戒指，還擔心時間可能不早了。「你何不去問問鄧肯，而不是問我。」最後她終於說道。

「我只是想徵求妳的意見，我還以爲我們可以……呃……我希望我們可以是朋友，我們至少還會在曼迪先生家見面……」

兩人已經來到特拉加法廣場的西北端，開始放慢腳步。小薇轉身想找個鐘看時間。當她看到費瑟的臉龐時，發現他在打量她，臉上帶著怪異的表情。

「怎麼了？」她問。

他微笑，「有時候，妳看起來跟妳弟弟眞的很像，剛才就很神似。妳跟他眞的很像吧？」

「在曼迪先生那兒時，你已經說過了。」

「妳不覺得嗎？」

「我想，自己是不會覺得像別人的。」她看了一眼聖馬丁教堂的鐘，六點四十分。「現在我眞的必須走了。」

「好的，但等一下。」

他在外套口袋裡翻找了一會兒，拿出紙筆，快速地寫下他住所的電話。「如果你想跟我單獨談談的話，」他遞上去時說道，「妳再打電話給我。我是說，不是只有關於妳弟弟。」他露出了微笑，「其他事情也可以。」

「好的，」她將紙張塞進口袋，「好的，我……」她伸出手與他握手，「我很抱歉，費瑟先生，我現在必須走了。再見！」

她急急忙忙轉身離去，頭也不回地穿過廣場。他很可能就站在那兒看她快跑，心裡納悶她到底要去見誰，以及爲什麼要去見那個人——她管不了那麼多了。她繼續跑，趁車流不多時，急忙越過馬路，往斯傳德大街方向去。

現在已是傍晚時分。比起上次和瑞奇一起開車經過這裡時，現在的天色似乎更幽暗，在微光中，每個人都顯得扁平，沒有五官特色。當她跑步時，發覺自己凝望著人群，心中混雜了沮喪、興奮與害怕的情緒。她沒向費瑟說實話，她沒有約會，她只是要去找凱。過去兩個星期來，這是她第五或第六次來到這裡。她希望可以見到她，希望可以從人群裡認出她來……

她走近〈堤佛里〉戲院，站在靠近街道的北側，因爲那兒的視野最廣。她放慢腳步，然後走向一個出入口，遠離道路一些。

在其他人眼裡，她看起來一定像個瘋子，因爲她熱切地盯著一張張經過的臉，一直尋找以爲是凱的人；她往前走，心臟怦怦跳。但是當那些人走近時，卻根本不是凱，和凱一點兒都不像，而是青少年或中年男子。

戲院排隊的人越來越少。電影一定開演了，她猜想。但開始都會有新聞影片，然後還會有像米奇老鼠[1]的教育影片。也許站在這裡很傻，說不定已經錯過凱了，都怪費瑟，把時間浪費掉了！她輕輕跺腳。也許應該走過去，買票進去，在電影院走道上找一找，或是找個她可以看見晚進場的人走進來的位子坐下。

但之後，她突然想到，這有什麼用呢？凱眞的會回到這裡嗎？說不定她就出現那麼一次，只是去看那部電影，她現在可能會在倫敦的任何地方！在這兒看到她的機會有多大？

現在幾乎已經沒人排隊了。一群男女趕忙跑到門口，只是這樣而已。小薇再將手放進口袋，摸著布包裡的戒指，手指一直撥弄旋轉它，知道自己再繼續這樣等很傻，但她仍不想離開，還無法放棄，不願就此打道回府……

然後，一個男人靠她很近跟她說話。

「我想，妳是否還在等那個不重要的人？」

她嚇了一跳，幾乎跳了起來。是費瑟！

「老天！你想怎麼樣？」

他高舉雙手，「我不想怎麼樣！我一直坐在我們分手的地方，在特拉加法廣場看鴿子。那些鴿子眞的可以讓人精神放鬆。我坐著坐著都忘了時間。後來想去柏靈頓・博蒂[2]，於是就往斯傳德大街走。說眞的，我沒想到妳還會在這裡。而且看妳的表情，我就知道我有多受歡迎。別擔心，我在這種事情上很有紳士風度，我不會賴著不走，破壞妳和另一個傢伙的好事。」

她仍舊從他的肩膀望去，注視每一張行人的臉。之後，她聽進去他說的話——他心裡所想的與她在這裡的眞正原因之間的落差，突然之間讓她覺得很無力。她垂頭喪氣地說：「總而言之，

❶譯註：米奇老鼠的教育影片，約兩分鐘的防治性病宣導短片。

❷譯註：柏靈頓・博蒂，Burlington Bertie，雪茄菸草店。

已經沒關係了，那個人不會來了。」

「不會來？妳怎麼知道？」

「我就是知道，」她痛苦地說，「我在這裡等就是一件很愚蠢的事！」

她轉身要離開。他出手碰觸她的手臂。「聽著，」他表情嚴肅緩緩說道，「我很抱歉。」

她吸口氣，「我還好。」

「妳看起來不是很好。我帶妳去個地方，去喝點東西……」

「不必麻煩了。」

「不麻煩！」

「你不是得去哪裡嗎？」

他看起來很懊惱，「嗯……事實是，我說過我會到曼迪先生家看妳弟弟，我想他不會介意等我一個鐘頭的。走吧！」

他拉著她的手。她回到這裡來找人，她無法不這麼做。但是她卻讓他帶著，走在人行道上。

他說：「那裡有家酒吧。」

她搖搖頭，「我不想上酒吧。」

「不去酒吧，好。那咖啡館呢？看，這裡有一家，有個靠街的窗戶，我們進去坐坐，如果妳朋友出現的話……」

他們走進那家咖啡館，找到靠門的一張桌子。他們點了咖啡，一盤蛋糕。過了一會兒，靠窗的那桌人離開後，他們便換到那裡去坐。

咖啡館裡很擁擠，人們進進出出，門也開開關關，櫃台後面傳來杯盤的碰撞聲與蒸汽的嘶嘶聲。小薇一直往街道瞧，費瑟有時也會和她一起張望，但他比較常盯著她的臉龐。他想逗她笑，便說：「我對妳的看法改變了，妳應該不是大腿舞女郎，而是私家偵探。猜得很接近了嗎？」

她沒喝咖啡，任咖啡逐漸變冷。糕點來了，看起來很可怕，顏色像是白天見到的鮮豔油漆，每塊都有一坨人造奶油，已經開始化水了。她不餓，眼角餘光仍在找尋凱。她幾乎忘了費瑟的存在，只是隱約注意到他變得很安靜……但隔了幾分鐘，他又說起話來。這次，他的聲音則顯得相當平淡。

他說：「我希望他有那麼好。」

小薇看著他，一臉不解。「誰？」

「妳在等的這個人……告訴妳實話，就我看來，他似乎不值得妳這麼做，既然他讓妳這麼費心……」

「你以爲我等的是男人，當然，」她轉回去面向窗戶，「男人就是會這麼想。」

「那麼，不是男人？」

「不是。若你眞的必須知道，告訴你，是個女人。」

他起初不相信，但小薇看到他在思索。不一會兒，費瑟往後一靠，點點頭，臉上的表情不一樣了。「喔，我瞭解了，他的妻子。」

他說話的神情帶著會意的嘲諷，說法與事實不符；但另一方面，又非常接近事實，小薇覺得很受傷。關於她和瑞奇，她不知道鄧肯向費瑟說了什麼。她的臉很熱，然後說：「這不是……不是像你想的那樣。」

他雙手一攤，「我告訴過妳，我是個思想開明的人。」

「但這不是那樣，那只是……」

費瑟盯著小薇。他的藍色眼睛表示他知道，而且也相當誠懇。當小薇看著費瑟的眼睛時，這才想到這麼多年來，費瑟是她第一個交談超過一分鐘而沒撒謊的人。咖啡館的門打開，幾個男孩走進來，開始與櫃台後的男人開玩笑時，在他們笑聲掩蓋之下，她平靜地說：「兩個星期前，我在這裡看到一個人，我希望能再見到她，就是這樣而已。」

費瑟知道小薇很認真，傾身前靠，「是朋友？」

她目光低垂，「只是個女人。戰爭結束前，我曾認識的一個女人。」

「今晚約好了跟她見面？」

「不，我只是曾在那兒看到她，在戲院外。已經好幾個晚上，我回到這裡，在外面等候。我想，如果我這麼做……」她覺得很不自在，「這聽起來很蠢，對不對？我知道是很蠢，這實在蠢得很。但之前我在那裡看到她時，我就……溜掉了，我很懊悔當時這麼做。她以前對我很好，她人非常好，她幫了我。」

「妳跟她失去連絡了？」費瑟問道，接著是短暫的沈寂。「在戰爭時期，這很平常。」

「不是那樣。如果眞想要知道她人在哪兒，我是可以找得到，並不難。但是。她曾爲我做過的事，卻讓我回憶起我想遺忘的事。」她搖搖頭，「這眞的很蠢，因爲我還是記得那件事。」

他沒再繼續追問。他們就這麼坐著，中間擺了幾塊看來好笑的蛋糕；他攪拌冷掉的咖啡，思索她所說的話。然後，若有所思地說：「戰爭時期是個人展現善意的時刻，我們大都會忘記。過去幾個月，我訪問了幾個人，他們有的來自德國，有的來自波蘭。他們的故事——老天！他們告訴我的事情很可怕、很駭人。我無法相信一個活在我所知道的世界裡，穿著尋常衣服的普通人，竟然會告訴我這麼可怕的事……但他們也告訴了我不可思議的事。關於人的勇氣，意想不到的善意。我想，聽到了那些故事，讓我再次遇到你弟弟時——我不知道。我可以這麼告訴妳，當時在監獄裡，他對我很好。如同妳的朋友，就是那個女人，對妳也很好一樣。」

小薇接道：「老實說，她甚至不是我的朋友，我們是陌生人。」

「嗯，有時候與自己的至親相比，對陌生人好反而比較容易些。但她可能已經忘記妳了，妳想過這一點嗎？或者她想要忘記這件事。另外，妳確定之前見到的那個人是她嗎？」

「就是她，」小薇回應，「我知道那是她。我就是知道。是的，也許她已經忘記我了，也許我不該去打擾她。」看著他，突然擔心起自己說太多了。她本想說：「你不會告訴鄧肯吧？」但那又會成就什麼？除了又是另一個秘密之外？——一個她和他之間的秘密？無論如何，總得信任某個人。也許他是對的，要信任陌生人比較容易……所以她什麼都沒說。她伸手拿一塊蛋糕，開始掰碎，然後別過臉，盯著外面街道看。只是隨意看，未刻意尋找凱。但心裡仍然在想，僅有的一次機會，卻被自己搞砸了。

眼前有個人影來自滑鐵盧橋，沿著人行道晃過來，身材纖瘦、高大、相當引人注目，不完全像個男孩，但也不全像是中年人，雙手插在褲袋裡，嘴上吊兒郎當地刁著一根菸……小薇往窗戶靠。費瑟見狀，也往前張望。

「怎麼了？妳看到她了？妳在看哪個人？該不會是那個衣著合身，大搖大擺的人吧？」

「不要太明顯！」小薇往後一靠，伸手到對桌將費瑟往後拉。「她會看到的。」

「我以爲這是妳來此的目的！怎麼了？妳不去打招呼嗎？」

她已經失去了勇氣，「我不知道。我該這麼做嗎？」

「我都被妳折騰成這樣了，妳認爲呢？」

「事情都經過這麼久了，她一定以爲我是神經病。」

「但妳想找她，不是嗎？」

「是呀！」

「那就去吧！還等什麼？」

再次，他藍色眼眸中的年輕與興奮促使她展開行動。她站了起來，走出咖啡館，跑過對街，在凱接近戲院旋轉門時，走到凱身旁，從口袋取出包在布塊裡的那枚戒指，輕拍凱的手臂……

只花一兩分鐘，這是她做過最簡單的事。但是，當她回到咖啡館時，覺得心情好極了。她坐下，微笑再微笑，費瑟也露出微笑看著她。

「她記得妳嗎？」

小薇點頭。

「她高興見到妳嗎？」

「我不確定，她似乎……不一樣，我想每個人與戰時都不同吧！」

「妳會再見到她嗎？妳很高興剛才去跟她說話嗎？」

「是的，」然後又說一次，「是的，我很高興這麼做。」

小薇往後方的戲院望去，已不見凱的蹤影了，但心情還是很好。她覺得自己可以做任何事！喝完咖啡，心臟狂跳不已。她在想她可以做的事；她要辭掉工作！離開史崔漢，自己租間公寓！可以打電話給瑞奇！整顆心突然猛跳一下。她現在就可以找個電話，打電話給他，告訴他——什麼呢？告訴他，她和他已經結束了，永遠結束了！告訴他，她原諒他；但原諒還不夠……這些可能讓她有點頭暈。也許這些事，她一件也不會去做。但是，喔，光是知道她可以做就很棒了！

她放下咖啡杯開始笑。費瑟也跟著笑，還蹙著眉頭笑，然後打量她，搖搖頭。

「妳跟妳弟弟眞的像極了！」他說。

當海倫回到家時，屋子裡沒人。她在走廊上喚著茱莉亞的名字，但同時也感覺到一股莫名的死寂。燈全都沒打開，廚房裡的火爐、茶壺都是冰冷的。她第一個瘋狂的愚蠢念頭是：茱莉亞離開了。她帶著恐懼走進她們的房間，慢慢打開衣櫥，心中肯定地認爲茱莉亞的衣服一定全都清光了……她還沒脫下外套便先打開衣櫥。當她看見茱莉亞的衣物、行李箱都還在，而髮梳、珠寶首飾和化妝品也都散落在梳妝台上時，她這才費力地坐在床上，不敢置信地全身顫抖。

妳這個大笨蛋！她告訴自己，幾乎要笑出來。

但是，她又想，那茱莉亞人在哪兒？她走回衣櫥，經過仔細觀察後，她知道茱莉亞穿了一件時髦的洋裝，以及質料不錯的外套，還有她那體面的手提包，而不是刮損的那只。茱莉亞可能是去看她父母，海倫心想，也可能和文藝書籍經紀人或出版商出去。一個躲在海倫心中骯髒角落的聲音悄聲說：或者可能是和萼蘇拉・華林在一起，但海倫不會相信的。茱莉亞應該是和她的編輯或經紀人出去；或者她的經紀人在很晚時來電，這是常有的事，要她到辦公室走一趟，去簽署文件之類的。

若是那樣，茱莉亞當然會留紙條。海倫起身，脫下外套，非常冷靜地脫，然後開始在屋裡東找西找。她走回廚房，在食品貯存室旁，她們用釘子裝上黃銅手型家飾，銅手上握著幾張紙片，用來條列清單或字條；但銅手上握的字條都是以前留的。於是她在地板上找，擔心紙片掉落在地板上。接著，她又在廚房流理台與架子上摸索，一無所獲後，便開始尋找其他不可能放紙條的地方，像是浴室裡、沙發椅軟墊下、茱莉亞開襟毛線衫的口袋。最後，她覺得自己找得有點驚慌或已經有點不由自主了。那個討厭的聲音又出現了，它明白告訴她說，她在灰塵中像個傻瓜似地找尋紙條，而茱莉亞卻和萼蘇拉・華林或另一個女人出去。一想到這兒，海倫就狂笑不止。

她必須將這聲音壓抑下來。那就好似要壓住小丑魔術盒，不讓裡面竊笑的小丑跳出來一樣。

但她不會屈服於這類的想法。現在是七點，一個尋常的傍晚，而且肚子也餓了。一切都會沒事，茱莉亞出門去了，但沒想到時間會到這麼晚。茱莉亞只是被耽擱罷了。老天，大家經常有事而耽擱的！她決定開始替她們兩人做晚餐，於是拿出要料理牧羊人派[1]的所有材料。她告訴自己，等到派進烤箱時，茱莉亞就會到家。

在做派時，她扭開收音機，但將音量調到很小；在煮開水、翻炒碎肉、搗馬鈴薯泥時，都非常緊張地站著，仔細聆聽，準備聽到茱莉亞將鑰匙插進樓下鑰匙孔的聲音。

當這道菜完成時，她不知道是否應該繼續等待茱莉亞。她在桌上的兩個盤子上都盛了派，然後將兩盤食物放進烤箱保溫，接著慢慢清洗、擦乾廚具。是不是等到這些都做完時，茱莉亞一定會回來，她們便可以一起坐下來用餐？現在，她已經很餓了。當所有廚具都洗好時，拿出她那盤食物，放在爐子上，開始用叉子叉著馬鈴薯吃。她本來只想吃一小口，止飢就好，但結果卻將整盤食物都吃光了，連圍裙也沒脫，熱騰騰的蒸氣從廚房窗口飄出去，就像那樣站著吃。同時，庭院外的那對男女，又開始另一波爭執，或者就原有的爭執再繼續吵下去。

「去你的！」

在明亮的廚房待久了，以致於到其他房間時，覺得整屋子都很幽暗。她快速來到每個房間，打開燈，走到樓下客廳，幫自己倒杯琴酒加水；坐在沙發上，拿出毛線，織了五或十分鐘。但毛

[1] 譯註：牧羊人派，羊碎肉拌蔬菜，再加馬鈴薯泥後，烘烤而成的派餅。

線似乎會勾到她乾燥的手指。琴酒讓心情變得很糟，讓她笨手笨腳，心神不寧。她放下毛織品起身，上樓到廚房，隨意找尋便條紙，來到通往茱莉亞書房的樓梯底下，她有一股想上樓的慾望。

應該沒理由覺得不妥，上樓時她心裡這麼想。比如，茱莉亞從未說過，她希望海倫不要進她的書房。她們從未談過這件事；相反地，有幾次，茱莉亞出門開會時，她會打電話回來說：「海倫，很抱歉，我忘了拿一張紙，我眞是笨蛋。妳可以上去我房間幫我找出來嗎？」這顯示她不在乎海倫在她書桌抽屜找東西；而且，雖然書桌抽屜有鑰匙，但從來也沒派上用場。

然而，當茱莉亞不在時，逕自進入她的書房，海倫總覺得不是很光明正大，有些不妥。這好像小孩趁父母不在，偷偷跑到他們房間去似的：你懷疑那裡有事——與你有關，卻又完全將你排除在外的事——它們總是那麼精確、無法臆測……不管如何，海倫是這麼認爲。甚至現在，她只是站在那個房間——甚至沒有翻找文件或小心翼翼地偷看沒封好的信封，她就只是站在這個房間環顧四周，也同樣這麼認爲。

這房間幾乎佔據了整層閣樓。幽暗寂靜，屋頂是斜的。她和茱莉亞總愛開玩笑，說這裡是眞正作家的陋室。牆面是淡橄欖綠，地毯是眞正的土耳其地毯，有點磨損。一張像銀行經理用的辦公桌與一張旋轉椅，就放在窗前；一張老舊沙發則放在另一面窗前——因爲茱莉亞的寫作習慣是一段一段，中間總會小睡或看點書。沙發旁擺著一張桌子，上面放了髒杯子和沾著茱莉亞口紅的菸蒂。一只平底玻璃杯上有她留下的拇指印。事實上，這裡到處都有茱莉亞的蹤跡——沙發軟墊上留有茱莉亞的黑色髮絲；書桌底下放著她的布面草底拖鞋；字紙簍旁邊有一小片指甲、一根眼睫毛，還有從她臉頰上掉落的蜜粉。

要是我今天聽到茱莉亞死去的消息，海倫心想，我會以相同的方式來這裡，而這些垃圾將會是悲劇物件。她盯著每件東西，內心產生熟悉且不安的多種感覺：喜愛、氣惱與恐懼。她想到以前，當茱莉亞還住在麥坎博廣場的工作室裡，她那危險的寫作方式。她今天在逃生梯還向小薇描述過那個地方。她記得躺在一張無靠背長沙發上時，看到茱莉亞在一張搖搖晃晃的桌子上伏首寫作，旁邊有一根蠟燭——她放在頁面上的手，似乎是捧著火焰，她的手掌像面鏡子，英挺的臉龐被火光照亮；等她寫了好幾個鐘頭後，終於上床時，她會疲累地躺著但睡不著，顯得心不在焉、若有所思。海倫有時會將手輕輕放在茱莉亞的額頭上，似乎可以感覺到額頭後面像蜜蜂一樣鑽動嗡鳴的字句。茱莉亞並不介意，反倒幾乎有點喜歡這樣子。因爲小說到最後只是小說，裡面的人物不是眞實的，海倫才是眞實的。海倫可以這樣躺在茱莉亞身旁，撫摸她的額頭……

她往茱莉亞的書桌走去。桌上就如同茱莉亞的每件事——凌亂不堪，吸墨紙上有過多墨水，一罐綁文件用的繩索上下顚倒放著，一堆紙張裡混著幾條髒手帕和信封、乾掉的蘋果皮和膠帶。在這些物件當中，是茱莉亞藍色廉價的世紀筆記本。她在封面上寫著：**厭倦**2。裡面有她正在寫的小說大綱，是一部場景設在安養院的小說，題爲《飽噎而亡》[1]。這個書名是海倫取的，她知道

[1] 譯註：《飽噎而亡》，此書名是引用莎士比亞第十二夜裡的文句，If music be the food of love, play on. Give me excess of it, that, surfeiting, The appetite may sicken, and so die.。

那篇複雜故事的所有細節。她翻閱筆記本，那些密碼似的潦草筆記——B巡官至美斯頓，查RT，賓古護士、楓糖漿，不是注射針！——她全都看得懂，裡面的東西她全都知道，那些字和她自己那張歪斜不勻的臉龐一樣，平凡又熟悉。

那爲什麼在她越來越被這些東西吸引時，茱莉亞似乎離她越來越遠？茱莉亞現在到底在什麼地方？她又翻開筆記本，更急切地一頁頁檢視，像在找尋線索。她拿起一條沾滿墨水的手帕，抖了抖，拿起吸墨台，看看下面有什麼。接著又拉開抽屜，取出紙張、信封、書本……

壓在書本下面是兩個星期前的《無線電時報週刊》，折開的部分就是報導茱莉亞的文章。

蓴蘇拉．華林將隆重介紹茱莉亞．史坦丁的最新驚悚小說——

當然，上面刊登的是那張小照片。茱莉亞到梅法爾找個人幫她拍照，海倫也跟著一起去，因爲海倫「覺得好玩」。但是，那個下午一點兒也不好玩。海倫覺得自己像個平凡無奇的小女生陪著漂亮的朋友去做頭髮似的——當那個人在幫茱莉亞調整姿勢，請她走動時，海倫幫她提袋子，看著造型師幫她做時髦髮型，調整下巴，握住她的手，要幫她擺到比較好的位置。照出來的相片非常好看，雖然茱莉亞假裝不喜歡。在照片裡，茱莉亞看起來很特殊、很迷人——但沒有她眞正輕鬆時那麼迷人，海倫心想——如同她隨意躺在公寓裡，身上穿著皺巴巴的長褲和補丁襯衫的樣子。她看起來「嫁得出去」，海倫想不出更好的形容詞可形容這些照片。她也詫異地想到，那些拿起《無線電時報週刊》的尋常人，翻開後看到茱莉亞的臉，會慵懶且仰慕地自言自語：「好個俊秀的女子！」她把他們想成許多骯髒的手，將這影像用錢幣刮呀刮地轉印下來；或是像一群爭吵不休的鳥兒，剝啄著茱莉亞，將她一點一點地刁走……

當這期週刊過期後，新的一期出來時，她心裡暗自高興。但現在她看著這本雜誌——看到茱莉亞的照片，看到蕁蘇拉的名字——以往的那些焦慮就像新的焦慮般一湧而上。她蹲了下來，閉上眼睛，低著頭，直到額頭碰到茱莉亞書桌邊緣；她用力壓在桌緣上，讓自己感到疼痛。邊壓邊想，我願意承受更多的痛楚，以確定茱莉亞是忠貞不二的！她想到願意放棄的東西——一根手指的指尖、一根腳趾，一天的生命。她想到應該有個制度——一種類似中世紀的制度——讓人可以承受鞭笞、烙印或割傷的痛苦，以換得自己迫切想要的東西。她幾乎希望茱莉亞失敗。她想到這些字眼：我希望她會失敗！多卑鄙呀！她怎麼會淪落到這種地步？這種希望茱莉亞失敗的地步？但這全都只因爲我愛她，她淒慘地對自己這麼說……

在說這些話時，她聽到茱莉亞的鑰匙插在前門鑰匙孔裡的聲音，於是急忙起身，將燈關上，往樓下衝，走進廚房，假裝在水槽邊忙著，打開水龍頭，裝滿水杯後又倒掉，並未四處張望。她在想，不要小題大做，一切都會沒事的，要很自然，要非常平靜。

然後，茱莉亞向她走來，親吻她；她在茱莉亞口中聞到菸酒味道，也看到那明亮、喜悅、泛紅的臉龐。之後，海倫的心——她非常努力盡量壓抑它那想咬人的大嘴顎——她的內心緊閉，像個捕獸器。

茱莉亞說：「親愛的！很抱歉。」

海倫冷冷地回應：「爲什麼事情抱歉？」

「我回家晚了！本來幾個小時前就要回來，但我忘了時間。」

「妳去哪兒了？」

茱莉亞轉過身去，輕鬆地說：「我和蓴蘇拉在一起，就這樣。她請我過去用下午茶，但不知怎麼搞的，妳也知道，下午茶變成了晚餐……」

「下午茶？」

「是的。」茱莉亞往回走到玄關，脫掉外套與帽子。

「丟下工作就跑出去，這不像妳。」

「嗯，之前已經寫了很多，從九點到四點，我瘋狂地寫！蓴蘇拉打電話來時，我想……」

「我一點五十分打電話給妳，妳那時在工作嗎？」

有好一陣子，茱莉亞沒接腔，最後就在玄關那兒回答：「一點五十分？眞精確。我想我一定是在工作。」

「妳不記得電話鈴響嗎？」

「我可能在樓下。」

海倫走向她，「但是，妳卻能聽到蓴蘇拉打來的電話鈴聲。」

茱莉亞在玄關的鏡子前整理頭髮，似乎是耐著性子說話，「海倫，不要這樣。」她轉過身，皺起眉頭看著海倫。「妳的額頭怎麼了？全都紅的，過來。」

她伸手要摸海倫的頭，海倫將她的手撥開。「我不知道妳人到哪兒去了！難道不能留個字條給我？」

「我沒想到要留字條。我沒想到，我出去吃午餐時……」

海倫立刻應道：「午餐？不是下午茶嗎？」

茱莉亞的臉漲得更紅了，低著頭走過海倫身旁，進入臥室。「我只是舉午餐爲例。老天！」

「我不信！」海倫跟著她走進臥房。「我認爲妳整天都和葛蘇拉一起。」茱莉亞並未回應。「是不是？」

茱莉亞走到化妝台，手上拿著菸。聽到海倫咄咄逼人的語調，她將菸刁在嘴上，瞇起眼睛，驚訝與不滿地搖著頭。她說：「以前妳曾經這樣抬舉過我嗎？有過嗎？」她轉過身去，劃了根火柴，冷靜地點菸。當她轉過身來，臉上的表情變了，變得僵硬，像是一塊上了色的大理石雕，或是一塊無瑕的木頭。她將菸從嘴上拿下來，以警告意味的平穩語氣說：「別這樣，海倫。」

「別怎麼樣？」海倫裝得很驚訝地問。但同時，她也害怕說出這些話，她爲自己變成一頭野獸而深感羞恥。「不要什麼，茱莉亞？」

「不要開始這些……老天！我不要留在這裡聽妳說這些。」她將海倫推到一旁，走進廚房。

海倫尾隨著她，「妳是不想留在這裡，讓我逮到妳說謊的證據！我幫妳做了晚餐，但妳已經不需要了。葛蘇拉・華林帶妳上了時髦的餐廳，裡面都是BBC那種人，妳是多麼地愉快，而我卻得自己吃晚餐，就站在這裡，在該死的烤箱旁，連圍裙都沒脫下，就這麼吃晚餐！」

茱莉亞臉上又露出了不屑的表情，但也笑了起來。「嗯，妳到底爲什麼要這麼做？」

海倫也不知道爲什麼要這麼做，但現在這一切對她而言都很荒謬，她希望可以和茱莉亞一樣一笑置之，她希望她可以說：喔，茱莉亞！我眞是個笨蛋！她覺得自己就像個掉下船的人。看著茱莉亞抽著菸，將茶壺放到火爐上燒開，彷彿看著甲板上的人在漫步、喝飲料之類尋常事的人。她想，自己還有時間可以舉手，呼喊救命！還有足夠的時間，船會爲她轉向，將她救起……

但她並未呼叫，過了一會兒，已經沒有時間了，船已經加速駛離，只剩她獨自一人無助地漂浮在灰色無波的大海上。她開始掙扎，開始咆哮叫嚷，她發瘋似地嘶吼著。她說，這對茱莉亞沒關係，茱莉亞想做什麼就做什麼。如果茱莉亞認爲，海倫去上班時什麼都不知情，便在海倫背後搞什麼鬼——如果茱莉亞認爲可以把她當傻瓜——海倫從回到家的那一刻開始，便知道茱莉亞和薵蘇拉外出了！難道茱莉亞認爲……？諸如此類。她之前將那個污穢、竊笑的魔術盒小丑壓制下去，現在又跳了出來，它的聲音和她的聲音結爲一體。

這時候，茱莉亞僵硬地在廚房走動泡茶。「不，海倫，」她不時疲倦地說，「不是這樣，不要這麼荒謬了，海倫。」

「什麼時候安排好的？」海倫問。

「老天！安排什麼？」

「妳和薵蘇拉．華林的幽會。」

「幽會？她今天早上打電話給我。這重要嗎？」

「如果妳得要偷偷摸摸、鬼鬼祟祟，那顯然很重要。如果妳必須對我撒謊……」

「那妳要我怎樣？」茱莉亞最後失去了耐性大喊，重重放下杯子，茶都濺撒出來。「因為我知道妳會這樣！妳扭曲每件事，妳要我承認有罪，這讓我看起來有罪，即使……老天！即使我自己看起來也像有罪！」她降低音量，即使憤怒，也會留心樓下那對夫妻。她繼續說：「如果我每次遇到女人，與她們做朋友——天啊！幾天前，我接到戴芬妮．芮絲的電話，她問我要不要跟她一起午餐——只是一般午餐而已！——我拒絕了，我說我太忙，因為我知道妳會胡思亂想。菲莉絲．藍戴爾一個月前寫信給我，妳不知道這件事，對不對？她說很高興在凱洛琳的晚宴上遇見我們兩人。我想寫信給她，告訴她我們搭計程車回家時，妳因為這件事而跟我鬧得多僵！若我真寫了這封信，內容一定很精彩！『親愛的菲莉絲，我很想跟妳一起喝點酒，但是，我女朋友是個醋罈子。如果妳結婚了，或長得奇醜無比，或身體有缺陷，我敢說情況一定不同。但單身，甚至是有點吸引力的女人——親愛的，我無法冒險赴約。若那女孩並非女同性戀，那不打緊；很顯然，我是那麼令人無法抗拒，即使她不是女同性戀，若和我一起坐下，喝杯氈酒法威末（註：一種雞尾酒），當她站起來時，就會是個女同性戀了！』」

「住口！」海倫說，「妳把我說得像個傻瓜似的！我不是傻瓜。我知道妳是怎樣的人，還有妳的為人，我看過妳和別的女人……」

「妳認為我對其他女人有興趣？」茱莉亞笑了起來，「若真是這樣就好了！」

海倫看著她。「那是什麼意思？」

茱莉亞轉過頭，「沒事，沒什麼事，海倫。我只是很驚訝而已，妳竟然會有這個該死、揮之不去的想法。關於外遇，是不是有個論調？像……我不知道……天主教信條？只有自己實踐時，才認得出其他的神聖羅馬信徒？」

她的眼神迎向海倫，一會兒又往別處望。她們沈默不語，站了一陣子。然後海倫說：「去你的！」說完轉過身，走下樓到客廳去。

她平靜地說，冷靜地走，但內心情感的激動連自己都嚇了一跳。她無法坐下，無法平靜，飲盡最後的一些琴酒加水後，又幫自己倒一杯，點燃一根菸，但幾乎立刻就捻熄。她站在壁爐旁顫抖，很擔心自己隨時會大聲尖叫，在屋內大吵大鬧，將書架上的書亂丟，撕開軟墊。她想到自己可能會抓住頭髮，用力猛拉。若有人拿把刀子給她，她可能會拿來往自己身上猛刺。

一分鐘後，她聽到茱莉亞上樓回書房，關上門，之後便是一片沈默。她在做什麼？她在裡面做什麼？需要這樣關上門嗎？她可能在打電話……海倫越想越覺得茱莉亞就是在打電話。她打給蔦蘇拉．華林，向她抱怨、訕笑、要再安排時間會面……海倫心想，被蒙在鼓裡讓她覺得無法忍受！她忍不住了，於是小心翼翼躡手躡腳地走到樓梯底下，屏息傾聽。

然後，她在玄關鏡裡看見自己的身影，看見自己扭曲通紅的臉龐，這讓她對自己充滿厭惡，這股厭惡感令她無法承受。她用一隻手摀住眼睛，走回客廳。她沒想要上樓找茱莉亞。她覺得，茱莉亞現在自然會討厭她，會要避開她；她也討厭自己，希望可以躲開自己。她只覺得完全無法動彈、無法呼吸。她站了好一會兒，不知道該拿自己怎麼辦，於是走向窗戶拉開窗簾。她看著街道、庭園，以及門面剝落的灰泥房子。她看見的是迂迴不實的世界，只是要欺騙與嘲笑她。一對男女走了過去，手牽手，面帶微笑；她覺得他們似乎擁有安全、自在與信賴的奧秘，而她已經失去那個奧秘了。

她坐在那兒，將燈關上。地下室的夫妻與他們的女兒在每個房間喊叫；他們的女兒開始放唱片，一直播放同樣可怕的兒歌。樓上沒有聲音，直到約十點鐘，茱莉亞的房門打開，她迅速下樓到廚房，海倫異常清楚地注意著茱莉亞的每個動作，聽見她在廚房與臥房來回走動，看見她下樓上廁所，進浴室，洗臉；看著她上樓到臥房，邊走邊將電燈關掉；聽見她脫下衣服上床時，在吱吱作響的臥室地板上走動。她沒想要跟海倫說話或是到客廳，海倫也沒叫她。臥房的房門輕輕掩上，但沒有關起來，閱讀燈的光線在樓梯間亮了十五分鐘，之後便熄滅了。

於是，屋內一片漆黑，而這片黑暗與沈默讓海倫感覺更難過，只要伸手將燈與收音機打開，便可以改變氣氛，但她無法這麼做，她現在無法做出她平常做的事。她又坐了一會兒便站起來走來走去，踱步的方式很像舞台劇女演員演戲的姿勢，要向觀眾傳達沮喪與焦急的情緒，感覺上很不眞實。她躺在地毯上，蜷起雙腿，臉埋在雙臂裡；這個姿勢也很不眞實，但她繼續保持這個姿勢，幾乎有二十分鐘之久；也許茱莉亞會下樓，看到我這麼躺在地毯上，她想，便會瞭解她無力抵抗的情感有多激烈。

之後，她瞭解自己這樣看來只會顯得很可笑，於是站起來。她感覺很冷，有點抽筋，然後站在鏡子前面。在黑暗的房間裡，凝視自己的容顏令人覺得很不安，但少許街燈透了進來，她可以看到自己的臉頰和手臂，因剛剛躺在地毯上，顯得又紅又白，好似小小的鞭痕，至少這些痕跡讓她很滿意。事實上，她以前就很希望心中的忌妒可以某種形式表現出來；在這種時候，她有時會想，我要燒傷自己，或是我要割傷自己。因爲燒傷或割傷可以被看到，可以被照料，可能會留下疤痕或癒合，是一種悲慘的象徵；燒燙傷會留在那裡，在她身體表面，而不是在體內啃蝕著她。現在她又有這種念頭，她想要以某種方式傷害自己。這想法感覺上似乎是解決問題的辦法。我不會表現得像個歇斯底里的女孩，她對自己這麼說，我不會爲茱莉亞這麼做，而心裡卻希望她會看到我這麼做。這跟躺在客廳地板上不同。我會爲了我自己這麼做，並把它當成一個秘密。

她不讓自己認爲這件事會是個很糟的秘密。她平靜地走上廚房，從櫥櫃裡取出她自己的梳洗用品袋，下樓到浴室，輕輕鎖門，將燈打開，她立刻感覺好多了。燈很亮，和電影裡醫院手術室的燈一樣亮；浴缸與水盆赤裸的白色表面也有一種診所般不帶感情的感覺，一種有效率，甚至是工作職責的感覺。她看起來一點兒也不像是歇斯底里的女孩，接著又在鏡子裡看見自己的面孔，臉頰上的紅暈已褪去，看來神智清楚，也非常平靜。

她現在開始進行，好似事前就已計畫好整個行動。她打開梳洗用品袋口，取出一只扁薄的鋁盒，裡面有她和茱莉亞用來刮腳毛的安全刮鬍刀。她拿出刮鬍刀，旋開螺絲，取下小型金屬殼，移出刀片。刀片多麼薄，多麼容易彎曲啊！她感覺手上好像什麼都沒拿似的，像是拿著一片薄脆餅、一枚籌碼、一張郵票。她現在只關心要割哪裡，看著自己的雙臂，說不定可以割手臂內側，那裡的肌肉比較嫩，比較容易割開。基於同樣理由，她也想到要割腹部。她不考慮手腕、腳踝、脛骨，或類似較硬的部位，最後她決定要割大腿內側。她將一隻腳放在圓形浴缸冰冷的邊緣，但覺得這個姿勢不太舒服，於是跨了一步，跨到更遠的牆面支撐著。她拉起裙子，不知道要怎麼把裙襬塞到內褲裡，便想脫下裙子。因爲，如果鮮血沾到裙子的話，那要怎麼辦？她不知道會流多少血。

她的大腿很白，在浴缸的白色襯托下，呈現的是乳白色，與雙手相比，感覺很巨大。她以前都沒這樣想過她的腿，但現在則是對這雙毫無特色的腿感到震驚。如果單單看到腿，她將不會知道那是活動四肢的一部份，甚至覺得無法認出那是她的腿。

她將一隻手放在腿上，用拇指和其他手指將中間肌肉繃緊，然後再仔細傾聽，確定走廊上沒有人聽得到她，接著將刀刃湊到皮膚上，割了一下。那缺口很淺，但非常痛；她感到一陣痛苦襲上心頭，好似走進冰冷的水一般。她退縮了一陣子後，開始割第二刀。感覺還是一樣。她眞的痛苦地吸了一口氣。*再割一次，動作要更快！*她對自己說。但現在，之前很吸引她的金屬刀片纖薄易彎的特性，在她大腿有彈性的脂肪襯托下，讓她覺得很厭惡。割痕過於精確，她割的傷口流滿血液，但血流得很慢，似乎馬上就變黑凝結，肌肉邊緣已經要合上了。她放下刀片，拉開傷口，這樣血會流得比較快。最後，血從皮膚流下來，變成一灘。她仔細看，約有一分鐘，再將傷口旁的肌肉拉扯二到三次，然後用一塊沾溼的手帕，盡量將腳擦乾淨。

最後留下的是兩道鮮紅色的短線，如同被玩耍的貓爪抓到的傷口。

她坐在浴缸邊緣，心想，割傷自己的震撼已在身上產生變化，幾乎是某種化學變化。她覺得頭腦異常清晰，精神奕奕，覺得被淨化了。她已經無法確定割自己的腿是一件明智合理的事了，如果這麼做時，被茱莉亞或她的任何朋友發現，她會很生氣，一定會羞愧而死！但是，她一直半著迷、半仰慕地看著那幾道鮮紅線條。妳眞是個不折不扣的笨蛋，她想，但幾乎有點兒高興。最後，她拿起刀片，清洗一番，旋進金屬殼，將刮鬍刀放進盒中，將燈關上，讓眼睛習慣黑暗，再走進走廊，上樓到臥室。

茱莉亞躺在她那一邊，背向門口，臉孔被黑暗籠罩，攤在枕頭上的頭髮，顯得極爲烏黑。很難判斷她現在是睡著還是醒著。

「茱莉亞。」海倫平靜地說。

「幹嘛？」茱莉亞過了一會兒問。

「很抱歉，我很抱歉。妳討厭我嗎？」

「對。」

「妳討厭我的程度一定不及我討厭我自己。」

茱莉亞轉過來，平躺著。「妳這麼說算是一種安慰嗎？」

「我不知道。」海倫說著靠近些，將手指放在茱莉亞頭髮上。

茱莉亞猛然縮身。「妳的手很冰。別碰我！」她捉住海倫的手，「老天呀！爲什麼這麼冷？到哪兒去了？」

「在浴室裡，哪兒都沒去。」

「到床上來，好嗎？」

海倫先到一旁脫下衣服，放下頭髮，穿上睡衣。她以一種慢吞吞、膽怯的方式這麼做。當她鑽進被窩，靠在茱莉亞身邊時，茱莉亞又問：「妳怎麼那麼冰？」

「很抱歉，」海倫回道。之前並不感到寒冷，但在感覺茱莉亞的體溫後，她開始打顫。「我很抱歉，」她又說一次，冷得牙齒直打哆嗦。她試圖讓自己穩住，但這樣只會抖得更厲害。

「天哪！」茱莉亞嘴裡這麼說，但還是將海倫摟向自己。茱莉亞身上穿著一件男孩的條紋睡衫，聞起來有睡眠的味道、被褥沒收拾的味道、頭髮沒洗的味道——但很愉悅、很舒暢。海倫躺在她身旁，閉上眼睛，只覺得精疲力竭、完全掏空。她想到剛才歷經的那一晚，對於在這幾個小時裡，竟然有這麼多不同階段的劇烈情緒而感到非常驚訝。

也許茱莉亞也這麼覺得，只見她舉起一隻手，揉揉臉龐。「眞是荒謬可笑的一晚！」她說。

「妳眞的很討厭我嗎，茱莉亞？」

「是的。不，應該不討厭。」

「我無法克制自己，」海倫說，「當我在那樣的狀態下，我無法控制自己，這好像……」

但她無法解釋，她從來就無法解釋。每次聽起來都很幼稚。她無法向茱莉亞傳達，那個皺巴巴、生悶氣、侏儒似的東西撲出來、啃蝕妳的感覺有多可怕；當它發洩完畢，將它壓抑入胸口的感覺有多累人；感覺它就活在妳體內，要伺機而動撲跳出來的感覺有多駭人……

她只說：「我愛妳，茱莉亞。」

茱莉亞回答：「傻瓜，睡覺吧！」

之後，兩人都沈默不語。茱莉亞僵硬地躺了一會兒，但很快地，她的四肢開始放鬆，她的呼吸變得沈緩。有一次，她彷彿做夢似地受到驚嚇，猛然動了一下，海倫也因此嚇了一跳，但後來便又沈沈睡去。外面街道上，有聲音傳來，有人在人行道上發出笑聲；隔壁房間，有人將插頭從插座拔開，一扇窗戶在窗框裡發出喀喀聲，很大聲地被關上。

茱莉亞睡得很不安穩，又被夢境騷擾。她夢到的是誰？海倫很納悶。不是薴蘇拉．華林，但也不是我，海倫想。因爲很清醒、被懲罰而感到潔淨的她，現在一切都看得很清楚。當茱莉亞可以輕易留張字條，卻在外面待得那麼晚；當她可以很容易以另一種方式出去、悄悄出去、不要出去……不要這樣，海倫！茱莉亞每次都氣憤地這麼說。但是，如果茱莉亞不想要海倫咆哮或小題大做，那麼爲何她每次都讓海倫那麼容易爆發出這種行爲？海倫想，或許自己也有點喜歡這樣，一定也渴望這些行爲。因爲海倫知道，她自己焦枯的心是一片死寂、空白與荒蕪，除了這些情緒之外，她什麼都沒有。

茱莉亞何時不再愛我了？海倫現在想知道。但這想法太可怕，她不想深究，而且她實在太疲憊了，只是睜開眼睛躺下，仍舊很靠近茱莉亞，仍舊感覺到她四肢的體溫，以及她起伏有致的呼吸。但隨著時間過去，她改變姿勢，往旁邊移去。

當她的手滑過茱莉亞的睡衣時，她想到一樣東西——一件愚蠢的東西——她想到以前戰爭還在繼續時，她曾經有過的一套睡衣，但後來不見了。那睡衣是緞料、珍珠色澤；現在，當她在黑暗中獨自躺在茱莉亞身邊時，對她而言，那是最漂亮的一套睡衣，是她見過最漂亮的睡衣。

鄧肯那晚下班回家，燒滿一壺熱水，將水壺拿到他房間，脫到剩下內衣，洗了雙手、臉龐與頭髮，試圖將工廠的味道與感覺洗掉，希望可以在和費瑟共度的晚上，呈現最好的一面。

在他還穿著內衣與褲子時，下樓去擦拭鞋子，並在廚房桌上放了一條毛巾，燙熨襯衫。那件襯衫的領口很軟，跟費瑟穿的一樣；鄧肯趁著襯衫還溫熱時穿上，故意將喉頭部位的鈕釦敞開，以這也跟費瑟穿的方式一樣，但他不想抹百利牌（Brylcreem）髮油。他走回臥室，站在鏡子前，以各種方式梳理頭髮，嘗試各種不同的分線，讓頭髮掉不到額前的各種方式……但頭髮乾了之後，卻變得又細又軟，總覺得自己像皮爾斯（Pears）肥皂廣告海報「泡泡」裡的小男孩，所以最後還是抹上百利髮油，但仍擔心抹的時間太晚，便又花了幾分鐘用梳子梳理，想梳直微卷的髮型。

梳理完畢後下樓，曼迪先生以勉強的開心語氣說：「我的天啊！今晚那些女孩可有眼福了，非常好！他今晚幾點會來找你，小夥子？」

「七點半，」鄧肯羞澀地說，「跟上次一樣。但我們要去另一家酒吧，到河邊的另一處。費瑟說那兒的啤酒比較好。」

曼迪先生點點頭，仍舊拉長了臉上可怕的笑容。「是的，那些女孩不會知道今天運氣怎麼會那麼好！」

上次，兩個星期前，當鄧肯帶費瑟回家時，曼迪先生簡直無法置信，而費瑟也無法相信自己所見。他們三人坐在客廳，不曉得要說什麼，最後不知情的小貓咪跑了進來，大家都覺得鬆了一口氣。他們花了二十分鐘讓小貓追著一條繩子跑，鄧肯甚至趴在地上，讓費瑟看小貓爬到他身上的把戲。從那時起，曼迪先生便像個受傷者般地行走。他的腳更跛了，背也開始駝了。在薰衣草丘街上那棟歪斜房子的李奧納多先生，對於曼迪先生的改變非常吃驚。因此，李奧納多先生更慷慨激昂地向他宣導抵抗錯誤和虛僞信仰的必要性。

今晚，只要費瑟到來，鄧肯便想盡快出門。他和曼迪先生一起用茶，站著一起洗杯盤，杯盤放好後，便穿上外套到客廳去，只坐椅子前端，準備在聽到費瑟敲門時一躍而起。但是，他也拿起一本書，好渡過等待時間，讓自己看來一副無所謂的樣子。那是一本圖書館借來關於古董銀器的書籍，裡面有一張整理特色的表格，他從上到下指著頁面，想要記住錨、王冠、獅子、薊屬植物等的重要性。當然，他也一直傾聽是否有敲門聲……七點半到了又過。他開始緊張起來，開始想像各種讓費瑟無法脫身的尋常可能，想像費瑟會上氣不接下氣地跑到門口，就像上次他氣喘吁吁地跑到工廠大門一樣。費瑟的臉會微紅，頭髮會在額前晃來晃去，他會說：「皮爾斯！你不等我了嗎？很抱歉！我一直……」隨著時間過去，鄧肯腦海中想像的藉口越來越瘋狂。費瑟被困在地下鐵，極爲沮喪；費瑟看到有人被車子撞倒，必須送傷患上救護車！

到了八點十五分，鄧肯開始擔心費瑟可能來過，敲了門，沒人聽見後便離去。曼迪先生將收音機打開，節目聲音相當吵。所以，假借幫自己倒杯水的藉口，走到玄關，靜靜地仰頭站立，傾聽有無腳步聲，甚至還輕輕打開前門，往街上四處張望，但仍舊沒有費瑟的蹤影。於是走回到客廳，找個東西撐著門扇，讓門開啓。收音機換了節目，半小時後又換了另一個節目。老爺鐘一直發出沈重的空洞鳴響。

直到九點三十，才明白費瑟不會來了，鄧肯極為失望。但是，他對失望已經習慣了，一開始的刺痛已漸漸消散，變成心中認命的空虛，然後放下書本，並未學習到那個特色表格。他知道曼迪先生在一旁觀察，但無法迎向對方傳來的目光。當曼迪先生站起來，艱困地走過來，輕拍肩膀說：「沒關係。我想，他是個忙碌的傢伙，可能碰到幾個朋友。事情就是這樣，記住我的話！」曼迪先生這麼說時，鄧肯無言以對，他覺得自己幾乎憎惡曼迪先生用手觸碰他的感覺。曼迪先生等了一陣子之後便走開了，而鄧肯則走到廚房，隨手關上客廳的門，突然感到這個幽暗擁擠小室的沈悶與封閉，進而產生一種不斷墜落的可怕感覺，宛如自己從一口窄小的井一直往下掉。

但那股驚慌，如同失望一樣，在他心裡像火光般亮晃了一下，便消逝無蹤。曼迪先生及時回到客廳，帶著一杯可可亞，鄧肯從他手中接過來，順從地喝下，然後將杯子拿到廚房清洗，在冰冷的水流中，一直轉動著杯子，接著又將平底鍋中剩下的牛奶倒進一只放在地上的小碟子，要給貓咪喝。走到外面廁所，有一晌，他就站在庭院，望著天空。

回到客廳時，曼迪先生已拍打過所有軟墊，準備回房就寢。鄧肯看著他時，他開始熄燈，一盞一盞地熄滅。客廳一片漆黑，牆壁照片裡的面孔、壁爐架上的裝飾品，漸漸隱沒在黑暗裡，成了影子。現在只是十點鐘。

他們一起慢慢走上樓，一次走一級台階。曼迪先生將手攙在鄧肯的臂彎裡；到最上面，他必須停下來，手仍攙著鄧肯的手臂，喘著氣。

開口說話時，聲音很沙啞，沒看鄧肯地說道：「小夥子，等一下要不要過來跟我道晚安？」

鄧肯沒馬上回答。兩人在沈默中站立，他感覺曼迪先生的肢體變得很僵硬，似乎在擔心……之後，鄧肯溫和地回應道：「好，好的。」

曼迪先生點點頭，雙肩寬心地放鬆下來。「小夥子，謝謝你。」然後抽出手來，慢慢拖著腳步，沿著平台，走到他的臥室。鄧肯則走進自己的房間，開始脫去衣服。

這個房間很小，是個男孩的房間——事實上，是曼迪先生小時候的臥房，當時他年紀很輕，與父母和姊姊同住。房間裡有一張維多利亞式的高床，四角都有亮晃晃的銅球。鄧肯有一次將一顆球轉開，發現裡面有一張紙，以小孩髒污的字跡寫著：梅波・愛莉絲・曼迪，二十個可怕的詛咒會降臨到讀到這張紙條的人！書櫥裡都是男孩冒險的故事書，有彩色寬大的書背。壁爐架上，放有幾個漆色斑駁的老舊鉛質士兵，擺設的樣子像是準備要打鬥似的。但曼迪先生也幫鄧肯安裝了一個架子，讓鄧肯擺放從市場與古董店購得的收藏。鄧肯一般都會在睡前瞧瞧這些瓶瓶罐罐、裝飾品、茶匙、淚瓶[1]，將它們拿起來開心地把玩；想像它們從哪兒來，以及它們以前的主人可能是什麼樣的人。

但他今晚興趣索然地看著它們，隨手拿起在河邊酒吧河灘上發現的陶質菸斗碎片看一看，如此而已。然後慢慢穿上睡衣，扣好衣服，再整齊地塞進褲子裡。刷牙後，再次梳理頭髮。這次梳髮的方式不同，而是將頭髮梳得很整齊，像小孩頭髮般做出一條分線。這麼做時，他很清楚，曼迪先生會在隔壁房裡耐心等候；他想像他直直地、靜靜地躺在床上，頭放在羽毛枕上，被單拉到胳肢窩，雙手整齊地交錯著，準備在鄧肯進去時，拍拍身旁的床位，邀他過來……那沒什麼，幾乎不算什麼。鄧肯想到別的事情。曼迪先生床頭有一張照片，是一張天使帶領一群小孩安全走過一座狹窄且陡峭的橋面的照片。他會看著這張照片，直到事情結束為止。他會仔細看著天使長袍上錯綜複雜的縐褶；看著那些孩子們巨大、無邪又邪惡的維多利亞式面孔。

放下梳子，再度拿起那陶質菸斗碎片，這次是拿來觸碰自己的嘴，感覺上很涼很光滑。鄧肯閉上眼睛，輕輕地讓碎片在嘴上移動，往前又往後，他喜歡這感覺，但又被這感覺搞得很難過，只感到它喚醒了體內的騷動不安。如果費瑟來了就好，他想。或許，他只是忘記了，原因可能就是這麼簡單。如果你是另一種男孩，他對自己痛苦地說，你不會只是呆坐在這裡等他出現，你早就出去找他了。如果你是個徹徹底底的男孩，你現在就會出去，去他家找他……

張開眼睛，立刻看到鏡中自己的眼神。頭髮整齊分在一條白線的兩旁，睡衣襯衫扣到下巴，但他不是男孩，不是十歲，甚至不是十七歲。他已經二十四歲了，想做什麼就做什麼。他已經二十四歲了，而曼迪先生……

❶譯註：淚瓶，Tear bottles，窄口的小瓶子，相傳於古羅馬時代便非常盛行；人去世後，將悼念者的眼淚收集，放入小瓶，一起隨死者下葬，做為愛或尊敬的表示。

曼迪先生，他突然想到，去死吧！如果鄧肯眞的想出去找費瑟，爲什麼不該這麼做呢？他知道費瑟住處怎麼走，也知道費瑟住在哪一間房子，因爲費瑟曾帶著他經過住處那條街的一端，爲鄧肯指出自己住的是哪一棟！

他迅速行動，弄亂髮線，穿上褲子和外套，就套在睡衣上，因爲他不想浪費任何時間脫下睡衣。接著，又穿上襪子和擦得光可鑑人的鞋子，彎腰綁鞋帶時，他發覺自己的手在發抖，但並不害怕，幾乎是有點兒興奮。

在地板上走動時，鞋子一定發出很大的聲音。他聽到曼迪先生床鋪傳來不安的吱吱聲，這更令他加快了動作。走到臥房外，往平台對面曼迪先生的房門看了一眼，之後便快速走下樓梯。

屋子裡一片漆黑，但他知道怎麼走，像盲人一般，伸出手找門把，預期會碰到階梯與滑溜的地毯。他沒走到前門，因爲他知道曼迪先生的臥房可以俯瞰街道，而他要更隱密地離開。因爲即使現在很興奮——即使他對自己說不在乎，曼迪先生最好去死！然而，他覺得，若是回頭一看便看見曼迪先生從窗戶看著他離開，那麼這種感覺實在很可怕。

所以他朝屋後走，從廚房出去，經過廁所，到庭院底端；直到庭院門口，他才想起後門被掛鎖鎖住了。他知道鑰匙放在哪裡，大可跑回去拿；但他現在無法忍受自己走回去，即使只到餐具洗滌室的抽屜也無法忍受。他拉來幾個木條箱，像竊賊般爬到圍牆上，從另一邊往下跳，重重著地，腳痛到讓他跳來跳去。

突然，一想到深鎖的門被抛在身後，便升起了一股非常美妙的感覺。他以艾力克的語氣對自己說：現在已經無法回頭了，DP！（註：鄧肯・皮爾斯的縮寫。）

他沿著曼迪先生房子後面的小巷走到一個住宅區。他經常走過這條街，但現在，在黑暗中，這裡似乎完全不同。他走得更慢，對於眼前展現的奇怪的一面相當驚訝——他清楚意識到他所經過的房子裡的人；看見人們要就寢時，樓下房間的電燈被關上，而臥室與樓梯平台的燈則一一快速亮起。他看見一名女子要將白色網狀窗簾掛在窗戶手把上，那窗簾披在她身上讓她看起來宛如披上婚紗的新娘。在一棟現代樣式的屋子裡，一扇霧面浴室窗戶亮起燈來，清楚顯示一名穿著內衣的男子從玻璃杯灌了一口水，頭往後仰，正在漱口，然後往前猛力將水吐出，甚至還看到那只放在水槽上的玻璃杯環狀把手。當那男子打開水龍頭時，傳來水流過排水管，在流進下面的排水溝時發出嘩啦啦的聲音。對他而言，整個世界似乎充滿了新穎的事物。沒有人向他挑釁，似乎沒有人在看他，而他則如遊魂似地走過這些街道。

他以這種不真實、著迷的姿態走過雪波茲布希和漢姆史密斯兩個區，走了將近一個鐘頭；之後找到費瑟住處街道的底端便放慢腳步，內心覺得有些擔憂。這些房子比他適應的還要宏偉，是那種被改成醫師手術室或盲人之家之類的愛德華式紅磚別墅，或是與這條街一樣，成了一般供應膳宿的寄宿公寓。每間都有名牌，門口上方都有鉛牌字體。鄧肯走近時，看到費瑟的屋子名為聖日之家。有個招牌，上面寫著，無空房。

鄧肯站在通往淺淺的前門庭園門口，遲疑不前。他知道費瑟的房間在地面樓層，靠左邊的那一間。他記得這一點，是因為費瑟對於女房東稱他的房間為前面底下（註：Front bottom 俚語意指女性生殖器）這件事，覺得很好笑，他說那好像是護士會講的話。窗簾都拉上了，是那種老舊、會擋住所有光線的黑色窗簾。但在費瑟沒拉緊的地方，有一小道銳利的明亮光線透出。鄧肯總感覺可以聽到語調呆板的說話聲，從房間裡傳出來。

說話的聲音讓他突然不是很確定。假設曼迪先生是對的，費瑟今晚若是與他的朋友共度呢？如果鄧肯這時突然出現，費瑟會認爲鄧肯是怎麼樣的人？那些朋友會是什麼樣的朋友？鄧肯想，可能是大學的朋友，那種抽菸斗、戴眼鏡、繫上編織領帶的聰明年輕人。之後，他有個更糟的想法：費瑟可能和女孩在屋子裡。他腦海中可以清楚勾勒出那女子的模樣：健壯、穿著女性襯衫、帶著竊笑，嘴唇塗上紅色口紅，有櫻桃白蘭地的氣息。

在心中產生這種可怕景象之前，他一直往前門走，像個正常的訪客要按門鈴。但現在他很緊張，一股想要躡手躡腳走到窗戶，快速偷窺屋裡情況的誘惑實在太大，因此他拉下大門門閂，然後推開，固定在門軸上的門板滑順無聲地轉開。接著走到小徑，從窸窣的灌木中走向窗戶。整顆心臟怦怦跳，臉貼在玻璃上。

他馬上看到費瑟，就坐在房間後面的扶手椅上，就在床後面，身穿短袖襯衫，仰著頭。扶手椅旁有一張桌子，上面放了一堆報紙，還有菸灰缸上的菸斗、一只玻璃杯，與一瓶看來像是威士忌的酒。他一動也不動地坐著，像在打瞌睡，雖然之前聽到的聲音仍單調地繼續傳來……現在，那聲音被一陣低沈的音樂所取代，鄧肯才知道那是來自收音機的聲音，只是如此。事實上，這段音樂似乎吵醒了費瑟。他站起來，揉揉臉龐，走到房間對面，恰巧在鄧肯視線之外，音樂聲突然停止。走路時，鄧肯看到他已脫下鞋子，襪子上有個破洞，很大的破洞，露出了腳趾與沒有修剪的指甲。

襪子破洞與指甲讓鄧肯鼓起勇氣。當費瑟走回椅子想再度沈沈坐下時，鄧肯輕敲窗戶。

費瑟立刻停止動作，轉過身，皺起眉頭，尋找聲音來源。他注視窗簾縫隙——對鄧肯而言，費瑟似乎是直視著他的眼睛，但無法看見他，那種感覺令人很不安。鄧肯又覺得自己像個鬼魂，但這次比較不是那麼愉快。他舉起手，敲得更大聲——那聲音吸引費瑟走過房間來，抓起窗簾，往後一掀。

看到鄧肯時，他非常驚訝。「皮爾斯！」他叫道，但縮了回去，迅速看了臥房房門一眼，拉開窗戶鎖門，輕輕抬起窗框，將一根手指按在唇上。

「不要太大聲，女房東可能在走道上。你在這裡到底要做什麼？你還好嗎？」

「很好，」鄧肯輕聲回道，「我只是來找你，我一直在曼迪先生家等你，你爲什麼沒來？我整晚都在等你。」

費瑟看來很不好意思。「很抱歉，時間過得很快，然後天色已晚，而且……」他做了一個無奈的手勢，「我不知道。」

「我一直在等你，」鄧肯又說一次，「我以爲你發生了什麼事。」

「很抱歉，我眞的很抱歉。我不知道你會跑來找我！你怎麼到這裡的？」

「我走路過來。」

「曼迪先生讓你出來？」

鄧肯噗嗤一聲，「曼迪先生無法阻止我！我剛剛一直在街上走。」

費瑟上下打量他，看見他的外套，又皺起眉頭，但開始微笑。「你穿……你穿睡衣！」

「所以呢？」鄧肯說，不自在地拉拉領口。「這有什麼不對？這樣省時間。」

「什麼？」

「待會兒我回家睡覺時，可以省點時間。」

「你瘋了，皮爾斯。」

「你才瘋了，你聞起來都是酒味，眞臭！你在做什麼？」

雖然不知道爲何，費瑟開始笑了出來。「我和一個女孩一起。」

「我就知道！什麼樣的女孩！什麼事情這麼好笑？」

「沒事，」費瑟說，但還是在笑。「只是……只是一個女孩。」

「嗯，她怎樣？」

「喔，皮爾斯。」費瑟擦擦嘴，想更鄭重地回話。「是你姊姊。」他說。

鄧肯瞪著他，開始發冷。「我姊姊？你說什麼？該不會是小薇吧？」

「是的，就是小薇。我們到酒吧去，她人非常好，會笑我說的笑話，最後甚至讓我親她。當我睜開眼睛時，看見她在偷喵手錶，她人很好，竟然會臉紅……我送她上公車，送她回家。」

「但是，怎麼會這樣？」鄧肯問。

「我們只是走到公車站牌……」

「你知道我的意思！你怎麼遇上她的？爲什麼這麼做？我是說，帶她出去，而且還……」

費瑟又笑了，但笑聲不一樣。他現在很懊悔，幾乎很不好意思，他舉起一隻手摀住嘴巴。

過了一會兒，鄧肯也開始發笑，他無法克制自己，甚至不知道自己在笑什麼——在笑費瑟、他自己、小薇、曼迪先生，或是他們全部。但幾乎有一分鐘，他和費瑟就站在那兒，在窗戶的兩邊，用手摀住嘴巴，眼眶充滿淚水，滿臉紅通，努力掩蓋自己的笑聲與噴鼻聲。

之後，費瑟變得比較冷靜。他再度往身後瞧，悄聲說：「好，我想她在上樓了。看在老天的份上，快點進來吧！免得警察或什麼人看到我們。」

說完便往後退，將深色不透光的窗簾拉到一旁，讓鄧肯爬進去。

「藍格希小姐。」李奧納多先生邊說邊將他的房門打開。

凱嚇了一跳，她輕悄地走上這陰暗的樓梯間，但一定是吱吱作響的木板洩漏了她的行蹤。她猜想，李奧納多先生一定獨自坐在他的診療室做晚禱，傳送祈禱。他身穿襯衫，袖口都捲了起來，還打開晚療所用的靛青色燈座，讓樓梯平台籠罩在一片詭異的藍色之下。

他站在房間門口，臉背著光，平靜說道：「我今晚一直想到妳，藍格希小姐。妳好嗎？」

她回說她很好。他說：「我想妳是出去享受夜晚吧？」他斜著頭再問，「去看老朋友嗎？」

「我去看電影。」她很快回答。

他睿智似地點點頭。「電影，沒錯，我總覺得那是個難以理解的地方，一個具有啓發性的地方……下次去看電影時，藍格希小姐，妳應該試試轉頭往身後看，妳會發現好多張臉，都被非永恆事物發出的躍動閃光照亮。眼睛盯得直直的，張得大大的，帶著驚訝、恐懼或慾望。這些就是被物質控制、還處於未開化的鬼魂；被假象、夢想所控制……」

他的聲音很低很平，很有說服力。凱什麼都沒說，他走過來，溫柔地拉起凱的手。「我想，妳是那些鬼魂中的一個，藍格希小姐。妳在找尋，但是被綁住了動彈不得。那是因爲妳兩眼都看著地面，但什麼都沒看見，看見的只是灰塵。親愛的，妳得抬起頭來，得學會不去看這些鏡花水月的事物。」

他的手掌與手指都很柔軟，抓著凱的力道似乎很輕；即使如此，凱也需要用點力才可以將手抽回來。「我會的。我……謝謝你，李奧納多先生。」凱自己聽起來都覺得可笑，聲音模糊，很不確定，一點兒都不像她自己。然後從李奧納多先生身邊走開，笨拙地上樓到她房間，在門口摸索了好一陣子才將門鎖打開，走了進去。

待樓下李奧納多先生的門關上發出喀噠一聲，凱才走到對面的扶手椅坐下，而且連燈都沒有打開，結果行走時還踢到東西，索性將那東西踢到皺成一堆的地毯那兒，這是因爲之前她將一張報紙攤開放在地板上。扶手椅臂上分別是髒碟子和老舊的錫製小碟，裡面滿是菸蒂和菸灰。最近洗的一件襯衫與幾個領口都掛在壁爐的一條繩子上，在黑暗中顯得蒼白又纖薄。

她這樣坐著動也不動，過了一陣子，手伸入口袋，取出那枚戒指來。她摸起來覺得很重，而以前戴著它的手指現在則太細，無法套牢。當她在街上從小薇手上收下戒指時，它還是溫熱的。她坐在電影院裡，視而不見地盯著銀幕上播放咆哮抽動的啞劇，一邊轉動手上的戒指，用手指觸碰上面所有細小的刮痕與凹痕……最後，她再也受不了，笨拙地收好戒指，站了起來，碰碰撞撞地走過戲院裡那排座位，穿過大廳，走到街上。

她從那時候便一直走，走過牛津街、瑞斯朋大街、布魯斯貝利區——神情不安，想要尋找某種東西，正如李奧納多先生所料。她想過要回到米琪的船屋，甚至已經走到潘汀頓，卻還是作罷了。因爲，這有什麼用呢？所以她到一家酒吧，喝了幾杯威士忌，也買了一杯飲料給一名金髮女郎，這讓她覺得好多了。

之後，她疲倦地回到薰衣草丘的家，現在只覺得全身乏力。她將戒指在手指間轉動，像之前在電影院一樣，但手似乎無法承受這只輕巧戒指的重量，於是無精打采地環顧四周，想要找個地方放戒指，最後放進那個菸灰缸，和菸蒂放在一起。

但戒指在那裡面閃閃發亮，菸灰並未減低它的亮度，一直吸引著她的目光，過了一會兒，她掏出來清理乾淨，戴回那纖細的手指上，握拳，防止戒指滑落。

這屋子很安靜。整個倫敦城似乎也很安靜。現在只有樓下房間傳出李奧納多先生祈禱的呢喃聲，帶著模糊不清的節奏，這表示他又在辛苦工作了。她試著想像他在靛青色燈光的籠罩下，躬著背，警醒地將他強力的祈禱送往夜晚的脆弱之中。

1944

1

每次小薇和父親皮爾斯先生從監獄出來，都得暫停一、兩分鐘，好讓皮爾斯先生休息片刻，讓他拿出手帕擦臉，好似探監讓他喘不過氣來。他會看著那古色古香、中古世紀似的灰色大門，像個被揍的人般說道：「要是我早想到就好了！」或是「要是有人早點告訴我就好了！」

「薇薇安，感謝上帝，妳母親已經不在了，不必看到這些。」今天他這麼說。

小薇挽著他的手臂，「至少不會太久了。」她清晰地回答，以便讓他聽得清楚。「記得我們一開始是怎麼說的嗎？我們說，『不會永遠都是這樣的。』不是嗎？」

他擤著鼻子，「沒錯，這倒是眞的。」

兩人開始步行。皮爾斯先生堅持要幫小薇拿肩包，但小薇寧願自己拿；父親似乎將全身重量都靠在她身上，經常要小口喘氣。她想，父親看起來可能很像祖父，鄧肯的事讓他變得很蒼老。

二月天一直都很冷，但很明亮。現在是四點四十五分，太陽正要下山，天空上有幾個防空阻攔氣球，那是現在唯一仍舊有光的物體，以鮮豔的粉紅色，在逐漸幽暗的天空中漂浮。小薇和父親往伍德大道方向走。靠近車站有家咖啡館，他們經常會在那兒稍作休息。但今天抵達時，發現裡面有幾個他們認得出來的女人，是監獄裡其他區域囚犯的女友與妻子。她們在補妝，對著粉餅小鏡猛瞧，捧腹大笑。於是小薇和父親走到另外一家咖啡館。他們走進去，買了幾杯茶。

這家咖啡館不像之前那家那麼好，顧客得共用一根以一條繩子綁在櫃台上的湯匙。桌上鋪著油膩的油布，冒著蒸氣的窗戶有一塊塊的污漬，一定是客人懶散坐在椅子上時，頭靠在窗戶上所致。但小薇想，父親對這些應該是視而不見。他走動時仍像上氣不接下氣或有些遲疑。他坐下之後，將茶杯湊到嘴邊，手一直在抖動，所以必須將頭低下來，在茶濺灑出來之前迅速喝下。當他在捲香菸時，菸草都從紙片裡掉了出來。小薇將杯子放下，幫他拾起桌上的幾撮菸草——用她的長指甲，而且將這件事當成玩笑開。

抽過菸後，父親的神情比較平穩。喝完茶後，兩人便一起走向地下鐵，現在走得很快，因為感覺很冷。還有很長一段距離，他才可以回到史崔漢，但小薇說她要回到波特曼廣場，好補足請假去探望鄧肯的工作時數。他們並肩坐在列車上，無法交談，因為車上很吵。當她在大理石拱門站下車時，他也一起下車，以便在月台上道別。

到了晚上，月台被當成避難所使用。有露營床、桶子、紙屑與尿騷味。人們開始進入車站，小孩和老婦人正在安頓自己。

「好了，」等車時，小薇的父親試圖讓情況看來沒那麼糟糕。「嗯，又過了一個月。」

「是呀，沒錯。」

「妳覺得他氣色如何？看起來不錯吧？」

她點點頭，「是的，他看來很不錯。」

「是的……小薇，我一直在想，至少我們知道他在哪裡，知道有人照顧他。在戰爭裡，有許多父親無法這樣談起他們的兒子，對吧？」

「沒錯。」

「不少父親會忌妒我。」

他又掏出手帕擦臉，但神情逐漸痛苦起來，並非哀傷。一會兒後，以不同的語調說：「請求上天原諒我說死者的壞話，但在裡面的應該是另一個男孩，而不是鄧肯！」

她緊緊握了一下他的手臂，沒說話，但是看見他心裡的憤怒，鼓脹，然後消逝。他嘆了一口氣，拍拍她的手。

「好女孩，妳是個好女孩，薇薇安。」

他們沈默不語地站著，直到另一班列車轟隆抵達。之後她說：「走吧！現在就上車吧！我會沒事的。」

「不要我陪妳走到波特曼廣場嗎？」

「別傻了！去吧！幫我向潘蜜拉問好！」

父親沒聽到她說話，她則看著父親上車，但車窗都不透光，當父親往裡走找座位時，小薇便看不到父親了。但小薇不想讓父親看到自己匆忙離開的樣子，因此等到車門關上，車子開動後，才動身離開。

之後，她看起來像是變了個人似的，與父親交談時所使用的誇張說話方式、張口方式、手勢都不見了。突然間，她非常俐落、靈巧、警醒，看一下手錶，快速往前走，高跟鞋在水泥地板鏗鏘作響。任何聽到她之前對話的人，現在看到她一定會感到困惑；因爲她並未朝通往街道的階梯走，甚至沒往那個方向瞧，反而特意穿越往西的月台等候列車。列車進站後便上車，往剛剛過來的方向搭乘。在往諾丁丘的剪票口，她換乘環狀線，搭車抵達尤斯頓廣場。

她不回去工作，而是去康登鎮的一家旅館，要和瑞奇見面。她記住了瑞奇寄給她的一個地址和一份粗略地圖，所以現在下車後，可以快步行走，不必流連尋找。她身穿幹練的上班服裝，海軍防水外套圍上圍巾，天色也適時變暗。尤斯頓附近有燈火管制的街道，她像影子般往北走。街道兩旁都是小旅館。有些看來比較好，有些很差，像是妓女會去的地方，或者裡面有來自馬爾他島或波蘭的家庭難民，小薇不清楚還有來自哪些國家的人。她要去的那間位在摩尼頓月彎地鐵站（Mornington Crescent）過去的一條街上。裡面聞起來有肉汁晚餐與積滿灰塵的地毯味道，但櫃台小姐還好。「皮爾斯小姐，」她微笑地說，先看小薇的身分證，再查閱預約簿。「只是路過嗎？好的。」

因爲這時候一個女孩竟會獨自在倫敦的旅館待上一晚，理由可是不勝枚舉。

她遞給小薇一把有木牌的鑰匙。房間很便宜，要上三層會吱吱作響的樓梯。裡面有單人床、老舊的衣櫥、被香菸燙過痕跡的椅子，牆壁角落有個小型洗手槽和上面塗有一層層不同顏色油漆的電熱器，還散發著微溫。床邊的桌上有個鬧鐘，被一段鐵線固定，時鐘顯示現在是六點十分。

心想還有三、四十分鐘的時間。

她脫下外套，掀開肩包，裡面有兩大封糧食部的公文袋，上面有「機密」的字樣，一袋裡有一雙晚宴鞋，另一袋是一件洋裝與眞正的絲襪。她整天都在擔心這件洋裝，因爲是縐綢質料，很容易皺。她小心翼翼地從袋子裡抽出洋裝，提住上半部，讓洋裝垂下，花了幾分鐘在各處拉扯，想撫平縐褶。那雙絲襪已經穿洗過好幾次，有幾處補釘，針法細緻工整，精靈般的手藝。她摸過整雙絲襪一次，檢查有無瑕疵，她也很喜歡絲襪的手感。

她想洗個澡，總感覺那股監獄的酸臭味還黏在身上，但沒時間洗澡了，於是來到外面走道上洗手間，再回到房間，脫下內衣褲，利用小洗手槽清洗自己。

自來水在手中流動，卻發現沒有熱水，只好用冷水弄溼自己的臉，手臂上舉，靠在牆上，好沖洗腋窩，水流到腰際，讓她直打哆嗦，還弄濕了地毯。白色泛黃的毛巾很薄，像嬰兒紙巾，肥皂上有細細的灰色接縫。她自己帶了爽身粉，並從一個小瓶中倒了些香水，抹在手腕、喉嚨、鎖骨與她的乳房之間。穿上纖薄的縐綢洋裝，換下里耳線質料的冬襪，穿上膚色絲襪時，她覺得自己好像只穿了睡衣，輕盈且暴露。

所以她略感不自在地下樓到酒吧，點了一杯飲料，一杯薑汁琴酒，好撫平緊張的心情。

「恐怕每人只能點一杯，小姐。」吧台調酒人員這麼說。但她覺得他調了一杯大杯的酒。她選張桌子坐下，保持低調。現在已接近晚餐時間，進來的人越來越多。若有人剛好與她的目光交會走過來，堅持要與她同桌，那便會破壞一切。她帶了筆和紙，將紙攤開。她眞的開始寫信給一名她認識的女孩，那女孩住在史旺西（註：英國威爾斯的第二大城市）。

親愛的瑪卓蕾：

最近好嗎？我只是想寫信告訴妳，盡管希特勒竭盡所能想要轟炸剷除我們，但我仍還活著，哈，哈。希望妳那邊比這裡平靜……

他在七點過後抵達。小薇一直悄悄地用眼睛掃過每位進來的男士，之前聽到腳步聲，但不知怎麼搞的認爲那不會是他，便沒有心理準備就抬起頭來；當他進門時，與她四目相交，惹得她滿臉通紅。一會兒，小薇聽見他跟櫃台小姐說話，說是要跟某個男人見面，會介意他在這裡等一下嗎？櫃台小姐說他們一點兒都不介意。

他走進酒吧，和調酒師開點玩笑——「請幫我倒一點那東西，好嗎？」他是指放在櫃台後面架上展示的好酒，對著酒瓶點頭。最後和所有人一樣，他只能喝琴酒。他將酒拿到她隔壁桌，放在啤酒墊上。他身穿制服，但不合身，一如往常，他總是這麼穿，外套看來應該是要給比他身材大半號的人穿才對。他拉起褲子坐了下來，掏出一包軍方香菸，看見她在打量他。

「妳好嗎？」他說。

她改變坐姿，將裙襬往內拉。「你好嗎？」

他將香菸遞給她，「要抽菸嗎？」

「不，謝謝你。」

「介意我抽菸嗎？」

她搖搖頭，繼續埋頭寫信，雖然如此靠近他，而且如此興奮，已經讓她不知道自己在寫什麼了……之後，很快地，她發現他別過頭來，想偷看她在寫什麼。當她轉過身回望時，他立刻回身坐好，彷彿被逮了做錯事。

「一定是個不錯的傢伙！」他朝紙張示意，「才會收到妳寫的信。」

「事實上，是個女性朋友。」她的語氣聽起來很拘謹。

「喔，是我的錯……喔，別這樣嘛！」因爲她已將紙折起來，開始套上筆套了。「不要因爲我而離開，好嗎？」

她說：「這跟你無關，我有約會。」

他翻起白眼，對著調酒師眨起眼睛。「爲什麼我出現時，女孩都會這麼說？」

他很喜歡這樣，而且可以表演好幾個小時。但這只會讓小薇更緊張，覺得他們一定很像業餘演員，總害怕她自己會發笑。有一次在另一家旅館，她眞的笑開了，結果他也跟著笑，兩人就在那兒像小孩一樣咯咯笑……她喝完了酒，這是最討厭的部份，拿起紙筆和包包，以及……

「別忘了這個，小姐，」他碰觸她手臂，拿起她房間鑰匙，捏著木牌，將鑰匙遞給她。

她的臉又泛紅了。「謝謝你。」

「不客氣。」他整理好領帶，「那正好是我的幸運數字。」

也許他又對調酒師眨了眼，她並不知道。她走出酒吧，上樓到房間。現在的她非常興奮，幾乎是喘不過氣來。她將燈打開，照一下鏡子，重新梳理頭髮，開始發抖。剛才她穿著洋裝坐在酒吧時便感到很冷，於是將外套披在肩上，站在電熱器旁，希望這樣可以暖和些，她發現光溜溜的手臂佈滿雞皮疙瘩，便一直搓揉，希望可以消失，然後便望著拴上鐵線的鬧鐘等待。

十五分鐘後，聽到一聲輕微的敲門聲，便立刻跑去開門，邊跑還邊脫掉外套，瑞奇一個箭步走了進來。

「老天！」他小聲說，「這地方都是人！我必須在樓梯站很久，假裝綁鞋帶。有個清潔婦走過我身邊兩次，她以一種該死的可笑神情瞧著我，她大概以爲我從鑰匙孔偷窺別人。」他張開雙臂攬著她、親吻她。「天啊！妳看起來眞漂亮！」

站著被他抱在懷裡的感覺眞好，她突然覺得很虛弱。有一陣子，她覺得自己快哭了，於是將臉貼在他領子上，讓他看不見她的臉。當她可以說話時，她說：「你該刮鬍子了。」

「我知道，」他用下巴摩擦她的額頭，「這樣會痛嗎？」

「會。」

「介意嗎？」

「不會。」

「好女孩。要我現在刮鬍子，倒不如讓我死了吧！老天！我好不容易才到這裡來。」

「你後悔來這裡嗎？」

他又親吻她，「後悔？我整天想的就是這個。」

「只有整天？」

「整個星期、整個月、永遠！喔，小薇。」他更激烈地親吻她，「我想妳想得快死了！」

「等等。」她小聲地說，離開他懷抱。

「我不能等！不能！好，讓我好好看看妳。妳好美，眞是個美麗佳人。我在樓下看到妳，我對天發誓，我要強忍住才可以不去碰妳，那非常難受。」

他們手牽手，往房裡走。他揉揉眼睛，環顧四周。燈罩裡的燈很幽暗，即使如此，他也看得夠清楚了，還扮了個鬼臉。

「這地方是個爛坑，對不對？莫里森說還好，但我認爲這比潘汀頓那家還糟。」

「這裡還好。」她說。

「一點也不好，這讓我很傷心。等戰爭結束，等我回來後有份像樣的薪水，以後我們每次都要在麗池飯店和莎佛伊酒店見面。」

「我不在乎見面地點。」她說。

「妳等著。」

「我不在乎地點，只要你在就好。」

她略顯羞澀地這麼說。兩人四目對望，只是看著對方，想要習慣看到彼此的臉。她已有一個月沒看到他了。部隊駐紮在伍斯特（註：Worcester，距離倫敦西北方約一七〇公里處），每四或五個星期往返倫敦一次。她知道，這情況在戰爭時期根本不算什麼。她認識的女孩中，有人的男朋友身處北非與緬甸，或在大西洋船艦上，甚至在戰俘營裡。但她一定很自私，因爲她非常痛恨時間將他從身邊帶走，即使只有一個月。她痛恨時間，因爲當兩人應當是最親密之際，時間卻讓他們變得彼此很陌生。她痛恨時間，因爲在開始習慣時，又再度將他帶走。

也許從她臉部表情，他看到這些想法，於是將她擁入懷裡，再度親吻。但是，當他感覺到懷裡的她時，卻突然往後退，因爲想起了一件事。

「等等，」他說，同時解開外套口袋的釦子。「我有禮物要給妳，拿去。」

那是一小紙盒的髮夾。上次見面時，她一直抱怨髮夾用光了。他說：「部隊裡有個男孩在賣這東西。算不上是什麼好禮物，但是……」

「這些正是我需要的。」她害羞回道。對於他竟然記得這件事，覺得很貼心。

「是嗎？我想應該是，可別笑我。」他臉色微紅，「我還有這個要送妳。」

她以爲他要送她香菸。結果拿出的是一小包扁扁的東西。他小心翼翼地打開，握住她的手，溫柔地將裡面的東西倒在她掌心上。

是三朵垂頭喪氣的雪花蓮，三根綠色細梗糾纏在一起。

他說：「花沒破，對不對？」

「很美！」小薇撫摸著那些壓在一塊兒、花蕾般的小白花，像芭蕾舞伶的小裙子。「你在哪裡摘的？」

「火車在途中停了四十五分鐘，車上有一半的人都出去抽菸，我低頭便看到它們。我想……呃……這些花讓我想起妳。」

她看到他羞赧的模樣，便想像他彎腰採花，然後放進香菸盒裡的情景——動作迅速，不讓其他同袍瞧見。此刻，她的心情突然激動起來。再一次擔心自己可能會哭出來，但她不能哭。哭泣很愚蠢，也沒用！只是浪費時間而已。她拿起一朵雪花蓮，輕輕搖晃，兩眼注視著水槽。

「我應該將這花放在水裡。」

「已經沒救了，就別在妳洋裝上吧！」

「我沒有別針。」

他拿起髮夾，「用這一根，或者……有了，我有更好的主意。」

他粗手粗腳地將花朵插在她頭髮上，她感覺到髮夾尖端輕微刺進她的頭皮。但之後，他用他那雙黝黑的手捧著她的臉蛋，將她好好地看一遍。

「好了，」他說，「我向上帝發誓，每次看到妳，總覺得妳越來越美麗。」

她走到鏡前，看起來一點都不好看，臉紅咚咚的，口紅被他吻得模糊不堪，花梗也被髮夾給夾扁了，無力地下垂。但白色的花朵在她黑棕色頭髮的襯托下，很是鮮明。

她轉身回到房間。她不該離開他懷抱的，突然，兩人似乎有點距離，再次對彼此感到很不好意思。他走向扶手椅坐下，解開外套上面兩顆釦子，鬆開裡面的領子與領帶。沈默一會兒後，他清清嗓子說：「那麼，妳今晚想做什麼，美麗佳人？」

她聳聳肩，「我不知道，隨便都行，只要你喜歡就好。」她只想與他在一起。

「妳肚子餓嗎？」

「不太餓。」

「我們可以出去。」

「如果你想的話。」

「我希望可以喝點酒。」

「你剛剛才喝了一杯！」

「我是說威士忌。」

接下來是另一陣沈默。她又開始覺得很冷，走到電熱器旁，像之前一樣摩擦手臂。

他沒注意到，只是走回去看這房間，表現得很有禮貌。「這地方好找嗎？」

「好找，」她回答，「很好找，很容易就找到了。」

「妳今天有去上班嗎？」

她遲疑了一下。「我和爸爸一起去看鄧肯。」她別過頭去說。

他知道鄧肯。至少，他知道鄧肯人在哪裡，但以爲他因爲偷錢才被關。但此刻他的態度轉變了，再次彬彬有禮地注視著她。

「可憐的寶貝！我之前覺得妳有點憂鬱。情況如何？」

「還好。」

「我真的很生氣妳必須到那種地方。」

「除了我爸以外，他沒有其他親人。」

「只是真的很氣人，若換做是我，我姊姊……」

他打住不說。附近傳來一聲很大「砰」的關門聲，聽起來離這房間很近；現在，房間另一側傳來一陣交談聲，是一對男女的對話，有點激動，也許在爭吵。男人的聲音大致很清楚，但兩人壓低的聲音還是一陣陣傳過來，就像用抹布將桌子磨亮時發出的尖細吱吱聲。

「該死！」瑞奇悄聲說，「這下可好了。」

「你覺得他們聽得見我們說話嗎？」

「如果我們保持安靜，或他們繼續這麼吵，他們就聽不見。希望他們繼續吵！如果他們決定和好親吻起來，那好戲就要上場了。」他竊笑道，「這樣一來，可就有得比了。」

「我知道誰會贏。」她立刻接口。

他假裝很受傷，「那就給我一個機會吧！」

他以一種全新的眼光打量她，然後伸出手，以勸誘的語氣說：「過來這裡，美麗佳人。」

她搖搖頭，露出微笑，不願上前。

「過來這裡，」他又說一次，但她還是不願上前，所以就站起來伸手抓她的手指，將她拉過來，像海員拉繩索般，將她拉近身邊。「看著我，」他邊拉邊喃喃說，「我是個快淹死的人，已經沒救了。我什麼都不管了，小薇！」

他再度親吻她，起先力道很輕，但在繼續親吻之後，變得很認眞，幾乎很嚴肅。之前湧聚在她胸口的悸動繼續漲大擴散。他彷彿要將她全部的生命與肉體全都吸進去，開始撫摸她全身，撫摸她的臀部，讓她緊緊貼著他；這麼地緊，以致於在薄透的洋裝下，她可以感覺到他制服外套鈕釦與縐褶尖突部份抵著自己的身軀。他開始變硬，她感到它在他褲子裡抵著她的腹部蠕動。即使現在，她對它仍舊很感驚奇，永遠沒辦法習慣它。有時候，瑞奇會將她的手放到它上面。「這都要感謝妳！」他會開玩笑地說，「這都是妳的，上面有妳的名字。」但今天他什麼都沒說，因爲兩人都太嚴肅了。他們抓住彼此，緊靠對方，好似渴望彼此的觸摸。

隔壁房間仍傳來一陣陣聲響。她聽到腳步聲，伴隨吹著舞蹈歌曲的口哨經過房門。樓梯間響起銅鑼聲，是請房客去用晚餐。在這些紛擾中，她和瑞奇繼續靜靜或不動地親吻，但對她而言，兩人似乎被狂亂的動作和聲音所包圍：呼吸急促、血液加快、水氣增多，皮膚和衣料的拉扯。

她開始用自己的臀部摩擦他的臀部，他則讓她摩擦一陣子之後便躲開。

「天哪！」他擦著嘴巴小聲地說，「妳要把我折磨死了！」

她拉近他，「不要停！」

「我不會停的，只是不想在還沒開始便結束了！等等。」

他脫下外套，丟到地板上，再取下吊帶褲上的吊帶，然後擁她入懷，帶著她走到床邊，想讓她躺在床上。但才一躺下，床便開始嘎吱作響。不管躺在在床的哪個地方，床都會嘎吱叫。所以他將外套鋪在地板上，兩人一起躺在上面。

接著撩起她的裙子，伸手撫摸臀部下露出來的玉腿。此時，小薇想到皺綢洋裝會被弄皺，而且精靈般手藝縫補的寶貝褲襪也會被扯破，但她不願繼續想這些事。轉頭時，頭髮上的雪花蓮掉下來被壓扁，她也不在乎，同時還聞到這旅館地毯多塵又難聞的味道。她想像著以前那些躺在這裡的男男女女，或是現在，在其他房間或屋子裡，可能會像他們這樣躺著的男女——對她而言，他們都是陌生人，如同她和瑞奇對他們而言也是陌生人……突然間，她很喜歡這個想法。瑞奇妥當地壓在小薇身上，小薇則讓自己的四肢放鬆，讓自己完全承受瑞奇的體重，但仍舊蠕動著自己的臀部。這讓她忘卻了父親、弟弟和這場戰爭，也讓她感覺到自己被壓出軀殼，釋放開來。

凱覺得，等待是最難熬的事，她從來就無法適應等待。今晚的警報在十點過後解除，她便覺得好多了，然後在椅子上舒適地伸懶腰，打哈欠。

「我希望今晚來的是幾個輕微骨折的傷患，」她告訴米琪，「不要太血腥，這陣子已經有太多血肉模糊的場面了，也不要太重。上個星期，我扛著那個艾克萊斯敦廣場的警察，我的背幾乎都快斷了！我不要太重的，只要幾個腳踝斷掉的纖瘦小女孩就好了。」

「我想要的是脾氣好的老婦人，」米琪也打著哈欠說，躺在地板上的露營用床墊，正在閱讀一本關於牛仔的書。「而且是身邊帶有一包糖果的善良老婦人。」

她才放下書本閉上眼睛，站長賓姬便拍掌走進公共休息室。「快醒來，卡麥可！」她朝米琪說道，「不准在工作時打瞌睡。黃色狀況，聽到沒有？我應該說再過一、兩個小時，我們就有得忙了，但沒人知道會不會是這樣。妳是不是應該順便到那幾家燃料店去一趟？浩爾、柯爾，你們兩個也一起去，去的時候順便幫那輛廂型車上的水瓶加點水，好嗎？」

接下來是好幾聲的詛咒和抱怨。米琪緩緩起身，揉揉眼睛，朝其他人點頭示意。一夥兒人穿上了外套，走到外面的車庫。

凱再次伸伸懶腰，看一下時鐘，再看看周圍有什麼事可做：她想讓自己保持警戒，不想將心思放在等待上。她找到一疊油膩的撲克牌，便拿起來洗牌。那些是軍人用紙牌，上面有艷治女子的照片。這幾年來，救護人員在照片上加了髭鬚、鬍鬚、眼鏡與塗黑的缺牙。

她跟另一名駕駛員休斯交談。「要玩一局嗎？」

他正在縫補襪子，抬頭瞇起眼睛。「妳要賭什麼？」

「一次一便士。」

「好。」

她將椅子往休斯的方向拖。他就坐在油爐旁，說什麼都不肯離開那個位置，因爲這房間是海豚廣場下方車庫建築大樓的一部份，座落於泰晤士河附近，是水泥地面和刷白的磚牆，總是寒氣逼人。休斯在制服外加上一件黑色小羊皮外套，衣領也拉上來。從那又厚又長的衣袖伸出來的雙手和手腕，看起來像蠟一般蒼白。他有一張像鬼魅般的長臉，牙齒因抽菸而泛黃，臉上戴著玳帽框的黑色眼鏡。

凱發給他一手牌，看著他在仔細整理。她搖搖頭說：「我簡直是在跟死神打牌！」

他回瞪凱，伸出一隻手來，比出一根手指，然後轉動勾起。「今天晚上……」他用恐怖電影的語調小聲說。

她朝他丟了一枚一便士硬幣。「閉嘴！」那硬幣在地上彈跳。

「嘿，幹什麼？」有人問。是個叫帕翠姬的女人，她蹲在水泥地上，正在剪洋裝紙型。

凱回道：「休斯讓我起雞皮疙瘩。」

「休斯讓每個人都起雞皮疙瘩。」

「這次他眞的很故意！」

接著，休斯又表演死神給帕翠姬看。「休斯，這一點兒都不好笑！」她說。當另外兩名駕駛員經過這房間時，他又再表演一次，其中一個人發出尖叫。休斯站起來，走到鏡子前面，做給自己看。他回來時，看起來有點不安。

「我想我是自食惡果了。」他拿起自己的紙牌。

這時，米琪走了進來。

「外面情況怎麼樣？」他們問她。

她搓揉自己冰冷的雙手。「根據救援部門電台表示，在馬麗勒本路上有幾戶民宅被擊中，三十九消防站已經無法執行任務了。」

米琪看到凱在注視她，然後平靜地說：「米琪，妳認爲瑞斯朋大街還好吧？」

米琪脫下外套，「我想沒問題。」她對自己的手吹氣，「你們在玩什麼？」

接下來，房間裡相對地安靜了一陣子。有個新加入的女孩，名叫歐妮爾，拿出急救手冊，開始測試自己的急救程序。駕駛員和急救人員進進出出，而一名白天是舞蹈學校教師的女子換上了一雙羊毛燈籠褲，開始練習彎腰、伸展、抬腿。

十點四十五分，他們聽到附近的第一聲爆炸。之後很快地，海德公園也開始傳來地對空的砲火聲。他們的救護站離那些槍炮只有幾哩之遙：即使如此，低沈的隆隆聲彷彿是從水泥地面傳到他們的鞋裡，外面廚房的碗盤刀具也開始震動。

但只有新來的女孩歐妮爾聽到這聲音會驚叫，其他人只是頭也不抬地繼續做手邊的事——帕翠姬也許更快速地用別針固定紙型；過了一陣子，舞蹈教師便去換回原來的長褲。米琪之前將靴子脫掉，現在又懶洋洋地穿上，開始綁鞋帶。凱點燃一根香菸，那是之前抽過的香菸頭。她覺得在這時候即使不想抽菸，但多抽幾根總是值得的，因爲等會兒一忙起來，可能一連好幾個小時都無法抽口菸。

現在又傳來另一陣爆炸的轟隆聲，似乎比上次還要近。一個原本令人略覺毛骨悚然，在桌面上移動的茶壺，此刻彷彿被鬼魂推動一般，一推便直接飛了出去。

有人笑了出來，另一人說：「各位，我們今晚有得忙了！」

「可能是干擾突擊的轟炸機。」凱說。

休斯嗤之以鼻，「可能只是放屁。他們昨晚投下照明彈，我發誓。他們會回來炸鐵路的，如果沒有別的……」

他轉身發現賓姬辦公室的電話在響，衆人變得沈默不語，凱的胸口深處突然浮現一股焦慮。賓姬接起電話，鈴聲便停止。他們清楚聽見她的聲音：「是的，我知道。是的，馬上去。」

「開始幹活兒了！」休斯起身脫掉小羊毛外套。

賓姬精神抖擻地走進公共休息室，將白髮往後撩撥。

「目前有兩起事故，」她說，「可能還有更多。貝斯巴勒大街與休大街，兩部救護車和一部車子前往第一個地方，一部救護車和一部車子前往第二個地方。就讓……」她指來指去，想好之後說，「藍格希和卡麥可，柯爾和歐妮爾，休斯和愛德華，帕翠姬、浩爾……好，去吧！」

凱和其他駕駛立刻走進車庫，邊跑邊戴上自己的錫帽。灰色廂型車與其他車輛就停在那裡待命。凱爬上駕駛座，啓動引擎，踩放油門暖車。一會兒，米琪走過來。她剛才與賓姬交談，領取任務指示單，上面有所需救護工具與事故地點的詳細說明。她很快地走來，在凱將車開走時，跳上踏板，爬進車廂。

「我們要上哪兒？」

「休大街。」

凱點頭，順暢地將廂型車開出車庫，爬上坡往大街去，一開始速度慢，讓在後面跟車的帕翠姬可以跟上，隨後便加速前進。這部廂型車原是老舊的商用車，戰爭爆發，便被改裝爲救護車；她每換一次檔便得放開離合器兩次，麻煩又累人。但她瞭解這部車以及它所有的怪僻，因此開得很順暢，非常有信心。十分鐘前，當她還在與休斯打牌時，她幾乎想睡了。但電話鈴聲一響，胸口便升起一股突發的焦慮。現在她感覺到——不是不害怕，因爲從事這樣的工作，只有傻瓜才不害怕；而是很清醒、很警醒、全身充滿了活力。

她們必須往西北走才能到休大街，但這條路已是滿目瘡痍，在平利克市中心，到處都是破爛房子，許多已被一塊塊炸毀的空地、一堆堆的殘骸，或是中間被炸毀的連棟長屋，觸目所及全是悲涼慘狀。地對空砲火依然持續發射，在一陣陣砲火聲之間，凱可以辨認出飛機震動時可怕的隆隆聲與炸彈和火箭偶而呼嘯而過發出的咻咻聲。這些聲響和戰爭前大眾歡慶的蓋佛克斯之夜[1]很類似，氣味卻很不同；不是尋常火藥那種簡單明瞭的氣味——就如凱現在所想到的——而是槍支發射燃燒橡膠所引起的暈眩臭味，以及砲彈爆炸後難聞的味道。

街道上杳無人煙，飄浮淡淡的霧氣。像這樣的空襲，整個平利克市區會有一種陰森怪異的感覺——感覺到才不久前，這地方滿滿都是人，但已在粗暴之下被消滅或趕走了。炮火停止時，這裡的氣氛就更詭異了。凱和米琪曾在輪班結束後，沿著河岸走過一、兩次。這地方很神秘，以它自己的方式，比鄉村更悄然無聲；從泰晤士河放眼望向西敏區，全是一塚塚的不規則廢墟——好似這場戰爭將倫敦拆解，將它變成一連幾個村落，各自在黑暗中獨力對抗未知的力量。

[1] 譯註：蓋佛克斯之夜，Guy Fawkes Night。英國的煙火節，又叫做營火節，於每年的十一月五日舉行，以紀念英國歷史上的火藥密謀事件。一六零五年十一月五日，羅馬天主教徒佛克斯與其同夥，密謀要以火藥炸毀英國國會和新教的英王詹姆士一世，但事跡敗露，遭到處死。

抵達聖喬治道時，發現有個後備警察正在找她們，等著要引導她們到正確地點。凱搖下車窗朝他揮揮手，他跑向廂型車，但腳步笨重，這是由於他制服、帽子、繫在胸前搖晃的帆布袋的重量所致。「在左側附近，」他說，「過去就看得到，但別壓到玻璃。」

之後，他便跑去攔帕翠姬的車，向她表達同樣的說明。

凱更謹愼地往前開。才轉進休大街，她便知道塵粒會落在廂型車的擋風玻璃上，都是些壓碎了的磚頭、石塊、灰泥和木材的塵粒。她車燈的光線很暗，塵粒變得很濃、很混濁、甚至還盤旋打轉，像酒杯裡搖晃過後的麥酒。她往前傾，想看清楚，行車速度更爲緩慢，耳朵仔細傾聽輪胎碾過時東西碎裂的聲音，因爲擔心輪胎是否會被刺破。她勉強認出一道微弱光線，大約有五十碼之遠，是一名空襲警戒人員的手電筒。他聽到她們過來的聲音，略爲舉起手電筒。因此凱停下廂型車，帕翠姬也停在她後面。

那名警戒員走了過來，摘下帽子，用手帕擦擦帽子下的頭，再擤擤鼻涕。他身後幾乎全黑的天空下，是一排房子。透過那些盤旋打轉的灰塵，凱可以看到一棟幾乎全毀的房屋——門面成了一堆瓦礫和樑柱，宛如被隨意走動的巨人任意用靴子踹了一腳。

「那是什麼？」她和米琪下車時，向警戒員問道。「是高爆炸藥嗎？」

他重新戴上帽子，點點頭。「起碼有一百個夯錘的威力！」他協助她們從廂型車後面卸下毛毯、繃帶，以及一副擔架，然後帶領她們走過瓦礫堆，邊走邊用手電筒照亮四周。

「這地方被炸得最嚴重，」他說，「三層公寓。我們認爲最上層和中間層是空的，但另一層的人都在家。之前躲在避難所，才剛剛出來，若妳相信的話。感謝上帝，他們沒回到家！那男人全身幾乎被窗戶的玻璃割傷，其他人大概都被震飛了，妳可以看看他們的傷勢。其中有個老婦人最嚴重，我想她可能需要擔架。我叫他們待在院子裡等妳們過來。他們真的需要醫生幫他們看一看，但管制中心說醫生的車子被炸……」

他重心有點不穩，但在穩住腳步後繼續前行，沒有說話。帕翠姬則因灰塵而不停咳嗽，砂礫跑進米琪的眼睛，她正在揉眼睛，這裡眞的是非常混亂。每當凱往前走一步，腳下就會傳來破碎的聲響，或者腳踝陷進某些東西裡；夾雜著鏡子、陶瓷餐盤、桌椅、窗簾、地毯、軟墊、床墊羽毛或木頭碎片的窗戶碎玻璃。即使現在，木材也令凱感到很吃驚：戰爭前，她總以爲房子是用石頭所建，大抵上很牢固——就像三隻小豬故事中最後一隻小豬的房子。同時，令她驚訝的是，即使很大的建築，在變成一堆堆的瓦礫塵土時，竟然會變成這麼小堆。這房子在一小時前是完整的三層樓建築；正面毀壞後形成的一堆殘骸，也不會超過六或七呎高。她想著那些房子——就如那些住在裡面的生命一樣——大都是由空間組成的。事實上，空間才重要，而非磚塊。

但房子後面大致上還算完整。他們走過一條會咯吱作響的走道，怪異地發現自己來到一處廚房，杯盤都還掛在架上，照片也掛在牆上，電燈還亮著，不透光的窗簾也全都拉上。但有部份的天花板已經塌陷，後面的灰泥正從裂縫中一撮撮地持續掉落；橫樑還在往下掉，那名警戒員說，這地方將會倒塌。

他帶她們到後院，之後便經由原來的屋子走回街道，查看附近其他人。凱將帽子往上推，這裡這麼黑，實在很難看得清楚，但她勉強看到有個男子就坐在階梯上，用手捧著頭；一個女人靜靜平躺在毛毯或地毯上，身旁還有另一個女人，可能在搓揉手掌；有個女孩在她們身後茫然地走來走去；另一名女孩則坐在防空避難所的出入口，她手上抱著一個啼哭的東西，凱起先以為是個受傷的嬰兒。不久，牠扭動一下，高聲嚎叫一聲，這才知道是一隻狗。

四周仍舊塵土飛揚，讓每個人不斷咳嗽。凱以前便注意到，這種地方總會有一種奇特、搞不清楚方向的氣氛。空氣彷彿被一股脈波快速激起，似乎還在迴響、還在震動；構成這棟房子、庭院、家人本身的原子，遭轟炸時被震出了原本的位置，現在好像還處於返回定位的狀態。凱也知道身後的建築有可能會坍塌，於是快速地檢查每一個人，在他們肩上蓋上毛毯，用手電筒檢視每個人的臉龐。

然後凱站了起來，嘴裡說道：「嗯，知道了。」其中一個女孩的腿或腳踝可能骨折，她想，於是請帕翠姬過去看看，米琪查看坐在階梯上的男子，凱自己則檢查躺在地毯上的婦人。她年紀很大，胸口似乎遭到重擊。凱蹲在身邊觸摸她的心跳時，她發出一陣陣的呻吟。

「她還好，對吧？」另一名婦人大聲問道，直打哆嗦，一頭灰白長髮狂亂地散落肩上，之前可能梳了髮辮或髮髻，但爆炸的威力扯亂頭髮。「她躺下後一個字都沒說，已經七十六歲了。都是因為她，我們才都會在外面。我們之前是坐在那裡……」她指著避難所，「大家很守規矩，只是打牌、聽收音機。後來她說想上廁所，我帶她出來，那條狗也跟在我們後面跑出來。後來女孩們開始哭喊，所以他也走出來。」她是指她丈夫，「一點兒頭緒都沒有，在漆黑的庭院裡像個傻子一樣跑來跑去。之後，我對天發誓，小姐，簡直就像世界末日降臨！」她扯緊毛毯，還在打哆嗦。現在她話匣子一開，便再也停不住了。「他母親在那兒，」她繼續以很大聲、喋喋不休的抱怨口吻說，「我和女孩們在這裡，只有上帝知道我們斷了多少根骨頭。房子呢？我想屋頂已經塌了，對吧？警戒員什麼都不說，甚至不讓我們回到廚房。我很害怕回去看。」她用顫抖的手抓住凱的手臂，「小姐，可以告訴我實話嗎？天花板是不是塌了？」

這戶人家還沒看到屋子前門，在一片漆黑中，從屋後看來，房子幾乎還是很完整。只見凱開始迅速檢查老婦人的手腳，頭也不抬地說：「我想，受損程度恐怕很嚴重吧……」

「什麼？」婦人現在因爲爆炸的威力而有重聽現象。

「我想，黑暗中很難評估。」凱說得更清楚些，同時專心於手邊的工作。她可以摸到突出的肋骨，於是伸手拿袋子，取出繃帶，開始盡快爲老婦包紮。

「這都是因爲她……」那女人又開始。

「可不可以幫我一個忙！」凱大聲喊叫，想要分散婦人的注意力。

另一方面，米琪在檢查那個男子的傷勢。從凱的方向看過去，男子的臉乍看之下好像很黑；她以爲是臉上沾了泥土或煤灰。然而，用手電筒照亮時，黑色卻變成了鮮紅色，手臂與胸部也一樣。當凱將燈光照在他身上時，可以看到細碎的反光，原來他身上還刺進了玻璃碎片，米琪正試圖將最大片的玻璃拿掉，再進行包紮。這麼做時，他痛苦地退縮，好像失明似地搖著頭，眼睛呈半閉狀態，因爲濃稠的血液讓眼睛張不開。

他應該感覺到米琪的猶豫。「傷勢很糟嗎？」凱聽見他在問。

「不會太糟，」米琪回答，「只是你變成了一隻豪豬，現在不要說話，我要幫你止血，以後不能再喝酒了，不然，酒會從你身上噴出來。」

他沒在聽，或者是聽不見。「我媽呢？」他嘶啞地對著凱大喊，「那是我媽！」

「不要說話，」米琪又說，「你媽沒事。」

「那些女孩呢？」

「女孩也一樣沒事。」

然後，灰塵堵住他的喉嚨。米琪扶著他的頭，讓他咳出來。凱心想，他顫抖抽動時，傷口又會綳開，或者嵌在他體內的玻璃可能會插入更深……她也明白，空中還有嗡嗡飛過的飛機，偶而也傳來附近屋頂扭曲坍塌時發出的爆裂聲。她加快動作。「好了嗎，帕翠姬？」她在綁好綳帶時大聲問道，「還要多久？」

「快好了。」

「妳呢，米琪？」

「妳好了的時後，我們就會準備好了。」

「好！」凱打開從廂型車卸下的擔架，這時警戒員又出現了，他幫忙將老婦抬上擔架，在她四周用毛毯塞好。

「我們可以帶她走哪條路？」當凱就位時問警戒員，「從庭院出去可以到大馬路上嗎？」

警戒員搖搖頭，「不能從庭院，得往回走，要穿過那房子。」

「穿過那房子？該死，最好現在就動身！可以抬了嗎？好，一、二……」

當老婦人覺得自己被抬起來時，終於張開眼睛，驚訝地看著四周。她小聲地問：「你們這是在做什麼？」

凱更牢固地抓住擔架的支架。「我們要送妳去醫院，妳傷了肋骨，但會沒事的。」

「要去醫院？」

「妳可以幫個忙，躺著不要動嗎？我向妳保證，這不會太久，我們要將妳抬進救護車。」凱就像是與朋友說話似的，例如對米琪那樣。她聽過警察和護士向傷者說話時的語氣，覺得他們似乎把傷者當成了笨蛋，例如：「好的，親愛的。」「嗯，老媽媽。」「你不用擔心。」

「妳的兒子也來了。」在看到米琪扶起那個流血的男子時，她這麼說。「帕翠姬，那些女孩妳都處理好了嗎？好，各位，現在要走了，動作要快，但手腳要輕。」

他們魚貫走進廚房。電燈的亮光讓他們很不舒服，便用手遮眼睛。當然，當女孩們看到自己有多髒與身上的傷口，加上父親臉上流著血、包裹紗布的可怕模樣時，便開始哭了起來。

「沒事，」那位母親頗震驚地說，而且仍在發抖。「沒事，我們沒事，對不對？菲莉斯，轉一下插在門上的鑰匙。艾琳，茶拿過來。那罐醃漬牛肉蓋好！以防萬一……喔，我的天哪！」她已到達廚房後方的房門，眼前是一片狼藉。她無法相信自己的眼睛，站著用手捧著心。「喔，我的天哪！」

她身後的女孩也都發出尖叫。

當凱和警戒員一起將老婦抬著走過瓦礫堆時，凱的右腳有點滑，每走一步，腳邊都會揚起一陣煤灰或羽毛似的煙塵，但最後終於將她送到本是前院的一緣，同時看到幾個男孩正在救護車門的把手上盪來盪去。

「需要幫忙嗎，先生？」那個男孩向警戒員，也或許是向凱這麼說。

警戒員回答：「不用，不需要。你快躲回到避難所裡，免得腦袋被炸開。你們的母親呢？你以為那些飛機是什麼？大黃蜂嗎？」

「那是派瑞老太太吧？死了嗎？」

「走開！」

「喔，我的天哪！」那女人一路走過公寓的斷垣殘壁時，一直這麼說。

救護車有四張金屬架式臥鋪病床，是避難所用的那種床。有一盞微弱的燈，但沒暖氣，因此凱在老婦人身上又蓋了一件毛毯，用帆布帶將她固定在床上，一個熱水瓶放在她膝下，另一個放在她腳旁。米琪帶進那男子，他眼睛現在已經完全張不開，上面沾滿了血液與灰塵；她必須引導指揮他的手腳，彷彿他忘了要如何支使自己的手腳似的。他妻子隨後跟進，已經開始撿拾小東西了，像是一隻方格花紋拖鞋、一個盆栽。「要我如何放棄這一切？」當警戒員勸她上帕翠姬的那輛車，要載她到最近的急救站時，她這麼說，還開始哭泣。「你可以跑到對面的房子去找葛蘭特先生嗎？他會幫我們看東西。可以嗎，安德魯斯先生？」

同時，帕翠姬告訴那個帶著狗兒的女孩說：「狗不可以帶進來。」

「那我就不去！」女孩大喊，把狗兒抓得更牢，狗發出尖銳的叫聲。之後，她低頭看著自己的腳。「喔，媽，這是妳從派崔克叔叔那兒拿到的照片，全都變成碎片了！」

「就讓她帶著狗上車吧！」凱說，「有什麼差別呢？」

但她無法作主，這要看帕翠姬如何決定，而且她也沒時間留下來爭論，所以就任他們自己繼續爭執，只朝廂型車後座的米琪點頭，關上車門，再跑到車頭，將擋風玻璃弄乾淨。因爲在這二十分鐘裡，這部車停在街上時，已沾滿了一層厚厚的灰塵。她爬進車廂，發動引擎。

「安德魯斯，」轉彎時，她向那位警戒員說，「幫我看輪胎，還行嗎？」現在若是爆胎，情況一定很慘。他從婦人和女孩身邊走開，用手電筒在輪胎四周照了照，之後對凱舉起手。

剛開始，她很小心，路況變得比較明朗之後，便加速前進。車上載有傷患時，應該要平穩地維持在一小時十六哩的車速，但一想到肋骨斷裂的老婦人與流血不止的男子，她便開得更快，還不時地將身體往擋風玻璃靠近，抬頭觀察天空。嗡嗡飛過的飛機聽起來還是很沈重，槍炮還是很大聲，但引擎也很吵，因此也無法判斷車子是駛向戰火或遠離戰火。

在駕駛座上，頭部後面有一道玻璃滑門，她知道米琪在車廂後方走來走去。她兩眼盯著前方的路況，略微轉頭，大聲喊道：「情況還好嗎？」

「還好，」米琪回答，「只是老婦人覺得搖晃得很厲害。」

「我盡量保持平穩。」凱說。

她看著路面，極小心躲開崩裂的路面與坑洞，直到眼睛感到刺痛爲止。

當車子抵達位在郝斯菲立路上的醫院，在擔架入口前停下時，接收病人的護士跑來迎接，低著頭，像在躲雨一般。而病房區的護士卻悠閒走來，明顯不受閃光和轟隆聲的影響。

「妳就是離不開我們嗎，藍格希？」護士在一片槍響中說，「這次帶了什麼傷患來？」

這位護士的胸脯很大，皮膚白皙，帽子兩翼被捲成兩個尖點，凱老覺得那很像歌劇裡歌手戴的維京人頭角。她請人送一部推車和輪椅過來，像趕鵝般催促搬運工。當全身被玻璃割傷的男子從廂型車裡昏沈地走下來時，這護士也同樣在催促他，「走快點！」

凱和米琪將老婦人搬下來，輕放在推車上。米琪在她身上別了標籤，說明她在哪裡受傷，何時受傷。老婦人害怕地伸出手來，凱握住她。「現在不必擔心了，妳會沒事的。」

接下來，又扶著那男子坐上輪椅。他伸手拍拍米琪的手臂，「謝謝你，小夥子。」他從一開始看了她一眼之後，便一直以爲米琪是個男孩。

「可憐的傢伙！」和凱回到車裡時，米琪這麼說，想擦掉男子沾在她手臂上的血。「他全身都會是疤，對吧？」

凱點頭回應。但事實上，在那男子和他母親安全送抵醫院後，她已經開始忘記他們了。她正集中精神，思索著要如何返回海豚廣場，她也知道飛機和槍炮仍然持續轟隆作響。於是再度往前靠近，觀察天空。米琪也朝天空看，過了一會兒，搖下車窗，頭探出車外。

「怎麼樣？」

「不是很清楚，只看到幾架飛機，就在右上方，看起來要繞圈飛行。」

「繞著我們轉嗎？」

「好像是這樣。」

凱加速前進。米琪的錫盔撞到車窗框，於是用手壓穩。「探照燈照到飛機了……哇！」她快速縮回頭。「炮火又來了！」

凱駛入轉角，抬頭看了看，勉強可以看到探照燈光，以及燈光籠罩中一架閃亮的機體。就在注視之際，一排砲彈寂靜無聲地往飛機方向射去。雖然聽得到並感覺到砲火的射擊，但不知怎麼地，要將轟隆聲與一連串的發射火光、或是火光消逝時產生的小煙團聯想在一起，卻不是那麼容易的事。不久，目光被空中掉落的砲彈碎片吸引，正巧打在廂型車的車頂和引擎蓋上，一連串鏗鏘巨響，彷彿這些炸彈裡面都有個放餐具的抽屜，正將裡面的刀叉倒出來似的。

其後是一聲更爲沈重的聲響，再來又一聲；突然，前方道路籠罩在一片白色閃光之下。那架飛機正在投擲燒夷彈，一枚已經爆裂開來了。

「這下可好了！」米琪說，「我們該怎麼辦？」

凱已減慢車速，腳停在油門上待命。她們應該要繼續走，無論路上遇到任何狀況。若捲進任何意外事故，都可能會要了她們的命。但是要駛離危險現場，每一次她都覺得很難辦到。

她做了個決定，將車儘量停在砲彈泡沫噴灑器旁最近的距離。「我不會放任這條街著火！」

她打開車門跳下車，「才不管賓姬怎麼說。」

她看看周圍，發現一棟房子的窗戶前有一堆沙包，她護著自己的手與臉，避免被亂噴的鎂泡沫噴到，她拉來一個沙包，封住泡沫噴灑器，白光便消失了。但後來在稍遠處，又有另一枚炸彈在冒泡，於是拿起第二個沙包去蓋。對於在冒煙的燒夷彈，她便用腳踢，然後就在一陣黏稠的火星之後熄滅。米琪也過來協助，過一會兒，有個男子和女孩從一棟房子出來幫忙；他們在街上跳來跳去，像是興奮地在踢足球……但有幾枚燒夷彈掉在屋頂上或庭院裡，他們踢不到。有一枚卡在一塊木製的「出租」招牌上，已經開始燃燒了。

「你們的警戒員到哪兒去了？」凱問那個男子。

「妳來告訴我吧！」他氣喘吁吁地說，「這條街位於兩個巡邏站管區的交界處，他們就坐在那裡吵該由誰負責巡邏。妳認為我們要叫消防車嗎？」

「如果有梯子或繩索，只要幾個手搖滅火壓泵就夠了。」

「我該去打電話嗎？」

凱沮喪地看著四周，「是的，我想你應該去打個電話。」

男子聞言便離開，凱轉身與那女孩說話，「妳應該躲起來。」

女孩身穿男人的泰迪熊外套，以及一件有連身帽的襯衫。她搖搖頭咧嘴笑笑道：「我喜歡在外面，這裡比較有生氣。」

「嗯，稍後可能就會太有生氣了。好了，我剛才是怎麼告訴妳的？」

這條街更往前的一棟房子傳來砰的一聲，是一種悶聲，接著是玻璃掉落的清脆聲響。凱和米琪往那個方向跑去，女孩也跟在她們後面跑。她們發現一扇落地窗，窗外的百葉窗已被撞開，窗簾就垂在斷裂的支架上；窗簾因沾了煤灰或黑煙而變黑，一道混著灰泥的黑煙正滾滾冒出，但沒有火焰燃燒的跡象。

「小心！」兩人往窗裡查看時，凱叫道。那是廚房，已殘破不堪，椅子和碗盤飛落滿地，壁紙燒焦了，桌子飛到牆邊，桌腳朝上。桌子再過去一點，可以看見有個男子的身影，四肢攤開躺在混亂的空間裡，身穿睡衣與家居長外套，抓著自己的大腿，大叫：「喔！喔！氣死我了！」

米琪抓住凱的手臂，往塵埃中查看。「凱，」她聲音沙啞，「我想他的腿沒了，應該已被炸掉了！我們需要一條繃帶來止血。」

「是誰？」那男子大喊，開始咳嗽。「有人嗎？救救我！」

凱轉身跑向救護車。「不要看！」她告訴那個跟在身後張望的女孩。飛機的嗡鳴聲已漸漸遠去，但這條街上的小火，現在卻開始變大，火焰呈黃、橘、紅，而非白色。他們大可多派幾架載了眞正炸藥的飛機過來，然而她卻無能爲力。她拿出一盒繃帶，趕回那屋子，找到米琪。米琪正陪著那個受傷的男子，還將一些東西推到一旁，撕開那男子的睡衣。

「扶我起來。」他說。

「別說話。」

「只是，我的腿……」

「我知道，沒關係，我們必須幫你綁上止血帶。」

「什麼東西？」

「要幫你止血。」

「止血？我在流血嗎？」

「我想是的，老兄！」米琪嚴肅地回應。

她在睡衣縫線上最後再用力一扯，用手電筒對著男子光溜溜的大腿一照。膝蓋以下都沒有肌肉了，但殘肢卻呈粉紅色，光滑，幾乎會發亮……「等等！」凱邊說邊將手放在米琪的肩上。那男子喘了一口氣，開始發笑，之後又再度咳嗽。

「饒了我吧！」男子說，「如果可以在那裡找到一條腿，妳就是魔術師。我在上次的戰爭裡就已失去那條腿了！」

他掉的那條腿是個軟木義肢。除此之外，震飛他的爆炸並非炸彈引起，而是故障的瓦斯爐。當時他正彎腰用火柴點燃茶壺下的瓦斯圈，便意外發生了爆炸。人工義肢被震開，與其他東西一起亂飛。經過一陣搜尋，她們找到了，義肢扣環就掛在牆上掛照片的木條上。

米琪表情厭惡地遞上義肢。「好像我們要處理的爆炸還不夠多，你非得再製造一件。」

「我只是想泡杯茶，」他邊說邊咳，「人總有喝杯茶的權利，對吧？」

將他扶正後，她們發現他的情況很糟，臉上手上都有燒傷，部份頭髮、眉毛和睫毛也都燒焦了。她們打算乾脆送他到醫院，而不是將他留在原地，於是扶他到街上，讓他上了救護車。

廣場四周仍有好幾處火在燒，但那個幫忙撲滅燒夷彈的女孩，已經開始猛敲附近房子大門；有一、兩個人帶著幾桶水、抽水機和幾桶沙子出現。那個裝人工義肢的男子朝他認識的人喊叫，要友人幫忙將他住處的窗子用木板釘牢。

「看來我們要離開這裡了，」他看著四周奔跑的人，向凱與米琪說道。「但希望他們不會用抽水機朝我屋子噴灑。我寧願發生火災而不是水災……妳這是做什麼？」當凱將門關起來時，他繼續說。「該不會是要把我跟她鎖在這輛車裡吧？」他說的是米琪。

「你會沒事的。」凱回應道。

「妳沒看見她怎麼對待我的睡衣……」

「他真是個寶！」當她們將那男子送抵醫院時，米琪這麼說。

「好笑嗎？」凱問。

「的確是，軟木塞義肢！如果其他人知道的話……」

凱竊笑道：「『凱！凱！』」聲音沙啞地模仿，「『我想已經都炸掉了！』」

米琪點燃兩根香菸。「去你的！」

「不要介意，親愛的，任何人都會這麼想。」

「也許吧！但是那個女孩的棕色眼睛是不是很漂亮？」

「是嗎？」

「妳從來都不會去注意深色眼睛的女孩。」

現在砲火已停止發射，投擲燒夷彈的飛機也遭驅逐離開，大家似乎放下了心中的重擔。凱和米琪開車返回海豚廣場的途中，一直在笑鬧聊天。但當她們在車庫遇到帕翠姬時，帕翠姬給她們一個警告的眼神。「妳們有麻煩了，二位！」

賓姬出現，手上拿著一疊資料。

「藍格希和卡麥可，你們到底在哪裡？幾乎一個小時前，就有人看見妳們開車回來，我正要打電話到管制中心報告妳們失蹤了。」

凱向她解釋關於燒夷彈以及那個受傷的男子。

「那太不幸了，」賓姬說，「妳任務完成後就該要立刻回來的。藍格希，妳加入這行也很久了，應該不會不知道。」

「妳要我讓整條街燒起來，引來更多炸彈嗎？我們那時已經忙不過來了！」

「妳知道程序的。我警告妳，若要再這麼做，總有一天會後悔！」

辦公室的電話響了，賓姬去接電話，然後回來，再度派凱與米琪出任務。轟炸機已經離開平利克，但是在坎伯韋爾與華爾渥斯都有人受傷。那地區的幾輛救護車遭到轟炸，無法出任務：凱和米琪以及海豚廣場的其他四名駕駛，要到河邊去替代他們。這次的幾個任務都很血腥，在坎伯韋爾，一座房子倒塌，裡面的人被屋樑砸中，凱得幫醫生將一名腿被炸碎的小孩固定夾板，只要一觸碰，這小孩便死命尖叫。稍後，在另一條街上，兩名男子被飛過的砲彈碎片擊中，他們遍體鱗傷，像是遭到瘋子亂刀砍殺。

到了二點十五分，她們在救護站的輪班時間將屆之際，凱和米琪已經出了五次任務。車輛返回海豚廣場時，已是精疲力竭了。凱從大街駛進大門，關掉引擎，讓車子自行往下滑行到車庫。然後拉起手剎車，和米琪將頭往後一靠，閉上眼睛。

「妳可以看到什麼？」凱問。

「紗布，」米琪回答，「妳呢？」

「公路，還在晃來晃去。」

她們的車比之前更髒了，於是又花了十五分鐘用一桶桶的冰水沖洗車體，接下來則是清洗自己。救護站有個沒有暖氣的房間，門上寫著〈女子消毒室〉，她們必須在裡面消毒。房間有個像排水槽的東西，還有更多的冷水。要清除沾在衣服和皮膚上的灰塵和血漬汙垢並不容易，米琪的手指至少沒戴東西，而凱則在小指上戴了一枚樸素的金戒指，她很不喜歡卸下它，因此必須將戒指慢慢移到指關節，將內側的塵土清除乾淨。

兩人盡力將手清洗乾淨後，便將帽子摘下。繫過帽帶的部位，即額頭和下巴下方是乾淨的粉紅色，其他部位的皮膚則因磚灰與黑煙呈現暗紅色，而她們擦過汗的部位或眼睛流淚時造成的兩道線，顏色則比較淡些。眼睫毛裡有細石礫，這個部位她們很注意，因爲細石礫裡有時會夾帶玻璃碎屑。燈光下，她們檢查對方的眼睛。「往上看……往下看……很好！」

凱走進公共休息室，大部分的駕駛都已經下班回家了，那個新來的女孩歐妮爾，正用繃帶包紮休斯的手。

「不要綁那麼緊，呆頭鵝！」

「休斯，對不起。」

「怎麼了？」凱坐他們身旁問道。

「這個啊？」休斯回應，「喔，沒什麼，歐妮爾只是在練習。」

凱打了一個呵欠。在完全解除警報聲響起前坐下一直都是錯誤的決定，但是她突然覺得累得要命。「你們兩個出的是什麼樣的任務？」她想要保持清醒。

休斯聳聳肩，兩眼注視纏繞的繃帶。「還好。一個胃裂破，一個瞎了一隻眼。」

「妳呢，歐妮爾？」

「四起骨折，在華威廣場。」

凱皺起眉頭，「那裡是演奏音樂廳歌曲的吧？」[1]

「浩爾和拉金，」歐妮爾繼續說，「處理的是從樓梯摔下去的一個男子，在布盧姆菲爾德的連棟屋。不是爆炸引起的，他只是爛醉如泥。」

「爛醉如泥！」凱喜歡這個用字，開始大笑，笑聲很快變成另一聲哈欠。「嗯，祝他好運。現在還有人可以弄到那麼多酒，甚至喝到爛醉如泥，應該可以獲得一面獎章。」

米琪正在外面廚房泡茶，凱聽了一會兒瓷器清脆的碰撞聲後，才勉強起身過去幫忙。她們在老是堆積於水壺底部、看來骯髒的黑色混合物中加進一些茶葉，但是必須等到小火把水燒開，因為瓦斯壓力太小。倒出茶水時，解除的警報正好響起，最後一批的駕駛全都出現了。賓姬一個房間一個房間地數人頭。

此刻的氣氛開始歡樂起來，這是一種經歷另一場空襲而存活、打敗另一次空襲挑戰的極度喜悅，每一個人全身都是血跡與塵土，每一個人也都蹣跚地走過瓦礫堆、彎腰、抬舉、駕車穿越黑暗，所以都感到疲憊不堪，但是他們卻將所見的駭人景象當成笑話來說。凱收拾馬克杯，受到大家熱烈歡迎。帕翠姬拿起一根茶匙，在屋裡用來射紙團。歐妮爾替休斯的手包紮完畢，開始包紮他的頭，並且將休斯的眼鏡放在皺了的繃帶上。

電話響起時，沒人安靜下來，他們以為是管制中心打來，要向他們確認警報已經完全解除。但是，賓姬再次出現了。她舉起雙手，得扯著嗓子大喊，大夥兒才可以聽到她說話。

「他們需要一輛救護車，」她說，「在蘇德蘭大街北端，誰回來的時間最早？」

「眞氣人，」歐妮爾從口中取下一根安全別針，「我和柯爾。柯爾？」

柯爾打個哈欠，站起來。這引來了更多的鼓舞聲。

「妳們幾個女孩運氣眞好！」凱說道，往後坐著。

「沒錯，再見了，妳們這些女孩！」休斯將眼睛上的繃帶往上撥，「記得替我包紮！」

❶譯註：音樂廳歌曲，Music-hall song，早先是英國酒店吃飯時的附帶表演，從歌唱、表演、講笑話都有，觀眾可以加入合唱。題材取自一般勞動階級的每日生活瑣事，如飲酒、債務、偷情的伴侶等。相傳華威伯爵夫人在十九世紀與幾名有權勢的男子之間的風流韻事，也出現在《戴西，戴西》的音樂廳歌曲中。

「等等，」賓姬說，「歐妮爾，柯爾……」她放低聲音，「我想這趟是要載屍體到太平間，沒有人存活，已確定一人死亡，但他們認爲還有兩具屍體，一名母親和幾個小孩，肢體要被送去儲存。妳可以勝任嗎？」

整個房間突然一片安靜。「天哪！」休斯讓紗布再度往下蓋，並拉起衣領。

歐妮爾看來有點兒不舒服的樣子，她只有十七歲。「這個嘛……」她說。

一陣沈默後，「我來，」凱站了起來，「我跟柯爾一組。柯爾，妳不介意吧？」

「完全不介意。」

歐妮爾則說：「聽著，」她之前的臉色慘白，現在卻滿臉通紅。「沒關係。我不要妳幫我，藍格希。」

凱則回應：「我可沒要幫妳，但這次的任務會讓妳看到很多可怕的畫面，不需要看的時候就盡量別看，只是這樣。米琪，如果還有電話，妳可以和歐妮爾搭檔嗎？」

「當然可以，」米琪朝歐妮爾點點頭，「凱是對的，歐妮爾，妳就別去了。」

「沒錯，就當妳自己很幸運，」休斯也說，「藍格希，輪到我時，我也會這麼做！」

歐妮爾的臉還是很紅。「那麼，謝謝妳，藍格希。」

凱跟著柯爾到車庫。柯爾發動引擎，慢慢開。「我想，沒必要急著趕去了……要抽菸嗎？那兒有幾根香菸。」

她指著儀表板上的一個袋子，凱在裡面翻找，掏出一只扁平的槍炮金屬盒，上面用指甲亮光油寫著：E．M．柯爾，不准碰！凱點燃兩根菸，遞給她一支。

「謝謝！」柯爾說，抽了一口菸。「老天，這樣好多了。對了，妳人真的很好，會代歐妮爾出任務。」

凱揉揉眼睛，「歐妮爾還只是個孩子。」

「但是……該死，引擎的爆震聲像是瘋了！大概是點火裝置壞了。」

之後她們便一路沈默不語，專心看路，駛往休大街的方向。「真的是這裡嗎？」當柯爾放下剎車後，凱問道，因為那棟房子看起來還好。但進去之後，發現幾乎所有的損害都發生在房子後方的庭院，避難所似乎被直接擊中。剛剛才從避難所出來的人都聚在庭院圍牆旁，想要看是怎麼回事。警方已經架設了防水布，一名男子帶著凱和柯爾繞過它，讓兩人看看他們找到什麼：一具女屍，衣服拖鞋都在，只是少了一顆頭；一具性別不詳、沒穿衣服、但仍綁著家居長袍布條的上半身軀，全都以一條毛毯覆蓋，一旁則以油布包裹著不同的身體部位：小手臂、小腿、下巴，以及一個胖嘟嘟的肢體，可能是膝蓋或一條手肘。

「一開始還以為是個女人與一對兒女。」那個警察平靜地說，「但是坦白說……」先是抿了抿嘴，然後接道：「嗯，我們找到多出來的四肢，所以目前判斷是三名孩童，也許是四名。我們正在詢問鄰居……妳們可以處理嗎？」

凱點點頭，轉身回到廂型車。看過那樣的畫面之後，最好要走動，做點事情。她和柯爾拿出擔架，將那個女人的身體與上身軀幹抬上去，並用繩索固定在上面，別上標籤。她們要讓那些四肢留在油布裡，但那個警察無法將油布給她們，因此兩人找出一口木條箱，裡面用報紙鋪好，再將那些手臂和腿部放進去。最難處理的就是那個下巴，上面還有乳牙。柯爾拾起下巴，幾乎是用扔的扔進箱子裡。最後，她並非哀傷到不能自己，而是被那個下巴的恐怖感覺嚇到了。

「還好嗎？」凱碰碰她的肩膀。

「嗯，我還好。」

「妳去那裡走走。這我來處理。」

「我說過我還好，不是嗎？」

她們將木條箱抬到救護車旁，標上標籤，放到車裡，凱還在周圍綁了一條皮帶。有一次她從太平間載了一車跟這些類似的東西前往別[1]林斯蓋特，那裡專門存放無法指認的屍體部位。當時她未固定木條箱，到了市場，打開救護車門時，一顆頭滾了出來，落在她腳上。

「眞是可怕的任務！」當她們坐進車裡時，柯爾說道。

返回救護站已是四點十五分，另一班人員已經開始上班：米琪、賓姬、休斯都離開了。不清楚凱與柯爾她們剛剛上哪兒的人，對她們開玩笑說：「怎麼了，藍格希？上妳自己的班還不夠，連我們的班也要上嗎？」「是啊，想留下來上我的班嗎，藍格希？柯爾，那妳呢？」

凱回道：「若是這樣，我們一定比你們優秀，那是一定的！」

她和柯爾一起進入盥洗室，並肩而立，沈默不語，洗手，沒彼此相望。穿上外套，一起往西敏區方向走時，柯爾抬頭望著天空。

「還沒下雨，我們是不是很幸運？」她說。

兩人在聖詹姆斯公園分道揚鑣，之後凱的腳步加快。她住在牛津街北方，在瑞斯朋大街外，由馬廄改建的住房或庭院中。她可以穿過蘇活區的小街到達——若你跟她一樣，不介意夜晚這時刻的寂寥，以及衆多殘破房子以及寂靜餐廳商店所引發的那種毛骨悚然之感，那麼這會是一條很好走的捷徑。今晚她沒看見幾個人影，只有快到家時，才看到該區域的警戒員亨利．法尼。

「一切都好嗎，亨利？」她低聲喊著。

他舉起手，「還好，藍格希小姐！我看見傑[2]瑞飛往平利克時，便想到妳。他們總是讓妳提心吊膽，對吧？」

「有一點。這裡有什麼事嗎？」

「非常平靜。」

「這就是我們要的，對不對？晚安。」

「晚安，藍格希小姐。但爲以防萬一，最好戴上耳塞。」

「我會的。」

❶譯註：別林斯蓋特，Billingsgate，倫敦最大的魚產批發市場，自十六世紀便建立於泰晤士河北岸，但自一九八二年，便搬遷到倫敦東區。

❷譯註：傑瑞，Jerry，二次大戰期間，英國對德國人，尤其是德國士兵侮辱性的稱呼。

她繼續走，腳步還是很快，走到瑞斯朋大街，到了馬廄改建的住處門口，這才開始將腳步放輕，因爲她心裡一直隱藏著一種恐懼感，深怕自己回來時，發現這裡被炸彈擊中，正陷入一片火海或只剩下瓦礫殘骸，但一切都很安靜。她的住處位於庭院另一端的空地，就在修車廠上方，隔壁是一家倉庫，她必須走上一段木梯才可以到達家門口。到上面時，她停了一會兒，脫下外套和靴子，然後用彈簧鎖鑰匙開門進屋，腳步非常輕柔。走進客廳，扭開一盞桌燈，躡手躡腳地來到臥房門口，輕輕將門打開。在桌燈的籠罩下，她只能勉強認出床鋪，以及在上面睡覺的人——從被褥下伸出攤開的雙臂、纏繞的頭髮與一隻腳掌。

她將門推得更開，走到床邊蹲下。海倫動了一下，睜開眼睛，還沒有完全醒過來，但已經醒了，可以張開雙臂接受親吻。

「哈囉！」她以一種模糊不清的語氣說著。

「哈囉！」凱小聲回應。

「現在幾點了？」

「很晚，或者非常早，我也搞不清楚。妳一直都在這裡嗎？沒去避難所？」海倫搖搖頭，凱接著說，「我希望妳去過了。」

「我不喜歡那裡，凱。」她撫摸凱的臉龐，查看有無傷口。「妳還好嗎？」

「是的，」凱回答，「我很好。妳快睡吧！」

她將海倫的頭髮自額頭撥開，看著她眼皮變得平穩，卻感覺到自己胸口高漲的情緒，而且有一會兒，幾乎對那股情緒的強烈程度感到害怕。因爲她現在想到和柯爾必須自蘇德蘭大街那座庭院裡撿拾的身體部位，雖然當時並不感到可怕，現在卻突然感覺到那些屍塊的恐怖——人體肌肉駭人的柔軟，骨骼的脆弱，脖子、手腕、手指關節可怕的輕盈……她可以從那種兵荒馬亂之中，回到這麼有活力、溫暖、美麗又無暇的人身邊，似乎是一種奇蹟。

她繼續看了一分鐘，直到確定海倫又沈沈睡去，然後起身，蓋好海倫肩膀周圍的被子，輕輕吻了海倫一下，悄悄關上臥室房門，如同推開時那樣輕柔，接著走回客廳，取下領帶，解開領口的釦子；用手指搓揉脖子時，摸到一些細砂礫。

客廳一面牆旁有個小書櫥，書後面有瓶威士忌。她拿出平底大口玻璃杯，找出那瓶酒。點燃了一根菸，坐下來。有一會兒，她感覺不錯。但是，正要舉杯喝酒時，威士忌開始晃動，菸灰抖落在指關節上，全身開始顫抖，她有時候會這樣。不一會兒，抖得非常厲害，幾乎無法刁好嘴裡的菸或啜飲杯中的酒。彷彿有一列無形的火車正飛快通過她的軀體；她知道自己無能爲力，只能任由那列火車繼續轟隆疾駛，讓自己通過那些包廂與車廂……威士忌有效了。最後，她變得平靜許多，可以抽完香菸，坐得更爲舒服。當一切完全恢復平穩，確定那列火車不會再回頭之後，她便會上床。她可能在一、兩個小時內都還不會入睡。但是會躺下，在黑暗中靜靜傾聽海倫平穩的呼吸聲。她或許會將手放在海倫的手腕上，去感覺海倫脈搏中奇蹟似的博博跳動。

晚上這個時候，監獄變得非常平靜，這並不尋常；想到裡面沒有爭吵，就這麼靜靜躺著一大堆男人便非常奇妙；單單在鄧肯那一棟，就有三百人，鄧肯大約總會在這時候醒來：寂靜似乎有個臨界點，當這個地方的氣氛到達那一點時，便會像聲音或震動般，在他身上起作用。

他現在醒著，躺在架式床上，雙手就枕，盯著費瑟的床所造成的陰影。鄧肯的臉離那張床大約只有一碼，很清醒，也很平靜：只覺得鬆了一口氣，因爲探訪日到了又結束——他熬過了父親來探監的時間而未起爭執、氣惱，也未崩潰或讓自己鬧笑話。現在，到下次的探訪日還有整整一個月。在監獄裡，一個月的時間很長。在獄中一個月就好似街上一個月都被霧氣籠罩的感覺：你可以清楚看見附近的事物，但其他一切都是灰濛濛、空白一片、沒有深度。

他告訴自己，你的改變眞大！因爲他以前會一連好幾天，不停回想父親來訪時的所有細節；躺在床上痛苦萬分，看著父親的臉龐，聽著父親與自己的聲音——就像個瘋狂的放映師，不斷重播同一齣電影；或者，他會瘋狂寫信，告訴父親不要再來了。有一次，他翻開床單下床，坐在桌子前，眞的在幾乎伸手不見五指的漆黑中，開始寫信給小薇。他用一小段鉛筆，在一張從圖書館書籍背面撕下的紙張上振筆疾書；第二天早上，看著自己寫的內容時，就覺得那根本就像瘋子寫的信一樣，字句交錯，相同的概念與句子一直重複出現：這地方眞的很骯髒……我無法描述……我很害怕，小薇……骯髒……我很怕——他也因爲毀損書籍而遭到警告。

轉身側躺，鄧肯不想憶起那件事。

月已西沈，但一定有星光，他和費瑟已拉開不透光的窗簾和窗戶——那是由幾個醜陋的小玻璃組成的窗戶——在地板上投下一個有趣的影子。鄧肯以前便發現，如果仔細看，可以看到影子在移動；躺著往上看時，若勉強歪著頭，便可以看見星星、月亮，以及砲火的奇特閃光，那種閃光會讓人不寒而慄。牢房裡很冷，窗戶下方靠近地板的牆面，有個磚塊砌成的開口，一條維多利亞式的網狀裝飾物橫越開口兩端，那本來是要輸送暖氣的，但送出來的空氣總是很冰冷。鄧肯現在穿的是監獄的睡衣、背心與襪子，他將其他的衣物——襯衫、外套、褲子和披風——攤開放在身上蓋的毯子上，希望可以更暖和。睡在上鋪的費瑟也這麼做。

費瑟在睡夢中動了一下，披風或襯衫稍微滑到一邊，手臂是攤開的，可以看到他的手指，很漂亮、很黑，就像大蜘蛛健碩的腿。鄧肯看著那幾根手指時，手指突然動了一下，好像準備後腳一蹬就會往前撲……別看，鄧肯告訴自己，因爲到了夜晚，有時候那種愚蠢小事會盤據在心頭，讓人忐忑不安。他翻身往另一側，這樣就比較好了。如果現在伸手觸碰牆面，可以摸到幾年前躺在這張床上的人在灰泥牆上刮寫時留下的痕跡：JB一九二二年十二月；LCV一九三四年，九個月又十天……日期不是很久遠，因此不會感到怪異；但他老喜歡想像那些刮寫這些文字的人，以及他們使用的小工具；那些偷來的針、釘子與碎裂的陶片。RIP喬治K，優秀的竊賊，這讓他懷疑，是否曾經有囚犯在這間牢房裡死亡、遭殺害或自殺。有個人畫了日曆，但是將每個月都當作三十天，所以這日曆幾乎不能用。另一個人寫了詩：我在此牢踱步應有五年，眞希望我妻子可以與我同在——在這首詩的下面，有人寫道，她不要你的屁眼，蠢蛋，她被你最要好的朋友給搞上了，哈哈！

鄧肯閉上眼睛。在這棟建築裡，他不知道還有誰是醒著的。可能只有警衛吧！因爲可以聽見他們走過的聲音，他們每小時都會來回走動，就像老式的時鐘小人偶。他們的鞋子很軟，但是會讓金屬平台發出清脆聲響，是一種帶著規律節奏、冰冷、令人直打哆嗦的聲響；如同冰冷血液的脈動。白天很少會聽到這種聲音，因爲那時候這裡非常吵雜；對鄧肯而言，這聲響似乎是屬於夜晚的一部份，是黑夜與寧靜的產物。他會等待著捕捉這樣的聲響。聽到這種聲響時，就表示監獄裡的六十分鐘已經過完了。如果他是唯一清醒且知曉的人，那麼，他認爲這六十分鐘便完全只屬於他——這段時間被存進了他的戶頭，就像錢幣鏗然滑進陶瓷撲滿一樣。睡著的人只能怪自己運氣不好了！他們什麼都沒得到。若有人睡得不安穩、若有人咳嗽，用力敲門要警官過來；若有人開始哭泣或大叫，那麼鄧肯便得與此人分享這六十分鐘，各分一半，一人卅分鐘。這樣才公平。

這眞的很愚蠢，因爲在睡夢中，時間過得才最快；而像鄧肯一樣清醒地躺著，只會讓情況變得更糟。但你得有些小計畫，像這類的小技巧；你得將等待轉化爲某種更顯而易見的事物——一件作品或一道謎題，你只要做這些。監獄就是這樣，終究不是陶瓷撲滿，而是龐大緩慢的機械，要來壓碾時間。你的生命被送進去，被壓碾成粉末。

他抬起頭，再換個姿勢，翻轉到另一側。令人打顫的聲音從平台彼端開始傳來，這次的節奏很輕，所以知道走來的是曼迪先生；因爲曼迪先生在監獄的時間比其他警衛還久，知道該如何放輕腳步，才不會驚擾到這些人。節奏越來越近，但開始放慢；接近時，就像逐漸停止的心跳，然後完全停止。鄧肯屏住呼吸。他牢房的門縫下有一道微弱的藍色光線，而牢門上下的中段位置，即距地板往上五呎處，有個關上的窺孔。現在，當他仔細看時，那道藍光被切斷，而且窺孔有一秒鐘變得很明亮，之後又暗了下來。曼迪先生就站在門口往裡看。因爲，曼迪先生曾說過他知道如何放輕腳步，而且當牢房裡的人心思不寧、無法入睡時，他也知道……

他站在那兒，一動也不動，幾乎有一分鐘之久。之後，他輕輕地問：「還好嗎？」

鄧肯一開始並未回答，因爲擔心費瑟會醒過來。但最後他輕聲說：「還好！」接著，費瑟沒被吵醒，他又說：「晚安！」

「晚安！」曼迪先生回答。

鄧肯閉上眼睛。聽見冷峻的聲音再度響起，逐漸變得薄弱。再往牢門底下瞧時，那道光線沒被遮斷，窺孔微弱發亮的小圓圈也已熄滅。他翻身轉向另一側，雙手放在臉頰下，就像童話書裡的小男孩，耐心地等待入睡。

2

「海倫！」在馬麗勒本路上喧雜的交通聲裡，海倫聽到有人叫她。「海倫！這邊！」

她轉過頭，看見一名穿著藍色牛仔外套和粗棉吊帶工作褲的女子，膝蓋部位很骯髒，頭髮用滿是灰塵的頭巾包起來。那女人正露出微笑，將手舉起。「海倫！」她又大喊，開始笑出來。

「茱莉亞！」海倫最後終於回應了，接著橫越馬路。「我剛才沒認出妳來！」

「我一點也不驚訝，我看起來很像掃煙囪的工人。對吧？」

「嗯，有一點。」

茱莉亞站起身來。她剛剛坐在一面殘破的牆上曬太陽，手上捧著一本葛[1]萊蒂絲・米契爾的小說，另一手拿著香菸；現在她趕緊吸了最後一口菸然後丟掉，接著將手在吊帶褲胸前的那塊布上擦拭，再向海倫伸出手，但是看了一眼自己的手掌，變得有些猶豫。

「我想，手上的土洗不掉了，妳介意嗎？」

「當然不介意。」

兩人握手。茱莉亞說：「妳要上哪兒？」

「回去工作，」海倫稍顯不自在地回答，因為茱莉亞有某種特質，也就是態度和清晰的上流社會口音，這些總是讓海倫自慚形穢。「我剛才去吃午餐。我在那兒工作，在市政廳。」

「市政廳？」茱莉亞往前方街道仔細看了一眼，「以前我們可能擦肩而過卻沒注意。我和我父親已經查看過這附近所有街道上的房屋，在布萊斯頓廣場那兒設立了類似總部的地方，已經一個星期了。他剛剛才離開去見警戒員，我就趁這個機會，坐下來休息。」

海倫知道茱莉亞的父親是建築師，在勘查被炸彈炸毀的房屋，茱莉亞從旁協助他。但海倫總以為他們在數哩遠的地方工作，在東區或那裡的某個地方。她說：「萊斯頓廣場？真扯！我經常經過那裡。」

「真的嗎？」茱莉亞問。

有好一陣子，她們皺著眉頭微笑地看著對方。之後，茱莉亞開口了，這次的語氣顯得更為活潑一些。「妳好嗎？」

海倫聳著肩，很害羞。「我還好。當然，跟大家一樣，有點累。妳怎麼樣？在寫作嗎？」

「有，寫了一點。」

「趁轟炸的空檔，找時間寫作？」

❶譯註：葛萊蒂絲・米契爾（Gladys Mitchell 1901~1983），英國犯罪推理小說女作家，因一系列以布雷德利女爵士為主角的偵探小說而聞名。

「是的，趁轟炸的空檔。我想，這讓我不用老是想到轟炸。我正在讀這本書，」茱莉亞出示那本書，「用來刺探敵情。對了，告訴我，凱還好嗎？」

她問這問題時，神色自若；但海倫覺得自己臉紅了，接著點點頭。「凱還好。」

「還在救護站工作嗎？那個位於海豚廣場的救護站？」

「是的，還在那裡。」

「跟米琪？賓姬？她們眞是一對，對吧？」

海倫在笑，同意茱莉亞的說法……這時太陽變得更加燦爛了，茱莉亞拿起書本放在額頭上，好遮擋陽光。這麼做時，目光還是停留在海倫的臉上，似乎在考慮著什麼。

之後，茱莉亞推了一下滑到手臂上的手錶，說道：「我父親還要十分鐘才會回來，我正想去喝杯茶，車站旁有輛小餐車，要不要跟我一起去？或者妳現在得回去工作？」

「嗯，」海倫有些驚訝，「我得回辦公室去了。」

「眞的？但我這麼說好了，喝杯茶會讓妳工作得更賣力！」

「可能吧！」海倫回道。她知道自己的臉還是漲紅的；她不想讓茱莉亞以爲她無法在街上站著談論凱，彷彿這整件事不是很自然、不是沒關係似的……而且海倫心想，凱對她們的不期而遇應該也會感到很高興，所以看了一眼手錶，露出微笑說：「好吧！但要喝快一點，我這次就冒著被齊思蒙小姐責備的危險，跟妳去一次。」

「齊思蒙小姐？」

「我的同事，嚴肅到讓人害怕，她噘起嘴時非常可怕。老實說，她讓我渾身發抖！」

茱莉亞笑了。只見兩人開始快步往街上走去，加入一個不長的隊伍，這些人都排隊等著在餐車窗口點杯茶。

那天的天氣雖然有陽光，而且幾乎平靜無風，但是卻冷冽無比。到目前爲止，那年的冬天都算得上是極爲酷寒。但海倫卻認爲，這反而讓今天的天空湛藍得更爲美麗。每個人看起來都興高采烈，似乎憶起了更爲歡樂的時光。有個身穿卡其服的軍人將行軍背包和來福槍倚著餐車，正懶散地捲著菸。一位排在海倫和茱莉亞前面的女孩戴著一付太陽眼鏡，而女孩前面的老人則戴帶著一頂乳白色的巴拿馬帽，但他和那女孩也一樣，將防毒面具盒背在肩上：海倫早已注意到，大家現在都將這些東西重新找出來隨身攜帶。沿著馬麗勒本路往前五十碼處，一座辦公建築最近遭到轟炸，於是搭了緊急水箱；一些潮溼燒焦的紙張黏在人行道上，牆壁和樹木都染了一層灰，對街拖來的消防水管在進出建築殘骸之處，留下了一條條泥濘的痕跡。

隊伍往前移動，茱莉亞向站在櫃台後面的女孩點了茶。海倫取出錢包，接下來就是一場女人之間經常發生，關於誰應該付錢的爭執了。最後是茱莉亞付的錢，她說是她提議來喝茶的。這茶看起來還是很糟糕，灰乎乎的顏色，可能使用了添加氯的水沖泡而成，而且加的不是牛奶，而是奶粉，甚至還有凝塊。茱莉亞端起茶，帶著海倫走到一堆沙包旁，上方的窗戶用木板釘上了，沙包因爲曬過太陽，聞起來有乾黃麻的味道，並不是很難聞。有些沙包已經裂開，可以看到裡面淺色的土壤，裡面還夾雜軟趴趴的花朵和青草。

茱莉亞扯了一根斷裂的花梗。「自然戰勝戰爭。」她用收音機播報員的語氣說，因爲大家給電台的信總是這麼寫——他們在轟炸地點發現新品種的野花，新品種的鳥等等之類的——聽起來無聊之至。她啜飲著茶，然後扮了一個鬼臉。「老天，這茶味道眞差！」接著取出一包香菸與火柴。「妳不介意我在街上抽菸吧？」

「當然不會。」

「要來一根嗎？」

「我自己的放在……」

「別傻了，拿去吧！」

「那謝謝了。」

她們共用一根火柴，頭湊得很近，煙冒了出來，飛進兩人的眼睛裡。不假思索地，海倫用手指輕輕碰了茱莉亞的手。「妳的指節刮傷了。」她說。

茱莉亞看了一下，「眞的耶！一定是被碎玻璃刮傷的。」然後抬起手，用嘴吸吮關節。「我今天早上必須從一道門的扇形氣窗才可以進到屋裡。」

「天啊！」海倫說，「跟孤雛淚一樣！」

「對，跟那一樣。」

「那樣不是違法嗎？」

「也難怪妳會這麼想。但我們有一種特許狀，我父親和我。若房屋都沒人住，而且也拿不到鑰匙的話，我們便可以用任何方式進入。這工作很吃力，不如聽起來的那樣令人興奮：房間全被砸毀，地毯壞了，鏡子碎裂，水管可能早就毀了，積水淹漫，將煙煤變成泥漿。我上個月去過幾個地方，發現東西結冰了，有沙發、桌布之類的；或者，東西都燒掉了。燒夷彈掉在屋頂上，火可能就一層層整齊地往下竄燒，站在地下室卻看得到天空……不知怎麼搞得，與整幢房子被炸為碎片相比，我覺得這種殘破的模樣更令人為之鼻酸，就與罹患癌症的生命很像。」

「很可怕嗎？」海倫問，茱莉亞形容的景象令她心悸。「若是我，我會很害怕。」

「有點被嚇壞了。而且也有可能遇到某種人，例如搶劫的人，會以同樣的方式闖入，還有其他跑進來嬉鬧的男孩。有時會看到牆上發爛的畫作，就不禁令人同情那些必須住在那種屋子裡的人。因為，有時屋主並未棄屋。幾個月前，我父親進入一棟屋子，到每個房間檢查損害情況，在最後一間屋子裡，有個非常老的女人，身穿黃色連身睡衣，一頭銀色白髮，睡在一張鋪有破爛窗簾的四柱床鋪上。」

海倫腦海裡清楚浮現這幅景象，很感興趣地追問：「你父親怎麼處理？」

「靜靜地走到樓下，讓她繼續睡，然後將發現告訴當地的警戒員。警戒員說，那老婦有個女兒會過來幫她做晚餐，幫她升火；老婦已經九十三歲了，空襲時無法逃出來。他說，那老婦人記得在海德公園曾看過亞伯特王子和維多利亞女王在一輛馬車裡。」

茱莉亞說話時，太陽在雲層裡躲進躲出。當陽光變強時，便用手遮擋眼睛，或者，如她之前一樣用書本遮擋陽光。現在陽光變得比之前更強，她便停止說話，閉上眼睛一會兒仰起頭來。

她眞漂亮！海倫突然這麼想，猛然從老婦人的故事抽離出來；因爲陽光像聚光燈般照著茱莉亞，吊帶褲和藍夾克，更襯托出她曬黑的臉龐、黝黑的睫毛與整齊挺直的眉毛；此外，由於她的頭髮用頭巾往上包，可以更清楚看見她下巴頸部優美的線條。她的嘴微張，嘴唇豐滿略微嘟起，牙齒不是很平整。但還是很好看：比起眞正無暇的臉蛋，五官的某種缺陷，反倒讓一張英挺的臉龐更加英挺。

海倫想，難怪心中有一股不安的複雜情緒——忌妒、仰慕，以及一絲絲的擔憂——難怪凱以前會愛上妳。

那是她與茱莉亞之間僅有的關連。她們甚至談不上是朋友。茱莉亞是凱的朋友，就跟米琪一樣——或者，跟米琪完全不同，因爲茱莉亞不像米琪，會在公寓、酒館、派對上跟凱與海倫混在一起。茱莉亞不開朗、不容易相處，也不是很友善。她帶有某種神秘感——一種魅力，海倫想。

那種神秘與魅力從一開始就存在。「妳一定得見見茱莉亞，」在海倫搬進凱的公寓後，凱便這麼說過。「我很想介紹妳們兩個人認識。」但事情老是不湊巧；茱莉亞在忙，茱莉亞在寫作，茱莉亞的生活作息不正常，無法約時間見面。最後，在一年前，終於不期而遇；在劇院遇見了，就在看完一場表演之後——在所有戲劇裡，竟然是《歡樂的精靈》[1]。茱莉亞英挺、迷人、令人畏懼、疏遠：海倫看了她一眼，注意到凱在介紹她時，舉止有些尷尬與慌亂，便猜到所有事情了。

那晚，她問了凱：「妳和茱莉亞以前是什麼關係？」凱立刻又變得侷促不安。

「什麼關係也沒有。」她說。

「沒有？」

「一種……單戀，如此而已，而且是很久以前的事了。」

「妳當時愛上她了嗎？」海倫坦白地問。

凱笑出來，「嘿，我們談點別的吧！」但一向很少臉紅的她，臉卻漲紅了。

在海倫與茱莉亞之間，讓她們扯上關連的就只是凱那次的臉紅——仔細想想，那真是一種好笑的關連。

茱莉亞斜著頭微笑。她們坐的地方離馬麗勒本車站入口大概只有五十碼的距離，在車陣交通聲的空檔，她們忽然聽到月台傳來一陣聲響：一聲哨音，再來是蒸汽冒出的聲音。她睜開眼睛。

「我喜歡那聲音。」

「我也是，」海倫說，「那是假日的聲音，對不對？一種讓我想起水桶與鏟子的聲音。讓我想要離開這裡，離開倫敦，只要一陣子就好。」她搖晃著杯中喝剩下的茶。「我想，應該是沒有機會了。」

「沒有嗎？」茱莉亞看著她，「妳難道無法安排一下嗎？」

---

❶譯註：《歡樂的精靈》（Blithe Spirit），英國劇作家科沃德（Noel Coward）的黑色喜劇，講述一名死去妻子的鬼魂，回來騷擾她丈夫與現任妻子的故事。這齣對死者開玩笑的劇作，在二次世界大戰期間，引發不少爭議，但在英國仍創下極高的票房。

「要上哪兒?而且,火車……反正我無法說動凱。她在海豚廣場工作,現在還加班。情況還這麼糟糕時,她是不會休假的。」

茱莉亞抽了一口菸,隨後將它丟在地上,用鞋踩熄。「但凱眞的是個女英雄,對不對?」她吐口煙說道,「凱像磚塊一樣堅強。」

她是開玩笑的,海倫想,但語氣並不輕鬆,她說話時幾乎是有點狡猾地從眼角看著海倫,儼然是在測試海倫,試試海倫的反應。

海倫當時想到米琪以前對茱莉亞的評語:她是想被崇拜,無法忍受有人比她更受歡迎;她很冷酷。海倫心中對她產生一絲的厭惡:沒錯,妳是很冷酷!就在這一刻,突然間,她覺得心事被看穿,很沒有安全感。

但奇怪的是,那種不安全感,甚至厭惡的感覺,幾乎令她很興奮。再一次,她望著茱莉亞那張光滑、英挺、上流社會的臉龐,便想到了珠寶、珍珠。難道冷酷不是造就魅力的條件嗎?

然後,茱莉亞改變坐姿,時間又過了一會兒。海倫看看手錶,發現時間很晚了。「天哪!」她趕緊將菸抽完,菸蒂丟進幾乎喝光的茶杯裡,聽到嘶的一聲。「我得回去工作了!」

茱莉亞邊點頭邊喝茶,「我跟妳一起走。」

她們迅速走回餐車,將杯子留在櫃台,便開始往海倫的辦公室方向走去,要走好幾百碼。

「妳那個皮森小姐會因爲妳在外面待那麼久而爲難妳嗎?」茱莉亞邊走邊問道。

「齊思蒙小姐,」海倫微笑,「可能會。」

「那麼妳最好怪在我頭上。就說我是緊急案例。就說我……該說我怎麼了？我的房子毀了，失去了一切！」

「一切？」海倫仔細想，「那可能要經過六個不同的部門，我能幫的只是申請稍微整修的補助金而已。要重建房屋，妳得到戰爭損害委員會去，但他們可能會將妳送回我們部門。在清洗可用的物件方面，像是窗簾、地毯等等，三樓的林克絲小姐可能可以協助妳。但妳一定要帶著送洗清單，以及妳首次申報這個事件時我們給妳的單據。……什麼？單據不見了？喔，親愛的，那妳得重新申請，得從頭開始……這就像是蛇與梯子[1]的紙盤遊戲。當然，這可是假設我們有時間見妳的情況喔！」

茱莉亞的臉有點扭曲。「妳很喜歡妳的工作。」

「這工作很令人沮喪，就這樣。妳希望可以有點作爲。但現在，我們三年前安置好的人又回來了，他們的房子又被炸彈夷平。我們的經費比以前更少，但戰爭還花我們——他們說是多少？一天一千一百萬英鎊？」

「不要問我，」茱莉亞說，「我已經不看報紙了。既然這世界顯然執意要自殺，幾個月前，我便決定撒手不管了。」

[1] 譯註：蛇與梯子，Snakes and ladders，簡單的桌上遊戲，擲骰子決定走的格數，走到梯子可以往上升數格，但遇到蛇便得往下降數格。

「我希望我可以這樣，」海倫回應，「但完全不知道消息，會讓我更難受。」

兩人已經來到市政廳，站在階梯底下，準備道別。階梯兩端各有一隻看起來很焦急的石獅，毛色因蓋上一層灰燼而顯得灰樸樸的。茱莉亞伸手撫摸其中一隻，笑了起來。

「我很想騎上去。妳猜猜齊思蒙小姐會怎麼說？」

「妳會害她心臟病發作，」海倫說，「再見，茱莉亞。」她伸出手來，「不要再爬門上的氣窗了，好嗎？」

「我盡量。再見，海倫。很高興遇到妳。這是個不好的字眼，對吧？」

「這是很棒的字眼，我也很高興見到妳。」

「真的嗎？那麼希望以後可以再見面，或者妳改天一定要請凱帶妳過來，到麥坎博廣場來，我們可以一起吃晚餐。」

「好的，」海倫回道。有何不可？現在凱和海倫的關係顯得很輕鬆。「好的，我會的。」然後兩人分道揚鑣，「謝謝妳的茶！」

「已經有很多人在等了，金妮芙小姐。」當海倫走進辦公室時，齊思蒙小姐這麼說。

「真的？」海倫走過辦公室，經過職員通道進入盥洗室，脫下外套與帽子，站在鏡子前重新補妝。這麼做時，眼前又浮現了茱莉亞滑順醒目的五官、修長的頸子、黑色的眼睛，修剪整齊的眉毛，還有那豐滿、不規則、令人分心的嘴唇。

門被推開，林克絲小姐走了進來。

「喔，金妮芙小姐，很高興看到妳。有個不很好的消息，市長基金部門的派普先生，他的太太不幸死了。」

「喔，不！」海倫的手放下。

「她死了，一枚定時炸彈。今天早上被炸到的，非常不幸。我們要寫張卡片，但是不會要求每個人都簽名，一陣子之後，簽名就變得毫無感覺了，但我想妳可能會想知道。」

「是的，謝謝妳。」

海倫收起粉餅盒，悲傷地走回座位，之後就幾乎沒再想到茱莉亞，幾乎都沒再想起她。

「嗯，」排在鄧肯前面領晚餐的囚友，是個被稱爲薇姨的娘娘腔老男人，她說：「我們今天吃什麼？起士焗龍蝦嗎？肉醬？小牛肉？」

「是羊肉，阿姨。」打菜的男孩說。

薇姨不滿地發出嘖嘖聲，「我想他們可沒那種想像力可以弄得像小羊肉。唉……親愛的，給我一盤吧！聽說布魯克斯那兒的午餐最近也不怎麼好。」

她最後一句話是對著鄧肯說的，同時翻起白眼，摸摸頭髮。她前半部的頭髮是金色的，有點漂白，還有漂亮的波浪；因爲每晚入睡時，她頭上會用好幾根線繩纏妥，好在頭髮留下綁繩的痕跡。她兩頰塗上胭脂，嘴唇跟女孩一樣紅。圖書館裡每一本紅色外皮的書都會有淺色小色塊，因爲像她那樣的男人，都會吸吮硬殼封面，好讓嘴唇鮮紅。

鄧肯拿著自己的食物，不發一語，無法忍受薇姨。過了一會兒，她便走開了。但是，她邊走邊喃喃自語，「眞是的，我們今天可不是很高傲麼？」當鄧肯往薇姨的方向瞥去時，看到她將晚餐放在桌上，撫摸自己的胸口。「我的天哪！」薇姨正在跟她的狐群狗黨們大喊，「我剛剛很受傷！很心痛！坐在那裡的悲劇皮爾斯小姐爲什麼……」

他低著頭，捧著餐盤穿過食堂，往另一個方向走去，與費瑟和其他八名男子一起坐在靠近大門的一張桌子前。費瑟已經坐在那裡了，正和坐在對面一個叫瓦特林的男子聊得非常起勁，費瑟也一樣拒服兵役。瓦特林坐著，雙手抱胸，費瑟則上身前傾，正拍打著桌布，以強調他的重點。他沒注意到鄧肯走過來，在距離幾個座位的位置拉出椅子坐下。其他男子則抬頭看看，點點頭，還蠻高興地與他招呼：「你好，皮爾斯。」「還好嗎，小夥子？」

他們年紀大都比較大。鄧肯與費瑟是年紀較輕的。尤其是鄧肯，很受大家的喜愛，經常受到注意。「你好嗎？」坐在他身邊的長者這麼問，「你那位好姊姊，最近有來看你嗎？」

「她週六來過。」鄧肯坐下時說。

「她對你很好，也很漂亮。」那男子眨眨眼，「這絕不會有什麼不好，對吧？」

鄧肯露出微笑，但鼻子卻開始聞嗅起來，皺起了臉。「這是什麼可怕的味道？」

「你覺得呢？」坐在他另一邊的人說，「討厭的凹槽又阻塞了！」

離他們那桌幾碼處是個水槽，是地面層的囚犯傾倒夜壺穢物之用的。那個水槽經常堵塞，鄧肯不經意地看了一眼，只見已經溢滿噁心的尿液與棕黃色固體排泄物。

「我的天哪！」鄧肯轉動椅子方向，開始挑餐盤上的食物吃。但食物也讓他覺得噁心，羊肉很肥，馬鈴薯是灰色的，不但沒有清洗，而且煮得太老的包心菜還帶有泥土。

坐在鄧肯對面的人看見鄧肯吃不太下，便露出微笑，「很美味，對吧？你知道嗎，昨晚我在可可亞裡發現老鼠屎。」

「三樓的依凡斯說，」另一人又道，「有一次，他在麵包裡發現腳指甲！是C樓的那些人故意這麼做的。最糟糕的是，依凡斯說，他非常餓，所以得吃下肚！還邊吃邊挑掉腳指甲。」

那些人扮了鬼臉。坐在鄧肯身旁的老囚犯說：「嗯，這就像我老爸以前說的：『餓狗會吃髒布丁（註：饑不擇食之意）。』告訴你，直到我被關進這裡，才瞭解這句話的意思。」

他們繼續聊天。鄧肯從包心菜中刮除更多泥土，再用叉子插上。用餐時，他聽到費瑟與瓦特林交談的簡短片段。「但你不是想告訴我，美斯頓有這麼多人拒服兵役？……」他沒聽到其他的內容。公共食堂裡擺放了十五張桌子，他們就圍坐在其中的一張。每張桌子坐十或十二人，食堂裡的交談聲、笑鬧聲、椅子刮地板的聲音、警官的喊叫聲，交互混雜，幾乎讓人無法忍受。而且這地方怪異的音響效果使情況更加糟糕，因爲任何叫喊聲在這裡都會擴大變成國王十字車站月台的廣播員叫喊聲。

例如，現在突然發生一陣騷亂，讓每個人都退避三舍。賈尼敘先生快步跑進來，開始大叫，對某個人開始怒罵：你這小笨蛋！只因那個人掉了馬鈴薯，或是打翻了肉汁之類的。咒罵聲就像狂暴野獸的咆哮。但大夥兒轉過頭去看，又立刻轉回來，似乎覺得很無趣。鄧肯注意到，費瑟都沒轉頭，仍與瓦特林爭辯，搔抓參差不齊的頭髮，笑說：「我們的意見永遠不會一致！」

他的聲音現在聽得很清楚，賈尼敘在罵人之後已經安靜了一些。坐在瓦特林右邊一個叫海蒙德的逃兵，因爲搶劫被送進來，正惱怒地看著費瑟。「你爲何不他媽的停止爭論，」他說，「好給我們其他人一點平靜？空談、空談、空談，你只會空談。你就是一張嘴會說話，就是你這種人在戰爭裡會混得不錯，就像和平時期也一樣混得很好！」

「你說對了，」費瑟回答，「我們會這樣。因爲你口中說的我這種人，知道你這種人會這麼想。工人認爲和平時期沒什麼好處，所以就沒有理由不去打仗。如果給他們不錯的工作與房子，讓他們的小孩上不錯的學校，他們很快就會瞭解和平主義的眞諦！」

「眞他媽的！」海蒙德厭惡喝道，雖然他不願意，但是也被捲入了爭辯。坐在他另一邊的人也加入爭論。有人說費瑟似乎認爲一般的工人不會犯錯。「你應該試試去管理一工廠的工人，」這個人因爲盜用公款而入獄，「相信我，你的政治觀點很快就會改變了。」之後，海蒙德也接著說道：「納粹呢？他們也是一般的工人，不是嗎？」

「他們的確是。」費瑟說。

「那日本人呢？」

「日本人，」坐在費瑟身旁另一個叫吉格司的逃兵說，「他們不是人，這點大家都知道。」

他們的對話持續好幾分鐘。鄧肯吃著骯髒的晚餐，仔細聆聽但沒說話，不時看著費瑟。費瑟則在一開始引發這整件事，在挑起整桌人的爭辯後，自己卻往椅背靠，雙手枕在頭後，看起來神情愉快。鄧肯認爲，費瑟的制服和其他人的制服一樣都很不合身，外套的灰塵與上面那顆髒污的紅星，讓費瑟看起來沒什麼血色；襯衫領口因爲髒污而變黑；但也不知道爲什麼，費瑟看起來就是很英俊——其他人看起來都一副瘦弱沒吃飽的樣子，他看起來卻只是很修長。費瑟來到苦艾叢監獄三個月了，只要再關九個月就可以出獄；但是他在布立克斯頓監獄已經待了一年，而那裡遠比這裡還要艱苦。他也跟鄧肯說過，比起以前就讀的公立學校，布立克斯頓監獄也不算太壞。但關在這裡，難過的只有他的雙手；因爲他被分配到竹籃工廠，還不是很會使用那些工具。他好幾根手指上，已經有好幾個先令硬幣般大小的水泡。

現在，他轉頭看到鄧肯在注視，便微笑起來。「你不加入我們的討論嗎，皮爾斯？」他朝鄧肯的方向大喊，「你對這件事有什麼看法？」

「皮爾斯對什麼事都沒有看法，」海蒙德搶在鄧肯回答之前說，「他都很低調，是不是啊？公雞（註：俚語中陰莖之意）？」

鄧肯很不自在地動了一下，「我認爲老是這樣爭論沒有用，如果你是指這個的話。我們什麼都無法改變，而且幹嘛要試圖改變？那是別人的戰爭，又不是我們的戰爭！」

海蒙德點頭，「沒錯，那是別人該死的戰爭！」

「是嗎？」費瑟問鄧肯。

「當你被關在這裡時，」鄧肯說，「那就是別人的戰爭，就像其他一切也都是別人的一樣。我是說，一切重要的事情：好的和壞的……」

「要命，」吉格司打個呵欠，「你的語氣聽來就像是老累犯，小夥子。你就像個幹他媽的無期徒刑囚犯！」

「換句話說，」費瑟回應，「你只是執行他們要你做的事。我是說，賈尼敘、丹尼爾斯，還有邱吉爾，以及其他所有人。你在放棄你思考的權利！我不怪你，皮爾斯。待在這裡，這眞的很難，因爲沒人鼓勵你做任何事。因爲甚至不准你聽新聞！至於這個……」他往桌上伸手，那裡有份報紙，每日快報。但是在翻開報紙時，報紙卻像學童在學校做的聖誕雪花勞作，好幾則新聞報導已被剪掉，留下來的幾乎只有家庭版、運動版與漫畫。費瑟往桌上丟。「如果你讓他們得逞的話，他們便會把你的心智挖得一個洞一個洞的。別讓他們得逞，皮爾斯！」

他的語氣激昂，同時用清澄的藍眼珠盯著鄧肯不放，鄧肯覺得自己的臉一定紅了。「這對你而言很容易，」鄧肯應道。

但費瑟的目光已經轉移到鄧肯身後的某一點，臉色一變，因爲他看到曼迪先生沿著桌子間的走道走過來，於是將手舉高。

「嗨，曼迪先生！」他以演戲誇張的聲調大喊，「你來得正好！」

曼迪先生一派輕鬆，慢步走來。他看到鄧肯，朝鄧肯點個頭。但他很有戒心地看著費瑟，以他那愉快、柔和的聲調說：「怎麼了？」

「不是什麼重要的事，」費瑟回答，「我只是想到你可能可以跟我們解釋，爲什麼我們的監獄制度似乎很急著想把囚犯變成白癡，而不是……呃……我不知道……而不是教育他們？」

曼迪先生展現隱忍的微笑，但不想與費瑟爭辯。「你又來了，」他開始往前走，「你可以盡量抱怨，監獄總會讓一個人變成這樣的！」

「但監獄不讓人思考，先生！」費瑟繼續緊咬著不放，「囚犯不准看報紙、不准聽廣播。這樣做是什麼意思？」

「你知道這是什麼意思，小夥子。你們與外面的世界已經不相干了，讓你們聽到外界的消息對你們沒好處，只會讓你們情緒激動。」

「換句話說，這可以讓我們獨立思考，有自己的見解，而這會讓你們更難管理我們。」

曼迪先生搖搖頭。「小子，你若有什麼不滿，可以直接告訴賈尼敘先生。但是，如果你在這裡跟我一樣久……」

「你在這裡有多久，曼迪先生？」海蒙德插嘴問。他和吉格司從剛才便注意聽，這桌的其他人也在聽。曼迪先生有些遲疑。海蒙德繼續說，「先生，丹尼爾斯先生告訴我們，你在這裡已經有四十年了，好像是這樣。」

「嗯，」曼迪先生放慢腳步，「我在這裡工作已經二十七年了；在這之前，我在帕克賀司特[1]監獄待了十年。」

---

❶譯註：帕克賀司特監獄（Parkhurst），位於英國南部的懷特島（Isle of Wight），以前是一座專門關重刑犯的監獄。

海蒙德吹聲口哨。吉格司說：「老天哪！這比殺人犯還要久，對不對？以前這裡如何？關的都是什麼樣的人，曼迪先生？」

鄧肯感覺，他們就像是課堂上的小孩，想誘導老師敘述他以前在[1]伊帕斯的日子，想要讓他分心，而曼迪先生則很好心，不忍不理會他們。也有可能是，他寧願和海蒙德聊天，而不願與費瑟說話。他改變姿勢，站得更舒服一些，雙手抱胸，陷入沈思。

最後，他終於說道：「我應該這麼說，被關的人，大致上都一樣。」

「大致都一樣？」海蒙德反問，「什麼？你是說他們跟維萊特一樣，一直在抱怨食物，跟費瑟與瓦特林一樣，一直在談論政治，讓每個人都覺得無聊得要命，就這樣持續三十七年嗎？我的天啊！眞訝異你怎麼還沒瘋掉！曼迪先生。」

「那獄卒呢？」吉格司興奮地問，「我敢說他們一定很兇狠，對不對？」

「嗯，」曼迪先生公正地說，「到哪裡都有好警衛與壞警衛、和善的與兇狠的。但是監獄的作息……」他皺起鼻頭，「當時的監獄作息非常艱困，跟那時相比，你們現在簡直就是天堂。我認識的警衛中，有的會因爲犯人直視他而出手鞭打。我也見過小孩被狠很責打，十一、十二、十三歲的小孩，會讓你很不忍。是的，以前的監獄非常嚴厲……但是，就是這樣。我總是說，在監獄裡，你會看見人類最糟糕與最高尚的行徑。我在這裡工作時，見過許多有禮的紳士，也見過進來時是惡棍但出獄時卻是聖人的人，以及完全相反的人。我也曾經護送死刑犯上絞架，對於與他們握過手，我感到很驕傲。」

「那一定讓他們開心極了，先生！」費瑟大喊。

鄧肯看著曼迪先生，看見他臉都漲紅了，像是被逮到做錯事。海蒙德趕緊說：「你在這裡管的人之中，誰最難管，先生？誰是最大惡棍？」但曼迪先生不再上當，他放下雙臂，挺直腰桿。

「好了，」他邊走邊說，「你們應該繼續用你們的晚餐，快點！」

他開始繼續在這棟牢房的巡邏，走得很慢，因爲他的髖部和腿有點跛。

吉格司和海蒙德噗嗤大笑。

「眞是個他媽的蠢才！」當曼迪先生走遠，聽不到他們說話聲時，海蒙德這麼說。「他眞是個他媽的討厭鬼，對不對？但告訴你，他一定是瘋了才會待在監獄……他說多久？三十七年嗎？待在這他媽的監獄裡三十七天我就受不了了。三十七分、三十七秒……」

「看！」吉格司喊道，「看他走路的樣子！他幹嘛那樣走？像老鴨子走路。想想有個傢伙在牆邊跟他幹起來的樣子！想想曼迪先生排在他之後才開始的樣子！」

「別這麼說他了，」鄧肯突然出聲，「可以嗎？」

海蒙德驚訝地看著他，「這跟你有什麼關係？我們只是開開玩笑。老天哪，如果這裡不能開

❶譯註：伊帕斯 Ypres，位於比利時，是一次世界大戰期間，德國進攻法國的重要戰略位置。德國曾與同盟國在此交手三次。第一次英軍自德國手中搶回此地；第二次德軍使用毒氣，英法聯軍傷亡慘重；而第三次則最慘烈，雙方死傷幾十萬，此城也幾乎被砲火夷爲平地。

玩笑的話……」

「不要再說他了！」

吉格司扮了鬼臉，「嗯，對不起唷！我們不知道你和他的交情有這麼好！」

「我們沒什麼交情，」鄧肯回應，「只是……」

「好了，別再說了，行嗎？」侵呑公款的男子說。他一直想讀那份被剪得坑坑洞洞的每日快報。他抖一抖報紙，一些紙片便掉下來。「像動物園裡餵食時間到了一樣，吵死人了！」

吉格司將椅子往後一推站起來。「走吧，老兄。」他告訴海蒙德，「反正這桌臭得要命！」

他們拿起餐盤便走開。過了一會兒，侵呑公款的男子與另一個人也離開了。鄧肯左邊那群人開始湊在一起。其中一個人用丢棄的木片做了骨牌，開始將骨牌擺好，準備玩遊戲。

費瑟坐在椅子上伸懶腰。「又是另一個苦艾叢監獄D棟的晚餐時刻，」他看著鄧肯，「我絕對沒想到你會與海蒙德和吉格司對上，皮爾斯。而且是爲了曼迪先生！他一定會很感動的！」

事實上，鄧肯有點發抖。他討厭爭執、衝突，他一向都是這樣。「海蒙德和吉格司讓我覺得很不高興。曼迪先生人不錯，比賈尼敘先生和其他人好多了，大家都這麼說。」

但費瑟嘟起嘴，「賈尼敘與曼迪之間，我永遠會選前者。我寧願選擇一個誠實的虐待狂，也不要僞君子。那些跟被判死刑的人握手的故事，全都是胡扯！」

「他只是在做他的工作，就跟其他人一樣。」

「就跟隨處可見、政府聘請的惡霸與殺人兇手一樣！」

「曼迪先生不是那樣的人！」鄧肯固執地說。

「在某些部分，他對基督教的確有非常奇特的念頭，」瓦特林看了鄧肯一眼，卻是對著費瑟說話。「你聽過他談論關於基督教的事情嗎？」

「應該聽過了，」費瑟說，「他是瑪麗．貝克．艾迪[1]的信徒之一，對吧？」

「有一次，我因爲長了很痛的癤在醫務室治療時，他跟我說，那些癤只是——注意，這些全都是他當時說過的話——我相信有痛苦的證據。他說，『你相信上帝，對吧？那麼，上帝是完美的，祂創造了一個完美的世界。所以，你怎麼會長癤呢？』他又說，『醫生口中所謂的癤，事實上只是個錯誤的思想！如果改正了錯誤的思想，那麼你的癤便會消失！』」

費瑟大笑大喊地說：「太有趣了！對一個腿才被炸斷，或是腹部被刺刀刺破的人這麼說，聽起來眞令人欣慰！」

鄧肯皺著眉頭，「你跟海蒙德一樣壞，就因爲你不贊同這個說法，所以就嘲笑他。」

「這有什麼好贊同的？」費瑟回道，「而且這根本就是一派胡言，是一個需要安撫、極想做愛的老女人瞎掰的說法。」他邊竊笑邊說，「就像女子志工隊[2]。」

---

❶譯註：瑪麗．貝克．艾迪（Mary Baker Eddy, 1821~1910），出生於美國新罕布夏州，於一八七九年創立了〈基督教信仰療法〉（Christian Science），是個唯靈論者。

❷譯註：女子志工隊（Womens-voluntary-service），英國婦女爲了協助軍方，在一九三八年成立的組織。

瓦特林似乎有點震驚，「喔，那我不知道。」

「反正他跟你也沒多大的不同。」鄧肯說。

費瑟仍保持微笑，「你說這是什麼意思？」

「就像瓦特林說的，你們都認爲這個世界可以是美好的，對不對？但至少他實際這麼做，想讓世界變得美好，想以意念消弭壞事物。而非……嗯，我是說，而非只是呆坐在這裡。」

費瑟臉上的笑容消失了。他看著鄧肯，然後轉移目光，留下尷尬的沈默。接著，瓦特林身子往前靠。「問你一件事情，費瑟，」他以一種將鄧肯屏除在外的語調說，「如果在宣判時，他們告訴你說……」

費瑟雙手抱胸仔細聽，笑容再次逐漸浮現——他的好心情顯然又回來了。

鄧肯在一旁等待，然後轉身，發現旁邊那堆人才結束一局賭盤。有兩人輕輕拍手，其中一人很有禮貌地說：「這一局很精彩。」說完便和旁邊的人傳遞幾小搓當作賭資的菸草，然後三個人又開始搓洗骨牌玩了起來。「你要一起玩嗎？」他們見鄧肯坐在那兒，幾乎沒人理他，但鄧肯搖搖頭。鄧肯自認爲傷害了費瑟，對費瑟感到很抱歉。又等了一分鐘，看看費瑟會不會放棄與瓦特林爭辯而轉過身來……

但費瑟根本就沒回頭。不久，堵塞的水槽更令人難以忍受了。鄧肯擺好刀叉，向那些玩骨牌遊戲的人說：「等會兒見！」

「好的，待會兒見，皮爾斯。你可不要……」

他們的話被一陣叫喊打斷：「喂！悲劇小姐！喂！」喊叫的人是薇姨，以及她的一些朋友──兩個比鄧肯還要大上幾歲的男孩，分別叫做摩妮卡和史黛拉。她們在桌間裝模作樣地碎步而行，抽著菸，招著手。她們一定注意到鄧肯站起來。接著，她們又叫了：「嘿！怎麼了？悲劇小姐？你不喜歡我們嗎？」

鄧肯將椅子往前推，見到費瑟抬起頭，彷彿微微發怒。瓦特林的表情既震驚又壓抑。薇姨、摩妮卡和史黛拉，正往鄧肯走來。鄧肯拿起餐盤，在她們走到桌前時，快步離開。

「看，她溜掉了！」身後傳來摩妮卡的聲音，「她幹嘛走得這麼急呀？妳認為她囚室裡有老公在等她嗎？」

「她不會有別人的，」薇姨抽手捲菸說，「她還在替上一個哀悼守寡呢！她會像石碑上雕刻的忍耐女神，對著悲傷露齒竊笑！[1]知道她的故事吧？看過她在郵袋一室做什麼嗎？縫、縫、縫，用她白皙的小手一直縫；晚上呢，親愛的，我發誓，她會偷偷回到那裡，將所有縫線拆開。」

隨著她們走遠，談話聲逐漸變弱。但是聽到她們那番話，鄧肯從頭皮到喉嚨，像是犯了罪似地，整張臉漲得好紅。更糟的是，他朝餐桌瞥去，看到了費瑟，費瑟的表情極為不悅，是一種混合了難堪與厭惡的表情，這令鄧肯幾乎想吐。

[1] 譯註：此句原爲 She sat like Patience on a monument Smiling at grief!（她像石碑上雕刻的忍耐女神似的，對著悲傷微笑），出自莎士比亞《第十二夜》。文藝復興時期，墓碑上經常會有忍耐女神的雕像。

他將餐盤上沒動到的食物刮起，再將刀叉放在無皀的冷水槽中沖洗，那是監獄提供囚犯自行清理餐具的設施。他走到對面，開始爬樓梯上樓，儘可能地快速移動。

他很快就氣喘吁吁了，所有體能訓練都會讓他們上氣不接下氣。到第三層，他必須停下來喘口氣。到了自己的樓層時，便靠在囚室外的欄杆上，好讓加速的心跳恢復正常。他用手肘抵住欄杆往下看。

那些爭吵、笑鬧與叫囂，從上面聽來不再那麼刺耳。這景象極爲壯觀，因爲底下的食堂跟一座小城的主要街道一樣長，天花板是不透光的玻璃。有一面大網在第一層平台橫越整個食堂，透過鐵絲、香菸煙霧與噁心的人工照明形成的一片霧濛景象，鄧肯看到下面的囚犯，覺得好似看著籠裡或水裡的生物；他們都像蒼白怪異、不見天日的生物。而且他想，從這裡看下去最引人注意的是這裡的一切都是如此乏味無趣：水泥地板、牆面黯淡無光的漆、有個紅點卻不成形的灰色制服，嘔吐物顏色的桌巾……但是，對他而言，似乎只有費瑟是這裡唯一的亮光，因爲費瑟參差不齊的頭髮呈金黃色，而其他人大都是黑色或暗棕色；費瑟的動作很明顯，生氣蓬勃，其他人則是彎腰駝背，無精打采；當費瑟笑時笑得很大聲，就像現在一樣，即使在這裡都聽得見。

費瑟還在與瓦特林交談，他很仔細聆聽瓦特林說話，不時點頭。鄧肯知道，費瑟並不是那麼喜歡瓦特林；事實上，不管是誰，他都可以聊，一聊就是好幾個小時，而且只是爲了聊天；他看著你時，或激動地跟你說話時，這並不代表什麼，因爲他對一切都很激動，也很熱情。

「那個叫費瑟的，不應該進來。」有一次，曼迪先生私下告訴鄧肯。「來自那種家庭，擁有所有天之驕子的優勢！」他認爲費瑟關在這裡，對其他人都是一種侮辱。曼迪先生說，費瑟只是在玩入獄遊戲。曼迪先生不喜歡鄧肯與費瑟關在同一間囚室，還說費瑟會灌輸鄧肯怪異的觀念。如果有辦法，曼迪先生會給鄧肯一間自己的囚室。

也許曼迪先生沒錯，鄧肯看著費瑟一頭柔順的金黃頭髮，心中這麼想。費瑟只是在玩入獄的遊戲罷了，就像打扮成乞丐的王子一樣。但是，在這種地方，假扮成某人和眞正成爲某人有何不同呢？這就像假扮成受折磨的人或扮成將被處死的人！這就好像加入了部隊，卻說你只是覺得好玩才加入，而另一方要射殺你的敵軍，是不會知道你只是假裝而已。

坐在椅子上的費瑟又往後一靠伸著懶腰，抬起雙臂，伸出修長的腿；但他一直背對著鄧肯，而鄧肯突然希望費瑟轉過身來往上看。他盯著費瑟的後腦勺，用意念要他轉頭。他集中所有的意念，以類似光束的方式，發送心中的話語。看我，費瑟！他心想。看我，羅伯·費瑟！他甚至還默唸了費瑟的囚犯編號。喂，一七五五費瑟！一七五五羅伯·費瑟，抬頭看看我！

但費瑟並未抬頭，仍與瓦特林談笑。最後，鄧肯放棄了，只是揉揉眼睛。之後，再次想凝神細看時，看到的卻是曼迪先生的目光，因爲曼迪先生早就看到他靠在那兒，一直在一旁觀察。他向鄧肯點點頭，繼續在餐桌間慢慢走動。鄧肯轉身走進牢房，疲憊地躺下。

「妳遲到了。」小薇的朋友貝蒂看到小薇從樓梯下來，跑到波曼大樓的衣帽間時這麼說。

「我知道！」小薇氣喘吁吁地說，「吉卜森小姐注意到了嗎？」

「她和亞喬先生在一起。他們要我大老遠跑到地下室，就為了這些東西。」貝蒂高舉手上的文件。「如果妳動作快，應該沒問題。妳究竟上哪兒去了？」

小薇搖著頭微笑，「哪兒都沒去。」

她繼續邊跑邊將手套帽子脫下，來到她的櫃位時，拉開櫃門，把外套裹好放進去。吉卜森小姐准許她們帶自己的提包到座位，因此她便未將提包放進櫃子；但在關上櫃門前，她很快地打開提包往裡瞧，確定可能需要用的東西都帶齊了，因為她經期已至，乳房與腹部很痠痛，裡面有一塊衛生棉與一盒阿斯匹靈。現在她很想到衣帽間墊衛生棉，但沒有時間了。在爬樓梯時，她還是服了一顆阿斯匹靈，沒喝水便嚼碎吞下，苦澀粉筆般的藥味讓她做了一個鬼臉。

她在中午休息時間一路走回約翰・艾倫之家，回去看看有沒有郵件。因為她知道她會收到一張瑞奇寄來的卡片，瑞奇總會在他們共度週六後，寄一張卡片給她，那是瑞奇唯一想到可以讓她知道他平安無事的方法。這次的卡片是一張有愚蠢插畫的明信片，上面畫的是一名士兵與一名漂亮女孩在停電時共處一室的畫面，士兵眨著眼睛，下面的文字說明是：就一直這麼暗吧！瑞奇又在一旁寫著：幸運無限！而在背面寫的是：G.G.——這表示美豔女子（Glamour Girl）之意。想要尋找棕髮女郎，卻找到金髮女子。但願我是他，而她是妳！現在，那張名信片在她提包裡，就放在那盒阿斯匹靈旁邊。

時間是二點十五分，她工作的地方在七樓。她本來可以搭電梯，但電梯很慢，她有過等很久的經驗，因此還是選擇爬樓梯。她的腳步既快且穩，像長跑選手那樣。只見小薇雙手抱胸，鞋跟抬高，因爲樓梯是很硬的大理石搭建的，鞋跟會發出很大的聲響。她從一名男子身旁經過時，那男子笑了起來。「嘿！妳在趕什麼？妳知道了什麼我們不知道的事嗎？」這讓她的腳步放慢些，等到那男子離開後，她又加快了腳步。直到七樓的轉彎處，她才又放慢腳步，喘口氣，用手帕按按臉龐，將頭髮撫順。

現在，她聽到緊湊的聲響，啪、啪、啪、啪！像是小型砲彈的爆裂聲。很快地，她進入走道推開一扇門，頓時，這些聲響變得震耳欲聾，整個房間都擺滿了辦公桌，每張桌子前面都有一位女孩，激動地打著字。有些人戴耳塞式耳機，大多數是看著速記稿件打字。她們之所以這麼努力埋首工作，是因爲她們的打字機上不是只有一張紙張，而是兩張、三張，甚至四張，中間隔著複寫紙。這房間很大，但是很悶。好幾年前，這裡的窗戶早已作好防禦毒氣的處理。窗玻璃上都黏貼了棕色紙條，以防爆炸時玻璃碎裂傷人。

但這裡有股強烈的氣味，是混有爽身粉、燙髮劑、打字機墨水、香菸、除汗劑等的氣味。牆上有政府推行的各式運動海報，像是馬鈴薯先生與其他歡愉的根莖類蔬菜卡通人物的照片，懇請你將它們煮熟吃下；另外，還有像老舊宗教刺繡作品的標語。

現在就種！

即使戰爭時期，春天與夏天依舊會來臨！

這房間最前方有張桌子，與其他桌子隔開，座位上沒有人。但在小薇坐下，拿起打字機外殼開始打字時，不一會兒，亞喬先生辦公室的門便開啓了，吉卜森小姐往這裡看，然後用目光掃過整個房間，看見所有女孩都在打字，便又消失了。

門才關上，小薇便覺得有個輕巧的物件打在她肩上，然後彈到地板上。原來是離她座位約十碼的貝蒂，朝她丟了根迴紋針。

「妳眞是好狗運，皮爾斯！」小薇轉身看她時，她做出這樣的嘴型。

小薇吐吐舌頭，繼續工作。

她正在打一張表格，一張食物與熱量値的表格。這是個煩瑣的工作，因爲必須先打出直欄，中間要空好格，再拿起紙張，橫著放再打。當然，紙張還得對準，不可以滑動，否則最上面的那張沒問題，但下面的副本便毀了。

小薇心想，以打好這表格的精力，加上房間裡的噪音與沈悶，大可以在工廠工作，製造飛機精密零件，說不定在工廠還賺得比較多。但是在與別人談起政府部門的打字工作時，他們都會認爲這是一份很高尚的工作，這裡就有很多女孩來自上流社會，有著像南西、敏蒂、費莉絲蒂、戴芬妮、費之類的名字，小薇跟她們完全不同。即使貝蒂——她老是嚼口香糖，喜歡以電影裡紐約女服務生的機靈口吻說話——即使貝蒂也上過女子才藝學校，而且是有錢人家。

相對地，小薇是在上完巴林一所學院的秘書課程後，才到這裡工作；她有位好老師，鼓勵她來試試看。「現今，在工作表現上，」這位教師說，「妳這種背景的女孩已經沒有理由不可以與有更好家庭背景的女孩並駕齊驅。」她勸小薇去上公共演說課。因此，接下來的三個月，每星期半個鐘頭，小薇會到凱寧頓的一個地下室，站在一名年老的女演員面前背誦詩詞。她仍舊記得好幾段德拉馬爾[1]的詩。

「有人在嗎？」旅行者問，
他敲著那扇被月光照亮的門；
馬匹靜靜地吃草，
在森林裡鋪滿蕨草的地面。

面試的那天，在政府部門等候室裡，看到那些有教養的年輕女子，真是讓她嚇呆了。有個女孩漫不經心地說：「喔，這簡直是探囊取物！她們只想確定我們頭髮沒染色，並且告訴我們不得使用像是老爸與廁所之類的可怕字眼而已。」

面試時，過程還算不錯。但即使到了現在，小薇一聽到廁所這個字眼，便會想起那個時刻與那名女孩。

更早之前，當鄧肯出事時，她都沒向別人提起，即使貝蒂也沒說，沒人知道她有個弟弟。開

[1] 譯註：德拉馬爾（Walter de la Mare 1873~1956），英國詩人與小說家，以兒童作品聞名。

戰初期，住在約翰・艾倫之家的女孩偶爾會以直接、輕鬆的語氣問她：「小薇，妳有弟弟嗎？妳眞的很幸運！有弟弟眞討厭，我就很受不了我弟弟。」至於現在，沒有人會問候別人的兄弟、男友或丈夫了，因爲擔心會問錯問題。

她完成手邊的表格，接著開始打另一份。坐在她前面一個叫密麗森的女孩搖著頭往椅背靠，一根棕髮便飛到小薇打字機的紙張上，那根頭髮很長，因捲燙過度而很乾燥，前端有一團像別針頭的油脂，本來是固定在密麗森的頭皮上。小薇將那根髮絲吹到地上，結果她發現，如果每天這時候往地板看，會看到地板上都是那種頭髮。有時候，她會想到當女清潔員掃完這棟建築所有地板時，糾纏在掃把上的頭髮數量一定很驚人。現在這想法加上房間裡的氣味與沈悶，讓她的心情更鬱悶。她現在瞭解到，她對女子集體生活有多麼厭倦了！這麼多女人擠在一塊兒，實在是討厭之至！她厭惡這麼多化妝品！這麼多香味！這麼多留在杯緣與鉛筆末端的口紅印！這麼多剃完毛的腋下與小腿！這麼多瓶的凡拉蒙止痛劑與這麼多盒的阿斯匹靈！

這讓她想到自己提包裡的阿斯匹靈，又讓她想到那張瑞奇寄來的卡片。她想像瑞奇寫卡片、寄卡片的樣子；看見他的臉龐，聽見他的聲音，感覺到他的愛撫，進而開始思念他，極爲思念。她開始算起他們所有待過做愛的簡陋旅店房間數量，她想著他必須離開她，去看他岳母與妻子的那幾次。「我眞希望我回家看到的是妳。」他總是這麼說，她知道他是眞心的。至於他妻子怎麼想，只有上帝才知道。小薇不會猜他妻子怎麼想，她從來就不是那種會追問、刺探或挖掘關於他家庭的人。她見過他妻子與小男孩的照片，而且是好幾年前看到的。從那時候到現在，說不定曾在街上與他們擦身而過，說不定已經在公車或火車上遇過他們，與他們聊過天。「這幾個小孩眞是漂亮又英俊。」——「妳這麼覺得嗎？他們跟他爸爸很像，給妳看一張快照……」

她打著這些字：牛奶、蛋、乳酪、碎肉餅，然後快速抬頭看，必須將紙取下來重頭開始。轉動捲軸時，心裡想著，瑞奇現在在做什麼？他在想她嗎？她想用意念與他溝通。我親愛的，她在心裡這麼叫他，她從來沒當面這麼稱呼他。我親愛的，我親愛的……她扳下壓紙條，開始打字；但她打得很流暢，而打字如此流暢的一個好處或壞處是，手指在鍵盤上飛舞時，思緒便開始四處奔馳。若心中有所思，心思便可感覺到打字者的節奏，像火車般快速奔馳……現在，她的心思帶著對瑞奇的思念疾馳。她記得擁抱他的感覺，記得他的手指在她大腿間游移的感覺；她在手指、乳房、嘴、與雙腿之間，感覺到這些記憶……身處於這些上流女子之中，以及這麼多打字員打出的這片無趣的啪啪啪聲中，心裡卻想著這些事，而且還歷歷在目，這實在很糟糕。但是……她打量房間四周，這些女孩中，難道沒有人在談戀愛？眞的墜入愛河，如同她和瑞奇一樣？即使是吉卜森小姐，她一定也被親吻過。一定有男人要過她，以前某個男人也許跟她一起躺在臥室地板，除去她的小褲，將他自己往她體內推，推了又推……

突然間，亞喬先生辦公室的門忽地打開，吉卜森小姐再度出現。小薇臉一紅，垂下頭來，豬肉、培根、牛肉、羊肉、禽肉，她繼續打字，鯡魚、沙丁魚、鮭魚、蝦……

但是，吉卜森小姐注意到她，叫她過來。

「皮爾斯小姐，」吉卜森手上有一張羅尼歐油印機的蠟紙，「不知怎麼搞的，妳似乎很有時間。這份文件拿到樓下油印室去，請他們印個兩百份，好嗎？請盡快處理。」

「好的，吉卜森小姐。」小薇說完拿著蠟紙便走出去。

到油印室必須往下走兩層樓，在另一條大理石走廊的末端。小薇向負責印務的女孩說要印文件，印刷員是個戴眼鏡、長相平凡的女子，沒什麼人喜歡她。只見她轉動機器手把，看了那份蠟紙後，以極爲輕蔑的語氣說：「兩百份？我現在正爲布特曼先生印一千份文件。你們這些人的問題就是，以爲這些東西吹個口哨就可以變出來，妳恐怕得自己印了。使用過這種機器嗎？上一個在這裡幫我的女孩，把東西弄得一團糟，滾輪這幾天都很不穩！」

小薇曾經看過別人放蠟紙，但那是好幾個月前的事了。在撥動支架時，那個還在轉動機器的印刷員往小薇這兒瞧，微弱地喊著：「不是那樣！在那裡，看！就是那裡！」

最後，蠟紙、紙張與油墨都放妥了；現在小薇只要站著轉動手把，轉個兩百次……這個動作讓她柔嫩的乳房感到疼痛，只覺得自己開始流汗了。更糟的是，另一個部門的男子走了進來，露出微笑站在那兒看著她。

「我很喜歡看你們女孩做這件事，」在她終於做完時，他這麼說。「妳看起來就像擠牛奶的女侍，在攪動鮮奶油。」

他只有幾份要印，等到她數完份數並讓油墨晾乾時，他也已經完成。她走出那房間時，他幫她開門。但他做得很吃力，因爲他撐著一根拐杖走路。她以前便知道，在戰爭一開始時這男子是個空軍，但在一場意外中受傷跛了腳。他很年輕，皮膚白皙，是那種女孩子會說：「他的眼睛很漂亮！」或是「他的頭髮很好看！」的男子。這麼說並非他的眼睛或頭髮特別好看，而是因爲其他的五官一點兒都不怎麼樣，但是又想找些關於他的好話來說。他們一起走在迴廊上，她覺得有必要配合這男子的腳步。

他說：「妳是吉卜森小姐手下的女孩，對不對？在頂樓那層？我想也是如此，我以前就開始注意到妳了。」

兩人走到樓梯口。小薇的手臂因轉動油印機把手而疼痛，雙腿間有一股潮溼不舒服的感覺。可能是流汗的關係，但她心想，說不定是比那更糟的事。如果那男子沒跟她一起，她早就跑到樓下了，但是她不願讓那男子看到她往洗手間快跑的樣子。男子一步一步緩緩走上階梯，握著扶手以平衡重心，也許他做得有點誇張，因爲想與小薇多相處幾分鐘……

「那裡一定是妳的辦公室，」當兩人到達頂樓時，他這麼說。「從吵雜的聲音就知道。」他將拐杖從右手換到左手，以便與小薇握手。「再見了，嗯，小姐貴姓？」

「皮爾斯。」小薇說。

「再見，皮爾斯小姐，說不定我哪個時候還會再看到妳攪牛奶？或者……嗯，如果妳想一起喝個更濃烈的飲料……」

她說她會考慮，因爲小薇不想讓這男子以爲是因爲他的腿才拒絕的。說不定會讓這男子約她出去，也或許會讓這男子親吻她。這有什麼不妥呢？這並不代表什麼，這只不過是做了一件事，與她對瑞奇的感覺不同。

她將印好的文件交給吉卜森小姐，要回到座位時，卻猶豫了，因為還是想上洗手間。她記起幾個星期前，整棟樓的人都看到一名裙子上染了血漬的女孩。於是小薇拿起手提包，再去找吉卜森小姐，詢問她是否可以離開。

吉卜森小姐皺起眉頭望著鐘，「喔，好，但這就是你們女孩為何有午餐時間，別忘了。」

這次，為了防止在樓梯間被推擠，她便搭電梯，但後來幾乎都是用跑的跑到洗手間。走進裡面一間廁所，撩起裙子，拉下小褲，從紙盒抽出幾張紙，按壓在雙腿之間。

拿開紙張後，上面卻很乾淨。她想也許小解可以將血液帶出來。小解了，但還是沒有分別。

「該死！」她大喊。因為月經來時已經很麻煩了，但等待是更糟糕！她取出衛生棉固定好，以防萬一，接著往手提袋裡瞧，看到瑞奇的卡片，她幾乎要再拿出來看……

但在那張卡片旁，是她的口袋型日誌，一本很薄的藍色部門日誌，書背上有支鉛筆。看著簿本時，又再檢查一次。她回想日期，現在離上次月經多久了？突然，她感覺已經過了很久。

她取出日誌翻閱。頁面看起來像是間諜做了註記似地複雜難懂，因為上面有各種記號：探視鄧肯的日子有一種記號，週末與瑞奇共度的是另一種記號；以及一個不搶眼的小星號，每隔廿八天或廿九天總會出現。她開始數從上次的星號到現在的日子：她數到廿九，還在繼續數……一直到三十、卅一，卅二、卅三。

她簡直不敢相信，又再數一次，以前從未這麼遲過。她其實一向都很準時，總是跟其他女孩開玩笑說，她的很準，跟時鐘、日曆一樣準。她告訴自己：「這是因為空襲的緣故。」一定是這樣。空襲影響了每個人的身體狀況，這樣說得通。現在，她很疲憊，可能只是工作太累了。

她從紙盒再抽出幾張紙，按在雙腿間；但紙張還是很乾淨，她甚至站了起來，跳了跳，想將血液抖出來，但這樣跳讓乳房很痛，覺得幾乎有點刺痛。當她用手摸摸自己的乳房時，只感覺乳房似乎腫得很漲、很豐滿。

她拿起那日誌，第三次仔細查看，說不定她記錯上次的日期了。

沒記錯，她很明白。不會吧！小薇心想。但如果是……她很快又想了一遍。如果是……那麼一定不是發生在上次與瑞奇在一起的時候，而是更早的那一次，而那已經是一個多月前了……

不！她不相信。她告訴自己：妳會沒事的。她將衣服整理好，手甚至在發抖。每個女孩都會被嚇到的，但妳不會。瑞奇非常小心。妳會沒事的，妳不會有事的！

「終於到了，」當凱走進米琪的船，打開船艙門時，賓姬說。「凱！我們以爲妳不來了。」船在搖晃。

「妳好，賓姬。妳好，米琪。抱歉我來晚了。」

「沒關係。妳來得正是時候，趕得上喝酒。我們正在調琴蕾雞尾酒。」

「琴蕾雞尾酒！」凱放下紙袋，看著手錶。時間是五點十五分。

賓姬看到她臉上的表情，「喔，別扯了！我無法幫妳的肝說話，但這個時候我的肝還處於和平期間！」

凱摘下帽子，跟米琪、賓姬一樣，都穿了制服，準備要去工作。但船艙上有暖爐，有發出斷斷聲的燈，而且很溫暖。凱坐在賓姬對面，解開外套，放鬆領帶。

米琪正忙著拿出平底玻璃杯、湯匙與一瓶蘇打水，放在賓姬和凱之間一只倒放的啤酒條板箱上。之後又拿出琴酒，打開萊姆汁瓶。這琴酒是不知名廉價酒，但以真正的萊姆汁來替代甜酒，萊姆汁就放在白色旋蓋的棕色藥瓶裡，賓姬說那是向一名藥劑師買的，當做健康補品。

米琪將這些材料一起攪拌，遞出玻璃杯，自己保留一杯。然後三個人一起舉杯，嘗了一口，臉孔立刻扭曲。

「簡直就是電池酸液嘛！」凱說。

「別想那麼多，親愛的！」賓姬說，「想想我們喝下去的那些維生素C。」

說完，賓姬遞出香菸。她喜歡抽一種很難買到的土耳其菸，這些菸現在全擺在一只精美的金質菸盒中，但是將每一根都切成一半，希望一包菸可以抽得更久些。她用一根發黃變色的象牙濾嘴抽菸，米琪和凱都各拿一截。她們必須以食指與拇指夾住，而且點菸時得很靠近打火機。

「我覺得很像我父親！」米琪吐口煙往後坐時這麼說，她父親是個賭注組頭。

「妳看起來像流氓，」凱回應，「說到流氓……」她的心突然感到一陣小小的興奮。「妳們難道不想知道我為什麼遲到嗎？」

米琪放下菸，「天啊，我全忘了！妳去找柯爾的奸商朋友！妳沒被逮吧？」

「該不會是那些搞黑市的無賴吧？」賓姬將象牙濾嘴從嘴上取下來，「哦，凱，妳怎麼可以這麼做？」

「我知道，」凱雙手舉起，「我知道，我知道我這種行爲很爛。但好幾個月來，我都是從他們那裡弄到威士忌的。」

「威士忌不算，對我們的工作而言，威士忌簡直就是仙丹救藥，但其他東西……」

「不過，賓姬，那是爲海倫買的，這個月底就是她生日。妳最近看到店裡賣的東西嗎？那些東西比以前都還糟。我想要給她……我不知道，漂亮的東西吧！精美迷人一點的。這場可恥的戰爭，將她那種迷人的女子風采剝奪殆盡！我們是沒關係，我們可以活在髒污的環境，而且還可以活得蠻高興的……」

「但我們說的是贓物，凱！贓物呀！」

「柯爾說那些保證人已經處理好那方面的事了。總之，他們大部分的貨都是戰前的物資，都是多出來的，沒用處，就擺在那兒，不是眞的搶來的。老天，我絕不會去碰搶來的東西！」

「很高興聽到妳這麼說，但我還是不贊同，如果總部發現了……」

「我也不贊成，」凱說，「妳知道我也不贊同。只是……」她覺得越來越不自在，「我看著海倫，看著她越來越憔悴，我實在受不了。若我是她丈夫，我便會上戰場打仗；若是那樣，我也無能爲力。但事實上，我在這裡……」

賓姬舉手發言：「這些感傷的話，就留在審判妳的時候再說吧！如果消息走漏了，有人知道我也參與其中的話，老天哪，那我也得吃官司了！」

「妳什麼都還沒參與！」米琪不耐煩地說，「妳買了什麼，凱？是什麼東西？」

凱描述了她去的地方，那是位於拜什那爾格林區一家倒塌的商店地下室裡的房間。

「當他們知道我是柯爾的朋友而非女警時，他們就變得很有禮貌。喔！眞希望妳可以看到他們那裡的貨！一箱箱的菸、香皀、刮鬍刀、咖啡！」

「咖啡？」

「還有褲襪。我必須承認，當時我眞的很想買褲襪，但我想要的是睡衣。海倫的睡衣破爛不堪，這讓我覺得很難過。在看過他們所有的貨品，像是棉質家居短罩衫、法藍絨睡衣……之後，我看到了這一件。」

她早已將紙袋拿在手上，現在打開來，取出一個扁平的長形方盒。盒子是粉紅色的，還綁了絲質的蝴蝶結。「看，」賓姬和米琪都靠過來看，「這看起來是不是像那種東西，對不對？那種在美國電影裡，一個傢伙到後臺探視歌舞小姐時，會用手臂夾著的禮物。」

她將盒子平放在大腿上，停了一會兒，好製造懸疑效果，然後再小心地掀起盒蓋。裡面是好幾層的銀箔紙，她拿開紙張，底下是一套珍珠色澤的緞質睡衣。

「哇！」米琪驚叫。

「我也這麼認爲！」凱說著，將上衣拿起來抖一抖，手中的衣服就像女孩的一頭長髮；雖然被放在盒中一路帶來而感覺很冰涼，但現在已經開始覺得溫暖起來了。在某方面，這睡衣的滑順與光澤，讓她想起了海倫。在她甩動衣服看著它像波浪般起伏時，她又想起了海倫。

接著又說：「看看這光澤！看看這些鈕釦！鈕釦是動物骨頭做的，像薄餅一樣精美，觸感極佳，非常漂亮！」

賓姬將香菸濾嘴從一手換到另一手，拿起上衣的袖口，用拇指摸摸那緞料。「這是上等的精美質料，我可以這麼跟妳說。」

「妳看了標籤嗎？是法國貨，妳看。」

「法國？」米琪很驚訝，「幹得好！海倫穿上它，就可以爲抵[1]抗運動貢獻一點力量。」

「親愛的，」賓姬說，「她一旦穿上身，便不會怎麼反抗了。」

她們都笑開了。凱反轉過上衣，再以讚嘆的眼光仔細打量；她甚至站起來，將上衣與褲子拿在身上搭配。「當然，我這樣看起來很好笑，但大致上是這樣。」

「這套衣服好漂亮，」米琪往後靠坐時說，「但我相信這一定很貴，對吧？快點，老實說，妳花了多少錢？」

凱開始將衣服折好，臉開始泛紅。「喔，」她頭也不抬，「妳知道的。」

「我不知道！」米琪看著她，「我不是很清楚！」

「這種品質的東西是不便宜，戰前就已經……」

[1] 譯註：抵抗運動（The Resistance），二次大戰中，法國、義大利、波蘭等國家抵抗軸心國的運動，方式包括不合作、提供錯誤資訊、藏匿被砲彈擊落的飛行員等。

「多少？凱，妳的臉都漲紅了！」

「這裡很暖和，是那個該死的暖爐！」

「五英鎊？六英鎊？」

「嗯，我必須揮霍藍格希家族的大把鈔票！而且現在還有什麼東西可以買的？酒館沒酒，菸商沒菸。」

「七英鎊？八英鎊？」米琪瞪著她，「凱，沒比這還貴吧？」

凱快速但模糊地說：「沒有，大約八英鎊。」

事實上，她付了十英鎊買這套睡衣，另外還付了五英鎊買一袋咖啡豆與幾瓶威士忌，但是她不想說。

「八英鎊？」米琪大喊，「妳瘋了嗎？」

「但是想想，這會讓海倫有多開心！」

「妳讓那些奸商更開心。」

「喔，那又怎樣！」凱突然感覺到琴酒的效力，言語開始有些挑釁。「在愛情與戰爭中，一切都是公平的，對不對？尤其是這場戰爭，更尤其是……」她放低聲音，「更尤其是我們這種愛情。天啊！我已經盡力了，對吧？就算萬一我死了，海倫也不可能獲得任何撫卹金……」

賓姬說：「藍格希，妳的問題是，妳有騎士情結。」

「那又怎麼樣？我爲什麼不應該有？我們這種人必須勇敢，沒有人會爲我們勇敢奮鬥的！」

「嗯，但不要做過頭了。愛情裡，除了花大錢獻慇懃，還有其他更多可做的事。」

「喔，少跟我提那些。」凱說。

她已將睡衣折好收起，再看手上的錶，突然擔心海倫會早到，這樣一來，她準備的驚喜便會毀於一旦。海倫預定下班後要來與她們三人一起喝一杯。凱將那盒子遞給米琪。「妳可以幫我暫時保管嗎？到下個月初就好，可以嗎？如果那東西放在家裡，海倫可能會發現。」

米琪將睡衣禮盒帶到船艙另一頭的最裡端，在她床底下藏好。

她回來後又調了更多雞尾酒。賓姬倒了另一杯，同時搖晃著手上的琴酒，看著玻璃杯，突然臉色一沈。一會兒，賓姬說：「這些關於騎士精神、女孩的事，讓我感到很沮喪。」

「喔，賓姬！」米琪應道，「千萬別這麼說。」

「但我眞的很沮喪。凱，妳把自己塑造成捍衛者——酷兒（註：男同志）最好的朋友——妳有妳的小海倫，妳的絲綢睡衣那些東西。但是像妳們這對戀人極爲少見，我們大部分……嗯，就拿米琪和我來說吧！我們有什麼呢？」

「別扯上我！」米琪邊咳邊說。

「是琴酒讓妳這麼感傷自憐的，」凱說，「我早就知道六點之前喝雞尾酒會有這種效果！」

「不是琴酒的緣故。我是很認眞的。老實告訴我，我們所過的生活有沒有讓妳失望過呢？年輕時，這樣很不錯。二十歲時，這種生活絕對非常過癮！那種保密不宣、情感強度，就像豎琴一樣，讓人情緒激動。以前，我覺得女孩非常棒，會爲了無聊瑣事而大發雷霆；在派對上威脅要在洗手間割腕自殺之類的事。跟這樣的情況相比，男人就像影子，像紙娃娃，像小男孩！然而，一旦達到某個年齡，就會看見這種生活的真實面。到達某個年齡，妳只會覺得身心俱疲，進而便會瞭解，已經不能再繼續玩這種該死的遊戲了……之後，會開始覺得男人幾乎是個不錯的選擇。有時候，我會認真考慮要找個善良的小伙子穩定下來，像是某個安靜的小自由黨國會議員之類的，這會讓我很安心。」

碰巧凱以前也有類似的感覺。但那是在戰爭前，是在她遇見海倫之前。現在，她以略顯譏諷的口吻說：「在莎孚❶驛馬車酒吧的喧囂之後，是婚姻床第的深沈靜謐。」

「沒錯。」

「胡說八道！」

「我是認真的！」賓姬說，「妳到我的年齡就知道……」她今年四十六，「每天一早醒來，盯著床上另一大邊平整的床單，試著勇敢面對這種情景……不要忘了，我們也不會有小孩來照顧年邁的我們。」

「天哪！」米琪說道，「我們現在幹嘛不就割喉自殺，一了百了？」

「如果有勇氣的話，」賓姬回道，「我可能就會這麼做。現在讓我繼續活下去的只有那個救護站。我要說，感謝上帝，幸好有這場戰爭。我不介意這麼跟妳說，一想到和平可能快要到來，就讓我渾身發抖。」

「嗯，」凱接著說，「妳最好快適應這個想法，現在我們離羅馬只剩十七哩，不管幾哩遠，和平只是遲早的問題！」

她們花了大約十分鐘談論義大利現況，然後繼續討論——如同大家最近都在討論的——希特勒的秘密武器。

「妳知道德軍正在法國部署巨型大炮嗎？」賓姬說，「政府盡力封鎖消息，但在柏克利廣場的柯林斯認識政府部門的人，他說那大砲的射程會到達倫敦北部，顯然可以夷平好幾條街。」

「我聽說德國人，」米琪也說，「正在研發一種光束……」

船身搖晃一下，有人從拖船路徑踏上這條船。一直留意有無腳步聲的凱往前一傾，放下手中的玻璃杯，小聲說：「應該是海倫。記住，絕對不要提到睡衣、生日之類的事。」

這時傳來一陣敲門聲，門便被打開，是海倫。凱站起來，遞出手，扶著海倫走下階梯進入船艙，並親吻她的臉頰。

「妳好，親愛的。」

「妳好，凱。」海倫露出微笑。她光滑的臉頰很冰冷，柔軟、滑嫩，就像小孩的臉。她口紅下的嘴唇很乾澀，被風輕微地刮得龜裂。她看了一眼這個煙霧瀰漫的房間。「天啊！這裡好像土耳其後宮，雖然我並沒有真的去過土耳其後宮。」

「親愛的，我去過，」賓姬說，「可以告訴妳的是，大家都言過其實了。」

❶譯註：莎乎（Sapphic），意指女同性戀的。

海倫笑道：「妳好，賓姬。妳好，米琪。妳們兩人如何？」

「還好。」

「非常好，親愛的。那妳呢？」

海倫朝到處放置的玻璃杯點頭，「如果可以喝點那個，我也會很好。」

「我們在喝琴蕾雞尾酒，想要喝點兒嗎？」

「現在只要有加上一點酒精的東西，我連玻璃粉都願意喝。」

她脫掉外套與帽子，環顧四周想找面鏡子，但沒找到。「我看起來很糟糕嗎？」她邊說邊用手整理頭髮。

「妳看起來漂亮極了，」凱說，「過來坐下。」

她用一隻臂膀環繞海倫的腰，兩人便一起坐下。賓姬和米琪前傾，正調製另一輪雞尾酒。她們還在爭論關於秘密武器的事。「我一點兒也不相信，」賓姬說，「隱形光束……」

「還好嗎，親愛的？」凱喃喃地說，嘴唇再次輕啄海倫的臉頰。「妳今天過得很不好嗎？」

「還好，」海倫回應，「妳怎麼樣？整天都在做什麼？」

「什麼也沒做。只是想著妳。」

海倫露出淺笑，「妳老是這麼說。」

「因爲我老是這麼做，我現在就在想妳。」

「眞的？妳在想什麼？」

「呵呵！」凱笑了。

她想的當然是那套緞質睡衣。她想像睡衣在海倫裸露的乳房上，她幫著把睡衣鈕釦扣起來的畫面；她想著穿上珍珠色絲質睡衣的海倫，臀部大腿的模樣與摸起來的感覺；她將手放在海倫的臀部，開始撫摸，倏地，被那可愛的弧線與彈性所吸引；她記起賓姬說的，感到自己何其幸運；對於溫暖紅潤、渾圓有活力的海倫，竟然會在這裡，就在這個可笑的木底拖鞋形狀船隻裡，她深感驚訝。

海倫轉過頭來，注視著凱說：「妳醉了。」

「我想我是醉了，要不妳也一起喝醉吧！」

「跟妳一起喝醉共度四十五分鐘？然後得自己上床把喝醉的感覺睡掉？」

「一起跟我到救護站，」凱上下眨動著眉毛，「我帶妳參觀我的救護車。」

「傻瓜，」海倫笑著說，「妳到底是怎麼了？」

「我戀愛了，就是這麼回事！」

「嘿，你們兩個！」賓姬大聲說，並遞給海倫一只玻璃杯。「若早知道這會變成卿卿我我的場面，我就不會來了。妳們可別讓我和米琪變成了壁花，可以嗎？」

「我們只是與對方友善而已，」凱回應，「說不定稍後，我的腦袋便會被炸開。我得在我的嘴唇還可以動時，好好利用。」

「那我得盡量利用我的嘴唇，」賓姬舉起酒杯，「就像這樣！」

六點，她們聽見隔壁船屋傳來的廣播聲，於是打開艙門，仔細聆聽新聞，接著是播放跳舞音樂的節目。天氣太冷，艙門無法一直開著，但是米琪打開一扇窗，因此在船隻的碰撞聲和經過船隻引擎的嗡嗡聲與爆裂聲中，她們可以聽見一點音樂，那是一首節奏很慢的曲子。凱的手仍環繞在海倫的腰上，輕輕撫摸，而米琪與賓姬則繼續聊天。暖爐散發的熱氣與雞尾酒中的琴酒，讓她覺得昏昏沈沈的。

之後，海倫探身去拿自己的酒，往後靠坐時，便轉過頭來，看著凱，表情有些尷尬。

「妳猜我今天看到誰了？」她說。

「我不知道。誰？」

「妳的一個朋友。茱莉亞。」

凱盯著海倫，「茱莉亞？茱莉亞・史坦丁？」

「是的。」

「妳是說，妳在路上看到她？」

「不是，」海倫回應，「我是說，是的。但我們後來一起去喝茶，到我辦公室附近的一輛餐車買茶。她當時才去了那附近的一棟屋子，她和她父親一起進行的那份工作，妳知道嗎？」

「是的，當然。」凱緩緩地說。

凱正試著甩開每次聽到茱莉亞這個名字就會在她心中產生的複雜情緒。她告訴自己，如同她一向所說的，別傻了，這沒什麼，這已經是很久以前的事了！但她知道，事情沒那麼容易。她試圖想像海倫與茱莉亞在一起的畫面：擁有如孩童般圓臉的海倫，一頭亂髮與龜裂的嘴唇；茱莉亞則像一顆黑色寶石般沈著自制……這時，凱問道：「見面時還好吧？」

海倫有點不自在地笑了，「很好呀，有何不好的呢？」

「我不知道。」

賓姬聽到了，她也認識茱莉亞，但不是很熟。「妳們是在說茱莉亞．史坦丁嗎？」

「是的，」凱勉強回答，「海倫今天看到她。」

「眞的嗎，海倫？她怎麼樣？她看起來是否還是像在整個戰爭期間吃韃靼[1]牛排、喝著一杯又一杯的牛奶的模樣？」

海倫眨眨眼，「嗯，應該是這樣吧！」

「她俊俏得令人害怕，對吧？但……我不知道，總覺得那種長相很冷淡。米琪妳覺得呢？」

「還好吧！」米琪簡潔地說，還瞥了凱一眼。關於這件事，她比賓姬知道得更多。

但賓姬繼續說：「海倫，她是否還是那份工作，就是去檢視被轟炸的房子。」

「是的。」海倫回答。

米琪拿起酒杯，瞇上眼睛，喃喃地說：「她有時應該要把人從房子下面拉出來才對。」

凱放聲笑了出來。海倫舉起酒杯再喝一口，似乎不知道該如何回答。賓姬對米琪說：「親愛

[1] 譯註：韃靼牛排（Steak tartare），剁碎的生牛肉佐上香料的一道菜餚。

的，說到拉出屍體……妳有沒有聽過有關八十九站的事？就是德國佬轟炸了一處墳場，結果半數的棺木都被炸開了。」

凱把海倫拉得更靠近自己，靜靜地說：「我不知道，我在想，爲什人會期待他的朋友應該會喜歡彼此，只因他們是某人的朋友；但不知怎麼搞的，每個人都會這麼期待朋友這樣。」

海倫頭也不抬，回應道：「我想，茱莉亞是那種個性鮮明的人，妳不是喜歡就是討厭。而米琪是妳忠誠的朋友，那當然了。」

「是的，也許是這樣。」

「只是一杯茶而已，茱莉亞對此完全沒問題。」

「嗯，好！」凱露出微笑。

「我想我們不會再一起喝茶了。」

凱親吻海倫的臉頰說：「我希望妳們可以一起喝茶。」

海倫看著凱，「眞的嗎？」

「當然！」凱這麼回應，但心中卻想說，她希望她們不要這麼做，因爲這整件蠢事明顯讓海倫海很不自在。

但海倫笑著回吻她。突然間，不自在的感覺都消失了。

「妳眞好！」凱說。

3

「金妮芙小姐！」齊思蒙小姐將頭探往海倫辦公室的門說，「有位女士要找妳。」

大約一個星期之後，海倫正用迴紋針將文件固定，頭也沒抬地問：「她有約時間嗎？」

「她指定要找妳。」

「眞的？氣人。」這就是隨便把名字告訴別人的結果。「她在哪兒？」

「她說她不想進來，因爲她穿得很邋遢。」

「嗯，我們這裡不會覺得她邋遢的。告訴她我們沒那麼講究，但她得要先約時間才行。」

齊思蒙小姐走了進來，拿著一張折起來的紙條。「她要我把這交給妳，」她說道，表情有點不悅，「我跟她說我們是不幫人傳遞私人信件的。」

海倫拿起那張紙條。上面寫著海倫．金妮芙小姐收，是她不熟悉的筆跡，上面還有一枚骯髒的指紋。她攤開紙條，上面寫道：

妳現在可以吃午餐嗎？我有茶與兔肉三明治！不知意下如何？如果沒空也沒關係，但我會在外面等個十分鐘。

署名是茱莉亞。

海倫看見署名，只覺心頭一震，像條飛躍的魚。她很清楚齊思蒙小姐在一旁看著她，於是迅速將紙條折起來。

「謝謝妳，齊思蒙小姐，」說著便用指甲按壓摺痕，「是我一個朋友，等這裡處理完畢後，我……我再去找她。」

她將那張紙條塞進一堆文件中，拿起一支筆，看似要寫東西。在聽到齊思蒙小姐回到外面辦公室的座位時，便放下筆，拉開上了鎖的辦公桌抽屜，取出手提袋，整理頭髮，掏出化妝品與口紅補補妝。

然後，她瞇起眼睛照一照粉盒裡的小鏡子。她想，女人總是可以分辨出化妝後的臉，她不想讓齊思蒙小姐注意到她補過妝。如果茱莉亞認爲她特別爲她補妝的話，那就更糟糕了。因此，她拿出手帕，擦掉一些脂粉，接著又抿著唇，在一塊布上抿了好幾次，要將口紅弄糊，同時還稍微弄亂頭髮。現在，她想，我看起來很像剛剛才忙完……

老天！這有什麼關係？只是茱莉亞罷了。她收起化妝品，拿出外套、帽子與圍巾，腳步輕柔地走過齊思蒙小姐的辦公桌，沿著市政廳迴廊走到大廳，再到外面街道上。

茱莉亞站在一隻灰獅子前，身上又是那件粗棉吊帶工作褲和單寧外套，但這次她沒用回教徒頭巾，而是用一條絲巾將頭髮綁起來。雙手放在一只皮製斜背包的肩帶上，左右腳輕微晃動。當她聽到防炸大門關上的聲響時，她看了一下，露出微笑。在看見她的微笑時，海倫的心又可笑地跳了一下——震了一下，或是扭了一下——那感覺幾乎有點痛。

但她平靜地說：「妳好，茱莉亞，眞的很驚訝！」

「是嗎？」茱莉亞問，「我想，既然現在知道妳在哪兒工作了……」她抬頭仰望多雲灰樸樸的天空，「我希望天氣很好，就像上次一樣。但今天很冷，是吧？我想……但如果這主意不好，就直接告訴我。我獨自在廢墟裡工作了很久，所有的社交禮貌都被我拋在腦後了。但我想妳可能會想來看我住的地方，在布萊斯頓廣場，過來看看我都在搞些什麼。那地方好幾個月都沒人住，我確定沒有人會介意的。」

「我很樂意。」海倫回答。

「眞的？」

「眞的！」

茱莉亞又露出微笑，「那好，我不會與妳握手，因爲渾身都髒兮兮的，但這樣最好。」

她帶著海倫沿著馬麗勒本路走，不一會兒便轉進幾條較安靜的街道。「幫我拿紙條給妳的，就是鼎鼎大名的齊思蒙小姐嗎？我現在瞭解妳之前說的嘀嘴了，她看我的眼神好像我在打妳們那兒的保險箱主意似的！」

「她也總是這樣看著我。」海倫回應。

茱莉亞笑了起來，「應該給她瞧瞧這個。」她將斜背包打開，拿出一大串鑰匙，每根都有一只標籤。她拿出來用力搖晃，就像個獄卒。「妳覺得如何？我從當地警戒員那兒拿到的。這裡有一半的房舍我都進出過。我對馬麗勒本路一清二楚，妳會認爲大家對我在這附近進進出出已經很習慣了，但並非如此。幾天前，有人看見我開鎖有困難，便打電話給警察。她說有個『明顯是外國長相』的女子正想硬闖一處房屋。我不知道她是否把我當作納粹人士或流浪的難民，警方對這件事的處理還蠻恰當的。妳覺得我看起來像外國人嗎？」

茱莉亞剛才都一直在整理那串鑰匙，因此在問這問題時，頭卻抬了起來。海倫看著她，接著又望向別處。

「我想，大概是因爲妳皮膚比較黑吧！」

「是的，我想是的。但我現在應該沒關係了，因爲妳和我在一起。妳有英國式的甜美模樣，對吧？大家都會認爲妳是自己人。我們到了，那邊是我們要去的地方。」

她帶著海倫到一棟醜陋頹圮的高大房舍前，將鑰匙插進鑰匙孔。推開門時，一堆灰塵從門楣上掉了下來，海倫小心翼翼地走進去，一陣舊抹布般難聞的潮溼氣味撲鼻而來。

「因爲下雨所以這樣。」茱莉亞說著將門關上，帶上門閂。「天花板被炸毀，大部分的窗戶也都炸開了。很抱歉這裡很暗！當然，電源也被切斷了。從那扇門進去，那裡比較亮。」

海倫穿過前廳，發現來到一間客廳的入口，百葉窗半掩，但客廳仍籠罩在幽微的光線下。在眼睛尚未適應幽暗之前，這裡一切似乎都還不錯；逐漸看清楚後便往前走，卻大嘆：「喔！眞的好可惜！這麼漂亮的傢具！」地上有張地毯、一張漂亮的沙發、幾張椅子，一個腳凳，還有一張桌子，全都覆滿灰塵，被掉下的玻璃與灰泥嚴重破壞，或很潮溼，木頭開出一朵花，開始膨脹。

「還有吊燈！」她抬起頭輕喊。

「走路當心，」茱莉亞向她走來，輕扶她的手臂。「吊燈玻璃有一半掉下來碎裂了。」

「我以為這地方會是空空蕩蕩的。為什麼屋主不回來修復房子，或把這些東西帶走？」

「我想他們覺得沒必要吧！」茱莉亞回道，「因為屋子已經半毀，女主人可能搬到鄉下的親戚家躲起來了。男主人可能在軍隊打仗，說不定已經死了。」

「但這些漂亮的東西眞的很可惜！」海倫又說了一次，她想到那些前往辦公室尋求協助的男男女女。「這裡可以住人，對吧？有很多人是一無所有。」

茱莉亞用指關節敲擊牆壁。「這地方不安全。附近若再遭到轟炸，這房子可能就會垮掉，很有可能，這就是我和我父親為何會在這裡的原因。妳看，我們在記錄鬼魂，我是說眞的。」

海倫慢慢走過這房間，詫異地看著一件件毀壞的漂亮物品。她走到一組高大的門前，小心地將門打開。再過去的房間跟這房間一樣破敗；窗戶碎裂，天鵝絨窗簾有雨漬，地板上有鳥糞、壁爐噴出來的煤煙煤渣。她往前走一步，腳下傳來一陣碎裂聲，是一片燒透的煤，地毯留下一抹煤黑。她回頭看著茱莉亞，「還要往前走嗎？這樣好像不是很妥當。」

「妳會習慣的，不要緊。幾個星期以來，我上下這樓梯已經無數次了，想都沒想過。」

「妳確定這裡完全沒人？沒有妳上禮拜說像老太太那樣的人嗎？不可能有人會回來嗎？」

「沒人，」茱莉亞回應，「我父親稍後可能會回來，只有他，所以門沒上鎖。」她向海倫招招手，「到樓下來，我要讓妳看看他和我在做什麼。」

她回到大廳，海倫跟著她沿著沒有燈的樓梯走到地下室一個房間，裡面有一張擱板桌，桌上擺著這街區各種房屋的設計圖與立面圖；光線從玻璃破了但欄杆仍在的窗戶撒下，照映在這些圖紙上。茱莉亞告訴海倫，她是如何標示毀損的，以及使用的記號、度量系統等等。

「這看起來像是非常需要技術的工作。」海倫佩服地說。

但茱莉亞回答：「這份工作所需的技術，可能不會比妳辦公室所需要的技術還多，像做帳、塡寫表格之類的事，我可是一竅不通。我也不喜歡和來來去去、需要協助的人打交道，我不知道妳怎麼能忍受那份工作。這工作很適合我，因爲可以自己一個人做，而且很安靜。」

「妳不覺得孤單嗎？」

「有時會，但習慣了。這是作家的個性……」她伸起懶腰，「我們可以吃飯了嗎？到隔壁房間去好了，那裡很冷，但不像樓上那麼潮溼。」

她拿起斜背包，走在前面，經過走廊到廚房去。廚房中間有張大型杉木桌，上面鋪了厚厚的一層灰泥屑，她開始清理灰泥屑。

「對了，我是眞的有兔肉三明治！」她邊撥掉灰泥屑邊說，「我有個鄰居是園丁，他佈陷阱抓的，在倫敦現在是隨處可見了。他說他是在雷斯特廣場抓到的，我不是很相信他說的話。」

海倫說：「我有個火警通報員朋友，她說她有一天晚上，在維多利亞車站看到一隻兔子，所以他可能沒說謊。」

「維多利亞車站的兔子？牠在等火車嗎？」

「是的！而且牠還看著口袋裡的錶，不知道在氣什麼！」

茱莉亞聽了大笑，笑聲跟海倫以前聽到的很不一樣，這次的笑聲很眞實，毫無勉強，好似泉水短暫地從地底湧上，可以把那笑聲引出來，這讓海倫像個孩子般欣喜。她對自己說：老天！妳好像是對班長神魂顚倒的初中生！她必須到處走走好掩飾自己的感覺，看看廚房架子上那些沾了灰塵的罐子和布丁杯模，而茱莉亞則將斜背袋放在桌上，伸手往袋子裡找東西。

這是維多利亞式的廚房，設有長形木製台面與石製水槽。和其他房間一樣，這窗戶有欄杆，佈滿彎彎曲曲的常春藤，照射下來的綠色光線非常柔和。海倫邊走邊看，「從這裡，妳可以看到煮飯的人和餐具盥洗室的女傭。」

「是的，妳看不到嗎？」

「以及偷偷溜班喝茶的當地警察。」

「『沒有人跟蹤』，」茱莉亞微笑說，「來這裡坐下，海倫。」

她已取出蠟紙包裹的三明治，以及守夜人用的熱水瓶，同時還拉出了椅子，但在看到那些沾滿灰塵的座椅和海倫漂亮的外套時，表情有點不確定。「如果需要，我可以幫妳鋪張紙。」

「沒關係，」海倫回說，「眞的沒關 係。」

「妳確定？妳怎麼說我就怎麼相信，我跟凱不一樣。」

「跟凱不一樣？」

「她會把外套鋪在座位上之類的，就像瓦爾特・雷利那樣。」[1]

這是她們首次提到凱，海倫坐著沒接腔。因爲凱眞的會很在意那些灰塵，她想。而且，海倫本能地知道，在茱莉亞眼裡，那可是極其厭煩之事。這讓海倫比以前更意識到現在所處的怪異情況，也就是她接受了一份愛與關切，而那是茱莉亞本來有機會可以先得到卻拒絕的……

茱莉亞打開三明治，拉開熱水瓶塞，茶的熱氣自瓶口裊裊升起，先前是用一件套頭毛衣將熱水瓶包在裡面，她說這樣可以保溫。接著從一個櫥櫃裡拿出兩只精緻瓷杯，將一些茶倒進杯中，搖晃一下暖杯後，便將那點茶倒掉，再倒入更多的茶。

茶很甜，非常濃郁。茱莉亞一定將她所有配給都加了進去。海倫啜飲著茶，閉上眼睛，覺得有罪惡感。當茱莉亞將三明治遞給她時，她說：「我該付妳錢或其他什麼的，茱莉亞。」

茱莉亞說：「的確。」

「我可以給妳一張配給券……」

「天啊！是戰爭把我們變成這樣嗎？若妳眞的覺得過意不去，以後可以請我喝杯飲料。」

她們開始吃了起來。麵包很粗，口感卻很香甜柔嫩、濃郁特殊。過了一會兒，海倫才想到，一定是大蒜的味道。她在餐廳嚐過大蒜，但自己從未烹調過。她們邊吃時，茱莉亞說她是從蘇活區弗禮斯街的一家商店買到的。同時，她也費了一番工夫買到義大利通心麵、橄欖油與帕馬森乾乳酪。另外，她在美國有親戚，會寄食物包裹給她。「在芝加哥可以買到比義大利更多的義大利食品，」她邊呑嚥邊說，「喬伊絲會寄橄欖與義大利黑色香油醋。」

「妳好幸運！」海倫回應。

「我想我是很幸運。在海外沒有人可以寄那種東西給妳嗎？」

「喔，沒有，我家人都住在渥辛（註：Worthing，位於英國南部），我也在那裡長大。」

茱莉亞的表情很驚訝，「妳在渥辛長大？我以前都不知道。雖然現在想想，妳小時候當然是在某個地方成長……我們家在阿倫德（註：Arundel，位於英國南部）附近有棟房子，我們以前會到渥辛游泳。有一次，我吃了太多的蛾螺、鳥蛤、太妃糖蘋果，或其他別的食物，因爲覺得噁心想吐，結果吐得碼頭滿地都是。在那裡長大妳覺得怎麼樣？」

「還好，」海倫說，「我家人……呃……我的家人很平凡，他們並不是……他們跟凱的家人不同。」他們跟妳家不同，這才是她眞正想說的話。「我父親是個驗光師，我哥哥替皇家空軍配眼鏡，我父母的房子……」她環顧四周，「跟這棟房子不一樣，一點兒也比不上。」

也許茱莉亞察覺到海倫的困窘，便靜靜地說：「嗯，但這樣的房子已經不重要了，對吧？在現在已經不重要了。現在我們大家都穿得像稻草人，說話說得像美國人……或者，像清潔女傭一樣。『這是妳要吃的東東，小妞！』這是幾天前咖啡館的一個女服務生跟我說的話，我發誓她以

❶譯註：瓦爾特·雷利（Walter Raleigh），英國十六世紀著名的探險家與作家。傳說他曾經將自己的外套鋪在一灘泥上，讓伊莉莎白女王踩著走過。他曾經到美洲新世界與蓋亞納探險，作品包括回憶錄、詩詞與一部世界史，深得女王寵信，但後因蓋亞納探險失敗，遭詹姆士一世處死。

前上的一定是羅丹女子中學❶。」

海淪露出淺笑，「這讓大家覺得好過些，我想，這是另一種一致性。」

茱莉亞扮了一個鬼臉，「我也很厭惡這種對一致性（註：uniform：一致、制服）的熱情；制服、臂章、徽章。我以爲那種在德國壯大的軍事慾望，是我們對抗的目標！」她啜飲著茶，幾乎快要打呵欠了。「但也許是我將這整件事情看得太嚴肅了，」她從杯緣看著海倫，「我應該像妳一樣，好好去適應這個環境。」

海倫瞪大了眼睛，驚訝地想到茱莉亞竟然會對她有看法，更別提是那種看法了。她說：「我給妳的感覺是這樣嗎？這跟我感覺的不同。適應得很好？我甚至不確定那是什麼意思。」

「嗯，」茱莉亞說，「妳給人的感覺總是非常細心、非常深思熟慮，這是我的意思。妳不怎麼說話，但妳說的似乎都值得用心傾聽，這很少見，對吧？」

「這一定是錯覺，」海倫輕聲說，「當妳沈默寡言時，大家便會以爲妳很深奧。但事實上，妳只是在想……我不知道，就像說……妳的胸罩束得很緊，或者在想要不要去上廁所。」

茱莉亞說：「但這樣對我言，就是適應得很好！想到自己，而非妳對別人可能造成的影響，以及這整個……」她欲言又止，「嗯，這整個令人厭惡的『蕾』事（註：意指蕾絲邊、女同性戀者之意）。妳知道我在說什麼……妳似乎可以極爲冷靜地處理這件事。」

海倫低頭望著茶杯，沒有回答。茱莉亞則更溫和地說：「我眞鹵莽，很抱歉，海倫。」

「沒關係。」海倫迅速回答，頭也抬了起來。「我平常不怎麼談這個話題，只是這樣而已。

我不知道我是否眞的把它當一回事，事情的演變就是如此。說實話，在我比較年輕時，我都沒想過這件事。或者我想過，而我想的應該是一般的事，像是未婚的女老師、誠摯的女孩……」

「在渥辛沒有情人嗎？」

「嗯，曾有過男人。」海倫笑著說，「這樣聽起來，我倒像是個妓女，對不對？但眞的只和一個男孩交往而已。我是爲了他才搬到倫敦的，但我們分手了。之後，我便遇見凱。」

「喔，對，」茱莉亞啜飲著茶說，「之後，妳便遇見凱，而且在浪漫的情況下遇見她。」

海倫看著茱莉亞，試圖想要從她的口氣與表情裡，瞭解她的意思。海倫害羞地說：「這對我而言很浪漫，凱的確很有魅力。至少對我而言，她很有魅力，我以前從沒遇過像她那樣的人。當時我來倫敦才不到半年，她爲了我大費周章，她似乎很篤定她要什麼。那時不知怎麼了，感覺非常刺激。總之，當時很難抗拒。我從來不會覺得那樣很奇怪，好像應該早就是那樣才對……但那時候，就在那時候，許多不尋常的事都變得很平常。」海倫帶著一點恐懼，回想她與凱邂逅的那一晚。「我想，就不尋常的事而言，和凱在一起，已經不是什麼值得大驚小怪的事了。」

海倫現在才明白，自己是用一種幾近抱歉的語調說話，因爲她對自己的生澀仍感到不自在，覺得自己描述關於凱的吸引力，對茱莉亞來說沒有什麼。她想爲凱辯護，但又想對茱莉亞傾吐心事，就像兩個妻子之間互吐心事一樣。當她搬去與凱同住時，便沒再與自己的朋友往來，或者隱

❶譯註：羅丹女子中學（Roedean School），是英國一所著名且昂貴的女子學校。

瞞她與凱的關係。凱的朋友都很像米琪，全都跟凱很像，換句話說，現在她想要問茱莉亞的是，她與凱在一起的感覺如何。她對凱有時會產生她覺得不應該有但還是會浮現的感覺，而她很想知道茱莉亞跟凱在一起時，會不會也有這種感覺，例如，凱一直都非常關心她。以前，這麼做很吸引人、很刺激，但現在卻比較像是一種負擔，凱會荒謬地崇拜妳，感情豐富到讓妳覺得有點不眞實，而妳卻永遠無法以相同的熱情回報她……

但是，這些事情她都沒說出來，她低頭望著杯子裡，什麼話都沒說。茱莉亞說：「那麼，當戰爭結束後呢？一切都回歸正常之後呢？」她語調又轉爲輕快，搖搖頭。

「想這些都沒用，對不對？關於所有問題，就像大家說的，或許我們明天就被炸成碎片了。在那之前……我並不想大肆宣傳。例如，我從來不敢想過要告訴我母親！但我爲什麼要說呢？那是我和凱之間的事，我們兩個都是成年女子，這對誰會造成傷害？」

茱莉亞望著她，過一會兒，從水瓶裡倒些茶出來，同時以略帶譏諷的口吻說：「妳的確適應得很好。」

這時，海倫又開始覺得很不自在了。她心想，我話太多了，讓茱莉亞覺得無聊。她比較喜歡以前的我，因爲那時候的我安靜不說話，她以爲我有深度……

她們就這樣坐著，沒有說話，直到茱莉亞開始發抖摩擦雙臂。「天啊！妳一定覺得這不怎麼好玩，對不對？我竟然在頹圮的地下室對妳嚴刑拷問，簡直就像跟蓋世太保吃午餐！」

海倫笑了出來，窘困感也漸漸消失了。「不會，這樣很好。」

「妳眞的這樣感覺嗎？我可以……我可以帶妳參觀這整個地方，如果妳想看的話。」

「好的，我想看。」

吃完三明治，喝完茶，茱莉亞收拾水瓶與紙張，並將茶杯沖洗乾淨。然後兩人走到樓上，經過幾道門，到客廳後方一個房間，沿著光線昏暗的樓梯往上爬。

她們輕緩地走著，有時會針對某個細節或毀損低聲交談，但多半都沈默地走著。上面幾層的房間都比樓下還荒涼。臥房裡仍有床鋪與衣櫥，衣櫥很潮溼，因爲窗戶破碎了，裡面老舊的衣服不是遭到蛀蟲啃蝕，便是逐漸發霉。有的天花板已經塌下來，毀壞的書籍和裝飾物都散落一地。在浴室裡，有一面掛在牆上只剩鏡框的鏡子，鏡面碎裂，下方水槽裡堆滿了銀色碎片。

來到閣樓時，傳來一陣細碎的窸窣聲。茱莉亞轉過身來，輕聲細語地說：「可能是鴿子，或老鼠，妳介意嗎？」

「沒有大老鼠吧？」海倫有點擔心地問。

「喔，沒有，至少我想應該沒有。」

她繼續走，推開房門。窸窣聲變成拍打聲。海倫從茱莉亞的肩膀望去，看見一隻鳥飛起來，然後像魔術般消失。這裡的斜屋頂上有個破洞，是燒夷彈造成的。炸彈就掉在下面一張羽毛床墊上，造成一個彈坑，看起來像是一條潰爛的腿，仍可聞到燒焦、羽毛潮溼的刺鼻氣味。

這房間是管家或傭人房。床邊的桌上有張鑲了框的小女孩照片，地板上有一只瘦長的手套，已經被老鼠咬得差不多了。

海倫撿起手套盡力撫平，將手套整齊地放在照片旁，然後抬起頭，透過天花板那個洞，凝視近在咫尺的鐵灰色天空。一會兒，跟著茱莉亞走到窗邊，俯瞰房屋後面的庭院。

一樣，庭院也毀了，地上鋪的石塊破損、植物亂竄，日晷儀從基座被炸毀，碎片滿地。

「這很令人難過，對不對？」茱莉亞沈靜地說，「看那棵無花果樹。」

「對。看那些果實！」那棵樹還拖著折斷的樹枝，附近地面都是腐爛的無花果，一定是上一季的夏天從樹上掉下來的，到現在都沒人撿拾。

海倫拿出香菸，茱莉亞向她靠近，要去拿一根菸。她們一起抽菸，兩肩正好互觸，茱莉亞舉起手抽菸後又放下時，袖子碰觸到海倫的外套。海倫注意到茱莉亞的指關節還留有上個星期擦傷的痕跡，海倫想到那次她是如何以指尖輕觸那幾個關節。上次和茱莉亞只是一起站著，就像現在這樣一起站著。這期間，沒有發生任何改變此一情形的事。但她現在無法想像可以像上次那樣，那麼無心地碰觸茱莉亞了。

這想法很令人興奮，但也令人害怕。兩人聊了一會兒，談到關於布萊斯頓廣場附近的房子，茱莉亞指著那些她曾經去過的房子，並描述裡面的情形。但她的袖子仍會碰觸到海倫的外套，海倫只注意到她們衣料的摩擦與靠近，而不是茱莉亞說的話。最後，她開始感覺到自己的手臂肌肉開始膨脹，彷彿茱莉亞，或與茱莉亞那麼靠近，使得肌肉往茱莉亞的方向扯動……

她打個顫移往一旁，菸幾乎要抽完了，便以此爲藉口走開。她在找地方將菸頭撚熄。茱莉亞看見了，便說：「丟在地上踩熄就好了。」

「我不想這麼做。」海倫說。

「這不會讓這裡的情況變得更糟。」

「我知道，但是……」說完，海倫將香菸拿到壁爐前，在那裡弄熄；她也用同樣的方式將茱莉亞的菸蒂捻熄，但她不願讓那兩根菸蒂留在空蕩蕩的壁爐中，因此在甩涼之後，將兩根菸蒂與其他未抽的香菸，一起塞進菸包中。

「萬一這家人回來呢？」當茱莉亞以無法置信的眼神看著海倫時，海倫這麼說。「他們應該不願意有陌生人來過這裡，看過他們的東西。」

「妳不認爲他們會更煩惱這些雨水、破窗戶和床上的炸彈嗎？」

海倫說：「雨水、炸彈與窗戶都是物品，都不具人格，跟人不一樣……妳覺得我很傻！」

茱莉亞凝視著她，搖搖頭，沈靜地說：「完全相反，」她展露微笑，但語氣哀傷。「我剛才在想……妳人眞的很好。」

她們相互凝視一會兒，直到海倫低下頭來。她收起那包香菸，走過房間，到那張燒焦的床墊旁。突然，這房間似乎變小了，她很清楚地意識到她和茱莉亞共處一室，就在這個寒冷靜謐住宅的最高處——她們的溫暖、活力與堅強，和周遭的頹圮有多麼不同。同時，她也感覺到了自己手臂上的雞皮疙瘩。她在喉頭、心房、指尖，都可以感覺到自己的心跳……

她頭也不回地說：「我應該回去工作了。」

茱莉亞笑道：「現在的妳比以前更善良了！」但不知怎麼了，語調還是有些悲傷。「走吧！

我們下樓。」

她們來到階梯平台，走下樓梯，腳步還是非常輕。所以當地面樓層的門被關上時，她們聽到了並停下腳步。海倫的心跳沒有加快，反而幾乎停止。「那是什麼？」她輕聲問，緊張地抓住欄杆不放。

茱莉亞皺起眉頭，「我不知道。」

但有個男子往樓上輕聲叫喊：「茱莉亞？妳在嗎？」她臉上的表情立刻放鬆。

「是我父親，」她說，身子往前探，高興地往樓梯井大喊：「我在樓上，爸！在最頂樓！過來見見他！」茱莉亞轉身抓起海倫的手，捏著她的手指。

她很快地下了樓，海倫跟在後面，腳步較緩。走到前廳時，茱莉亞正笑著幫她父親刷掉肩膀與頭髮上的灰塵。「親愛的爸爸，你眞髒！」

「眞的？」

「是的！海倫，我父親眞的很髒。他鑽過貯藏煤塊的地窖……爸，這是我朋友海倫．金妮芙小姐。不要跟她握手！她會以爲我們一家都是遊民。」

史坦丁先生露出微笑，身上是骯髒的藍色連身工裝褲，胸口掛著污穢的藍帶勳章。他摘下壓扁的軟帽，撫平被茱莉亞弄亂的頭髮。開口說道：「妳好嗎，金妮芙小姐？我想茱莉亞說得對，我的手很髒。妳已經看過這裡了嗎？」

「看過了。」

「奇怪的工作，對吧？都是灰塵，不像前一場戰爭，全都是泥土。眞不知道下一場戰爭會是什麼。灰燼，可能吧……當然，我想要做的是蓋新房子，而不是在這些舊建築裡到處挖。但這讓我有事做，也讓茱莉亞遠離麻煩。」他眨個眼，眼珠是黑色的，與茱莉亞一樣，眼皮很厚。他的頭髮灰白，但被土塵弄黑了；額頭和太陽穴也都很髒；或者是斑點，很難分辨。當他說話時，輕鬆且老練地打量海倫的身材。「總之，很高興看到妳對此有興趣。想留下來幫忙嗎？」

茱莉亞說：「別開玩笑了，爸，海倫已經有非常重要的工作了，她在協助委員會上班。」

「協助委員會？眞的？」他鄭重地看著海倫，「和史丹利爵士一起工作？」

海倫說：「我只在地方辦公室服務。」

「喔，眞可惜，史丹利和我是老朋友。」

他站著跟她們聊了一陣子，然後說：「很好，我要到地下室，去看看那些設計圖。請容我先告退，呃……小姐？」

他往旁邊一站，便往樓下走。待他走出最昏暗的陰影時，海倫看到之前以爲他臉上的塵土或斑點，其實是以前因爲火或瓦斯造成的水泡傷疤。

「他是不是很貼心呀？」當他走遠時，茱莉亞說。「眞的，他是最壞的無賴。」她打開門，與海倫一起站在階梯上，然後又打了一個哆嗦。「看來要下雨了。妳動作要快！妳知道要怎麼回去嗎？我跟妳一起去，但是……喔，等等。」

她突然將手搭在海倫肩上，不讓海倫往人行道移動，海倫警覺地掉頭，幾乎以爲茱莉亞要對她做出親吻或擁抱之類的動作，但茱莉亞其實只是要拍掉海倫肩上的灰塵。

「好了，」她微笑說，「現在轉過身來，讓我看看妳的背面。喔，這裡還有一點。轉到另一邊。妳眞聽話！但是我們絕對不能給齊思蒙小姐有任何抱怨的理由。」她揚起眉頭，「也不能給凱有抱怨的理由……好了，非常好。」

她們互道再見。「下次再過來午餐！」當海倫離去時，茱莉亞大喊。「我還要在這裡待上兩個禮拜。我們可以一起上酒館，妳可以請我喝那杯酒！」

海倫說好。

她開始走回去。門才關上，她就立刻看了看手錶，開始飛奔。回到辦公室時，時間是兩點過一分。「妳約的第一個人已經在等了，金妮芙小姐！」齊思蒙小姐看了一眼時鐘跟她說，所以海倫甚至沒有時間可以上廁所或梳理頭髮。

她埋首工作，持續了約一個半小時。在這種時候，這工作非常累人。過去幾個星期以來，她訪談的人，很像三年前閃電大轟炸她已習慣見到的人。有些人才剛從原本是家的瓦礫堆爬出來，兩隻手髒兮兮的，渾身是傷與包紮的傷口。有個女人說她已經被炸過三次，就坐在海倫辦公桌的對面，正在啜泣。

「我之所以難過並不是因爲房子沒了，」她說，「而是搬來搬去、居無定所。我覺得我就像乾枯的碎枝片，小姐。這些事情發生後，我幾乎都沒睡覺，我小兒子的身體很虛弱，我丈夫人在緬甸，我什麼事都得自己來。」

「眞的很艱困！」海倫說完，給這女人一張表格，很有耐心地告訴她要如何塡寫。那個女人看著表格，表情迷惑。

「這些都要塡？」

「都要塡。」

「但是，如果我可以領到一鎊或兩鎊……」

「我無法給妳錢，整個手續很冗長，我們必須派估價員估算損失，才可以提前支付款項。我們必須請我們部門的人到妳原來的家勘查，寫份報告。我會盡量請他們盡快到那裡去，但是依照目前最近幾次的轟炸……」

那女人還瞪著手中的幾張紙，「我覺得自己就像乾枯的碎枝片，」她又說了這句話，用手遮住眼睛。「就像乾枯的碎枝片。」

海倫看了她一會兒，收回表格，幫眼前的女人塡寫資料，日期寫的是上個月的日期，接著在估價報告日期與序號的空格上，用墨水寫了幾個可能卻又模糊不清的數字，然後放在核准的分類盒裡，那盒文件是準備要送給一樓的史德曼小姐處理的。她在表格上夾了紙條，上面寫著急件。

但她並未替接下來的人與之後的人做同樣的事，因爲她的心被那句自比爲乾枯碎枝片的話語所觸動。第一次轟炸後，她盡力幫助每個人，有時會自掏腰包給他們錢，但這場戰爭讓人變得不再關心別人，她悲傷地想著。一開始會想像自己是女英雄，到最後，變得只爲自己著想。

因爲整個下午，在她心房底層，想的都是茱莉亞。在安慰眼前哭泣的婦人時，她心中想的也是茱莉亞，甚至她在說「眞的很艱困！」的時候也是如此。她想起了茱莉亞手臂略過她手臂時的感覺，以及在那狹小的閣樓裡，與茱莉亞那麼接近的感覺。

三點四十五分，她的電話鈴響。

「金妮芙小姐嗎？」接待處的女孩說，「外線電話，是一位赫本太太。妳要接嗎？」

赫本太太？海倫心不在焉地想。之後，她明白了，此刻她的胃因焦急與罪惡感而緊縮。「等一等，請她等一下，可以嗎？」放下話筒，走到門口，大喊：「齊思蒙小姐？不要再送件過來，請等一下就好！康登鎭辦公室的人在電話線上，我要在電話上討論一些事。」她坐回辦公桌，鎭靜下來。「赫本太太，妳好！」當電話接上時，她語氣沈穩地說。

「妳好！」是凱的聲音，這是她們之間的一種遊戲。「恐怕這只是一通找麻煩的電話。」她的聲音低沈、慵懶、正在抽菸。她拿起話筒，吐出煙……「協助部門的工作如何？」

「事實上，相當忙碌，」海倫邊說邊往門口看，「我無法說太久。」

「不行嗎？我不應該打這通電話的，對吧？」

「也不是這樣。」

「我在家裡已經等很久了，我……等一下。」

海倫聽到一陣輕輕吐煙的聲音，之後是一陣死寂，凱用手摀住電話筒，開始咳嗽，咳嗽聲持續好一陣子。海倫心裡浮現凱平常咳嗽的模樣——拱著身軀，眼睛充滿淚水，滿臉通紅，香菸與磚灰充斥她的肺囊。「凱？妳還好嗎？」

「我還在，」咳完後，凱拿著話筒繼續說。「不算太糟。」

「妳不該抽菸的。」

「抽菸有幫助，聽到妳聲音也有幫助。」

海倫沒接腔，心裡想的是那個總機小姐。米琪的一位朋友，曾經因爲與情人之間的私密對話被一個女孩聽見，因而丟了工作。

「眞希望妳在家，」凱繼續說，「你們那兒沒有妳不行嗎？」

「妳知道不行的。」

「妳要掛斷了，對嗎？」凱問。

「是的，我得掛了。」

凱在微笑，海倫可以從聲音中清楚分辨。「好，沒有其他事情要報告了嗎？沒有人強行闖入辦公室？福爾摩斯先生還會色咪咪地看著妳嗎？」

「沒有！」海倫也微笑說道，而胃卻又收了一下，她吸口氣。「其實……」

「等一等！」凱拿開話筒，又開始咳嗽。海倫聽到她擦嘴的聲音。「我得放妳走了！」咳完之後凱說。

「好的！」海倫的語氣虛弱。

「那待會兒見了。妳會直接回家嗎？儘快回來，好嗎？」

「好的，沒問題。」

「好女孩……再見，金妮芙小姐。」

「凱，再見。」

海倫放下話筒，一動也不動地坐著，心裡出現凱的鮮活影像——她站起來，抽完菸，在公寓裡不安地來回踱步，也許又會再咳嗽；她可能會將雙手插在口袋裡，站在窗前；可能會吹口哨或哼著以前像〈戴西，戴西〉之類的音樂廳歌曲；她也許會將報紙放在客廳桌上，要把鞋子擦亮；她也許會拿出她那個小而奇怪的水手縫紉盒，縫補襪子。但是，凱並不知道幾個小時前，海倫才站在一扇窗前，覺得自己手臂的肌肉就像花瓣見到太陽似地膨脹，因爲茱莉亞就在身邊；她也不知道在小閣樓裡的海倫，必須躲避茱莉亞凝視的眼神，因爲血液的快速流動讓海倫很害怕……

海倫一把摺起電話，告訴女接線生一個號碼。電話響了兩次，「妳好，」是凱的聲音，但是被海倫的聲音嚇了一跳。「妳忘了什麼嗎？」

「沒事，」海倫說，「我……我想再聽到妳的聲音，只是這樣。妳在做什麼？」

「我剛剛在浴室裡，」凱回答，「正在剪頭髮，頭髮已經掉滿地了，妳會很討厭的。」

「不會的，凱，我只是想告訴妳……妳知道的，那件事。」

她是指，我愛妳。凱有好一會兒沈默不語，然後才用混濁的聲音說：「那件事……我剛才也是想跟妳說那件事……」

*我眞是個大白癡！*海倫放下話筒時，心裡這麼想。現在，她感覺之前漲大的心就像麵團般，又逐漸膨脹起來，幾乎要塞到喉嚨了。海倫激動得快要發抖，於是拿出手提包，翻找香菸。她找

到那包菸打開。

裡面有兩根菸蒂，塞進之後便全忘了這回事。上面有口紅印，她與茱莉亞的口紅印。她將菸蒂放在桌上的菸灰缸裡，但覺得菸灰缸會一直讓她分心。最後，她將菸灰缸拿出辦公室，將裡面的東西倒進齊思蒙小姐辦公室裡一個鐵線編的垃圾桶裡。

時間是六點半，小薇在波特曼廣場的洗手間。她站在廁所裡，對著馬桶一直吐。她已經吐了三次，然後挺直身子，閉上眼睛，感覺極爲平靜與舒適。但一睜開眼，看到吐出來的那些棕色塊狀物——茶以及沒消化完畢的葡萄乾餅混合物——她又吐了。在走出廁所漱口時，洗手間的門被打開。進來的是同一部門的女同事，叫凱洛琳·葛漢。

「嘿，」凱洛琳說，「妳還好嗎？吉卜森叫我出來找妳。妳怎麼了？臉色很糟糕。」

小薇用滾筒毛巾邊緣小心擦拭著臉。「我沒事。」

「老實說，妳看起來不像沒事，要我陪妳去找護士嗎？」

「我沒事，」小薇說，「只是……只是宿醉而已。」

凱洛琳一聽，態度便完全不同。她將臀部舒適地靠在水槽旁，拿出一條口香糖。「喔，」然後將口香糖折好送進口中，「我很瞭解那些事情。哇，到現在還吐，那妳的宿醉一定很嚴重！希望那傢伙値得妳這麼做。我總覺得，如果妳玩得開心，就還不會那麼糟糕。最糟的是，那男的是個廢物，而妳喝酒只是希望他看起來不是那麼窩囊。妳要吃個生雞蛋或什麼嗎？」

小薇覺得胃又在翻騰了，便趕緊將眼光從凱洛琳口中嚼動的口香糖移開。「我吃不下。」她往鏡子裡瞧，「天哪，看看我的樣子！妳有沒有帶化妝品？」

「拿去，」凱洛琳拿出一個粉盒，遞上去。當小薇用完後，便接過手，換自己用。之後，她站在鏡子前，將頭髮再弄得捲一點，口中的口香糖停止嚼動了一會兒，那擦了口紅的嘴唇間的舌尖顯得有點紅。凱洛琳的臉蛋平滑，豐滿，散發著年輕、健康與無憂無慮的感覺：小薇看著她，心中悲傷地想著，**生命是多麼卑鄙與不公平！眞希望我是妳。**

凱洛琳發現小薇在注視自己。「妳臉色看起來眞的很不好，」她又開始嚼起來，「妳要不要待在這裡？這對我沒差，再過半小時就下班了。我可以跟吉卜森說我找過了但沒找到妳。妳可以說妳被布特曼先生叫去辦事，他常常叫女生去幫他買蘇打薄荷糖。」

「謝謝，」小薇說，「但我會沒事的。」

「妳確定嗎？」

「確定。」

剛才小薇是低著頭整理腰間裙折，而現在猛一抬頭，又感到反胃，於是將手搭在其中一個水槽上，閉上眼睛，一直吞口水，胃裡噁心的感覺逐漸聚集，她努力將那感覺壓抑下來……突然，那感覺又衝了上來。她快步衝到廁所，對著馬桶乾咳。在狹小的空間裡，她發出的聲音聽起來很可怕，她拉著沖水鏈子試圖掩蓋聲音。當她出來走到水槽旁時，凱洛琳露出很擔心的表情。

「我認爲妳應該讓我陪妳去找護士，小薇。」

「我不能因爲宿醉去找護士。」

「妳應該要想個辦法，妳臉色很不好。」

「待會兒我就會沒事的。」小薇說。

然後，她想到要回到打字間的那段路程，一段段堅硬的階梯與通道。她想像自己在那光滑的大理石地板上嘔吐，想像那個打字間擁擠的桌椅，不透光窗簾都放下的沈悶房間，還有那些她現在無法忍受的墨水、頭髮、化妝品氣味。

「我很想回家。」她痛苦地說。

「那妳就回家吧！只剩二十分鐘而已。」

「可以嗎？那吉卜森怎麼辦？」

「我會跟她說妳身體不舒服。那是眞的，對吧？但妳要怎麼回家？妳會在路上暈倒嗎？」

「我想不會。」小薇回答。但女人昏倒，不就是因爲……？天啊！她別過頭去，突然很擔心兩眼直盯而來的凱洛琳會知道事情背後的眞正原因。於是，小薇看著手錶，盡量以冷靜而愉快的語氣說：「妳可以幫我一個忙嗎？我想等貝蒂・勞倫斯一起回家。妳可以在向吉卜森小姐說完之後轉告她嗎？告訴她說我在這裡等她嗎？」

「當然可以！」凱洛琳正在整理衣服，準備要離開。「還有，別忘了吃顆生雞蛋。我知道這會浪費寶貴的配給，但我以前有過一次嚴重的宿醉，是一個男生在派對上幫我調製的超強雞尾酒引起的，妳絕對不會相信那枚雞蛋多麼有效。敏蒂・布斯特可能有幾顆，可以去找她要。」

「我會的。」小薇試著擠出笑容，「凱洛琳，謝謝妳。喔，如果吉卜森問起，不要跟她說我生病了，可以嗎？她一定會猜到……我是說，猜到是宿醉。」

凱洛琳笑起來，吹了一個灰色的小泡泡，啪地一聲把它弄破。「別擔心，我會表現得極爲女性化，神秘兮兮的。她會以爲是月經。這樣可以嗎？」

小薇點點頭，也笑了起來。

當凱洛琳一走出去，她的笑容便停止，只覺得臉上肌肉往下陷，越來越沈重。洗手間有熱水管經過，空氣很乾燥，感覺上似乎承受著壓力，很像潛水艇裡的房間。小薇現在最想打開窗戶，讓風吹拂過臉龐。但電燈是亮的，窗簾已經拉下，因此只能走到窗戶旁，將那滿是灰塵的粗布拉起，探出頭去，讓布簾像連身帽般裹住自己頭部周圍，讓自己感受傍晚時分透過窗戶空隙吹進來的冷空氣。

那扇窗面對一座庭院。她可以聽見樓上幾層房間傳出的打字聲與電話鈴聲。如果仔細聽，她可以從這些聲音中分辨出魏格摩街與波特曼廣場那些尋常的聲音：轎車與計程車聲，還有那些去購物、出去玩、下班回家的男男女女製造的聲響。小薇心想，這些都是聽了上千次，卻不會注意到的聲音；如同身體健康無恙時，絕不會想到健康這件事；只有在生病過後，才會眞正感覺到身體健康的可貴。但是在身體不適時，你就變成了陌生人，變成在自己土地上的外國人。所有對別人都是輕而易舉、平凡不過的事，對你而言卻是困難異常。自己的身體變成了自己的敵人，密謀策劃著要如何擊敗你，如何設下陷阱……

她站在窗戶旁，滿腦子想的都是這些，直到將近七點，打字聲逐漸停止，取而代之的是木椅刮在光禿禿地板上的噪音，傳遍整棟建築。一分鐘後，第一批女子出現了，她們湧入洗手間上廁所，取外套。小薇走到外面的置物櫃，緩緩穿上外套，戴上帽子與手套。她在這些女子之間像遊魂似地走著，以一種極其豔羨的眼光，注視她們之中最不聰敏的人、長相最平凡的人、豐滿圓潤的人、戴著眼鏡的人；只覺得自己與她們完全隔離開來，是孤孤單單的一個人。她聽著她們清亮自信的聲音，心裡在想，這就是我這種人的下場。到最後，我就跟鄧肯一樣，我們想要有一番作爲，但生活不讓我們如願，我們被困在……

貝蒂出現了。她走過來時皺著眉頭，頭轉來轉去，一看見小薇，便立刻走上前。她問：「怎麼了？凱洛琳．葛漢說妳無法走到樓上來。她跟吉卜森小姐說得很誇張，說妳不小心生了什麼病。現在，大家都說妳拉肚子。」她打量著小薇，「嘿，妳臉色眞的很不好。」

小薇試圖躲避她的眼光，如同之前躲避凱洛琳的打量一般。她回答說：「我只是覺得有點兒不舒服而已。」

「眞可憐，妳要振作些。我有個可以讓妳振作的消息，運輸部門的珍告訴大家，內政部那邊將舉辦一場派對。因爲部裡有個男的在今天辦好了離婚手續，要慶祝一下，他們說需要女生。聽起來他們好像已經準備了好幾個禮拜，所以應該會很好玩。快點，我們還有時間換衣服。」

小薇看著她，臉色蒼白。「妳在開玩笑，我不能去。我看起來糟透了！」

「擦點化妝品就好了，」貝蒂邊說邊穿上外套，「那些男生不會注意到的。」

她拉起小薇的手臂，領著她走出房間，開始往大廳前進。小薇發現，走樓梯時，感覺像是在海上乘船，非常不舒服，但觸摸到貝蒂扶著她的手臂、以及被人攙扶與引導，讓她感覺很舒適。她們走到前門桌子簽退。街道還不是很暗，還不需要打開手電筒。但傍晚的天氣很冷，貝蒂停下來拿出一雙手套。

這時，她看見有個女孩舉起一隻手套揮揮手。

「珍！珍，過來一下！過來跟小薇說今晚的那個派對，好嗎？她不想去，妳來說服她。」那個叫珍的女孩便過來跟她們一起走。「那派對應該會非常好玩，小薇！」珍說，「他們叫我帶我所有能通知到的女生過去。」

小薇搖搖頭，「對不起，珍。我今晚不能去。」

「喔，小薇！」

「別聽她的，珍，」貝蒂說，「她今天不對勁兒。」

「我想她今天真的是有兒不對勁！小薇，他們準備了好幾個禮拜……」

「我跟她說過了。」

「我不能去，」小薇又說，「說真的，我覺得身體會受不了。」

「有什麼好受不了的？那些男孩只想看穿緊身毛衣的漂亮女孩。」

「真的不行。」

「畢竟不是每天都會有傢伙辦離婚手續。」

「真的不行，」小薇回道，聲音開始變啞。「我不行，我不行！我……」她停下腳步，用手摀住眼睛，就在魏格摩街上，開始放聲哭泣。

接下來是一陣靜默。之後貝蒂說：「喔，抱歉，珍，看來我和她都不會參加派對了。」

「嗯，是那些男生的損失，他們會很失望的。」

「不如這樣想吧，會有多一點的男生給妳挑。」

珍說：「應該可以這麼想吧！」她碰碰小薇的手臂，「振作點，小薇。如果他讓妳這麼不舒服，那麼他一定是個討厭鬼。兩位，我要趕緊回去強尼·艾倫之家了！若妳們改變心意，應該知道哪兒可以找到我！」說完便走開，幾乎是跑著離去。

小薇拿出手帕擤鼻子，然後抬起頭來，看見經過的人都以略顯好奇的眼神看著她。

「我真是笨蛋！」

「別傻了，小女孩，」貝蒂輕聲說，「我們有時都會哭，沒關係！」她挽著小薇的手臂，捏捏她的手。「現在就送妳回家囉！妳需要的是一壺熱水瓶，和一杯加了幾顆阿斯匹靈的琴酒。現在想想，我也需要那些。」

她們又開始往前走，這次走得更慢。小薇的四肢因疲累而感到有點刺痛，感覺幾乎就要抽筋了。一想到今晚這時候要回約翰·艾倫之家，那地方一定是一片混亂，餐廳充斥著椅子拖在地板上的噪音，燈光刺眼，收音機大聲播放舞曲，穿著內衣褲的女孩在樓梯間跑來跑去，忙著拆下頭上的髮捲，高聲互相叫喊……一想到那景象，她就覺得筋疲力竭。

她拉拉貝蒂的胳臂，「我現在無法忍受回去之後得面對的混亂場面。我們去別的地方，安靜的地方。好嗎？」

「嗯，」貝蒂狐疑地接腔，「我們可以到咖啡館之類的地方。」

「我也受不了咖啡館，可以找個地方坐下就好嗎？只要五分鐘就好，可以嗎？」小薇的聲音又逐漸提高，彷彿又要哭似的。

「好的。」貝蒂攙著她往一旁走去。

走了一小段路後，她們發現自己正走在本地的一個住宅區，於是走進了住宅區的一處花園。戰爭前幾年，這種地方一定會上鎖，但現在，當然，欄杆都不見了，所以兩人便直接走了進去。她們在最濃密的灌木旁找到一張長椅，長椅位於街區最安靜的一隅。天色不是很暗，但已經漸漸變暗，貝蒂環顧四周，開口說道：「嗯，我們不是那種會遭到強暴的女孩，或者別人以爲我們是愛玩的女孩，要給我們錢。我不知道妳怎麼想，但如果價錢不錯，我可能會想拿。」她仍攙扶著小薇的臂膀。「好了，小女孩，」在她們坐下拉緊外套時，貝蒂說，「告訴我怎麼了。記住，爲了這件事，我放棄了讓內政部那個離婚男子摸我的機會，所以妳最好有很好的理由。」

小薇笑一笑，但幾乎馬上變成痛苦的微笑。她只覺得喉頭要湧出淚水，就像之前噁心的感覺要從她喉頭衝上來一樣。她說：「喔，貝蒂……」聲音立刻消失。她以手掩口，搖搖頭。又過了一會兒，她細聲說：「如果我說出來，我會哭的。」

「嗯，」貝蒂說，「如果妳不說，我就會哭！」接著，她更寬容地說道：「好了，我不是笨蛋。我大概知道是關於什麼事，或者我該說是關於什麼人……他做了什麼？快說吧！男人讓女人傷心可是有限度的。他們就是沒有想像力。男人不是讓女人空等，就是拋棄女人，要不然就是打女人。」她嗤笑一聲，「或者把女人的肚子搞大。」

她開了玩笑，開始發笑，然後透過逐漸攏聚的幽暗，看見小薇的目光，笑容便緩緩消失。

「喔，小薇！」她語調沈靜。

「我知道。」小薇說。

「喔，小薇！妳是什麼時候發現的？」

「幾個星期前。」

「幾個星期前？那還好。妳確定不是……不只是晚了一些？因爲現在轟炸……」

「不是，」小薇擦擦臉頰，「我一開始也這麼想，但不是那樣。我知道已經發生了，我就是知道。看看我的樣子……我已經害喜了一陣子。」

「妳已經害喜了一陣子？」貝蒂驚訝地反問，「在早上嗎？」

「不是早上。是下午與晚上。我姊姊就是這樣。她所有的朋友都是早上害喜，但是她卻有三個月，幾乎每天晚上都害喜。」

「三個月！」貝蒂驚呼。

小薇看看四周，「噓，小聲點，行嗎？」

「抱歉，但是，小女孩，眞氣人！妳要怎麼辦？」

「我不知道。」

「妳告訴瑞奇了嗎？」

小薇別過頭。「沒有，還沒說。」

「爲什麼不跟他說？這是他的錯，不是嗎？」

「這不是他的錯！」小薇的眼光又轉回來，「我是說，這是我和他的錯。」

「妳的錯？」貝蒂問，「怎麼會？就因爲給了他……」她將聲音放得更低，「給了他登陸的許可？這都沒關係，但他應該……妳知道的，穿上雨衣的。」

小薇搖搖頭，「直到這件事情之前，一直都沒事。我們從來不用那東西。他無法忍受。」

她們又靜靜坐了一陣子。然後，貝蒂說：「我認爲妳應該告訴他！」

「不，」小薇很堅持，「除了妳，我誰都不說。妳也不要跟別人說！天啊！」這主意實在是糟透了。「如果被吉卜森發現了呢？記不記得費莉絲蒂・維瑟斯[1]？」

費莉絲蒂・維瑟斯是建築工程部裡一個女孩，前年她因與一名自由法國空軍交往而懷孕。她自己從約翰・艾倫之家的樓梯跳下去，引起軒然大波。後來她被她的部門解雇，送回她父母位於伯明罕的家，她父親是個牧師。

「我們都說她眞笨，」小薇說，「天哪！眞希望她現在就在這裡！她有……」她環顧四周，輕聲說。「她那時有藥，對不對？從藥劑師那裡拿到的？」

「我不知道。」貝蒂回道。

「她有藥，」小薇說，「我確定她有。」

「妳可以吃瀉鹽。」

「已經吃過了，沒有用。」

「那可以試試泡個很熱很熱的熱水澡，還有琴酒。」

小薇幾乎要笑出來，「在約翰．艾倫之家？我從來沒有夠熱的熱水可用。還有，想想如果別人看到或聞到琴酒的味道，那怎麼辦？我也無法在我父親的屋子裡這麼做。」她一想到這裡就打起哆嗦。「沒有別的方法了嗎？一定還有別的方法！」

貝蒂想了一會兒，「妳可以自己噴肥皂水。那應該有用。但妳得噴對地方。或者……妳可以用……妳知道……編織針……」

「天啊！」小薇又開始覺得噁心了，「我無法忍受那種方式。若妳是我，妳可以忍受嗎？」

「我不知道。如果我真的很擔心，可能會吧。妳難道不能……舉重嗎？」

「舉什麼呢？」小薇問。

「沙包之類的東西？妳不能上下跳動嗎？」

小薇想到過去這兩個禮拜，她每天必須忍受各種日常生活上的不適；在火車與巴士上顛簸，

---

❶譯註：自由法國（Free French），二次大戰期間，由法國總統戴高樂於英國倫敦組織的軍事團體，目的在收復被德國佔領的法國領土與恢復共和。

上班時得爬樓梯。「那種運動沒有用，不會就那樣擠出來，我知道不會的。」

「妳可以用幾枚便士浸泡在飲用水裡。」

「那只是老婦人的偏方罷了，對吧？」

「嗯，老婦人不是都知道一些嗎？這就是她們是老婦人的緣故，而不是……」

「而不是一無所知，就像我嗎？」

「我不是那個意思。」

小薇別過頭去。現在天色已經非常晚了，花園外的人行道上，偶爾可以看見有遮蓋手電筒的模糊光影，光束縮小、擴大與迅速移動，但沿著廣場的高大平房卻極爲安靜。她可以感覺到貝蒂在發抖，自己也在發抖，但是她們兩人都沒有站起來。貝蒂將自己衣領拉緊，雙手抱胸。然後，她又說了一次：「妳可以告訴瑞奇。」

「不！」小薇回答，「我不想告訴他。」

「爲什麼不？孩子是他的，不是嗎？」

「當然是他的！」

「我只是問問而已。」

「怎麼會這麼問！」

「但是，妳應該要跟他說。我不是在開玩笑，小薇，但事實是，他是個已婚的男人……他應該知道妳可以怎麼辦。」

「他不會知道的，」小薇說，「他的太太……非常想要小孩，她只想跟他生小孩而已。他從我身上獲得的，和從她身上獲得的不同。」

「我敢說是不同。」

「的確不同！」

「嗯，九個月後就相同了。我是說，八個月。」

「這就是爲什麼我得自己解決，妳不明白嗎？如果到最後，我變得跟她一樣……」小薇說。

「妳眞的想要解決掉嗎？妳不能……難道妳不能生下來、養大，或是……」

「妳在開玩笑？」小薇說，「我父親……這會要我父親的命的！」

她的意思是，在經過鄧肯的事情之後，這會要了父親的命的！但是小薇無法如實告訴貝蒂。突然之間，有這麼多秘密與黑暗面，都必須如此謹愼小心，她似乎難以承受這種負擔。「唉！這眞的很不公平！貝蒂，爲什麼一定得這樣？好像情況還不夠糟似的！現在又多出這件事，讓情況更複雜了！這麼細瑣的一件小事……」

「我不想掃妳的興，小女孩，」貝蒂說，「但過不了多久，小傢伙就不小了。」

小薇在黑暗中注視貝蒂，同時用雙手抱著腹部，平靜地說：「我無法忍受的就是，想到它在我體內，一天天長大。」突然，她似乎可以感覺到它像血蛭般吸吮著她的血。「它像什麼？像一隻肥嘟嘟的蠕蟲，是嗎？」

「一條長了瑞奇臉蛋的肥蠕蟲！」貝蒂說。

「不要這麼說！若我開始這麼想，情況會更糟。我得試試費莉絲蒂·維瑟斯吃過的藥。」

「但那些藥對她沒用，所以她從樓梯上跳下來！而且那些藥不是讓她很不舒服嗎？」

「嗯，反正我已經覺得很不舒服了！這有什麼不同？」

然而，她現在並不覺得身體不舒服，而是感到很生氣，幾乎要激動起來。突然間，她發覺以前都活得很恍惚，簡直連自己都無法相信。她想到以前的日子一天天溜走，她卻什麼也沒有做。她挺直坐好，環顧四周。

「我得上藥房，我要到哪裡才可以找到那種藥劑師？貝蒂，快告訴我。」

「等等，」貝蒂打開手提袋，「妳不能就這麼直接問女生這種問題吧！而且還希望……讓我先抽根菸。」

小薇反問：「菸？這時候妳怎麼還會想到要抽菸？」

「冷靜點。」貝蒂說。

小薇推推她，「我無法冷靜！如果妳是我的話，妳冷靜得下來嗎？」

但突然之間，她覺得好累，於是又屈身萎靡地坐著，閉上眼睛。

當她睜開眼睛時，發覺貝蒂正盯著她看。在黑暗中很難判斷貝蒂臉上的表情；可能帶著憐憫或驚奇，甚至有一絲譴責。

「妳在想什麼？」小薇平靜地問，「妳覺得我很軟弱，對不對？就像當時我們在談論費莉絲蒂·維瑟斯那樣。」

貝蒂聳聳肩，「每個女生都可能犯下這種錯誤。」

「但妳從來就沒有。」

「老天！」貝蒂脫下手套，拼命拍打長椅。「不要觸我霉頭，好嗎？總之，這整件事就只是運氣而已，運氣好與不好……」她又再往手提袋裡探，找她的打火機。「我還是認爲，妳應該告訴瑞奇。如果妳無法告訴他這種事情，幹嘛跟已婚的男人在一起？」

「不行！」小薇以幾乎聽不到的聲音說著，她們又開始小聲說話了。「我會先吃藥，如果眞的沒效，我再告訴他。若是有效，他就不必知道了。」

「眞希望他不會像妳一樣知道那麼多。」

「妳眞的認爲我很軟弱。」

「我的重點只是，如果他可以穿上雨衣……」

「他不喜歡那樣！」

「那就沒辦法。像瑞奇那樣的傢伙，妳便不能冒險。如果他單身，情況可能不同，妳可以冒一點險，最糟糕的情況就只是妳結婚的時間比妳想的還要早。」

小薇痛苦地說：「妳把這件事說得像是妳都想好、都計畫好了似的……好像購買臥室裡的一套傢具那麼冷靜！妳知道我們對彼此的感覺，這就跟妳剛才所說觸妳霉頭一樣。他只是因爲運氣不好，時機不好，才娶了另一個女孩。有些事情就是無法改變，是怎麼樣就是怎麼樣！」

「情況會像這樣一直持續，年復一年！」貝蒂說，「很感謝妳，他會是人格高尚的人，而妳會怎麼樣呢？」

「妳不能這麼想，」小薇說，「沒有人會這麼想！說不定我們明天就都不在人世了。妳必須抓住妳想要的，對吧？妳眞正想要的！妳不知道這是什麼滋味。除了瑞奇之外，我一無所有。如果我失去他……」聲音變得模糊，她拿出手帕擤鼻子。「他讓我很快樂，」

過了一分鐘，小薇接著說：「妳知道這是眞的，他會逗我笑。」

貝蒂終於找到打火機，邊點火邊說：「嗯，但妳現在可沒在笑。」

小薇看著火焰噴出來，對著亮光快速消失後的黑暗眨眼，沒接腔。她和貝蒂靜坐不語，直到氣溫太冷無法再繼續坐下去爲止。之後，她們疲憊地勾著手臂，站了起來。

才剛走出花園，空襲警報就開始大作起來。貝蒂說：「來了，這可以解決妳所有的問題……一顆大炸彈！」

小薇抬頭看了一眼，「天哪，這應該行得通！而且除了妳，有誰會知道？」

她以前從來沒有想過這場戰爭可以將所有秘密都吞噬殆盡，埋在灰燼、黑暗與沈默之中。她以前只以爲空襲會將所有事物炸開，讓一切變得很棘手。

在她和貝蒂一起往約翰·艾倫之家走時，她一直抬頭望著天空，說服自己說自己想看見高高射向夜空的探照燈；說自己要飛機飛過來，槍炮開始發射，一切都天崩地裂……

但是，當倫敦北區某處傳來第一聲槍炮時，她就開始變得很緊張，要貝蒂走得更快些。她很擔心炸彈會掉下來，即使她自己的情況很悲慘；她擔心會受傷，畢竟，她並不想死。

※　　※

「嘿，傑瑞（註：德國佬）！」兩個小時後，吉格司朝他的窗外大喊。「嘿，德國佬，在這裡！他媽的在這裡！」

「閉嘴，吉格司，你這蠢蛋！」有人大喊。

「這裡，德國佬！在這裡！」

吉格司之前聽說有座監獄遭到轟炸，裡面還剩下不到六個月刑期的犯人都獲得釋放；他只剩下四個半月，因此每當空襲開始，他便會拉著他囚房裡的桌子往窗戶靠，爬上桌子朝德國飛行員大喊大叫。鄧肯發覺，空襲時如果轟炸得很厲害，那叫喊聲眞的會讓人心神不寧。可以想像吉格司就像一塊大磁鐵，將子彈、炸彈與飛機從空中吸引過來。然而，今晚空襲轟炸地點似乎很遠，因此大夥兒並不怎麼感到不安。有時會聽見砰砰的聲響，或看見閃光，但強度都不大；當探照燈往上照射時，會看到天空的黑暗稍稍加深與變淡，如此而已。其他人也都站在桌子上，在吉格司的叫喊聲中，相互嘶吼，談著一些尋常事。

「伍利！伍利！你這笨蛋，你欠我半克朗[1]！」

「麥可！嘿，麥可！你在幹嘛？」

警衛並未過來要他們閉嘴。空襲一開始，警衛便都躲到避難所避難了。

[1] 譯註：半克朗，原文是 Half a dollar，可能是 Half a crown，相當於英國舊幣制二先令六便士。

「你欠我……」

「麥克！嘿，麥克！」

這些人必須喊到聲音沙啞，對方才可能聽得見。有人從窗戶大喊，回答的可能是另一個關在五十間囚室以外的人。躺在床上聽著這些人喊叫，就像在黑暗中搜尋收音機上的電台。鄧肯很喜歡這種感覺；他發現，至少當這些聲音開始讓他覺得煩躁時，他可以過濾掉這些聲音。然而，費瑟卻每次都因爲這些聲音而激動發狂。例如，現在他就不安地動來動去，抱怨詛咒。他起身，將床墊的馬毛搥打出好幾塊，拉扯著蓋在毛毯上要增加暖意的制服。鄧肯看不到他，因爲囚室裡太暗了。但是從金屬的架式床架，他可以感覺到費瑟的動作。當費瑟重重地躺回床上時，床鋪會左右搖晃，輕微地發出吱吱聲，就像船裡的床鋪一樣。我們可能是水手，鄧肯心想。

「你欠我二點五先令，你這無恥之徒！」

「天啊！」費瑟又起身更用力地搥打床墊，「他們爲何不能閉上嘴呀？閉嘴！」他大喊，不停搥打牆壁。

「沒用的，」鄧肯打呵欠說道，「他們聽不到你的聲音。聽，現在他們在找史黛拉。」

有人開始高喊：「史—黛—拉！史—黛—拉！」鄧肯想應該是一個叫佩西的男孩在大喊，位在第二層樓。「史—黛—拉！告訴妳一件事……我在浴室看見妳的小雞雞了！我看見妳的生殖器了！跟我的帽子一樣黑！」

另一個男子吹了聲口哨，笑起來。「你是個他媽的詩人，佩西！」

「看起來就像個他媽的黑老鼠，喉嚨被切斷！看起來就像妳老爸的鬍子，中間是妳以前女友的厚嘴唇！史黛拉！妳怎麼不講話？」

「她不能講話，」另一個聲音說，「她的嘴正貼在蔡斯先生身上！」

「她的嘴包著蔡斯，」另一人說，「布朗尼正從她屁眼溜進去。她忙得很呢！小子！」

「閉嘴！你們這些行爲不撿的傢伙！」另一個聲音大喊，是三樓的摩妮卡。

佩西又開始喊了：「摩－妮－卡！摩－妮－卡！」

「閉嘴，你們這些野獸！難道不能讓女生睡個美容覺？」

接下來是遠方的一陣爆裂聲，以及吉格司又在高喊的「德國佬！」

「德國佬！希特勒！在這裡！」

費瑟嘟囔著，將枕頭換面。之後，他開口說：「要死了！眞會挑時間！」

因爲在這些喧鬧聲中，有人開始唱歌。

「穿著藍衣的小女孩，我一直夢到妳……穿著藍衣的小女孩……」

是個叫米勒的男子在唱歌，他因爲在一家夜店從事不法活動而入獄。他經常唱歌，歌聲帶著可怕的眞摯，彷彿在樂隊前對著麥克風低聲吟唱。一聽到這歌聲，上下樓層的人都開始抱怨。

「不要唱了！」

「米勒，你這狗養的！」

鄧肯的鄰居奎克利，開始拿著某種東西——可能是鹽罐——敲打他囚室的地板。「閉嘴！」

他邊敲邊吼，「你這他媽的醜女！米勒，你這混蛋！」

「我一直夢到妳……」

在這些抱怨聲與空襲時遠方傳來的轟隆聲中，米勒繼續唱著；而最糟糕的是，這首曲子很好聽。一個接著一個，這些男人逐漸安靜下來，好像很仔細在聆聽這首歌。過了一會兒，甚至連奎克利也放下了鹽罐，停止吼叫。

我聽到妳的聲音，我伸手要去擁抱妳，
妳的唇貼著我的唇，我雙手緊緊抱著妳，
但是妳卻消失了，我醒來發現，
這原來只是夢一場……

費瑟也逐漸平靜下來。他抬起頭，想聽得更清楚。「眞是要命，皮爾斯，我想我跳過這首曲子。我確定我跳過。」他躺下來，「我當時可能嘲笑過這首曲子吧！現在……現在卻極爲恰當，對吧？老天！我竟然會相信米勒與一首流行曲，對於思念會這麼坦誠！」

鄧肯什麼也沒說。米勒繼續唱著那首歌。

雖然我們兩地分離，我卻無法忘了妳

我讚美我們的第一次邂逅……

倏然，出現了另一個聲音，比較低沈、不成調，卻充滿情慾。

給我一個藍眼女孩，
如果你不願意，她會喜歡；如果你願意，她會更喜歡

有人出聲喝采。費瑟則用難以置信的語氣說：「現在這該死的人是誰？」鄧肯側著頭仔細聽，「我不知道。是艾特金嗎？」艾特金與吉格司一樣，都是逃兵。這首歌聽起來像是軍人會唱的歌。

給我一個黑眼女孩，
她喜歡躺著做，但卻更喜歡趴著做！

因為我會再見到妳，當妳……

米勒還在繼續唱。幾乎有一分鐘的時間，這兩首歌曲一起詭異地持續吟唱。後來，米勒便放

棄不唱了，他的歌聲漸漸消逝。「你這個蠢蛋！」他大喊。但是卻傳來更多的喝采聲。艾特金的聲音——或不管那個人是誰——越唱越大聲，越來越猥褻。他一定是將雙手圈在嘴巴周圍，像頭公牛般吼叫。

給我一個棕髮女孩，
她喜歡往上做，卻更愛往下做！
給我個紅髮女孩，
她喜歡用手捧，卻更愛在床上做！
給我一個……

但「空襲警報解除」的警報聲大作，而艾特金的歌聲此時則轉爲大聲歡呼。每一層樓的人都跟著他一起吼叫，用拳頭打在牆壁、窗架與床鋪上，隆隆作響。只有吉格司很失望。

「回來，你們這些大笨蛋！」他大聲嘶吼道，「快回來，德國蠢蛋！你們忘記D棟了！你們忘記D棟了！」

「給我從他媽的窗戶上下來！」庭院裡有人大吼。警衛步出避難所，開始往監獄走的同時，地上傳來靴子踩踏煤渣的喀吱聲。此刻，整棟樓都是桌子刮過地板或重重被放到地板的噪音：囚犯紛紛從窗戶跳下來，趕緊回到床鋪上。一分鐘後，電燈亮起。布朗尼和蔡斯砰砰地踩著樓梯，快跑到平台上搥打囚門，推開窺視孔。「佩西、雷特、馬龍，你們這些小兔崽子！如果被我逮到了你們哪一個給我下床，你們這一區的全都要關禁閉，關到耶誕節爲止！聽到沒有？」

費瑟將臉面埋在枕頭裡，對燈光埋怨詛咒。鄧肯則拉起被子，擋在眼睛上。他們的囚門被重重踹了幾下，但奔跑的步伐沒有停下來。一會兒後，腳步聲逐漸變小、停止、越來越大聲，之後又逐漸消失。鄧肯覺得布朗尼和蔡斯先生彷彿是綁在鐵鍊上的狗，他們到處咆哮，被制止之後很憤怒。「你們這些混球！」他們其中一個人演戲似地大叫，「我警告你們……」

兩人沿著平台走來走去，大約過了一、兩分鐘，最後，終於砰砰地往樓下走。再過一會兒，啪的一小聲，囚室的電燈瞬間又全熄滅了。

鄧肯立刻拉下毯子，頭靠在枕頭邊緣。他很喜歡切斷電流的那一刻，他喜歡凝視天花板上的燈泡，因爲燈光是慢慢熄滅的，若是盯著看三、四秒，便可以看到玻璃球裡的細絲，一捲鎢絲，從白色轉變成鮮豔的琥珀色，再轉爲紅色，然後是淡淡的粉紅色；之後，當囚室暗下來時，眼中仍舊可以看見那團模糊的黃色。

有人人靜靜地吹了一聲口哨。有人對著艾特金叫喊，要艾特金繼續唱，他想知道那個黃頭髮女孩喜歡什麼？還有她是怎麼樣的人？那個聲音叫了兩、三次，但艾特金不吭聲。十分鐘前，他們都有的那種同袍間惡作劇的情緒，但現在正逐漸消退。沈默正往下沈，越來越令人畏懼，而現在試圖要打破沈默似乎會讓沈默更加難受。鄧肯心想，要知道，你可以盡量唱歌或吼叫，那只是一種延緩現在這個時刻到來的方式而已，那個最後終究會來臨的時刻；到時候，這監獄的孤獨會矗立在你周圍，如同沈船裡漸漸上升的海水。

但是，他仍舊可以聽見那些歌曲的歌詞，如同在眼皮下的黑暗中，可以看見燈泡裡微微發亮的細絲一樣。給我一個女孩，他在腦海中仍舊聽得見，他一直重複聽見給我一個女孩，以及我會再見到妳。

也許費瑟也聽得見。費瑟改變姿勢平躺，一直動來動去。現在，四周如此安靜，所以當費瑟用手摸下巴的鬍渣時——甚至用手指關節揉眼睛時——鄧肯都聽得到……費瑟嘆了一口氣。

「該死，」費瑟輕聲說，「皮爾斯，我希望現在就有個女孩。一個平凡的女孩就好。不是我以前會遇見的那種女孩，那種有腦筋的類型。」他笑了笑，床架動了一下。「天啊，這不是一句會讓男人血液凝結的話嗎？有腦筋的女孩。」他換個語調，「你會喜歡我的朋友的，她一向就是那麼有腦筋，好像大家都要她們那麼有腦筋似的……」他又笑了，這次是一種低沈的竊笑，非常低沈，所以床架並沒有晃動。「是的，我現在只想要個平凡的女孩，不必很漂亮。有時候，漂亮的女孩並不好……你知道我的意思嗎？她們自視甚高，頭髮不能亂，口紅不能糊。我希望我有個普通、強壯、愚笨的女孩。一個普通、強壯、愚笨、知道感恩的女孩。你知道我想跟她幹嘛嗎？皮爾斯？」

他並不是在對鄧肯說話，而是與黑暗對話，與他自己對話，很可能是他睡夢中的囈語。但不知怎麼回事，比起他在鄧肯耳邊竊竊私語，這種說話方式的效果更爲親密。鄧肯張開眼睛，凝望囚室裡絲絨般無暇的黑暗。這黑暗讓人有一種怪異不安的無深度感，讓他不禁伸出手來；他想要提醒自己的床鋪和費瑟的床鋪中間仍有距離，同時開始感覺到費瑟比實際的距離還要近；他也清楚地感覺，自己的身體宛如是上面那具軀體的複製或呼應……當他的手指找到費瑟床鋪下方交織的網線時，他將手指放在那裡，說道：「別想了，睡覺吧！」

「不，說眞的，」費瑟說，「你不想知道我會怎麼做嗎？我會讓她衣衫整齊。一點縫線都不會弄壞。我只會鬆開她洋裝背後的一、兩顆釦子……然後趁那時，解開她的胸罩……然後將她的洋裝與胸罩拉到她的手肘，用我的手觸摸她的胸部。我會捏她，可能會把她揉來揉去一會兒……若我眞的這麼做，她也沒辦法，因爲那洋裝……你明白嗎？……那件洋裝會把她的手臂固定在兩側……等我摸完她的胸部，我會把她的裙子往上推，將裙子推到她的腰部，不會脫掉她的內褲；但是，眼前會是那種你可以一直摸索上去的絲滑輕薄內褲……」他的聲音逐漸減弱。當他又開始說話時，音調改變了，非常空洞，一點兒誇張的意味也沒有。「我以前有過這樣的女孩，我從來沒有忘記，她不是美女。」

他陷入沈默。之後，又輕聲說：「該死，該死，該死！」他亂動一陣，因此支撐他床墊的細線便開始收縮，鄧肯快速收回手指。鄧肯想，他應該是側身過去；雖然他動也不動地躺著，他還是有一種緊張，一種血脈噴張、鬼祟神秘的感覺，彷彿他正在屏息、估算。當他又翻動身子拉起毯子時，那動作似乎很假、很不自然，似乎是刻意安排用來掩飾另一種更隱密的……

鄧肯知道，費瑟將手放在自己的陰莖上；過一會兒後，又開始以另外一種輕緩均勻的動作，開始撫摸。

那是男囚犯經常做的事；他們經常拿這種事開玩笑，拿這種事當做消遣，拿這種事炫耀；鄧肯有一次跟一個這麼做的男孩關在一起，他不是在夜裡蓋上毯子做，而是在大白天猥褻地做。鄧肯已經學會轉頭不看，正如他已經可以掉頭不理會其他人打嗝、放屁、對著便盆大小便等等的景象與氣味。但是，現在，在囚室全然的黑暗中，在米勒與艾特金吟唱之後怪異的不安氣氛中，鄧肯驚恐地發現自己知道費瑟的手正在做的這種秘密、無助、故意、半羞恥的動作。有一陣子，他一動也不動，不想讓費瑟知道他還醒著。但他發覺，他的靜止只會讓五官更加敏銳：他現在可以聽得出費瑟略微濃重的呼吸；可以聞到費瑟的汗味；鄧肯心想，他甚至可以聽到費瑟陰莖末端隨著節奏露出時，那微弱、潮溼、規則的聲音，就像手錶的滴答聲……鄧肯無法克制自己，只覺得自己的陰莖也動了一下，開始變硬。鄧肯又躺了一分鐘，除了雙腿間肌肉的脹大與緊張，他是動也不動；之後，鄧肯也開始做出費瑟那種秘密而又不自然的動作。鄧肯將毯子朝自己蓋上，將手伸入睡衣裡，用手抓住自己的陰莖根部。

但他舉起另一隻手時，再次找到費瑟床鋪下的網線，便用手關節去觸碰，一開始很輕柔，然後掌握到了網線的緊張感，那種因為費瑟拳頭推出的規律聲響，導致細網線產生的微弱顫動。他用一根手指觸碰網線，幾乎是用指尖抓著網線；而另一隻手則拉扯自己的陰莖，同時還將自己拉向網線靠近。

這樣過了大約一分鐘，鄧肯感覺到費瑟發出一陣顫抖，床墊下方的網線便逐漸靜止；但那時候，鄧肯卻說什麼也無法停下自己的手，過了一會兒，體內的精液要噴發了，他感覺到精液的流動與湧出，彷彿精液很燙，會燙傷自己似的。他感覺到精液噴出時，自己發出了一陣呻吟；但是那或許只是血液大聲流過耳朵時的聲音……但轟隆聲過後，剩下的只是寂靜，那是監獄夜裡糟糕而又難爲情的寂靜，就像某種痙攣或瘋狂中產生的寂靜。鄧肯回想剛才做過的事，還想像自己像頭野獸般搥打、抓握、拉扯著費瑟的床鋪的樣子。

又過了一分鐘，費瑟才開始有動作。是床單的窸窣聲，鄧肯猜想，他在用床單擦拭自己的精液。但那窸窣聲一直持續，動作變得更激烈了，幾乎是野蠻；最後，費瑟搥打自己的枕頭。

「這該死的地方！」他邊搥打邊說，「把我們都變成了小學生！你有沒有聽到我說話，皮爾斯？我想，你很喜歡這樣。是嗎，皮爾斯？嘿？」

「不。」鄧肯最後終於開口，但嘴巴很乾，舌頭黏在上顎，顯得像是在喃喃細語。

接著，鄧肯猛然往後縮，床架猛烈搖動，某種輕暖的物體啪地一聲打到他臉上。他用手摸，感覺臉頰濕濕黏黏的。一定是費瑟俯身往床下朝鄧肯猛然丟擲精液。

「你還喜歡吧？」費瑟挖苦說道，聲音有一會兒感覺離他很近。之後，他蓋上毯子。「你喜歡吧？你這該死的蠢蛋！」

4

「天哪！」海倫睜開眼睛，「這是什麼？」

「生日快樂，親愛的！」凱邊說邊將一只托盤放在床邊，並上前親吻海倫。

海倫的臉龐乾燥溫暖且光滑，相當美麗；頭髮有點亂，像個睡眼惺忪孩童的頭髮。她躺了一會兒，眨眨眼睛，才撐起身來，將枕頭枕放在背後，動作顯得很笨拙，因爲還沒完全醒來；打呵欠時，雙手放在臉上，用手指擦拭眼角，要拭去眼屎，眼睛看起來有些浮腫。

「不介意我叫醒妳吧？」凱問。那天是星期六，天色還早，她前一晚値班，已經起床好幾個小時，衣服都穿好了；她穿的是一件訂製的長褲與毛織衫。「我無法再等了。看，這個！」

她將托盤放在海倫腿上。上面放有插著一簇紙花的花瓶、瓷罐與杯子、一個反蓋在盤子上的碗，以及一只繫著絲質蝴蝶結的粉紅色盒子，裡面裝的是那件綢質睡衣組。

海倫一件一件地看，顯得很客套，有點不自在。「花好漂亮，好漂亮的盒子！」她宛如在努力掙扎清醒過來，盡量要對這些東西感興趣並顯得很興奮。我不該叫醒她的，凱心中想。

但後來打開瓷罐蓋子，說道：「果醬，和咖啡！」這次的反應好多了。「喔，凱！」

「是真的咖啡，」凱說，「還有這個。」

凱將反蓋的碗推向前，海倫拿起蓋子。下面是一顆柳橙，就放在一張紙墊上。凱之前用蔬菜刀尖在柳橙上弄了半個鐘頭，刻出了〈生日快樂〉這幾個字。

海倫委婉地微笑著，乾燥的嘴唇在小小的白牙上開啟。「好棒！」

「可是〈生〉字有點醜。」

「一點兒也不會。」海倫拿起柳橙，湊到鼻子前。「妳哪裡弄來的？」

「喔，」凱含糊地說，「趁燈火管制時，用棍子從一個小孩手中搶來的。」同時將咖啡倒出來，「打開妳的禮物吧！」

「等一等，」海倫說，「我得先上一下洗手間。妳幫我拿托盤，好嗎？」

她踢掉毯子，跑進浴室。凱拉上床單，讓床墊保持溫暖。這麼做時，熱氣從床上升起，這讓她感覺到熱氣宛如一縷輕煙，掠過臉龐。凱就這麼坐著，將托盤放在腿上，整理一下花朵，欣賞那顆柳橙——對那個歪掉的〈生〉有點氣惱。

「我看起來真的很糟糕，」海倫回來時笑著說，「像披頭散髮的彼得[1]。」她洗過了臉，刷過了牙，也試圖撫平一頭雲霧般的頭髮。

「別傻了，」凱回應道，「過來。」她伸出手，海倫握住，讓自己被凱拉著親吻。海倫的嘴

[1] 譯註：彼得，德國一本兒童繪本的主角，描述一名不愛整潔的男孩子，結果被大家討厭的故事。

唇因爲觸碰過冷水而顯得冰涼。

她回到床上，凱坐在她身邊。兩人一起喝咖啡、吃土司與果醬。

「吃柳橙吧！」凱說。

海倫將柳橙拿在手中轉動。「我應該吃掉嗎？這樣好像很可惜，我應該保留不吃。」

「幹嘛要保留？快吃吧！」

於是海倫取出柳橙，剝掉果皮，將果肉分成好幾份，凱拿了一份。但是，她說海倫一定要把其他的柳橙都吃掉才成。水果帶點酸味，而且很乾，很輕易就可以扯開果肉。不過，在舌頭上迸壓出汁液的感覺卻非常美妙。

「現在拆開妳的禮物吧！」柳橙吃完後，凱等不及地說著。

海倫咬著下唇，「我不太敢這麼做，這盒子這麼漂亮！」她拿起盒子，有點不自在，然後又將盒子放在耳邊，好玩地搖晃著。當她小心翼翼地要打開盒蓋時，凱取笑她。

「把蓋子掀開就成了！」

「我不想破壞盒子。」

「沒關係。」

海倫說：「不，這太漂亮了……喔！」海倫一時愣住了，最後終於拿起蓋子，盒子就斜斜靠在她膝蓋上，紙盒裡包的襯紙已經打開，那套睡衣組，如水銀般滑順地流瀉出來。她瞪著看，然後很不情願似地拿起上衣，高舉起來。「喔，凱！」

「妳不喜歡嗎？」

「很漂亮，太漂亮了！一定花了妳不少錢！妳是在哪裡買的？」

凱露出微笑，沒有回答，同時提起上衣的一截衣袖。「妳看到鈕釦了嗎？」

「看到了。」

「是骨頭做的，袖子上的也是。」

海倫捧著緞料睡衣貼著臉龐，閉上眼睛。

「這顏色很適合妳，」凱說完，海倫並未回答，她又問道：「妳眞的喜歡嗎？」

「親愛的，當然喜歡。只是……我不配。」

「不配？妳在說什麼呀？」

海倫搖著頭笑了起來，睜開眼睛說：「沒什麼，我只是很傻。」

凱將托盤、杯子、盤子和紙張都拿走。「穿穿看！」她說。

「我現在不該穿的，都還沒洗澡。」

「喔，胡說。穿上吧！我想看妳穿著它的樣子！」

海倫於是慢慢走下床，脫下破爛襤褸的睡衣，換上新睡褲，扣上上衣鈕釦。褲頭有條繩子，上衣繫在腰間，像女性襯衫般膨脹，但緞子垂下來，讓乳房與乳頭的曲線畢露。袖子很長，因此她將袖口扣上再往上折，但袖子還是立刻就滑了下來，幾乎要蓋到指尖。她似乎有些害羞，站著讓凱打量。

凱吹起口哨，「妳看來多迷人！就像《大飯店》電影裡的葛麗泰・嘉寶❶。」

但是，海倫看起來一點都不迷人；看起來很年輕、瘦小又嚴肅。房間很冷，緞子很冰；海倫冷得發抖，不停地往雙手吹氣。她再次折起袖口，幾乎有點氣惱——在這麼做的同時，海倫又往鏡子裡瞧，之後便扭頭不看。

凱看著她，有一種心痛的感覺。在這樣的時刻，她認爲自己的愛是一種驚奇——對她而言，如此漂亮美麗無暇的海倫，竟然會在這裡讓她端詳、讓她觸摸……但是，她無法想像海倫在其他地方當別人愛人的樣子。凱知道，其他人對海倫的感覺不會跟她一樣。海倫很可能是出身後從小到大——經歷了那些特殊、嚴肅與無關緊要的種種事情之後——只爲了現在這一刻；只爲了可以穿上緞質睡衣褲，光著腳丫子站在這兒，讓凱仔細打量。

但是，她從鏡子前跑掉了。

「不要走！」凱喊道。

「我想洗澡。」

「不要，」凱說，「還不要。」

凱走下床，走過房間，拉起海倫的手臂，觸摸海倫的臉頰，親吻海倫的雙唇，然後將手探入緞子上衣，撫摸那光滑的背與腰。之後，走到海倫背後，用手掌捧起海倫的乳房，她感覺到海倫臀部的曲線，緞衣底下豐滿臀部的平滑肌膚，於是將臉頰貼在海倫的耳朵上。

「妳眞美。」

「我不美。」海倫說。

凱將海倫轉過身，面對鏡子。「妳自己看不到嗎?妳很漂亮，我第一次遇見妳時就知道。當時我將妳的臉捧在手中，妳的臉很光滑，像顆珍珠。」

海倫閉上眼睛，「我知道。」

她們再度親吻，繼續親吻，但海倫將臉移開。「我必須再去洗手間一下，對不起，凱，我一定得洗個澡。」

緞子讓她整個人很滑溜，她從凱手中溜開，轉過頭去同時發笑，看似開玩笑，但心意已決，就像仙女從半人半羊的牧神手中溜走。她走進浴室，將門關上。接下來是水龍頭的流水聲，熱水器火焰的颼颼聲；之後，大約過了一分鐘，是她腳跟摩擦珐瑯浴缸的聲音。

凱將咖啡壺拿到客廳，放在壁爐靠近爐架的地方，然後走回臥室，拿走托盤，整理床鋪，將撕開的薄紙重新折好。接著，她將花瓶裡的花放在客廳桌上，就放在海倫昨天收到的卡片旁，那是她住在渥辛的家人寄給她的。凱挪動一張椅子，原來的地方有一些麵包屑，於是她從廚房拿出畚箕與掃把，將那個地方掃乾淨。

凱住在這間公寓已經快滿七年了，是從以前一個女性愛人手中得到的，一名在這裡從事類似妓女的女人，凱從未向海倫提起過這件事。當時凱的生活也很混亂，手上有大把的金錢、酗酒；

❶譯註：葛麗泰・嘉寶（Greta Garbo），出生於瑞典的美國女星，在好萊塢紅極一時。

她經過了一段又一段不幸福的戀愛……那個女人最後跟一名商人在一起，搬到梅法爾；但是將這棟公寓讓給了凱，當作分手的禮物。

和以前的住所相比，凱最喜歡這裡，這裡的房間呈L型，她喜歡這樣。她也喜歡那些從公寓上方便可以看到的好玩的小馬廄或庭院，隔壁的倉庫專提供傢具給托天漢（Tottenham Court）路上的傢具店；戰前，凱可以站在窗前看著工廠裡的年輕男女，在漂亮的古董桌椅上漆著纍纍垂墜的裝飾物與邱比特。現在，工廠已關門大吉，倉庫被用來堆放貿易委員會的傢具，裡面堆放了大量的木頭、亮光漆與油漆，讓馬廄成了高度危險的地方。但是當凱想到要搬家，心頭便會一沈。她對這公寓的感覺和對海倫的感覺很類似，那是一種秘密的、專屬於她的感覺。

她檢查咖啡壺裡咖啡的溫度。在壁爐臺上有包菸，這讓她想到口袋裡的香菸盒，她拿起菸盒開始裝菸。這時，她聽到海倫從浴室出來的聲音，開始穿衣服。她隔著玄關對海倫大喊：「我們今天要做什麼，海倫？妳想上哪兒去嗎？」

「我不知道。」海倫回答。

「我想帶妳上一家時髦的餐廳用午餐。妳覺得怎麼樣？」

「妳已經在我身上花太多錢了！」

「喔，如果是賓姬的話，她會這麼說：胡扯！妳不想吃一頓豐盛的午餐嗎？」

海倫沒有回應。凱闔上菸盒，放回口袋，然後在海倫的杯中倒入一些咖啡，拿著咖啡杯走進臥房。海倫身穿胸罩、襯裙與褲襪。她正在梳頭，小心地梳，想將卷髮梳成波浪狀。新睡衣就放在床上，折得很整齊。

凱將杯子放在化妝台上，「海倫。」

「怎麼了，親愛的？」

「妳似乎心不在焉。妳沒想要去哪裡嗎？不想去像溫莎堡之類的地方嗎？動物園呢？」

「動物園？」海倫笑道，卻同時也皺起眉頭。「我的天哪！我覺得我就像是阿姨說要帶出去玩整天的小孩。」

「嗯，壽星應當會有這種感覺。有一次，妳的確提過溫莎堡，還有動物園。」

「我知道我提過，」海倫說，「很抱歉，凱。但溫莎堡……喔，那不是要花很多時間才到得了嗎？坐火車不是很不舒服？」她走到衣櫥看著所有洋裝，「妳得趕回來上七點鐘的班。」

「七點前，我們時間多得很，」凱看到海倫從衣架上挑出的洋裝。「要穿那件嗎？」她問。

「妳不喜歡嗎？」

「今天是妳生日，穿 Cedric Allen 那件好了。」

海倫一臉狐疑。「那件太時髦了。」她將第一件洋裝擺回去，拿出另一件來，那是深藍但有乳白色大領的洋裝。兩年前買這件洋裝時，花了兩英鎊；當然，是凱出的錢。海倫大部分的東西都是凱為她買的，尤其是以前那時候。下襬有個地方破了需要縫補，些微起皺；但除此之外，這衣服看起來幾乎是新的。海倫攤開洋裝，套了進去。

凱舉起手說：「過來，我幫妳鉤上鉤子。」

因此海倫走過去，背對著凱，撩起頭髮。凱將肩膀部份撫得更為平整，將衣服往中間拉，從下面往上將鉤子鉤好，慢慢地完成這些動作。她一直很欣賞也喜歡觸摸女性的背部。例如，她喜歡女子穿晚禮服時裸露的肩膀，衣服撐得很緊；因此，當肩胛骨向內縮時，衣服會有個開口，可以看見裡面的內衣或緊壓的粉紅色肌肉……海倫的背部緊實……不是很有肌肉，而是豐滿，有彈性；脖子很漂亮，有著絨毛般的金髮。當凱鉤好最後一個鉤眼後，她低頭親吻海倫的脖子。接著便環抱著海倫的腰，將手放在她的腹部，拉向自己。

海倫將臉頰靠在凱的下巴上，「我以為妳想出去。」

「但妳穿洋裝的樣子這麼好看。」

「也許我該脫掉，如果妳要這樣的話。」

「也許我該替妳把它脫掉。」

海倫溜到一旁，「凱，不要胡說。」

凱笑著讓她走，「好吧……現在，動物園怎麼樣？」

海倫走回化妝台，正在戴耳環。「動物園？」她皺起眉頭，「嗯，也許吧！但是，這樣不會很奇怪嗎？我們這把年紀的兩個女人一起去？」

「這重要嗎？」

「不重要，」海倫過了一會兒說，「我想應該不重要。」

海倫坐下來穿鞋，低著頭，頭髮往前掉，因此遮住了臉。「妳不會要邀請其他人吧？」在凱從房間出來時，海倫繼續輕聲說。

「其他人？」凱驚訝地問，轉過頭來。「妳是說像米琪嗎？」

「是的，」海倫過了一秒後回應，「不，我只是剛好想到罷了。」

「妳想順道去探望米琪嗎？」

「不，沒關係，眞的。」她整理好，笑自己無聊，而且因爲身體前傾繫鞋帶，臉色泛紅。

她們沒到動物園，海倫說她不喜歡看那麼多可憐的小動物被關在籠子和柵圈的模樣。所以她們就在路上走著，看到一輛往漢普斯特的巴士，便跑去搭。她們到了高街下車，在一家小咖啡館享用沙丁魚和薯條當午餐，到二手書店逛逛，之後再沿著那些漂亮、雜亂無章的紅磚街道，走到席斯。她們手挽著手而行——海倫現在不介意兩個女人一起這麼走，因爲她說，大家對於在漢普斯特席斯的星期天下午，看見女人已經見怪不怪了；那裡到處都是長相平凡生氣蓬勃的女人、老處女和狗。

實際上，那裡有很多年輕情侶。有幾個女生像凱一樣穿著長褲；大部分都穿上制服，或是樸實無華，但現在可以當作週末最好的衣著。男孩穿的則是戰鬥服——卡其黃、海軍藍以及這兩者之間的各種色調——波蘭、挪威、加拿大、澳洲、法國等國家的各式制服。

那天很冷，天空亮白到刺眼。凱和海倫自前年夏天到女子池游泳後，便沒再來到席斯了。在她們記憶中，這是個綠意盎然、草木茂美的地方。但現在樹木幾乎是光禿一片，暴露著用無情的倒鉤鐵線圍起的防空設施與軍事裝備。幾個月前掉落的樹葉已變成一層護根，上面蓋了一層霜，看起來很不健康，像腐爛的水果。地面多處留有被榴霰彈擊中或遭卡車輪胎壓碾的痕跡，西側有幾個巨大的壑谷與坑洞，是土壤多次被挖起塡充沙包的結果。

她們盡量避開最難走的區段，雖然沒有特定目標，但她們還是沿著比較隱密的路徑前進。在兩條寬廣路徑組成的交叉口，她們選擇往北；那道路領著兩人往上爬，之後往下經過一片樹林，再走幾分鐘，來到一座湖畔，湖面都結了冰。十幾隻鴨子像難民般，在樹枝堆上瑟縮成一團。

「可憐的鴨子！」海倫捏著凱的手臂說，「眞希望我們帶了麵包來。」

她們往前，更靠近冰面。冰結得很薄，但應該很結實，因爲上面佈滿了之前想打破冰面的遊客丟擲的樹枝與石頭。凱拿掉手套——因爲她戴了手套、穿了繫腰帶外套、圍巾與貝雷軟扁帽以禦寒——拾起一顆石頭投擲出去，想看看石頭在冰上滑行的樣子。然後走到湖邊，用腳尖試踩冰面。幾個孩童圍過來看她在做什麼，她給他們看冰面下膨脹的銀色氣袋，之後便蹲下來，用手將冰撥開，拿起邊緣不整的大片冰塊，打碎成小片後再給孩童拿著、丟擲或腳踩。那些冰塊碎裂之後變成白色粉末，就與轟炸現場玻璃碎裂後的粉末一模一樣。

海倫就站在原地看，戴著手套的手放在口袋裡、衣領翻起、頭戴一頂類似蘇格蘭寬頂無沿的羊毛帽，就低低地蓋在額頭上。她的表情很奇怪，有一抹溫柔但煩惱的微笑。凱幫那些孩童掏出最後一片冰塊之後，便往回走向海倫。

「怎麼了？」凱問。

海倫搖搖頭，禮貌性地露出微笑。「沒什麼，我只是在看妳，妳看起來很像男生。」

凱正用力拍擊雙手，試著甩掉那股寒意以及手上的泥土，然後說：「冰塊會將每個人都變成小男孩，對吧？小時候，我家附近那座湖結了好幾次冰。比現在這座還要大，或許那時我覺得很大，湯米、杰瑞德和我以前會去那裡。我那可憐的母親，她很討厭我們那樣做，她認爲我們都會淹死。當時我不瞭解，當然，那些她認識的男孩都一個接著一個死去……妳會冷嗎？」

海倫發抖，點頭說：「有一點。」

凱看看四周，「這附近有個地方可以喝牛奶，我們可以過去喝杯茶。妳要去嗎？」

「也好。」

「妳應該也要有個蛋糕或小圓糕，今天是妳生日。妳覺得呢？」

海倫皺著鼻頭，「我想不用了，眞的。我們買到的東西，一定都很難吃。」

「喔，」凱回應，「但妳一定要有蛋糕才對！」

凱以爲自己知道喝牛奶的地方在哪裡，於是挽起海倫的手，將她拉近身邊，帶著海倫走另一條小徑；走了二十分鐘，但什麼也沒找到，於是就折返回到剛才那座結冰的湖，再試另一條路。後來，凱喊道：「在那裡！」

但是待二人走近那幢建築之後，這才發現那地方已經有一半被燒毀，窗架上沒有玻璃，窗簾用飾帶綁著，磚牆焦黑一片。門上有一張紙片寫著：上週六遭轟炸。有人在下面貼了一張悲涼的英國國旗，就是那種大家在戰前會插在海灘沙堡上的紙製小國旗。

「該死！」凱說。

海倫則回說：「沒關係，我眞的什麼都不要。」

「應該還有其他地方。」

「如果喝茶，我只會想上廁所。」

凱放聲笑了，「親愛的，不管做什麼，妳一定都得要上廁所。而且，今天是妳生日，妳應該要有個蛋糕呀！」

「我太老了，不需要蛋糕！」海倫有點不耐地說，並拿出一條手帕擤鼻子。「天啊，眞冷！我們繼續走吧！」

海倫又綻開微笑了，但凱卻覺得那微笑很陌生，很心不在焉。也許是天氣的緣故。當然，天氣這麼冷，要開心也很難。

凱幫兩人點燃了香菸，接著又走回那座湖畔，往上走過那片樹林，這時走得更急，因爲想要讓身體溫暖一點。

從凱的角度看過去，那條路似乎蠻眼熟的。突然間，她憶起某個下午她曾經來過這裡……她不假思索，脫口便說：「我以前應該和茱莉亞走過這條路。」

「和茱莉亞？」海倫問，「什麼時候？」

海倫試著用輕鬆的語氣說話，卻不是很自在。凱心想：糟糕！因此只好硬著頭皮說：「喔，好幾年前吧！我不知道，只記得有個像橋的東西。」

「哪一種橋？」

「只是一座橋，一座可笑的小橋，頗有洛可可風格，下面有一座池塘。」

「在哪裡？」

「應該是這個方向，但現在我不是很確定。我想，這有點兒像是香格里拉，就像可遇而不可求的事一樣。」

凱心想，眞希望自己什麼也沒說，海倫是故意假裝對那座橋有興趣的；凱覺得海倫做得有點過頭了，好彌補提起茱莉亞這個名字所引起的尷尬與不安。她們繼續走。凱可有可無地選一條路走走看，之後再選另一條；當她正想放棄時，腳下的這條路突然豁然開朗，便發現自己就站在極欲尋覓之處。

這座橋與記憶中的橋，完全無法相比；現在，凱覺得這座橋非常平庸，一點兒也不洛可可。但海倫立刻跑到橋的一邊，站在那兒凝望下方的池塘，似乎很著迷。

「我可以看見茱莉亞在這裡。」當凱走向海倫時，海倫微笑地說道。

「看得到嗎？」凱問。

凱特別不願想起茱莉亞。站了一會兒，往下看著那個新池塘，和先前的湖一樣，全結冰了，石頭與樹枝遍佈，旁邊還有一群三三兩兩逃難的鴨子。她轉過身子，看著海倫的側臉，臉頰與喉頭終於轉成粉紅色，還帶有眞正的興奮之情與濃烈的興趣；她從海倫外套翻起的衣領，看見底下的乳白色大翻領，以及下方那光滑無暇的肌膚。她記起站在臥室扣上那件漂亮洋裝的景象，還記起那光滑的絲綢睡衣，以及海倫性感懸垂乳房的重量感。

凱再次覺得慾火焚身，拉起海倫的手，往自己的方向拉近。海倫轉過臉，看見凱的表情，警戒地環顧四周。

「會有人過來，」海倫說，「凱，不要！」

「不要什麼？我只是想看看妳而已。」

「是妳看我的樣子。」

凱聳聳肩，「我可能……這樣……」她將手放在海倫的一只耳環上，開始將螺絲旋開。更溫柔地說：「我可能只是幫妳弄耳環。或許妳的耳環勾到頭髮了，我必須這樣幫妳將耳環打開，對吧？大家都會這麼做。我必須將妳的頭髮往後撥，這很自然。我可能必須更靠近……」

當凱說話時，她正幫海倫取下耳環，用手指撫弄那冰冷、沒戴耳環的耳垂。

海倫縮了回去，「會有人過來！」她又說。

「若我們手腳夠快，就不會。」

「凱，別鬧了。」

但凱還是親吻了她，之後感到海倫幾乎是馬上逃開，因爲眞的有人來了，一位遛狗的美女。她無聲無息地，突然出現在橋的另一邊。

凱拿起那只耳環，以尋常的語調說：「糟糕，弄不好，我想妳得自己來。」海倫背對著凱，站得直挺挺的，好似完全被下面景色的某些小細節吸引到渾然忘我。

那女子經過時，凱與她互視，並對她微笑。那女人也微笑以對，但笑得不是很自然，凱心中在想，剛才兩人結束擁抱時，一定被她瞧見了，但她不是很確定是怎麼回事，只覺得有些困惑與窘迫。那隻狗跑到海倫腳跟聞了聞，許久才離開。

「史姆茲！」那女人大喊，臉龐不停漲紅。「史姆茲！壞狗狗！」

當女人與狗離去後，海倫叫道：「天啊！」她側著頭將耳環掛上，手靠在下巴下，手指忙碌地轉動著小螺絲。

凱在一旁笑著說：「喔，那又怎樣？現在又不是他媽的十九世紀！」

但海倫沒有笑容，在撥弄耳環時，嘴角動都沒動，幾乎很嚴肅。凱要過去幫忙，海倫趕忙躲開，凱只好放棄，但心想，眞的是小題大做……於是只好拿出菸盒，遞給海倫。海倫搖搖頭。這時，兩人並未挽著手臂，只是保持著沈默往前走。

她們又回到之前走來的路上，沒有爭議地往另一條往南的路徑走去。過了一會兒，她們才看見這條路是通往國會山。山坡一開始很平緩，但很快便變得陡峭，凱從眼角餘光偷瞄海倫，看到她氣喘吁吁大步向前，似乎在生悶氣，正在找藉口開始抱怨，要找個方式責怪凱……後來兩人到達山頂，看到映入眼簾的景色。這時，海倫的表情不同了，又變得清朗、自然、眞誠愉快。

從這裡，可以看到整座城市與倫敦的地標；而且由於距離很遠，以及從許多煙囪排放的煙就掛在寒冷無風的半空中，彷彿是放置在水中的網，甚至一堆堆的瓦礫和沒有屋頂的中空建築物，也都帶著一點兒模糊的迷人風采。天空中飄著四、五個防空阻攔氣球，在轉動漂浮之際，似乎要脹大，隨之又像要縮小。凱心想，它們就像農場裡的豬，而且賦予了這座城市舒適愉悅的面貌。

幾個人在拍照。「那是聖保羅大教堂！」有個女孩向她的美國大兵男友說，「那邊是國會大廈，那是……」

「安靜一點，可以嗎？」有個男子大聲說，「附近說不定有間諜！」

語畢，那女孩便閉上了嘴。

海倫、凱跟其他人一起欣賞眼前的風景，用手遮住眼睛以抵擋慘白天空的刺眼光線。後來，沿著那條路再往前一點，有個長椅空了出來，凱快跑過去佔位置，海倫也跟著過去，但走得比較慢。她坐下來，身體往前傾，眉頭深鎖，仍舊用力凝視整個城市。

凱說：「這是不是很棒？」

海倫點點頭，「是的，但眞希望今天是個晴朗的好天氣。」

「但這樣就不會如此迷人了，今天這樣很浪漫。」

海倫仍看著前方，用手指著小聲說：「那是聖潘克拉斯車站，對吧？」同時還在找尋那個自以爲是的男子。

凱看了一看回道：「是的，應該是。」

「那裡是大學的建築。」

「是的。妳在找什麼？瑞斯朋大街嗎？我不確定從這裡可以看得到。」

「那是方德林社區。」海倫自顧自地說，似乎沒有聽見凱在說什麼。

「那地方比可蘭公園還要再往西，還要再往南一些。」凱又看了看，指著回答，「我想，那裡是波特蘭德街。離那裡比較近。」

「是的。」海倫的語調含糊不清。

「妳看得到嗎？妳看的方向不對。」

「可以。」

凱將手搭在海倫的手腕上，「親愛的，妳不是……」

「眞是的！」海倫猛然將手抽回，「妳一定得這麼叫我嗎？」

那幾乎是低聲嘶吼，同時還像先前一樣，四處張望。但是她的臉色鐵青、冰冷，充滿不悅，嘴唇上的口紅顯得很突兀。

凱別過頭去。突然間，與其說生氣，還不如說是升起了一股失望的感覺：對天氣、對海倫、對那一天的失望——對這整起該死的事情失望。「老天哪！」凱又點燃另一根菸，但是並未將菸盒遞給海倫。菸在嘴裡的味道很苦，就像她自己現在鬱悶的心情。

過一會兒，海倫小聲說：「凱，對不起。」她雙手交合放在大腿上，低頭凝望自己的手。

「妳到底是怎麼回事？」

「我只是覺得有點憂鬱。」

「嗯，看在老天份上，臉色不要開始那麼憂鬱，否則……」凱丟掉菸蒂，聲音放低，「我會用手臂攬著妳，想看看妳到時會有多生氣。」

凱的心情又變了。苦澀已經消失，那感覺雖然快速升起，但已經迅速下沈了；畢竟，失望太沈重了，她無法負荷。現在，凱的心中充滿柔情，覺得心很痛，只是柔聲說道：「我也很抱歉，我在想，生日對於壽星而言，總是沒辦法像在一旁慶生的人一樣覺得那麼有趣。」

海倫抬起頭，露出悲哀的微笑。「我一定很不喜歡二十九這個年齡。這是個可笑的年紀，對吧？最好是趕快過完，直接進入三十。」

「那對妳而言是個完美的年齡，」凱又恢復了之前的一點英氣，「任何年齡都會是……」

但海倫又退縮了，「凱，不要，不要……不要對我這麼好。」

「不要對妳好？」

「不要……」海倫搖著頭，「我不配。」

「妳今天早上也這麼說。」

「是真的，我才會這麼說。我……」

她又對著剛才凝望的方向望著倫敦，沒繼續說下去。凱困惑地看著她，然後用指關節輕輕地搓揉著手臂。

「嘿，」凱悄聲地說，「沒關係，我本來只是想要好好慶祝今天這個特殊的日子，但也許妳無法在戰爭期間慶祝生日。明年……誰知道？到時候戰爭也許早已結束，到時候我們再好好慶祝吧！我會帶妳去玩！帶妳到法國！怎麼樣？」

海倫沒有回答，只是轉向凱，熱切地看著凱的眼睛。過了一會兒，她低聲說：「凱，現在我已經變成脾氣暴躁的老女人了，妳對我不會感到厭倦嗎？」

有一會兒，凱回答不出來，然後以同樣低沈的聲調說：「妳是我的女孩，對吧？我不會對妳感到厭倦的，這妳是知道的。」

「妳可能會厭倦我。」

「我絕對不會，妳永遠是我的！」

「我希望我是妳的，」海倫說，「我希望……我希望這是個不同的世界，這世界爲何不能不一樣呢？我討厭我必須偷偷摸摸……」她停下來，因爲有對男女挽著手，安靜地走過她們身邊，她將聲音放得更低。「我討厭必須到處偷偷摸摸。眞希望我們可以結婚就好。」

凱眨眨眼，視線往別處看去。這是她生命的一個悲哀，她不能像男人一般對待海倫——讓海倫成爲自己的妻子，跟她生小孩……她們坐在那兒，沈默不語，凝視眼前的景觀，但是，眼睛裡卻什麼也沒看到。凱平靜地說：「讓我帶妳回家吧！」

海倫正在拉扯外套上的一顆鈕釦。

「距離妳上班，我們只剩下一、兩個鐘頭了。」海倫說道。

凱努力展現笑容，「嗯，我知道我們該如何打發一、兩個小時。」

「妳知道我的意思。」海倫又抬起頭來，凱發現她幾乎快哭了。「凱，妳今天不能待在家裡陪我嗎？」

「海倫，」凱說，「怎麼了？」

「我只是……我不知道，我只是希望妳可以陪我。」

「我不能，我不能。我必須去工作，妳知道我得去工作的！」

「妳大部分的時間都在那裡。」

「我不能，海倫……天啊，不要那樣看著我！只要一想到妳在家裡心情鬱悶，我就……」

她們兩人更靠近了。但現在，如同之前，一對男女沿著小徑漫步走來，就在她們的長椅旁，海倫便又往一旁移動，取出一條手帕，擦著眼睛。凱看著那對情侶，就跟其他人一樣，停下來觀賞風景——眞想殺了他們！想將海倫擁入懷裡的衝動讓凱渾身抽搐，痛苦難堪。但是，凱知道自己不能這麼做。

等到這對情侶走開後，她看著海倫說：「告訴我，妳今晚不會不開心。」

「我今晚會欣喜若狂。」海倫悶悶不樂地回應。

「告訴我妳不會寂寞。告訴我……告訴我妳會到酒吧喝個爛醉，再找個男生，或水手……」

「妳要我這麼做嗎？」

「我很想要妳這麼做，」凱說，「但我會討厭妳這麼做，妳知道我會的，我會跳進河裡。妳是讓我可以忍受這場戰爭的唯一理由！」

「凱……」

「告訴我妳愛我。」凱喃喃說道。

「我是愛妳的。」海倫回答之後，閉上了眼睛，彷彿這樣可以更清楚地感覺到愛，或者更可以展現她的愛。

這時，海倫的聲音又轉爲熱切了。「凱，我眞的很愛妳。」

鄧肯的父親和小薇一起坐下後，父親說：「怎麼樣，兒子，你好嗎？他們對你都還好嗎？」

「還好，」鄧肯回答，「我想還好。」

「啊？」

鄧肯清清嗓子，「我是說，是的，他們對我不錯。」

父親點點頭，每當他仔細聆聽時，臉孔都會極度扭曲變形。鄧肯知道，現在這個場面對他而言是最糟糕的情況。這房間有六張桌子，他們的是最後一張。但每張桌子都有兩名犯人在一邊，另一邊坐的是犯人家屬，每個人都在嘶吼。坐在鄧肯旁邊的人叫雷迪，是個郵局僱員，因僞造匯票而入獄。坐在小薇一旁的是雷迪的妻子，鄧肯以前就見過她，她每次來都要數落雷迪。「如果你覺得我樂意，」她現正說著，「讓那樣的女人到我家來……」她旁邊的桌子是一名帶著嬰兒的女孩，正在上下輕晃著嬰兒，想讓嬰兒對著自己的父親展露笑容，但嬰兒卻在哭嚎，先是像個警報器似地張嘴尖叫，然後顫抖地大口喘氣後再尖叫。這只是監獄裡的普通小房間，窗戶緊閉，裡面充斥著監獄常有的味道——沒洗腳的腳臭味、拖把的臭酸味、食物的腐敗味、口臭。但除了這些一般的臭味之外，還有其他更討厭的味道：化妝品味、燙髮藥劑味、小孩的味道，以及汽車廢氣、狗兒、人行道與戶外的味道。

小薇正在脫外套。她穿了一件薰衣草色的女性襯衫，飾有珍珠的小鈕釦，而那些鈕釦吸引了鄧肯的目光。他都快忘了有那樣的鈕釦，也忘了那種鈕釦的觸感。他很希望可以伸手過去，用拇指和食指捏著鈕釦，一下子就好。

小薇發現鄧肯盯著看，感覺有點不自在地換了姿勢，然後在大腿上折外套。「你怎麼樣，說眞的？」當她折好時，這麼問。「你還好嗎？」

「是的，我還好。」

「你臉色看起來很蒼白。」

「眞的嗎？但妳上次也這麼說。」

「我老是忘記了。」

「你覺得上個月怎麼樣，兒子？」父親大聲說，「讓你很緊張，對不對？我告訴克利斯帝太太說，德國佬趁我們不備，讓我們措手不及。前一、兩個晚上眞的非常難過！轟炸得相當厲害，很大聲，把我都吵醒了！所以你應該知道情況有多糟。」

「是的！」鄧肯試圖擠出笑容。

「威爾森先生他們家的屋頂沒了。」

「威爾森先生的家？」

「你知道哪一家的。」

「我們小時候常去，」小薇見鄧肯記不起來時，搶著說，「那個男的和他姊姊，以前經常給我們糖果吃。你不記得了嗎？他們養了小鳥，關在鳥籠裡，你以前說要餵鳥吃東西。」

「……一個大塊頭女孩，」雷迪的太太正在說話，「竟有那種習慣！讓我很反胃……」

「我記不得了。」鄧肯回答。

父親搖搖頭，反應有點遲緩，因為聽覺不好。他說：「不，當一切都平靜下來時，你會很難相信，聲音那麼大，你會以爲整個世界都被炸爲烏有。當看到這麼多房屋還屹立不搖，你會非常震驚。這會讓你想起閃電戰。他們稱之爲小型閃電戰，對吧？」他最後一句是對著小薇說的；之後，再轉向鄧肯，「我想，你在這裡不會感覺有那麼嚴重吧？」

鄧肯想到當時的黑暗、吉格司的大喊大叫、到樓下避難所躲轟炸的警衛。他換了一個坐姿。

「這就要看你怎麼認定所謂的『感覺』了。」

但是，他說話時一定很含糊。只見父親側著頭，扭曲著臉，問道：「什麼？」

「這要看你……天啊！沒事，我們這裡不覺得有那麼嚴重。」

「是的，」父親溫和地回應，「是的，我不該認爲你會覺得很嚴重。」

在犯人背後，丹尼爾斯先生拖著鞋子走來走去。那個小嬰兒還在啼哭：鄧肯的父親突然想要引嬰兒注意，對嬰兒扮起鬼臉。隔著幾張桌子，費瑟坐在桌前，他父母過來探視他，鄧肯可以勉強辨認出他們。他母親穿著一身黑，戴著一頂有面紗的帽子，像是要參加喪禮，他父親的臉呈磚紅色。鄧肯聽不見他們說什麼，但可以看到費瑟起水泡的手放在桌面上，不安地抖動著。

小薇說：「爸要到華納公司的另一家店工作。」

鄧肯看著小薇，眨眨眼，小薇便輕碰父親的手臂，湊到他耳朵旁說話。「我剛才告訴鄧肯，說你已經到另一家店工作了。」

父親點點頭，「沒錯。」

「眞的？」鄧肯問，「都還好嗎？」

「不算太壞。我現在與伯尼・洛森一起工作。」

「伯尼・洛森？」

「還有吉福太太的女兒茱恩。」鄧肯的父親露出微笑，開始向鄧肯談起一些事……但鄧肯幾乎沒在聽。父親從不明白，他說起那些工廠裡的小笑話和秘密，彷彿鄧肯還在家中。「史丹利・希伯特，莫瑞爾和費爾。你應該看看他們的表情！我跟奧格維小姐說……」鄧肯認得出其中一些名字，但對他而言，那些人就像是鬼魂。他看著父親的嘴形，再從他的表情上找到線索之後，點頭微笑，彷彿自己是聾子。

「他們要我向你問好，」父親快說完了，「他們總是問你好不好。還有，潘蜜拉說她愛你。她要我告訴你，她很遺憾不能多撥出一點時間來看你。」

鄧肯又點頭……一時忘了潘蜜拉是誰。之後，他猛然想起那是他另一個姊姊……他關在這裡的三年之中，她來探望過三次。他不怎麼介意，但是小薇和父親對此總覺得很難爲情。

小薇說：「有了小孩，就很難抽身過來。」

「喔，是的，」父親接著這個話題說，「這讓一切都變得很困難。不，你來這裡時，是不會想帶著小孩過來的，除非要帶他們來看孩子的父親；當然，那又是另一回事了。提醒你……」他看了一眼那個帶著哭泣嬰兒的女孩，試著放低聲音，卻還是很大聲地說：「若是我的話，我不願意讓你們的小孩在這種地方看到我。嗯，這很不好，這不會給你美好的回憶。你母親在醫院時，我就很不喜歡讓你們去看她。」

「但是這對監獄裡的父親很好，」小薇說，「我想，對我們的母親也很好。」

「喔，是的，那沒錯。」

鄧肯再往費瑟父母的方向望去。這次他也看到了費瑟：費瑟正往旁邊的桌子看，跟他一樣。他看見鄧肯的目光，嘴角微微下垂。然後，很有興趣地看著鄧肯的父親和小薇……鄧肯想到父親穿到磨損的外套，便低下頭去，開始摳起桌上的亮光漆。

他的雙手很乾淨，因爲那天早上，他將雙手洗得特別乾淨，還修剪了指甲。他的褲管各有一條清晰可見的折線，因爲前一晚他將褲子放在床墊下睡覺。頭髮也梳理得很平整，並抹上蠟與人造奶油的混合物。每次被帶到這裡時，他總是想：他要讓父親和小薇在看到他時，對他產生一絲敬意；他要他們認爲，他是他們的驕傲！但每次探訪，每到此時，他的心情總是突然轉壞。他記得好幾年前，他和父親之間沒有什麼話好說。他的失望——對父親、對他自己、甚至是對小薇的失望——總會開始浮現，壓力重得幾乎讓他無法喘息。他總是變態地希望，自己走進這裡時，指甲是骯髒的，頭髮是凌亂的。他瞭解他眞正想要的是讓父親與小薇看見他生活在骯髒之中：他要他們告訴他，他算是個英雄，因爲他這麼活著而毫無怨言，沒有因此變成一頭野獸。他們每次來探監時跟他說一些尋常事情——彷彿他們是來醫院或寄宿學校探望他，而不是來到監獄——這就讓他的失望轉變為憤怒。有時，他只能看著父親，強忍著想縱身過去痛扁他臉頰的衝動。

他開始感覺到自己在發抖，手仍放在面前的桌上，他看見手指開始跳動。因此，他將雙手放到腿上，抬頭看了一眼探訪室裡的時鐘，距離結束還有十一分鐘……

鄧肯的父親再次向那個嬰兒扮鬼臉，嬰兒也安靜下來了。現在，父親與小薇懶散地瀏覽房間四周。他們厭倦我了，鄧肯心想。他覺得他們像是在無聊的傍晚時分在餐廳裡用餐的人，對彼此已經沒有話說，已經到達一個要開始研究其他用餐人士、要挑剔他們癖好和缺點的時刻。他又看了一眼時鐘，還有十分鐘，但是手還在抖動，同時也感覺到自己在冒汗。他突然有一種想要將事情搞砸，要表現出他最惡劣一面的衝動，好讓小薇與父親憎惡他。這時候，父親面對他，語調愉快地說：「兒子，這排最後面那個人是誰？」

鄧肯以睥睨的語氣回答：「派崔克．葛森。」彷彿這問題問得極為愚蠢。

「那傢伙長得很帥，對吧？他才進來沒多久吧？」

「是的，沒多久。你上次就看到他了，那時你就說他很好看，他快期滿出獄了。」

「是嗎？我敢說他一定很高興，他妻子一定也一樣。」

鄧肯撅起嘴，「你這樣認為嗎？他一出去就必須入伍當兵，倒不如待在這裡。在這裡，至少一個月可以見她一面，而且也不會有機會讓他的頭被槍炮打掉。」

父親試著聽他說話，然後含糊地回應：「嗯，我想，他會很高興可以盡自己的責任。」他又轉過頭去，「是的，他是個長相還不錯的小子！」

鄧肯頓時暴跳如雷，「如果你那麼喜歡他，那你怎麼不去跟他一起坐，卻來跟我坐？」

「怎麼了？」父親轉頭過來。

「鄧肯……」小薇也在一旁答腔。

但鄧肯繼續說下去，「我想你寧願要我跟他一樣，寧願要我出獄，要我去當兵，好讓我的腦袋開花！甚至寧願要軍隊讓我變成殺人兇手……」

「鄧肯，」小薇又說了，似乎也嚇了一跳，但同時又很疲憊。「你不要想太多！」

接著是他父親在發脾氣，「不要胡說！去當兵會讓你的腦袋開花？你知道什麼？如果在你應該去當兵時，你卻去了……」

「爸……」小薇在一旁卻勸阻。

但父親不理會她，或者沒聽見她說話。「在軍隊待上一段時間，」他在座位上移動了一下，「正是這小子最需要的！竟然還說出這種話來，讓我丟臉死了！沒錯，我覺得很丟臉！」

小薇輕碰父親的手臂，「爸，鄧肯沒有其他的意思。對吧，鄧肯？」

鄧肯沒接腔。父親仍怒視他好一會兒，然後說：「你在這裡不會知道羞愧的感覺的！你出獄之後便會知道，你日後就會知道的，當你必須經過住在那條街上的那個女人和她丈夫……」

父親指的是艾力克的雙親，但卻一直無法說出艾力克這個名字。現在他說出這些話，又努力把這些話嚥回去，只見他滿臉都通紅了。「我覺得眞丟臉！」他說話時看著鄧肯，「孩子，你要我跟你說什麼？」

鄧肯聳聳肩。現在，他也覺得丟臉，但是卻因此而覺得好過一些。他繼續摳著桌面，說話聲音很輕卻很清楚，「如果你這麼覺得，那就不要來好了。」

這讓父親再次動怒。「不要來？你在說什麼，不要來？你是我兒子，不是嗎？」

「那又怎麼樣？」

皮爾斯先生厭惡地看著別處。

「鄧肯……」小薇懇求。

「幹嘛？他又不必來。」

「鄧肯，看在老天的份上！」

但是，鄧肯現在卻微笑了起來，那微笑不是因為任何愉悅的感覺而產生的，他的情緒就像瘋子一樣跌落谷底，就像風雨中飄搖的風箏，要保持平衡，他所能做的，只有緊抓住一根線……他用一隻手摀住嘴說：「抱歉。」

父親抬起頭，臉漲得更紅了。「他在笑什麼？」

「他不是真的在笑。」小薇解釋。

「如果他母親在這裡……難怪妳會生病。」

「爸，不要再說了。」

「今天薇薇安身體不舒服，」皮爾斯先生氣憤地告訴鄧肯，「她過來的時候中途得休息，她最不想要聽的就是你的胡說八道。你應當很感激她會來看你！很多人的姊妹都不會這麼費心，我可以告訴你這一點！」

「他們什麼都不知道，」雷迪的太太在一旁插嘴。當然，她全都聽到了。「他們坐在這裡，有人幫他們將晚餐送到面前，他們完全都沒想到在外頭的我們是如何過日子的！」

小薇做了一個手勢，但沒搭腔，看起來很憂鬱。鄧肯看著小薇的臉龐，注意到他以前從來沒見過的現象，就是在她的妝容之下，臉色很蒼白，眼睛周圍有黑眼圈，眼緣很紅。突然間，他認爲父親是對的，覺得自己很可恥，竟然將事情搞砸。她是最好、最漂亮的姊姊！他看著小薇，心中幾乎激動地這麼想。看我這麼好的姊姊變成什麼樣子了！他很想大聲喊出來。

他用盡力氣與意志才得以安靜可憐地坐在那裡，然後看著丹尼爾斯先生，希望他可以宣佈探訪時間已到；最後，當他看見丹尼爾斯先生望著牆上的時鐘，再核對手錶上的時間之後，拉開一個上鎖的櫥櫃，取出一支手搖鈴，鄧肯才鬆了一口氣。他隨便搖幾下鈴，房間裡混雜的聲音馬上變得很大聲。椅子被推開，衆人迅速起身——每個人似乎都與鄧肯一樣，都覺得如釋重負。那小嬰兒在母親懷裡猛然抽動了一下，便又開始放聲啼哭。

鄧肯的父親憂心地站了起來，戴上帽子。小薇以幹得好的眼神，看著鄧肯。

鄧肯說：「我很抱歉。」

「你應該是要抱歉的。」姊弟兩人現在說得很小聲，不讓父親聽見。「你不是唯一處於困境的人，你可以想想這一點。」

「我想過，只是……」他無法解釋，但又接著問：「妳的身體眞的不舒服嗎？」

她避開鄧肯的眼神，「我還好，只是很累而已。」

「空襲的緣故嗎？」

「我想是的。」

他看著小薇站起來穿上外套，薰衣草顏色的襯衫與那些珍珠鈕釦全都被蓋住了。她低頭時，頭髮往前垂下，然後她將頭髮撩到耳後。這時，他又看到小薇在化妝下的臉龐，非常蒼白。這裡不准親吻或擁抱，但小薇在離去前，將手伸過桌面，碰碰鄧肯的手。

「要照顧自己，好嗎？」抽回手時，她面色嚴肅地說。

「我會的，妳也要照顧自己。」

「我會盡力的。」她說。

他朝父親點點頭，想要看看他的眼神，但卻又很害怕。他只說：「爸，再見。我對於我說的蠢話，感到很抱歉。」

但也許說得不夠清楚。父親在他還在說話時，便已別過頭去，低著頭，尋找小薇的臂膀，想要勾挽她的手臂。

十分鐘前，鄧肯幾乎要痛打父親的臉，現在他站在那兒，大腿緊靠桌緣，在這群擁擠的訪客中看著小薇與父親；他不想在父親離開這個房間前，先行離去，說不定父親會回頭看他。

最後只有小薇回頭看他，只有一次，而且非常短暫。不一會兒，丹尼爾斯先生便走了過來，推他一把。

「進去排隊，皮爾斯。還有你，雷迪。好了，你們這群混蛋，走吧！」

他帶領他們步出探訪室，回到通往各工廠走道的叉口，將他們交給蔡斯先生。蔡斯先生疲憊地看著手錶，時間是四點四十分。他說竹籃工廠的人，可以自行回工廠，其中有一個人是紅臂帶等級，這種囚犯可以自由進出監獄裡的幾個地區。至於其他人，他才不會爲了區區二十分鐘而老遠押送他們前往第一與第二郵務室；因此，他讓他們返回監獄大樓。一行人走著，沒有交談，心情低落、垂頭喪氣；就如鄧肯一般，所有人的頭髮都梳得很整齊，褲子壓得很平整，手洗得很乾淨。沒人的大廳顯得空空蕩蕩的。他們人數不多，只有八個人，所以當他們拖著腳步上階梯時，平台便發出那種鄧肯在夜晚聽見、令人打顫的冰冷聲音。

每個人都直接進入自己的囚室，彷彿很高興進入一般。鄧肯坐在床鋪上，頭埋進手掌中。他保持這個姿勢大約三、四分鐘。然後，門外傳來輕柔堅定的腳步聲，於是盡快拭去淚水，但動作還是不夠快。

「嘿，」曼迪先生說，「怎麼了？」

這讓鄧肯哭了出來，掩面哭泣，肩膀抽搐，床架不停顫動。曼迪先生沒想要阻止鄧肯哭泣，也沒有走到鄧肯身邊，或做出手搭在鄧肯肩上之類的動作。他只是站著，讓鄧肯大哭。過了一會兒，他才說：「好了。你父親來看你，對吧？沒錯，我看到單子了。這讓你心情激動，對嗎？」

鄧肯點點頭，用粗糙的監獄手帕擦臉。「有一點。」

「看見家裡的人，總是會讓人感到激動。嗯，這麼說吧，要表現得自然的確很不容易。若你想哭，就繼續哭吧！我不會因此感到困擾的。告訴你，我見過比你更強悍的人哭過。」

鄧肯搖搖頭，只覺得臉龐因爲啜泣扭曲而發熱、腫脹、變形。「我現在沒事了。」他的語氣並不是很確定。

「你當然沒事。」

「我只是……我把事情搞得一團糟，曼迪先生。我每次都把事情搞砸了。」

他的音量提高，咬著下唇，收起雙臂，緊握拳頭，防止自己再哭出來。當情緒已過，心情放鬆之後，就感覺到渾身筋疲力竭。他發出呻吟，搓揉自己的臉龐。

曼迪先生站著看了一會兒，轉過鄧肯的椅子，不舒服地嘆了一口氣，困難地坐下來。「告訴你，」他坐下時說，「抽跟菸吧！看這是什麼。」

他拿出一包玩家牌香菸，拆開包裝盒，傾身向前，要給鄧肯一根。「自己拿吧！」他晃了一下那包香菸。

鄧肯拿出一根菸。與監獄裡一般的手捲菸相比，這很粗，簡直像根小雪茄。包在光滑冰涼紙套裡的菸草塞得很緊實，握在手裡的感覺很好。他將菸在手指間轉來轉去，心情好多了。

「還不錯吧？」曼迪先生看著他說。

「非常好。」鄧肯說。

「你不抽嗎？」

「不知道。我應該留下來，取出菸草，這樣可以捲出四、五根菸。」

曼迪先生笑了起來，開始唱歌，以好聽的老人聲音唱著：「一小包裡有五根菸……」他皺起鼻頭，又說：「現在就抽吧！」

「可以嗎？」

「抽吧！我陪你抽，我們可以是兩個一起抽菸的傢伙。」

鄧肯也笑了。但他才哭過，所以笑聲阻塞在胸口，讓他不斷發抖。曼迪先生假裝沒看見，爲自己拿根香菸、一包火柴。他先點火讓鄧肯點燃，然後才換自己。兩人靜靜抽了大約半分鐘。之後，鄧肯便沒再抽，他說：「這讓我的眼睛很刺痛，覺得頭暈！我快昏倒了！」

「少來了！」曼迪先生輕輕笑道。

「我是說眞的！」鄧肯說著往後坐，假裝要暈倒了。和曼迪先生在一起時，他有時會表現得像個男孩……但接下來，他的表情變得很嚴肅。「天啊！我現在這是什麼樣子！一根小小的香菸就打敗我了！」

他雙腳放在地板上，讓自己往後躺，用單手肘支撐身體。他心想，不知道小薇與父親現在到哪兒了。他試著想像父親返回史崔漢的旅程，但卻想不出來。然後，他又試著企圖想起父親公寓裡每一個房間的模樣。突然間，他鮮活地看見了一個狂暴的景象，就是那天他在父親的廚房見到的景象，那些散佈在地板與牆壁上已逐漸黯淡的鮮紅畫面……

他很快又挺身坐直。菸灰從菸頭落下。他拍掉菸灰，揉揉仍舊疼痛的臉龐，過了一會兒，頭也不抬，平靜地說：「曼迪先生，你認爲我出去之後，會過得還不錯嗎？」

曼迪先生再抽口菸，「你當然會過得不錯，」他語帶安慰地說，「你只是需要時間……嗯，站穩腳步。」

「站穩腳步？」鄧肯皺起眉頭，「你是說，就像水手一樣嗎？」他想到自己站在一處傾斜的甲板上。

「像個水手？」曼迪先生笑著，覺得這個想法很有趣。

「但是我要做什麼工作呢？」

「你沒問題的。」

「但我應該做什麼呢？」

「像你這麼聰明的傢伙，不愁找不到工作。記住我的話。」

這是鄧肯的父親會說的話，這讓鄧肯想要殺了曼迪先生。但是，現在他正咬著指甲，看著指關節對面的曼迪先生，說道：「你這麼認爲嗎？」

曼迪先生點頭，「我看過很多進出這裡的人，他們在某個時候都會像你一樣，現在他們過得都還不錯。」

鄧肯繼續問：「但是，你看過的那些人，他們是不是有妻兒什麼的，在家裡等他們回家。你覺得他們之中，有人……會害怕嗎？」

「害怕？」

「對於將要發生在他們身上的事情感到害怕，像是他們往後將會如何……之類的？」

「嘿，」曼迪先生這次的口吻比較嚴肅，「這是什麼話？你知道這是什麼話，對嗎？」

鄧肯移開目光，「知道……」過了一會兒又說，「讓過錯進入身心。」

「對，你這種情況的男孩所能做的最糟糕的事情，就是開始有這個念頭。」

「是的，我知道，」鄧肯回道，「只是……在這裡，你四處所見都是牆壁。我試圖將眼光放遠，思考未來，但眼前所及也都是牆，我看不到自己越過那道牆。我試著想像我以後會做什麼，住在哪裡。我父親有個房子……」眼前此刻又浮現那幅鮮紅廚房的景象，「但我父親的房子離那裡只隔兩條街，」他壓低了嗓子，「艾力克的房子。艾力克，那個男孩，我的朋友……我父親以前都是走那條街去上班。現在，他每次都要多繞半哩路，我姊這麼跟我說的。若我回到那裡，會怎麼樣呢？曼迪先生，我一直在想這件事。我一直在想，如果我遇到認識艾力克的人……」

「從你告訴我的每一件事看來，」曼迪先生語調堅決，「那個叫艾力克的男孩，是個麻煩人物，那個男孩就是人活在錯誤之中的一個例子，他現在已經不再受到錯誤的束縛了。」

鄧肯不舒服地移動了一下，「你以前就這麼說，但我不這麼認爲。如果當時你在現場……」

「當時現場沒有其他人，」曼迪先生說，「除了你以外。你可能會稱它爲負擔，但我敢以一鎊對一便士來跟你打賭，艾力克現在一定在看著你，希望可以協助你拔除那個負擔，他會說，放下吧！友人！也希望你可以聽到他說話。我敢跟你打賭，他現在正在笑，但也同時在哭：他笑，是因爲他在陽光照耀之地；他哭，因爲你還停留在黑暗之中，走不出來。」

鄧肯點頭，他喜歡曼迪先生安撫的聲音，也喜歡那些古怪的字眼——拔除、負擔、過錯、友人；但心裡卻完全都不相信他所說的話。他很願意相信艾力克就存在於曼迪先生描述的地方：他試著想像艾力克在陽光與花朵包圍之處，開心微笑……但艾力克以前不是這樣的；艾力克說過，坐在公園、庭園或游泳都是不入流的活動；他也很少笑，因爲他有一口爛牙而覺得難爲情。

鄧肯抬起頭來，注視著曼迪先生。「這很難，曼迪先生。」他坦白地說。

曼迪先生有半晌沒有回答。但是，他慢慢站起來，走向鄧肯的床，坐在他身旁，將手——那拿著香菸的左手——搭在鄧肯肩膀上，用沈靜自信的口吻說：「沮喪時，就想想我，我也會這麼做。你覺得怎麼樣？畢竟，你和我很相似：跟你一樣，我明年就會離開此地，我快要退休了。我和你一樣，覺得這個想法很古怪。也許我覺得更古怪，因爲大家都說，犯人若在牢裡蹲兩年，那麼他的守衛就算是關了一年……所以你心情不好時，就想想我。我也會想你。我會想你……嗯，我不會說像父親想兒子，因爲我知道你自己的父親會這麼做；但我們就說，就像叔叔想念姪兒。這樣如何？」

他注視鄧肯的眼睛，拍拍他的肩膀。當手中香菸上的一些菸灰掉到鄧肯的膝蓋上時，曼迪先生用另外一隻手，小心地拍掉菸灰，但之後並未將手移開。

「好嗎？」他問。

鄧肯目光下垂，「好的。」他平靜地回答。

曼迪先生再拍拍他，「好孩子，你是個特殊的男孩……你知道的，對吧？你是個非常特殊的男孩。像你這種特殊的好孩子，事情最後都會好轉的。你耐心等著，事情一定會好轉的。」

他的手停在鄧肯膝上好一會兒，之後捏了膝蓋一下，便站了起來。這時有人用力推開這棟監獄底端的門，犯人從竹籃工廠被帶回來。空間裡充斥著腳步聲，以及樓梯與鐵製平台的嘎嘎聲。還可以聽見蔡斯先生在大喊：「繼續走！繼續走！每個人都給我回到自己的牢房去。吉格司、海蒙德，不准再給我搗蛋！」

曼迪先生捻熄菸頭，將菸蒂放回菸盒；接著，鄧肯看到曼迪先生又拿出兩根新的菸，拉起鄧肯的枕頭一角，將菸放在枕頭下，朝鄧肯眨個眼，拍平枕頭；正在整理時，第一批犯人便開始經過鄧肯的牢門。克洛利、華特門、吉格司、奎克利……之後是費瑟。費瑟將手插在口袋裡，踢著鞋子走路。但是，當他看到曼迪先生時，眼睛整個亮了起來。

「你好，」他說，「先生，實在很榮幸，眞的是你沒錯！我是不是聞到眞的菸草味道了？你好，皮爾斯，親友探視如何？從表情看來，一定跟我的一樣精彩。蔡斯先生也很愛惡作劇，把我們都送到竹籃工廠，而你們郵務室的人卻提早離開。」

鄧肯沒有回答。但費瑟也沒在聽，只是看著正走過他身邊要步出囚室的曼迪先生。「你該不是要走了吧，先生？」

「我還有工作要做，」曼迪先生僵硬地說，「我跟你們不同，不是五點就下班。」

「喔，給我們適當的工作，」費瑟以誇張的語調調侃回應，「教我們做事，給我們適當的薪水，而不是微薄的津貼；這樣一來，我相信我們都會勤奮工作的！老天，說不定你會發現，我們會因此變得舉止得宜，想像一座會這麼執行的監獄，那可眞神奇啊！」

曼迪先生嚴肅地點點頭，「你腦筋很快，小子！」他邊走邊說。

「我父親也都這麼說我，曼迪先生！」費瑟回答，「腦筋快到會割傷我自己了！」

說完，費瑟開始發笑，同時看著鄧肯，似乎期待鄧肯會一起加入大笑。

但鄧肯並未迎向費瑟的目光。他側身躺在床上，面對牆壁。費瑟問：「你怎麼了？皮爾斯？到底怎麼了？」鄧肯將手臂往後一甩，好似要推開費瑟。

「閉嘴！可以嗎？」鄧肯說，「給我他媽的閉嘴！」

「我會好好看我的書的，」海倫在凱離開時說，「我會聽收音機，會換上那件漂亮的睡衣上床睡覺。」她眞的想這麼做。凱離開後約一小時，她都待在沙發上讀著《法國佬的小溪》。七點半時，她烤了更多的土司麵包；扭開收音機，一齣廣播劇正要開始。但那齣廣播劇相當無聊，她聽了十幾分鐘便轉台。最後，她關上收音機，整間公寓變得非常安靜。這裡的夜晚與週末特別安靜，因爲隔壁的帕馬傢具倉庫緊閉、一片漆黑。這片寂靜無聲，有時會讓海倫感到很焦躁。

她又坐下來看書，但發現自己無法專心。她試著閱讀雜誌，眼睛快速瀏覽紙上的文字，但就是讀不下去，漸漸覺得自己在浪費時間。今天是她的生日，她在戰爭時期的生日。說不定往後不會再有生日了！凱那天下午說，戰爭時期的人不能期待有特別的日子；但爲何不行？大家還要這樣繼續多久，讓這場戰爭破壞一切？每個人一直都很有耐性，一直活在黑暗中，活在沒有鹽、沒有香味的日子裡。大家在生活中享受到的樂趣，就如同乳酪碎屑那麼少。現在，她突然確切地感受到逝去的每一分鐘：她突然感覺到那些都是她生活與青春的片刻，時間就像是許許多多快速流逝的水滴，一去不復返。

我要去找茱莉亞！她心想。接下來，恍若有人抓住她的肩膀，急迫地對著她喃喃說道：妳在等什麼？快呀！她丟下雜誌，跳了起來，跑到浴室上廁所、梳頭髮、重新上妝；接著，她穿上外套、圍上圍巾、戴上那頂今天下午戴的寬頂無沿羊毛帽便出門去了。

馬廄當然是暗到伸手不見五指，鵝卵石因霜降而溼滑；但她沒打開手電筒，小心地往前走。她可以聽見瑞斯朋大街上各式酒吧裡玻璃杯的鏗鏘聲，客人喝酒的聊天聲，還有機械自動鋼琴高低起伏的醉人琴音。這些聲音讓她感覺好多了。今天是個尋常的星期六夜晚，大家都出門享受生活，而她爲何不能出去走走呢？她還未滿三十歲……她沿著帕西街走，經過咖啡館與餐廳不透光的窗戶，接著穿過了托天漢路，進入破敗的布魯斯貝利區。

這地區很安靜，她快步前行，不小心踢到一處損毀的砌邊石，差點兒跌跤，然後，她便強迫自己放慢腳步，打開手電筒照明，謹慎前進。

但是她的心跳加劇，彷彿正在跑步。她一直告訴自己，海倫，這很瘋狂！茱莉亞會怎麼想？說不定她根本就不在家。她爲何會在家？或者，她正在寫作。說不定她有客人。可能有人……一個朋友……

一想到這兒，又讓她放慢腳步。因爲她以前從沒想過茱莉亞可能有愛人，而茱莉亞也從來沒提過；但海倫想，對這種事情如此保密，倒是很像茱莉亞的作風。她幹嘛要向海倫提起這種事？

她們之間是什麼關係？她們一起在馬麗勒本站外喝茶，之後一起在布萊斯頓廣場的宅邸閒逛，兩人幾乎都沈默不語；再來，她們相約到一家酒吧喝酒；一個陽光燦爛的中午，就在幾天前，她們一起到攝政公園，坐在湖邊……

她們在一起做的事只有這些。但對海倫而言，就因爲這幾次小小的邂逅，世界已經微妙地起了變化。現在，她覺得她彷彿是透過一條纖長、顫動的細線和茱莉亞相連。她可以閉上眼睛，用指尖觸碰到她胸口的一個小點，那條線自那一點精巧地穿入她的心，並牽動著她的心。

她走到羅素廣場地下站，這裡街上人比較多。有一會兒，一群剛從月台出來、眼睛要適應黑暗而無助地站在附近的人群擋住了她的去路。

看見這群人，如同瑞斯朋大街的酒吧傳來的聲響，讓她覺得比較有信心。她繼續前行，經過方德林社區的庭院，在梅肯博格街口猶豫一下，便走進了廣場。

黑暗中的街道看起來陰森可怕，那些沒有深度的喬治亞風格住宅非常平滑，彷彿一張張有教養但無表情而又無趣的臉龐。直到往前走去，看見窗戶後面的天空，她這才瞭解大多數屋子的內部已遭祝融或砲彈掏空炸毀。雖然只去過一次，但她認爲自己記得茱莉亞住的房子是哪一間，她確定茱莉亞的房子是這些連棟屋的最後一間。她記起上次去時，那裡有個破損的台階，在她腳底下晃動。

她走上那棟自己認爲記得的房屋台階，台階全都破損了，但都還很穩固。她想，這些台階可能已經整修過了。

突然間，她不確定是不是那一棟。她在找茱莉亞公寓的門鈴，上面有四個沒有記號或名字的門鈴，哪一個才是茱莉亞公寓的門鈴呢？她毫無頭緒，於是隨便挑一個。從那棟建築深處傳來的鈴聲判斷，那房間好像無人居住；她從聲音知道那間不對，便即刻按下另一個。這次的鈴聲比較不清楚，她無法判斷是從何處傳來。她聽到一樓或二樓有動靜，但即使聽到了，她仍對自己說，不是這個，是下一個。因為在故事或咒語裡，正確的從來不是第二次，而是第三次……但是，又有動靜了。她聽見軟鞋底的腳步聲緩緩從樓梯下來。之後，門被打開，是茱莉亞。

她用一把有燈罩的單燈手電筒照向來訪者，花了好一會兒工夫才認出站在黑暗中的海倫。但是，當她看清來者時，她緊抓著門邊說：「怎麼了？凱怎麼了嗎？」

凱發現了嗎？海倫以為她是這個意思。但她的心立刻一縮，之後才驚恐地瞭解，茱莉亞以為她是來通知壞消息的。海倫於是氣喘噓噓地趕緊回應：「不是。只是……我想見妳，茱莉亞，我只是想見見妳。」

茱莉亞沒有回答。那個照向海倫的手電筒這時也照在茱莉亞臉上，讓茱莉亞看起來像是一張面具，那張臉上的表情難以研判。但過了一會兒，茱莉亞將門打開，往後一站。

「進來吧！」她說。

她走在海倫前面，爬上沒有燈光的樓梯到二樓，領著海倫進入一間小廳，走過一道掛有布簾的出入口便抵達了客廳。燈光幽微，但走過漆黑無光的街道後，海倫覺得那燈光很明亮，覺得自己在那燈光下完全無所遁形。

茱莉亞彎腰撿拾一雙踢掉的鞋、一條掉在地上的擦碗巾、一件鬆鬆垂掛的外套。她看來有點心不在焉，似乎心中有事：對於海倫的來訪，一點兒都不顯得欣喜。她的頭髮很黑，怪異地黏在頭上。當她走進燈光裡，海倫驚訝地發現她的頭髮是溼的，她一定才剛洗頭，而且臉色蒼白，沒上什麼妝；身穿一件沒熨燙過的法藍絨長褲，一件寬領襯衫和無袖毛衣，腳上穿的是漁夫襪和一雙布面草底拖鞋。

「在這裡等我，我先拿開這堆東西。」說完，便拿著衣服鞋子轉身穿過布簾。

海倫緊張無助地站在原地，望著四周。

房間很大、很溫暖，也很凌亂，與凱那整潔的單身公寓完全不同；但是，跟海倫所想像的也不太一樣。牆面上沒有掛東西，塗的是帶點紅色的水漿塗料，地板上是各種交疊的土耳其織繡地毯與仿製地毯。傢具很普通，有個大型無靠背沙發椅，上面都是與沙發不相稱的軟墊，一張骯髒的粉紅色絨椅，底下的彈簧和破損的傢具包裝布都露了出來。壁爐台漆成大理石花樣，上面有個菸灰缸，菸蒂都滿出來了，其中還有一根在冒煙。茱莉亞走過去，拿起來捻熄。

海倫說：「我來找妳，妳不介意吧？」

「當然不會。」

「我走著走著，不知不覺就走到這附近，我記得妳的房子。」

「真的？」

「是的，很久以前來過一次，那次是和凱一起來的。妳記得嗎？凱要給妳一樣東西，一張戲票或一本書之類的。我們沒上來，妳說裡面太亂，我們就站在樓下的玄關……妳記得嗎？」

茱莉亞皺著眉頭，然後慢慢說道：「對，我想我記得。」

她們彼此對望，幾乎同時將目光移開，彷彿很不好意思或很困惑。因爲海倫發現，她無法想像和凱一起來拜訪茱莉亞會是一件稀鬆平常的事；也無法像像站在階梯上，站在凱身邊，有禮貌地聊著天，心裡卻想著茱莉亞和凱之間有些尷尬的關係。她又想，從那次之後，發生了什麼事情嗎？什麼都沒發生，眞的。

但如果什麼都沒發生，她自問，爲何我會一直隱瞞著凱？現在我在這裡幹嘛？

海倫知道自己爲何會在這裡，於是害怕了起來。

「也許我該走了，」海倫說。

「妳才剛到！」

「妳在洗頭。」

茱莉亞皺起眉頭，似乎有點生氣。「妳見過溼頭髮，對吧？別傻了。坐下，我倒杯飲料給妳喝。我有酒！這瓶酒在我手上已經好幾個禮拜了，都沒什麼理由打開。雖然是阿爾及利亞的酒，但還算不錯。」

她俯身拉開一個碗櫃，開始在裡面更換物品的位置。海倫看了她一會兒，然後緊張地往前走去，四處張望。她走到書櫥前，瀏覽書名。大部份是偵探小說，有著俗氣的書背。茱莉亞兩本已出版的小說也置放其間：《逐漸死亡》，《二十件致命謀殺案》。

她從書本瀏覽到牆上的照片，到油漆壁爐台上的裝飾物。她很尷尬也很緊張，但還是想盡力吸收每一處小細節，因爲細節可能可以讓她多瞭解茱莉亞。

「妳的公寓很可愛。」海倫客套地說。

「妳這樣覺得嗎？」茱莉亞將碗櫃的門關上，站了起來，手上拿著一瓶酒，一個開瓶器與幾只玻璃杯。「大部分是我堂姊奧嘉的東西，不是我的。」

「妳堂姊奧嘉的？」

「這公寓是我姨媽的。我住在這裡，防止公寓被徵收，這是上流社會擅長的一種優雅的躲避徵收法。這裡只有這個房間與廚房，廚房也當成浴室使用。廁所在走道盡頭。眞的，這裡的情況很糟，窗戶全都沒有玻璃，因爲經常破掉，奧嘉便放棄修補。上個夏天我放上羅紗布，很漂亮，好像住在帳篷一樣。現在天氣太冷，不能用羅紗，我就擺上滑石板。晚上將窗簾放下還無所謂，但到了白天，那讓我覺得很沮喪，彷彿我是個妓女似的。」

她邊說話邊將開瓶器旋進酒瓶，現在則用力一拉，將瓶塞拉出。倒酒時，她看著海倫，面帶微笑。「妳要脫掉妳的裝備嗎？」

帶著些許的不情願，海倫解下圍巾，脫下帽子，開始解開外套鈕釦。她身上穿的是今天早上穿的那件洋裝，那件有著乳白色大領、讓凱讚嘆不已的 Cedric Allen。她現在瞭解了，她一直沒換下來，是想讓茱莉亞讚嘆一番；但是看見茱莉亞才剛洗的頭髮，以及身上皺巴巴的褲子、襪子、拖鞋與沒上口紅的嘴唇——更糟的是，她那神情自若的風采舉止——就令人感到非常不安。海倫笨拙地脫下外套，彷彿從來沒脫過外套。茱莉亞看了她一眼，讚嘆道：「哇，妳看起來眞漂亮！是什麼場合要這麼穿？」

海倫先是猶豫不決，然後說：「我的生日。」

茱莉亞以爲海倫在開玩笑，笑了起來。但是在看見海倫嚴肅的神情時，茱莉亞的表情也軟化了下來。「海倫！妳怎麼不早說？若我早知道……」

「沒什麼，」海倫回答，「眞的，這很蠢，整件事讓人覺得很小孩子氣。每個人都瞞著我參與計畫。凱送我一顆柳橙，」她可憐兮兮地說，「還在水果皮上刻了〈生日快樂〉幾個字。」

茱莉亞遞上一杯紅酒，「我很高興她這麼做，也很高興妳覺得這件事很小孩子氣。」

「我倒希望她沒這麼做，」海倫說，「我今天很壞，比小孩還要壞。我……」她無法繼續說下去，做了一個手勢，彷彿要將那些行爲的記憶揮走。

「沒關係，」茱莉亞舉起酒杯溫柔地說，「好啊！祝賀、乾杯！……還有那些大家會說的其他蠢話，那些話總讓我覺得我將出最後一次任務似的。上下都要碰杯，以求好運。」她們碰了兩次杯子，然後仰頭大喝，難以下嚥的酒讓她們臉都皺了起來。

她們分開坐。海倫在無靠背沙發的軟墊堆裡，清出個位置坐下，茱莉亞則坐在粉紅絨椅的扶手上伸展雙腿。她穿上法藍絨長褲的腿極爲纖長，臀部看起來柔弱易碎。就好像，海倫心想，雙手放在上面一壓便可折斷似的。茱莉亞端起菸灰缸，正伸手往壁爐台拿取香菸與火柴。這樣的動作讓她的毛衣往上縮，襯衫下襬未扣上鈕釦，所以下襬分開，露出她那緊實蒼黃的腹部與漂亮的肚臍。海倫見到，趕忙移開目光。

有個軟墊從無靠背沙發上掉到地板，海倫俯身撿拾，這才知道那不是軟墊，而是枕頭；在這層兩房公寓裡，無靠背沙發一定是被茱莉亞當成床在使用。每天晚上，茱莉亞一定站在這裡，鋪上床單與被毯，褪下衣服……那景象不是眞的會挑起情慾，因爲到處都看得到床、枕頭、睡衣；這些物件早已失去了性與親暱行爲的挑逗感。她反倒覺得這景象很悲涼，有點不舒服。她再次看著茱莉亞英挺纖弱的身形，心想，茱莉亞是怎麼回事？她爲何總是獨自一人？

她們不發一語地坐著。海倫發現無話可說，只好大口喝著自己的酒。後來，她察覺樓上地板有聲響，是不規律的腳步聲，也有木板發出的吱吱聲，於是抬頭往上看。

茱莉亞也抬頭往上瞧。「我的鄰居是個波蘭人，」她小聲說，「他只是運氣好，碰巧人在倫敦。他會這樣走來走去，走上好幾個小時。他說，他聽到關於華沙的消息，一件比一件糟糕。」

「唉，這惱人的戰爭。妳覺得大家說的都是眞的嗎？戰爭眞的快結束了嗎？」海倫問。

「誰知道？若出現第二個戰場開打，也許有可能，但我想我們至少還要再打一年。」

「再一年？那我就三十了。」

「我三十二。」

「這是最糟糕的年紀，妳不覺得嗎？如果我們還是二十歲，那就可以應付得來。如果是四十歲，那就已經夠老了而不會介意再老一點。但是三十歲……我將從年輕過渡到中年，我要期待什麼？應該是生命的轉變吧？大家說這對沒有小孩的女人而言更糟糕。不要笑！至少妳已經有點成就了，茱莉亞，我是說妳的書。」

茱莉亞收起下巴，但仍在笑。「那些書，就像填字遊戲。我寫下第一本，當作是某種玩笑。然後我發現，我還蠻厲害的，而我也實在不敢想這說明了我性格上的什麼特點。凱總是說這種工作很古怪——書寫謀殺，而現在，我們身邊的人正被謀殺！」

這是她們第二次或第三次提到凱；但兩人現在卻對這個名字感到震驚，這是她們前所未有的感覺。之後，又陷入了沈默。茱莉亞晃著杯裡的酒，像個算命師往酒杯裡盯著瞧。她沒抬起頭，但以另一種語調說：「我從未問過妳，凱對於我們兩人那天相遇的事有何看法？」

「她很高興。」海倫停頓了一會兒後說。

「她不介意我們相約再見面嗎？她不介意妳今晚到我這裡來嗎？」

海倫飲著酒，未回答。當茱莉亞抬頭捕捉到她的眼神時，她一定是臉色發紅或者看起來像是有罪的樣子。茱莉亞皺起眉，開口道：「妳沒跟她說？」

海倫搖搖頭。

「爲什麼不說？」

「我不知道。」

「妳不覺得這件事值得提嗎？我想，這樣才公平。」

「不，茱莉亞，不是那樣。不要那麼想。」

茱莉亞笑了出來。「那會是什麼，妳介意我問嗎？我很好奇。但如果妳不想說的話，我會閉嘴不問。若是妳和凱之間的事……」

「不是那樣的，」海倫很快地回應，「我說過，凱很高興我們碰面，她也很高興我們可以繼續碰面。」

「妳確定？」

「我當然確定！她很喜歡妳，所以她也要我喜歡妳，一直就是這樣。」

「她眞是心胸寬大呀！妳喜歡我嗎，海倫？」

「嗯，我自然喜歡。」

「沒有自然喜歡這回事。」

「那麼就不自然好了。」海倫說，還扮了鬼臉。

「但妳不跟凱說？」

海倫不自在地變換坐姿，「我知道我應該說，也希望我說了。只是有時候，對於凱……」她停下來，「這聽起來很幼稚，很忘恩負義。只是，凱對待我的方式，她那麼照顧我，有時會讓我渴望對她隱瞞某些事，即使是很尋常、很瑣碎的事。這樣，這些事才可以全部只屬於我。」

她說話時，心臟撲通撲通地跳，擔心茱莉亞會察覺出她聲音裡的顫抖。因爲即使說了這番道理，態度也很認眞，但是她很清楚，這些並不完全是事情的眞相。她在避重就輕，她使用尋常、瑣碎這些字眼，低調處理這件事。她假裝那一條讓她知道茱莉亞在動、在呼吸的線，那條細緻、看不見、顫動的線，並不存在……

也許這番話有效果了。茱莉亞抽了一會兒菸，表情若有所思，但沒開口說話；然後，她將菸灰抖落在菸灰缸裡，站了起來。「凱要的是個妻子，」茱莉亞露出微笑說，「這聽起來像是小孩的遊戲，對吧？凱要個妻子，她總是這樣。和凱在一起，如果妳不是妻子，便什麼都不是。」

茱莉亞打起呵欠，彷彿對這想法不感興趣，隨後走到窗邊拉起窗簾。海倫可以看見灰色的滑石板中有些裂縫。這時，茱莉亞將眼睛湊近一條裂縫，往外窺看。「難道妳不討厭晚上嗎？」茱莉亞問道，「不知道警報何時會響起，這情況就像等待一場不知是否會執行的處決。」

「妳要我離開嗎？」海倫問。

「天啊，不！我很高興妳在這裡。獨自一個人更糟，妳不覺得嗎？」

「是的，那會更糟糕。但避難所也很糟。凱總是要我到瑞斯朋大街的避難所躲空襲，但我受不了，那讓我覺得無處可逃。我寧願坐在家裡獨自害怕，也不願讓陌生人看到我害怕的模樣。」

「我也是，」茱莉亞說，「有時候我會出去，但我寧願待在空曠的戶外。」

「妳就在黑暗裡行走？那不是很危險嗎？」

茱莉亞聳聳肩，「也許吧！但現在一切都很危險。」她放下窗簾，走回屋裡，伸手拿酒杯。

海倫又感覺到心臟撲通撲通地跳，突然發現自己寧願與茱莉亞待在外面的黑暗中，而不是處在有柔和親密燈光的房間裡讓她覺得無所遁形。她說：「那我們現在就出去好嗎，茱莉亞？」

茱莉亞看著她，「現在？妳是說散步？妳想嗎？」

「嗯，想。」海倫回應，而且突然感覺到酒精在體內的效果，開始笑了起來。

茱莉亞也在笑，黑眼睛閃爍著興奮與頑皮，肢體動作也加快了，仰頭一飲而盡，隨意將酒杯放在壁爐台上，酒杯在漆成的大理石上發出嗡嗡聲響。她看著壁爐裡的火，蹲在前面，用鏟子將煤灰剷到煤上，菸刁在嘴的一邊，臉上帶著極為專注與不悅的神情；然後瞇起眼睛，優雅的頭歪到一個彆扭的角度，好避開升起的灰色煙塵。這模樣就像是晚上女僕下班後、得自己動手處理瑣事的豪門名媛，海倫心想。只見茱莉亞又站了起來，拍掉膝蓋上的灰，走進放下布簾的出入口穿上外套與鞋子。出現時，身穿一件有發亮銅扣的黑色雙襟短大衣，很類似水手外套。她站在鏡子前塗上口紅，在臉上撲點粉，拉起領口，用手認眞地將未乾的頭髮撫平，從一堆手套圍巾中挑出一頂黑色的燈心絨軟帽，戴上後，再將頭髮往上塞。

「等我頭髮乾了之後亂翹，一定會後悔這麼做！」她看著海倫的眼睛說道，「我看起來不像米琪吧？」

海倫笑得很心虛，「一點都不像米琪。」

「也不像女扮男裝的演員吧？」

「比較像是間諜電影裡的女演員。」

茱莉亞調整軟帽的角度，「只要不會害我們因為間諜活動而遭逮捕就好……那我們就把剩下的酒也帶著吧！」酒還剩半瓶，「反正明天我就不會想喝了，而且我們又沒喝多少。」

「這眞的可能會害我們遭到逮捕！」

「別擔心，我有辦法。」

她走到碗櫃，東挪西移，取出夜間警戒員使用的水瓶，是之前在布萊斯頓廣場被用來裝茶的那只水瓶。她拉起瓶塞，湊上鼻子聞一聞，接著再小心地將酒倒入。容量剛好。她塞回瓶塞，將水瓶放在短外套的口袋裡。另一個口袋中，她放了手電筒。

「妳現在看起來像個闖空門的！」海倫在扣上大衣鈕釦時說。

茱莉亞則回道：「但妳忘了，我白天就是個闖空門的。現在，還有一件事要做。」她拉開抽屜，取出一疊紙。紙張很薄，是海倫工作時用的那種薄透紙張，上面寫了滿滿的黑色文字。

「那該不會是妳的手稿吧？」海倫欽佩地問。

茱莉亞點頭說：「這很麻煩，但我很擔心會被炸彈炸毀。」她淺淺一笑，「我想這拙劣的東西對我而言，終究一定不只是塡字遊戲。我發現，不管我到哪兒，都得帶在身上。」她捲起紙張放進外套內袋，拍拍鼓脹的部位。「現在這樣我就感覺比較安全了。」

「但如果妳被炸彈擊中呢？」

「那我就不會在乎了。」說著戴上手套，「妳準備好了嗎？」

她走在前面，帶著海倫準備下樓。打開門時，茱莉亞說：「我最討厭這個時候了！來吧，一起閉上眼睛數數兒吧！」因此她們站在階梯上、皺起臉，開始數著：「一、二、三……」

「我們要數到幾呀？」海倫問。

「……十二、十三、十四、十五……眼睛張開！」

她們睜開眼睛，眨呀眨地。

「這樣有不一樣嗎？」

「我不覺得，一樣都是黑漆漆的。」

她們打開手電筒，步下階梯。茱莉亞的臉在拉起的領口與軟帽的襯托下，顯得蒼白、詭異。她開口問道：「我們要上哪兒？」

「我不知道。妳常做這種事，由妳決定。」

「好吧！」茱莉亞突然決定說道，同時拉起海倫的手臂。「往這兒走吧！」

她們左轉走向道堤街，之後再左轉，進入格雷律師學院路；接著再右轉，往霍爾邦前進。海倫待在茱莉亞公寓裡這段短暫的時間裡，路上幾乎已是杳無人煙了。只有偶爾經過的幾輛計程車或卡車。黑暗中，那些車輛就像是令人起雞皮疙瘩的黑色昆蟲，一身易碎的身軀與散熱孔般令人厭惡的眼睛。人行道上也幾乎空無一人，茱莉亞快步疾走，因爲天氣很冷。海倫可以感覺到一種過去似乎未察覺，而且是在黑暗中才會產生的惱人知覺——臂膀與雙手的重量與壓力，如此靠近的臉龐、肩膀、臀部、大腿，還有她那起伏有節奏的步伐。

到了應該是克拉肯威爾路的十字路口，她們便往左轉。過了一會兒，茱莉亞又往右走。海倫環顧四周，突然感到有些困惑。

「我們在哪兒？」

「應該是在哈騰花園。是的，一定是。」

她們說話很小聲，因爲街上似乎就只有她們了。

「確定嗎？不會迷路吧？」

「怎麼會迷路？」茱莉亞說，「我們又不知道要上哪兒。反正，妳在倫敦是不會迷路的，就算有燈火管制，街上號誌全都熄滅也不會迷路的。如果妳會迷路，那就不配住在這兒。政府應該把這個當作考試項目。」

「若沒通過這項考試，就要被踢出去？」

「沒錯，」茱莉亞笑著說，「若是這樣，妳便得住在布萊頓。」她們往左轉，下坡走了一小段路。「看，這一定是法靈頓路。」

這裡又出現了計程車和其他行人，並且讓人有了空間感。但是，這感覺很可怕，因爲街上有一半的建築物都因毀損而釘上了木板。茱莉亞帶著海倫往前走，往河邊去。在霍爾邦高架橋下一處拱門守衛站，有個男子聽見她們的聲音，便吹起哨子。

「兩位女士！請穿戴白圍巾或拿張白紙。」

「好的！」海倫順從地回答。

但茱莉亞低聲嘟囔說：「如果我們不想被人看見呢？」

她們走過路德門圓環，繼續往橋的一端走。在那兒見到一群人帶著袋子和毯子往地下鐵走，便駐足觀看。

「經過這麼長的一段時間，看到還有人這樣，」海倫靜靜地說，「很令人震驚，對吧？我聽說某些車站，下午四、五點左右，便有人開始排隊進去避難。這我沒辦法，妳可以嗎？」

「不行，我也辦不到。」茱莉亞回答。

「但是他們無處可去。看，全都是老人與小孩。」

「真可怕，人類被迫跟鼴鼠一樣生活，就像黑暗時代；但這更糟，這是史前時期！」

當那些身荷重物的身影，在不確定的路途上步履蹣跚，進入燈光微弱的地下鐵入口時，他們真的散發出一種原始的特質。他們可以是托缽僧侶或小販、中世紀戰爭中的難民；或者，他們可以是未來戰爭中的難民，就像威爾斯[1]或那類奇幻小說作者所描述的戰爭一樣……接著，海倫聽到那群人之間的某些對話片段：「神魂顛倒！我們都笑死了！」「一磅洋蔥與一塊豬脊肉。」「他說：『這把梳子的梳齒很漂亮。』我說：『以這種價格，這梳齒應該比我的牙齒還好！』……」

她拉起茱莉亞的手臂，「走吧！」

「上哪兒？」

「河邊。」

兩人走在橋中間，關上了手電筒，往西方望去。在黯淡無星的夜晚，河水在橋下流倘，非常陰暗，可能是黑色濃稠的蜜糖或煤油，說不定根本就不是一條河，而是海峽，是地表上的一道裂縫，深不可測……這種感到自己在河流上方，被一座看不見的橋所支撐的感覺，令人侷促不安。海倫與茱莉亞放開本是挽著的手臂，俯身往前看；現在，她們又靠得更近了。

當海倫感覺到茱莉亞的肩膀靠在自己肩膀時，清楚卻糟糕地憶起幾個小時前她和凱，就站在漢普斯特席斯小橋上的情景。她低聲喃喃自語：「該死！」

「怎麼了？」茱莉亞追問，但聲音也放得很低，彷彿知道是怎麼回事似的。當海倫沒有回答時，她又問：「妳想回去嗎？」

一陣猶豫之後，「不，」海倫說，「妳想回去嗎？」

「不想。」

因此，她們站立片刻，便又繼續往前走。一開始，她們順著原路回去，回到路德門小丘。在這裡，兩人都毫無異議地同意往聖保羅大教堂的方向去。

街上人煙越來越稀少，走過鐵道橋下，這座城市的氣氛似乎已經完全改變。她們有一種暴露在地面上、處於不自然空間的感覺；因爲她們看不見這座城市，只能憑感覺。人行步道周圍用柵欄與板牆圍起，但海倫發覺自己的心思已溜過了那些輕薄的木板、瓦礫堆、燒毀破碎的廢棄物、暴露的樑柱、入口大開的地下室、粉碎的磚塊，以及更遙遠的其他種種。她和茱莉亞不發一語地走著，被眼前的奇異感覺所震懾。走到大教堂階梯底端，海倫抬頭往上看，試圖想在漆黑的夜空中，尋找那龐大剪影所形成的不規則輪廓。

海倫說：「今天下午，我從國會山看到它。」但是，沒說她也焦急地找尋梅肯博格廣場；現在，連她自己都忘了。「它就像一隻大蟾蜍，盤據在倫敦的上空！」

「沒錯，」茱莉亞似乎在顫抖，「我從來就不是很確定我喜歡這個地方。大家都說他們很慶

❶譯註：威爾斯（H. G. Wells, 1866~1946），英國科幻作家，代表作品有《時光機器》、《隱形人》等。

幸聖保羅大教堂毫髮無傷，但是……我不知道，我覺得這似乎很詭異。」

海倫看著她，「妳該不會希望它被炸毀吧？」

「我寧願它被擊中，而不是克洛敦區或拜什那爾格林區的某個家庭遭到轟炸。而且，它在這裡就像……不是蟾蜍，而是像一幅偉大的英國國旗，或者是像邱吉爾所說：『英國挺得住』之類的，似乎戰爭持續下去也沒什麼關係。」

「但的確是如此，不是嗎？」海倫小聲反問，「我是說，我們仍舊保有聖保羅大教堂，我說的不是邱吉爾或國旗，而是我們仍保有它以及它所代表的意義。我是說，高雅、理性，以及……以及崇高的美。所以，這場戰爭仍值得打下去，不是嗎？」

「這場戰爭是爲了那些嗎？」茱莉亞問。

「那妳覺得是爲何而戰？」

「我覺得這場戰爭是因爲我們喜愛殘暴，而不是因爲喜愛美。我認爲加諸在聖保羅大教堂的精神太過膚淺，就像金箔一樣，已經開始浮起剝落。如果它無法讓我們躲過上一場戰爭，也就無法讓我們躲過這一場戰爭、躲過希特勒與希特勒主義、躲過仇視猶太人、躲過在城市鄉鎮對婦人小孩的轟炸。那麼，這座教堂有什麼用處？如果我們得如此奮力保護它，如果我們得讓老人巡視教堂屋頂，用小掃帚掃下燒夷彈！那麼，它究竟有什麼價值？在人類心中又有多少價值？」

海倫渾身發抖，突然對茱莉亞話語中的悲哀感到震驚，對於突然間看到茱莉亞內心的黑暗感到訝異；那是一種令人困惑、可怕的黑色憂鬱。於是，海倫碰碰茱莉亞的手臂。

「茱莉亞，如果我這麼想，」她柔聲說，「我會想去死。」

茱莉亞一動也不動，過了一會兒，往前一步，伸出一隻腳，踢了一顆石頭，然後以更輕的語調說：「我想，我不是眞的那麼想，否則我也會想死。人不能這麼想，對吧？人的心思……」她一定是記起剛才見到帶著枕頭走入地下鐵的男男女女，「應放在梳子、豬肉和洋蔥的價格、香菸的價格上。對了，要來一根嗎？」

她們放聲大笑，那段黑暗過去了。海倫將手抽回，茱莉亞則從口袋裡掏出一包菸，因爲戴了手套而掏得有點笨拙。她劃根火柴，整張臉立刻變得鮮活，然後臉龐變成黃色，再來是黑色。海倫低頭湊上去點菸，挺起身子，繼續往前走。剛才那道亮光讓她又覺得目盲了，所以當茱莉亞拉起她的手臂時，她就任自己被領著走。

她發現茱莉亞往東方行進，朝聖保羅大教堂之外的地方走去。「走這條路？」她驚訝地問。

「爲什麼不呢？」茱莉亞回答，「我想帶妳去個地方。若沿著這條路走，應該會沒事的。」

因此她們離開大教堂，走在一排石頭與破損的柏油路上，這條路以前一度是肯隆街，但現在卻比較只是像路的概念或幻影，而且這裡原本可能是開闊的鄉村景致。才走幾分鐘，天空似乎在頭頂上延伸開來，讓她們以爲有光出現；然而，她們還是只能感覺而無法看見周遭的殘破景象：她們試著往全然黑暗的地面瞧，到處看。有幾次，海倫將手伸向眼前，彷彿要扯掉眼前的面紗或蜘蛛絲似的。這裡的夜晚是如此的奇異與稠密，她們可能正走過混濁的黑水，對它的暴亂與失落心生畏懼。

兩人將手電筒的燈光開得很小，沿著路邊砌石的白線走。每次有車輛或卡車經過時，她們便放下腳步，緊挨著隔開瓦礫堆與人行道的薄弱柵欄，感覺到鞋底下有土塊、荊棘與破碎的石塊。說話時，聲音都壓得很低。

茱莉亞說：「記得在一九四一年新年那天，我經過這裡，那時的路幾乎無法使用，即使用走的也不行，當時是過來檢查教堂的損壞程度。我想，那時候起，教堂的損害就很嚴重了。後面那裡……」她往左肩方向點頭，「一定是聖奧古斯丁修道院的斷垣殘壁。那次看到它時，就已經很糟糕了。上次閃電轟炸結束時，又被砲彈擊中，對吧？」

「我不知道。」海倫說。

「我想是這樣。在我們前面，那裡……妳看得到嗎？」她用手指著，「妳可以看得出來……那一定是麵包街聖美德教堂的斷垣殘壁。眞的很悲哀……」

茱莉亞邊走邊說出更多教堂名稱：聖瑪莉里波、聖瑪莉奧德瑪莉、聖詹姆斯、聖麥可；她似乎可以從毀損的高塔與模糊不清的尖頂明確辨認出教堂形狀，而海倫則必須很費力才認得出來。茱莉亞不時會用手電筒往這片荒地照，引導海倫的眼睛；燈光會照到碎玻璃片、霜片，以及其他本來沒有的顏色，像是蕁麻、歐洲蕨與薊的棕色與銀色。有一次，還照到某種動物的眼睛。

「看，那裡！」

「是貓嗎？」

「是狐狸！看那紅色的尾巴！」

她們看著狐狸奔馳而去，像急流般快捷流暢，兩人拿著手電筒在後面追趕。後來，她們關掉手電筒，仔細傾聽，聽見樹葉的窸窣聲和撥開土壤的聲音。但很快地，兩人便感到很不安。她們想到老鼠、豬鼻蛇、流浪漢。她們繼續走，腳步更急了，從空曠之地往肯隆街車站後方街道的避難所走去。

這裡的建築都是辦公大樓與銀行：有些在一九四〇年便遭到轟炸，至今都還未修復；有些則還在使用，但星期六這個時間，是無法分辨這些建築物狀況的；看起來都有鬼屋的感覺，甚至比建築物全都被夷平時的殘破荒涼還要詭異。

如果路德門圓環附近的街道已算安靜的話，那麼這裡就算是空無一人了。只有從毀損的人行步道下方，偶爾會傳來地下鐵經過時的轟隆聲，彷彿一群群龐大而又抱怨連連的動物在這座城市的下水道呼嘯而過。海倫心想，就某方面而言，跟她們兩人很像。

她將茱莉亞的手臂抓得更緊了。燈火管制時，離開最熟悉的地方，總會讓人感到心神不寧，會開始有一種混雜了驚慌與害怕的感覺：像是走在步槍的射程內，而且背上貼了槍靶……「茱莉亞，我們一定是瘋了才會到這裡來！」她低聲說。

「是妳說要來的。」

「我知道，但是……」

「妳害怕嗎？」

「很害怕！這裡這麼黑，有可能會被襲擊。」

「如果我們看不到別人，別人也看不到我們。而且，他們會以爲我們是一對男女。上禮拜，我穿這件外套，戴這頂帽子在外面走動時，站在門口的妓女以爲我是男的，還對著我展示她的一只乳房。她自己用手電筒照亮乳房，就在皮卡地里圓環那兒。」

「老天哪！」海倫回應。

「沒錯，」茱莉亞說，「而且我不知道要如何向妳形容，在那樣的黑暗裡，看到一只被照亮的乳房的感覺。」

她放慢腳步，用手電筒到處指著。「這裡是聖克萊門特教堂，」她說，「是兒歌裡提起過的教堂。我想，以前人們會帶著柳橙與檸檬到泰晤士河岸，就在下面一點的地方。」

海倫想到早上凱送她的那顆柳橙。但在這種地方，凱與今天早晨的感覺似乎很遙遠。她們是在那個瘋狂、不可能存在的景致的另一邊。

兩人橫越一條馬路。「我們現在人在哪兒？」

「這裡一定是東廉路，快到了。」

「快到哪兒？」

「只要再看一處教堂就好。妳不會很失望吧？」

「我現在想的是待會兒回家要走的路，我們一定會被歹徒割喉而死的！」

「妳太多慮了！」茱莉亞回答，並且讓海倫繼續走一段路，隨後將她帶到兩幢建築之間的一個狹窄缺口，低聲說道：「這裡是神像巷（Idol Lane）。」或者，海倫想，茱莉亞說的是〈懶人巷〉（Idle Lane）。「沿著這裡走就是了。」

海倫裹足不前，「太暗了！」

「往下走就到了。」茱莉亞說。

她本來是拉著海倫的手肘，現在則改牽她的手，輕捏她的手，帶著她往一條下坡小徑走，走了片刻後，便停下來，打開手電筒，在燈光照耀的範圍下，海倫可以勉強認出塔的形狀；那是一座優雅的高塔，有著一個被拱形建築或拱壁撐起的纖細尖塔；或者只是被炸彈炸穿，因為教堂本體似乎沒有屋頂，內部被掏空，看起來很荒涼。

茱莉亞抬頭望了一眼，小聲地說：「東邊的聖鄧斯坦教堂，是在一六六六年的倫敦大火後，跟其他教堂一樣，由雷恩所重建。但大家都說是他女兒珍幫他設計這座教堂的。傳說石匠不敢爬到頂端放置最後一片石塊，所以是由她動手。工人將鷹架拆掉後，她就躺在這裡，展現她對這座高塔絕對不會倒塌的信心……我喜歡到這裡。我喜歡想像她帶著磚頭與一把小鏟子爬到塔頂的樣子。她絕對不會是體質孱弱的女子，但是她的肖像卻很蒼白又纖瘦。我們要在這裡待一會兒嗎？妳冷不冷？」

「不冷，我還好，但不要到教堂裡面。」

「好，待在這裡就好。但我們若躲在陰影下，任何經過的搶匪或割喉者，都看不到我們。」

她們謹慎地沿著高塔走，仍舊手牽手，踩在不平的地面沿著毀損的扶手摸索前進。前方矗立著一段可以通往高塔各個入口的三或四階淺石階，她們爬到一扇門前坐下來。石頭非常冰冷，身邊的門與牆都是一片漆黑，也沒有任何反光。海倫試著看清楚身穿外套頭戴軟帽的茱莉亞，但幾乎無法看見她。

但在手伸進口袋取出守夜人的水瓶時，她可以感覺到茱莉亞的動作。她聽到瓶塞從玻璃瓶口被拔起時，那帶著水氣、輕輕的啪的一聲。茱莉亞將水瓶遞過來，海倫便拿著往嘴裡灌。那濃烈的紅酒碰到她的唇，像一道火焰般滑過舌尖。她嚥了下去，立刻就感覺好多了。

海倫遞回水瓶時輕聲說：「我們可能是這座城市僅存的倖存者。妳認爲這裡有鬼嗎？」

茱莉亞在喝酒，然後擦拭嘴巴。「可能有山繆❶・佩皮斯的鬼魂，他以前常到這座教堂。有一次，他被幾個搶匪突襲。」

「若不是我有點醉意，」海倫說，「我不會想知道那件事。」

「妳這麼快就有醉意了？」

「我之前就有一些醉意了，但我不想說。反正，今天是我生日，我可以喝到微醺。」

「那我也應該要喝到微醺，獨自微醺不好玩。」

她們繼續喝，之後便靜靜地坐著。最後，海倫開始輕聲歌唱。

柳橙與檸檬，聖克萊門特教堂的鐘說；

煎薄餅與果肉餡油炸餅，聖彼得教堂的鐘說；

「歌詞很奇怪，對吧？」海倫停下來自說自話，「我都不知道自己竟然還記得歌詞。」

紅心與標靶，聖瑪格麗特教堂的鐘說；
撥火棒與鉗子，聖約翰教堂的鐘說；

茱莉亞開口：「妳唱得很好聽。我想這首歌詞裡沒有聖海倫吧？」

「我想沒有，那些鐘會怎麼說？」

「我想不出來。草莓與密瓜[2]（Melon）？」

「折磨人者與重型罪犯（Felon）……那聖茱莉亞呢？」

「我想，應該沒有什麼聖茱莉亞吧！反正，沒有字可以與〈茱莉亞（Julia）〉押韻。當然，除了〈怪異的（peculiar）〉之外。」

「妳大概是我見過最不怪異的人，茱莉亞。」

她們把頭靠在身後的漆黑塔門上，轉過臉，輕柔地面對彼此說話。茱莉亞發笑時，海倫的嘴唇可以感覺到茱莉亞嘴裡吹出的氣息；溫暖、帶有酒味，還因菸草而有些許的酸味。

---

❶譯註：山繆・佩皮斯（Samuel Pepys, 1633~1703），英國日記作家。

❷譯註：密瓜（Melon），海倫 Helen 與 Melon 和以下的 Felon 押韻。

茱莉亞說：「燈火管制時間帶妳來這裡，到殘破的教堂來，妳不覺得很怪異嗎？」

海倫只說：「我覺得很棒！」

茱莉亞笑著回答：「再喝點酒吧！」

海倫搖搖頭。她覺得她的心已經到達喉頭，太高、太漲，無法吞回去。「我不要喝了，」她柔聲地說，「事實上是，我擔心跟妳在一起時喝醉。」

對她而言，這句話是再清楚也不過了；她們已經刺穿了一層堅韌的薄膜，從撕裂的開口，無可抑制的激情將一湧而出……但茱莉亞這時又笑了，而且一定是別開了臉，因爲海倫沒感受到茱莉亞呼出的氣息。她用一種揶揄且疏遠的口氣說：「但這是不是很妙啊？我們對彼此都還不是很熟悉。三個禮拜前，我們才在馬麗勒本車站一起喝茶，還記得嗎？當時我一定很難想像我們會一起到這裡來，像這樣……」

「那天妳爲什麼叫住我，茱莉亞？」過了片刻，海倫問。「爲什麼邀我喝茶？」

「我爲什麼這麼做？」茱莉亞反問，「我應該告訴妳嗎？我幾乎有點兒害怕跟妳說這件事。如果妳知道了，妳會很討厭我。我想，妳可以說，我是……因爲好奇心使然才這麼做的。」

「好奇心？」

「我要……秤秤妳的斤兩。」她不安地輕聲發笑，「我以爲妳早就猜到了。」

海倫沒有回答，而是在心裡想，之前她們談到凱，茱莉亞看她時，那種怪異、狡黠的眼神；她在想她的感覺，茱莉亞在測試她，秤她斤兩的感覺。最後，她緩緩地說：「我想我曾猜到過。

妳想要知道我是不是有凱認爲的那麼好，對吧？」

茱莉亞身子動了一下，「當時我很差勁，但現在覺得很抱歉。」

「沒關係，」海倫說，「眞的沒關係。畢竟……」剛才她的情緒減弱了一些，但現在又再度因爲紅酒與黑暗而上升高漲。「畢竟，我們所處的情況有點好笑，妳和我。」

「是嗎？」

「我是說，因爲妳和凱之間的事……」

即是在黑暗中，她立刻知道自己做錯了。茱莉亞僵了一下，馬上問道：「凱跟妳說了？」

「是的，」海倫覺得不安，但仍緩緩地說。「至少，我猜到了。」

「妳向凱提起過這件事了嗎？」

「是的。」

「她說什麼？」

「只說，那是一種……」

「一種什麼？」

海倫猶豫著，然後說：「一種錯愛，她這麼說。」

「錯愛？」茱莉亞笑出聲，「老天呀！」她又別過頭去。

海倫伸手拉她的手臂，卻抓到她外套的袖子。「怎麼了？怎麼回事？不要緊了，對吧？過去這對我都不要緊。妳是在想這個嗎？或者妳在想，這不關我的事？但是，從某方面說，這一直都與我有關。既然凱對我這麼坦白與誠實……」她在焦慮中，忘了凱在這件事上，對她一點兒也不坦白。「既然在這件事上，凱對我這麼坦白與誠實，妳我爲何不也相互坦白，誠實以對呢？若那件事對我來說從來就不重要，爲何它現在對我們會很重要呢？」

「妳聽起來很勇敢。」茱莉亞說。

茱莉亞的語氣很冷淡，這讓海倫感到害怕。「勇敢是重點嗎？我希望不是。我只想說，我不希望這件事在我們之間產生某種……冷漠，或陰影。凱從來就不想……」

「喔，凱，」茱莉亞說，「凱最多愁善感了。妳不覺得嗎？她裝得很強悍，但……我記得有一次我帶她去看亞[1]斯坦與羅傑斯攝影展。她一路哭著看完。結束時，我問她在哭什麼。她回答我說：『舞蹈。』」

茱莉亞的態度完全改變了，聲音幾乎透露著痛苦。「凱遇見妳時，我一點也不驚訝，」她繼續說，「我是說，我對於她遇見妳的方式一點也不驚訝，簡直就像電影裡的情節，對吧？」

「我不知道，」海倫不解地回道，「我想是吧！當時我並不這麼認爲。」

「不是嗎？凱全都跟我說了，說她是如何找到妳之類的。妳仔細聽好，她是這麼說的，她說她找到妳了，還說當她想到幾乎要失去妳時，便非常害怕。她描述她撫摸妳的臉龐……」

「我幾乎都忘了，」海倫一臉哀傷地說，「那件事很愚蠢。」

「凱全都記得一清二楚。但是，如同我說的，凱是個多愁善感的人。她記得這件事，她認爲這是命中註定的，包含了一些天意的成份在其中。」

「以前是有一點天意！」海倫說，「但難道妳看不出來，這整件事有多複雜？如果我沒有遇到凱，我也不會遇到妳，茱莉亞。但是，如果妳接受了凱的愛，那麼凱也不會愛上我……」

「什麼？」茱莉亞驚問。

「我以前很感激妳，」海倫繼續說，音調提高，好像快要哭了。「對我來說，妳不接受凱，就某方面而言，好像是妳把她讓給了我，而我現在則是重蹈她的覆轍！」

「什麼？」茱莉亞又一聲驚問。

「妳猜不出來嗎？我愛上妳了，茱莉亞！」

直到現在，海倫才知道自己一直想說這些話；然而，一旦說出口，這些話便成眞了。

茱莉亞沒有回答，只是將臉轉回對著海倫。呼出的氣息，跟之前一樣，朝著海倫溼冷的唇，讓她感到溫暖且苦澀。她坐著一動也不動，然後幾近瘋狂地用力抓住海倫的手，就像痛苦或悲痛時盲目抓住一隻手或一條皮帶那樣。她說：「凱……」

「我知道！但我無能爲力，茱莉亞！我恨我自己；但我就是沒辦法！今天如果妳看到我，妳便會明白我說的。她對我是那麼的好，但我滿腦子全都是妳。我希望她是妳！我希望……」說到這裡，海倫停頓了一會兒，「喔，天哪！」

❶譯註：亞斯坦與羅傑斯（Fred Astaire & Ginger Rogers），佛雷・亞斯坦與金姐・羅傑斯，美國搭檔的舞者與演員。

因爲她非常清楚地感受到空襲警報響起之前的那種輕微震動；在她說話聲消失之前，警報便開始響起。警報一直響，在每次聲響快消失時，又急促地再度拉高；即使經過了好多年，她還是無法平心靜氣地坐著不去理會，無法不感受到警報的聲聲催促，以及心中出於驚慌的輕微撕扯。

而周圍的漆黑，更擴大了這種效果。只見海倫掩住耳朵大喊：「喔，這不公平！我快受不了了！這些警報就像悲憤的哭喊！就像……就像倫敦的鐘聲！它們會說話！它們在說：找掩護！快躲起來！要砍斷妳脖子的斧頭已經來了！」

「別這樣，」茱莉亞抓住海倫的手。過了一會兒，空襲警報停止了，之後的寧靜幾乎更令人不安。她們緊張地坐著，仔細傾聽有無轟炸機的聲音；最後，她們聽出引擎模糊的嗡嗡聲。一想到坐在那些長形可笑鐵管裡的男孩竟會想傷害妳，就覺得很不可思議；想到他們在兩個小時前走動的模樣——吃麵包、喝咖啡、抽菸、套上外套、爲禦寒而跺腳……之後便傳來防空砲彈轟隆不絕於耳的攻擊聲，離這裡大概有二或三哩遠。

海倫抬頭往上看。探照燈已經打開了，黑暗的夜景也有了變化。她沒看見天空，只看見她靠坐的高塔巨牆。透過頭髮，她靠在門上的頭皮，感受到門的堅硬；她想像那些巨大無情的石塊與灰泥，從上方掉落下來的情景。當她注視那扇門時，似乎可以感覺到門在搖擺晃動。

她突然想到，我在這裡做什麼？接著，又想，凱在哪裡？

於是趕緊站了起來。

「怎麼了？」茱莉亞問。

「我很害怕，我不想待在這裡。很抱歉，茱莉亞……」

茱莉亞伸直雙腿，「沒關係，我也很害怕，快拉我一把。」她抓住海倫的手，以海倫的體重將自己撐起來站立。她們開啓手電筒後便動身離開。兩人走得很急，回到神像巷或懶人巷，隨便哪個稱呼都可以，接著到東廉路便在此打住，因爲不是很確定安全回去的道路是哪一條。當茱莉亞要往右轉時，海倫將她拉回來。

「等等，」海倫氣喘吁吁地說，那方向的夜空被探照燈光劃成好幾個區塊。「那邊是東邊，對吧？那邊是往碼頭，對吧？不要往那頭。我們往回走。」

「經過西提區？那就可以走到紀念碑站。」

「是的，哪裡都好。我只是無法靜下來不動，而且想到那些掉下來的東西……」

「再握一下我的手，就是這樣。」茱莉亞的聲音沈穩，手勁堅定，與之前的放縱很不同。接著，她又說：「海倫，我很蠢，竟然帶妳到這種地方來，我早就該料到……」

「我沒事，」海倫說，「眞的沒事。」

兩人開始往前走，腳步快速。「我們一定才經過聖克萊門特教堂，」茱莉亞說，「聖克萊門特教堂一定就在這裡。」她打開手電筒照明，有些猶豫，先要海倫停下來，然後又再出發。她們繼續走，有時被破碎的鋪路石絆個踉嗆，有時會用腳來試探不存在的道路邊石。因爲探照燈忽上忽下，倏然出現與消失的影子，讓她們失去了方向感。最後，她們認出一間教堂的白色階梯。

那並不是聖克萊門特教堂，而是另外一座。公告上寫著「聖艾德蒙、國王與殉道者教堂」。

茱莉亞站在門前，完全不解。「不知怎麼回事，我們走到倫巴德街了。」她摘下軟帽，頭髮往後梳攏。「我們怎麼會走到這裡？」

「地下鐵在哪個方向？」海倫問。

「我不確定。」

一輛車突然出現，兩人都嚇了一跳，轉彎時車速很快，蛇行疾駛，從她們身旁呼嘯而過後，便消失在黑暗中。於是兩人又繼續往前走，過一會兒聽到聲音，是男人的聲音，彷彿來自轟炸的鬼魂，在空氣中詭異地迴盪。原來是兩名站在屋頂上的消防警戒員，隔著街，彼此朝對方喊叫；其中一人將所見景象提出判斷——他認爲伍爾維奇區與船頭區有燒夷彈。「還有另外一批！」她們聽到那個人這麼說。

兩人站在那兒手牽手，仔細聽時，有個警戒員從黑暗中竄了出來，差點兒撞倒她們。

「妳們是哪裡跑出來的？」他喘氣吁吁地說，「關掉手電筒，找個地方躲起來，行嗎？」

他出現時，茱莉亞就已將手從海倫的手臂中抽回來，幾乎略帶惱怒地說：「我們看起來像要幹什麼壞事嗎？距離這裡最近的避難所在哪兒？」

那個人聽了茱莉亞的腔調——海倫想，或者，更有可能是注意到她的口音——態度便有了一些改變。「銀行地下鐵，小姐，往後走五十碼。」他用拇指在肩膀上一比，便跑開了。

或許是這場對話相對地平淡無奇，也或許是看見比自己還要緊張的人，海倫的焦慮似乎一下就全都神奇地消失了，像是被針筒抽光似的。她伸手挽起茱莉亞的手臂，非常悠閒地往她們現在所見的方向走，那是個周圍用沙包堆起的鐵皮拱門，地下鐵入口。當她們走近時，一對男女快速走了進去；一名可能因爲疲累或腳部僵硬的壯碩女子，正在階梯下讓自己儘快放鬆；另一個男學童則跳來跳去，興奮地仰望天空。

茱莉亞放慢腳步，提不起勁地說：「到了。」

海倫認爲，茱莉亞的意思是，要回到人群中，回到聊天、喧鬧與燈光中……她拉了拉茱莉亞的手臂，說道：「等等！」她們在做什麼？我已經愛上妳了！十五分鐘前，她才在黑暗中這麼大聲喊。她記起茱莉亞對著她嘴巴的短促呼氣，也記起茱莉亞的手牢牢抓住她的手的感覺。「我不想下去，」她平靜地說，「我……我不要與其他人分享妳，茱莉亞。我不要失去妳。」

也許茱莉亞有開口回答，但海倫不是很確定。因爲下一秒她們便被一陣閃光籠罩；一陣像閃電的閃光，短促卻極爲明亮，因此無數的細節——茱莉亞領口的縫線，她外套上的錨釦——似乎從她身上躍入空中，跳進海倫的眼中，令她目眩神迷。兩秒鐘後，便傳來爆炸聲——聲音震耳欲聾，但不是很近，可能是從利物浦街或摩爾格特傳來的，但仍舊近到可以讓她們感受到爆炸的威力，一股沈悶怪異的強風向她們襲來。在階梯上雀躍不停的小男孩發出一陣歡呼，但立刻有個成年人一個箭步抓起他，將他帶進車站裡。海倫伸手抓住茱莉亞，兩人開始奔跑。不是往車站去，而是跑離車站，回到倫巴德街上。她們像傻子般笑個不停；當另一次爆炸聲傳來時——這次，更遠了——她們笑得更激動，腳步也更快了。

一會兒後，茱莉亞拉著海倫的手說：「這裡！」在第二次的火光中，她似乎看見了一面搭建在一間辦公室或銀行入口前的遮擋牆。裡面的空間似乎很深遠，帶有黃麻的味道，黯淡無光：走進去時，好似穿過一道墨汁般的布簾，茱莉亞拉著海倫跟在身後走。

她們站著沒說話，只是大口喘氣。沈悶的空間裡，喘息的聲音似乎比現在混亂街道上的所有聲響更大。只在聽到腳步聲時，才往外看；是那個警戒員，他還在奔跑，但方向相反。他直接跑了過去，並沒有看見她們兩人。

「現在我們又是隱形人了。」茱莉亞小聲說。

兩人緊挨著彼此往外看。與之前一樣，海倫意識到茱莉亞挨著她耳朵與臉頰吹出的氣息；而且知道只要一回頭，只要轉個頭，斜到一邊，就行了；這樣，她的唇便可在黑暗中找到茱莉亞的唇……但是她靜止站立，無法行動。最後，是茱莉亞開始親吻她。她伸手撫摸海倫的臉，在黑暗中引導兩人的唇緊貼一起；當她們像火焰般吸吮熱吻時，她伸手到海倫的後腦，將唇按得更緊。

過了一會兒，茱莉亞往一旁移，鬆開海倫的圍巾結，開始慢慢拉扯海倫的外套鈕釦，待鈕釦完全解開了，便開始解開自己的外套：隨著短外套的領子翻開，又再次往前靠，兩人張開的外套結合在一起；對海倫而言，這成了第二道遮檔牆，而且比第一道更黑、更暗。在裡面，海倫和茱莉亞的身軀迅速真確地感受到一陣驚人的溫熱。兩人再次親吻對方，嵌扣著彼此，茱莉亞的大腿緊密地夾在海倫的雙腿間，海倫的大腿在茱莉亞緊夾的雙腿間滑動，她們站著，幾乎都沒有動，只是以臀部相互磨蹭。

最後，海倫轉過臉，輕聲說：「這是凱要的，對吧？我知道她爲何這麼做，茱莉亞！天哪！

我覺得……我覺得我就是她！我要撫摸妳，茱莉亞。我要以她會撫摸妳的方式來撫摸妳……」

茱莉亞往後退，抓起海倫的手，將手套從海倫的手指拉出來，任它掉在地上。茱莉亞將那隻手放在自己褲頭鈕釦上，扯開褲子，然後幾近粗暴地將手往裡滑。

「那就開始吧！」茱莉亞說。

當警報在約翰・艾倫之家響起時，有個女孩便會在樓梯跑上跑下，沿著走道敲打每一扇門。「大家注意！空襲飛機來了！空襲飛機來了！」之後，每位寄宿者就都冷靜有序地下了樓，進入地下室。但這個地下室與其他地方的避難所一樣，寒冷、沈悶、昏暗。有時候，比較活潑又愛起鬨的女孩——那些與小薇完全不同的女孩，對她們而言，這裡就像是另一種寄宿學校——會試圖玩遊戲，或開心輪流唱歌。最近，小薇開始擔心，那裡的各式氣味可能會讓她覺得噁心。

因此，最近幾個禮拜，當空襲警報響起時，她便與室友貝蒂和安，一起待在房裡。不管發生任何事情，貝蒂和安都吵不醒——安經常服用凡拉蒙止痛劑，而貝蒂會戴上眼罩，並塞上粉紅色的蠟質耳塞。只有小薇擔心得輾轉難眠，每一聲爆炸聲與砲火聲都會讓她心頭一震；她心裡想著瑞奇、鄧肯、父親與姊姊；然後用手撫摸肚子，但不知到底要如何處理在她體內成長、一定得被弄出來的東西。

她試過費莉絲蒂・維瑟斯試過的藥片了，那只會讓她胃痙攣以及嚴重腹瀉，而且幾乎長達一個禮拜；除此之外，什麼效果也沒有。後來，她幾乎整日都陷於焦慮的渾沌中，在波特曼廣場的工作頻頻出錯；她無法抽菸，無法進食，無法集中心思在任何事物上，除了一連幾個鐘頭，她必須將體內那股高漲且類似黑色苦澀潮水般的噁心感抑制吞下之外，什麼也不能做。今天早晨，她在穿裙子時，驚恐地發現裙腰扣不上，所以只能用安全別針別上。

「我該怎麼辦？」她告訴貝蒂，而貝蒂總是一再重複她之前所說的話：「寫信告訴瑞奇！眞是的，小薇，妳若不寫，我就自己寫信給他！」

但戰時的書信檢查制度讓小薇對寫信卻步。而且，再過兩禮拜他才可以休假。她一直發胖，吐得越來越厲害，也越來越擔憂，因此無法等那麼久。小薇知道必須告訴瑞奇，也知道唯一可以通知到瑞奇的方法是打電話。她現在直挺挺地躺在床上，想鼓起勇氣下樓打電話。

小薇希望空襲會結束，但空襲似乎只是愈演愈烈。過了幾分鐘，當她聽到安在睡夢中喃喃自語時，便拉開床罩。炸彈如果炸得近一點，安有可能會醒來，但是這會讓小薇更難去打電話。小薇心想，現在必須去打電話，否則永遠就打不成了……

她站了起來，穿上睡袍與拖鞋，拿起手電筒。

走到外面的走道，下了一層樓梯，小心翼翼地摸索下樓，因爲樓梯井的照明只有一顆藍色燈泡，非常昏暗。她的腳步一定很輕，幾乎無聲無息，因爲有個手上拿著一只盤子的女孩，在樓梯轉彎處的平台上遇到她，幾乎被她嚇個半死。「小薇！」她低聲吼著，「嚇人啊！我以爲妳是陰魂不散的打字員鬼魂。」

「蜜莉，對不起。」

「妳要上哪兒？到地下室嗎？我寧願是妳去而不是我。妳可以趕上另一輪的『男生、女生、花朵與動物』……或者，妳想要去共同休息室拿奶油餅乾？很不巧。我已經都拿光了，就放在這袋子裡，看，是要給賈桂琳・奈特、凱洛琳・葛漢和我吃的。」

小薇搖搖頭，「我不要餅乾，我只是去拿杯水。」

「那就小心老鼠，」蜜莉邊說邊開始爬樓梯，「記住，如果有人問妳誰拿了奶油餅乾，妳可沒看到我，以後我也會一樣報答妳的。」

她的聲音漸漸消失，等到她走過平台，小薇才繼續往下走。她越往下，階梯越寬；這棟舊房子的規模很大，各樓層的天花板都有漂亮的玫瑰狀灰泥，以及藝術吊燈的掛勾，但吊燈已經不在了。扶手欄杆曲線優美，欄杆尖頂有優雅的裝飾。雖然走道上有暗紅色地毯，但是上面都鋪了帆布，而帆布都因爲高跟鞋而受損。牆壁都漆上令人沮喪的光亮顏色，有綠色、乳白色與灰色。在黯淡的藍色燈光照明下，這些牆壁看起來更糟糕。

大廳裡有一堆女外套、女帽和雨傘。有一張桌子，上面滿是報紙與無人認領的郵件。當然，門上小窗已被釘上木板，但通往地下室那扇門的防爆玻璃，卻誇張無趣地閃閃發亮。門外傳來一個女孩的說話聲，接著是其他女孩：「櫻草花……三色紫羅蘭……報春花……」

小薇打開手電筒。電話在更遠一點的地方，在共同休息室外的一個凹室裡，毫無隱私可言，但這幾年來，這裡的女孩已經拿掉將電話線固定在牆上的大訂書針。因此，要打私人電話的人，便可將電話拿到走道外的櫥櫃裡，在黑暗中，坐在瓦斯計表器上，在四周都是掃帚、水桶與拖把的環境下打電話。小薇現在就是這麼做，她拉上櫥櫃門，手電筒放在架子上，驚恐地看著四周角落與裂縫，深怕裡面藏有蜘蛛或老鼠。電話上貼了一張標籤：三思而後語。

她睡袍口袋裡有張舊紙條，上面有瑞奇的電話號碼，是瑞奇很久以前給她的，讓她緊急時可以使用，而她從來沒有用過。她心想，若這件事不緊急，還有什麼算是緊急的呢？她掏出電話號碼，拿起話筒，撥了零到交換台，讓轉盤慢慢轉。這時，她用手帕盡量將電話的喀噠聲蓋住。

接線生的聲音如玻璃般清脆。她說，接通電話需要幾分鐘的時間。「謝謝妳。」小薇說，然後坐著，將電話放在腿上，對於電話鈴聲感到忐忑不安。之後，手電筒光線開始不穩；她想到電池，便關掉手電筒，同時將門打開一點，讓外面的藍色燈光從門縫流洩進來。除了那道燈光，櫥櫃裡幾乎是伸手不見五指，可以隱約聽到地下室那些女孩的陣陣笑聲。當炸彈從空中不斷地投擲下來時，牆面都會震動，粉塵也會稀稀落落地飄下來。

鈴聲終於響了，尖銳的鈴聲與電話在腿上的震動，讓她著實嚇了一大跳。她用抖動的手拿起話筒，但差點便從手中掉下來。那有如玻璃般聲音的女孩說：「請稍等。」她便再等了一會兒，接著是接線生連結電話時一連串的喀噠聲。

電話另一端出現男子的聲音，是瑞奇營地的交換台人員。小薇告知他瑞奇的名字。

「妳不知道他的臨時軍營嗎？」男子問，她不知道。他試了一個主控室號碼。但是，電話鈴聲一直響……「沒人接！這位女士。」他說。

「請再讓它響一陣子，我有急事！」小薇回答。

「哈囉？」終於有人接起電話，「這是我打到南開普頓的電話嗎？哈囉？」

「這通電話是由外面打進來的！」總機人員淡淡回應。

「去你的！」

「不客氣。」

之後，電話由另一個人接起，至少他告知了瑞奇的營地號碼。這次，電話只響兩聲，便有人接起來，傳來的是一陣震耳欲聾的聲音，有叫囂聲、笑鬧聲、收音機或留聲機的音樂聲。一名男子低聲對著話筒說。「你好？」

「你好？」小薇安靜地說。

「妳好？妳是誰？」

她告訴那男子說要找瑞奇。

「瑞奇？什麼？」他大喊道。

「是誰啊？」另一個男人在一旁問。

「是個女的，她自稱是瑞奇。」

「她不是自稱瑞奇，你這呆子。她是要跟瑞奇說話！」話筒被另一個人拿走。「小姐，我一定得向妳道歉，或者我應該稱妳爲女士？」

「麻煩你！」小薇緊張地從極爲狹窄的門縫看了通道一眼，用手掩住嘴以降低聲量。「請問瑞奇在嗎？」

「他在這裡嗎？如果我認識瑞奇，這就要看是誰想知道了。他欠妳錢嗎？」

「她確定想找瑞奇嗎？」這時傳來第一個男人的聲音。

第二個男人說：「我朋友想知道妳是否眞的想找瑞奇，而不是找他。他正在用手比劃，我想他在說妳的眼睛顏色一定很漂亮，妳漂亮的卷髮，以及妳那高低起伏誘人的……聲音。」

「求求你，」小薇說，「我的時間不多。」

「就我所知，這對我朋友不成問題。」

「瑞奇在還是不在？」

「是誰要找他？」

「跟他說……跟他說是他妻子找他。」

「他的妻子？那麼，我就不……」

那聲音變得含糊不清，之後是一陣大喊，接著是一陣喝采，以及電話被一手一手傳遞時造成的雜音。最後，說話的是瑞奇，聲音聽起來似乎氣喘吁吁的。

「瑪莉蓮？」

「不，是我。」小薇很快地說，「不要說出我的名字，我怕接線生在聽。」

但他還是說出了她的名字。「小薇？」他聽起來有點吃驚，「那些傢伙跟我說……」

「我知道。他們在瞎鬧，我不知道要說什麼。」

「老天！」小薇聽到瑞奇正用手搓揉長有鬍渣的下巴和臉頰。「妳人在哪兒？是怎麼找到我的？」他別過頭，「伍德，我發誓，再開一次那樣的玩笑，我就……」

「我打給電話交換台。」

「妳還好嗎？」

「還好……不好！」

「我聽不到妳的聲音。等等……」他放下電話走開，然後是更多的歡呼與笑鬧。當他取回電話時，聽起來又是氣喘吁吁的。「那些討厭鬼，」他可能換了地方，或將門關上了。「妳人在哪兒？聽起來好像在井底的水桶中。」

「我在櫥櫃裡，」她輕聲說，「我在家。我是說，在約翰・艾倫之家。」

「櫥櫃裡？」

「這裡是女生打電話的地方，這不是重點。只是……有事情發生了，瑞奇。」

「什麼？不會是妳那個要命的弟弟吧？」

「不要這麼說他。不是，不是他，跟他無關。」

「那會是什麼？」

「我……只是……」她又往外面的走道看了一眼，然後轉過頭來，更小聲地說，「我的好朋友還沒來。」

「妳的什麼？妳的朋友？」他不知道她在說什麼，「哪個朋友？」

「我的朋友。」

接著是一陣沈默。然後，瑞奇有氣無力地回應道：「天哪，老天哪，小薇。」

「別說出我的名字！」

「不會，不會的。多少？我是說，多久了？」

「大概八個禮拜了。」

「八週？」他在心裡盤算了一下，「所以妳是說，我們上次見面時，妳已經……？」

「是的，我已經懷孕了。但我當時不知道。」

「妳非常肯定嗎？該不會只是……遲了？」

「我不認爲是這樣，以前從來不會晚到。」

「但我們一直很小心，不是嗎？每次都非常小心。若還是發生這種事，那小心有什麼用？」

「我不知道，運氣不好！」

「運氣不好？老天哪！」

聽起來他對此事很厭惡，電話又移動了，大概是把電話緊緊貼在耳朵上。「不要這樣，我也覺得很糟糕，我自己擔心得要命。我試過了各種方法，我還……我還服用其他東西。」

他聽不到小薇的聲音。「什麼？」

她再次把嘴遮住，試著說得更清楚一些。「我有服用藥物。你知道……但那沒有用，只是讓我更不舒服而已。」

「妳服用的藥物正確嗎？」

「我不知道，有不同種類的藥物嗎？我是從藥房拿到的，那男的說這藥有效，但並非如此，那藥很難吃。」

「妳可以再試試嗎？」

「我不想要再試了，瑞奇。」

「但可能值得再試一次。」

「那藥讓我覺得很難過。」

「但妳不覺得……？」

「那只會讓我再難過一次。喔，瑞奇，我覺得我無法再試了！我不知道該怎麼辦！」

她的聲音一直在顫抖，她被逼急了，音調又緊又高。她開始驚惶失措，幾乎快放聲哭泣。

瑞奇說：「好，沒關係，聽我說，沒關係的，寶貝，聽我說。我只是覺得，這件事讓我很震驚，我必須想想。這裡有個傢伙，我想他的女友……我只是需要一點時間。」

她移動話筒，擤擤鼻子。「我本來不打算告訴你的，」她可憐兮兮地說，「我想自己解決，我只是……只是覺得非常難過，如果被我爸發現的話……」

「沒事的，寶貝。」

「這會讓他很傷心，這……」

電話傳來嗶、嗶、嗶的聲音，接線生說：「還有一分鐘，發話者。」

那是一開始幫小薇接線的那個女孩，或是另外一個具有同樣如玻璃般清亮嗓音的女子。小薇與瑞奇沈默不語。

「妳覺得她聽到了嗎？」瑞奇最後小聲地問。

「我不知道。」

「他們不會偷聽，對吧？」

「我不知道。」

「要接這麼多電話，他們怎麼會有時間聽？」

「嗯，希望不會。」

又是一陣沈默……之後，瑞奇彷彿已經很疲憊地說：「氣人，運氣眞背！什麼狗屎運！我每一次都很小心的！」

「我知道。」小薇回應。

「我會問那個傢伙，問他女友怎麼做。好嗎？」

小薇點點頭。

「好嗎？」

「好的。」

「妳不必擔心了。」

「好的，我不會的。」

「答應我，好嗎？」

「好的。」

「我們會沒事的，好嗎？乖女孩！」

他們在線上，沒有說話，直到那個接線生的聲音又插進來，詢問他們是否要延長通話時間。小薇說不用，話筒裡便一陣死寂。

「嗨！」兩個小時後，凱非常溫柔地說，撫摸著海倫的頭髮。

「嗨！」海倫睜開眼睛回道。

「我把妳吵醒了嗎？」

「我不確定……幾點了？」

凱鑽到她身邊，「應該是妳的生日剛過，才二點。」

「妳還好嗎？」

「一點傷也沒有。我們沒出任務，全由拜什那爾格林區與溝岸區那邊包辦。」

海倫拉起凱的手捏捏手指。「我很開心！」

凱打了個呵欠，「我寧願出任務，整夜都跟米琪與休斯玩猜謎遊戲。」她親吻海倫的臉，靠在海倫的身邊。「妳聞起來有香皂的味道。」

海倫身體僵硬。「是嗎？」

「是的，跟小孩一樣。妳又洗了一次澡嗎？妳一定非常乾淨。寂寞嗎？」

「不，還好。」

「我有想過要溜回來找妳。」

「妳有溜回來嗎？」

凱微笑著，「嗯，沒有。只是覺得到那裡什麼事也沒做，而妳卻在這裡，似乎很可惜。」

「對，」海倫仍然握著凱的手，然後拉起凱的手臂環繞自己——緊緊地，似乎想要獲得安慰或溫暖。她的腿光溜溜的，緊緊貼近凱的腿，棉質睡衣已經拉到幾乎有臀部那麼高，乳房在凱的手臂下，感覺很輕鬆、很溫暖。

凱親吻著她的頭，撫摸梳理她的頭髮，低聲細語說：「妳一定很睏了吧，親愛的？」

「非常睏。」

「睏到無法親吻嗎？」

海倫沒有回答，於是凱抽回手臂，抓著海倫睡衣的領子，很溫柔地拉下，接著又將嘴唇湊到海倫脖子與肩膀的交接處，親吻那炙熱又平滑的肌膚。此刻，她感覺到手上握的是破爛布料，於是從枕頭上抬起頭來，驚訝地問：「妳沒穿新睡衣嗎？」

「唔？」海倫似乎快要睡著了。

「妳的睡衣。」凱溫柔地說著。

「喔，」海倫伸手將凱拉得更近，還拉著凱的手臂將自己環抱起來。「我忘了。」

5

那晚的月亮很圓，很亮，他們不需要手電筒。地面被照亮，黑白分明。所有事物都失去了深度，房子的正面扁平得像舞台上的佈景，樹木像紙糊的，只用亮片與銀漆來裝飾。沒有人喜歡這樣，這讓人覺得毫無遮掩，岌岌可危。下火車的人拉起外套領口，低頭快速往暗處走去。離克理科爾伍德車站一百碼外，街道變得很安靜。只有不確定要怎麼走的瑞奇與小薇，正慢慢地行走。瑞奇拿出一張紙查看方向時，小薇害怕地抬頭望著天空，瑞奇手上的紙張似乎在發光。

當他們找到那棟屋子時，看來毫不起眼；但在門鈴下方，門架上有用螺絲釘了一張名片板。那張薄板似乎很堅固、很專業，讓人安心，但也令人害怕。小薇挽著瑞奇的手走來，但現在又輕輕地將他拉回。瑞奇拉著小薇的手，捏著小薇的手指。小薇覺得自己的手指很怪，因爲瑞奇讓她戴上一只金色戒指，戒指有點大，一直往下滑。

「妳還好嗎？」他問小薇，聲音很單薄。他厭惡醫師和醫院。小薇知道，瑞奇希望貝蒂或她姊姊可以陪她一起來，什麼人都好，而不是他。

所以由她來按鈴。那個人——伊恩芮先生——幾乎立刻就出來應門。

「來了，」他聲音很大，還朝兩人身後的街道查看。「進來，快進來。」他關上門後，整理霧面玻璃窗上的不透光窗簾時，瑞奇和小薇在黑暗中緊緊靠站在一起，因爲不知道這條走廊有多長。之後，伊恩芮先生領著他們進入等候室，明亮的燈光讓他們不停眨眼。房間聞起來很香甜，有亮光劑、橡膠、氣態痲醉劑的味道。牆壁上有牙齒和粉紅色牙齦的照片；一個裝有一顆大臼齒石膏模型的盒子，臼齒有個切片，露出牙齒的琺瑯質、內部組織與紅色神經。由於光線的關係，顏色非常鮮明。小薇一件一件地看，覺得自己的牙齒開始疼了起來。

伊恩芮先生是牙醫師，還另外兼差處理這方面的事。

「請坐。」說完，他拿出一張紙，夾在一塊木板上。他戴著鏡框厚重的眼鏡，但爲了要看清楚面前的紙張，便將眼鏡往額頭上推，很像綁在帶子上的護目鏡。他詢問小薇的名字。小薇早已脫下手套，露出那只戒指，有些心虛地說出她和瑞奇都同意的名字：瑪格莉特・哈里遜太太。他寫下名字時，還一邊大聲重複；之後在問每個問題時，他都會再重複說一次：「現在，哈里遜太太」，「嗯，哈里遜太太」。小薇心想，這名字聽起來像是個假名，很像女演員或電影裡一個角色的名字。

一開始的問題很簡單，但是當問題越來越私密時，伊恩芮先生便建議瑞奇到走廊上等。小薇感覺瑞奇很快就出去了，彷彿如釋重負。當瑞奇在外面來回踱步時，可以聽見鞋子在油氈上拖滑的聲音。

也許伊恩芮先生也聽見了，因此壓低嗓子問：「妳上次月經來的日期是什麼時候？」

小薇說了之後，醫師便做下筆記，似乎在皺眉。

「有小孩嗎？」他問小薇，「流產？妳知道流產是什麼嗎？當然……妳以前接受過到我這裡來要接受的治療方式嗎？」

她對這些問題的回答都是「沒有」，但猶豫一會兒後，她說出了藥丸的事，擔心這可能會造成某種影響。當她講述藥丸時，醫師不以爲然地搖搖頭。「若妳聽得進我的勸，那種事情不值得做。那只會讓妳腹部很不舒服，對吧？對，我就知道。」他拉下眼鏡戴上，額頭上留下了幽靈眼鏡般的一道紅色印記。

接著取出診療工具盒，小薇很害怕，臉色大變。但醫師只想測量她的血壓，聽她的心跳。接著，醫師要她站起來，褪下裙子，摸她的腹部。摸得很仔細，用手指與手掌使勁按壓。

然後他站起來，擦擦手，嚴肅地說：「嗯，比我認爲的妥當時間還要久一點。」當然，醫師在計算小薇最後一次月經來潮的日期。「我通常建議懷孕十週內的人採用這種療法，但是妳的情況已經遠遠超過十週了。」

顯然，這多出來的幾週差別很大。只見醫師走到門口叫來瑞奇，同時向小薇他們兩人解釋，由於風險增加，費用要比標準收費高一些。「恐怕，還得多加個十英鎊。」

「十英鎊？」瑞奇臉色大變。

伊恩芮先生攤開雙手，「你應該瞭解的，依現行法律，我得要冒很大的風險才行。」

「我朋友說七十五，所以我只帶七十五。」

「一個月前的話，七十五便足夠了。我敢說，若你去找另一種人，七十五鎊現在也夠了。但我不是那種人，我是爲你妻子的健康著想。對不起，我想起了我的妻子。」

瑞奇搖搖頭，「這種做生意的方法很古怪，」他譏諷地說，「若你不介意我這麼說的話。現在是一個價錢，下個月又是另一個價錢，肚子裡那東西……」他朝小薇腹部點著頭，「多待個二或三星期，會有什麼不同？」

伊恩芮先生彷彿耐著很大的性子面露微笑，「我認爲會有很大的不同。」

「嗯，那是你自己說的。我想，你也會對牙齒向內長而來找你的傢伙這麼說吧？」

「可能會。」

「你會這麼說，對吧……？」

他們繼續爭執。小薇站在那兒，什麼也沒說，但心裡卻極憎恨這一切、憎恨瑞奇，兩眼直盯著地板。最後，伊恩芮先生願意收下布券，當作是額外的十鎊：瑞奇轉過身，拿出一疊配給券，塞進本來已經裝好錢的信封袋裡，再交給醫師。這麼做時，瑞奇不屑地哼了一聲。

「謝謝你！」伊恩芮先生說話的態度誇張有禮，並將信封放進口袋。「現在，如果你不介意在這裡舒服等候個二十分鐘左右，我要帶你妻子到隔壁房間去了。」

「可以幫我看著外套和帽子嗎？」小薇對瑞奇冷冷地說。瑞奇接過來，伸手拉她的手指。

「一切都會沒事的，」瑞奇說，試圖尋找她的目光。「一切都會沒事的。」

她抽出手來。牆上的時鐘顯示現在是八點五分。然後，伊恩芮先生帶著她往後走，經過走道進入手術室。

她以為要帶她經過這裡到另一個房間去，以為會有設備不同的地方。但在她進入之後，醫師便關上了門，走到櫃台去，狀似忙碌；有一會兒，她害怕地以為伊恩芮先生就要她坐在看牙齒的椅子上幫她動手術。後來她看到那張椅子再過去一點，有一張有支架的長椅，用蠟紙覆蓋，一旁有個鋅桶，閃著不鏽鋼的光亮，加上四周的工具盤、怪異的機具、鑽孔機、麻醉氣瓶，看起來很可怕。她覺得那股想哭的感覺正從胸口往上高漲，這是她第一次覺得，我不行了！

可能是看見她猶豫的神情，伊恩芮先生說：「那現在，哈里遜太太，請把裙子、鞋子和內褲脫下來，坐到長椅上，我們就要開始了，好嗎？什麼都不用擔心。眞的只是個簡單的程序。」

醫師轉過身，脫下短外套，洗手，開始捲起衣袖。那裡有電壁爐，小薇就站在爐火前褪下衣服，將衣服放在椅子上，在醫師轉身之前，趕緊爬上吱吱發響的蠟紙上。因為她覺得，比起全部脫個精光，裸露半個臀部更為暴露。這像是妓女會幹的事。但是，當她躺在那張堅硬平坦的長椅上時，她覺得，從另一方面來說，自己很愚蠢，就像一條躺在砧板上、張嘴鼓鰓的魚。

「給妳一個枕頭，」伊恩芮先生說完走過來，盡量將目光避開她赤裸的臀部。「現在可以請妳抬高身體嗎？」他把一條折好的毛巾墊在她屁股下。這麼做時，他順手將小薇背部的襯衫往上拉高一些，同時說道：「我們不想弄髒衣服，對吧？」

小薇瞭解他拉高衣服，為的是避免沾到血，因此又開始擔心害怕，不知道會流多少血。事實上，小薇對即將在自己身上執行的手術只有極模糊的概念。醫師未向她說明，而現在要問，似乎也已經太遲了。尤其現在下半身全暴露在醫師目光的情況下，小薇什麼話都不想說。這處境對她而言，實在是太難堪了。因此，她閉上眼睛。

當她感覺膝蓋被人用力掰開時，整個人更是不自在。「哈里遜太太，請試著輕鬆躺著。」傳來醫師的聲音，之後又說：「哈里遜太太，放輕鬆一點好嗎？」她依言張開雙腿，過了一會兒，雙腿間似乎有溫暖乾燥的東西開始往內探。那是醫師的手指，然後又更堅毅地往她體內探，另一隻手則極用力地抵在腹部上。小薇猛然吸了一小口氣，醫師繼續往內探，直到她受不了，不禁挪動臀部。這時，他抽手收回，用毛巾擦拭雙手。

他以一種溫和且不帶感情的口吻說：「當然，妳會有某種程度的不適，那是無法避免的。」

他轉過身去，拿出一塊手術綿或一塊布，上面灑有刺鼻的液體，開始在她身上拍打。她抬頭想看他在做什麼，但只看到他的臉。他又將眼鏡推上額頭，那眼鏡看起來又像是護目鏡了，像焊接工人或石匠用的護目鏡。大約在他頭部高度的地方有一個架子，上面放有玩具，是一隻身穿印花圖案衣服、頭戴著帽子的熊或兔子。她想像他在那些害怕看牙醫的小孩面前，搖晃這個玩具的模樣。他身後的牆上有一張告示用大頭針釘著，上面是關於病患拔牙與止血須知。

當他將面罩套在她嘴巴上時，她幾乎不怎麼介意，那東西很像平常的人工呼吸器。事實上，比一般的防毒面罩還要舒服。隨後，她感覺自己正在滑落，趕忙抓緊長椅邊緣，避免從椅子上摔落下來……但她還是感覺摔下來了，但不知怎麼卻雙腳著地。因爲突然間，她發覺自己處於一群人的黑暗中，被四周的人推擠著。她不知道自己是在公共場所的街道上，還是在哪裡。警報正在響，但覺得那聲響聽起來很奇怪，不具任何意義。她不知道是和誰在一起，卻緊緊地抓住他們的手臂。「那是什麼？」她問，「那聲音，那是什麼？」「妳不知道嗎？」那個人回答，「那是公牛要來的警告。」她問：「公牛？」那聲音回答：「德國公牛。」那時，她立刻知道公牛是一種新式的可怕武器。因此恐懼地轉過身，但轉錯方向了。「公牛來了！」那聲音驚恐地大喊。她試圖再轉身，但腹部卻被卡住了。黑暗中，她知道是被可怕的德國公牛一支利角勾住。她伸手摸到那光滑冰冷又堅硬的角，甚至摸到那支角插進她腹部的部位。她知道，只要伸手觸摸背部，就可以摸到突出的牛角尖，因為那支角已經刺穿了她……

然後，她回到自己的身體，回到伊恩芮先生面前，但還是可以感覺到那支角，她認為是那支角把她釘在長椅上的。接著，她聽到自己的聲音，正在胡言亂語，伊恩芮先生則咯咯笑了一聲。

「公牛？不可能的。不，公牛不會出現在克理科爾伍德，親愛的。」

醫師端了缽放在她面前，她感覺很想吐。醫師給她一條手帕擦嘴，然後扶她坐好。毛巾已從她臀部掉落。醫師的袖子已經放下，袖口整齊地扣好，袖扣也戴好了，額頭很紅，些微的汗珠閃閃發光。對她而言，這房間的味道與擺設似乎有點不同；她覺得時間似乎在她轉身之際猛然晃動了一下，好像在玩〈祖母的腳步〉[1]一樣。地板上有大約一先令大小的紅點，但除此之外，沒有什

[1] 譯註：祖母的腳步（Grandmother's Footsteps），類似木頭人的遊戲，當鬼的人貼著牆壁數數，抬頭往後看，沒被鬼看到在移動且摸到鬼的人便可過關。

麼令人心驚膽戰的畫面。那鋅桶已移到遠處，用蓋子蓋上。

她將雙腳放在長椅邊緣，腹部與背部的痛楚轉變成體內緩緩發作的疼痛，也感覺到一些輕微的、個別的不適。雙腿間很痠痛，而且一碰就痛，好似被人朝肚子踹了一腳。伊恩芮先生說，他在她體內放了一團紗布止血，也在她身旁的長椅上，放了一塊普通的衛生棉與皮帶。看到這些東西，又令她困窘不安，因而想趕緊穿上皮帶，繫好扣環。見她手忙腳亂，以為她還因為麻醉氣而昏沈茫然，伊恩芮先生便過來幫她。

小薇開始穿衣服時，才知道自己有多虛弱，她可以感覺血液都集中到臀間了，覺得有點黏。一想到這點便緊張起來。她問是否可以上洗手間，伊恩芮先生便帶她沿著走道到洗手間。她坐下來，摸到紗布底端，覺得很害怕，害怕紗布會在她體內消失不見。小便時，覺得很刺痛，子宮和肌肉都很不舒服。但衛生紙上只有一點血液，這讓她瞭解，臀部間的潮溼感只是水造成的：伊恩芮先生一定幫她用布或海綿擦洗過，她不喜歡這個想法。她仍有些害怕自己剛剛是從時間裡掉了出去或是被攫走，也害怕事物突然改變，而她卻沒來得及趕上。

回到手術室時，伊恩芮先生說：「現在會有一點出血現象，可能維持一到二天。但是不用擔心，這完全正常，趁這個機會讓妳先生寵愛妳一番……」他建議小薇喝些深色麥酒，還給了幾片衛生棉，以及一瓶阿斯匹靈止痛。說完，便帶她出去找瑞奇。

「感謝老天！」瑞奇憂慮地站起身，捻熄手中的香菸。「妳臉色很難看！」她開始哭了起來。

伊恩芮先生走到她身後說：「嗯，我已經交代哈里遜太太了，大約二十四小時內，她會感到些微的虛弱。若有任何問題，打電話給我。但我希望不要留言……當然，若有昏倒、嚴重出血、嘔吐、抽搐等症狀，一定得打電話給你的醫師，但這不太可能發生，非常不可能。而且，不用我說，若有醫師牽扯進來，請不要提到……」他再次攤開雙手，「嗯，我想你瞭解的。」

瑞奇憤怒地看著他，沒有回答。「妳還好嗎？」他問小薇。

「應該還好。」她說，仍舊想哭。

「老天！」他又說了這句話。之後，他告訴伊恩芮先生：「她的臉色應該是這樣嗎？」

「如我剛才所說的，會有點虛弱。她懷孕的時間久了些，所以程序比較複雜，如此而已。但請記住，關於嘔吐與抽搐……」

瑞奇沒說話，只是先穿上外套，再幫小薇穿。小薇靠在他臂膀上，時間是八點五十分。兩人一起來到走廊，伊恩芮先生關上候診室的門，敏捷地走過去將通往手術室的門也關上。接著又關了電燈，拉開前門的門閂，但門只開啓一條小縫，只夠他往外面的街道瞧。

他說：「呵，月色還是很亮。哈里遜太太……」轉而面向小薇，「不知道妳介不介意用手帕像這樣遮住臉？」他用手遮住自己的嘴巴。「沒錯，這給人妳是來這裡做一般牙齒治療的印象，這畢竟是很尋常……我是擔心那些鄰居，戰爭讓大家容易疑神疑鬼。非常謝謝妳！」

他敞開前門，兩人便走了出去。小薇用手帕遮掩嘴巴，大約一、二分鐘後，才將手放下。那塊布，如同瑞奇的那張紙片，在月光下幾乎要發出光來。但她看著清朗無雲的天空，覺得自己太虛弱、太疼痛、太悲慘而不覺得害怕。她開始覺得發冷，覺得自己可以感覺到塞進體內的紗布正在滑動，偏離原有的位置，衛生棉的邊緣摩擦著大腿。她更虛弱地靠在瑞奇的臂膀上，但不想跟他說話。「妳還好嗎？」瑞奇一直問，「還好嗎？乖女孩。」之後，兩人走了大約一百碼，他突然大罵：「那個騙子！竟然訛我們！向我們多收了十鎊錢！他知道我們別無選擇。老天，眞是可恨的猶太人！我立場應該要堅定一點。因爲二……」

「閉嘴！」她終於忍無可忍。

「不，說眞的，小薇，這簡直是搶劫嘛！」

瑞奇繼續抱怨。在克理科爾伍德劇院，他們等了十幾分鐘，叫到一輛計程車前往瑞奇可以暫用的公寓，就在城裡某處。他在另一張紙片上寫下那地方的地址。司機知道路，但表示有些路正在整修，必須繞路。瑞奇聽了之後，鼻子發出一聲不屑。小薇可以感覺到他正在想：*這也是騙錢的把戲*！計程車開得很慢，小薇一路上都很緊張。當她發覺司機沒在注意時，便打開那瓶阿斯匹靈，拿出三顆嚼碎，然後慢慢呑下。她不時用手摸摸下體，擔心紗布與衛生棉可能沒作用。

走近那棟屋子時，小薇並沒有看，她從來就不知道這屋子的精確位置；雖然後來她記得會經過海德公園，應該是位於貝爾格拉維亞的某條街上，有個有柱子的門廊，她記得這一點，因爲瑞奇得到地下室，向一名老婦拿他向朋友借的公寓鑰匙，當他跑到樓下敲門時，她閉上眼睛，靠在一根柱子上，雙手放在腹部想取暖。她的需求已經縮小、集中，只想找個地方可以獨處、靜止不動、保持溫暖。她聽到瑞奇正與那位女士用緊張的語氣開玩笑：「沒錯……我也該這麼說……不是嗎？」快點！她想。瑞奇氣呼呼地出現了，嘴裡不停詛咒，於是兩人便進了屋子。

那是位在最頂樓的公寓。樓梯窗戶沒有窗簾遮掩，因此只能以手電筒照路。她感覺大腿最上方有點溼，便開始認爲自己一定在流血：對她來說，隨著踏出的每一步，都可以感覺到更多溫熱的血液輕緩地釋出體外。最後，她確定血液一定沿著雙腳往下流，弄溼褲襪，流到鞋裡……當瑞奇手忙腳亂地用鑰匙開啓他不熟悉的門鎖時，小薇站著不動。之後，當他從一扇窗跑到另一扇窗去，沿路踢到了傢具，撞到了脛骨，碰到瓷器發出聲響，她又一次站立不動。

有東西掉下來，瑞奇邊彎腰撿拾邊詛咒時，她有氣無力地說：「看在老天的份上，別管這個房間了，先找找浴室吧！」

瑞奇不耐煩地回道：「若我知道在哪兒，我自然會去找。」

「你看不到嗎？」

「看不到，妳看得到嗎？」

「打開電燈，只要一下就好了。」

「哈伯大媽會從地下室跑來，消防員也會過來！只要開一下燈，就會讓他們都跑過來！」

兩年前，他曾經因爲打開燈而被罰了一英鎊，這讓他永世難忘。手電筒燈光四處亂射，小薇看到瑞奇移動，頭硬生生地撞到門框。

「唉喔！」

「你還好嗎？」

「妳覺得呢？該死！痛得要命！」

他揉揉額頭，更謹慎地往前走。當他開口說話時，聲音悶悶的，「浴室在這裡。我想浴室應該是沒安裝那個東西，等等……」小薇聽到砰的一聲，看來他又撞到頭了。接下來是簾子掛勾的聲音，然後是啪嗒一聲，再一聲。「喔，要命！」他大喊。沒電，需要幾枚硬幣：瑞奇於是回來找小薇，先找出自己的零錢，再翻找小薇的錢包，接著又笨手笨腳地走來走去，要找儀錶。

最後他將零錢放進去，燈馬上變亮。她痛苦地皺著眉往浴室走。當瑞奇看見她那麼小心翼翼地走路，便過來想幫忙攙扶，卻被小薇推了回去。

「走開，」她說，「走開！」

並未如她想像的流那麼多血，衛生棉上只有一點血跡；但紗布末端，之前是白色的，現在已經是暗紅色了。她用手指去摸，感覺好像比之前還鬆，又開始擔心紗布會跑進體內，消失不見。手上沾了一點血，起身要去洗手。望著浴缸，想像裡面放滿熱水，讓臀部的苦痛全浸泡釋出。但浴室很奇特又豪華，鋪有厚厚的乳白色地毯，還有看起來像是珍珠母貝的地磚。這讓她感覺自己很髒，還想到若要清理到不留一絲痕跡，那將會花費不少的工夫。全身開始發抖，忽然感到極疲倦。放下馬桶蓋，坐在馬桶蓋上，雙肘抵膝，臉埋在手中，外套和帽子都還沒脫下。

她在裡面待了很久，瑞奇過來敲門，問她是否還好。當她讓瑞奇進來時，瑞奇一直眨眼睛，緊張地往四周打量。

他攙扶她行走，剛才經過臥室，但沒正眼瞧它。現在看到這房間，跟浴室一樣，都裝潢得非比尋常。地毯上有一張虎皮，床上有緞織軟墊。很像一般人想像中的電影明星臥房，或像妓女、花花公子的住所。這整間公寓都一樣。客廳有一座鑲在牆壁裡的電壁爐，周圍用鉻板圍住。另外還有珍珠白顏色的電話，一座吧台，吧台裡擺了酒杯與酒瓶。牆上掛有幾張巴黎的照片，包括凱旋門、艾菲爾鐵塔，還有一張是桌上有酒瓶，愉快坐在露天咖啡館聊天的男男女女。

但所有東西摸起來都是冰冷的，都蒙上了一層灰塵。到處都有一堆堆的粉末，油漆塗料與石膏，一定是空襲時被震落的。房間有股潮溼、沒人居住的霉味。小薇發著抖，坐在最靠近爐火的一張扶手椅上。

「這是誰的公寓？」她問。

「沒人的，」瑞奇蹲在她身邊，玩弄著爐火控制裝置。「這是個樣品屋……我想……這裝置的一個零件不見了。」

「什麼？」

「這只是展示屋，」他回答，「只是讓人看的，若想買這裡的房子，房子看起來會是怎樣。這一間在戰爭前就已經裝修好了，現在沒人會有興趣的。」

「沒人住在這裡嗎？」

「有人會暫住。」

「什麼人？」

他來回轉動一個開關。「麥可的朋友，我跟妳說過了。他是房屋仲介，鑰匙還在他手上，他把鑰匙留給樓下的老婦人保管。若有假可休而沒地方去的話，就可以來這裡。」

她瞭解了，「這是讓你們帶女孩來的地方。」

他往上看，笑了出來。「不要這樣看我，我什麼都不知道！但這比旅館還好，不是嗎？」

「是嗎？」她笑不出來，「我認爲你知道，我認爲你一直都是帶著女孩到這裡來的。」

他又笑了，「我倒希望是這樣！我以前從沒來過這裡。」

「這只是你的一面之詞。」

「別傻了，妳剛才也看到我碰來撞去的，不是嗎？」他揉著額頭。

小薇的目光移到一旁，覺得自己非常可憐。「都一樣，」她淒涼地說，「每一次到最後都很不愉快，即使現在也一樣。」

他還在玩弄那個開關。「像什麼？什麼？」

「像這個。」她的聲音崩潰了。悲傷情緒的表露與一股強大的自憐感，讓她感到疲憊不堪，她又開始哭泣了。他離開火爐，站起身，朝她走來，笨拙地坐在她身旁，爲她摘下帽子，撫平她的頭髮，親吻著她。

「不要這樣，小薇。」

「我覺得好難過。」

「我瞭解。」

「不，你不瞭解。眞希望我死掉算了！」

「不要這麼說。想想看，若妳眞的死了，我會有什麼感覺。會痛嗎？」

「會。」

他壓低聲音，「過程很可怕嗎？」

她點點頭。瑞奇伸手過來，放在她腹部上。一開始她有點畏縮，但是瑞奇手心手指的溫暖與重量，讓她覺得情緒獲得安撫。於是，她將自己的雙手也放在瑞奇的手上緊緊握住。她記起了關於公牛的夢，便向瑞奇說了。

「公牛？」他問。

「德國公牛，牛角刺進我的身體。我想，那應該是伊恩芮先生……」

瑞奇笑了出來，「一進到裡面，我便知道他是個老色鬼，竟然弄痛了我的女友，眞是個可惡的傢伙！」

「不是他的錯。」她拿出手帕擤擤鼻子，「是你的錯。」

「我的錯！我喜歡這種說法！」他又親吻她，「若不是妳讓我神魂顚倒……」他用臉頰摩擦小薇的頭，放在她腹部的手開始感覺有點不同，於是移動了手指。「喔，小薇！」

小薇將他推開。「走開！」她忍不住笑著說，「對你可沒關係……」

「我很難過。」

「一想到……」她打了個冷顫。

瑞奇也在笑，「妳現在這麼說。等一、兩個禮拜之後，看妳會怎麼說。」

「一、兩個禮拜之後？你神經呀！一、兩年還差不多。」
「兩年？我會發瘋的，至少讓我有個希望，這刑罰比逃兵的懲罰還要長！」
她又笑了，然後喘氣搖頭，突然說不出話來。他們沈默地坐了一、兩分鐘。瑞奇用下巴和臉頰搓揉她的頭髮，然後親吻額頭。房間逐漸變得溫暖起來，腹部與背部的疼痛也已減輕，直到這種疼痛變成每次月經時都會感到的那種深沈卻一般的疼痛。但是，她感到全身無力。
最後，瑞奇站起來伸伸懶腰，看見酒吧，說想喝杯酒，便走過去挑了一瓶酒。當他打開酒瓶一聞之後，卻做了個鬼臉。「是攙了顏色的水！」他又試了另一瓶，「全都一樣。看！」盒子裡有香菸，卻是用厚紙板做的。「眞狡猾。我想我們只能將就點，喝這個吧！」
他拿出一小瓶白蘭地，打開瓶塞，遞給小薇。
小薇搖搖頭，「伊恩芮先生說，我應該喝深色麥酒。」
「若妳想喝，我等會兒再幫妳弄瓶深色麥酒。但現在先喝一口這個吧！」
因爲麻醉劑的關係，小薇整天都還沒進食：她啜飲一口，吞嚥時，感覺那液體順著喉嚨流到空虛的胃裡，就像火舌那麼溫暖。瑞奇也喝了一點，然後點燃一根菸。她無法抽菸，但菸的味道至少讓她不會覺得作嘔。我一定是好多了，她想。這時候，她才瞭解，我一定沒事。這念頭就像白蘭地一般擴散到全身。她閉上眼睛，現在只剩下那股疼痛的感覺了。但相較於其他事情，這將很容易應付。
瑞奇抽完菸後站了起來。小薇聽見他往洗手間走，之後又聽見他在臥室裡走來走去，看著外面的街道。街道很安靜，整棟房子很安靜。街道兩邊一定都是像這種無人居住的公寓。

當他走回來時，小薇幾乎快睡著了。他蹲在小薇身邊，撫摸她的臉龐。

「妳夠暖和嗎，小薇？妳摸起來很冷。」

「是嗎？我覺得還好。」

「妳想到床上躺一躺嗎？要我帶妳去嗎？」

她搖搖頭，無法開口說話，眼睛睜開，但立刻又閉上了，眼皮很沈重。瑞奇摸摸她額頭，將她外套領口拉得更緊。瑞奇踢掉鞋子，坐在地板上，將頭枕在她膝蓋上。「需要什麼，告訴我一聲就行了！」他說。

他們這樣坐了一個多小時，看起來很像一對結婚許久的夫妻。以前他們從未如此一起獨處而未做愛過。

大約半小時後，小薇突然動了一下，讓瑞奇嚇了一大跳。

「怎麼了？」他抬頭問道。

「什麼？」小薇神情困惑地反問。

「痛嗎？」

「什麼？」

他站起來。「妳臉色跟白紙一樣，該不會是生病了吧？」

她有一種奇怪的感覺，「我不知道，我想要再去上廁所。」她想站起來。

「我幫妳。」

他攙扶她到浴室。她的步伐比之前更緩慢，感覺自己的頭和身體好像要分開了；彷彿身體很短絀、厚實、笨拙，頭和身體只以極細的線連接。越往前走，腹部就越疼痛，覺得自己情況可能很不妙。等到坐上馬桶，她痛到幾乎無法伸直身子，只能彎腰捧腹。這疼痛很奇怪，有一點像經痛，又有點像肚子疼。她想可能是瀉肚子了，於是按壓肌肉，像是要小便一般；雙腿間有一種滑溜的感覺，接著便是有東西嘩啦地拍打著馬桶裡的水。她看看馬桶，是止血紗布，因吸收大量血液而潮溼變形，而血液還一直從體內流出，濃稠、黝黑，就像打結的焦油繩。

她大叫要瑞奇過來。他立刻跑過來，同時也被小薇的聲音搞得很害怕。

「老天！」看到馬桶裡的那堆東西後他這麼說，不禁往後退，臉色跟小薇一樣蒼白。「以前有這樣過嗎？」

「沒有。」小薇試圖用一疊衛生紙止血，血流得很快，手都沾到血，而且開始發抖，整顆心臟狂跳不已。小薇直喊：「止不住血！」

「用那東西止血吧！」瑞奇指指衛生棉。

「還是一直流出來，沒辦法止血。喔，瑞奇，我完全止不住呀！」

越害怕，血似乎就流得更快。一開始是黏稠的血漬與血塊，不久便是一般的血液，鮮紅得觸目驚心。血滴打在馬桶裡的衛生紙上，聽起就來像水槽裡的水聲。血也沾到馬桶座上、她的腿與手，到處都是。

「不該是這樣的吧？」瑞奇緊張地問。

「我不知道。」

「伊恩芮先生是怎麼說的？他說過會有這樣的現象嗎？」

「他說我可能會有一點出血。」

「一點？一點是多少？這是一點嗎？這不是一點，這是好幾噸！」

「是嗎？」

「難道不是嗎？」

「我不知道。」

「妳爲什麼不知道？正常出血時，情況是怎麼樣？」

「不是這樣，這流得到處都是！」

瑞奇用手摀住口，「妳一定有什麼辦法可以止血的！妳可以吃一些阿斯匹靈。」

「阿斯匹靈沒用吧？」

「總是個辦法呀！」

那是他們僅有的辦法。瑞奇在小薇外套口袋裡翻找，找到那瓶藥。小薇的手沾滿了血，無法觸摸任何東西。但她還是服下了三顆藥錠，跟之前一樣，嚼碎吞下；瑞奇餵她喝點白蘭地，然後自己喝下剩餘的酒。接著拉下沖水塞子，看著水沖進馬桶中。靜止後，水面清澈帶點粉紅，底部則是糖漿般的暗紅色，就像時髦的雞尾酒。血立刻又開始流出來了，在水裡打轉擴散。

瑞奇對著衛生棉點頭說：「妳不認為如果用那東西來止血……」

小薇搖頭以對，由於太過驚恐而說不出話來，然後扯下一張張衛生紙企圖止血，衛生紙在幾分鐘內還蠻有效的，她也比較鎮靜些；但就像紗布一樣，最後還是掉了下來。瑞奇再試一次，拿更多的衛生紙用手蓋住她的手，放好衛生紙。但紙張還是掉了下來，血也流得更快了。

兩人的情緒已接近崩潰，最後決定由瑞奇打電話給伊恩芮先生詢問意見，於是他跑到客廳；小薇聽見那隻珍珠白電話小而清脆的鈴聲，但瑞奇卻發出一陣嘶吼，是一種沮喪絕望的喊叫。回來時，只見他步履蹣跚，忙著穿鞋子。原來電話不能用，電話線約有三呎長，之後便沒了。就與那些酒瓶裡加了顏色的水一樣，也與厚紙板香菸一樣，都只是樣品。

他說：「我必須找個公共電話亭，我們一路走來時，妳看到哪裡有電話亭嗎？」

一想到瑞奇要離開，就讓她非常害怕。「不要走！」

「還在流嗎？」瑞奇看著小薇的下體，滿嘴不停詛咒，同時將手搭在小薇肩上，說道：「聽著，我要到樓下找那位大媽。她應該知道哪裡有電話。」

「實情你會跟她說嗎？」

「我只會跟她說我要用電話。」

「就說……」小薇拉著他，「就說我流產了，瑞奇。」

他停下來，「應該這麼說嗎？若我這麼說了，她一定會上樓來，還會請醫生過來。」

「或許我們應該請醫生來，不是嗎？伊恩芮先生說……」

「醫生？天哪，小薇，我沒料到會變成這樣。」瑞奇的手從小薇手中抽出來，然後拽著自己的頭髮。小薇從他臉上的表情，可以想見他心裡正在考慮錢的事，或者這件事會引發的騷動。這讓小薇又開始哭泣了。「不要哭！」瑞奇吼道。有那麼一會兒，瑞奇彷彿也快哭了出來。「醫師看得出來，對吧？醫師檢查之後，應該就會知道吧？」

「我管不了那麼多了！」她說。

「說不定他會找警察過來，小薇。他會要我們的名字！會要知道我們之間的一切！」聲音聽起來很緊張。瑞奇猶豫地站在那兒，想找出另一個辦法。接著，小薇感到另外一陣劇烈疼痛，猛然張嘴吸氣，緊緊抓住自己的腹部。瑞奇見狀立刻說：「好的，好的。」

他迅速轉身離開。公寓門發出砰的一聲，接下來，就什麼也沒聽見了。小薇的額頭與上唇因流汗而濡濕，她用袖子拭汗。再次沖了廁所，轉過身去，伸手到水槽洗手，便將手上的金色戒指取下，因爲戒指太鬆了。水槽看起來像是刷過鮮紅色的油漆，她拿幾張衛生紙要擦拭水槽，擦拭馬桶座以及馬桶邊緣。接著，她看見地毯上的一些血跡，便將身子傾往血跡的方向，只覺得一陣頭暈，浴室地板似乎傾斜了。於是，她伸手想要扶住牆壁，卻在一片珍珠母貝瓷磚上留下一抹粉紅色血漬；她慢慢爬起來，坐著不動，雙手抱頭。若坐著不動，血便不會流得那麼快……她很想躺下，她記得伊恩芮先生說過她要待在床上的。但她不想站起來，擔心會把乳白色的地毯弄髒，她閉上眼睛輕聲數數。一、二、三、四；不斷地數，一、二、三、四；一、二、三、四……

我快要死了！她心想。突然間，她想要見父親。要是父親在這裡就好了！接著，她想像著父親走進來時看見這麼多血的樣子……她又開始哭泣了。她身子坐挺，頭靠在牆上，低聲啜泣，聲音非常微弱，就像因爲疼痛而發出的幽咽。

瑞奇回來時，她還是坐在那兒低泣。那個老婦人跟在他身後一起進來，穿著睡衣與睡袍，但外面還罩了一件外套，戴上帽子，腳上套了橡膠鞋套。這可能是空襲警報一響時，她準備要穿的衣著。老婦人因爲爬了這麼多階的樓梯而氣喘吁吁，嘴裡沒戴假牙，拿出一條手帕在擦臉。但是當她看見小薇的狀況時，便任手帕掉落地面。她立刻走到小薇身邊，用手摸摸小薇的額頭，然後打開小薇的雙腿，查看下體的情況。

一會兒後，她轉身告訴瑞奇：「老天！」她口齒不清不楚，因爲沒戴假牙，「你在想什麼，要叫醫師？她需要救護車！」

「救護車？」瑞奇驚恐地說，「確定嗎？」說著往後退，老婦人不是已經在這裡了嗎？

「你聽見我說的話了，」那老婦說，「看看她的臉色！她已經流掉一半的血了。醫生不會把那些血再輸回給她吧？」然後又摸摸小薇的額頭，「老天保佑……快去！你在等什麼？如果你在警報響起前打電話，救護車很快就會來了。通知他們動作要快！跟他們說這攸關生死！」

瑞奇轉身快跑。

老婦脫下外套說道：「現在，親愛的，妳要這麼坐著，讓血就這樣不斷流出來嗎？」她顫抖的手放在小薇肩上，「妳不認爲妳應該躺下嗎？」

小薇搖搖頭，「我要待在這裡。」

「好吧！但我要把妳抬高一點……就這樣，妳知道怎麼回事。」

浴室裡有只有一條毛巾，跟地毯一樣，是乳白色的。小薇不想用這條毛巾，但老婦迅速從毛巾架上一把抓來折好；先讓小薇站起來，再放下馬桶蓋，毛巾放在蓋子上面。「親愛的，妳就坐在那上面。」她邊說邊攙扶小薇坐下，「就是這樣，最好也脫下妳的褲子，好嗎？」她彎下腰，笨拙地撫弄小薇的膝蓋，抬高她的腳。「這樣好多了。讓妳的男人看見妳內褲放到腳踝不好看，對吧？至少我認爲這樣不好看，好了，以前我在妳這年紀時，幾乎很少穿內褲。妳看，我們有裙子，可以讓我們維持適當的儀態，妳不會相信當時我穿的裙子有多長。好的，沒關係，我很快便可以幫妳整理儀容，讓妳看起來又像個高貴的皇后了。妳頭髮眞漂亮，爲什麼妳沒有……？」

她繼續口齒不清喋喋不休說了許多言不及義的話；她讓小薇靠在她身上，用她那粗硬、平頓的手指，撫摸輕拍小薇的頭。但小薇可以察覺到，老婦人自己也很害怕。

「還在流嗎？」她會不時地問，同時往小薇下體的毛巾看。「嗯，像妳這樣的年輕人，流這點血還可以挺得住。大家都這麼說，不是嗎？」

小薇的眼睛是閉上的，她清楚知道老婦人在喃喃自語，但開始讓自己更堅強一些，將注意力集中在正流出體外的血液上，試圖延緩血液流動的速度，留住血液，用意志力讓血液流回去，內心恐懼的感覺在黑色的滔滔巨浪中起起伏伏。因爲有時候，在感覺上，血液似乎停止流動了約一分鐘，那時她便會變得很鎭靜；但有時雙腿間又會出現一小股血流，這又讓她驚恐萬分。而且，她也被自己狂亂的心跳搞得很恐慌，因爲她知道，這樣會讓血液流得更快。

她聽到瑞奇返回的聲音。

「你請他們過來了嗎？」老婦人大喊。

「有，」瑞奇上氣不接下氣地回答，「有，他們已經出發了！」

他站在浴室門口，臉色灰白，啃著自己的指甲，被那老婦人的氣勢震懾到不敢進來。真的好希望他可以過來握著我的手，小薇心想，真的好希望他可以摟著我……但他只是與她四目相接，擺出一些無助的手勢，像是攤開雙手，搖搖頭，只是張嘴無聲地說：「我很抱歉，我很抱歉。」便走開了。小薇聽見他點燃香菸的聲音，還聽到窗簾掛鉤碰撞的聲音，她知道瑞奇一定是站在臥房窗戶往外看。

似乎又開始滲血了，體內的疼痛撕扯著她，痛楚如握住刀刃的拳頭；她閉上雙眼，又被拋回驚恐的情緒之中。疼痛與惶恐是全然的黑暗、無止無盡，如同她又在伊恩芮先生診所戴上面罩進行麻醉，世界匆匆前進而她卻滑落世界之外……她感覺到老婦人粗硬的手，以畫小圈的方式，按摩著她的肩膀與背部。她聽見瑞奇大喊：「來了！」但在那一刻，她無法想像，那是什麼意思。她以爲跟他拉開窗簾有關。過了一到兩分鐘，她睜開眼睛看見穿著長褲短外套、頭戴錫帽的救護人員時，她以爲他們是一名空襲警戒員和一名男孩，上來抱怨他們沒確實作好燈火管制。

但那男孩在笑，笑聲很沙啞，卻又像女孩般輕盈。他說：「我喜歡這張虎皮地毯，但半夜裡會不會讓妳嚇一跳？我很擔心經過時，牠會突然跳起來咬我！」檢查小薇坐的那條毛巾之後，男孩的微笑這才消失，但臉色依然和善，只見毛巾都已經完全溼透了、染紅了。男孩將手放在小薇額頭上，然後跟另外那個男子靜靜地說：「皮膚又溼又冷。」

「我無法止血。」小薇喃喃說道。

那個男子蹲在小薇面前，捲起小薇的袖子，還在小薇手臂上綁了一條橡皮帶，然後迅速用橡膠氣球打氣，看看血壓計上的數值，皺起眉頭，摸摸小薇的大腿，跟之前那男孩一樣，看了一眼臀部底下的毛巾，這時的小薇早已不會覺得不好意思了。他問：「這樣流已經有多久了？」

小薇虛弱地回答：「我不知道。」她想，瑞奇在哪兒？瑞奇會知道的。「大約一小時吧！」

那男子點著頭，冷靜、安慰地說：「看來，妳已經大量失血了。我們會盡快帶妳到醫院去，好嗎？」她想靠在他臂彎裡。他仍蹲在小薇面前，將綁帶與氣球收起進袋子裡。他手腳很快，但在站起來之前，又看了小薇，溫柔地問：「妳叫什麼名字？」

「皮爾斯，」小薇想都沒想，便回答。「薇薇安．皮爾斯。」

「妳懷孕多久了，皮爾斯太太？」

但現在她明白她做了什麼。她說出的是薇薇安．皮爾斯，但她應該要說的是瑪格莉特．哈里遜才對。她再度尋找瑞奇的身影。那男子摸著她的膝蓋。

「我很同情妳的情況，」他說，「妳運氣不好，但現在我們必須讓妳的情況好轉，我的朋友卡麥可小姐和我將要抬妳下樓。」

她仍舊在尋找瑞奇的身影，無法專心聽他說話。當他說出卡麥可小姐時，她還以爲指的是那個老婦人。後來，他和那男孩在說其他事時，兩人彼此互稱對方爲「凱」和「米琪」，小薇這才驚訝地瞭解，這兩個人根本不是男人，而是留著短頭髮的女人……她之前對他們的信心，被呵護感與安全感，全都消失殆盡，她開始發抖。這兩人似乎以爲她在發冷，便用條毛毯蓋著她。她們帶了一張帆布折椅，將她用皮帶固定在椅子上，開始將她抬出浴室。她們經過那張虎皮地毯，穿越客廳，經過吧台與那些巴黎照片，來到沒有燈光的階梯。每次轉彎時，小薇都以爲會掉下去。「很對不起，」她虛弱地說了好幾次，「很對不起！」

她們開玩笑地責怪小薇，要她不用擔心。

「眞希望可以讓妳看看我們抬的那些大個子！」那個較男孩子氣的米琪笑著說，「我們以後要當鋼琴搬運工。」

老婦人走在她們前面，警告她們較難走的階梯，還幫她們打開前門扶著門，讓她們通過，然後快步走到庭園，再幫她們扶著庭園的大門。救護車就停在外面，在皎潔的月色下，灰色黯淡的車身似乎漂浮在漆黑街道的地表上。凱與米琪放下小薇之後，打開車門。

「我們要將妳平放，」米琪說，「我們認爲這樣可以減緩血流的速度，我們要抬了。」

她們將她抬進去，幫她從椅子上站起來，讓她躺在病床上，但她還是一直發抖，好像很冷，血仍然一直滲出。現在，她連呼吸都有點困難，似乎她才跟人比賽跑步。她聽見凱跟米琪說米琪可以開車，凱可以待在後面；之後，當凱爬進車內時，病床稍微傾斜了一點。小薇往上看，尋找瑞奇的身影，要凱讓瑞奇坐在自己身邊，握住她的手。救護車的一扇門已經關上，那名老婦人就站在另一扇門的外面，用她那含糊不清的聲音，大聲地告訴小薇說不要害怕，醫師很快就會幫她治好的……然後往後站開。米琪抓住那扇開著的車門，正要關上。

小薇掙扎著坐了起來，問道：「等等，瑞奇在哪兒？」

「瑞奇？」凱反問。

「她丈夫！」那老婦人說，「老天，我完全忘記他了，我看見他溜走……」

「瑞奇！」小薇大喊，情緒越來越狂亂，開始要扯掉臀部上固定她的皮帶。「瑞奇！」

「他在裡面嗎？」凱問。

「大概不在吧！」米琪回答，「要我去看看嗎？」

小薇還在掙扎，要掙脫皮帶。

「好，」凱回覆，「但要快點。」

米琪立刻去找。幾分鐘後，氣喘吁吁地回來了，將錫帽帽沿往上推，頭探進救護車。

「沒有人，」她說，「我都找遍了。」

凱點點頭，「好，我們走吧！他可以在醫院找到她。」

「但他剛剛在那裡，」小薇呼吸急促地說，「妳一定沒看見……這麼黑……」

「裡面沒有人，」米琪又說了，「我很遺憾。」

「眞的很遺憾！」那老婦人也激動地說。

小薇往後躺，覺得非常虛弱，無法言語。她忍著眼淚，想到瑞奇說過：「醫師看得出來，對吧？他會要我們的名字！會要知道我們之間的一切！」她想起了瑞奇站在浴室門口，張開嘴無聲地說：「我很抱歉……」

她閉上眼睛。車門砰的一聲關上了，一會兒後，救護車便發動離開。引擎很大聲，她覺得自己的頭彷彿就在引擎旁邊，而且感覺好像是被困在船艙裡。她聽見凱的聲音，就在她臉部上方，靠得很近。「好的，皮爾斯太太。」她正在忙著處理一件事——填寫標籤，將標籤固定在小薇的領子上。「勇敢一點，皮爾斯太太……」

小薇可憐地回應她：「不要叫我太太。瑞奇告訴老婦人的並不是眞的，他不是我丈夫，我們只是必須在伊恩芮先生面前這麼說……」

「沒關係！」凱說。

「我們說我們姓哈里遜，那是瑞奇母親娘家的姓。妳到醫院一定要說是哈里遜，好嗎？妳一定要說我是哈里遜太太，即使醫師檢查後看得出來，但這對結了婚的女人影響比較小，對吧？」

「別擔心！」凱摸著小薇的手腕，在測量脈搏。

「若是結了婚的女人，他們便不會叫警察了，對不對？」

「妳弄糊塗了。叫警察？他們幹嘛要這麼做？」

「這是犯法的，不是嗎？」小薇說。

她看見凱露出微笑，說道：「因爲生病嗎？不會的。」

「我是說，墮胎。」

救護車在駛過破碎的路面時，連續顚簸了好幾次。凱驚問：「什麼？」

小薇不想回答。每次的顛簸震動，她都可以感覺到更多的血液被甩出體外，於是閉上眼睛。

「薇薇安，」凱問，「妳做了什麼？」

「我們去找了一個人，」小薇終於開口，喘了一口氣。「一位牙醫。」

「他對妳做了什麼？」

「他幫我麻醉，一開始還好，但他在我體內放紗布，紗布跑了出來，那時便開始流血了。在那之前，一切都還好。」

凱往前敲敲駕駛座的隔板。「米琪！」救護車慢了下來，最後停住，可以聽見逐漸降低的煞車聲。小薇頭部上方的玻璃拉門前，出現了米琪的臉。

「她沒事吧？」

「事情跟我們想的不一樣，」凱說，「她去找過一個人，要命的牙醫，牙醫幫她墮胎。」

「喔，糟糕！」米琪很吃驚。

「她還在出血。他可能……我不知道……他可能弄破了子宮壁。」

「好的，」米琪轉過身去，「我會盡量快。」

「等等！」凱喊道，米琪立刻轉回來。「她在擔心警察。」

小薇看著她們，又將自己撐起來。「絕對不能有警察！」她說，「絕對不能有警察或報社記者，絕對不能讓我父親知道！」

「若妳父親知道妳的情況有多嚴重，」米琪說，「他就不會介意……」

「她還沒結婚！」凱說。

這時，小薇又開始放聲大哭了。「不要說出來，」她說，「喔，求求妳，不要說出來！」

她看見米琪看著凱。「若破裂的話，她可能……該死！可能會有敗血症，不是嗎？」

「我不知道，但我想是的。」

「求求妳，」小薇急著說，「只要跟他們說我流產就好了！」

米琪搖搖頭，「這太危險了。」

「求求妳，什麼都別跟他們說，就說是在街上發現我的。」

「他們終究會知道的！」米琪回答。

但小薇看見凱在思考，然後說：「他們可能不會知道。」

米琪則回道：「不行，我們無法冒這個險。凱，看在老天的份上吧！她很可能……」她看著小薇，「她可能會喪生！」

「我不在乎！」

「凱！」凱沒回答，米琪便轉過身去。救護車啓動後駛離，跑得比之前更快。

小薇往後沈沈地躺下，現在不覺得有那麼顛頗了，只覺得身體懸在半空中。她想，在流了這麼多血之後，她一定開始漂浮起來了。她幾乎沒注意到凱在她領口的標籤上又寫上一些字，在她外套口袋裡翻找東西。之後，她感覺有人捏著她的手指。凱抓著她的手，又濕又黏。小薇則抓得更緊，希望自己不要飄走。她睜開眼睛，深深望著凱的臉龐，凝視著凱，彷彿以前從來沒有注視過任何一張臉，彷彿定神凝望便可以不讓凱飄走。

「就快到了，薇薇安！」凱一遍又一遍地說，「要勇敢，很好，我們就快到了。」

又過了一會兒，救護車轉個彎後便停了下來。門閂打開後，車門大開。米琪爬了進去，後面出現另一個人，是個頭戴白帽的護士，護士帽在月光的照耀下，明亮且畸形。

「又是妳，藍格希！」那護士說，「嗯，今晚帶了什麼過來？」

凱看著米琪，但手還是握著小薇的手。當米琪要開口說話時，凱便搶先說了。

「流產，」凱肯定地說，「流產，有併發症。我們認為這位女士，哈里遜太太，重重跌了一跤，流了很多血，意識有點不清楚。」

護士點點頭，回道：「好的，」然後對一名搬運工人說：「你！對，就是你！快推一部車過來！快去！」

米琪低著頭，什麼也沒說，表情嚴肅地開始解開將小薇固定在病鋪上的皮帶。「沒關係，薇薇安，」米琪解開後，凱這麼說。「沒關係。」

小薇仍抓住凱的手。「沒關係？妳確定嗎？」

「我確定，」凱說，「現在我們必須抬妳下來，但先仔細聽我說。」她正以快速匆忙的語氣輕聲說著，並先往身後瞥了一瞥，再輕碰小薇的臉龐。「妳在聽嗎？看著我……關於妳的卡片與配給簿，薇薇安，我在妳外套內襯撕了一個洞。妳就說卡片與配給簿在妳跌倒時掉了。好嗎？妳瞭解我說的話嗎，薇薇安？」

小薇瞭解，但心思卻似乎在另一件更重要的事情上。她感覺自己的手從凱的手中放掉，手指裡好像有針似的。手指表面溼黏又冰冷，而且感覺空空的……

「戒指！」小薇叫道，現在她感覺嘴唇裡似乎有針。「我的戒指掉了。我掉了……」其實她沒有丟掉戒指，現在記起來了。她取下戒指，要洗掉戒指下的血跡，所以就留在那間豪華的浴室裡，在洗手槽上，在水龍頭旁。

她驚恐地看著凱。凱說：「沒關係，薇薇安。這跟其他事情不一樣。」

「推車來了！」米琪尖叫道。

小薇試圖起身，「戒指，」說話時，呼吸又開始變得侷促。「瑞奇給我的那個戒指。我們戴著它，讓伊恩芮先生以爲……」

「小薇，小聲點！」凱趕忙說，「小薇，小聲點！戒指不要緊的。」

「我得回去。」

「不行，」米琪說，「凱，眞是要命！」

「怎麼了？」那個護士在一旁問。

「我必須回去！」小薇開始掙扎，「讓我回去拿我的戒指！沒有戒指不行……」

「妳的戒指在這裡！」凱突然說，「看，這是妳的戒指。」

凱將手從小薇的手中抽回，雙手放在一起，轉動一下，便拿下一枚小金環，然後動作快速敏捷，似是在變魔術一般。

「妳幫我帶來了嗎？」小薇驚喜不已、如釋重負地問道。

凱點頭回應：「是的。」然後拉起小薇的手，將戒指套進手指上。

「感覺上有點不一樣。」

「那是因爲妳生病了。」

「是嗎？」

「當然，千萬別忘了其他的事！把手搭在我肩膀上。抓牢，好女孩！」

小薇感覺自己被抬起來，不久便在冷風中移動……當凱最後一次拉著她的手時，她發覺自己幾乎無法回應凱的手勁。她無法說話，連謝謝或再見都無法開口說出來，只是閉上了眼睛。當她被推到醫院大廳裡時，警報聲開始大作。

海倫在茱莉亞座落於麥坎博廣場的公寓聽到警報聲，轟隆的爆裂聲幾乎立即傳散開來。她想到凱，抬起頭問道：「妳認爲是在哪兒？」

茱莉亞聳聳肩，起身去拿香菸，正從一包菸裡掏菸。「可能是克爾本吧？無法判斷。上禮拜我聽到轟隆一聲，非常肯定是在尤斯頓路，但實際遭轟炸的地點卻是在肯特什城。」茱莉亞走到窗旁拉起窗簾，眼睛湊在灰色滑石板的一條小隙縫上。「妳應該過來看月亮，」她說，「今晚的月亮非常不一樣。」

但海倫還在仔細傾聽爆炸聲。「又有一個，」她畏懼地說，「別那麼靠近窗戶，好嗎？」

「這窗戶沒有玻璃。」

「我知道，但是……」她伸出手，「總之，過來吧！」

茱莉亞放下窗簾，「等等！」她走向壁爐，用一張紙捻在燃燒的煤炭上點火，將香菸點燃，接著挺起身子，吸了一口菸，仰起頭，享受菸草的滋味。她幾乎是赤身裸體，重心放在一腳，臀部一邊翹起：在火光照耀下，顯得輕鬆，一點也不羞怯，彷彿是站在一幅精緻華美的維多利亞繪畫中、描繪古希臘時代的水池旁。

海倫靜靜地躺著，凝望著她。「妳跟妳的名字很相稱。」聲音很輕柔。

「我的名字？」

「茱莉亞，史坦丁。我老是會想在中間放個逗號，以前沒有人這麼跟妳說嗎？妳看起來就像是妳自己的畫像……過來，妳會著涼的。」

但那房間的縫隙都塞得很好，幾乎感受不到一私寒意。茱莉亞將手放在額頭上，撫平糾結纏繞的頭髮，然後慢慢走回長椅，滑進毛毯底下。她將毛毯蓋在腰際，手枕在腦後，與海倫共抽一根菸，她讓海倫把菸放在她嘴裡，抽了一口後，再將菸拿走。抽完了菸，她閉上眼睛。海倫仔細看著她呼吸時，上下起伏的胸脯與腹部；此時，她喉頭底部感到一陣輕微的顫動。

現在傳來另外一陣空洞的轟隆，是遠處的另一場爆炸、槍炮發射，可能是飛機的嗡嗡聲。茱莉亞公寓樓上那個波蘭人，不安地來回踱步。從木地板發出的吱吱聲響，海倫可以察覺他前後走動的路徑。樓下房間正在播放收音機，還有人在撥弄壁爐煤炭時那種嗶嗶剝剝的迴音。海倫對那些聲音已經很熟悉了，這與她現在見到與觸摸到茱莉亞的被毯、枕頭、不相稱傢具時，覺得越來越熟悉的感覺一樣。三星期以來，她就這樣躺在這裡，大概有六或七次了。跟之前一樣，她對自己說：那些人不知道我和茱莉亞在這裡，全身赤裸地躺在對方的懷裡……這似乎令人難以置信。她覺得自己無所遁形，暴露在想看個究竟的眼光下，如休眠神經上的肌肉已經脫落、被剝開。

海倫心想，她以後絕不會在地板上走來走去、絕不會將收音機打開、絕不會用火鉗撥動壁爐裡的火——絕不會做任何事情，而不去想到鄰近房間可能有躺在對方懷裡的情人。

她把手放在茱莉亞的鎖骨上，並非放在皮膚上，而是離皮膚約一吋的懸空處。

「妳在做什麼？」茱莉亞閉著眼睛問。

「我在探測妳，」海倫回答，「我可以感覺到妳的體溫正在上升，可以感覺到妳的生命力。我知道妳皮膚哪裡比較白，哪裡比較黃。我知道妳皮膚哪裡有斑點，哪裡沒有。」

茱莉亞抓住她的手指，「妳瘋了！」

「爲愛而瘋。」海倫說。

「這聽起來像書名，像是伊里諾・格林[1]或依索・戴爾的書。」

[1] 譯註：伊里諾・格林（Elinor Glyn），英國小說及劇作家，是推展大眾女性情色小說的先驅者，以描寫奢豪場景與不可置信的浪漫情節而聞名。依索・戴爾（Ethel M. Dell, 1881~1939），英國暢銷浪漫激情小說作家，小說場景大都發生於印度與當時的英國殖民地。

「妳不覺得有點瘋狂嗎，茱莉亞？」

茱莉亞想了一想，「我覺得好像被人射了一箭。」

「只是被箭射到？我覺得我被捕鯨叉射中了。或者……不，捕鯨叉太殘忍了。我覺得我胸口突然被插進一根小鉤……」

「小鉤？」

「鈕釦鉤，或是更細的東西。」

「鈕釦鉤？」

海倫笑著回答：「鈕釦鉤，沒錯。」因爲聽到茱莉亞說的話之後，她心中浮現一個鮮明的影像——可能是她童年的經驗——一枚黯淡的銀製鈕釦鉤，在珍珠母製的把柄上有個小缺口。她將手放在她認爲是心臟的位置，說道：「我感覺到一枚鈕釦鉤插進了胸口，而心臟也一絲一絲地被抽走了。」

「聽起來很可怕，妳這女孩眞是病態。」茱莉亞抓起海倫的手親吻，然後攤平手指，仔細檢視海倫的指尖。「妳的指甲眞小，小指甲，小牙齒。」茱莉亞含糊地說。

雖然燈光昏暗，海倫卻開始覺得有些不自在。「不要看我！」她說著將手抽回。

「爲什麼不行？」

「我……我不值得。」

茱莉亞笑了，「妳眞是個傻瓜！」

兩人閉上眼睛，海倫一定快睡著了，模糊地感覺到茱莉亞起身穿上睡袍，到走廊上廁所。但是她陷入了荒謬的夢境裡，茱莉亞回來將門關上時，她才醒來。

「現在幾點了？」海倫拿起茱莉亞的鬧鐘，「天啊，十二點四十五了！我必須走了。」她揉揉臉，又往後躺下。

「待到一點吧！」茱莉亞說。

「十五分鐘，這有什麼好處？」

「那我跟妳一起走，陪妳走回公寓。」

海倫搖搖頭。

「讓我陪妳走，」茱莉亞說，「我寧願走路而不想留在這裡，妳知道的。」

茱莉亞開始穿衣，衣服都在地板上揪成一堆。她彎腰撿起胸罩與內褲，穿上長褲，套上一件女性襯衫，扣鈕釦時，收起下巴，眉頭深鎖，站在鏡子前，撫平自己的臉龐。

海倫跟之前一樣，躺著看茱莉亞穿衣服。茱莉亞竟然會讓海倫如此端詳她的美貌，似乎很不可思議。一小時前，茱莉亞躺在她懷裡，張開嘴，打開腿，迎向海倫的嘴唇、舌頭與手指，這非常美妙，幾乎讓人有點害怕。現在，海倫如果站起來走向她，她似乎不會讓海倫親吻……

茱莉亞發現海倫的目光，便端起微笑，滿臉假裝的詫異。

「妳看我看不煩嗎？」

海倫垂下眼睛，「我沒在看，眞的。」

「若妳是男人，而我在換衣服，便會請妳離開。我會想在妳面前保持神秘。」

「我不要謎樣的妳，」海倫說，「我要知道妳的全部。」接著，語氣有些傷心。「茱莉亞，妳爲何那麼說呢？妳寧願要的是男人嗎？」

茱莉亞搖搖頭，往鏡子靠，撅起嘴，塗口紅。「男人對我沒用，」她漫不經心地說著，同時抿抿唇。「男人跟我和不來。」

「只有跟女人才和得來？」海倫問。

只跟妳和得來，這才是她要茱莉亞說出口的話。但茱莉亞什麼也沒說，現在正用梳子梳理頭髮，仔細端詳自己的臉。海倫別過臉去。她心想，我到底是怎麼了？因爲她發覺自己竟然忌妒茱莉亞鏡子裡的影像，忌妒茱莉亞的衣服，忌妒茱莉亞臉上的化妝品！

接著，她想到了其他的事：凱對我的感覺也是這樣嗎？

她臉上一定顯露了這個想法，因爲再次轉過身時，她看見茱莉亞正從鏡裡看著她。茱莉亞梳頭梳到一半，梳子還在腦袋上，雙手還高舉著，問道：「妳還好吧？」

海倫點頭，接著又搖頭。茱莉亞放下梳子，走向海倫，伸手攬著她的雙肩。

海倫閉上眼睛，靜靜地說：「這件事是個可怕的錯誤，不是嗎？」

過了一會兒，茱莉亞才回答：「剛才的一切都是可怕的錯誤。」

「但這更糟糕，因爲我們或許可以糾正這個錯誤。」

「可以嗎？」

「我們可以……停止見面，可以……回到以前的樣子。」

「妳可以停止見面嗎？」

「爲了凱，」海倫勉強地說，「也許可以。」

茱莉亞說：「但是，大錯可能早已鑄成了。在這件事之前，早已鑄成了。在我們做出任何事情之前，錯誤幾乎就已經造成了。錯誤發生在……是在什麼時候發生的？」

海倫抬起頭，「妳帶我到布萊斯頓廣場那棟房子的那天就發生了，或更早之前，妳請我喝茶那次。我們站在太陽下，妳閉上眼睛，我看著妳的臉時……我想，那時候就發生了，茱莉亞。」

兩人沈默不語，看著對方，然後又靠近親吻。茱莉亞的吻與凱的很不一樣，而海倫還沒適應這些不同之處，還未適應茱莉亞雙唇帶來的相對奇異感、雙唇的柔軟、她口紅的乾澀拉力與她舌頭的試探性力道。但是，那種奇異感讓她很興奮。她們親吻的雙唇沒對得很準，很快就潮溼了。兩人靠得更緊，茱莉亞的手在海倫的乳房上撫摸，將手指縮回，再次撫摸後又縮回，又再一次；直到海倫感覺自己的肌肉似乎隨著茱莉亞的觸摸而膨脹緊繃。

她們任自己笨拙地往後躺，陷入皺成一團的毯子上。茱莉亞將手放在海倫雙腿間，然後溫柔地說：「天哪！妳好濕！我無法……我感覺不到妳！」

「妳的手指快放進我體內！」海倫悄聲說，「往我體內推，茱莉亞！」

茱莉亞往前推，海倫抬起翹臀，自行扭動來迎合茱莉亞的動作。海倫喘口氣說：「妳現在可以感覺到我了嗎？」

位。

「可以，現在我感覺到妳了！」茱莉亞說，「我可以感覺到妳緊夾著我，眞神奇……」

她應該是將四根手指放進海倫體內，深度直達關節，而外面的拇指正搓揉著海倫那腫脹的部位。海倫的臀部上下蠕動，用力往茱莉亞的方向推。赤裸背部下的毛毯感覺很粗糙，海倫除了感覺到下體的力道之外，還可以感覺到茱莉亞那乾燥、穿著長褲的大腿挺進她那赤裸潮溼的大腿，也可以勉強感覺到幾處的不適——茱莉亞的皮帶扣、襯衫鈕釦、手錶皮帶，都在摩擦著她……她以雙手就枕，有那麼一絲絲的希望茱莉亞可以將她綁起來，讓她無法動彈：她要向茱莉亞屈服，要茱莉亞讓她全身都是淤青和傷痕。茱莉亞開始很困難地往她體內推，她很喜歡這種感覺。她知道自己越來越僵硬，好似被緊縮的繩索拉扯一般。

她抬起頭，再次親吻茱莉，還對著茱莉亞的嘴裡喊叫，同時更用力地靠上嘴唇和臉頰。

「噓！」茱莉亞邊激動地往前推擠邊說，她想到這附近公寓裡的人。「噓，海倫！噓！」

「抱歉。」海倫氣喘噓噓地說，然後又再度叫喊。

這跟她們以前隨意的做愛完全不同。激情過後，海倫躺著，覺得很震撼，被逞罰，好像才剛剛吵完架。當她起身時，發覺自己在發抖；走到鏡子前，發現嘴唇四周都佈滿了茱莉亞的口紅，嘴唇腫大，彷佛遭人毆打。接著又走到火光照亮處，看到自己大腿和乳房都佈滿了被茱莉亞衣服磨蹭的痕跡，像出疹子似的。剛才茱莉亞用力推向她時，這就是她所要的，但現在這些痕跡卻荒謬地令她惱怒，於是碰碰撞撞地在房間裡走來走去，撿拾衣服穿回身上，似乎有一種歇斯底里的感覺正在體內聚集。

茱莉亞在廚房洗手漱口。當她回來時，海倫站在她面前，口氣不穩地說：「看看我的樣子，茱莉亞！我要如何向凱隱瞞這些痕跡？」

茱莉亞皺起眉頭，「妳是怎麼回事？說話聲音可以小一點嗎？」

那些話對她而言就像迎面而來的一巴掌。海倫坐下，將頭埋在手中。

「妳對我做了什麼，茱莉亞？」最後，她終於開口，但仍顫抖不已。「妳對我做了什麼？我不認識我自己了。我以前很厭惡那些做出剛才我們那種行爲的人。以前我認爲他們很殘忍、很草率，或是很膽怯，但我不想對凱如此殘忍。我這麼做，似乎是因爲我太在意了！我的意思是說，我太在意她，也太在意妳了。可能是這這樣嗎，茱莉亞？」

茱莉亞沒有回答。海倫抬頭看了一眼，隨即又低下頭去，用手掌按壓自己的眼睛，告訴自己絕對不能哭，因爲哭泣只會留下更多痕跡。「最糟的是，」她繼續說，「妳知道這件事情最糟的是什麼嗎？就是我跟凱在一起時，我很傷心。因爲她不是妳；而她看我很傷心，卻不知道是怎麼回事，她會來安慰我！她來安慰我，我也讓她這麼做！我讓她安慰因爲想要妳而傷心的我！」

海倫說完開始發笑，但笑聲聽起來很可怕，然後放下雙手說：「我無法繼續這麼做，」語氣比較穩定一些，「我必須告訴她，茱莉亞。但我很害怕，我害怕她會變成什麼樣子。應該是妳，茱莉亞！那個人應該是妳！以前她愛的人是妳，而現在……」她搖搖頭，無法繼續說下去。

只見她伸手往裙子口袋找手帕，擤鼻子。她覺得自己筋疲力竭了，整個人垂頭喪氣，像個玩偶似的。茱莉亞早已走過房間，鏟起煤灰，往壁爐格柵的煤炭撒去；也早已經起身，站在壁爐架前，沒轉身過來，不像之前一樣走到海倫身邊。她站在那兒，彷彿在俯視火光，對著悶燒的炭火沈思。當她最後開口說話時，聲音聽起來似乎很遙遠。

她說：「不是這樣的。」

海倫又再次擤鼻，幾乎沒聽見茱莉亞說話。「什麼不是這樣？」她不解地問。

「關於凱和我，」茱莉亞說，頭還是沒轉過來。「那件事跟妳想像的不一樣。我猜，大概是凱讓妳這麼想的，這很像她的作風。」

「妳這是什麼意思？」

茱莉亞猶豫著，然後說：「她從來沒有愛上我，」口氣幾乎是漫不經心，輕輕用手彈掉褲腳的些許灰塵。「是我，是我愛上凱，好幾年了。她試著愛我，但……從來沒成功過。我想，我不是她喜歡的類型，我們太像了！事情就是這樣。」她挺起身子，開始剝著壁爐臺上的漆。「凱要的是妻子……我是說，一個好女孩，一個善良、天真無暇的人，一個可以替她將事情處理得井井有條、井然有序的人，我向來都不是這樣的人。我曾經跟她說，她得找個藍眼珠的善良女孩才會快樂，一個需要被解救、被呵護的女孩……」說完轉過頭，迎向海倫的目光，然後以一種傷心欲絕的語氣說：「這可以說是一個對我開的玩笑，不是嗎？」

海倫盯著她看，直到她眨眼，移開目光，又回頭去剝壁爐臺上的漆。「這有差別嗎？」茱莉亞又以之前那種低沈、不經心的語調問。

天壤之別，海倫知道。聽到茱莉亞這麼說，她心頭一縮，覺得自己好像被戲弄了，被當成傻瓜了……

這樣想很傻，因爲茱莉亞並沒有戲弄她，也沒有欺騙她，或做出類似的事來。但海倫仍覺得遭到背叛。這時，她突然驚覺自己一絲不掛，她不想在茱莉亞面前赤身裸體了！於是很快地穿上了裙子和襯衫，邊穿時邊說：「妳以前爲什麼都沒告訴我？」

「我不知道。」

「妳知道我的想法。」

「是的。」

「妳三個禮拜前就知道了！」

「我當時聽妳那麼說時，就感到很驚訝，」茱莉亞回應，「想到凱……妳知道她是怎麼樣的一個人，她非常有紳士風度，比我遇過的任何男人都還具有紳士風度。我要她不要說出去，我從來沒想過……」她舉起一隻手揉著眼睛，疲憊地繼續說，「當時，我很驕傲。就是這樣。我當時很驕傲，而且很寂寞。那時候我眞的很寂寞，如果妳想知道眞相的話。」

她大聲嘆了一口氣，又轉過了身子。「我告訴妳這些，有差別嗎？對我，這沒什麼差別。但如果妳想分手……」

「不！」海倫回道。她不要分手，對於茱莉亞如此輕易就提起分手這件事，她感到害怕。有好一會兒，她驚恐地看到自己完全孤獨——被茱莉亞拋棄，也被凱拋棄。

她繼續穿好衣服，什麼也沒說。茱莉亞仍站在壁爐前。最後，當海倫走過去，伸出手臂擁抱她時，她似乎鬆了一口氣，迎向海倫的擁抱，但她們抱著對方的姿勢有點笨拙。茱莉亞說：「終究，一切都沒改變嗎？什麼都沒變，對吧？」海倫搖著頭說，沒有，一切都沒變……「我愛妳，茱莉亞！」她這麼說。

但她心頭還是有一股緊緊揪在一起的感覺，彷彿之前由於渴望茱莉亞而似乎在膨脹與擴大的心，現在卻往內收縮，關閉辦膜。

她穿好衣服了。茱莉亞在房間走動，收拾東西。這期間，她們不時注視著對方，相互微笑；若走近對方，便會自動伸出手來，輕觸對方，或是淺吻一下。

屋外，倫敦上空，炸彈仍不停地從空中掉落，海倫已將這些完全拋在腦後。但是，當茱莉亞從掛著布幔的出入口出去，暫時只剩海倫一人時，她輕聲地走到窗邊，從滑石板縫隙看著外面的廣場。她看見月光照耀下的房屋仍舊散發出銀色光芒，而且在注視之際，天空發出一連串閃爍的火光，在下一秒才傳來爆炸聲。她可以從額頭倚靠的滑石板，感受到爆炸的輕微震動。

每次的爆炸都讓她驚懼不已，所有的信心全都因此而消散。她開始發抖，彷彿已經失去了身處戰爭的習性與技巧，彷彿突然之間，她只知道惡意的威脅、確然發生的危險與必然的傷害。

「老天啊！」費瑟說，「那不是離我們很近嗎？」

炸彈與防空砲火讓他們情緒激動。一些人站在自己的窗戶旁，對著英國飛行員與地對空大砲高聲加油；吉格司跟以前一樣，朝德軍大喊：「在這裡，德國佬！」這地方可說是一片混亂。費瑟僵硬地躺在床上約十五分鐘，咒罵著這些叫喊聲；最後，他再也按捺不住，便起身下床，將桌子拉到囚室的一頭，腳上穿著襪子，站在上面，試圖要看清窗外的景象。每次爆炸，他總會避開玻璃窗，有時會用手護頭，但最後還是會回到窗戶旁。這總比沒事幹好，他說。

鄧肯仍躺在自己的鋪位上。身體平躺，以手就枕，似乎還蠻舒服的。他說：「爆炸聲聽起來總是比爆炸地點還要近。」

「爆炸聲不會讓你不舒服嗎？」費瑟不可置信地問。

「已經習慣了。」

「巨大的砲彈可能會向你衝過來，而你連躲也不想躲？」

囚室滿是月光，明亮得異常詭異。費瑟的臉顯得格外分明，但孩子氣的藍眼睛與金髮，以及披在肩上的棕色毯子，全失去了原有的色彩，全都呈現各式不同的銀灰色，好似照片裡的景物。

鄧肯開口道：「他們說，如果炸彈上有你的名字，無論你怎麼躲都沒用！」

費瑟輕蔑地一笑，「我以爲只有像吉格司那種人才會這麼說。只是他這麼說的時候，我眞的會以爲他認爲柏林外圍某處工廠的工人，會在彈殼印上英格蘭苦艾叢監獄R棟吉格司。」

鄧肯回應：「我只是說，如果我們都會被炸死，倒不如死在這裡。」

費瑟將臉轉回窗戶，「我寧願去思考如何增加我的機會……喔，該死！」另一陣爆炸聲響起時他跳了起來，玻璃窗也應聲晃動，爆炸威力震得牆壁暖爐護柵後方導管裡的石塊與灰泥鬆動掉落，其他囚室裡有人歡呼、有人叫好，但也有人發出破碎的尖叫：「關上，你這笨蛋！」

接著，便是片刻的沈默。

然後，地對空大砲又開始發射了，隨即又有更多的炸彈從天而降。

鄧肯抬頭往上看，然後說：「你這樣臉會被炸爛的，能看到什麼嗎？」

「我看見探照燈，」費瑟回答，「他們還是照樣搞得一團亂。我還看到火光，只有老天知道那些火光在哪裡。聽說這整座該死的城市可能會被燒光。」他開始咬指甲，「我大哥是警戒員，就在伊斯陵頓。」

「回你床鋪上吧！」過了一分鐘，鄧肯說。「你什麼忙也幫不上。」

「這就是讓我忿恨難平的地方！想到那些該死的警衛躲在下面的避難所……你覺得現在他們在幹嘛？我敢說他們正在玩牌、喝威士忌，喜孜孜地搓揉他們該死的雙手！」

「曼迪先生不會這樣。」鄧肯的口吻很忠誠。

費瑟大笑，「沒錯，他會坐在角落，手中捧著基督教科學派的小冊子，用意念將炸彈導向別處，也許我該聽聽他的忠告。你說呢？他說服你，讓你相信那些胡扯了，不是嗎？這就是你如此無動於衷的原因嗎？」他吸了一口氣，閉上眼睛。再度開口時，語調帶有不尋常的冷靜。「沒有炸彈，炸彈不是眞的，沒有戰爭。樸茨茅斯、比薩與科隆的轟炸都只是幻象。沒有人死亡，他們誤以爲自己已經死了，這可能發生在每一個人身上。沒有戰爭……」

費瑟睜開眼睛，夜晚突然又變得寂靜，他小聲說：「這樣有效嗎？」當另一起爆炸傳來時，他驚跳起來，約有一呎高。「媽的，沒用！要再更努力，費瑟！你不夠努力，眞該死！」他將雙手放在太陽穴上，開始更輕柔地念頌著。「沒有炸彈，沒有砲火，沒有炸彈，沒有砲火……」

最後，他將披在雙肩的毯子拉得更緊，跳下桌子，喃喃自語，開始在囚室裡來回踱步。每次爆炸，他就加快腳步。最後，鄧肯從枕頭上抬起頭，惱怒地說：「不要走來走去可以嗎？」

「很抱歉，」費瑟以誇張的語氣彬彬有禮地說，「我吵醒您了嗎？」他又爬上桌子，「是這可悲的月亮把他們引來的，」好似在自言自語，「爲什麼不來點雲呢？」他擦拭剛才因呼氣而吹霧了的玻璃。接下來的一分鐘，他什麼都沒說，然後又開始了。「沒有炸彈，沒有砲火，沒有貧窮和不義，我囚室裡沒有尿壺……」

「閉嘴！」鄧肯喊道，「你不該嘲笑這件事！這……這對曼迪先生不公平！」

費瑟聽到便放聲大笑，「曼迪先生，」他重複著說，「對曼迪先生不公平！就算我開曼迪先生的玩笑，這關你什麼事？」他說話的語氣似乎仍是自言自語；但之後似乎對這個想法突然很感興趣，便轉過頭來，以很有教養的語氣問鄧肯。「你和曼迪先生到底在搞什麼勾當？」

鄧肯沒回答。費瑟等了一會兒，然後繼續說：「你知道我的意思的，你以爲我沒注意到嗎？他給你香菸，對不對？他給你倒入可可亞的糖之類的東西。」

「曼迪先生人很好，」鄧肯說，「是這裡唯一的好人，你問大家，每個人都會這麼說。」

「但我在問你，」費瑟繼續問，「他畢竟沒有給我香菸和糖啊！」

「我想，他不認爲你可憐。」

「那麼，他覺得你可憐嗎？只是這樣嗎？」

鄧肯抬起頭，開始拉扯毯子邊緣鬆開的毛線。「我想是這樣的，大家覺得我很可憐，就只是這樣。我總會引發別人這樣的情緒，以前就這樣。我是說，在這之前。」

「你的臉就是那種長相。」

「大概吧！」

「大概是你漂亮的睫毛。」

鄧肯放下毯子，「我的睫毛就長這樣，我也沒辦法！」他笨拙地說。

費瑟放聲大笑，態度有所轉變。「你說得沒錯，皮爾斯。」他跳下桌，坐在一張椅子上，將椅子挪往牆壁，膝蓋往兩旁一張，抬起頭，接著說：「我以前認識一個女孩，她也有像你那樣的眼睫毛……」

「你認識很多女孩吧？」

「嗯，我不想誇耀這一點。」

「那就不必誇耀。」

「嘿，是你提起這個話題的！我剛才是問你和曼迪先生……我只是在想，他是否眞的是爲了你那雙漂亮的眼睫毛才對你這麼好。」

鄧肯坐了起來，記起曼迪先生的手放在他膝蓋上的感覺，開始臉紅，煩躁地說：「我沒有給他任何回報，如果你是指這個的話！」

「嗯，我就是指這個。」

「你和你那些女朋友們的關係就是這樣嗎？」

「喔！好的。我只是……」

「只是什麼？」

費瑟再次猶豫了，「只是沒什麼，」他說，「我只是好奇，這些事是怎麼進行的。」

「什麼事怎麼進行？」

「對於像你這樣的人。」

「像我？」鄧肯問，「你說這話是什麼意思？」

費瑟動了一動，別過頭去。「你很清楚我的意思。」

「我不明白。」

「你至少知道這裡大家是怎麼說你的。」

鄧肯感覺自己的臉更熱了，「這裡每個人都會被說成那樣。任何有一點……文化氣質的人，喜歡看書、喜歡音樂的人，都會被人談論。換句話說，只要不是粗暴的人都會被說。但事實是，就是粗暴的人才最會……」

「那我知道，」費瑟的口吻沈靜，「不只是那樣。」

「那還有什麼？」

「沒什麼，就是我聽到的，關於你被關進這裡的事。」

「你聽到什麼？」

「你被關進這裡，是因為……算了，不想說了，不關我的事！」

「說吧！」鄧肯說，「告訴我你聽到什麼。」

費瑟撫平後腦勺的頭髮，最後終於坦白說道：「我聽說，你之所以進來這裡，是因為你男朋友死了，而且你為此企圖自殺。」

鄧肯動也不動地躺著，無法回應。

「很抱歉，」費瑟說，「就如剛才我說的，這一點都不關我的事。我不想知道你為什麼在這裡，或是以前跟誰交好。但如果你想知道我的想法，我覺得那些關於自殺的法律都太嚴苛了。」

「是誰跟你說的？」鄧肯含糊地問。

「這不重要，別再問了！」

「是維萊特？還是賓斯？」

「不是。」

「那會是誰？」

費瑟眼神往旁邊瞧，「當然是那個小酷兒史黛拉。」

「她？她讓我作嘔！那群人都讓我作嘔！她們不想跟女人上床，卻把自己打扮得像女人，讓自己比女人還要糟糕！她們需要去看醫生！我厭惡她們！」

「好了，」費瑟溫和地說，「我也是。」

「你認為我跟她們很像！」

「我可沒這麼說。」

「你認爲我曾經跟她們一樣，或者艾力克是……」

他沒繼續說下去。在這裡，他從未大聲對任何人說出艾力克這個名字，除了曼迪先生之外。現在，他不加思索地說出口，彷彿那個名字是個詛咒似的。

費瑟透過那層陰鬱看著他。「艾力克，」他謹慎地說，「那是……是你男朋友的名字嗎？」

「他不是我男朋友！」鄧肯說，「爲什麼每個人都非得這麼想？他只是我的朋友。你們沒有朋友嗎？大家不是都有朋友嗎？」

「沒錯，我很抱歉。」

「他只是我的朋友！如果你在我長大的地方長大，跟我有相同的感受，你就會知道朋友代表了什麼。」

「是的，我想是的。」

有一陣子，轟炸最密集的時刻似乎已經過去了。費瑟往雙手吹氣，動動手指，想驅走寒意。然後站起來，手往枕頭底下伸，取出香菸。幾近腆靦地遞給鄧肯一根，鄧肯搖搖頭。

但費瑟拿著菸的手並未收回。「我希望你可以接受，」他靜靜地說，「請不要客氣。」

「這樣你就會少一根。」

「我不在乎，但最好讓我來點菸。」

他將兩根菸刁在嘴上，拿出他和鄧肯放餐鹽的罐子，以及一根針。那根金屬擦撞罐子可以擦出火花，他花了一點時間，最後紙張點著了火，菸草開始發紅。他遞過來的菸因爲刁在嘴上而有點潮溼、壓扁了，像一根被含過的麥桿。幾撮菸草掉了出來，掉在鄧肯的舌頭上。

他們就這麼抽菸，不發一語。這種菸大概只能抽一分鐘左右。費瑟抽完後，他拆開菸蒂，留下還可以利用的部份，好製作下一根菸。

他邊做邊靜靜地說：「皮爾斯，我忌妒你和你的朋友，我是說眞的，我覺得我沒那麼關心過哪個男人，或者哪個女人，像你對他那樣地關心。是的，我忌妒你。」

「那麼，你是唯一有這種感覺的人，」鄧肯幽幽地回道，「我父親以我爲恥。」

「嗯，說到父子關係，我父親也以我爲恥。他認爲我這種人都應該綁起來交給德國人，因爲我們一直都是這麼熱心地幫著納粹。對父親而言，兒子應該是讓他蒙羞的一個源頭，你不這麼認爲嗎？要是我有兒子，我希望他可以把我的生活搞得亂七八糟。否則，怎麼會有進步呢？」

但鄧肯沒有微笑，「你會取笑很多事情。對於跟你一樣的人，對於你世界裡的人來說，事情很不一樣。」

「你的境遇有那麼糟嗎？」

「我敢說，對外人而言，我的情況似乎沒那麼糟。我父親他從來沒打過我，或做出對我體罰之類的事。只是……」他聳聳肩，尋找適當的字眼。「不知道，我老喜歡某些不該喜歡的東西，或具有不應該感受的感覺。我從來無法說出大家期望我說的話。而艾力克跟我有相同的感覺。他痛恨這場戰爭，他哥哥在一開戰後便死了，而他父親一直告訴他，要他上戰場打仗，當時是閃電戰的轟炸時期，已接近閃電戰的末期了，但我們當時並不知道。感覺像是……像是這該死的世界末日！對於一切，那段時期是最糟糕的了。艾力克和我從來都不想去打仗。他想要有所作爲，想要讓人有不同的感覺。但……呃……」

「可憐的傢伙，」當鄧肯無法繼續說下去時，費瑟同情地說。「他聽起來不錯，我會想要認識他的。」

「他生前是很不錯，」鄧肯說，「他很聰明，不像我，大家老說我聰明，但那是因爲我故意用某種方式說話。但他很有趣，他從來無法安靜下來，老是想要做點新鮮事。我想，他跟你有點像；或者，如果他接受良好的教育，很富有，那麼他就會跟你很像。他會讓事情變得很有趣，總是讓事情……我不知道，他會讓事情看起來比原有的情況還要好。即使事過境遷，在想起當時的情況時，就會知道他說的某些話實在是很蠢；但在當下，當你與他在一起時，你會想要相信他說的話。你會感覺到……被他強烈的情緒所感染！」

「我很抱歉，」費瑟靜靜地說，「我可以看得出你爲什麼……嗯，你爲什麼會那麼喜歡他。他年紀多大？」

「他死時才十九歲。」鄧肯沈穩地回答，「他年紀比我大，所以才會先被徵召當兵。」

「只有十九歲，這很令人生氣，皮爾斯！先是他哥哥，再來是他。」他猶豫了片刻，接著壓低嗓音。「再來呢？」

鄧肯再次猛然瞥見他父親房子裡的鮮紅廚房。他看著月光映照下的費瑟，感覺到自己的心開始加速狂跳，他想向他訴說當時發生的事，極欲向他吐露心聲……但終究還是無法說出口。他目光垂下，以不帶感情的語氣說：「他死了，我沒死。我想要死，但我沒死。就這樣。好了嗎？」

費瑟一定未察覺到鄧肯語氣的改變。他接著說：「所以他們將你關在這裡！那就是英國給你的正義公理，不是嗎？他們毀了不只一條生命，而是兩條。你當時最需要的，我想……」

「我們不要談論這件事了！」鄧肯開口。

「如果你不想談，我們就不談，沒問題！這只會讓我作嘔。要是某個人，也許是你父親，或是……媽的！」他從椅子上跳起來。「這是怎麼回事啊？」

一枚炸彈掉得比之前的地點都還要近，爆炸威力驚人，玻璃窗都被爆炸的強風吹爆或被吸進窗內，其中一面玻璃爆出像手槍擊發時的聲音之後碎裂了。鄧肯抬頭察看，費瑟已經躲到門口，試圖打開房門。毯子已從他肩上滑落。「媽的！眞是媽的！」他嘴裡不停地嚷嚷，「這是一枚汽油彈吧？不是嗎？這種炸彈會發出哀號聲，對吧？」

「我不知道。」鄧肯回應。

費瑟點著頭說：「以前我就聽過這種炸彈落下的聲音。是汽油彈沒錯……天啊！」現在又有另一顆落了下來。他又試圖開門，環視四周，聲音開始提高，越來越激動。「要是汽油彈擊中這棟建築，你覺得我們會怎麼樣？會在自己床上被烤焦！屋頂上有消防人員嗎？我從來沒聽過任何人談過消防人員，你聽過嗎？若是一堆炸彈從天而降呢？你覺得警衛到我們這個樓層，將所有門都打開，動作會有多快？他們會那麼不厭其煩，從避難所跑出來開門嗎？天哪！警報響起時，他們至少可以把我們帶到一樓去，他們可以讓我們在娛樂室自己的床墊上睡覺！」

他的聲音高昂且破碎，跟個小男孩一樣；鄧肯突然瞭解費瑟有多難過，以及直到現在，費瑟是多麼努力地忽視心中的恐懼。只見費瑟的臉色慘白、面孔扭曲冒汗、短髮直豎，不停地用雙手要撫平頭髮。

後來，費瑟發現了鄧肯的目光。當鄧肯窘困地將眼光移到別處時，他變得鎮靜許多。「你認爲我很害怕？」

「沒有，」鄧肯說，「我沒這麼想。」

「嗯，也許我是很害怕。」他展示自己的手，很明顯在發抖。「看看我！」

「那有什麼關係？」

「有什麼關係？老天哪！你完全不知道！我……眞要命！」

現在，囚犯開始大喊大叫了，聲音中充滿了恐懼，跟費瑟一樣。有人大喊要找賈尼敘先生，有人在囚室裡將囚室的門敲得砰砰作響。窗扇又在窗框裡震動了，因爲又有另一顆炸彈掉下來，距離比之前的炸彈都還要近……接著，炸彈就像滂沱大雨般地落下。就像被困在垃圾鐵桶裡，而外面有人用棍棒打著桶子一樣。

「吉格司，你這狗娘養的！我一定要宰了你！」有人大喊。

但吉格司沒出聲；過了一會兒，那個大聲喊叫的囚犯也住嘴了。對著爆炸聲喊叫，感覺上有點可怕。鄧肯感覺到這裡大部分的人都躲在自己的鋪位上，緊張無聲地躺著，數著秒數，等待爆炸的發生。

費瑟仍畏懼地站在門口。鄧肯告訴他：「回到床上吧！回到床上等轟炸停止吧！」

「要是不停呢？要是停了，我們也完了呢？」

「爆炸離我們還有好幾哩遠，」鄧肯說，「那些空地……」他自己在胡扯瞎掰，「那幾處空地讓爆炸聲聽起來比實際距離還要近，讓轟炸聲比實際的聲音還要大聲。」

「你這麼認爲？」

「是的。難道你沒注意到，當你朝窗戶外大喊時，會聽到很多迴音嗎？」

費瑟點點頭，似乎覺得這個說法很有道理。「沒錯，我注意到了。沒錯，你是對的。」但他仍不停顫抖。過了一分鐘，他搓揉自己的雙臂，因爲他身上只穿睡衣，而囚室裡很寒冷。

「回床上去吧！」鄧肯又說了。當費瑟動也不動時，鄧肯便起身爬到椅子上要拉上窗簾，拉窗簾時，他順便往外看，看見後院以及對面那棟監獄，都被月光照亮。一束探照燈不停地在天際瘋狂掃動，而東方某處，或許是梅達谷（西倫敦的一處住宅區），說不定遠至尤斯頓，有一片模糊、不規則、正在上升的火光。他將視線轉移到那個碎裂的玻璃窗上，裂痕很整齊，是一道完美的弧線，看起來完全不像是暴力強迫造成的。但是，當他用手指碰觸那道弧線時，可以感覺到玻璃有點下凹。他知道如果再用點力，玻璃便會碎裂開來。

他拉上不透光窗簾，固定在窗臺上。現在，眼前的景象有無限的可能，而囚室則立刻陷入一片幾近完美的黑暗，可能是完全不同的房間，也可以是任何地方，或什麼地方都不是。月光被擋在窗簾之外，但仍在幾個布料纖薄處，灑露一些小星星、亮點、彎月，就像舞台魔術師外套上的那些亮片。

他走回自己的床，聽到費瑟走了幾步，撿起地上的毯子，之後就站著不動，彷彿在猶豫或害怕什麼……最後，非常沈靜地，他開口說話了。

「皮爾斯，讓我跟你一起擠，好嗎？我是說，讓我到你床上去。」鄧肯未應答，費瑟變又再說了幾句：「都是這場要命的戰爭，我無法忍受獨自躺在床上的感覺。」

因此鄧肯拉起被蓋，往牆壁的方向挪靠，費瑟便跑到他身邊，不動地躺著。他們沒有交談。但每逢有炸彈掉下，或一陣地對空砲火響起時，費瑟總會害怕地曲身瑟縮、緊張僵直，就像一個被人毆打推擠、痛苦不堪的人。不久，鄧肯發覺自己也跟著他一起緊張僵直，不是因爲恐懼，而是同情所致。

這讓費瑟笑了出來，「天啊！」他邊說牙齒邊打著哆嗦，「皮爾斯，我很抱歉。」

「沒什麼好抱歉的。」鄧肯說。

「我已經開始發抖了，而且似乎無法抑止。」

「本來就會這樣。」

「我也讓你發抖了。」

「沒關係，很快你就會感到溫暖，然後就會沒事了。」

費瑟搖搖頭，「這並不只是因爲寒冷，皮爾斯。」

「沒關係。」

「你一直這麼說。這很有關係，你難道看不出來？」

「看什麼？」鄧肯問。

「你難道不覺得我從來不會納悶……恐懼是什麼滋味嗎？那是最糟糕的，是所有事情裡最糟糕的。再多的審判，我都可以忍受。我可以忍受女人在街上罵我沒種！但暗地思量時，想到審判和那些女人可能都是對的，讓懷疑慢慢啃蝕我，我眞的對此信念深信不疑，或著我只是一個……一個該死的懦夫？」他擦拭自己的臉，鄧肯這才知道他臉上的汗水也混著淚水。「你不會看到像我這樣的男人承認這一點的，」他繼續說，聲音有點不穩。「但我們感受得到害怕，皮爾斯，我知道我們感受得到害怕……但同時，你會看到最普通的那種人，就像葛森或雷特他們，他們興高采烈地去打仗。但是，他們會因爲比較愚蠢，而變得比較不勇敢嗎？當戰爭結束，當我知道我有可能是拜像他們那樣的傢伙所賜，才可能得以活命時，你認爲我會有什麼感想？另一方面，我沒去打仗，瓦特林也沒去打仗，還有威利斯、史賓克斯，還有在英格蘭其他監獄裡其他所有有良心的拒服兵役者（COs）都沒去打仗。如果……」這時候，一架飛機嗡嗡地在頭頂上作響。他又開始緊張，直到飛過才又放鬆。「如果我們都被汽油彈燒死，那會讓我們變成勇敢的人嗎？」

鄧肯說：「我覺得你很勇敢，可以做出你曾做過的事，大家都會這麼想。」

費瑟擦擦鼻子。「那是一種簡單的勇敢，什麼都不做！皮爾斯，你比我還要勇敢。」

「我？」

「你做了某件事，不是嗎？」

「什麼意思？」

「你做了那件事……那件你剛剛說的……讓你入獄的事。」

鄧肯打著哆嗦，轉過身去。

「那需要勇氣，不是嗎？」費瑟接著又說，「老天知道，與我所擁有的勇氣相比，你需要更多的勇氣去執行你所做的行為。」

鄧肯又動了一下，舉起手像是要在黑暗中推開費瑟的目光似的。「你對那件事一無所知！」鄧肯粗魯地說，「你覺得……喔！」他覺得很厭惡。即使現在，當費瑟在他身旁發抖時，他還是無法向他吐露實情。他用「不要再談這件事了！」取代「閉嘴！」這句話。

「好的，我很抱歉。」

之後，兩人陷入沈默。幾架飛機仍在他們頭上嗡嗡地呼嘯而過，地對空砲火依然隆隆大作，令人膽戰心驚。爆炸再度響起時，聲音聽起來比較遠，接下來的爆炸則更遠，襲擊的飛機繼續往他處移動……

費瑟的情緒也變得比較冷靜些。過了一分鐘，響起空襲警報解除的警鳴，費瑟打了最後一次顫抖，用衣袖拂拂臉，然後便躺得直挺挺的。整棟監獄都很安靜，沒有人站在窗戶旁吹口哨或高聲歡呼。轟炸期間跟他一樣僵直地躺在床上或蜷曲成一團的人，現在則抬起頭來，伸展四肢，試探夜晚的寧靜，然後才疲憊地往後躺下。

只有警官在走動，他們走出來時，就像石頭底下的一群甲蟲。鄧肯聽到他們踩在空地煤渣路上的腳步聲，緩慢且遲疑，彷彿對於走出來之後，發覺監獄完好如初感到很驚訝似的。

當時，他就知道接下來會是什麼聲音了；會是曼迪先生巡邏時，鐵製平台上傳來的那一陣陣令人毛骨悚然的聲音。過了一會兒果眞開始了，他抬起頭，想要更仔細地傾聽那聲音。門底下的那道光線現在更顯蒼白，因爲囚室是如此漆黑。他看見曼迪先生走過來，將窺視孔上的罩子滑回去，他知道費瑟也看到了。但是，當費瑟張開嘴時，鄧肯便舉起手，將手遮在費瑟嘴上，不讓費瑟說話；當曼迪先生以他那夜晚的悄聲喊「還好嗎？」時，鄧肯並未作聲，於是又喊了第二次，第三次，之後才放棄，不情願地離去。

鄧肯的手仍放在費瑟嘴上，這讓鄧肯感覺到費瑟的呼吸，於是慢慢將手拿開，兩個人都沒說話。但是，鄧肯現在意識到他之前沒意識到的費瑟的身體；身體的熱度，以及和鄧肯的身體接觸的部位，像是腳、大腿、手臂和肩膀。這裡的床鋪很小，鄧肯每晚都獨自躺在床上，就這樣已經快三年了。跟其他人一樣，他在監獄裡，有時會被推，有時會被撞；在探訪室桌上，他曾經伸手碰觸小薇的手；有一次，他也跟監獄牧師握過手。現在，則是跟另一個人挨得這麼近，他應該會感覺到很怪異，但事實上卻不會。

他轉過頭，小聲地問：「你還好嗎？」費瑟回答說：「還好。」「你不想回到上鋪嗎？」費瑟搖搖頭，「還不想……」這一點都不奇怪。然後，他們靠得更近，而不是離得更遠。鄧肯伸出手臂，費瑟也撐起了身子，讓鄧肯的手臂放到他後腦下方。他們以擁抱的姿勢就這麼躺著——好似這沒什麼，好似這很簡單，好似他們不是被關在被砲擊射炸成碎片的城市中，一座監獄裡的兩個男孩，好似這是世上最自然不過的事。

「爲什麼？」米琪問凱，「妳爲什麼把戒指給了那女孩？」

凱順暢地變換車子排檔，「我不知道，我覺得她很可憐。那不過是一只戒指罷了！現在這種時代，一只戒指算什麼呢？」

她試著說得很輕鬆；但事實上，她已經開始後悔把戒指送人了。她握在駕駛盤上的手，現在就覺得空空的，而且古怪，有一種不祥的感覺。

凱說：「也許明天我會再到醫院，去看看的她情況。」

「嗯，希望到時候她還在。」米琪若有所指地說。

凱不敢正眼看米琪，「她想冒險賭一賭，一切操之在她，不是我們。」

「她不知道自己在說什麼。」米琪回答。

「她非常清楚。我想揍那個幫她墮胎、把她弄成這樣的豬；那個醫生，以及那個男友。」到達一個路口時，凱問：「我們要走哪一條？」

「不要走這條！」米琪仔細端詳這條路，「這條路應該已經封閉了，繼續到下一條去。」

今晚是她們這幾個禮拜以來，任務最繁忙的一晚，這都要拜月亮所賜。她們將小薇送到醫院之後，便返回海豚廣場，但立刻又被派到外面出任務。她們這個區域的一段鐵路遭到轟炸；當時正在搶修更早之前被轟炸路段的三名工人不幸死亡，另外有六個人受傷。她們一次載運了四名傷亡人員，接著又被派到一幢連棟屋，屋子正面遭到炸毀，一家人被埋在瓦礫堆下。兩個女人和一個女孩被挖出，幸運生還；一個女孩和一個男孩在發現時已經死亡，凱和米琪則忙著載走屍體。

現在她們又要出任務了，正往靠近斯隆廣場東側的一條街道行駛。轉個彎，凱感覺廂型車輪胎開始吱吱地在摩擦路面。路面上有石礫、土壤和碎玻璃。她減速慢行，在看到一名警戒員走過來時，便將車子停下，搖下車窗。

她看著那個人慢慢走來。「太遲了嗎？」凱問道。

那個人點頭，然後帶領她們去看屍體。

「天哪！」米琪驚呼。

有兩具屍體，一男一女，在參加派對後回家的路上不幸身亡。警戒員說，再往前五十碼就是他們的房子了。這條街成彎月形，其間有座長形庭園，爆炸受損最嚴重的地點就在這座庭園。一棵三十呎高的法國梧桐被炸得粉碎，屋子的窗戶、門扇和屋頂上的石板也都沒了，但其他部份則幾乎毫髮無傷，那對男女卻被騰空炸起。男的落在一棟屋子地下室窗前狹窄的石板上，女的則落在人行道的欄杆上，胸口被幾根鐵樁平鈍的末端插入，屍體還掛在那裡。那名警戒員找到一片窗簾布，便用窗簾蓋在她身上。現在，他掀開窗簾布，讓凱和米琪好好檢視屍體。但是，凱只看了一眼就別過頭去了。

那女人的外套和帽子不見了，頭髮散落在臉龐四周，晚宴手套仍然平滑無瑕，還好端端地戴在她那擺盪的手臂上，月光照耀下的絲質洋裝發出銀色的亮光，被扯到身體另一邊，集中在人行道上，彷彿她膝蓋微屈正在行禮；但在鐵樁刺入的部位，裸露的背部肌肉腫脹隆起。

「這是這條街最後一段欄杆，」警戒員邊說邊帶領凱和米琪走下採光井的階梯，「運氣也眞背，嗯？我想，欄杆沒被拿走，因爲都生鏽了。我老實跟妳說，我發現她時，我並沒打算要將她弄下來，但我知道她當時已經死了，我希望她是一擊斃命。信不信由妳，她的丈夫，二十分鐘前才坐著和我說話，那就是我爲什麼會打電話給妳們，但瞧瞧他現在這個樣子。」

他將一件垃圾移開，她們便看見那男子的屍體：雙膝彎曲坐著，背部靠在牆壁上。跟那個女人一樣，也是晚宴打扮，漂亮的蝴蝶結還掛在領口，但領子與襯衫正面都血漬斑斑，油亮的頭髮蓋了一層灰塵，宛如戴著一頂軟帽。但是，當手電筒燈光照到他頭部側邊時，凱可以看見他那裂開的頭皮，以及更多如果醬般閃亮濃稠的血液。

「對於從房子裡探出頭來要打招呼的人而言，」警戒人員嘖嘖地說，「這樣的情況眞的是很糟糕吧？」他打量著凱和米琪，「對女人而言不是件好差事。有東西可以將他們包起來嗎？」

「只有毯子。」

「很好，」當他們走回階梯上樓時，他嘟囔說道，「只能將就用毯子了。」他一路踢著走，發現了一截東西。「看，這是什麼？那女士的外套，從背部炸飛。這可以……喔，天哪！」

他和凱出於本能急忙閃躲，但那爆炸離此約有一或二哩遠，在北方某處：不是砰然巨響，而比較像是被捂起來的悶聲。接下來是附近某處的一陣碰撞巨響，傾倒的木材、滑溜掉落的石板與幾乎像音樂般悅耳的玻璃碎裂聲，同時有幾條狗開始咆哮。

「怎麼了？」米琪大喊，她已經跑到救護車上，正拿著擔架出來。「爆炸嗎？」

「聽起來應該是。」凱說。

「瓦斯主管線？」

「我想是工廠。」那個警戒員說著，用手搓揉下巴。

他們抬頭凝視夜空，天空有探照燈來回照射，但由於有月光，光線強度因而減弱，所以較難看清楚。但是，當光線往下移時，警戒員用手指著喊道：「看！」在雲朵的下方，可以看見某處有熊熊大火的反光。濃煙盤旋升起之處，被一種危險的暗粉紅色亮光所照亮。

「很壯觀的景象，這對德國佬也很有利！」警戒員說。

「你覺得那會是哪裡？」米琪問他，「國王十字車站？」

「有可能，」他不是很確定地，「但也有可能比那裡還要往南，我覺得是布魯斯貝利區。」

「布魯斯貝利區？」凱反問。

「妳知道那地區？」

「是的。」凱瞇起眼睛，掃視天際線，突然感到很害怕。她在找尋地標——尖塔、煙囪、某個她認得的東西。但她什麼都沒看到。在那一刻，她也忘了自己是面向哪個方向，東北或西北；那條彎曲的街道讓她搞不清楚方向。之後，探照燈又往上照，天空變成了一片有色彩的陰影。她轉過身，走到那女人的屍體旁。「來吧！」她向米琪說。

聲音聽起來一定有異。只見米琪看著她，問道：「怎麼了？」

「我不知道，只是在起雞皮疙瘩。老天，這眞糟糕！幫我一下，可以嗎？若只是將她抬起來沒有用，有倒鉤，她一定是被倒鉤勾住了。」

她們來回搖動那女人的屍體，才得以鬆動開來。但是，鐵樁與肋骨的磨擦聲，以及感覺到她背部肌膚底下鐵樁尖端的若隱若現，都讓她們感到心驚肉跳。被拔出來時，屍體上都是血。兩人並未將她轉過身來，也未試圖闔上她的眼睛，只是快速將她放在擔架上，用剛才遮蓋她的窗簾布將她包起來。這女人有一頭金黃色的秀髮，好像剛睡醒，還揪成一團。就像海倫剛起床，或是才做完愛從床上起身時的頭髮，凱心想。

「老天，」她邊用袖口背面擦嘴巴邊說，「眞血腥！」她往後退一些，點了一根菸。

但是，當她站著抽菸時，情緒卻變得很焦急。她凝望天際，天空色彩的變化還是跟之前一樣激烈，火光時強時暗，產生火光的火焰一定在下方的微風裡隨處跳竄。她又開始感到害怕，但不知道是爲了什麼。

她抽了幾口後，便將菸丟掉；警戒員見狀說：「嘿！」立刻撿起香菸，自己抽了起來。

凱拿起放在那女人屍體旁的第二個擔架，搬到採光井的階梯下，還帶了一卷紗布，用來包紮那死去男子的頭部。米琪過來幫忙，小心翼翼地將頭固定，讓凱包紮。然後兩人放平擔架，試圖要將屍體抬上去。那兒空間不大，地面物件四散，有從庭園飛過來的土壤、樹枝和破碎的石板。她們開始踢開垃圾雜物，一邊踢還一邊低聲詛咒，因此氣也比較喘了。即使如此，當有人從上方街道提到凱的名字時——說話者說得很急，但不是大喊或尖叫——她便聽到了。她聽到之後立刻有了反應。只見她挺起身子，有一秒鐘變得很沈默，隨後就越過那具男屍，迅速回到街上。

有人正與警戒員說話。黑暗中，她看到那張削瘦的臉，以及那對眼睛，很快就認出來人是誰了，是救護站裡的休斯。他快步跑了過來，是一邊摘下帽子一邊跑過來的，現在正用手按壓自己的側腹。他看見凱，說道：「凱！」這讓她覺得更難受，因爲記憶中，休斯以前從未用〈凱〉來稱呼過她，通常都是叫她藍格希。「凱……」

「怎麼了？」她問，「快說！」

他吐了一口氣。「我、柯爾與歐妮爾一起，就在三個街區之外。警戒員接到一通從第五十八站打來的電話……凱，我很抱歉。他們認爲有三枚炸彈，目標應該是廣播會館（註：英國廣播公司 BBC 位於倫敦的總部 Broadcasting House），但是卻往東偏斜了。其中一枚在造成嚴重損傷前被攔截了下來，另外兩枚造成了這幾場火災……」

「是海倫！」凱叫道。

休斯抓住凱的手，「我想讓妳知道，但他們無法確認是在什麼地方。凱，可能不是……」

「海倫！」她又喊了一次。

這是在這場戰爭裡的每一天，她最懼怕的事。她曾告訴自己，藉由懼怕此事的發生，在事情終究發生之際，她便會很冷靜。現在，她瞭解了，對她而言，這種懼怕就像是某種約定；她自己想像，如果她的害怕夠強烈、夠完整，便可以換取海倫的安全，但這全都是無稽之談。她一直很害怕，但這件可怕的事情終究還是發生了。這讓她如何冷靜得下來？她從休斯的手中掙脫，雙手掩面，全身顫抖不止。她想要跪下來大哭，這般虛弱的程度讓自己都嚇了一跳。後來，她想，我這樣如何幫住海倫？凱於是放下雙手，看見米琪走過來，就如休斯剛才那樣，對她伸出手來。凱甩開米琪的手，開始往前走。

「我必須趕到那裡！」她說。

「凱，不要這樣！」休斯勸阻道，「我過來是因爲我不想讓妳從其他人口中聽到這消息。就算到了那裡，妳也無濟於事。那地方是五十八站的轄區，讓他們處理就好了。」

「他們會搞砸，」凱說，「他們一定會搞砸的！我必須過去。」

「太遠了！妳什麼忙也幫不上的。」

「海倫在那裡！難道你不明白？」

「我當然明白！這就是我過來的原因，但是……」

「凱，」米琪又抓住她的手臂，「休斯說的沒錯，那地方太遠了。」

「我不管，」凱幾乎要失控了，「我會跑過去，我會……」此時，她看到那輛救護車，語氣變得比較平穩，「我要開那輛廂型車過去。」

「凱，不行！」

「凱……」

「喂，」那個一直在旁觀看的警戒員說話了，「這些屍體怎麼辦？」

「可以下地獄去！」凱怒道。

她開始奔跑，米琪和休斯緊追在後，試圖要阻止她。

「藍格希！」休斯變得很生氣，「別這麼愚蠢！」

「別擋住我的去路！」凱回嘴。

她先攀上救護車後車廂，鎖上車門，然後爬進駕駛座。休斯站在車門前，向她懇求。「藍格希！看在老天的份上，想想妳在做什麼！」

她在找鑰匙，然後看到休斯身後的米琪。

「米琪，」她語氣變得很平靜，「把鑰匙給我。」

休斯轉過身去，「卡麥可，不要。」

「米琪，把鑰匙給我。」

「卡麥可……」

米琪舉棋不定，在凱和休斯之間看來看去。她拿出鑰匙，再次猶豫起來，然後將鑰匙丟了出去，手勁跟男孩一樣有力。休斯試圖攔截，但仍被凱接住。她將鑰匙插入鑰匙孔，發動引擎。

「妳該死！」休斯拍打著車門鐵架叫道，「妳們兩個都該死！妳們都會因此被踢出去的！妳們將會……」

凱朝他揮了一拳，並未對準，而是胡亂打，打中了他的臉頰和眼鏡邊緣；休斯往後退時，凱便趁機放下手煞車，往前開動。車門也晃開了，她便抓住把手關上，錫帽低低地戴在額頭上。她拉扯扣帶，脫下帽子，感覺立刻好多了。她往鏡子一瞄，看見休斯跌坐在地，雙手撫臉，而米琪只是懶散地站著，什麼也沒做……她小心翼翼地駛過這裡到處都是土壤和碎玻璃的街道，到了比較平順的路面，她便加速前進。

開車時，她腦海中想像著海倫的樣子。在她心裡，海倫的模樣跟幾小時前，也就是最後一次見到時一樣，完美無暇。凱所見的影像是如此清晰，也知道海倫不可能死亡或甚至受傷。她想，炸彈不會掉在瑞斯朋大街，一定是掉在其他街上。不會的！若真是如此，海倫也會聽到警報聲，躲到避難室去。爲了我，就這麼一次，海倫一定會躲到避難室去的……

她剛才開上了白金漢宮路，現在則飛馳經過維多利亞車站，轉進公園，幾乎沒有減速，所以輪胎與路面發出尖銳的摩擦聲，後車廂裡的東西移位，翻滾跌撞。但前方是那道火光，像是即將殞滅的生命，不規律地跳動著，令人懼怕，令人懼怕。她換上高速檔，加速前進。空警報襲還沒解除，林蔭大道上當然是空無一人，只有在查令十字路上才看見有人活動：一名警戒員與一名警察正在處理一場意外，他們看到凱駛近，便向她招手，以爲她是站裡派來支援的救護車。「沿著那條路開過去！」他們大喊，同時順著斯傳德大街往東邊指去。她點頭示意，但是她一刻都沒想過要停車幫忙。過了一會兒，另一名男子看見她廂型車上的救護車標誌，步履蹣跚地跑出了人行道，手放在頭上，臉上都是暗紅色的血，凱也從他身邊閃過，繼續往前駛去。

查令十字路已經封閉，因爲三天前，那裡的主幹水管被擊中。她往西走，到乾草市場大街；開上沙福茲里貝里大道，接上沃德街，要以這種方式前往瑞斯朋大街。她發現牛津街入口有繩索和支架擋住，也有警察警戒，便緊急停車，開始掉頭。這麼做時，一名警察跑到她車窗前。

「妳要去哪裡？」他問。凱說自己的公寓。他立刻答道：「我想妳的同事已經在現場了，妳不能從這裡過去。」

凱問：「情況很糟嗎？」

他眨著眼，覺得她聲音有異。「就目前所知，兩座倉庫毀了。管制中心沒告訴妳詳情嗎？」

「是那棟傢具倉庫嗎？」她不理會眼前警察的詢問，「是帕馬傢具倉庫嗎？」

「我不知道。」

「老天，一定是！喔，天哪！」

她搖下車窗跟他說話。突然，她聞到燃燒的味道。她車子再入檔，警察趕忙跳開。掉頭時，引擎急速震動。她改換另一檔，跟往常一樣離合器放兩次，但時間沒抓好，齒輪嘎嘎作響。她不禁詛咒起來，對這笨拙的機械感到憤怒，淚水就要奪眶而出。不要哭，不要哭，妳這傻瓜！她對自己說，還用拳頭猛力搥打自己的大腿。廂型車搖擺不定。不要哭，不要哭……

她現在正往南駛去，但見到左側一條沒有屏障的路，便猛然轉了進去。開了一陣子之後，她又得以左轉，轉進狄恩街。在這裡，她首次見到火舌頂端正往天空竄升。開始有塵煙了——漂浮的灰塵組成的脆弱深色塵網——附著在車子的擋風玻璃上。她再踩油門，加速前進，但只前進了約一百碼，便又看到前方的路障。她探出頭，朝一名警察大喊：「讓我通過！」他們對她做出手勢，「不能過！掉頭回去！」她掉頭之後，在情急之下，又往東開到蘇活廣場。又有路障，但這裡的警戒人力比較少。她停下廂型車，拉上手煞車，然後跳下車往前跑，越過路障支架。

「嘿！」有人在她身後大喊，「就是妳，沒戴帽子！妳瘋了嗎？」

她拍拍肩上的徽章。「救護車！」她喘著氣大喊，「救護車！」

「嘿，給我回來！」

但一秒鐘後，那聲音逐漸消失。風已經轉向，她突然發現自己身邊都是煙霧。她拿出手帕，壓住口鼻，繼續往前走。煙霧隨著風一陣陣地吹過來，因此在幾乎看不見的狀況以及刺眼的亮光之中，困難地走了大約一百多呎。有一次，她陷在一陣從天而降的火星中，火星輕微地燒灼她的頭髮和臉龐。不一會兒，她跌倒在地，爬起來時，便失去了方向感，然後往前跑了幾步，卻碰到一堵牆。她回頭繼續走，幾乎立刻又碰到另一堵牆……最後，某樣東西往她頭上飛過來，她瞬即閃躲——一張燃燒的紙張，她是這麼認爲。結果她發現那是一隻鴿子，翅膀燃燒了，於是她用手抵擋，趕忙躲開，驚懼地跌跌撞撞，手帕也掉落在地。她吸了一口朝她吹過來的煙，便開始咳嗽不已，繼續踉嗆地往前走。突然間，她發現自己身陷於高熱混亂之中，於是弓著身子，將手放在大腿上，開始咳嗽，吐口水。最後，她抬起頭來觀察。

她現在的位置已經非常接近火場中心，但她什麼都認不出來。在她四周、她應該認得出的建築物、匆匆快跑的消防員、地面上的積水、蜿蜒的水管……一切都被一種刺眼、不自然的強光所籠罩，或隱沒在晃動的陰影之下。她朝一名男子喊叫，但是在這一片熊熊烈焰與抽水機轟轟的震動聲下，那男子沒聽到。她又走向了另一個人，抓住他的肩膀，臉湊上去，低聲問道：「這裡是哪裡？我到底在哪裡？平氏修車廠在哪兒？」

「平氏修車廠？」他一邊甩開凱的手，一邊往前走。「就是這兒！」

她低頭往下看，看見靴子下踩的鵝卵石，再往四周瞧，這才認出熟悉的小細節來。最後，她明白了，帕馬傢具倉庫一定就在附近，就在前方，但那不是火場中心。她之所以無法認出她住處的建築物形狀，是因為帕馬傢具倉庫的一邊與屋頂已經塌陷，而且將她的住處壓垮了。

瞭解情況後，讓她整個人都看傻了。她無法動彈地站在原地，只是盯著火舌看。有個消防員抓住她的手，推著她，說道：「妳可以不要擋路嗎？」但是在被推著走了三、四步之後，她又垂頭喪氣地站在那兒。最後有人叫她的名字，是古奇街的警戒員亨利．法尼。他的臉和手都沾滿了黑煙，但是用手擦柔的眼凹處是白色的，看起來像個白人扮成黑人的綜藝藝人。

他拉著她的肩膀，驚訝地問：「藍格希小姐！妳在這裡多久了？」

她無法回答。他開始帶著她往離火場遠一點的地方走，同時摘下帽子，想讓她戴上，帽子很熱，感覺像個烤盤。「不要那麼靠近火，妳被灼傷了，妳……不要那麼靠近，藍格希小姐！」

「我來找海倫。」她開口說道。

亨利又說了一次，「過來！」兩人四目交接，隨後又往一旁看。「很遺憾，」他說，「那間倉庫……那地方就像火種一般迅速延燒，避難所也著火了。」

「避難所也著火了？」

他點點頭，「只有上帝才知道裡面有多少人。」

他帶著凱走到殘破窗戶的窗臺，請她坐下後，蹲在她身邊，握著她的手。凱開口問道：「亨利，關於避難所的事，他們確定嗎？」

「相當確定，我很遺憾。」

「無人生還？」

「無人生還。」

「一個都沒活下來。」

有個消防員跑了過來。「你們救護人員，」他對凱粗魯地喊道，「早在他媽的四十分鐘前就應該離開了！現在這裡沒你們的事，聽到沒有？」

亨利站起來，跟他說話，那男子低著頭走開。「老天！」凱聽見那男子說……

亨利再次握起凱的手。「藍格希小姐，我必須走了，我實在很不想留妳在此獨自一人。妳可以到急救站嗎？或者，我可以送你到某人……或某個朋友家？」

她朝著眼前的大火點頭，「我的朋友在裡面，亨利。」

亨利捏捏她的手走開了，然後立刻跑步大喊……火勢在凱到達前燒得最猛烈，現在已經沒那麼強烈了，火焰不再往天際竄燒跳動，轟隆聲也不再那麼大聲，溫度卻比之前還要熱，倉庫牆壁在火焰中燒到縮小變形，最後，在一片帶著火星的強風中，顫巍巍地倒下。消防人員四處移動，髒水在鵝卵石間流竄，或者像一大股酸氣般噴了出來。有一次，地面發出好幾聲悶悶的轟隆聲，一定是附近投下的炸彈引起的，但那場爆炸在這場景裡的作用就像一根巨大火鉗在撩撥火焰，火勢又猛烈燃燒了十幾分鐘，之後便逐漸趨緩。一輛消防車水箱被關上，水管也捲收起來。刺眼的燈光逐漸減弱，抽水機刺耳的聲音也逐漸轉小。月亮已西沈，或是被雲層所籠罩。事物失去了銳利的輪廓與不眞實的樣貌，小細節都隱退到陰影之中，如同一大群掩上翅膀的飛蛾。

這段時間裡，沒有人再來找凱。她逐漸與黑暗融爲一體，坐在那兒，雙手放在大腿上，眼睛只盯著燃燒中建築那熾熱、不動的核心；她看見火焰變換顏色，從極白，到黃，到橘，到紅。第二輛消防車水箱也關上、開走了。有人對另一個人大喊說空襲警報已解除，所有道路都已開放。

她想到道路，想到移動，但卻無法理解。她將雙手放在頭上，覺得頭髮有點怪——被火星輕微灼燒過，所以摸起來覺得很粗糙。她輕壓臉龐，所觸之處都很柔軟。她模糊記起，好像有人跟她說她被灼傷了。

後來，亨利．法尼又再回來找她，拍拍她的肩膀。她試著看著他，想要眨眼，卻幾乎無法動彈，因爲她的眼睛已經乾涸了，幾乎被烈火的高溫烤乾了。

「藍格希小姐，」亨利所說的跟之前一樣，只是現在，他的聲音很溫柔，哽咽，聽起來有點怪。她看著亨利的臉，只見佈滿黑色煤渣的臉上，有幾道白色歪斜的水道。「妳看得到嗎？」他問，「妳看一下，好嗎？」他舉起手。最後，凱終於瞭解，亨利正指著某樣東西。

她轉過頭，看見兩條人影，所在的地方有點遠，幾乎與凱一樣無法動彈，一樣說不出話來。那逐漸減弱的火勢照著人影，讓那兩條人影在這片漆黑中特別醒目。她先注意到的是在那髒亂的地方，那兩人白得很不自然的臉龐和雙手。之後，其中一人往前一步，凱便看到那是海倫。

她摀住眼睛，沒有起身。海倫必須過來，攙扶她站起來。甚至那時候，凱也無法將手從臉上移開。她讓海倫笨拙地擁抱，將額頭靠在海倫的肩膀上，把臉埋在海倫的頭髮裡，像個孩子般放聲哭泣。她並未感覺到壓力，或者放鬆。她現在仍感到一股混雜著濃烈痛苦與害怕的情緒，以致於覺得自己會因此死去。她在海倫的懷裡一直顫抖，最後，抬起頭來。

從淚水縱橫的視線裡，她看見了茱莉亞，在後面徘徊，似乎因爲害怕而不敢靠得更近，似乎在等待什麼。凱與她四目交會，搖著頭，又開始哭泣。「茱莉亞，」凱的口氣帶著一點困惑，因爲此刻，她什麼都不明白，除了海倫在此之前被死神奪走，但現在又回來了。「茱莉亞。喔，茱莉亞！感謝上帝！我以爲我失去她了。」

1941

小薇坐在火車上，就在史雲頓和倫敦之間，現在無法確切指出是在何處，因爲火車頻頻停靠可能是也可能不是車站的地方，而且也不必試圖往窗外看，因爲百葉窗都是拉下的，而且車站名稱不是被漆上油漆，就是被取下。過去四個小時，小薇跟其他七個人擠在這個二等車廂的六人包廂裡。氣氛很糟糕，幾名軍人拿著點燃的火柴在嬉戲打鬧，企圖點燃對方的頭髮；一名綳著一張撲克臉的空軍婦女輔助隊軍官，頻頻叫他們住手。另一名女子在織毛線，她的編織針頭一直戳到鄰座的大腿。其中有個穿長褲的女子剛剛才說：「妳可以不要這樣嗎？這件長褲可不便宜，妳的針頭會戳破這件長褲的。」

織毛線的女人把下巴抬得高高的。「戳破？現在妳不認爲有更重要的事需要擔心嗎？」

「沒有，事實上，我不這麼認爲。」

「嗯，我倒想知道，如果納粹入侵，妳可以買到哪種褲子？」

「如果納粹眞的入侵，我就不會在意了。但是，在他們入侵之前……」

「納粹會把妳嫁掉，把妳以及妳這類型的女孩儘快嫁掉！」織毛線的女人說，「喜歡有個納粹黑衫軍親衛隊的丈夫嗎？」

她們兩人繼續鬥嘴，小薇別頭過去。坐在她左邊的是個小女孩，出身富裕家庭，年約十三，身材高瘦，有著熱切的神情。她有一本全是馬匹的相本，頻頻將相本遞過包廂給她父親，她父親是一名海軍，袖子上有穗帶。「爸，那匹馬跟辛西亞的很像！」她邊說邊將相本遞給父親看，或者是說：「這匹馬跟梅波的很像，好可愛唷！不是嗎？這匹跟『白男孩』的頭幾乎一模一樣，只是『白男孩』的腹側比較豐滿一點，只有這樣……」

她父親會瞥一眼照片，並發出不高興的咕噥聲。他正在玩報紙上的填字遊戲，用筆輕輕拍打紙面。但幾個小時以來，他一直想引起小薇的注意。每次當小薇往他的方向看去，他都會擠眉弄眼。如果小薇翹起腿，他的目光就一定會在她小腿上游移。有一次，他拿出菸盒，傾身往前，想請小薇抽一根，但是那個撲克臉的輔助隊軍官阻止他說：「我有氣喘，如果你要抽菸的話，請到走道上抽，我會很感激你的。」之後，他便往後坐，對著小薇猙獰地竊笑，好像那名輔助隊軍官把他們兩人當成共犯似的。

「爸，你看這匹漂亮的馬，跟我們上次在韋伯斯特上校家看的那匹很像。爸！你沒在看！」

「老天哪，雅曼達，」他現在惱怒地說，「爸爸對小馬的忍受是有限度的。」

「那我只能說，爸爸一定很笨。牠們不是小馬，是成馬。」

「嗯，不管是什麼，我覺得都無聊得要命。看……」小薇已經站起來，要到洗手間。「這位年輕小姐也覺得這些馬無聊得要命。如果她覺得很無聊，要找個已經打開的窗戶跳下去的話，我也不會訝異的，我最好跟她一起跳下去。……有沒有……」他對小薇說，並站起來用手碰碰小薇的手臂，「有沒有我可以幫忙的地方？」

「沒有，謝謝。」小薇回答，同時甩開他的手。

「爸爸！」他女兒大喊，「你眞的很爛！」

「若是這樣，以後將會是 kinde、kirche（註：德文〈小孩〉與〈教堂〉之意）。」織毛線的女人對穿長褲的女孩說，「而且無法穿著長褲到處走動，我可以明白告訴妳這一點……」

小薇蹣跚地走到包廂門口，拉上門，往前看，有些猶豫，不確定是否要往前走，因爲走道上很擁擠。一群加拿大軍人在史雲頓上車，不是靠著窗戶便是坐在地板上玩牌抽菸。他們的藍色制服在火車靛青色光線下顯得很鮮豔，而香菸的裊裊煙霧讓他們看起來像是被一捲捲飄動的絲綢所圍繞；事實上，有一剎那，他們看起來相當美麗脫俗。

但是，當他們看到小薇開始走進這條狹窄的走道時，立刻變得生氣蓬勃，殷勤地閃躲，收起腳來，讓小薇經過。那一捲捲的絲綢似乎在他們迅速的動作中翻騰、撕扯、瓦解。他們吹著口哨大喊：「喔！注意！讓路給這位小姐！」

「眞的好大，我的天呀！」其中一名軍人朝小薇的胸部點頭。當火車晃動讓她腳步不穩時，另一名軍人伸出雙臂攙扶她，並說：「一起跳舞，好嗎？」

當她到走道盡頭，四下張望時，有個男孩問：「要去補妝嗎？這裡有位子，我朋友一直在幫妳暖位。」

她搖搖頭繼續往前走。她寧願不要上洗手間，也不想在門外這麼多男人的地方上廁所。但是他們抓住她的手，要她回頭。「不要離開我們，好姐姐！你會傷了我們的心的！」他們要請她喝啤酒、啜飲幾口威士忌。她又搖搖頭，面帶微笑。還有人要請她吃巧克力。

「我要保持身材！」她邊說邊突圍。他們則在她身後高喊：「我們也是！妳身材很棒！」

下一個走道安靜許多，再下一個則更安靜。有幾盞燈已經損壞了，她幾乎是摸黑走過的。那裡有更多的軍人，但他們一定比其他人更早出發，並不想打鬧，雙腿蜷縮，外套的皮帶沒解開，低著頭，試圖睡覺。小薇必須繞過他們身邊，困難地踩著步伐前進。火車搖晃顛頗時，她伸手去扶牆壁和窗戶的扶手。

走道盡頭有另外兩間洗手間，她很高興地發現，其中一間的鎖是轉到無人使用。但是，當她抓住門把將門推開時，那道門只往裡面些微移動後便被猛然關上。門後有人，是個身穿土黃色卡其制服的軍人，她從洗手台上方的鏡子瞄到他一眼，他正回頭。她看見門打開時，他臉上警戒的神情；小薇以爲剛才開門時他正在小解，因此覺得很不好意思。她往回走，到車廂交界處等待。洗手間的門關上約一分鐘後，她看見門把慢慢轉動，門才打開，門後的人似乎極其謹慎。那名軍人慢慢探出頭，好像砲火隨時會對他展開攻擊似的。當他察覺小薇正在注視他時，便挺起了腰桿，有禮貌地走了出來。

「對於剛才的事，我很抱歉。」

「沒關係，」小薇說，感覺到有點不好意思。「鎖沒壞吧？」

「鎖？」他一臉不解，左右張望，開始咬自己的手指。小薇看見他指上有捲曲的短毛，毛色很暗，像猴毛一般，而且雙頰泛青，需要刮鬍子；眼角和眼睛都佈滿血絲。小薇走過他身邊時，他往小薇的方向靠，偷偷跟她說：「妳在這附近沒看到查票人員吧？」

她搖搖頭。

「他們跟鯊魚一樣。」

他說話時，手從他嘴巴移開，舉起拇指表示魚鰭，並移動手部模仿魚在水裡游動的樣子，然後突然張開手指猛地彈指。他這麼做時，並不是很興奮，因爲仍然在左右張望。最後，他再次咬起自己的手指，皺著眉頭離開了。小薇進入洗手間，關上門，鎖上，幾乎將這個人拋在腦後。

她在廁所裡彎腰蹲著，而不是坐在弄髒的木頭座墊上；隨著火車的搖晃擺動，她感覺到小腿和大腿肌肉的拉扯。她先洗手，然後往髒污的鏡子裡照，仔細檢視自己的臉。檢查時自付，自己的鼻子太窄，嘴唇太薄；想像著，才二十歲，就已經開始變老，滿臉倦容……她重新上妝，梳理頭髮，將齒梳上的髮絲和絨毛拉出來，弄成一團後整潔地丟進洗手台底下的垃圾桶。

正要將梳子放進袋子裡時，有人敲門。她在鏡子前照了最後一眼，大聲說：「快好了！」

又再次敲門，這次敲得更大聲了。

「快好了！等一下！」

接著，外面的人試圖要扭開門把。然後她聽到一個聲音，是個男人的聲音，而且試圖盡量壓低嗓音。「小姐！開個門，好嗎？」

「天哪！」她自言自語，只能想到那可能是要跟她鬧著玩的加拿大軍人。或者，再一想，可能是那個愛馬成痴的女孩的父親。但是，當她拉開門閂，將門打開時，出現了一隻手，試圖阻止她再將門關上。這時，她立刻認出那手指上的捲曲短毛。之後出現的是捲毛主人的卡其衣袖和肩膀，以及未刮鬍子的下巴與充滿血絲的眼睛。

「小姐，」他摘下帽子說，「可以幫我個忙嗎？查票人員要過來了。我把我的車票搞丟了，他會對我……」

「我正要出去，」她說，「如果你可以讓開的話。」

他搖搖頭，阻止小薇關門或開門。他說：「我見過那個傢伙，老實說，他非常兇悍。我之前看到他把一個給錯憑單的傢伙罵得一文不值。如果他敲門聽見我的聲音，他會向我要車票的！」

「嗯，你要我怎麼做？」

「妳可以讓我進去，直到他過去爲止。」

小薇驚訝地看著他，「在裡面，和我一起？」

「等他過去就好了。在他敲門時，妳可以把妳的車票從門縫塞出去。小姐，求求妳。女孩經常會幫軍人這樣的忙的。」

「我想也是，但你眼前的這個女孩除外。」

「拜託，求求妳。我的處境非常艱難。我請了事假，只有四十八小時。但有一半的時間，我是在史雲頓車站苦等，等到我的……嗯，雙腿都凍僵了。如果他把我趕下車，我就完蛋了。幫幫忙吧！這不是我的錯。車票本來在我手上，才放下半分鐘，有個海軍人員看到我這麼做……」

「一分鐘前你才說你搞丟車票。」

他顧左右而言他地摸摸頭髮，「丟了、被偷，這有什麼差別？我在這列火車上像瘋子一樣躲躲閃閃，從一上車開始便在洗手間躲進躲出，只希望有個好心人可以幫我，讓我躲過這一遭。這對妳不會造成任何損失，對吧？妳可以相信我，我可以對上帝發誓。我不是……」他停下來，將頭縮回去，之後又探出臉來，低聲嘶喊著：「他來了！」在小薇有任何反應前，他已經闖進了洗手間，同時也將她一起往裡面推。他迅速鎖上門閂，耳朵貼著門框縫隙，咬著下唇。

小薇說：「如果你認爲……」

他用手指按在自己嘴唇上：「噓！」耳朵仍貼著門框，頭開始在門上不斷移動，好像急切想在垂死病人胸口上找到心跳的醫生。

接著，廁所門發出一陣簡短有力、具權威性的叩門聲，這讓他像是中了彈似地一震。

「查票，謝謝！」

眼前這個軍人看著小薇，臉部可怕地扭曲著，像發瘋似地比手畫腳，假裝從口袋拿出車票、彎腰、將車票從門縫塞出去。

「查票！」查票員再喊一次。

「洗手間裡有人！」小薇最後終於喊道，聲音聽起來慌亂且愚蠢。

「我知道有人，」走道上的聲音回答，「小姐，我需要查看妳的車票，請出示一下。」

「你可以晚一點再看嗎?」

「我現在就得看,請包涵。」

「等……等我一下。」

她能怎麼辦呢?不能將門打開,查票員只要看到那個軍人一眼,便會產生最糟糕的想法。因此,她拿出車票,低聲嘶吼:「讓開!」氣憤地揮著手。那軍人讓出一步,讓她彎腰將車票塞過去。小薇不安地蹲下,她知道這空間很小,知道彎下腰來會讓這地方顯得更小。事實上,她感覺到自己的大腿擦過他的膝蓋,因此有一陣子,她羊毛裙就黏附在這男人的卡其褲上。

車票被放在車門陰影中不一會兒後,好像出於車票自己某種奇特意願的驅使下,動了一下便滑走了。接著是一陣懸疑的等待。她笨拙地保持蹲姿,沒有抬頭看。但最後,門外的查票員大聲說道:「很好,小姐!」車票被塞了回來,上面有個整齊的小洞,查票員走開了。

她起身,往後一站,將車票放進皮包,叩環啪的一聲關上。

「現在滿意了吧?」

那個軍人正用袖子擦拭額頭。「小姐,」他說,「妳真是個天使!我向上帝發誓,妳是那種讓人重拾生活信念的天使,是歌曲裡描寫的那種天使。」

「嗯,你現在可以寫一首,」小薇邊說邊要走出去,「唱給自己聽。」

「什麼?」他舉起手來按住門,「妳現在還不能走,要是那傢伙走回來的話,那怎麼辦?至少等個一分鐘。聽著……」他的手探進短外套口袋,掏出一包皺巴巴的五葉地錦牌香菸。「請妳陪我抽一根香菸就好，我別無所求，給他一點時間到頭等車廂。我向上帝發誓，如果妳知道我這一路上的辛苦，這一路我必須克服的困難……」

「那是你的問題。」

他露出笑容，「那就這樣想吧！這是妳在戰時報效國家的方法。」

「你對多少女孩說過這句話？」

「妳是第一個，我發誓！」

「你是說，今天第一個。」

現在，他幾乎要咧嘴大笑。小薇看見他的牙齒，那牙齒相當令人動心，非常整齊、平整、潔白，而且在他下巴鬍渣的襯托下，顯得更潔白了。他的牙齒頓時讓其他五官顯得好看。她注意到他有淺褐色的眼睛以及濃密的黑睫毛。頭髮很黑，比她的還要黑；他試圖用髮油撫平，但有幾撮頭髮已經脫離髮油的固定，恢復原有的卷度。

但是，他的制服看起來像是被他穿著上床睡覺似的。短外套很髒，很不合身。褲腿上有一條條的橫紋縐褶，像拉開的六角手風琴。但他拿著那包五葉地錦牌香菸懇求她，讓她想到自己擁擠包廂的窄小座位、對她頻頻眨眼的海軍、患有氣喘的輔助隊軍官，以及喜愛馬匹的小女孩。

「好吧，」她最後說，「給我一根菸，只待一下就好。但我得去檢查我的腦袋，我一定是瘋了才會留下來！」

他鬆了一口氣，嘴咧得更大。她認爲，他牙齒整排露出來的樣子更吸引人。他拿出紙板火柴盒幫她點菸，她湊上前去借火，之後便很有戒心地往後退，一手橫過胸前，手腕頂在另一手的手肘上，一隻腳跟緊貼牆壁，以平衡火車蜿蜒晃動的力道。她很難去忽略那個陶瓷馬桶。因為不久前，她畢竟才在上面彎著腰、光著屁股上廁所。但同時，跟大家一樣，她最近也得再次適應與陌生人共處尷尬空間的情況。兩個月前，在另一班火車上突然發生空襲，因此大家都得趴在地上。那次，她必須將臉埋在一名男子的大腿上長達四十五分鐘，令那男子尷尬不已……

至少眼前這個男子神態自若，將身子靠在支撐洗手槽的台面，開始打呵欠，呵欠變成一種真假音互換的低沈呻吟。打完哈欠後，他將菸刁在唇間，搓揉自己的臉，不自覺地用力搓揉，是那種男性對待自己臉蛋的方式，而女性則不會這麼做。

之後，火車開始慢下來，小薇焦急地看著車窗外。「這裡是潘汀頓嗎？」

「潘汀頓？老天，眞希望已經到了！」他靠往百葉窗，將窗片拉開一些，想看看車外，但什麼都看不到。「只有上帝知道我們在哪兒，我想，我們才過狄卡特。喔，開動了。」他幾乎要被晃倒，「還順便送我們坐一趟免費的遊樂園火車。」

火車疾馳一會兒後，突然慢了下來，現在則是走得搖搖晃晃，他和小薇像跳跳豆一樣晃來晃去。小薇伸出手，想要抓住扶手。在這種情況下，不想笑都不可能。眼前的軍人也難以置信地搖著頭。「這一路都是這樣嗎？妳是從哪裡上車的？」

在顯露出一絲勉強後，小薇告訴他，是在陶頓上車的，之前是去探望她姊姊和姊姊的小孩，還說姊姊他們搬到那裡躲避轟炸。他聽了之後，點點頭。

「陶頓，我去過一次。記得那兒有好幾家不錯的酒館，有一家叫〈戒環〉，去過嗎？」他說著握起了拳頭，「老闆以前是打拳的，身材矮小，但有個被打扁的大鼻子，玻璃櫃裡擺了一副手套。喔！」火車行進比較平穩後，他嘆口氣，雙手抱胸。「只要現在可以在那個地方，要我放棄什麼都成！手中一杯黑啤酒，壁爐裡有熊熊的烤火……妳身上不會剛好有威士忌吧？」

「威士忌？」小薇說，「沒有，我沒有。」

「好，別這麼激動！就我經驗而言，很多女孩的皮包裡都會帶酒，妳很驚訝吧！我想，女孩是用酒來壓抑炸彈所帶來的驚嚇吧！當然，有妳那樣的神經，是不會需要的。」

「我這樣的神經？」

「妳把車票拿回來時，我看到妳的手，平穩得像顆石頭。妳會是個好間諜。」他瞇起眼睛，打量她一番。「談到這一點，妳倒有可能是間諜。像瑪塔・哈麗❶那種女間諜。」

小薇回道：「那你最好謹言愼行。」

「但就妳所知，」他繼續說，「我也可能是間諜。或者，我不是間諜，而是間諜在找的那個人。不是總有這種人嗎？某個身負重大消息的可憐蟲，只因爲他不經意地穿上某個傢伙的靴子，或撿到另一個傢伙的雨傘。他最後總會和一個女孩被綁在一張椅子上，而綁著他們的結，老像是出於拙劣的童子軍之手。」

他自己笑了出來，覺得這個想法還不錯。我覺得他的聲音聽起來不錯，她照慣例地暗自在心中這麼想；事實上，他的聲音眞的很好聽，她發覺自己也很喜歡。他繼續說：「妳覺得跟我綁在椅子上，會有什麼感覺？對了，我只是出於好奇才問。我不是在搭訕，或是有什麼企圖。」

「不是嗎？」

「喔，才不是。跟女孩攀談搭訕前，我總會先多瞭解她一點。」

她抽了一口菸，「如果那女孩不讓你瞭解呢？」

「光憑女孩外表許多細節，多少都可以瞭解一些。以妳爲例，」他朝她的手指點頭，「妳沒有結婚，這表示妳很聰明。我喜歡聰明的女孩。指甲相當長，所以不是務農或在工廠工作。」他往下看，再慢慢往上看。「腿太漂亮，穿長褲很可惜。身材太好，無法讓妳躲在後臺從事不必拋頭露面的工作。我敢說，妳是大人物的秘書，艦隊將軍之類的。我說的很準吧？」

她搖搖頭，「差了十萬八千里！我只是個普通的打字員。」

「打字員。呵……沒錯，很接近了。妳在哪裡工作？政府機構或其他地方？」

「倫敦某處。」

「倫敦某處？我明白。名字呢？或者妳也不能說？」

她猶豫起來了，但只有一瞬間。之後她想，這有什麼大不了？便告訴他了。他點點頭，想了一下，看著她的臉。「薇薇安，」他最後終於開口，「很好，這名字很適合妳。」

「是嗎？」

❶譯註：瑪塔・哈麗（Mata Hari），一次世界大戰時的荷蘭籍肚皮舞孃，被法軍懷疑是德國間諜而遭處決。

「這是個適合美豔女子的名字，不是嗎？不是有個[1]薇薇安夫人？或類似的人？是在亞瑟王的時代吧！小時候對這些故事都瞭若指掌，現在都忘了。總之，」他傾身向前與她握手，「我叫瑞奇．尼格里（Nigri）。對，我知道，我知道，這名字很爛，但我這一生都要用這個名字。學校裡的男孩以前會叫我[2]黑鬼，現在部隊裡的人叫我[3]墨索。如果可以，妳自己想想看，他們為什麼會這麼叫我。我祖父來自[4]那普勒斯，應該給妳看看照片！他有長到這裡的八字鬍，加上背心、圍在脖子上的手帕，他只需要一隻猴子，便很像[5]手風琴藝人，推著推車沿街叫賣冰淇淋。我有隔我兩個輩份的二等親，或是這類的親戚。他們現在在另一邊打仗，在義大利。對於這場戰爭，他們可能跟我一樣熱衷……妳有兄弟嗎，薇薇安？不介意我叫妳薇薇安吧？我可以叫妳皮爾斯小姐，但現在這個時代，聽起來蠻老套的。……妳有兄弟嗎？」

小薇點頭，「只有一個。」

「哥哥，或弟弟？」

「弟弟，」她說，「十七歲。」

「十七歲？我敢打賭，他愛死了這一切，對吧？等不及要從軍？」

她想到鄧肯，「這個……」

「若我是他那樣的年紀，也會這樣。但是……我已經快三十了，看看我，兩年前，我才在梅達谷賣汽車，業績很不錯。後來戰爭爆發，這下可好了，工作沒了。有一陣子，我從朋友那兒拿到一些工作，是訂製珠寶方面的生意，還不錯。現在我哪兒都不能去，只能待在威爾斯見習軍官的訓練單位，學習子彈應該是從步槍的哪一頭出來，在那裡已經待了四個月，我發誓沒騙你，那裡每天下雨。對指揮官而言還好，他住旅館，而我們是住在鐵皮屋頂搭的臨時軍營。」

他就這樣滔滔不絕地談到關於他在軍營裡的工作職責，關於他的班被分派到的破爛居所、糟糕透頂的酒館與旅館酒吧、壞到不行的天氣……他讓她發笑。小薇遇見過的男孩，年紀都與她自己相仿，對戰爭都很熱切：他們談論的不外乎是飛機和戰艦的機型、陸軍的賭注與海軍的爭執。眼前這男子已經超越這些，他不再熱衷吹噓誇大。他又打了呵欠，揉揉眼睛，而且他的疲憊，不知怎麼回事，似乎很吸引人。小薇喜歡他說「當我小時候」那種成熟輕鬆的口吻，喜歡他說她名字的方式，他是想了一下再說那名字很適合她。她也喜歡他知道亞瑟王故事這件事。她喜歡他的制服不合身這個事實。她想像身穿普通短外套、襯衫、背心配上領帶的他。她看著他像猴子般的手，想像他身體其他部位：黝黑、結實的皮膚，胸口、肩膀、臀部和腳上捲曲的毛髮……

❶譯註：薇薇安夫人，（Lady Vivian），具有魔法的女巫，曾贈與亞瑟王王者之劍。

❷譯註：黑鬼，（Nigger），對黑人的侮辱性字眼，音近尼格里（Nigri）。

❸譯註：墨索，（Musso），此指墨索里尼 Mussolini，二次世界大戰時義大利的法西斯獨裁者，與德國納粹為同一陣線。

❹譯註：那普勒斯，義大利南部港市。

❺譯註：手風琴藝人，此指街頭搖手風琴的賣藝人，旁邊經常會有一隻用鍊子鍊住的猴子。

突然，有人試圖扭開門閂，他立刻住口。有人敲門，大喊：「嘿！怎麼用那麼久？」是個加拿大軍人。瑞奇有那麼一會兒沒作聲。之後，又敲門了，他便喊道：「這間有人了，老兄！到別間去！」

「你在裡面已經半小時了！」

「難道我不能有一點獨處的時間嗎？」

那個空軍離開時踢了一下門，「去你的！」

瑞奇漲紅了臉，「你去死吧！」

他似乎是不好意思，而不是憤怒。看見小薇正在注視他，目光便轉到一旁。「好個傢伙！」他喃喃自語。

她聳聳肩，「別擔心，我在打字間聽過女孩子說出比這更糟糕的話。」

她抽完菸，菸蒂丟在地板上，用鞋子踩熄。抬頭時，發覺他在看她。他的臉已經不紅了，表情有點不同，面帶微笑，但眉頭深鎖，似乎有些不解。

過了一會兒，他說：「嗯，妳真的是個非常標緻的女孩，我運氣也真好。我是說，我和一個漂亮女孩一起困在這個地方，卻無法彬彬有禮地說聲『請坐』……」

這又逗小薇發笑了。他盯著小薇的臉蛋，也笑了出來。「嘿，對一個累得要命的傢伙而言，我的表現還不賴吧？妳應該聽聽我睡過覺後所說的話，告訴妳，我可厲害得很呢！」他咬著唇，那種略感困惑的表情又浮現在他臉上。「妳的出現不會是幻覺吧？」

小薇搖搖頭，「據我所知，我並不是幻覺。」

「好吧！既然妳都這麼說了。幻覺很聰明，就我所知，搞不好眞正的我還坐在史雲頓車站的長椅上呼呼大睡呢！我需要刺激，需要有一把鑰匙掉進我領口裡，或是……我知道了！」他轉過身去，將香菸在洗手槽裡捻熄，然後拉起袖子，露出手臂。「可以捏捏我嗎？」

「捏你？」

「好證明我不是在做夢。」

小薇看著他裸露的手腕，拇指底部平滑蒼白的肌肉上有個地方開始長毛，她又不自主卻也不是不高興地，又想到他黝黑的手臂和雙腳……然後伸手過去用手指捏了一下，指甲不小心勾到他的肉，令他迅速縮回手臂。

「喔！練習過唷！我認爲妳就是間諜！」他揉揉小薇捏過的地方，再吹吹氣。「妳看，」他展示捏痕，「回到家後，他們一定認爲我上過戰場，到時我就必須說，『這不是軍人幹的，是一個和我在火車上洗手間裡聊天的女孩造成的。』在這種情況下，一定又會吵起來。」

「什麼情況？」她問，又笑了起來。

他仍對手腕吹氣，「我告訴過妳了吧？我請了事假。」他將手腕舉到嘴唇高度吸吮，「我的妻子，」他對著拇指底部的手掌肉說，「剛剛生完小孩。」

小薇以爲他在開玩笑，便保持微笑。但是，在見到他嚴肅的表情時，小薇的微笑變得僵硬，頸部到頭髮的皮膚全都漲紅了。

「喔……」她雙手抱胸應道。從這男子的年紀，甚至是舉止，早就應該猜到他已婚了，但是她都沒有想到。「喔……是男孩，還是女孩？」

他放下手，「小女孩，我們已經有一個男孩了，所以我想，妳可以說，我們男女雙全了。」

她很有禮貌地回應：「這樣很好。」

他幾乎是聳著肩說：「對我妻子而言，這很好。這會讓她很快樂，但不會讓我們有錢，這一點我知道。但是，妳看，看看這個，這是我大兒子。」

他從口袋裡取出一個皮夾，翻找裡面的文件，抽出一張照片，遞給她看。照片有點髒，四角有些許破損，是一名女子和一個小男孩坐在一起，可能是在庭院拍攝的，是個陽光燦爛的夏日。修剪過的草坪上有一張方格紋地毯，女子用手擋在眼前，半張臉被陰影遮住，頭髮蓬鬆；男孩歪著頭，對陽光皺眉，手上有個自家做的小汽車或小火車之類的玩具；同時，另一個自家做的玩具放在腳下，可以看到右下方角落有個人影，應該是瑞奇自己，正在拍照。

小薇遞回去，「是個漂亮的小男孩，皮膚黝黑，跟你很像。」

「他很乖。女孩皮膚比較白皙，他們這麼跟我說。」他凝視這張照片，然後收妥。「但小嬰兒出生在一個怎樣的世界呢？我希望我妻子可以跟你姊姊一樣，搬離倫敦。我一直想到幾個可憐的小孩，在長大的過程中，每晚都在廚房桌子底下睡覺，還以為這是正常的。」

他扣好口袋釦子，兩人就這麼站著，有一會兒，都沈默不語——他們想起了倫敦、這場戰爭以及一切。小薇又開始對馬桶感到不自在，比起瑞奇說話抱怨逗她笑，站在馬桶旁邊沈默不語更讓她覺得奇怪。但是，他又開始咬自己手指旁的皮屑，不久後，手放下，雙手抱胸，心情沈重地盯著地板。小薇認爲，這很像燈光逐漸減弱變暗的景象。彷彿這是她第一次察覺到火車的喧囂和晃動，以及出於僵直站立而導致腿部和足背的疼痛。

她改變站姿，身體挪動了一下，他抬頭看了看。

「妳要出去了？」

「我們應該要出去了，不是嗎？如果還不出去，會有人再來敲門。你還在擔心查票員？你車票是眞的搞丟了嗎？」

他往旁邊看，「我不會對妳撒謊的，我本來有張旅行憑單，但在一場紙牌遊戲裡，有個傢伙把它贏走了……但是，我才不管查票員，他們去死吧！事實上是……嗯，事實上是我不願面對外面那些空軍，他們看我的樣子好像我是個老人。跟那些男孩相比，我是老人沒錯！」

他鼓著雙頰與她四目相對，疲憊且坦誠地說：「我不想當老人了，小薇，我厭倦這場戰爭！我從禮拜三早上就一直移防，現在要回家見我妻子，但可能只有時間吵頓架，之後便得離家再回到部隊。她姊姊會陪她，她很厭惡我，她母親也不怎麼喜歡我，我兒子叫我『叔叔』；他見到空襲警戒員比見我的次數還要多。如果我妻子也這樣，我也不會驚訝……但至少那條狗會很高興我回家了，如果狗還在的話。上次聽他們說，說要用槍解決牠，還說他們討厭排隊買馬肉。」

他又搓揉那雙充血的眼睛，摸摸下巴。「我需要洗個澡，也需要刮鬍子。在外面那些伐木工人身邊，我看起來就像查理・卓別林。但不知怎麼搞的……」他猶豫一下，展開微笑。「不知怎麼搞的，我卻跟一位明豔照人的女孩鎖在這斗室裡，她是我生平見過最美麗動人的女子。讓我好好享受一下，只要幾分鐘就好，不要強迫我開門，求求妳！看……」

他的心情又變好了，身子前挪，溫柔地握起她的手往自己嘴邊親吻，姿勢很老套，卻帶著一股正經的感覺。她羞赧地笑著，太注意瑞奇緊握的手，但是很有男性氣概，感覺很舒服，手掌方正，粗短的手指和短硬的指甲。她的手關節摩擦他的下巴，感覺像砂紙，但他的嘴唇很柔軟。

他像之前一樣朝小薇笑，開心地笑著。這次，又看到他整齊潔白的牙齒。後來她告訴自己，*我是先愛上他的牙齒的*。

她試圖想像奔馳的火車正載送他投往妻兒與家裡的懷抱，但就是無法想像出這個畫面來。對她而言，那些就像是夢境或一群鬼魂。她太年輕了！

嗒、嗒、嗒，有人輕叩鄧肯臥房窗戶。嗒、嗒、嗒、嗒。奇怪的是，他已經適應了警報聲、砲火和炸彈爆炸聲，但是這種像鳥兒淺啄窗戶的輕微聲響，卻將他從睡夢中吵醒，並且幾乎讓他嚇出一身冷汗來。嗒、嗒、嗒……他往床頭櫃伸手，將手電筒打開，手不停顫抖，所以當他將手電筒往窗戶一照時，窗簾褶子裡的陰影似乎在膨脹，好像有人從外推擠窗簾似的。嗒、嗒、嗒……現在那聲音聽起來比較不像是鳥兒的啄嗒聲，倒像是爪子或指甲在刮窗戶。嗒、嗒、嗒……他有一度想要跑去找父親過來看看。

然後，他聽見一個沙啞的聲音叫喚著自己的名字：「鄧肯！鄧肯！不要睡了！」

他認得這個聲音，一切便不再那麼可怕了。他掀開棉被，趕忙跑下床，將窗簾拉開。是艾力克，就站在隔壁窗戶旁，在客廳的窗戶那兒，鄧肯週末經常都睡在客廳。艾力克仍輕叩著那扇玻璃窗，仍舊叫喚著，要鄧肯醒來。但現在他看見鄧肯手上的手電筒，便轉過身來，手電筒光線這時直接照在他臉上，這讓他瑟縮了一下、瞇上眼睛，舉起手擋在臉前。在這樣的光線籠罩下，臉色看起來有點蒼黃。他頭髮往後梳，髮油將頭髮平整地貼在腦袋上，額頭和臉頰細緻鮮明的曲線形成看似凹陷的陰影，看起來像個食屍鬼。待鄧肯放下手電筒之後，艾力克便跑向靠近鄧肯臥室的窗戶邊，拼命指著鉤子示意：「打開窗子！」

鄧肯拉起窗框，手仍在顫抖，拉的時候，窗框好像老是被卡住，玻璃也不停地震動。他慢慢地拉，避免發出聲響。

「怎麼了？」拉起窗戶後，他壓低嗓子小聲地問。

艾力克往鄧肯身後瞧，「你在裡面做什麼？我一直敲客廳那邊的窗戶。」

「小薇沒回來，我在這裡睡覺。你在外面多久了？你吵醒我，也嚇死我了！怎麼了？」

「鄧肯，我中了，要命，就是這麼回事！」艾力克聲音漸漸提高。「我中了，氣死人！」

他身後的天空突然爆出一陣火光和一連串細碎的爆炸聲。鄧肯望著天空，心生恐懼。他只想到艾力克家，或艾力克的房舍，一定發生了不幸事件。他問：「怎麼了？發生了什麼事？」

「我中了，眞是氣死人！」艾力克又說了一次。

「不要一直這麼說了！你是指什麼中了？到底是怎麼回事？」

艾力克不由自主地抽動，似乎要強忍鎮定。「我的徵兵令到了！」他最後終於開口。

聽到之後，鄧肯感受到另一種恐懼。「不可能吧！」

「哼，已經送來了！鄧肯，我不去。他們無法強迫我去，我是說眞的……我是說眞的，但沒有人相信我……」

他的嘴仍在說話。另一枚炸彈發出閃光，接著是幾聲爆炸，鄧肯又仰望天空。「這場空襲，已經持續多久了？」警報響起時，他一定睡得不醒人事。「你是在轟炸時跑過來的嗎？」

「我已經不在乎這該死的空襲了！」艾力克說，「空襲開始時，我反倒覺得很高興。我很希望被炸個粉碎！我就走在密契姆道上，就在馬路中央！」他往窗框裡一探，捉住鄧肯的手，艾力克的手很冰冷。「你也跟我出來！」

「別傻了！」鄧肯甩掉艾力克的手，然後往臥室門瞥了一眼。他應該在空襲發生時，喚醒父親的，然後走路到公共避難所躲避空襲。「我應該去叫醒我爸！」

艾力克一把抓住他的手臂，「等一下再叫，先跟我出來，我有事要跟你說。」

「什麼事？現在就說。」

「出來！」

「天色太晚了，氣溫也太冷了！」

艾力克將手抽回，放到自己嘴邊，開始啃手指。「那就聽著，」過了一會兒，他說，「讓我進去，跟你一起。」

鄧肯依言讓開窗戶，讓艾力克自己爬上窗台，膝蓋與腳丫子橫過窗口，跳進房間。他手腳很笨拙，每次都一樣，都是重重落地，地板發出砰的一聲，惹得小薇化妝台的瓶瓶罐罐搖晃滑動。

鄧肯拉下窗框，放好窗簾。打開電燈時，他和艾力克都猛眨眼，光線讓一切顯得更爲怪異，夜色似乎比實際更深沈。這房子裡可能有人生過病……突然間，鄧肯腦海裡出現他母親生病時鮮明的影像，他父親請姨媽過來，然後是醫師……大家在夜半時分來來去去，嘴裡念念有詞。本來感覺很好玩，到最後卻演變成不幸的災難……

他開始因寒冷而發抖，便穿上拖鞋和睡袍。當他繫好衣帶之後，看到艾力克的衣著：一件拉鍊式短外套、深色法蘭絨長褲，以及一雙骯髒的帆布鞋。在看到艾力克削瘦蒼白而又裸露的腳踝時便說：「你沒穿襪子！」

艾力克仍在對著亮光猛眨眼，「我當時得趕快穿好衣服，」他坐在床沿說，「我很想找你說說話，幾乎快瘋了！今天下午到法蘭克林的店沒看到你，你上哪兒去了？」

「你到過法蘭克林的店？」鄧肯皺著眉頭，「幾點過去的？」

「不知道，大約四點。」

「我那時在幫曼寧先生送包裹，沒人跟我說你來過。」

「我沒問人，只是看了一下，只是走進去看了一下，沒人阻止我。」

「你今晚爲什麼沒過來喝茶？」

艾力克看起來很氣憤，「你認爲呢？我跟我那該死的父親吵了一架，我……」他的聲音再度高亢起來，「鄧肯，他竟然打我！你看！看到了嗎？」他別過臉，讓鄧肯看看他的臉，他臉頰上方有一道些微泛紅的痕跡。但鄧肯也注意到，艾力克的眼眶泛紅，看來已經哭了很久。他發現鄧肯在端詳他，便又轉身過去。「他根本不是人！」艾力克的語氣平靜，似乎覺得很丟臉。

「你幹了什麼事？」

「我跟他說我不去，他們不能強迫我去。我本來是不想跟他說關於徵兵令的事，但郵差在送達文件時，還大驚小怪的，搞得全家都知道了。是我母親收到的，我說『那是給我的，我愛怎麼處理就怎麼處理』……」

「徵兵令是什麼樣子？上面寫了什麼？」

「我帶來了，你看。」

他拉開外套拉鍊，掏出暗黃色信封。鄧肯走到他身旁的床沿坐下，這樣才看得清楚。那份文件的收件人是 A. J. C. 普藍納，艾力克的全名。上面寫著，根據國民服役法，他被征召至地方自衛隊軍團服役，必須在兩個星期內前往位於❶舍本里斯的皇家砲兵訓練團報到。上面提供如何抵達報到地點的資訊與應攜帶物品，另外還有一張四先令郵政匯票，是預先支付給他的服役款項。這些文件上蓋滿了日期與號碼，但全都佈滿摺痕，似乎是艾力克之前擰皺之後再攤開撫平的。

鄧肯驚恐地看著那些被捏皺的紙張，「你把文件怎麼了？」

「這沒關係，不是嗎？」

「我不知道，他們可能……他們可能會藉這個行爲來對付你。」

「用來對付我？你跟我媽說的都一樣！你該不會認爲我會入伍吧？哼！我告訴過你……」艾力克抽回文件，以厭惡的姿勢將文件捏成一團丟到地上；接著，又像彈簧似地一個箭步上前，撿起紙團再攤開，連同郵政匯票一起撕毀。「這就對了！」他滿臉通紅，全身發抖說道。

「哇！」鄧肯的恐懼轉變成仰慕之情，「你辦到了，好極了！」

「早跟你說過了，不是嗎？」

「你眞是個要命的瘋子！」

「我寧願當個瘋子，」艾力克甩著頭說，「也不願照他們的話做，他們才是瘋子，他們要每個人都變成瘋子，但沒人阻止他們，大家都假裝這是正常的，好像他們給你槍、把你變成軍人，這才正常。」他站起來，激動地往後撫平已經用髮油服貼固定的頭髮。「鄧肯，我受不了了！我要脫身！」

鄧肯瞪著他看，問道：「你該不是要去登記變成COs（有良心的拒服兵役者）吧？」

艾力克輕蔑地噗嗤一笑，「我不是指那個，那樣跟從軍一樣糟！被迫站在房間裡面對一群陌生人說出你的想法？幹嘛要這麼做？如果我不去打仗，這又與誰何干？」他接著說，「反正，我爸可能會殺了我！」

「你這麼說是什麼意思？」

❶譯註：舍本里斯（Shoeburyness），英格蘭東南部一小鎮，是泰晤士河的出海口。

艾力克將手放在嘴邊，又開始咬指頭，兩眼直視鄧肯。「你看不出來嗎？」

他說話時帶著一股壓抑的興奮，彷彿……彷彿雖然發生了這麼許多事，他仍舊想笑。鄧肯感到胸口一陣緊縮。「你該不會……你該不會是要逃跑吧？」

艾力克沒回答。

「你不可以逃跑！這不公平！你不能這麼做。你沒帶東西在身上，需要錢、需要配給券、需要買食物。你要逃到哪兒？你不會……你不會要去愛爾蘭吧？」他們以前談論過要這麼做，但當時是說要一起去的。「即使逃到愛爾蘭，他們還是有辦法找到你的！」

「我才不在乎！」艾力克突然惱羞成怒，「我不在乎他媽的愛爾蘭！去他的！我不在乎我會怎樣，我就是不要當兵！你知道他們會如何對待你嗎？」他嘴角往下撇，「他們很噁心！把你整個摸遍，上下看透，連屁眼和下體都不放過！麥可・華倫說，一排男人，都是老頭，會把你看得透透的，眞噁心！一群老頭子！對他們來說，這沒什麼，對我爸和你爸來說，這也沒關係，他們已經活夠本了，他們要奪走我們的生命！他們已經有過一次戰爭了，現在又製造一個出來！他們不在乎我們還年輕，要讓我們搞得跟他們一樣老！那不是我們的戰爭，但他們不管……」

他又提高了音量。「不要大聲喊叫！」鄧肯說。

「他們要置我們於死地！」

「閉嘴！好嗎？」

鄧肯擔心樓上的人與父親。他父親的耳朵跟柱子一樣背，但體內似乎裝了雷達，可以察覺到有關艾力克的一切。艾力克停止說話，繼續啃咬自己的手指頭，開始在房間裡來回踱步。屋外的空襲聲越來越大，已匯成了一陣低沈的悸動，鄧肯房間的玻璃窗開始輕微晃動。

「我要脫身！」艾力克邊說邊踱步，「我要脫身，我是說眞的！」

「你不要逃，」鄧肯語氣堅定，「這不公平！」

「這個世界上已經沒有公平這回事了！」

「你不能逃跑，你不能把我留在史崔漢這個地方，讓我和艾迪・帕里、羅德尼・密爾斯他們這些男孩在一起……」

「我要走，我受夠了！」

「你可以……艾力克！」鄧肯突然興奮起來，「你可以待在這裡！我可以把你藏在這裡！我可以幫你帶食物和水過來。」

「這裡？」艾力克看看四周，皺起眉頭。「我要躲在哪兒？」

「我不知道，但你可以躲在櫥櫃之類的地方，只需我爸在家時再躲起來。小薇不在家睡的那幾晚，你都可以出來活動，可以跟我睡。甚至小薇在這裡時，你也可以出來，她不會介意的，她會幫我們的。你會像……像基督山恩仇記裡的伯爵一樣！」他想到那本小說，想到要弄來一盤盤的食物，從他的配給保留一些肉、茶和糖。他想到每晚要和艾力克偷偷一起睡覺……

但艾力克滿臉遲疑，「我不知道，這得要躲上好幾個月，不是嗎？可能要躲到戰爭結束。你明年也會收到徵兵令，如果他們往下放寬從軍年齡，你會更早收到。說不定在七月就會收到！那時候，我們要怎麼辦？」

「到七月還很久，」鄧肯說，「從現在到七月，誰都不知道會發生什麼事。到了七月，我們說不定都被炸死了！」

艾力克又搖搖頭，「我們不會被炸死，」他痛苦地說，「我知道我們不會的。我希望我們會被炸死，但死的人都是小孩、老婦、嬰兒和笨蛋，都是一些蠢到不介意這場戰爭的人，蠢到不介意成爲軍人的男孩，蠢到看不清這場戰爭不是他們的而是一堆政府官員的人。那也不是我們的戰爭，但我們必須身陷戰爭飽受折磨，必須照他們的話做，他們甚至不告訴我們眞相！也沒向我們說明關於伯明罕的事，大家都很清楚，伯明罕可以說是被燒得一乾二淨。有多少城鎭跟它一樣？他們也不說清楚希特勒擁有的武器，那些火箭和毒氣，那些不會殺死你但會讓你皮膚剝落的可怕氣體、會影響你腦部運作的氣體，那氣體會讓你變成機器人，好讓希特勒把你變成奴隸。他會把我們都關進集中營，你知道嗎？他會強迫我們在礦場和工廠工作，把所有男人都變成挖掘和工作的機器，讓女人懷孕生子。他會強迫我們跟女人發生關係，一個接一個，只爲了要讓她們受孕生子。他會殺光所有老人，他在波蘭就這麼做了，他可能也會在比利時和荷蘭如法炮製，這些他們都不讓我們知道。這不公平！我們從來就不想打仗！應該要有個地方收容我們這種人。他們應該讓笨蛋去打仗，而其他人……其他關心像藝術之類重要事物的人，應當可以被允許到某個地方去自立生活……希特勒去死吧！」

他踢著鄧肯的一隻鞋，繼續來回踱步咬手指。他瘋狂地咬，在咬掉一塊皮或指甲時，緊接著又開始咬另一塊；眼神固定在某處，卻沒有眞正在看什麼；臉色再度變得蒼白，充血的眼睛像瘋子般火紅。

鄧肯想到父親。他想，如果父親看到艾力克這副模樣，會怎麼想。那個男孩像個瘋子！父親不止一次這麼說，那個男孩必須長大！他就是會浪費時間，對你會有不良影響，他會……

「別再咬指甲了，可以嗎？」鄧肯不安地說，「你看起來有點像瘋子。」

「像瘋子？」艾力克低聲嘶吼，「如果我瘋了，我不會感到意外的！我今晚非常焦慮，感覺好像快急出病來了！我必須等到他們全都上床睡覺，但我覺得房子裡有人，我可以聽到有人走動的聲音……腳步聲和低低的交談聲，我以為我父親叫警察來了。」

鄧肯嚇了一跳，「他不會這麼做吧！」

「有可能，他就是那麼恨我。」

「在三更半夜？」

「當然是三更半夜！」艾力克不耐地說，「他們會選在那時候來！難道你不知道嗎？他們會在你最意想不到的時候出現！」

突然間，他們停止說話。鄧肯看著房門，想起了母親生病的情景，再次有一種古怪的感覺，還彎期待聽到有人躡手躡腳在屋子裡走動的聲音……但是，他聽到的卻是飛機持續的震動，炸彈單調的爆裂，接著是壁爐裡煤渣滑落的聲響。

他回頭看艾力克，內心頗為不安。因為艾力克終於放下手，顯得異常鎮靜。他與鄧肯四目相會，做出有點誇張的姿態——聳聳他窄瘦的肩膀，轉過頭，露出他那纖細英俊的側臉。

「這是在浪費時間！」他似乎很不以為意地說。

「什麼浪費時間？」鄧肯害怕地問，「什麼意思？」

「我說過，不是嗎？我寧願死，也不願照他們的話做。我寧願死，也不願拿著他們硬塞在我手裡的槍，去射殺和我有同樣想法的德國男孩。我要脫身！要在他們對我這麼做之前先做！」

「但是，做什麼？」鄧肯愚蠢地追問。

艾力克又擺出戲劇化的姿態，好像在說，無論如何他都不在乎。「我要自殺！」他說。

鄧肯兩眼瞪著他看，「你不可以這麼做！」

「爲什麼不行？」

「就是不行！這不公平！那……那你母親會怎麼想？」

艾力克的臉漲得通紅，「算她運氣不好，不是嗎？她不該跟我父親那種蠢蛋結婚的！反正他會很高興，他就是想親眼看到我去死！」

鄧肯沒聽艾力克說話，心中正仔細思考這件事，覺得想哭。「那我怎麼辦？」他聲音有點沙啞，「你知道我會比其他人更難過，你是我最好的朋友，你不能自殺而獨留我一人在此！」

「那你也自殺！」艾力克小聲地說。

鄧肯正用衣袖擦拭鼻頭，不確定自己是否聽清楚艾力克說的話，於是問：「什麼？」

「你也自殺！」艾力克又說了。

他們彼此互視。艾力克的臉色緋紅，沒有戒心地將嘴唇往後拉，做出一個緊張的微笑，露出歪斜的牙齒，然後走向鄧肯，雙手放在他肩上，從半個手臂的距離，直直盯著鄧肯，猛力抓住鄧肯，幾乎要搖晃起來，然後深深地看著鄧肯的眼睛，興奮地說：「這樣世人就會清楚知道了吧？想想大家會如何看待這件事！我們可以留一封遺書，說明我們這麼做的原因！我們將會是兩個放棄自己生命的年輕人，報紙會報導，大家都會知道！說不定還可以因此終止戰爭！」

「你覺得會嗎？」鄧肯突然也覺得很興奮、感動與榮幸，他很想相信，卻又感到害怕。

「爲什麼不會？」

「我不知道。很多年輕人死了，但也沒有改變任何事實，我們爲什麼會不一樣？」

「你這笨蛋！」艾力克撅起嘴，將手收回，往一旁走動。「如果你不明白……如果你覺得無法勝任……如果你只是嘴巴說說……」

「我沒這個意思。」

「……那我會自己去做。」

「我不會讓你自己去做！」鄧肯搶道，「我說過，你不可以拋下我！」

艾力克走回來，「那就幫我寫這封信，」他又興奮起來了，「我們可以寫在……看！」他彎下身，撿起被撕成兩半的徵兵文件中的一半。「我們可以寫在這背面，這會具有象徵意義的！給我一支筆，好嗎？」

鄧肯的皮製文具盒就放在床邊的地板上。鄧肯很自然走過去；但突然停下腳步。接著，只見他裝得漫不經心地往壁爐走去，拿起一支鉛筆遞出去，但艾力克不肯接下。「不是那支，如果我用鉛筆寫，他們還以爲是小孩子寫的！我要用你的自來水筆。」艾力克說。

鄧肯眨眨眼，往一旁看。「不在這裡。」

「你睜眼說瞎話，我知道在這裡！」

鄧肯說：「只是，如果有好筆的話，應該要留給自己用。」

「你老是這麼說！現在那已經不重要了，對吧？」

「我不想借你，就是這樣。用這隻鉛筆吧！那支筆是我姊姊買給我的。」

「那麼她會以你爲榮的！」艾力克回應，「在他們發現我們兩人之後，說不定會把那支筆放在框框裡保存！就這麼想。鄧肯，快拿出來吧！」

鄧肯猶豫了好一會兒，才不情願地拉開文具盒拉鍊，拿出筆來。艾力克老是向鄧肯吵著要試用那支筆，現在他從鄧肯手中接到了，顯然很高興，小心翼翼地旋開筆蓋，檢視筆尖，在手中惦一下筆的重量。同時，他也拿走文具盒，坐在床沿，將盒子放在膝蓋上，攤開紙張，試著將摺痕撫平。當他儘可能撫平後，便開始書寫了。

「敬啓者……」他看著鄧肯，「我應該這麼寫嗎？或者應該寫致溫斯頓・邱吉爾先生[1]？」

鄧肯想了想。「敬啓者聽起來比較好，」他說，「這也可以當做是寫給希特勒、戈林或墨索里尼的一封信。」

「這倒沒錯！」艾力克似乎還蠻喜歡這個想法。他想了一下子，抿起嘴，用筆輕拍嘴側，然後繼續寫。他寫得很快，字體優雅，像濟慈或是莫札特，鄧肯這麼想。艾力克振筆疾書，沒什麼誇張的動作，停頓一下皺著眉頭思考剛剛所寫的，接著又再優雅地繼續寫下去……

寫完之後，便將信遞給鄧肯，鄧肯看信時，艾力克則在一旁啃咬自己的指關節。

敬啓者：

當您閱讀此信時，表示我們——英國倫敦史崔漢的艾力克．普藍納與鄧肯．皮爾斯——已經達成初衷，不復存在人世間。我們採取此項行爲，並非出於草率的決定。我們知道我們即將進入一個「黑暗、未知」，而且是「一去不復返」的世界。但爲了英國青年，而且以自由、誠實、以及眞理之名，我們即將執行我們的決定。我們寧願自由地結束自己的生命，也不願意讓生命遭到戰爭販子竊奪。我們只要求有個如下的墓誌銘：如同偉大的勞倫斯❷，我們「以雙手汲取人類命運的洪流，在繁星夜空裡寫下我們的意志！」

鄧肯驚訝地看著艾力克，說道：「寫得太好了！」

❶譯註：戈林（Goering），納粹德國的政治人物，建立蓋世太保，動員德國軍隊發動戰爭。

❷譯註：勞倫斯（T. E. Lawrence），英國軍官，即阿拉伯的勞倫斯，在一次世界大戰爆發後，參加英國位於埃及開羅的軍方情報處，負責聯絡阿拉伯人一起對抗土耳其人。

艾力克臉色漲紅，略顯害羞地說：「你眞的這麼覺得？我在來這裡的路上想了一下。」

「你眞是天才！」

艾力克開始發笑，聽起來像是女孩子咯咯的笑聲。「還不錯吧？不管怎麼說，這一定會讓他們明白的！」他攤出手來，「信給我吧！我要簽名，然後再換你簽。」

他們簽上名字以及日期。艾力克拿起遺書，歪著頭看。「這一天，會成爲我們學校課本裡的一個日子。想來很好笑吧？想到一百年後，小學生要被迫記下這個日子，是不是很好笑？」

「是很好笑，」鄧肯含糊地說，卻想到其他事情去了，並不是很專心在聽。當艾力克再次撫平紙張時，鄧肯唯唯諾諾地問：「我們可以在裡面寫點給我們家人的內容嗎？艾力克。」

艾力克撇起嘴，「家人？當然不行，別傻了！」

「我想到小薇，她會很難過的。」

「我告訴過你，」艾力克說，「她會以你爲榮的，他們都會，連我爸也會，他說我是懦夫。等到消息上報後，我倒想看看他臉上的表情！我們會像……烈士！」他陷入沈思，「現在我們只須決定要如何執行了。我想，我們可以吸瓦斯自殺。」

「瓦斯？」鄧肯顯得很驚恐，「那要花很久的時間，不是嗎？而且，瓦斯會漏出去，說不定會把我爸也毒死了。雖然他也是個老渾帳，但這不公平！」

「有失君子風度。」

「這樣不名譽，老傢伙！」

他們笑了起來，笑到必須掩嘴。艾力克往後躺，躺在鄧肯床上，將頭埋在鄧肯的枕頭裡，笑著說：「我們可以服毒自殺，可以服下砒霜，就像包法利夫人那個老婊一樣！」

「很不錯的計畫，福爾摩斯先生，」鄧肯以開玩笑的口吻說，「但有個重大缺失，我父親不會在家裡放砒霜。」

「沒有砒霜？而你卻敢把這裡稱做是設備完善的現代住宅？那請問有老鼠藥嗎？」

「也沒有老鼠藥。反正……吃毒藥不會痛得要死嗎？」

「你這白癡，不管選擇那一種方式，都會痛得要死。不痛，就無法彰顯意義！」

「即使如此……」

艾力克停止發笑，躺在床上想了一下，然後坐起來，嚴肅地說：「如果選擇溺斃呢？我們的一生會在眼前快速飛過，但我並不想看我的過去，我這一生很爛……」

鄧肯說：「我可以再見到我母親。」

「這就對了，男子漢臨死前應該看看母親的！你可以問她幹嘛要嫁給你父親。」

兩人又笑了起來，「但是，我們要怎麼做？」鄧肯最後終於問，「必須找個水道。」

「不用，沒必要。每個人都知道，人可以在四吋深的水裡溺斃，這是經過科學證實的事實。難道你沒在屋裡的浴缸中蓄水，以便發生火災時用得上？」

鄧肯看著他，「嘿，沒錯！」

「那我們動手吧，DP！（註：鄧肯・皮爾斯的縮寫。）」

他們站起來，鄧肯說：「把信拿過來，還有圖釘……等等，讓我梳個頭！」

「這時候了，你竟然還要梳頭！」

「閉嘴！」

「梳吧！你這個萊❶斯里．霍華！」

鄧肯到梳窗台鏡子前快速整理頭髮，然後與艾力克以最輕巧的腳步走出臥房到樓下長廊，穿過客廳，來到廚房。爲了預防爆炸發生時門打不開，廚房的幾道門都是開啓的。鄧肯輕緩地將門一一關上，關門時可以聽見父親如雷的鼾聲。艾力克悄聲說：「你父親好像梅❷塞施密特戰機！」這又讓他們兩人笑個不停。

他們將廚房的燈打開，沒有燈罩的燈泡光線相當微弱，房間在單調的灰褐色籠罩之下，頓時鮮活不少，眼前出現的是洗滌槽污濁的白色、補丁油布地板的灰色與黃色，以及木製傢具肉汁般的棕色。浴缸就在廚房桌子旁，倚著牆壁。鄧肯的父親幾年前便用更接近肉汁的棕色木板圍起浴缸，並在上面做了蓋子。蓋子被用來當做滴水板，上面有一些陶瓷餐具，以及鄧肯和父親放在一口大鐵桶內浸泡小蘇打的內褲。當鄧肯看到這景象時，頓時臉紅，迅速移開桶子。艾力克則把陶瓷餐具一件件放到餐桌上。

接著，他們站到浴缸蓋子的兩端，掀開蓋子。

裡面是鄧肯父親幾天前洗澡時留下的洗澡水，顏色混濁，而且有許多細小而又粗糙、捲曲的毛髮，鄧肯覺得這景象比內褲還丟臉。看了一眼，便立刻別過頭去，雙手握拳。如果父親就在眼前，他一定會上前揍父親的。「那條豬！」他說。

「這應該夠了，」艾力克狐疑地說，「但要怎麼做？我們無法同時躺在裡面。我想，或許我們可以把對方的頭按進水裡。」

一想到要把臉浸入那缸沖過父親腳丫、私處、屁眼的髒水裡，鄧肯就覺得噁心。

「我不要！」他說。

「喔，我也不怎麼想。」艾力克回答，「但是看看這裡，沒什麼可以選擇的。」

「那就用瓦斯吧！冒個險。」

「可以嗎？」

「可以。」

「好吧！或者……有了，我想到了！」艾力克捻指，「我們上吊吧！」

這主意幾乎讓他們鬆了一口氣。現在鄧肯已經不管要採取什麼方式了，只要不需用到他父親的洗澡水就行了。他們將滴水板放回去，然後便在四周牆壁與天花板尋找掛鉤，或是可以綁繩子的東西。最後，他們認爲曬衣架的滑輪可以承受其中一個人的重量，而另外一個人可以利用廚房門後面的外套掛鉤上吊。

❶譯註：萊斯里・霍華（Leslie Howard），英國舞台劇與電影演員，曾經參加《亂世佳人》的演出。

❷譯註：梅塞施密特戰機（Messerschmitt），德國在二次世界大戰中的主力戰鬥機。

「你有繩索嗎？」艾力克接著問。

「我有這個，」鄧肯突然想到他睡袍上的腰帶。說完隨即解開，從腰帶眼上拉出來，用手測試強度。「我想，這吊得住我。」

「你的問題解決了。那我呢？沒有多出來的繩子嗎？」

「我有很多像這樣的皮帶，也有很多條領帶。」

「皮帶應該可以。」

「我該去拿一條過來嗎？你想要哪一種？」

艾力克皺著眉頭，「我想……就一條黑色領帶吧！不！我要有藍色與金色條紋的那一條，那看起來像是大學生繫的領帶。」

「有什麼不同嗎？」

「說不定會有照片，這樣會加深大家的印象。」

「好的，」鄧肯不情願地說。因爲，事實上，他對於那條領帶的感覺，大體與那支自來水筆是一樣的，那是屬於他的好東西。而且，一般普通的就行了，幹嘛要用到那麼好的東西？但他現在不會跟艾力克爭辯，只是安靜地穿過客廳和走廊，進入臥房，拿出那條領帶。他可以聽到父親還在打鼾，在黑暗中站了一會兒，手上拿著領帶，有點想進去踢父親一腳，當著他的面大喊：你這個老笨蛋！我要自殺了！我要走進廚房了，眞的要自殺了！你給我醒來，好嗎？

父親繼續打鼾。鄧肯輕輕地走回艾力克那兒。「我家那老頭現在聽起來就像是暴風！」他邊說邊將廚房的門關上。

但艾力克並未答話，他已經放下睡袍腰帶，站在水槽旁，身體略微轉向另一側，手中拿著在水龍頭旁找到的一樣東西。

「鄧肯，」他以一種奇異且低沈的語調說，「你看。」

他手上拿的是鄧肯父親的舊式剃刀，他已經拉開刀片，著迷地盯著看——彷彿必須奮力掙扎才可以將目光移到鄧肯臉上。他說：「我要用這個，我就這麼做。如果你想要，你可以上吊。但我要用這個，這比繩索還好，這個更快、更乾淨，我要割喉自殺！」

「你的喉嚨？」鄧肯問，同時看著艾力克纖長白皙的頸子，他脖子的肌腱與喉結，看起來很堅硬，不像是可以切開的柔軟物質……

「這很鋒利吧？」艾力克將手指靠近刀片，迅速將手指抽回，放到口中吸吮。「老天！」他笑道，「真的很銳利！如果我們手腳夠快，就一點也不痛了。」

「你確定嗎？」

「我當然確定。人就是這樣宰殺動物的，對吧？我現在就要這麼做。你要排在我後面，介意嗎？但場面恐怕會有點血腥，最好的方法就是不要看太久。真希望有兩支就好！那樣我們就可以同時動作……這個，」他用刀片指著用來寫遺書的紙張，「麻煩你，行行好，把遺書釘在牆上，找個大家看得到的地方釘上。」

鄧肯接下遺書和圖釘，擔心地看著剃刀說：「不要在我轉身時割，好嗎？」他很擔心，不敢將目光移開……於是快速地張望尋找地方，最後將遺書釘在櫥櫃門上。「這樣可以嗎？」

艾力克點頭，「好，很好。」

他的呼吸開始有點急促，手裡仍拿著那支展開的剃刀，好像只是在欣賞似的。但現在，就在鄧肯盯著他看時，他的雙手更堅定地握住刀柄，舉起刀片，緊緊抵在自己的喉嚨上，而且將刀片放在右下顎稜角的下方，那裡的皮膚因脈搏跳動而顫動。

鄧肯不由自主地走上前去，緊張地說：「你該不會馬上就要動手了吧？」

艾力克的眼皮輕微地跳動著，「我待會兒就要動手。」

「你覺得怎麼樣？」

「覺得還好。」

「害怕嗎？」

「有一點，」艾力克說，「那你呢？你的臉色跟紙張一樣白！在輪到你之前可別昏倒。」他用另一種姿勢拿著刮鬍刀柄，閉上眼睛，不動地站著……然後，當兩隻眼睛仍然緊閉時，他以些微不同的聲音說：「鄧肯，你會想念什麼？」

鄧肯咬著唇說：「我不知道。什麼都不會想！不對，我會想念小薇。你呢？」

「我會想念書籍，」艾力克接著說，「音樂和藝術，還有漂亮的建築。」鄧肯希望自己也這麼說，而不是只說出自己的姊姊而已。「但那些東西反正都已經消失了。一年之後，大家會開始忘掉這些東西曾經存在過。」

他張開眼睛，嚥了一下口水，然後又改變握柄方式。鄧肯可以看到艾力克的手指在冒汗，可以看到他手指在刮鬍刀的仿玳瑁刀柄上留下的痕跡。他不想讓艾力克現在就動手，這整件事發展得太快了。再一次，他眞希望父親現在就醒來，跑下樓阻止他們，然後開口說，如果父親讓你幹這種事，那還要父親做什麼？爲了讓艾力克繼續說話，爲了要繼續拖延下去……「艾力克，你覺得我們死後會怎麼樣？」

艾力克手裡的刀片還抵在喉嚨上，他想了一會兒，然後說：「我們都不會怎麼樣，」他的語調平靜，「我們就像燈光一樣消失不見，不會有其他的情況的，不會有上帝。若有上帝，祂一定會阻止這場戰爭的！也不會有天堂地獄之類的事，這裡就是地獄。如果死者眞有個地方去，那我們終究會在那裡團聚。」他用那雙佈滿血絲的眼睛直視鄧肯，「那是最糟糕的，對吧？」他簡單地說著，「自己一個人在那種地方。」

鄧肯點點頭，「對，這樣將會很糟糕。」

艾力克吸了一口氣，他脖子上的脈搏跳得更快了，幾乎快跳到刀口上。但他說話時，口氣似乎很悠哉，讓鄧肯以爲他是在開玩笑，幾乎要笑出來。他說：「就這樣吧，鄧肯，再見了！」他的手用力一握，眉頭一挑，使出揮棒之姿，接著便往下割去。

「這邊請，」那名警戒員說。凱和米琪跟在他後面，小心翼翼地走在瓦礫堆上。

不久之前，這片瓦礫堆還是一棟四層樓高的平利克連棟屋。在幾近漆黑的情況下，這房子看起來就像整齊地被人從基座上拔了起來。一名女子當場被炸死，屍體已經被救護車司機載走。但另一名女孩的雙腿則陷在瓦礫中，救援人員想要架設起重機，吊起壓住她的樑柱。但他們無法這麼做，因爲得先救出困在地下室的一名女子和男孩。

「我們已經派人去取燈了，」警戒員說道，「但這些傢伙已經挖了半個鐘頭了，有個人有嚴重的外傷。」

「要多久才會挖到地下室？」凱問。

「我想大概要一個鐘頭，也可能兩個鐘頭。」

「陷在瓦礫中的女孩呢？」

「是的，請檢查她的傷勢，好嗎？她情況似乎還好，但有可能是驚嚇過度，我不知道。她在那裡，有個傢伙陪著她，幫她打氣。」

他告知凱要如何過去，凱讓米琪留在原地，照顧被割傷的男子，開始小心地往出事地點後方走。走動時，腳下的玻璃也隨著腳步碎裂。有一回，她腳下的木板破裂，她便陷進一堆幾乎到大腿那麼深的灰泥和木堆裡。木板斷裂時發出尖銳聲，有個女孩朝聲音的方向喊叫。

「沒事的。」有人溫柔地說。凱打開手電筒，看到一名男子的身影，蹲在離她約二十呎的瓦礫堆上。男子的手放在膝蓋上，印有空襲警戒員的頭盔往後推，見到凱走來，便高舉一隻手，開口說道：「救護車嗎？我們在這裡。小心那個東西，小心！」他指著凱前方的一個東西，那物體白白的、帶有些微閃光、形狀奇特。看了好一會兒才認出那是個馬桶。男子站起來說：「整個從廁所底座炸飛出來，但座墊不見了。」

說著伸出手協助引導凱走過最後一段混亂的途徑。這時，凱注意到那男子腳下有個東西，一開始她以為是一堆窗簾或床單，但是當她細瞧之後，發現那堆床單似乎在翻動，好像有人從下面充氣而鼓脹，隨後她看見一隻手臂和一張蒼白的臉，幾乎跟那個從底座被炸飛的馬桶一樣蒼白，原來正是那個陷在裡面的女孩。那女孩全身被一層灰泥覆蓋，腰部以下被一堆樑柱和磚頭壓住，正用手臂將自己撐起來，掙扎著要看凱的模樣。凱走到她身邊，跟那男子剛才一樣，蹲了下來。

「我想是被困住了！」凱說完，朝那男子點頭示意，男子便離開了。

被困的女孩用手握住凱的腳踝，「求求妳，可以告訴我嗎？」她的聲音沙啞輕柔，夾雜著恐懼，而且還咳嗽。「他們會過來救我嗎？」

「會的，」凱回答，「只要等到情況允許，他們便會展開行動。但現在我得要看看妳的情況是否良好。可以測一下妳的脈搏嗎？」她握著那女孩沾滿粉塵的手臂，發現脈搏跳得很快，而且相當強勁。「好了，現在妳介意我用手電筒照妳的眼睛嗎？只要一下就好。」

她用手托住那女孩的下巴和臉，女孩焦慮地眨著眼睛。在白色灰泥粉塵的襯托下，眼眶和眼角就跟兔子的眼睛一樣紅。瞳孔在光線直射下縮了起來，年紀似乎很輕，但不像凱一開始以為的那麼年輕，也許有二十四、五歲。手電筒光線轉暗前，凱別過頭去，試圖仔細看遍這瓦礫堆。

「他們在做什麼？」女孩指著那些人。

凱回答：「他們認為下面可能有人，一個女人和一個男孩，困在妳屋子的地下室裡。」

「瑪德琳和東尼？」

「是他們的名字嗎？是妳的朋友嗎？」

「瑪德琳是芬琪太太的女兒。」

「芬琪太太？」

「我的房東太太，她……」

女孩沒繼續說下去。凱猜想，芬琪太太應該就是那個女性死者。現在，她開始觸摸那女孩的手臂和肩膀，邊動作邊說道：「可以告訴我妳有沒有覺得哪裡受傷呢？」

那女孩嚥了嚥口水，又咳嗽起來。「我不知道。」

「可以移動雙腳嗎？」

「一分鐘前可以，但現在我不想試，我怕上面的東西垮下來會壓到我。」

「可以感覺到妳的腳嗎？」

「我不知道，我的腳很冷，是因爲天冷的關係，對吧？還會有什麼原因呢？該不會是什麼更不好的原因吧？」

只見女孩開始打哆嗦，她身上穿的一定是睡衣或睡袍，那位空襲警戒員幫她在肩上披蓋了一條毯子，希望讓她覺得暖和些。凱拉緊毯子，四處張望尋找，找到原先應該是浴巾的東西，但很潮溼，沾滿了煤灰而變黑，她順手丟掉，接著看到一個軟墊，馬毛的塡充物從破了大洞的紫色套子裡跑出來。她將軟墊放在女孩身旁，讓她靠著，因爲她覺得尖銳的瓦礫可能會割到或壓迫她。

那女孩沒注意到這件事，然後又往對面看過去，很氣惱地說：「那是什麼？他們把燈打開了嗎？快告訴他們不能這麼做。」

一輛卡車已抵達現場，帶來一盞燈和小型發電機，救援人員已架設好機具，正在運作。他們盡量減低光線的亮度，在上面覆蓋了一張防水布，但光線還是往四周射出，改變了此地的感覺和外觀。凱環顧四周，清楚看見不久前才欺騙混淆她視覺的平凡事物：腳架斷裂的燙衣板、水桶、貼有貝殼的小盒子……那馬桶失去了珍珠光澤，污垢清晰顯現。本以為矗立在瓦礫堆兩旁的是房屋牆壁，結果根本不是牆壁，而是炸開的房間，裡面的床、桌椅和壁爐都完好如初。

「叫他們把燈關掉！」那女孩仍高喊，她跟凱一樣，也正環顧四周，似乎現在才瞭解到這片她深陷其中的混亂本質，也許也看到了自己曾經在此的生活片段。她高喊：「他們在做什麼？」那些人開始搥打，每一次發出的聲響都讓她顫抖不已。

凱回道：「他們必須盡快動手，地下室可能有瓦斯漏氣或正在淹水，會瀰漫整個地下室。」

「瓦斯漏氣或淹水？」那女孩似乎不解地問。接著傳來另一聲搥打，她怕得畏縮起來。這女孩一定可以從瓦礫中感覺到的另一端的敲打。她開始哭泣，揉著臉，眼淚讓灰泥顯得更厚重。凱這時候輕輕碰了她的肩膀。

「很痛嗎？」

那女孩搖搖頭，「我不知道。應該不是。只是……我很害怕。」

她用雙手遮住眼睛，漸漸安靜下來，幾乎不動。當放下雙手開始說話時，她的聲音變了，聽起來冷靜老成多了。她說：「妳一定認爲我是個膽小鬼。」

凱溫柔地回應：「我完全沒這麼想。」

女孩用毯子一角擦拭眼睛和鼻子，舌頭上有砂礫，拌了個鬼臉，表示口感很糟。「我想，妳可能無法給我根香菸抽吧？」

「恐怕不行，這裡可能有瓦斯漏氣。」

「當然不行……喔！」那些人又在搥打了，這令她很緊張。

凱看著她，出於同情，自己也緊張了起來，然後這麼說：「我想妳一定很難過，醫生已經在路上了，妳一定要勇敢，再撐一下就好。」

說完，兩人都轉過頭去，米琪正朝她們這兒走來，她靴子踩在木板上，跟凱剛才一樣，發出霹靂啪啦聲。

「我的天哪！」她看著那個馬桶驚呼，然後認出那女孩的身影。「唉呀！妳有麻煩了。」

凱則說：「如果我們沒起身迎客，妳可以原諒我們嗎？」然後轉身看那女孩，「這是我的好朋友，艾麗絲・卡麥可小姐。妳這輩子見過比她更不像[1]鳶尾花的東西嗎？對她好一點，她可能會讓妳叫她米琪。」

女孩抬頭眨著眼睛。米琪蹲下來拉起她的手，握握她的手指。「沒斷？不錯。妳好嗎？」

「現在不是很好，」當米琪沒有得到回應時，凱這麼說。「但不久就會好多了。喔，我眞是個糟糕的女主人！」她轉身面對女孩，「我還沒問妳的名字。」

那女孩嚥了一下口水，困窘地說：「我是金妮芙。」

「珍妮佛？」

那女孩搖搖頭，「金妮芙。海倫．金妮芙。」

「海倫．金妮芙，」凱重複了一次，像是在練習說這名字。「太太，還是小姐？」

米琪笑了出來，輕聲說道：「放了這女孩一馬吧！」

但海倫仍不解地說：「小姐。」

凱用米琪一樣的方式跟她握手，並自我介紹。海倫望著凱的臉龐，然後轉向米琪。「我以爲妳是個男的。」說著，又開始咳嗽起來。

「大家都這麼以爲，」米琪回答，「我已經習慣了。這給妳，喝點水吧！」

她帶了熱水瓶在身上。海倫在喝水時，凱從短外套口袋裡找出一張標示傷勢的標籤，在上面詳細塡寫資料，將這標籤繫在海倫的領口上。「好了，很像包裹，看到沒？」之後便和米琪站了起來，查看救援人員破壞建物的作業進展。

進展速度很緩慢。米琪說，因爲房子傾倒的方式有點怪，所以拆除作業比預期的還棘手。最後，他們將鐵鎚放在一旁，在傾圮牆壁的一處以繩索固定，開始用力拉。那面牆被拉了起來，詭異地站立了一會兒，之後繩索再往後一拉，便倒地破裂，四周騰起一陣粉塵造成的雲團。

❶譯註：鳶尾花，Iris，此爲米琪的名字，也是鷲尾花這種植物的名稱。

在剛清理出來的地面上，堆了更多的碎石瓦礫以及一堆彎曲變形的管線，但有個男子箭步走向那些管線，拿起一塊磚頭，在鉛管上敲了好幾下。他舉起手來，另一人大喊，要大夥安靜，小型發電機也隨即被關上，現場又變得漆黑一團，靜止一片。當然，仍可以聽到飛機的嗡嗡聲，以及海德公園與其他地方傳來的槍炮聲；但過去六個月，那些地方似乎一直都有那些聲響，從未間斷，凱發現，每個人都會過濾掉這些聲音，如同會將自己耳內血液流經的轟隆聲濾掉一樣。

拿磚塊的人說了話，但聲音過低，凱無法聽見他說什麼。他再次敲打鉛管……之後，非常微弱地，從底下的瓦礫堆中傳來一聲像貓叫的呼喊。

凱以前便聽過這種聲音，那比看到炸斷的手腳和變形的屍體還令人驚恐與不安，這種聲音會讓她渾身發抖。她喘了一口氣，現場又變得吵雜而生氣蓬勃，像是注入了某種小電流後的反應。發電機又開始發動，電燈也打開了，搶救人員就定位，爲新的目標開始努力。

一輛車子駛來，在坑洞的路面上顛頗前進，引擎蓋上有個白色的十字閃閃發光。米琪上前迎接，凱猶豫一下，接著又蹲下來，陪在海倫身旁。

海倫困難地從瓦礫堆上將自己支撐起來，剛才她也努力傾聽。「那些聲音是瑪德琳和東尼傳來的吧？他們還好嗎？」她問。

「希望如此。」

「他們會沒事的，對吧？但他們怎麼會沒事呢？芬琪太太……」她搖搖頭，「在妳來之前，我看到他們抬走她。當時我們都在廚房，她只是要拿她的眼鏡，我說我可以上去幫她拿，眼鏡就在她床頭櫃上，我知道在那裡可以找到眼鏡……」她舉起手，看著自己的手掌，然後看看四周，好像突然覺得很困惑。「她不要我去拿，她要東尼去拿，是她要東尼去的。」

她的聲音開始顫抖，眼睛睜得大大地看著凱，突然又說：「呃……介意我握妳的手嗎？」「介意？」凱被這要求的簡單與直接感動了，「眞是的！我應該一開始就問妳要不要握我的手的，只是我不想顯得太唐突。」

凱握著海倫的手指，在自己的手指間摩擦，然後將手指舉起來吹氣，輕緩穩定地往關節和掌心上吹氣。

這麼做時，海倫盯著她臉龐瞧，眼睛還是張得大大的。她說：「妳一定很勇敢。妳和妳的朋友都很勇敢，我無法像妳們這麼勇敢。」

「胡說！」凱邊說邊摩搓海倫的手，「好多了嗎？我只是覺得，在外面參與行動，比呆坐在家裡聽報導要輕鬆多了。」

海倫的手指很冰冷，佈滿粉塵，但手心和指尖的肉卻很柔軟，有彈性。凱更用力壓，然後又放開。「醫生來了！」當她再次聽到霹靂啪啦響的木板時說，接著又低聲細語：「對了，關於出來外面感覺比較輕鬆，那是個秘密。」

醫師是個活力充沛的英挺女子，年約四十五歲，身穿連身工裝褲，頭上纏繞一條頭巾。「妳好！」她看見海倫時說，「情況如何？」

當女醫師蹲在海倫身邊時，凱往一旁移動，聽見她低聲說話，聽見海倫回答：「沒有……我不知道……有點……謝謝妳……」

「現在無法知道她傷勢的嚴重程度，」醫師向凱說明，邊將手上的粉塵拍掉。「這要等到她腿上重物移除後才會知道。我認爲她沒有失血，但似乎在發燒，可能是疼痛引起的。我已經幫她注射了一劑嗎啡，可以讓她暫時不會想那麼多。」說完伸伸懶腰，臉孔痛苦地扭曲。

凱問道：「今晚很糟嗎？」

「可以這麼說。維多利亞大街遭到炮轟，造成九人死亡，雀兒喜有四人死亡，這裡有一人，對吧？他們說那個被炸到的女人和她兒子將被救出，要我們檢查他們的身體狀況，但現在已經沒時間等待了。在佛賀，有個傢伙顯然被炸斷雙手，正等著我們去檢查傷勢。」

她說話時，一名搶救人員大喊已經不必擔心瓦斯漏氣的狀況了，於是她立刻伸手到口袋，拿出一包菸，打開那包菸，遞了出去。

「可以給我兩根嗎？」凱問。

「妳還眞敢問。」

凱放聲笑說：「一根是給我的，另一根要當做藥品。」她用那女人的打火機點燃這兩根菸，走回去找海倫。「嘿，」凱溫柔地說，「看我帶了什麼來？」

她將一根菸放在海倫雙唇間，然後伸出手，握住海倫的一隻手，跟之前一樣。海倫的眼睛在裊裊升起的煙霧下瞇了起來，變得更黑，而聲音也再次變得不一樣了。

「妳人眞好！」她說。

「不客氣。」

「我似乎有點醉，怎麼會這樣？」

「我想是嗎啡的緣故。」

「那位醫生人眞好！」

「是啊，不是嗎？」

「妳想要當醫生嗎？」

「不會很想，」凱說，「妳呢？」

「我認識一個男的，他想要當醫生。」

「嗯？」

「一個我以前愛過的男人。」

「喔……」

「他爲了另一個女人移情別戀。」

「笨傢伙！」

「他現在已經從軍去了。妳現在沒愛上誰，對吧？」

「沒有，」凱回答，「事實上，是有人愛上我，也是個很棒的人……但那又是另外一個秘密了。唔……我在想嗎啡的效果，日後妳應該都不會記得這些事情。」

「爲什麼是個秘密？」

「我答應那個人要保密，如此而已。」

「但妳不愛他嗎？」

凱露出微笑，「妳覺得我會，是吧？但這很好笑，我們似乎都不會愛上我們應當愛的人，我不知道爲什麼……」

「不要放開我的手，好嗎？」

「絕對不會鬆開的。」

「妳握著我的手嗎？我感覺不到。」

「這樣！感覺到了嗎？」

「有，感覺到了。繼續這樣握著，好嗎？就像這樣。」

她們靜靜抽著菸，現在，海倫似乎要昏睡過去了，她似乎忘了手上還握著點燃的香菸，所以凱便輕柔地從她手指間移開香菸，自己將最後一段抽完。搶救工作持續進行，飛機的嗡嗡聲和砲彈的轟隆聲偶爾變得更大聲；天空有綠色和紅色，以及翻騰的火光組成的壯麗閃光。米琪不時走過來，坐在凱身邊打呵欠。有兩、三次，海倫突然抽動一下，口中咕噥或清楚地說著：「妳還在這裡嗎？我看不到妳，妳在哪兒？」

「我在這裡。」凱每次都說這麼說，並且更用力地捏著海倫的手。

「她這一生都會是妳的了。」米琪說。

後來，搶救人員終於找到一截斷裂的樓梯，當絞盤拉起那截樓梯時，他們發現那女子和她兒子就在下面，幾乎毫髮無傷。男孩先被救出來，而且是頭先出來，這一定跟他當初從子宮出來時一樣。但是他很僵硬、乾燥、全身佈滿了粉塵，頭髮跟老人一樣灰白。他和他母親站在那裡，異常震驚。「我媽人在哪兒？」凱聽到那女人詢問。米琪拿著毯子走過去，凱也站了起來。

海倫感覺到凱的動作，醒了過來，伸手要找凱。「怎麼了？」

「瑪德琳和東尼救出來了。」

「他們還好嗎？」

「看起來還好。妳看得到嗎？現在那些人會過來救妳了。」

海倫搖頭，「請不要離開我！」

「我必須走了。」

「請不要走。」

「我必須走，好讓他們救妳出來。」

「我很害怕。」

「我必須開車送那個女人和她兒子到醫院去。」

「妳朋友可以開車送他們，對吧？」

凱放聲笑道：「嘿，難道妳眞的要讓我丟掉飯碗嗎？」

她將手放在海倫的頭上，幫她撥開額頭上沾滿粉塵的頭髮，很隨意的動作。但是，當她看到海倫急切的表情時，尤其是那雙鑲在沾滿灰泥臉上又大又黑的眼睛，這讓凱猶豫了起來。

「等一等，」凱說，「妳一定要讓搶救人員看到妳最漂亮的一面。」

她跑向米琪，回來找海倫時，手上拿著熱水瓶，然後掏出手帕弄溼，開始輕柔地將粉塵從海倫臉上擦掉。凱盯著海倫的額頭，開始往下擦拭。「閉上眼睛，」凱輕聲說著，同時擦拭海倫的眼睫毛、鼻翼兩旁的凹陷、嘴唇上方的凹槽、嘴角、雙頰和下巴。

「凱！」米琪在稍遠處叫道。

「好的！我就來了！」

粉塵都已經擦拭乾淨，露出底下粉紅、圓潤、平滑異常的肌膚。凱又擦拭了一會兒，然後用手掌托起海倫的下巴——現在，凱不想離開她了，並以驚訝的眼神盯著海倫看，凱無法相信如此清新無暇的女人，竟會出現在這片龐大的混亂之中。

守夜／莎拉．華特絲 著；藍涓譯. -- 初版.
-- 臺北市：小知堂, 2008 . 06
面； 公分. -- （M小說：04）
譯自：The night watch
ISBN 978-957-450-577-7 （平裝）

873.57 96024725

知識殿堂．知識無限

M小說 04

守夜

作　　者　莎拉．華特絲
譯　　者　藍涓
發 行 所　小知堂文化事業有限公司
地　　址　臺北市康定路62號4樓
電　　話　(02)2389-7013
郵撥帳號　14604907
戶　　名　小知堂文化事業有限公司
法律顧問　承理法律事務所
登 記 證　局版臺業字第4735號
發 行 日　2008年7月 初版一刷
售　　價　400元
原著書名　THE NIGHT WATCH by SARAH WATERS

購書網址：www.wisdombooks.com.tw
本書如有缺頁、破損、裝訂錯誤，請寄回本公司更換。
郵購滿1000元者，免付郵資；未滿1000元者，請付郵資80元。
ISBN 978-957-450-577-7

M

小說

Mystery between You & Novel